我的消防员先生

荨秣泱泱 著

【上册】

青岛出版社

QINGDAO PUBLISHING HOUSE

图书在版编目（CIP）数据

我的消防员先生/荨秾泱泱著. —青岛:青岛出版社,2021.6
ISBN 978-7-5552-9385-9

Ⅰ.①我… Ⅱ.①荨… Ⅲ.①言情小说－中国－当代 Ⅳ.①I247.5

中国版本图书馆CIP数据核字（2020）第222405号

书　　名	我的消防员先生	
作　　者	荨秾泱泱	
出版发行	青岛出版社	
社　　址	青岛市海尔路182号（266061）	
本社网址	http://www.qdpub.com	
邮购电话	18613853563　0532-68068091	
责任编辑	郭红霞	
校　　对	宋芸	
装帧设计	千　千	
照　　排	梁　霞	
印　　刷	三河市良远印务有限公司	
出版日期	2021年6月第1版　2021年6月第1次印刷	
开　　本	32开（880mm×1230mm）	
印　　张	16	
字　　数	400千	
书　　号	ISBN 978-7-5552-9385-9	
定　　价	65.00元（全2册）	

编校印装质量、盗版监督服务电话 4006532017　0532-68068050

目 录 [上册]

目　录 [下册]

第一章

赶鸭子上架的相亲

林城，光明区某小区内。

咚咚——激烈的敲门声传来。

可是房中一片安静。

卧室里，厚厚的遮光窗帘将窗户挡住，阻隔了外面的阳光，使得房中如同黑夜一般。光线昏暗，只能让人模糊地看到家具的轮廓。

房中最明显的轮廓就是一张大床，床上有着微微的起伏，似乎躺着一个人。

可是那人对刺耳的敲门声没有半点反应。

门外——

全副武装的消防员拿着手中的对讲机道："队长，十一楼没人。"

"不要再耽搁了，往上找还在家里的住户。"对讲机里传来一道冷静而年轻的声音。

"是。"消防员放弃了原本的目标，直接通过楼梯跑上十二楼，过程中还不忘问，"队长，破门组那边怎么样？"

出事的住户家里为了防盗居然装了双层门，搞得破拆需要两道工序，否则哪需要人从外墙吊下去？

"刚破了第一道门。"对讲机里的声音道。

知晓情况之后，消防员不再多言，只是加快了上楼的速度。每到一层他都拍门，一直到了十七楼，才终于敲开了一家住户的门。

小区里因为突发事件而变得异常"热闹"。

但是这种"热闹"被十一楼那个"无人"的房子隔绝在外。

嗡嗡嗡——卧室里手机振动的声音响起。

枕头不断地振动，让床上的人在黑漆漆的房中发出不耐烦的声音："谁这么没有公德心，这么早打电话？"

虽然不耐烦，但她还是伸手进入枕头下，摸到了一直振动着将她惊醒的手机，闭着眼睛按下了接听键："喂？"

但是手机里一片沉默。

傅世槿："怎么回事？"

手机里的安静还有发亮的屏幕，终于让傅世槿清醒了些。

原来她戴着降噪耳机呢。

傅世槿伸手将覆盖在耳朵上的降噪耳机扯下来，把手机贴近了耳朵。

在她取下降噪耳机的时候，外面有一些嘈杂的声音也传了进来，她皱了皱眉，没有在意。

"喂喂喂？傅世槿你有没有听到我说话？"

手机里传来的声音拉回了傅世槿的注意力，她眯着眼睛扫了一眼屏幕上的名字，又趴回床上，懒洋洋地问："大小姐，这么早给人打电话叫魂呢？"

"早什么早？这都下午三点半了！"电话里传来一阵咆哮声。

下午三点半？！

傅世槿猛地从床上弹起来，眼神发直，喃喃地对着手机问："我怎么睡了这么久？"

手机里传来冷笑声："你还问我？傅世槿你昨晚又熬夜了是吧？你还要不要命了！你巴不得为年轻人猝死的新闻添加素材是吧？"

傅世槿沉默。

实际上她不是昨晚熬夜，而是连续七八个晚上都熬夜看小说。但是这话她不敢对电话那头的泼辣女人说。

傅世槿默默地摸了摸脖子。她还是挺惜命的。

"傅世槿，我是懒得管你了，我就问你还记不记得你答应我的事？"

傅世槿依旧有些蒙："什么事？"

这话一出口她就后悔了。

果然，在她说出这三个字后，电话里的人就是一通咆哮："傅世槿，你这个宅女真的没救了！老娘昨天才跟你说的事，你就敢忘！"

傅世槿被吼得耳朵有些疼，下意识地让手机离自己的耳朵远一些。

可是对方好像在她家装了监控似的，直接吼道："你敢把电话拿开试试！"

傅世槿又默默地把电话移了回来，嘴角下拉，显得有些委屈。

她脾气不怎么好，在外人面前都是高冷范儿，给人一种难以亲近的感觉，但会对少数的几个人包容、宠溺。偏偏来电话的秦柔柔就是这几人之一。

秦柔柔？哼！一点儿都不柔。傅世槿撇了撇嘴。

"傅世槿，你给老娘听好了，周六下午的相亲你必须到场！"秦柔柔没了脾气，只好把说好的事再说一遍。

"相亲？"傅世槿一愣，顿时孛毛，"你神经病啊！"

"呵呵。"电话里传来秦柔柔的冷笑，"是你自己说的，你需要创作时间和空间，不能找一个太黏人的男朋友，还不希望对方太干涉你的生活，最好是有男朋友等于没男朋友；还有，你可以不理会他，但是他不能背着你和别的女人搞暧昧，只能爱你；最重要的是，对方要长得帅、身材好，对吧？"

"对，没毛病。"傅世槿在秦柔柔的一通咆哮后已经清醒，拿着手机走下床，向窗户走去，"秦柔柔，你放弃吧，天底下哪有这样的男人？我呢，已经做好单身一辈子的准备，养老钱我都在存了。再说了，女人又不一定非要有男人才能活。"

这些话在秦柔柔听起来有些幸灾乐祸的嫌疑。秦柔柔回道：

"哼！是挺难找的，但是老娘给你找到了。你麻溜些，周六就给我去见人。地址、时间我一会儿发你的手机上。"

什么？！傅世槿抓住窗帘的动作一顿，被秦柔柔的话震得不轻。但是她还算沉得住气，笑问："哟！还真有这样的男人啊？这种极品没被放进博物馆？"

"人家叫江聿，1991年的，除了你那条爱你暂时达不到之外，基本条件都符合。总之，人已经给你约好了，你必须去见一面。我可是奉旨行事，你有什么不满可以去找你家'老佛爷'。"秦柔柔懒得和她扯。

傅世槿几乎已经"看到"秦柔柔提及她老妈的时候，那尾巴翘起来的嘚瑟模样。

一想起自己那个妈，傅世槿秒尿。

但是她还是习惯性地挣扎了一下："他是1991年的？年纪太小了吧。小鲜肉啊！肉太嫩，我这个老阿姨下不了口。"

同时，她抓住窗帘的手也用力一拉。

唰——遮光窗帘被拉开，外面的阳光照了进来，驱散了卧室里的黑暗。

然而傅世槿被阳光刺激的眼睛还未来得及闭上就陡然睁大，盯着窗外的一个……"蜘蛛侠"？！

傅世槿惊呆了！

她家住十一楼，而她家窗户外吊着一个人！谁能告诉她，这"蜘蛛侠"是从哪儿来的？

傅世槿觉得自己的心脏还是蛮强大的，这么惊悚的一幕发生在眼前，她竟然没有尖叫出声。

虽然没有尖叫，但她还是愣住了。

窗外吊着的人也没想到自己爬到一半，住户的窗帘会突然被拉开，也愣了一下。

"蜘蛛侠"在窗外吊着，头上戴着安全帽，全副武装，傅世槿一眼就能辨认出他的职业。

至于长相……抱歉，这样一个吊着的人，还被安全帽的带子箍着脸，你能期待颜值吗？

"只是大三岁而已啊！俗话说，女大三，抱金砖。何况人家虽然年纪比你小三岁，可是比外面那些臭男人成熟稳……"

电话里秦柔柔的声音不断传来，可是傅世槿一句都没有听进去，主要是眼前的一幕太惊悚了。

不过，她感觉到窗外的"蜘蛛侠"的视线在往下移。

几乎是下意识地，傅世槿也跟着垂眸，视线落在了自己的睡衣上。

老天！现在是夏天，她一个人宅在家里，自然是穿着最轻薄还带着透明度的超短睡裙。而为了舒适度，她在自己家里，尤其是刚刚睡醒的时候，肯定是不会穿内衣的！

轰！傅世槿顿时觉得脸如火烧。

唰！几乎是身体快过大脑，傅世槿把拉开的窗帘又重新拉上了。

但刚刚拉上窗帘，她又觉得不对，再度拉开之时，窗外已经没有了"蜘蛛侠"的身影，只有一根绳子在窗外轻轻摇晃……那个无耻的"蜘蛛侠"已经不知去向。

咔嚓！傅世槿差点没把自己的牙给咬碎。

她就这么莫名其妙地被人占了便宜！她委屈、气愤！

"喂？喂？傅世槿你是不是又把电话丢开了？"她紧握着的手机里还在不断传出秦柔柔的声音。

傅世槿忍下心中的悲愤，抬起手，把电话重新放在耳边，背过身靠着窗户，对秦柔柔认真地说："秦柔柔，我刚才被人占了便宜。"

"什么？被占了什么便宜？你不是在家里睡大觉吗？你不会是在做什么充满'黄色废料'的梦吧？哦呵呵呵……"电话里传来秦柔柔老巫婆般的笑声。

傅世槿太阳穴上青筋跳动，她努力用平静的声音告诉秦柔柔："如果我告诉你，刚才在我家窗户外吊着一个人，你信不信？"

"傅世槿你这话题转移得略显生硬啊！你家在十一楼耶！大白天

5

的，你告诉我十一楼窗外吊着一个人？是不是你们写小说的人已经把想象代入现实了？再说了，就算窗户外真的有个人，和你被占了便宜有什么关系？"电话里秦柔柔的声音顿了一下，戏谑的声音再度传出，"不错嘛！小世槿，瞬间就有了两个故事灵感？一个是'黄色废料'小说，一个是灵异小说？"

傅世槿顿时觉得和这个家伙没有继续说下去的必要，"你不信就算了。"

"不是我不信，要是你窗外真有人，就拍照给我看看啊，你手里不是拿着手机吗？"

傅世槿从未觉得秦柔柔如此欠打！

拍照？傅世槿眼神幽幽地转向窗外，除了那根绳子，哪里还有人？

不过此时外面倒是传来了一些嘈杂声，还有惊呼声。

傅世槿看了一眼，只是觉得楼下站了很多人。

她从来不是一个喜欢凑热闹的人，所以也没有过多关心外面发生的事。

"行了，不跟你说了，我得洗漱一下，赶赶稿，今天的更文还没弄呢。"傅世槿决定彻底忘掉刚才的意外，离开窗户，朝卫生间走去。

"喂喂喂，你记得周六必到啊！'老佛爷'说了，为了防止你忽悠她，等你相亲结束，她会亲自打电话问你对方的情况，如果你的回答与我提交的资料不符，后果自负！"

傅世槿觉得自己的头更痛了。

心底生起的烦躁几乎让她破天荒地想要断更，好在她理智尚存。"'开坑'就决不断更，不管成绩好不好"，这是她的座右铭。

深吸了一口气，傅世槿挤出假笑："我这个妈，不去做特工真是浪费了。"

说完，她就干脆利落地带着几分杀气地挂掉了电话。

将手机随手一丢，傅世槿走进了卫生间，她需要用凉水冷静冷静。

此刻的她并不知道，在她所住的小区，甚至就在同一栋住宅楼里，发生了一件大事。

把卡在防护窗缝隙里的小孩成功解救的江聿也没有想到，在执行任务的过程中会突然出现香艳的一幕。

不过事实上他并未看到什么，只是下意识地看了一眼，就继续执行任务了。

任务就等于人命，没有任何事可以大得过人命！

"谢谢你，消防员同志。"

江聿把孩子送还到孩子的母亲手中，听到孩子母亲真诚的一句"谢谢"，严肃的脸上露出了淡淡的笑容。

"没事，以后出门小心点儿，不要再大意了。"江聿叮嘱了一句。

孩子的母亲也被吓着了，连忙道："是、是、是……"

早就赶过来的救护车带着被救下来的孩子和家属离开，围观的居民也都慢慢散去。

江聿走回消防车，背部轻轻往后靠，抬手摘下了自己头上的消防头盔，露出了年轻俊逸的脸。

他的五官很立体，带着一种刀削斧凿般的刚毅感，眼神很明亮也很幽深，仿佛藏着火光似的，让人被吸引着想要窥视。

尤其是现在，他健康的小麦色皮肤上挂着一些汗珠，更是加速了荷尔蒙的发散。

任何人看到这样一张脸，都会联想到如今当红的流量"小鲜肉"明星，却根本不会想到，拥有这样一张脸的江聿，是一名普通的消防员。

"队长，喝水。"

一瓶水被递到了江聿面前。

江聿笑了笑，伸手接过去。他的手指很长，就好像是钢琴家的手，骨节分明，好看极了。

"刚才吊着的时候没事吧？我见你突然停顿了一下。"坐在他旁边的消防员关心地问了一句。

江聿眉头轻蹙，脑海里闪过窗前所见的一幕，有些失神。

"队长？"江聿的沉默让消防员忍不住催了一下。

江聿收敛心中的思绪，看向消防员，说了句："十一楼有人。"

"啊！"消防员一怔，眼中迅速积累起火气，"我是挨个房间敲门的，里面有人居然也不开门？太可恶了！害你多吊了好几层楼。"

事发地点就在十楼，如果十一楼的住户配合，江聿根本就不用冒险从敲开门的十七楼住户家爬下来。

"算了，或许是没有听见。"江聿笑了笑，并不在意。

消防员泄气地道："也只能算了，不然还能怎样？"

把消防用具都收拾好之后，消防车驶离了小区，返回了林城光明区第三消防中队。

江聿洗了个澡出来，身上穿着黑色背心，贴身的背心显露出他身上的肌肉线条，再加上他那完美的身材比例，还有一米八七的身高，简直堪比男模。

他正擦着头发上的水，手机就响起了信息提示音。

把毛巾挂在脖子上，江聿点开微信，上面弹出一条信息："人给你约好了，时间定在周六。知道你的工作特殊，所以地点就选在了离你们中队不远的咖啡厅，保证你在两个小时内能完成此次相亲任务。"

江聿眉梢抖了抖，手指快速地敲打屏幕键盘："什么人？相亲？"

"对！你不是过了二十八岁吗？组织终于批准你谈恋爱了，做兄弟的当然要给你找个好的。只不过……"

对方突然的停顿让江聿眯了眯双眸。

过了半天，对方才发来第二条信息："女方比你大三岁。"

江聿想了想，才在微信上回复了一句："会不会……有点老了？"

他摆明了就是拒绝相亲。

相亲？这个词他觉得不应该出现在自己身上啊！

江聿好看的眉紧皱起来，他从内心排斥这种找对象的方法，所以女生的年龄是一个很好的回绝借口。

"江聿同志，你已经二十八岁了。"

8

在他发出那条消息之后，微信里很快就有了回复，对方就连语气都产生了变化。

江聿挑眉，嗯，二十八岁，好像不算年轻了。

不等江聿回应，手机就连续振动了好几次，一条条信息被发过来。

"你以为你现在的工作可以有机会去认识女孩子谈恋爱吗？

"好不容易找到一个不会嫌弃你陪不了她的女生，你就去看看怎么了？

"再说了，你们差三岁而已，又不是差十三岁。"

"总之，给句话，去还是不去？"

信息终于停止发过来，江聿微微扬起嘴角，干脆利落地回了一句："不去。"

他将这两个字发出去之后，那边似乎瞬间安静了。

然而一分钟后，江聿的电话就响了起来。

他一看来电显示，幽深好看的眼中流露出笑意。

没有放任手机一直响的习惯，江聿接通了电话。

"喂，江聿你怎么回事？不就是相个亲嘛，又不是让你上刀山下火海。"电话一接通，数落声就传了过来。

江聿腹诽了一句：我觉得上刀山下火海对我来说比较容易完成。

他还是保持平静地开口，打趣来电的人："邵中台，你什么时候做起了媒人的差事？"

"呸！你以为我乐意？如果你不是我表弟，我才懒得管。"电话里传来的声音有些不情愿。

"不是说了我不去吗？"江聿笑了笑。

"你不能不去，我已经在我女朋友面前保证了。这女生是她的闺密，你就算是给我一个面子，去一趟吧。"邵中台的声音转而变得哀求起来。

"女朋友？"江聿倒是有些意外。这个比他大五岁的表哥年前不是还单身吗，怎么才过了半年，就已经有女朋友了？而且听这口气，他表哥还对这个女朋友唯命是从，十分宠爱？

江聿没有过多去分析邵中台的女朋友，只是想要打消邵中台让他去相亲的念头："表哥，你想想，比我大三岁的女生，今年应该三十一岁了吧？"

"没错。"

江聿嘴角的笑容加深："一个三十一岁的老女人，居然还没有男朋友，不是长得太寒碜，就是脾气太臭，又或是心有所属，爱而不得，她只能默——"

"停！你打住。再说下去，我女朋友的闺密在你嘴里就变成变态了。"邵中台立即打断了他的话。

江聿却颔首，很欠扁地说了一句："不是没有这种可能。剩女被剩下，肯定是有原因的。"

"不会，我家柔柔说了，她这个闺密长相、气质都是上佳，性格也好，没有谈恋爱是因为工作，还有就是死宅，接触不到好的男人才剩下了。"邵中台忙解释了一句。

"什么工作？"江聿问了一句。

邵中台回答："好像……好像是写网络小说的，而且在网络上还挺火，算是大神级别了。"

"我不看网络小说，我们之间也不会有共同话题。年龄不对，性格不对，职业不对，爱好不对，我和她是不会有好结果的，所以我还是不要去耽误人家了。"江聿"直接"和"婉转"夹击，怎么都不愿松口。

"江聿！"邵中台被气到了，深吸了口气，声音突然放软，"算我求你好不好？就当是为了我未来的幸福，就当是看在你未来表嫂的面子上，你就去见一面。我向你保证，就见一面，事后我绝对不干涉你的决定。"

拿着电话的江聿沉默了——邵中台很少用这种语气求他。

"江聿？聿聿？聿……"

越发肉麻的声音传来，江聿浑身起了一层鸡皮疙瘩，道："邵中台，你说你一个八零后，怎么比我一个九零后还幼稚？"

10

"你就答应吧，你答应了我就不烦你了。"邵中台不以为耻地继续"卖萌"。

江聿蹙眉，在这可怕的"威胁"之下只好答应："好。"

"太好了！果然是我的亲表弟。"邵中台大笑着挂了电话。

没过一会儿，江聿的手机又接到了邵中台发来的微信，上面写着："周六下午三点，灌木丛咖啡厅。女方手里会拿着一本《新华字典》，你手里拿着一朵红色玫瑰花。记住啊，是红色的，别买错了颜色。"

江聿看完内容，嘴角微微一扯：还红色的玫瑰花、《新华字典》？这桥段还真是够老土的。

莫名地，他脑海里就浮现出一个穿着古板，戴着近视眼镜，不苟言笑的女子模样。

叮——微信提示声打断了江聿可怕的幻想。

他垂眸看向屏幕，消息依旧是邵中台发来的。

"算了、算了，我怕让你买朵红玫瑰，你买成菊花。你出发前，我会让花店的人把花送到你们中队。"

江聿看完这条信息，有些后悔自己一时心软答应了这次相亲。

但是他一向重承诺，不管愿不愿去，既然答应了邵中台，就不会反悔。

退出微信界面，江聿看了看日期，今天是周四，也就是说相亲是在后天。

傅世槿的死宅真不是胡说的，周四到周六她都没有出过门，吃饭全靠点外卖。拿秦柔柔的话说，像她这种死宅，就算死在家里，也只有尸体发臭了才会有人知道。

不过，傅世槿虽然没有出门，但还是从业主群里知道了一个消息，那就是在周四那天，她楼下住户的小孩在家里没有大人的时候爬出了窗台，半个身子卡在了防护窗的缝隙里。那家的大人也糊涂，出门忘记带钥匙，进不了家，最后只能报了警。

所以那天她在窗外看到的"蜘蛛侠"，哦不，是消防员，应该就是来处理这件事的。

知道这件事后，傅世槿在心里自我安慰：算了算了，人家也是为人民服务，占了她点儿便宜就算了吧。

没有在这件事上多费神，傅世槿这两天把精力集中在进入收尾阶段的连载文上。

"乔蓝终于明白，自己爱的人是贺舟！"键盘的敲打声终于停止，傅世槿满意地看着这一章更新的结尾——嗯，就卡在这里，卡得读者嗷嗷叫。

身为作家，最大的成就感就是能调动读者的情绪跟着情节和人物走。

嗡嗡——被傅世槿调成振动模式的手机响了起来。

手机没有在她码字的时候响起，所以这没有影响傅世槿的好心情。她一只手操作鼠标发布更新，一只手抓起手机接听："喂。"

"傅世槿你在哪儿？"电话一接通，秦柔柔的质问声就传了过来。

"在家啊，我还能在哪儿？哦，不对，如果要开编剧会，我就不在家。"傅世槿完全没反应过来秦柔柔的这通电话是为了什么。

"都几点了！你梳洗打扮好没？"秦柔柔直接问。

"我又不出去，干吗要梳洗打扮？"傅世槿觉得莫名其妙。

电话里的人沉默了两秒，然后一声河东狮吼传来："老娘就知道你忘了！今天是周六，现在是下午一点半。你还有一个小时打扮好自己，半个小时赶往灌木丛咖啡厅。记住，带上你家里的那本《新华字典》。"

傅世槿的耳朵被这吼声震得隐隐发疼。她听清楚了秦柔柔的每一句话、每一个字，终于，那段被她遗忘的记忆被唤醒——相亲！

灌木丛咖啡厅。

傅世槿觉得，如果不是有非来不可的理由，她是不会走进这家咖啡厅的。

"唉——"傅世槿已经记不清自己像傻子一样坐在这里，叹了第几次气。

在她面前的桌子上，摆放着一杯拿铁，还有一本……《新华字典》。

不过才进来短短五分钟，她怎么感觉像是过了一辈子？傅世槿在心中喟叹。

她垂眸，再一次按亮了手机屏幕——下午两点五十九分。

秦柔柔怕她迟到，一直在电话轰炸，催着她出门，结果她倒是提前了六分钟到，那个在秦柔柔口中神秘的小鲜肉却还没有到。

她不迟到是代表尊重，但是不代表她能容忍约会不准时的男人！

再等一分钟，下午三点一到，人没来，我就走。放下手机，傅世槿在心中对自己说道。

视线落在还未黑屏的手机屏幕上，她在心中默默地数数儿——她的手机是设定了一分钟自动锁屏的，只要她的手机屏幕一黑，就说明时间到了。

小鲜肉迟到，她家"老佛爷"可怪不到她头上。

没有让傅世槿失望，手机屏幕准时变黑。

时间到了！傅世槿心中一喜。

与此同时，咖啡厅的大门被推开，一个身形颀长的人走了进来。他穿着白色的休闲衬衣，领口微开，露出了性感的锁骨，隐隐还有肌肉线条浮现，眉眼更是少有地俊逸帅气，头发也很短，干净清爽的气质吸引了好多明里暗里的目光。

他一走进来，光线原本有些昏暗的咖啡厅仿佛都明亮了不少。

没有例外，傅世槿也成了这些打量他的人中的一员。

她一直都承认自己是"颜狗"，但迷的都是二次元里的那些帅哥，现实生活中，就连一些当红流量明星都入不了她的眼，因为她觉得某些男明星五官过于精致漂亮了，却缺少一种男人该有的阳刚之气。

眼前这位走进来的小鲜肉却不会带给她这种感觉。

或许是因为他那一身扑面而来的男性荷尔蒙吧。傅世槿在心中暗忖，视线一直紧盯着人家不放。

小鲜肉进来之后，环视了一周，似乎在找人。

他的眼睛很明亮，而且有神，配上有些深的眼窝，眼波流转之间好似在到处放电一般。

忽地，傅世槿觉得小鲜肉应该是找到了他要找的人，正在朝她所在的方向一步步走来。

傅世槿选的位置是一个靠窗的卡座，不前不后，就在中间。

她前面的位置上没有客人，后面倒是有两三桌人。

随着小鲜肉的靠近，傅世槿把他的五官看得更清晰了些。

好精致的五官！出于"颜狗"的自我修养，傅世槿忍不住在心中惊叹了一句。

不过表面上，她依然保持着高冷、淡定自若的表情，一副不为美色所动的样子。

惊艳归惊艳，傅世槿并没有什么别的想法。

看了几眼，她就收回了视线，把手伸向了桌上的手机：嗯，小鲜肉迟到了，那么她也算是完成了今天的任务。

然而就在傅世槿准备起身离开的时候，令她惊艳的小鲜肉坐在了她对面。

傅世槿抬眸看向他，眼神有些疑惑，却没有立即开口。

江聿的视线先是落在桌上的《新华字典》上，然后渐渐上移，看向傅世槿。

相亲的对象就坐在他对面，五官漂亮，妆容精致，修长的脖颈边微卷的长发自然地顺下，皮肤雪白，少了几分正常的红晕。她的脖子上戴着一条很有设计感的吊坠项链，吊坠上镶嵌着蓝宝石，紧贴着她雪白的皮肤，衬出一种精致的高冷感。

江聿的视线轻扫了一下，又回到傅世槿的脸上。她的目光很沉静，沉静得有一种不通世俗的疏离感，此时那双眼眸中所透出的眼神带着几分疑惑和求解。

眼前的人与他想象中的大龄剩女不一样，这是江聿对傅世槿的第

14

一个印象，而第二个印象就是，眼前的女人漂亮、冷淡，不易亲近。

两人就这样默默地对视了几秒。

傅世槿等不来对方的解释，索性继续之前被打断的动作，拿起了桌上的《新华字典》——反正她也要走了，谁坐这里有什么关系呢？

只是她不知道，她的这一系列动作让江聿的眼眸中染上了一层饶有兴致的光泽——这场相亲似乎不会像他想象中那么无趣了。

"傅小姐很赶时间吗？"在傅世槿准备离开的时候，江聿终于开口。

他的声音很好听，而且吐字字正腔圆，带着一种力量。

傅世槿看着江聿，沉默了几秒之后，嘴角微微一扯，淡淡地道："看来你就是那位小鲜肉了。"

小鲜肉？江聿微微一扬眉梢，对这个称呼不置可否。

傅世槿把《新华字典》放回去，说了一句自己没有认出他的理由："你手里没花。"

嗯，花，江聿皱眉。邵中台买的花是送到了，但是他觉得一个大男人手里拿着一朵红玫瑰从消防中队走过来实在太显眼了，所以把花送给了正巧从门口路过的老奶奶。

回想起接过他的花的老奶奶当时感谢的笑容，江聿嘴角微微上扬了一下。

傅世槿看向坐在自己对面明显走神了的小鲜肉，沉静的眸子中染上了一层淡淡的不悦，道："江聿，江先生是吧？"

听到这道有些冷和距离感的女声，江聿收起回忆，抬眸看向对面。

"你没有遵守相亲的约定，看来对此次相亲的安排不是很满意。其实我也不满意，那不如咱们就此再见？"傅世槿凝视着他那明亮的双眼，开诚布公地说。

她的语气很平静，并不像是赌气说出来的话。

江聿想了想，直接道歉："对不起，没有把花带来是我的错。"他也不给自己找理由。

面对对方这么诚恳的态度，傅世槿还能怎么说？

傅世槿靠着咖啡厅的沙发，认真地打量江聿。他坐姿很好，脊背挺拔，根本不靠着沙发，莫名地流露出一种从容不迫的感觉。

拿他和她对比一下，让她更加像慵懒得没有骨头了。

的确如同秦柔柔所说，他虽然是九零后，却比一些八零后的男人更显得稳重。

只是她欣赏江聿的外表是一回事，但要谈恋爱？她现在并没有这个想法。或许是单身久了吧，她总觉得一个人的日子其实很不错，干吗要找个大爷来伺候？有的时候习惯被打破也是一种苦恼。

"江先生是当过兵吧？"傅世槿写了那么多年小说，自认还是有些辨人能力的，江聿的气质明显和一般人不一样。

"嗯。"江聿颔首。

果然！傅世槿嘴角浮起一抹淡得几不可察的笑容，似乎是在得意于自己的准确判断。

"傅小姐叫我江聿吧，先生这个称呼，我有些不习惯。"就在傅世槿再次生起想要撤退的念头时，江聿主动开口了。

傅世槿露出一抹尴尬而不失礼貌的微笑："今日之后我们应该不会再见了，称呼什么的不用太在意吧。"

江聿微微眯了一下眼睛，笑着问："傅小姐是对我不满意？"

"不，我觉得我们应该是互相不满意，或者说，我们是对这一场相亲不满意。"傅世槿微笑着纠正他的说法。

她又不傻，从江聿不按照约定前来又准时出现的行为中，早已读取到他心中的真实想法。

如果真的很重视这一次相亲，一般的男生不是都会先到场吗？他们更会重视约见的信物。但江聿不是这样，很显然他没有迟到只说明他这个人素养很好，虽然不在意甚至反感这次相亲，但还是准时来了。

江聿依旧保持着微笑，没有打断或者反驳傅世槿的话。

"其实你是被迫来的吧？我也是。我们都有不得不出现在这里的理由，但是现在既然已经出现了，也就代表我们已经完成任务，所以就不要再浪费彼此的时间了。"傅世槿一口气说出自己想要说的话。

说完之后，她在心中长舒了口气。

除了去开编剧会之外，她已经很久没有这样面对着人说这么长的话了，说完之后居然还有点气喘。

把要说的话说完，傅世槿垂眸，不再去看那张撩人的脸，伸手拿起桌上的咖啡，放在唇边轻抿了一口。

江聿沉默，就像是一头极有耐心的猎豹，安静地潜伏着，等待着最佳的出击时刻。

他看到了残留在傅世槿嘴唇上的咖啡渍，随手抽出桌上的餐巾纸递了过去。

看着被递到自己面前的餐巾纸，傅世槿一愣，视线却落在了拿着餐巾纸的手上。

好漂亮的手！傅世槿仿佛听到了自己内心的尖叫声。江聿的这双手干净修长，而且骨节分明，简直可以去做手模特！

"擦擦。"见她不动，江聿提醒了一句。

好宠溺的声音！傅世槿抬眸看向对面，沉静的眼神中带着些许茫然，她打死也不愿承认，自己居然被这个小鲜肉撩到了。

面对她的眼神，江聿嘴角的笑意很明显。

鉴于她一直没有接餐巾纸，他干脆微微起身，长臂探过两人之间的桌子，亲自动手，动作轻柔而专注地仔细擦掉了傅世槿嘴角的咖啡渍。

轰！在江聿的手碰到自己的时候，傅世槿只觉得脑袋里突然炸开，化为一片空白。

高手！这人简直太会撩了！

"咯。"好在傅世槿心理素质过硬，一秒之后立即回过神，身体向后靠去，拉开了两人之间有些暧昧的距离。

江聿没有继续动作，而是收回手，玩笑般说了一句："小姐姐，你好像很紧张。"

傅世槿嘴角狠狠地一扯，冷着脸道："我们还是第一次见面，难道你不觉得你的行为有些过了吗？"

原以为江聿会反驳一句，但让傅世槿意外的是，这个小鲜肉居然淡定地说了句"抱歉"，没有任何解释，只是为自己的行为做出相应的态度。

这样一来，傅世槿还怎么发火？

"算了。"傅世槿没好气地道。她将视线投向窗外，看着外面过往的人群，平复自己刚才被撩得乱了的心跳。

她那一副拒人于千里之外的样子，令江聿探究的眼神中多了几分好奇。尤其是当他的视线不由自主地顺着傅世槿优雅修长的脖子往下移的时候，一种莫名熟悉的感觉让他微微蹙眉。

不过他的视线并没有侵犯之意，在意识到自己的不由自主时，他立即纠正了视线，重新将其上移到她精致漂亮的五官上。

她保养得极好，只是神色有些憔悴，皮肤也有些病态的苍白。江聿微微抿了抿唇，心中总结了刚刚的观察。

"不知道你对我的了解有多少？"尴尬的沉默中，江聿主动开口。

傅世槿转头看向他，一字一顿地回答："江聿，男，1991 年生。"事实上，秦柔柔为了防止她在她妈面前作弊，对江聿的信息进行了全方位的保密。

她这样的回答并未让江聿觉得难堪，在听完之后，他嘴角噙着淡淡的笑意，看着傅世槿道："那我自我介绍一下。江聿，1991 年生，今年二十八岁，现任林城光明区第三消防中队中队长。"

"消防？"傅世槿诧异了一下。

她没有想到，坐在自己对面很会撩妹的小鲜肉竟然是一名消防员。

以江聿的长相，傅世槿觉得他出道当明星都绝对有资格，再或者做现在流行的网红、主播。反正有颜值，他想要做什么样的工作都应该是轻而易举的。

"小姐姐为什么这么吃惊？是没见过这么帅的消防员吗？"江聿

笑了。其实他坐下来之后一直保持着微笑，但是这一次竟然露出了整齐白亮的牙齿。

他一笑，顿时让傅世槿有一种"我老了"的感觉。他就像一个小太阳，不断地散发着他的热度，感染着他身边的每一个人。

不过傅世槿绝不服输："是没见过这么会夸自己的消防员，而且还是中队长。"

"小姐姐心目中的消防员是什么样子的？"江聿饶有兴致地看着她。

对这个问题，傅世槿还真认真地想了想，最后才道："严肃、认真、辛苦……一板一眼吧。"

江聿一边听一边点头，等她说完，补充了一句："都不错。但是小姐姐知道吗，现在的消防员战士都是九零后了。"

傅世槿嘴角微微一抽，腹诽：要不要这么特意地提醒我一下代沟的问题？

"九零后又怎样？"傅世槿语气微变。

察觉她语气中的怒意，江聿就知道她误会了，第一次做出解释："九零后的消防员战士，除了具有你刚才所说的那些品质之外，也更加热血、积极、与时俱进。"

傅世槿抬眸看向他，与他看过来的目光碰上。

在那一瞬间的眼神接触中，她的心居然漏跳了一拍——该死的！美色误人！

"我对消防员不是很感兴趣。"傅世槿移开视线，冷淡地道。

江聿没有去追问她说这句话的原因，直接把话题拉到她身上："听说小姐姐是一个网络作家。"

"嗯，混口饭吃。"傅世槿神情恹恹地道。

这倒不是她对江聿刻意表现出来的不满，只是她因为长期宅在家里，难得出来坐这么久，觉得有些困倦，其实就是缺乏运动和规律作息后的精神萎靡，如果不是江聿坐在对面，恐怕此刻她就要控制不住地打哈欠了。

19

"能在这个行业里混口饭吃，很不简单啊。"江聿看到了她眉宇间的倦色，不过没有追问，毕竟两人才是第一次见面。

"嗯。"傅世槿敷衍地应了一声。

江聿接着说："作家需要独立的空间和大把的时间来进行创作，消防员也要在队里随时待命，从这一点来看，我们两人的职业还是蛮配的。"

他说这番话时理直气壮，完全忘记了是谁对邵中台说职业不匹配的。

傅世槿疑惑地抬眸看向他："你是什么意思？"他不是来走过场的吗？

江聿抬起手腕，露出了腕上的手表，看了看时间后，又看向傅世槿："我的意思是……小姐姐，很高兴今天能认识你，可以加个微信吗？"

说完他掏出了自己的手机，打开了微信扫一扫。

傅世槿愣住了，这是什么神转折？加微信？

鬼使神差地，傅世槿还真的和江聿互加了微信。

等到添加好友成功之后，她才反应过来，自己是不是被套路了？啧啧啧，现在的消防员小哥哥不得了嘛！

傅世槿心中闪过一丝冷笑，她告诉自己，只是加个微信罢了，自己的微信好友列表里还有外卖小哥的微信、快递员的微信呢。

现在多了一个消防员，还是中队长的微信，万一哪天家里起火……发散的思维让傅世槿突然愣住，她立马在心中呸呸呸了三声。

"谢谢小姐姐给我这个面子。"江聿满意地收回手机，对傅世槿露齿一笑。

接着，他突然起身。

傅世槿睁大眼盯着他：这又是什么操作？刚要了微信，他就要走人？

"今天时间差不多了，我要赶回队里。小姐姐，我们微信联系，等我放假的时候再约你出来吃饭。我先走了，你若是愿意就再坐一会儿。"江聿说完，掏出一百块钱放在了桌上，解释了一句，"既然是约会，自然应该由男士付账。"

他显然是知道在咖啡厅里点单都是需要先付账的，所以没有叫来服务员，而是直接把现金给了傅世槿。

但是从他坐下到离开，傅世槿并未问过他要喝点儿什么，他自己也什么都没点。

不等傅世槿反应过来，江聿就离开了咖啡厅。

江聿长腿迈出，朝着第三消防中队走去。他第一次觉得，周末这两个小时的自由活动时间真的太短了！

江聿离开之后，傅世槿还在对着桌上那一百块钱发愣。

他这波操作，简直让她有些招架不住。

现在的九零后都是这么会玩的吗？傅世槿在心中狠狠地吐槽了一句，拿起桌上的钱，同样起身离开。

走出灌木丛咖啡厅，傅世槿就被下午的阳光晒得浑身发软。哪怕回家只需要走不到二十分钟的路，她依然选择了打的。

在江聿走到第三消防中队的大门口时，手机传来了微信提示声。

他掏出手机一看，是他表哥邵中台发来的消息。

"怎么样？我可是算准了你两个小时的外出时间给你发的消息，已经回来了吧？人怎么样？"

对这透着浓浓八卦气息的询问，原本江聿是不想理会的，但是他今天心情好，修长的手指在手机屏幕上敲了几下，编辑出回复："挺好。"

对方很快回复："挺好是什么意思？这是有戏还是没戏？"

江聿微微一笑，不再回复。

叮——又一条微信消息在这个时候发来。

江聿退出与邵中台的聊天界面，看到了傅世槿发来的消息。

傅世槿的头像是一张拿着香槟酒杯的手的图片，和她给人的感觉一样，透着高冷意味。

21

傅世槿发来了两条信息，一条是发的红包，还有一条写着："我这人不喜欢占便宜，咖啡是五十八元，红包是找回的四十二元。"

江聿嘴角微微上扬，点开了红包。

他本想说些什么，但在这时队里的警铃响了起来……

出租车上，傅世槿看到对方已接受红包的提醒，心中松了口气。

电话突然响起，傅世槿接通，把手机放在耳边："大小姐，又怎么了？"

"快说说，小鲜肉如何？"秦柔柔语气格外激动。

傅世槿却平静地回答："嗯，很帅。"

"还有呢？"

"很会撩。"

"很会撩？"电话里传来了秦柔柔因为激动而高了八度的声音。

对面突然变高的声音有些刺耳，傅世槿下意识地把手机移开了些。

"傅世槿你终于开窍了！快跟我说说，小哥哥是怎么撩你的？"

秦柔柔这八卦的语气让傅世槿嘴角微微一扯。

她在手机里刺耳的声音消停之后，才把手机移回来，顺便纠正了秦柔柔的一个用词："是小弟弟，不是小哥哥。"

"小弟弟？嘿嘿。"结果秦柔柔在手机里猥琐地笑了起来。

傅世槿顿时感到无语，忍不住骂了一句："秦柔柔，你脑子里装的都是'黄色废料'吗？"

"小姐姐，你如果不是和我想的一样，又怎么知道我脑子里装的是什么？"秦柔柔漫不经心地回击。

傅世槿翻了个白眼，却因为秦柔柔的话，脑海里浮现出江聿的样子。

他的笑容很阳光……阳光得让人有一种自惭形秽的感觉。下意识地，傅世槿就觉得这样的男人不该属于她。

不管傅世槿承不承认，在她高冷的外表下，其实藏着的是一颗有点儿丧的自卑的心。

"唉，老了。"

22

"老什么老？傅世槿，老娘和你同年啊！你都老了，那我怎么办？"

秦柔柔的声音把傅世槿的思绪拉了回来，这时她才反应过来，自己竟然把心中的感叹说了出来。

脑海中江聿的身影渐渐地淡去，对不属于自己的人和物，傅世槿向来不会多浪费精力。

"好、好、好，你不老，我们柔柔大小姐永远不老。"傅世槿哄着。

"呸！你当我是王八还是老妖怪？本小姐要优雅地老去。"秦柔柔傲娇地道。

这时出租车缓缓地停靠在了路边，傅世槿把钱递给司机之后便下了车，口中不忘道："我下车了，嗯，就这样。"

说完，她不给秦柔柔半点儿反应的时间，就啪的一声挂断了电话。

被挂了电话的秦柔柔愣了几秒，突然反应过来，把手机往沙发上一摔："又把老娘绕过去了！"

傅世槿这话题转移得毫无痕迹啊！秦柔柔气得咬牙切齿。

"宝宝别生气，来吃口蛋糕。"秦柔柔身边坐着一个西装革履、容貌端正英气的男子，一副商业精英的模样，却做着与身份不符的事：他用勺子舀起一块儿蛋糕递到秦柔柔嘴前。

秦柔柔看了他一眼，张嘴一口吃掉蛋糕，嘴里还不忘"甩锅"："邵中台，我告诉你，我若是长胖了，就是你害的！"

"你一点儿都不胖！我觉得还太瘦了，要喂胖一点儿。"邵中台打量了一眼秦柔柔略微丰盈的身材还有可爱精致的五官——娇娇小小，肉肉的抱起来才舒服嘛。

"啧啧。"秦柔柔鄙视地看向他，"邵中台你的眼神好猥琐。"

"喀喀。"邵中台收回勺子，面色一窘。

秦柔柔心中有事，也不难为他。刚才在傅世槿那里没有打探出什么消息，她便问邵中台："你那边怎么样？"

"什么怎么样？"邵中台一下子没有反应过来，眼神有些茫然。

秦柔柔在他的腰间掐了一把，道："你那个表弟啊！他对我们世槿的感觉怎么样？"

"呃，挺好。"邵中台把江聿的原话复述了一遍。

"挺好？"秦柔柔眨了眨眼，"挺好是几个意思？"

邵中台无辜地摇头。

秦柔柔气急："哎呀，你继续问啊！"那架势大有一种今天得不到答案就不罢休的意思。

"他没回我，估计是出任务去了。"邵中台双手一摊，越发无辜。

"出任务？今天不是周末吗！"秦柔柔问。

邵中台叹了口气，道："他们这一行都是一天二十四小时待命，哪里有什么周末，说是周末，也是离岗不离队，外出人数不能超过全队的百分之十五，而且外出时间不能超过两小时，超过两小时就必须向上级申请。"

"这么惨？"秦柔柔对此深表同情。

邵中台扫了她一眼，道："不然呢？你以为以我表弟那么出色的外表，为什么都二十八岁了还没有女朋友？一来是因为他们有规定，不到二十八岁是不能谈恋爱的，二来是因为他们根本就没有时间去接触女生。"

"当个消防员，组织还管什么时候谈恋爱啊？"秦柔柔听得咋舌，打抱不平地道。

邵中台耐心地向她解释："以前消防是属于武警系统，也是属于军队编制，去年不是改制了吗？咱们国家成立了独立的消防救援系统，把消防这一块划出了军队编制。但是一切的待遇还有制度都是平移的，部队上二十八岁前是禁止属地恋爱的，所以他们也一样。"

秦柔柔听完之后沉默了一会儿，突然道："怎么办？我有些后悔介绍你表弟给我闺密了。"

邵中台嘴角狠狠地一抽，捏了捏她肉肉的脸颊："瞎想什么呢？他们两人能不能成还不一定。我说宝宝，你特意跑来我这里，说是给我一个惊喜，可是怎么到现在都是在说别人的事？"说着他凑上去，把脸侧在秦柔柔面前，"来，亲一口，乖。"

"讨厌！"秦柔柔嘴上说着，涂满口红的嘴却凑了过去。

吧唧！

傅世槿回到家的时候，手里提了一袋水果。揣在包里的手机一直响个不停，放下水果之后傅世槿才有空把手机拿出来，看也不看便按下接听键。

能这么锲而不舍地一直给她打电话的人，除了她家"老佛爷"还能是谁？

"喂，妈。"傅世槿歪着头夹着手机，拿了刚买的苹果，走向厨房打开水龙头洗了一下。

"今天的相亲怎么样？"傅妈妈开门见山地问。

傅世槿在心中叹了口气，怎么又是问这件事的？不过她也知道，这个电话迟早会打过来。

"不怎么样。"傅世槿漫不经心地回答。

傅妈妈不满女儿的态度："什么叫不怎么样？快跟妈说说，人家小伙如何？"

傅世槿想了想，问她家"老佛爷"："妈，这个男生可是比我小三岁，而且你知道他是做什么的吗？他可是消防员。"

第二章

我对他没有感觉

"消防员怎么了？"傅妈妈的语气透着一种正气。

傅世槿觉得有些心累："妈，你想想，消防员的工作多危险？每天火里来水里去的。而且消防员的时间和精力都拿去照顾社会了，他哪里有时间照顾自己的家庭？我找这么一个人，不仅得不到半点儿照顾，还要为了他整天担惊受怕，何必呢？"

"哼！你不是说自己不用照顾吗？"手机里传来傅妈妈的冷笑声。

傅世槿嘴角微微一扯——得！她又被讽刺挖苦了一把。

傅妈妈的声音继续传来："你也少给我找借口，我都替你打听过了，像他这种是城市消防，工作虽然危险，但是也还好，那种森林消防才叫危险。而且消防员的服役时间是十二年，他只差四年就可以转业了。"

"呵，刘芳华女士，你知道得还真不少。"这一次换了傅世槿冷冷地一笑。

顿时，傅妈妈骄傲的声音传来："那当然！你可是我女儿，事关你的终身大事我当然要打听清楚了。你放心，妈的眼光还是不错的，我都问……"

傅妈妈后面喋喋不休的话傅世槿根本没在听，她走到客厅，打开了电视机。

实际上，她平时都是看小说或者在网上刷剧，很少看电视。

她随意调一个台，只是想让房间里有些声音，让她不会觉得太过冷清。有这么一个习惯，或许是因为她骨子里也是一个怕寂寞的人吧。

这是很矛盾的感觉，她宅在家，极少与外人交流，应该是喜欢安静的，但是在安静的空间里待久了，她也会害怕这种感觉。她想要热闹，却又不想费心和人交流，所以打开电视其实是一个很好的选择。

傅世槿坐在沙发上，听着老妈的声音，一只手拿着苹果啃着，一只手拿着遥控器随意地换台。

突然，傅世槿调台的动作一顿，电视机的画面停留在了林城当地的新闻频道上。

此时这个频道正在播报一条突发新闻，一家餐馆的煤气罐爆炸，引发了大火，混乱的画面里浓烟滚滚，还有火焰在燃烧，不时传来的爆炸声使得画面很是震撼。

傅世槿把画面停在这里，不是因为她关心社会，而是因为刚才在镜头中一闪而过的身影。

江聿？镜头给的时间太短，傅世槿不能确定自己是否看错。

"据目前所了解的情况，起火的原因是餐馆里的煤气罐突然爆炸。在煤气罐爆炸的时候，餐馆老板还有一些顾客受到了程度不同的伤害……大火蔓延速度很快，直接覆盖了左右的商铺，但最重要的是，离该地不足二十米的地方就是一个加油站，若是无法及时控制火势蔓延，极有可能引发更大的危害和火情。目前我市光明区第三消防中队已经赶到，正在进行火情控制，还有人员抢救……"

电视机里，现场记者正在用加快的语速播报这条临时新闻。她的语气加重了这种灾难的紧迫感。

"喂……喂？世槿，世槿？"傅妈妈的声音不断地从手机里传来。

傅世槿把注意力从电视上移开，回了一句："妈。"

"你到底有没有在听？"傅妈妈有些埋怨。

"嗯。"傅世槿心不在焉地应了一声。

"我刚才跟你说的话……"

"妈，我还有点儿事，你要是没什么要说的，我就先挂了，改天我再给你打电话。"傅世槿匆忙打断了傅妈妈的话，挂了电话。

甚至为了避免再被母亲"夺命连环 call"，她直接关掉了手机，然后专心看电视。

若是以往看到这样的社会新闻，傅世槿会大致看一眼，但不会这么专注，或许是因为这次参加救援的人中有一个她认识的人？

傅世槿来不及去理清自己异常的原因，双眼紧盯着电视屏幕中大火的画面，那个熟悉的人却一直没有再出现在镜头前。

林城光明区算是林城新、旧城的交界之地，所以某些地段会保留几十年前那种联排的平房，如今大多是出租给别人做生意用。而在寸土寸金的市区里的加油站，四周也无法清理出真空地带，所以只能紧挨着这些商铺。

煤气罐爆炸的餐馆已经被大火烧得面目全非，好在当时用餐的人不多，在发生爆炸的时候，这一排商铺里大部分的人本能地跑了出来。

及时赶到的第三消防中队人员也第一时间把困在火中的伤员抢救出来了，眼下似乎只要及时阻止火情的扩散，将火扑灭，就能完成这次任务。

"中队长！"

刚刚从火焰中冲出来的江聿还未来得及站稳，就听到了一道慌乱的声音。

他抬眸望去，是中队的一名消防员。

"中队长，刚刚从餐馆老板口中得知，在后厨外的巷子里还有两个未来得及换的空煤气罐。"消防员急忙汇报了最新的情况。

江聿深邃的双眸倏地一缩。

身为资深消防员，他很清楚这样的空煤气罐代表了什么——这样

28

的煤气罐虽说已经被用完了气，但那只是指里面剩余的煤气不足以提供火力，并不代表里面一点儿煤气都不剩，里面剩余的气体如果遇到这么大的火势，会直接引发爆炸，催化火势的蔓延，还会增加伤亡。

"中队长，我去！"跟在江聿身边的消防员已经有五年消防经验，在听到这个意外的情报之后，立即请命。

江聿一把抓住那个消防员，沉声道："你的速度没有我快！"现在他们就是在和大火拼速度。

"张川留下清路，其他人继续全力灭火。"江聿通过耳麦迅速下达命令，然后身影如同猎豹一般冲出，扑入了火场之中，那速度简直就好像他身上没有穿着七十斤的装备一般。

被隔离在远处的围观群众看到这一幕，都不由自主地发出一声惊呼——面对大火，不是每个人都有勇气冲进去的。

电视机前，一直紧盯着屏幕的傅世槿看到了一道冲入火场的身影。那人速度极快，根本让人看不清他是谁，但是她的心莫名地猛跳……

"还真的是他！"

傅世槿也搞不清楚自己是出于什么样的心情要坐在电视机前看这样的当地社会新闻的。

这一次她看清楚了，冲入火场的那个人就是江聿，那个刚刚和她分开不到一个小时的男人。

不久之前他还坐在她面前谈笑风生，帅气地撩妹，现在他却赶赴了火场进行救援？

傅世槿突然有些好奇，他是怎么做到这样两种状态无缝切换的？

抿了抿唇，傅世槿按下了遥控器上的电源键，正在上演着惊险一幕的电视屏幕突然变成了黑色，房间里也顿时安静下来。

丢下遥控器，傅世槿身子一歪，躺在了沙发上，两只眼睛盯着天花板上的吊灯，心情毫无波澜——和自己没有关系的人，想那么多干什么？

燃烧的火焰里，在江聿冲入其中之后，被他点名的张川就在用灭火筒清理道路，要防止火焰阻隔，替江聿清出路来。而其他消防员手里拿着水枪，对准了燃烧的火焰喷洒，使得这一片的空气中都多了一种潮湿感。

围观的人群被拦在警戒线外，几乎是个个拿着手机，在惊叹、好奇中拍摄现场视频，丝毫不觉得自己所处的地方是很危险的。

当地派出所的警察还有被调度过来的协警则在忙碌地维持秩序。

消防车、救护车都已经在指定地点待命，一切看似混乱，却又并然有序。

在江聿冲入火场后不到两分钟，围观的群众就看到有一道身影以极快的速度一手提着一个煤气罐冲了出来，那速度之快，仿佛在他的防火服上都燃起了一团火焰。

噗！他一跳出来，张川就拿起一块隔热棉直接扑上去盖在了煤气罐上，又有水枪喷出的水从天而降，浇灭了他身上的火焰。

这一系列的动作和配合，是在不到一分钟的时间里完成的。

围观的群众看得刺激，好像是在看好莱坞大片一般。

电视台的主持人也看得瞠目结舌，一时间都忘记了正在现场直播。

解除了后顾之忧，大火的扑灭工作进行得很顺利，又用了十几分钟的时间，消防员们终于把明火扑灭。

"所有人跟我进去检查一遍，别让死灰复燃。"江聿丢下手中的水枪，拿起随身装备，带着全队的人再一次进入了火场中。

扑灭了明火，他们还要检查有没有暗火，才能确定一次消防任务是否完成。

餐馆里已经被烧得只剩下断壁残垣，地上是被大火、大水摧残之后的一片泥泞。消防员们踩在泥泞之中，仔细地检查每一个角落，确保没有留下任何安全隐患。

在火场外，城市新闻的主持人还在继续直播。

她背对着火灾地点，手里拿着话筒，面对着镜头道："在这一次大火中，除了最先起火的餐馆以外，紧挨着餐馆的左右三间商铺也受到了波及，预估这一次的财产损失大概为五十万元人民币，好在这次事故中虽有人受伤，但没有危及生命……"

"中队长，检查完毕，没有发现火星。"江聿耳麦中传来了消防员们的汇报。

确定了没有任何隐患之后，江聿才下令收队。

至于后面对火场的现场评估会由支队的人来完成，不需要他们操心。

走回消防车旁边，江聿和其他队员都摘下了头上的帽子，露出的脸上都是黑一块白一块的，被大火中的烟熏得看不清五官。

张川突然走到江聿面前，挤眉弄眼地道："头儿，那些记者过来了。"

"交给指导员应付。"江聿转都没有转身，只丢下了一句话，便上了消防车。

啪！随着车门一关，密封的车门隔绝了里外两个世界。

车外的张川佩服地比了比大拇指。

把手抽出防火服，江聿摸出了自己的手机，点开微信进入，却发现微信里很安静，没有一条新消息。

他眼神落在傅世槿的头像上，手指在屏幕上缓缓地移动着，最终落在了"发现"的位置上。点进去后，他破天荒地点入了朋友圈的界面，想了想后，按下了右上角相机的标志。

咔嚓！照相的声音从江聿的手机中传来。

傅世槿一边刷微信的朋友圈，一边喝水。

刚刚刷出来的信息让她喝水的动作一顿——最新一条朋友圈居然是江聿发的。

看到没有任何配文，只有一张自拍照的消息，傅世槿才想起来，他们两个是真的互加了微信好友。

31

她原本以为他们之间的关系就在她找零后截止，却没有想到，就在她要忘掉这个人的时候，他的一张自拍照又把她的记忆加深了些。

这是一张半身照，照片中的江聿穿着一件黑色的 T 恤，有力的双臂暴露在袖子外。

他的脸上还没有清洗干净，留着一道道黑色痕迹，却无损他的帅气，更显得他英气了许多，尤其是那灿烂的笑容，露出整齐洁白的牙齿，看一眼就让人心情都跟着明媚起来。

看着他的笑容，傅世槿有些失神。

距离林城不到二百千米的普市，正在和秦柔柔甜蜜约会的邵中台无意中看到江聿更新的朋友圈，吓得手一抖，直接惊呼了一声！

"怎么了？"秦柔柔疑惑地看了他一眼。

邵中台把手机递到秦柔柔面前，语气还有些"惊魂不定"的飘忽感："江聿这厮怎么突然发了朋友圈？而且还是他的自拍照，眼神还那么撩！这分明就是恋爱的感觉啊！"

秦柔柔是见过江聿的照片的，不然也不敢随便把他介绍给傅世槿，只不过从未见过江聿的自拍，见到的都是合影。此时江聿那被放大的帅气五官一下子出现在她眼前，她眸中一亮，脱口而出道："你表弟居然这么帅！糟了，这是心动的感觉。"

邵中台一听这话，脸色顿时黑了下来，从她手里抢回了自己的手机。

"秦柔柔，我告诉你，你在我面前夸别的男人长得帅，我吃醋了！"邵中台严肃认真地看向她。

秦柔柔一挑眉梢，戏谑地道："你怎么什么醋都要吃？他可是你表弟。俗话说，长兄为父，长嫂如母。我这个表嫂算不算是义母？当母亲的夸自己的儿子长得帅，有什么不对？"

她这一番狡辩，邵中台听进去的只有那句"我这个表嫂"，他顿时展开笑颜，凑近问："小柔柔，这么说你是答应嫁给我，和我一起经营打造爱的家园？"他全然不顾江聿被占了便宜的事实。

"呸！谁要嫁给你？"秦柔柔难得地露出了娇羞之色。

"你不嫁给我，打算嫁给谁？"邵中台目光灼灼，带着几分咄咄逼人的气势。

秦柔柔故意露出惊恐之色，双手环抱在自己胸前："怎么？你还想抢人啊？！"

"对！"邵中台毫不犹豫地道。

突然，他收起玩笑般的神，用极度认真的眼神看向她："我是说真的，柔柔，嫁给我好不好？"

见他突然认真起来，秦柔柔叹了口气，神情有些纠结："咱们现在是异地恋，我妈是不会让我离开林城的，咱们怎么结婚？"

"咱妈不让你离开，我就过去！这有什么难的？"谁知，邵中台毫不犹豫地道。

秦柔柔惊讶地看向他，眼中泛起感动神色，却还是保持理智地问了一句："那你在普市的公司怎么办？"

邵中台满不在乎地道："就是一家小公司罢了。再说了，普市的机会也比不上林城，大不了我把生意做到林城去。"

"你是认真的？"秦柔柔认真地打量他。

邵中台点了点头："我不是一时冲动，是经过深思熟虑的。"他握起秦柔柔的手贴在自己的胸膛上，"柔柔，我是真的想要和你共组家庭，希望你成为我的妻子。你今天突然来到普市看我，说是想要给我一个惊喜，其实我也有一个惊喜给你。我已经委托人在林城注册了一家公司，本来是打算搞定一切之后再告诉你的。"

"邵中台，你……你……"秦柔柔又是激动又是感动，原本口齿伶俐的她此刻却说不出一句话来，只能抽出自己被握着的手，在邵中台的胸口上轻轻地捶了一下，然后整个人扑到他怀中，又哭又笑起来。

邵中台只知道搂着她，脸上傻乐着。

这边的动静惹得店里的其他人频频侧目。但是拥抱在一起的两个人毫不在乎。

林城，傅世槿家中。

她也不知道是不是江聿的自拍照吸引了她，让她在好奇之下点开了他的头像，进入了他的朋友圈。

但是她把江聿的朋友圈向下一拉才发现，除了今天的这一条状态外，最新的一条是半年前过年时的朋友圈拜年信息。

他那总共不到二十条消息的朋友圈，居然只有一张自拍照，就是刚刚发的那张！

不用懂得行为分析学，傅世槿都看得出来，江聿不是一个喜欢发朋友圈的人，就算是发朋友圈，也不会自恋地晒出自己的照片。

但是他今天反常了，这是为了什么？

傅世槿又返回他今天的自拍照上，心中暗忖：这是刚刚救完火吧，他难道是因为完成了任务心情好？

嗡嗡——

突然的来电吓得傅世槿手一哆嗦，心脏狂跳了两下。

安抚了一下跳得过快的心脏，傅世槿看着屏幕上显示的"老佛爷"三个字，为自己哀悼了一秒钟，才接通了电话。

"死丫头，居然敢关机？"电话一接通，傅妈妈可以阵前吓退敌军的声音就传了过来。

傅世槿嘴角微微一扯，随意找了个理由："我的手机没电了。"

"傅世槿你下次能不能动点儿脑子，换一个理由？这个说辞你已经用了不知道多少遍了，亏你还是写小说的！"岂料，傅妈妈根本就不信。

被自己的妈妈鄙视和轰炸，傅世槿觉得太阳穴又有些隐隐作痛："妈，你到底有什么事？"

"刚才的话还没说完。"傅妈妈停止了念叨，可是说的话比念叨更可怕。

傅世槿深吸了口气，抢在母亲再次说话前开口："行了！我知道了。你放心，我会尽快把自己嫁出去的。但是这件事毕竟关系到我一生的幸福，总不能是个男人，是活的，我就嫁了。你还是要让我好好

34

考虑一下，别催我。万一将来我婚姻不幸，我怕我会怪你。"

她这一顿表白让傅妈妈那边沉默了好久，之后傅妈妈才语气复杂地问："小槿，你告诉妈妈，你是不是还……唉，算了。"

话还未说完，傅妈妈就挂断了电话。

傅世槿嘴角的笑容微微收敛，随后她放下了手机。

其实她能猜到她妈妈要说些什么，但事实上那些往事她真的已经放下了，不在乎了。

只不过或许是那唯一一次并不怎么美好的经历让她看淡了许多事，她失去了爱的能力吧。

江聿太过美好，让她有些不敢靠近。

况且……与一个消防员谈恋爱，还是姐弟恋，傅世槿承认自己还没有做好准备。

在她看来，消防员的牺牲率恐怕还要超过警察，消防员的对手虽然不是穷凶极恶的罪犯，却是隐藏在社会中看不见的未知意外还有灾难。

林城，光明区消防第三中队。

收队回来的江聿洗干净被大火熏烤的身体后，穿上了消防救援系统的制服——火焰蓝的作训服。他站在衣冠镜前仔细地整理了一下自己的着装。

帅气的制服穿在他身上，显得他的身材格外笔挺修长，宽厚的双肩、细窄的蜂腰显示出他完美的身材比例。

整理好之后，他才走出自己的宿舍，走向中队指挥员的宿舍。

站在中队指挥员的宿舍门口，他敲了敲紧闭的房门。

他们中队的指导员是整个中队唯一结了婚的男人，原本周末可以回家的，但是因为妻子外出旅游了，所以指导员便申请留队。

指导员作为中队唯一一个结了婚的男人，江聿觉得自己有些问题需要向指导员请教一下。

"进来。"门内传出一道浑厚的声音。

其实指导员的年纪也不大，是 1989 年出生的，可是他的声音给人一种特别厚重的感觉。

江聿推门进去，把里面的人吓了一跳。

"中队长？"第三消防中队的指导员林致远没想到在外面敲门的人居然是江聿，还以为是那个刚刚分到队上，没有太多救援经验的小同志。

"见到我很惊讶？"江聿把林致远脸上的震惊看在眼里，自然地走到房间里，找了把椅子坐下。

"我还以为是董平今天出任务后心里有些什么想法，要来找我聊聊。"林致远笑了笑，给江聿拿过来一瓶水后，就坐在了对面的椅子上。

林致远长得很白净，带着一种儒雅之气，很适合指导员的职务。

江聿微微蹙眉，关心地问："董平没事吧？"

"没事，慢慢适应就好了。"林致远笑道。林致远身为指导员，不仅要完成一个消防员的工作，还要在队里既当爹又当妈，就连简单的心理疏导都要会。

两人随意聊了几句，林致远才好奇地问："中队长你来找我，是有什么事？"

提到正题，江聿突然严肃起来。

他这样的神情，让林致远以为是上级有什么重大的训练安排或是什么任务要布置，不由得也坐直了身体。

"我想问问你，怎么才算是对一个人有感觉？"

林致远一愣，以为自己的听觉出现了问题，不由得又确认了一遍："你说什么？"

江聿抬眸，迷人的眼看向林致远，又重复了一遍刚才的问题。

确定不是自己听错，也确定江聿不是开玩笑后，林致远才试探地问了一句："你……谈恋爱了？"

"相亲。"江聿纠正林致远。

林致远有些抑制不住地上扬嘴角，似乎是想笑又不敢笑："喀喀，所以你今天外出就是为了相亲？"

"嗯。"江聿点头。他既然决定来找林致远讨教，就不会隐瞒。

"看来你是喜欢上人家姑娘了？不然也不会跑来我这里。"林致远打趣他。

江聿认真地想了想，道："我不知道是不是喜欢，只是觉得她人还不错。"

"她怎么样？"林致远突然八卦地凑近他。

江聿回想起傅世槿的样子，慢慢地形容："很漂亮，也很有气质，和我之前想象的不太一样。不过，感觉她不太容易亲近，很孤寂的样子。"

"看来你是真的喜欢上人家了。平时问你女孩子的事，你哪会说这么多话？"林致远笑得幸灾乐祸。

他们队上江聿外形最好，可是之前对女性不太感兴趣。

"你嫂子之前还说要介绍自己的小姐妹给你认识，现在看来她不需要多操心了。"林致远口中的"嫂子"就是其妻子，一位小学老师。

江聿笑了笑，解释了一句："喜欢可能还称不上吧，只是有些好感，觉得可以继续接触。"

"你以前喜欢过人吗？"林致远问。

江聿摇头："没有。"

他这个答案又被林致远取笑了："你这开窍开得挺晚啊！"

接着，林致远认真了几分，问："不过，对方是什么职业？她对你的职业会不会介意？或是她对你的感觉怎么样？"

江聿挑眉看向林致远，双唇微微抿起来。

林致远正好垂眸，没有看到他此刻的神情，继续道："要做消防员的妻子很不容易啊。咱们的时间都奉献给社会大家庭了，平日都待在队里二十四小时待命，就算是周末也不是每次都能陪着家人，遇到什么紧急、危险的事，咱们也只能任务第一，有时候咱们自己的生死都是自己掌握不了的。"林致远说着，眼神中就多出几分愧疚来。

林致远是想到了自己的妻子在嫁给自己后所受的委屈。

江聿沉默地听着林致远的话，似乎是在认真思考。在林致远说完之后，他抬眸看向林致远，用很坚定的语气说了句："可是最后你和嫂子还是结了婚。"

林致远一愣，失笑道："不错，我们还是结了婚，那是因为我们互相接受了这个事实。其实她经常对我说，她最期盼的就是等我的服役期限满了之后转业，到了那个时候她就能睡一个安稳觉了。现在她只要看到电视里有关消防任务的报道，都是心中一紧的。"

"快了，还有两年。"江聿道。

林致远笑容延伸到眼底，他有些向往，又有些不舍："是啊，还有两年。"

结束心中的感叹之后，林致远转眸看向江聿："其实你心中早就有答案了，又何必来问我呢？"

江聿疑惑地看向林致远。

林致远笑了笑，伸手在他的膝盖上拍了拍："喜欢就大胆地去追吧！九零后怎么可以畏首畏尾？但我还是要提醒你一下，如果你和她互相喜欢，那么就要让她明白，身为消防员的妻子，有些事情是需要牺牲的。还有你，如果有了喜欢的人，有了责任，那么以后在出任务的时候就要多为对方想一想，不必要冒的险就不要去冒。"

江聿听出了林致远话中有话，问："你是想说今天这件事？"

"嗯。"林致远收敛笑容，沉默地点头，凝视着江聿用很沉重的声音道，"今天的事你其实还有更好的处理办法。"

江聿沉默，没有否认。

"咱们是消防员，时间和救援是第一位的，但同时也要对我们自己负责。"林致远语重心长地道。

江聿笑了起来，道："你倒是给我做起了指导工作。"

"我不就是指导员吗？"林致远摊手一笑。

江聿并没有在林致远的房间里待多久，心中要问的事得到答案之后，就起身告辞了。

从林致远的宿舍走出来，江聿站在走廊上吹着风，看着楼下消防战士冲洗消防车。

他默默地掏出手机，给傅世槿发了一条微信："你愿意成为消防员的妻子吗？"

江聿的信息一发出去，傅世槿的手机就叮了一声。当她看到这条消息的时候，吓得手一抖，差点儿没把手机直接甩出去。

"现在的九零后都这么直接的吗？"受到惊吓的傅世槿喃喃地道，颇有一种惊魂未定的感觉。

对江聿，她真的有些看不懂。

人都说女人是一本书，好的女人是一本好书，但是傅世槿觉得，江聿也是一本书，而且还是一本悬疑灵异方面的书！

他这些大胆的操作让傅世槿真的无法将他和在电视上看到的那个冲入火场的人联系在一起。

江聿的一句话，轻易就扰乱了傅世槿的心。

不过她也没有回复他的这条信息，就好似没有见过一般。

消防中队中的江聿迟迟等不来傅世槿的回信。他抿了抿好看的唇，最终有些遗憾地退出了微信界面。

接下来几天，傅世槿和江聿之间没有任何联系。

生活好像又回到了原点，每个人都在熙熙攘攘的都市中按照自己的轨迹生活着。

与江聿那一次不是约会的约会，就好似生命中的一场美妙邂逅，在傅世槿的心中只留下一道涟漪就消失了。

江聿的朋友圈这几天没有再更新，两人的聊天界面也一直停留在那句话上。

傅世槿每日忙着看小说、写更新，日子过得浑浑噩噩，也忙忙碌碌。

直到周四的时候，傅世槿被秦柔柔的电话叫了出来。

与秦柔柔很久没见，傅世槿也不好推却。

原本她想要把秦柔柔叫到自己家中，然后叫一桌外卖，不用出门，也不用人挤人，两人还更随意自在，反正吃的都是饭店里的东西，有什么不一样？

秦柔柔却严词拒绝了。

"傅世槿，你以为你是古墓派传人吗？整天宅在家里，你的房子都和你一起透着一种霉气了！"这是秦柔柔的原话。

无奈，傅世槿只好拖着步子走出了自己的家。

她和秦柔柔约会的地方是在离她家大概十五分钟车程的一个购物中心，集吃喝玩乐于一体，十分方便。

"这里！"

傅世槿刚来到约定的地方，就看到秦柔柔对着她努力挥手。

傅世槿走过去，坐在了秦柔柔对面，在服务员过来的时候直接说："一杯鲜果茶。"

服务员退了下去。

秦柔柔也打量完傅世槿了，皱眉摇头，嘴里发出啧啧的声音，道："这段日子没见，你是越来越憔悴了。傅世槿，你知不知道你的肤色都有一种病态的苍白了？"

秦柔柔严厉的话语中藏着浓浓的关心。

傅世槿垂眸，嘟囔着狡辩了一句："我的皮肤本来就白，你嫉妒啊？"

"呵呵，鬼比较嫉妒你。"秦柔柔冷笑了一声。

傅世槿撇了撇嘴。

秦柔柔叹了口气，道："你说你的时间那么自由，为什么每天都宅在家里？就算你不想去健身房，也可以每天去小区里跑跑步、晒晒太阳啊。"

"我的身体没事，只是最近工作比较忙，又要更新，又要赶剧本。放心吧，我已经决定了，这个月底就要把剧本交上去了，连载也快要完结，到时候我就来一场说走就走的旅行。"知道秦柔柔是在担心她，傅世槿连忙说出自己的计划。

"你的旅行不会就是换一座城市、换一个房间继续宅着吧？"秦柔柔一眼就看穿了傅世槿心里的想法。

傅世槿讪讪一笑，吐槽了一句："你不要这么了解我嘛，一点儿神秘感都没有了。"

"神秘感？傅世槿，我都认识你十多年了，你以为你在我心中还有神秘感可言？"秦柔柔鄙视地看了她一眼。

傅世槿无奈，只能硬转移话题："你今天约我出来，不用上班啊？"

"我今天调休不可以啊？"秦柔柔白了她一眼。

"哦。"傅世槿无言以对，只能应了一声。

接着两人之间诡异地沉默下来。

直到服务员把鲜果茶送过来，才打破了这种沉默。

"咱们喝完东西，去吃个饭、看个电影怎么样？"傅世槿用讨好的语气对秦柔柔说话，哪里有半分在江聿面前的高冷样？

"废话。"秦柔柔还在生气，语气也不好。

其实秦柔柔是在担心傅世槿如今的生活状态，因为担心，因为着急，才会生气。

秦柔柔看着对面垂眸默默地戳着杯中鲜果的傅世槿，心中一软，语气放缓了些："你和那个小鲜肉怎么样？"

"啊？"傅世槿茫然地抬眸看向秦柔柔，仿佛没有反应过来什么小鲜肉的事。

看到她这个样子，秦柔柔只能无奈地提醒了一句："江聿。"

"没什么啊。"傅世槿垂眸，挡住了眸中的情绪，用吸管喝着鲜果茶。

"什么叫没什么？我听邵中台说，那个小鲜肉对你印象不错啊。"秦柔柔身体倾过去，眼神中有一种要把傅世槿看穿的感觉。

傅世槿抬眸，目光平静地与秦柔柔对视，微微一笑道："或许人家只是客套。"

"你们之后真的没有什么进展？"秦柔柔狐疑地看着她。

傅世槿摇头道："今天要不是你提起，我都要忘记这个人了。"

"你不是说他很会撩、很帅吗？"秦柔柔有些不死心。

傅世槿笑了，道："世界上很会撩、很帅的人多了去了，难不成我每个都要喜欢？"

"呵呵。"秦柔柔坐直身子，目光中充满了鄙夷，"有时候我都在想，你是不是背着我出家了，如今是在带发修行？"

傅世槿嘴角微微一抽。

作为一个无肉不欢的肉食主义者，她怎么可能忍受得了出家人的清心寡欲？

"还是你其实喜欢的是女人？"秦柔柔神色古怪地打量傅世槿。

"喀喀。"傅世槿差点儿没被水果茶呛到。

秦柔柔不理她，自顾自地说："其实就算你真的喜欢女人，我也不是不能接受啦，只要你幸福就好。"

"喀！秦柔柔！"傅世槿警告地喊了一声，简直要被损友气笑了。

"干吗？"被警告的秦柔柔不甘示弱地回瞪。

傅世槿无奈地叹息道："我不喜欢女人，是异性恋。"

"可是你对江小鲜肉没感觉。"秦柔柔回击了一句。

傅世槿睁大双眼，惊恐地问："难道我非要喜欢他不可？"

秦柔柔认真地看着她，沉默了许久后才幽幽地道："算了，没下文也好。"

傅世槿本以为秦柔柔会继续紧抓这件事不放，没想到秦柔柔居然自己放弃了。

这样的反常让傅世槿诧异地看向秦柔柔。

却听秦柔柔嘀咕道："之前是我不太了解，现在我知道了，消防员这一行太危险，也太苦，有太多限制了。你和他不来电也好，省得以后守活寡。"

傅世槿听到了秦柔柔的嘀咕，心情依旧平静，并未有什么触动，也不想反驳秦柔柔的话，反而附和了一声："嗯，是的。"

秦柔柔抬眸看向她，赔笑道："这一次是我鲁莽了，应该了解清楚了再给你介绍。你心中可不许怨我，今天吃喝玩乐的花销都算我的。"

傅世槿笑了起来，道："所以你今天特意休假陪我，是为了赔罪？"

秦柔柔挑眉，露出电视剧里纨绔子弟一样的笑容，问："那美人赏不赏脸？"

"盛情难却，我只好却之不恭了。"傅世槿完全没有拒绝的意思。

秦柔柔的脸顿时一苦："你这个网文大神居然真的舍得压榨我这'小工薪'？"

傅世槿挑眉："不是你哭着喊着要赔罪吗？"

秦柔柔叹了口气，靠在柔软的沙发上："天道不公啊！"

闺密间的聚会总是快乐而短暂的，一顿下午茶、一顿晚饭、一场电影走下来，时间匆匆而过。

在分别的时候傅世槿才知道，秦柔柔的那个男朋友居然是江聿的表哥，所以才会有她和江聿的那一场约会。

也是直到现在，傅世槿才知道秦柔柔谈恋爱了，而且对方愿意为了秦柔柔来到林城，从头开始。

"等他过来了，我约你吃饭，让你见见他。"分别之际，秦柔柔一脸娇羞的模样道。

傅世槿心中好奇极了——从学生时代到现在，她极少在秦柔柔的脸上看到这样的娇羞表情。

她看得出来，秦柔柔是真的很喜欢那个男人。

"好。"傅世槿点头答应。

她很想见一下那个让秦柔柔深爱的男人。

"行，那你赶紧回去吧。"秦柔柔走上前抱了抱傅世槿。两人的性格是秦柔柔外向，傅世槿内向，这种主动抱抱的事从来是秦柔柔来做。

"你离得远，你先走吧。"正好有出租车过来，傅世槿拦下车，把秦柔柔推上了车。

上了车的秦柔柔还不忘问："那你什么时候有空？"

"我最近把剧本赶完，时间就会充裕一些。放心吧，有柔柔大小姐的夺命催，我是再怎样都会出现的。"傅世槿替秦柔柔关上车门。

得到了傅世槿的保证，秦柔柔才放心地离开。

随后傅世槿也上了一辆出租车，告诉了司机自己家的地址。

接下来几天，傅世槿如她自己所说的那般忙碌——她接了一个写剧本的活儿，对方一直在催稿。

与秦柔柔约会之后，她又一次宅在家里，过着吃外卖，黑白颠倒的日子。

一直到了截稿时间，傅世槿才把写好的剧本发给对方审稿。

不管要不要修改，起码接下来她有一段时间可以轻松一些了。趁着这段时间，她再把连载的书写完。

傅世槿签书不签人，所以才能接编剧的活儿。

她现在连载的这本书成绩不是太好，编辑一直在催她考虑新书的事。这种烦躁感让她心情更丧，心里就好似被乌云笼罩着一般。

傅世槿结束了与网站编辑的对话，把笔记本电脑合上，嘴里嘀咕了一句："下一本书还不一定在你这个网站写了。"

她这个人不太会迎合人，说白了就是情商比较低。但是她重感情，若是与编辑相处得愉快，不会轻易换站，哪怕每天都有其他网站给她发来邀请的私信。

而如果与编辑相处得不愉快，她也不会去虚与委蛇，只会直接走人。

之前她的上一个编辑就很不错，但是合作了两本书后，那个编辑就辞职待产了，就换了现在这个编辑。

如今的这个编辑是个新人，做事有些激进，想要出成绩，所以两人在沟通的过程中闹了些不愉快。

或许这个编辑如今都不知道，傅世槿已经动了换网站的心思。

对签书不签人的作者来说，他们是自由身，有权利选择与任何网站合作。

与编辑沟通完的傅世槿，心情越发烦躁。

她走到厨房想要喝水，却发现水壶里已经没有烧好的水了。于是她拿着烧水壶接了水，放在燃气灶上，开了火。

　　或许是习惯，傅世槿不太喜欢用电水壶烧水。

　　打着火后，傅世槿就去了卫生间，打算洗个澡，让自己放松一下。可是在看到放在盥洗台上的浴盐时，她突然又想要泡个澡。

　　浑浑噩噩中，她已经忘记了厨房灶台上烧着水。

　　浴缸中的水逐渐放满，傅世槿脱下衣服进了浴缸，感受着被温水包围的感觉。

　　或许是这样的环境太容易让人放松，又或许是因为连续这么多天的高压工作，一直没有好好休息的傅世槿一下子觉得困意袭来，在浴缸中睡着了。

　　呜呜——在傅世槿刚刚入睡的时候，厨房里的烧水壶就发出了哭泣般的声音。

　　壶盖的缝隙和壶口都不断冒出白色的水蒸气，片刻就让厨房里雾气缭绕。傅世槿没有把水壶接满水，沸腾的水没有办法冲出壶盖，只能源源不断地变成水蒸气，让壶盖一直乱跳。

　　好累，好困，在浴缸中睡得很沉的傅世槿只觉得在睡梦中都不踏实，光怪陆离的景象不断地侵入她的梦。

　　被热气蒸得泛起红晕的皮肤变得吹弹可破，她好看的眉时而微微蹙起。

　　"好热！"睡梦中，傅世槿觉得自己坠入了一片火海中。

　　可是她没有醒来。

　　十一楼厨房的窗户不断地冒出白烟，把楼下路过的居民吓得赶紧通知了物业。

　　物业的人很快赶到，拍打着傅世槿的房门。

　　可是入户门与盥洗室的距离就好像被隔成了两个世界，在浴缸中睡着的傅世槿根本就没有听到拍门声。

　　"怎么办？家里好像没人。"物业小刘转身对保安队长说了一句。

保安队长眉头紧皱，说出另外一个可能："或许是家里的人出事了。"

"那怎么办？我记得这户的业主是独居的。"小刘着急起来。

队长瞪了小刘一眼，道："怎么办？当然是报警啊！"

丁零零——林城光明区第三消防中队的电铃一响，所有人都动了起来。

一分钟的时间，所有人装备好集合完毕，登上了两辆消防车。红色的消防车冲出第三消防中队大门，朝着任务地点赶去。

第一辆车上，江聿已经拿到了报警人的电话还有之前的报警信息。

他按照上面的电话直接给报警人回拨了过去。

很快，那边就有人接通。

"您好，我是林城光明区第三消防中队的中队长江聿。我们接到了您的报警电话，现在有几个问题问您，请您如实回答。"江聿的声音中带着一种不容违抗的严肃感觉。

消防车在快速地朝事发的小区赶过去，在赶往现场的过程中向报警人确认实时情况还有地点，都是必须走的流程。

"好，谢谢您的配合。我们会在两分钟内赶到。"把该问的问完之后，江聿挂了电话。

接到报警电话后，一分钟内集合出发，五分钟内赶到地点，这是消防员必须遵守的时间准则。

江聿目光沉静地扫向同车的其他消防员。

众人也都沉默地看向他。

通过耳麦，江聿向参与这一次救援任务的所有消防员说出现在掌握的情况："报警人是天水一色小区的保安队长。他们接到居民的反映，北区三栋十一层的住户家中出现了疑似失火的情况，因为无法联系到该业主，所以选择了报警。"

江聿一说完，坐在他身旁的张川就疑惑地嘀咕了一句："天水一

46

色？北区三栋？好熟悉的地址。"

江聿看了张川一眼，颔首补充了一句："不错，在大约半个月前，我们曾在天水一色北区三栋解救了十楼住户家的小孩。"

当时参与了救援任务的消防员顿时恍然大悟，难怪他们觉得地址听着那么耳熟，原来是不久前才去过。

"这天水一色小区也够热闹的啊！之前是小孩差点儿掉下来，现在又是失火。"其中一名消防员调侃了一句。

这是一名新入职的消防员。

听到这句话后，江聿转头，带着几分冷意的目光落在了那名消防员身上。

顿时，那名消防战士不由自主地噤声，浑身好像被针扎了一样。

"消防救援是一个神圣的职业，在人民群众的生命安全、财产安全面前，容不得半分玩笑。"江聿语气十分严厉。

被训斥的那名消防员立即坐直身体，大声喊道："是！"

"还记得我们中队的口号吗？"江聿如鹰隼般的目光缓缓地扫过众人。

"铁鹰勇士，烈焰成钢！"

"铁鹰勇士，烈焰成钢！"

奔驰的两辆消防车中同时响起了震耳欲聋的口号声。

五分钟的时间并不算长，五分钟一到，光明区第三消防中队的两辆消防车就驶入了天水一色小区的消防通道中。

车子一停稳，两辆车中的消防员全部从车上跳下来，十二个人整齐地排列成两排。

江聿走到他们面前，抬头看向冒出白烟的北区三栋十一层。

那个住户……江聿眉梢微微一挑，早已被抛在脑后的那一幕再度出现，但是没有任何旖旎的感觉，只是在他的脑海中一闪而过。

窗户里的那个女人……当时只有一秒的短暂注视并未让他记住那个穿着清凉透薄的睡衣、睡眼迷蒙、没有任何修饰的女人的长相，只隐约记得她长得不差。

赶过来的物业经理还有保安队长直接走到江聿面前。

"哎呀,消防员同志,你们总算是赶到了。那十一楼的住户我们联系不上,拍门没有人开门,打电话也没有人接,也不知道人在不在家里,是不是出了什么事。"物业经理拿着纸巾擦着额头上的汗,神情紧张。

一个月内,天水一色小区里连着出了两次事故,他这个物业经理还要不要做了?

"中队长,那冒出来的烟不太像是火焰燃烧后产生的烟雾。"张川走近江聿,在他身边低语了一句。

这一点江聿自然是看得出的。他不动声色,转头看向物业经理:"情况我们都了解了。你放心,我们会尽全力救援。"

简单地说了一句后,江聿就转身向消防员们分配任务。

根据经验,从烟的颜色和形态判断,并不像是发生了火灾的样子,但是具体发生了什么,还是要进入十一楼的住户家中才能知道。

而且就算现在没有发生火灾,也不能保证继续发展下去不会引发更大的隐患和灾害。

"二组原地待命,一组跟我上楼。"

"是!"

分工完毕,江聿带着六人搭乘三栋的电梯直接前往十一楼,随行的还有小区的物业人员和保安。

"嗷——"

在废墟中狂奔逃命的傅世槿终于还是被身后的怪物追上,怪物张开血盆大口,凶狠地朝她咬了下来。

哗啦!水声响起,傅世槿从梦中惊醒过来,坐在浴缸中大口喘着粗气,皮肤上沾着的不知道是浴缸里的水还是汗水。

深呼吸了几下,傅世槿狂跳的心才慢慢地平静下来。

自己睡着了?傅世槿抬手拍了拍自己的额头,等记忆重回大脑才猛然发现自己居然在洗澡的时候睡着了。

哗啦啦——破水而出的声音响起，傅世槿从浴缸中站起来，伸手扯下挂在一旁的浴巾把自己的身体裹起来，露出了精致漂亮的锁骨和圆润的肩头还有两条笔直的大长腿。

她睡了多久？离开浴缸之后，傅世槿双手撑着盥洗台的边沿，看着镜中的自己，依然有些浑浑噩噩，甚至根本没有察觉到家中的异样，放在灶台上的烧水壶更是被她忘到了爪哇国。

紧闭的门外，消防员、物业的人还有左邻右舍挤满了通道。

物业人员、保安维持着秩序，不让看热闹的人靠近。

江聿直接对破拆组下令："破门！"

随着江聿一声令下，破拆组的人直接把门锁破开。

傅世槿前不久刚换的密码锁直接烂了，可怜兮兮地挂在门上。锁一被破，紧闭的房门就一松，露出一道缝隙。

房中很安静，但是温度比外面高，一股淡淡的焦臭味混合着空气飘出了门缝。

闻到这股味道，在场的消防员顿时严肃起来。

站在最前面的消防员一脚踢开门，众人鱼贯而入，冲入了傅世槿家中。玄关、客厅、餐厅还有厨房这些公共区域几乎被白雾笼罩，让人的视线受阻。

物业的那些人还"迷失"在"浓雾"中的时候，江聿大步迈出，径直顺着焦臭味朝着厨房的方向走去。

嘭！突如其来的巨响让在主卧的盥洗室中的傅世槿一愣，下意识地抬起头，转身看向门的方向。

"什么声音？"傅世槿莫名地一慌。

她本就是写小说的人，想象力自然很丰富，不到几秒的时间，她脑海里就蹦出了好几个入室杀人、入室抢劫还有什么逃犯躲避警察的追捕误闯入她家的桥段。

"报警！"傅世槿在压住那些恐怖的想法后，第一反应就是报警。

可是手机被她丢在卧室里，根本不在她身边。

最要命的是，她是独自居住，洗澡也不习惯把干净的衣服带进盥洗室，都是脱干净了走进来的，一般情况下，也是洗干净了裹着浴巾走到卧室的更衣室换衣服。

傅世槿脸色一变，右手撑着盥洗台的边沿，左手下意识地紧抓着自己身上裹着的浴巾。

或许人在高度紧张的时候感官会变得异常灵敏，傅世槿不知道自己是不是出现了幻觉，居然听到了脚步声。

来不及深想，傅世槿两三步上前，把盥洗室的门反锁了。

嗒！门被反锁住的声音响起，傅世槿心中才微微一松，但是心脏仍旧狂跳不止。

手机在外面的主卧室，她一旦冒险出去，可能就会与闯入者面对面撞上，那接下来可能会出现的情况——

傅世槿越想脸色就越苍白。

她在心中发誓：只要让我逃过此劫，我以后洗澡一定把手机带进来！不，还有衣服！

江聿反应速度很快，是第一个走进厨房的人。

厨房是浓雾的源头，更加看不清楚，但江聿还是准确无误地走到了灶台的位置，拨开水蒸气，看到一个被火焰烧穿得已经几乎看不出形状的烧水壶，燃气灶上的火已经蔓延到油烟机还有橱柜上。

好在橱柜用的材料是防火的，所以并未引起大范围的燃烧。

噗噗——在江聿关掉天然气供气的管道开关时，跟着他进来的消防员已经用随身带的救援工具扑灭了灶台上的火。

"真是粗心，好在发现得及时。"灭了火后，张川对江聿说了一句。

江聿转身对身后的队友道："看看家里有没有人受伤、昏迷或是出了其他意外。物业说这一家的住户是一个不经常出门的独身女人，在之前几天并未见到她外出，而且早上保洁员打扫楼层卫生的时候还在门口发现了外卖的包装盒。"

"中队长，你是怀疑住户突然发生了什么意外情况，所以才没有办法关火？"张川立马明白了江聿的意思。

江聿颔首。

消防员们立即行动起来，跟着物业的人仔细检查每个房间。

江聿用耳麦通知了在楼下待命的二组之后，自己也加入了搜救行动。

进入这个房间，江聿完全没想起当初的那一次意外。房子的装饰很简单，也没有多余的摆设和屋主的照片。

直到江聿和张川一起走进主卧，发现了乱丢在床尾和地板上的女人衣服，还有床头上的一张女人的照片……

看清楚照片上的人，江聿瞳孔微微一缩。

"中队长，这家的主人不会是晕在里面了吧？"张川同样看到了落在地上的衣服，抬步就朝主卫的方向走去。

"站住！"江聿突然出声。

那声音中的严厉吓了张川一跳。

盥洗室中，紧紧地靠着盥洗台的傅世槿听到了外面响起的脚步声。这一次她敢百分之百肯定，这绝对不是她的幻觉！真的有人闯入了她的家！

"冷静！傅世槿你要冷静。"傅世槿深吸了口气，努力让自己保持冷静。

已经锁上了盥洗室的门，应该能阻挡外面的凶徒一会儿，傅世槿左右看了看，想要在浴室中寻找到一件防身之物。

可是浴室里能有什么防身的东西？无奈之下，她只好双手拿起吹风筒，把温度挡位调到了最热、风力最强，将吹风筒对准了紧闭的门，手指虚搭在开关之上。

只要有人闯进来，她就立即按下开关，吹风筒瞬间冲出的热风应该能阻挡一下闯入者，然后——

然后我趁着他被干扰的瞬间冲出去，抓起丢在床上的手机，逃出主卧，躲进隔壁的书房，反锁房门，立即报警，通知物业人员、保

51

安！在冷静下来后，傅世槿已经计划好一系列的反击行动。

一门之隔，张川不解地扭头看向江聿："中队长，怎么了？"

"没事，你先出去一下。"江聿再开口时，声音和语气都变正常了。

"啊？"张川更加不解了。

"先出去。"江聿没有解释，只是用命令的语气再次说了一遍。

张川皱了皱眉，虽然不理解江聿的做法，但还是向后退了几步，站在了主卧的门边。

江聿没有再说什么，而是走到了主卧盥洗室的门边，对着紧闭的门问："傅世槿，你是不是在里面？我是江聿。如果你听到我说话，就应我一声。如果我数到'三'你没有回应，我就闯进去了。"

站在主卧门边的张川听到江聿的这番话才反应过来，原来自家中队长认识这屋子的主人。

在江聿说话的时候，张川眼角的余光不由得扫向了床头柜上的照片，那是一张年轻女人的独照。

真美！张川在心里想。

"一、二……"

"江聿？"江聿还未数到"三"，傅世槿试探而惊诧的声音就从紧闭的房门中传了出来。

第三章

为什么拒绝我?

江聿?在门外传来那好听的男声时,傅世槿怔了一下。

在外面的人数到"三"之前,傅世槿终于反应过来,应了一声。

她真的怕江聿就这样冲进来,盥洗室里的画面……太尴尬!

"江聿?"着急表明自己还好好地活着又透露出自己心中疑惑的声音从傅世槿的嗓子里挤出。

盥洗室门外的江聿在听到傅世槿中气十足的声音时,心中的紧张终于得到了缓解。

"你没事吧?"他的语气突然放柔,那是一种他自己都不曾察觉的温柔和关心。

只是江聿没有察觉,傅世槿没有察觉,守在卧室门口的张川却吓得浑身一抖,狐疑的眼神不断向江聿飘去,腹诽:头儿什么时候这样温柔过?

"你怎么会在我家中?"没有回答江聿的关心,傅世槿质疑了一句。

听到这句话,江聿反而无声地笑了起来。

张川看到他低着头露出灿烂笑容帅到炸裂的样子,表情却像是见了鬼似的。

江聿没有立即回答傅世槿的问话,而是看向张川,无声地给张川比了一个手势。

张川看明白了那个手势的意思，默默地退了出去，通知房中的其他人退出傅世槿的家。

一群人浩浩荡荡地闯入，又悄无声息地离开。

这一切，把自己锁在盥洗室中的傅世槿都不得而知。

"喂？江聿，你怎么不说话？"门外的突然安静让傅世槿又紧张起来，双手用力地抓着吹风机。

江聿抬眸看向紧闭的门板，反问了一句："你是不是忘记自己在燃气灶上烧着水了？"

傅世槿倏地睁大双眼，湿润的红唇张成了"O"形。

经过江聿的提醒，那段完全被她忘记的记忆在她大脑中复苏。

老天！她真的是完全不记得了！她居然犯了这么严重的错误！

我家没因我的蠢而起火吧？傅世槿在心中惊恐地叫道。

这可不是她的无端猜测，没看到身为消防员的江聿都突然出现在她家里了吗？

"水烧开之后，冒出水蒸气，从你家厨房的窗户飘了出去，被附近的居民看到，误以为发生了火情，就通知了物业。物业联系不上你，只能选择报火警。"江聿的解释十分简短，清楚地告诉了傅世槿他为什么会出现在这里。

哐当！突然从门内传出一道物体落地的声音。

江聿在听到这道声音时，手迅速地握在了门把手之上："傅世槿？"

"我、我没事，是吹风机掉了。"门内，傅世槿蹲下身子，去捡刚才自己手一松砸在浴室地板上的吹风机。

突然间，她看到几乎贴在盥洗室那扇磨砂玻璃门上的高大影子。

她的解释让门外的人又稍稍退后了些，映在门上的影子变淡了许多。

在看到这道影子的时候，她心中莫名地涌起一种安全感。

"我家没事吧？"傅世槿起身的时候下意识地问了一句。

"没多大的事，只是你的灶具可能要换一套了。"门外，江聿语气平静极了。

还好没有酿成大祸！傅世槿心中松了口气，道谢："多谢啊。"随即又抿唇想了想，补了一句，"我洗澡的时候不小心睡着了。"

总归是自己不小心，还连累消防员跑了一趟，傅世槿心中有些过意不去。

"你没事就好，我先出去了。不过毕竟出了警，一会儿我的同事会来找你做一份事故确认书，算是了结这件事。等你收拾好了，就给我发微信吧。"江聿一边说，一边向后退。

"哦，好。"傅世槿没有多想。

江聿临走时，不由自主地看向卧室的窗户。

窗外、窗内的景色让他嘴角微微一扬，原本不是很清晰的记忆再度变得清晰起来，半个月前那张在窗边朦胧的脸也与傅世槿精致的五官完美重叠。

咔嗒！傅世槿听到了卧室门关上的声音还有江聿离开的脚步声。

在房里只剩下自己一个人的时候，她紧绷的心弦才终于松开。

"事故确认？"傅世槿利落地换衣服、擦头发的时候才反应过来，消防救援需要走这么一个流程吗？

不过她本来对这些就不熟悉，所以也没有多想。

傅世槿家楼下，单元楼外，物业的负责人在保安队长的陪同下一直向江聿还有其他消防员道谢。

"谢谢，谢谢消防员同志。如果不是你们来得及时，恐怕我们小区就要发生一起严重的火灾事故了。"

江聿因为物业负责人的夸张说法笑了笑，道："也没有你说的那么严重。一般来说，这样的高层建筑每一层都会按照消防要求设置消防灭火装置，防火喷淋、消防栓、消防箱都是必备的。就算大火真的烧起来了，烟雾也会触发房中的喷淋感应设备，在第一时间扼制火情的蔓延。如果不是有人故意纵火，一般来说不会引发你所说的严重火灾事故。"

一群消防员都因为自家队长不留情面的"科普"憋着笑。

物业负责人笑容有些尴尬，想要找回点儿面子，又解释了一句："我们联系不上业主，不也是担心业主在家里发生其他事故吗？所以才立即报警了。"

"嗯，你做得对。"

本以为还会被江聿怼一下的物业负责人没想到这一次江聿意外地好说话。

"保障人民群众的生命安全也是我们的职责。"江聿的话挑不出一丝错来。

但是面对如此强势的人，物业负责人感到自己额头上冷汗直流，有一种想要告辞的冲动。

寒暄了几句，物业负责人就寻了个借口匆匆溜走了。

这时江聿从车里拿回的手机在怀中振动了一下，他低头一看，是傅世槿发来的信息。

她速度很快，从他下楼到接到信息，还不到十分钟。

一般女生刚洗完澡，收拾打扮一番，不是起码要半个小时以上吗？江聿心中有些疑惑。

不过他对此也没有深想，毕竟他也不了解女人。

"唉，羡慕中队长和指导员，咱们全队也只有这两位才有资格全天带手机了。"消防员中有人发出感慨。

在江聿转过身来的时候，四周又变得很安静。

"我上楼做一下收尾工作，你们收队在这里等我。十分钟后，出发返回中队。"江聿吩咐了一句。

"是！"众人齐声喊道。

张川突然凑近："头儿，这点儿小事，何必劳烦你跑一趟？我去就行了。"

谁知张川的好意却换来了江聿一记冷飕飕的眼神。

门铃声骤然响起，正在厨房中感叹自己又要破财的傅世槿转身走了出来，结束了心中对厨房的哀悼。

事实上，她家里的厨房最大的用处就是摆设还有烧水喝。

经过此事，恐怕傅世槿要认真考虑一下电水壶的购买问题了。

咔嗒！门被打开。

实际上被破坏的锁使得大门只能虚掩着。傅世槿通知江聿之后，就已经通知了修锁师傅上门换锁。

消防员破门而入是为了确保她的安全，她自然不会去想被破坏的门锁的赔偿问题。

只是傅世槿打开门看清门外站着的人后，愣了一下，神情显得十分意外——摘掉消防头盔的江聿穿着一身消防服，显得比穿便装时更加帅气了，尤其是那噙在嘴角的淡淡笑容，让傅世槿的眼神有些难以移开。

"小姐姐看够了吗？"

江聿的声音一秒变得不正经，哪里还有半点儿刚才在她的卧室里的稳重？

呸！什么卧室里？傅世槿在心中暗啐了一口自己想法中的歧义，耳郭隐隐发红，皮肤都变得透明起来。

江聿注意到这一点，眼睛盯着她变得粉红的耳郭，觉得好看、可爱极了。

"喀，怎么会是你？"失态只维持了不到两秒钟，傅世槿就恢复了往日的淡然平静。

她的气质还是如江聿在咖啡厅所见时那般冷冷的。

傅世槿的疑惑换来了江聿的浅笑，江聿道："为什么不会是我？小姐姐是不想看到我？"

撩！又撩！傅世槿深吸了口气，眼神不着痕迹地避开，不让自己深陷在他迷人的笑容中："你说是你同事。"

江聿的笑容就像是午后的阳光，让人忍不住想要亲近、拥抱他，可是傅世槿死死地克制住了自己的冲动。她不想去做那个贪恋阳光的人，因为一旦贪恋了、拥有了，失去的时候就会痛苦、崩溃。她不想有一天变成一个失控的人，现在的生活挺好的，都在她的掌控之内，又何必去改变呢？

"嗯，他们正巧都有别的安排。"江聿脸不红气不喘地撒谎。

傅世槿皱了皱眉，犹豫了一下，最终还是侧身拉开了门，让江聿进来。

江聿注意到，她在皱眉的同时还纠结地抿了抿唇。这或许是傅世槿的小习惯，连她自己都没有发觉。

"你就这么反感我吗？"江聿在进入傅世槿家中的瞬间，眸色变得深了些。

他从傅世槿身上感受到一种抵触和不自在的情绪，他似乎很不讨喜呢。

"你随便坐吧，厨房被烧了，家里也暂时没有什么喝的。"傅世槿跟在江聿身后，神情已经恢复了平静。其实冰箱里还有一些饮品，但是傅世槿不打算拿出来待客。

江聿身上还穿着消防服，只是用眼神扫了客厅一圈，并未坐下。

他转过身看向傅世槿。此刻的她已经换上了一身居家休闲服，两只手正闲散地插在裤兜里。

"不坐了，我把事情做完就走。"江聿把手中的东西递给傅世槿。

傅世槿接过后，快速地看了一眼，问："你们每次任务结束，都要写这样一份确认书吗？"

"不，这种确认书只是针对类似今天这样的小事故。"江聿看着她解释了一句。

傅世槿点了点头，没有再多问，心中猜想，这大概就像是快递送完货，需要客户签字确认，才算是完成任务的形式吧。

"大的事故就不需要签这样的确认书了？"傅世槿签字的时候随意地问了一句。

"大型事故现场会有值班参谋进行后续调查。"江聿认真地解释。

傅世槿签好字，把确认书递给了江聿。

江聿接过之后，瞥了一眼上面的字迹：很清秀，很好看。

"还有什么事吗？"签完确认书，傅世槿又把手插回了裤兜里，抬眸看向江聿，语气像在赶客。

江聿抬眸看向她。

傅世槿被他锐利的目光吓了一跳："你、你要干吗？"

江聿突然笑了，向她走过去。

他一靠近，傅世槿就觉得一股强悍的男人气息扑面而来，让她忍不住向后退了几步，直到后腰抵在了柜子上，才被迫停下。

当两人间只剩下一步距离的时候，江聿终于停了下来。

咚咚！傅世槿屏住呼吸，睁大双眼看着迫近的男人，感受着自己过快的心跳。

"小姐姐，你在躲着我？"江聿低眉含笑，眼神中却带着几分困惑。

傅世槿好似做坏事被抓包的学生，心虚地闪躲着他的眼神，"没有。"

"没有？"江聿重复了她的回答，仿佛在认真地咀嚼这回答中的含义，"既然没有，那就做我的女朋友吧。"

啊？傅世槿双眼睁大到了极致，死死地盯着他。

"为什么是惊悚的表情？"江聿皱起了眉头，似乎对傅世槿此刻的表情不满。

"你……我……"傅世槿突然失语。

她该怎么说，来让江聿打消这个念头？还是说他只是在开玩笑？

"你想说什么？"江聿又离她近了些。

"你离我远点儿。"傅世槿终于找回了自己的声音。

她惊恐地看着江聿，心中不断地吐槽：这个男人是有病吗？之前他问要不要做消防员的妻子，我没有回复，不就是拒绝了吗？现在又问这样的问题，他是不是有病啊？啊啊啊！

"消防员都是这么缺爱的吗？"心中的火气被江聿挑起，傅世槿冷冷地讥讽了一句。

江聿却没有被激怒，只是缓缓地摇头，用认真的表情看着她道：

"不，消防员缺的是时间，看准了一个人，若动作不够快，怕就这样错过了。"

傅世槿一怔，因为江聿的这句话而被震撼了一下。

"小姐姐，认真考虑一下我的提议，我很不错的。"江聿终于向后退开，拉开了两人之间的距离。

傅世槿感觉自己重新呼吸到了新鲜空气。

"时间到了，我先告辞，有话咱们微信上说。"江聿对傅世槿说了一句之后，就走向她家的大门。

在走近大门的时候，他突然停下，看了被破坏的锁一眼，又回头叮嘱了一句："尽快换锁。"

身后传来渐渐远离的脚步声，在听到电梯门打开的声音后，傅世槿才浑身放松下来。

只不过她脑海里一直在回想着江聿的表白。

九零后的表白，都是这么单刀直入的吗？在心中叹了口气，傅世槿拿出手机，点开了江聿的头像，发送了一句："我们不适合。"

刚走出电梯，江聿就收到了傅世槿的微信。

她这没有半点儿婉转之意的拒绝让江聿唇角微微一抿，气息突然冷了几分。

"中队长！"

"中队长！"

正等着他的消防员们看到他走出来时的气息变化，一个个都正经起来，不敢有丝毫懈怠。

"回队。"江聿只说了简单的两个字就上了车。

其他人不敢多言，也纷纷上车。

两辆消防车掉转方向，呼啸离去。

十一楼的窗户边，傅世槿看着消防车离开，心中涌起一股淡淡的惆怅感。

她心中突然闷闷的，却又不知为何，只想找人发泄一下心中的郁闷。

于是傅世槿拨通了秦柔柔的电话。

"喂。"秦大小姐懒洋洋的声音在电话响了一声之后就传了过来。

听到这声音，傅世槿莞尔："你到底是在上班，还是在家里睡懒觉？"

"今天早上睡过头了，老娘干脆请了病假。"秦柔柔的语气得意极了。

熟知闺密脾性的傅世槿也没有多说什么，笑容微微收敛，把今天的事简要地说了一遍，最后说了句："他向我表白了。"

"啊？那个消防员小鲜肉？"

从秦柔柔惊讶的声音中，傅世槿仿佛能看到秦柔柔从床上惊得跳起来的画面。

但实际上，秦柔柔是因为这句话把注意力从傅世槿家差点儿被烧的意外上转移过来。

"嗯。"傅世槿闷声应了一声。

"那你答应没有？"秦柔柔已经完全跳过傅世槿的"险情"，只关注这件事中的"绯色插曲"。

倒不是说秦柔柔不关心闺密的人身安全，只在乎八卦，主要是既然傅世槿都能好好地给自己打电话聊感情问题了，那就说明傅世槿没事。

"当然是拒绝了。"傅世槿轻吐出一口浊气，忍不住吐槽秦柔柔，"喂，我家差点儿就烧起来了，你怎么一点儿也不关心？"

"你能好好地给我打电话，不就证明没事吗？再说了，这件事还不是怪你自己不小心？你可要记住这次的教训。来，咱们回到正题，继续说说消防员小哥哥。"秦柔柔的八卦之魂已经熊熊燃烧。

"还有什么好说的？不是都说了，我已经拒绝了。"

"怎么听你的声音好像闷闷不乐的样子？你后悔了？"秦柔柔却敏锐地听出了傅世槿的不对劲。

"也没有，只是觉得很多年没有被人表白过了，突然间有些感慨。"傅世槿为自己复杂的心情找到了一个解释。

"少来，若不是你经常宅在家里，怎么会缺人表白？不过你就这样拒绝了，还真是可惜了这个小鲜肉。"秦柔柔的声音中充满了惋惜。

傅世槿嘴角微微一扯："不是你说还是不要找消防员的吗？"

"我是说过，但那是指结婚对象，谈恋爱的话就无所谓啊！我们只要肉体不要——"

啪！傅世槿气得直接挂断了电话。

什么叫只要肉体？傅世槿感觉脸颊有些发烫，生气秦柔柔的胡说八道。

嗡！突然，她的手机振动了一下。

她打开一看，才发现是江聿回的微信。

"为什么？"

傅世槿明白他这是在质问她为什么拒绝，为什么说他们不合适。他非要这么刨根问底吗？她要怎么回答才能让他死心呢？

傅世槿拿着手机，陷入了思考。

而已经回到队上的江聿正待在自己的宿舍里，帅气好看的五官紧绷着，眼睛死死地盯着手机屏幕，等待着傅世槿的回答。

过了好几分钟，傅世槿才回复了一条："我对你没有感觉。"

没有感觉？这样的回答让江聿的脸色更加难看起来，一种前所未有的挫败感狠狠地击中了他。

被这样直截了当地拒绝，江聿心中无法平静，这种感觉不是生气，而是一种不想错过的挣扎，一种不甘放弃的倔强。

"那天在窗户里的人是你吧？"想了许久，江聿才给傅世槿发了一条语音信息。

很快，傅世槿就回了三个问号。

江聿看到这三个问号，嘴角扬起浅笑，继续发送语音信息："半个月前，住在你家楼下的小孩出了点儿事。我当时从外墙爬过去救援的时候，不小心看到了一个穿着睡衣的女人，那个女人就是你吧！"

听着江聿的语音信息，傅世槿呆住了。

她没想到自己和江聿之间还有这样一段"前缘"！占了她便宜的家伙原来就是江聿！

傅世槿脑海里回想起那天的画面，突然打了个激灵，看了一眼正在换锁的师傅，就走向了远一些的位置。

咻！这时，江聿的语音消息又发了过来。

"虽然我是不小心看的，但若是在古代，我是要对你负责的吧？"

傅世槿再一次被江聿的话惊到了。

但这一次，她狠狠地回击了一下："不用负责！你都说了，那是在古代！"

这句话中带着火药味，傅世槿不知道江聿有没有感觉到。她深吸一口气，努力维持着不失礼貌的微笑，又回复了一句："小哥哥，这都什么年代了！放心，姐姐我不会在意的。"

是的，她一点儿都不在意！傅世槿在心中咬牙切齿了一番。

她不明白，为什么自己的高冷形象会屡屡被江聿这个"陌生人"打破。

一想到那一日被江聿看到了自己不修边幅的样子，她心中又觉得懊恼和羞耻。

老天，我好想死！傅世槿在心中哀号。

丁零——突然，微信的语音电话铃声响起。

急促的声音让傅世槿心中一紧。她有时候觉得自己有些神经衰弱，每次听到这样的声音都会心脏剧烈跳动。

不喜欢铃声一直响，原本想要挂掉语音电话的傅世槿却莫名地按下了接听键。

"小姐姐，可我是一个传统的人，既然你的身体不小心被我看到了，那么我就要对你负责。现在你对我没感觉不要紧，我相信你以后会改变的。"

江聿的声音带着一种强烈的自信，而且很好听，就好像是那些声优的声音一般，只是听着都会让人"耳朵怀孕"。

傅世槿差一点儿就沉迷在这声音里。她努力维持着理智："九零后的小哥哥又何必那么认真？许多同龄的小妹妹你不去找，非要找我这个八零后大姐姐？"

"我就是喜欢小姐姐你啊！"

江聿的声音中多了一分调皮和轻松，这种感觉才让人觉得这是一个九零后的年轻人。

傅世槿无奈，顺口说出了一句她的小说里女主角拒绝追求者时的经典台词："你喜欢我什么，说出来，我改还不行吗？"

江聿听到这句话，怔了一下，笑了，傅世槿无奈的脸仿佛出现在他眼前，让他控制不住自己上扬的嘴角。

电话另一头的傅世槿脱口说出自己的小说里女主角的台词之后，自己也愣了一下，随即听到了江聿的笑声。

江聿肆无忌惮的笑声让她有些窘：这人笑什么笑！有这么好笑吗？

江聿的笑声没有持续多久，就收敛干净。

这让本打算狠狠地吐槽他一番的傅世槿失去了最佳机会，只能不甘地打消了这个主意。

突然间，电话两端的两人默契地保持了沉默。

这种沉默让傅世槿尴尬，她心中好几次涌起了想要挂掉微信语音电话的冲动。但是出于礼貌，这种冲动被她死死地克制住了。

"你……"

"你……"

沉默之后，两人又同时打破了沉默。

这种怪异的默契让两人又同时闭了嘴。

傅世槿动了一下嘴唇，想着自己以大欺小不太好，主动而有礼貌地道："你先说吧。"

电话另一端的江聿收敛了笑容，俊逸的五官上充满了严肃认真的神色："傅世槿，你就那么讨厌我吗？"以至于她说出那样的话来拒绝他。

他这一句发自心灵的拷问，不知为何让傅世槿心中涌起了一种自己欺负人的感觉。

她甚至觉得江聿的这句话中隐藏了一种受伤的情绪。

仿佛拒绝了他，她就是这个天底下最大的恶人。

"回答我。"江聿催促或者说是逼迫的声音传来。

傅世槿抿了抿唇，如实地说："没有。"她并不讨厌江聿，甚至觉得他是一个很有魅力的人。

"既然不讨厌，为什么要拒绝？既然不讨厌，为什么不试试？"江聿又问。

为什么要拒绝？为什么不试试？傅世槿脑海里闪过这些话，深吸了口气。

是她怯懦，是她害怕，是她不愿改变现状，是她的问题。

傅世槿其实很想对江聿说"不是你的问题，是我的问题"，可是说不出口，只能同样用认真到几近冷酷的声音回答："首先，我已经说过了，我们不合适。其次，不讨厌并不代表喜欢。再次，我和你才刚刚认识，我并不觉得自己有什么地方吸引你。最后，也是最重要的一点，我目前没有谈恋爱的打算。"

她不算骗他！

等她侃侃而谈之后，江聿那边彻底安静了下来。

说完这番话的傅世槿感到心中一松，却又有一种莫名的忐忑情绪——她似乎在害怕江聿生气。

可是他们不熟，为什么她要在意他会不会生气，会不会受打击？

在江聿的沉默中，傅世槿叹了口气，语重心长地道："江聿，你是个很好的人，以后一定会遇上一个——"

"呵呵……"

江聿突如其来的冷笑让傅世槿一噎。

眉头微微一皱，她终止了自己的话。江聿这个时候发出这样的笑声让她莫名地心虚，脸颊发烫。

"这就是传说中你们八零后的'好人卡'？"

这个人好讨厌！傅世槿心中突然涌起一种"好想打死他"的冲动。虽然他们的确是不同年代的人，但是他也不用这样时不时就提醒她吧！还"传说中"……

傅世槿心中的愧疚顿时烟消云散。她觉得她和这个小鲜肉之间最大的问题就是八字不合！

"傅世槿，我接受你的拒绝。"突然，江聿说出了这么一句话。

傅世槿一怔。

剧情转变得有点儿快，让她有些猝不及防，哪怕这是她想要的结果。前一秒还在向她表白，现在又立马接受被拒绝的事实，他这种转变是否太快了？

果然，九零后的小鲜肉对待感情的态度不是她能够理解的。甚至她有那么一瞬的失望，觉得原来江聿对她的感情也仅此而已。

她又有一种庆幸，庆幸自己没有一时脑热答应了江聿的追求，否则说不定这个小鲜肉新鲜感一过，就会说分手了。同时她还不忘提醒自己，他们本来就只见过几面，自己没那个意思，又想要求人家做到什么呢？

做人不能太矫情了！傅世槿在心中默默地唾弃自己。

她年纪大了，禁不起几次这样的情感折腾。

傅世槿其实是一个内心很脆弱的人，尤其是在感情上，一旦和人确定了关系，就会毫无保留地付出，所以很容易会被折腾得遍体鳞伤。

她被伤过了，也就怕了，怕了，就会用冷漠来包装自己，拒绝再去尝试。

"很好。"不过一秒，傅世槿就整理好了自己的情绪，用平静的声音回复了江聿。

可是江聿的下一句话让她愣住了。

"我接受你这次的拒绝，但不会放弃追求你。傅世槿，既然你和我相了亲，就没那么容易逃开了。"

江聿说完，不给傅世槿半点儿考虑的时间就挂断了语音通话。

傅世槿愣了两秒，没弄懂江聿这是什么意思，他这是切换到霸道总裁模式了吗？

接着她就听到手机里传来微信消息的声音，低头一看，依然是江聿发过来的消息。

"还有，我会负责的。"

轰！傅世槿脸颊一红，气愤地关掉了手机。

这人好讨厌！明明两个人之间什么都没有，为什么从他口中说出来，就变得这么暧昧？好像两人真的发生过什么不可描述的事情似的！

第三消防中队宿舍。

林致远手中端着刚刚冲好的温水杯，目瞪口呆地看着出现在自己宿舍门口的男人。

"有事？"这是一句废话，但林致远还是说了出来，主要是林致远实在是太惊讶了，与江聿搭档这么多年，他还从未见过这张年轻的脸上出现愁容的样子。

"嗯。"江聿点了点头，走进了林致远的宿舍，还不忘随手关了门，摆明了不想让别人知道两人的谈话。

林致远放下手中的水杯，仔细观察了江聿几眼，试探地问了一句："感情上的问题？"

一击即中！江聿抬眸看向林致远，觉得自己真是找对人了。

"我被拒绝了。"不用林致远问，江聿就自己说了出来。

"呃！"林致远嘴角狠狠地一抽，拉了把椅子坐到江聿面前，不敢相信地确认道："你是说，你向那个女生表白了，但是被拒绝了？"

"嗯。"江聿再次点头，眉头紧紧地皱起，五官中透着一股凌厉感。

林致远记得上一次见到他这种表情是在几年前的一次地震救援中。当时，他们前面道路断裂，山石堵路，隔绝了被困者与救援者。时间紧迫，任务沉重，所有人都陷入了一种无计可施的绝望中。

当时的江聿还是一个新兵蛋子，总共也没有参加过几次救援任务。他那个时候面对被堵的路，就露出了这样的表情。

可也是因为那一次的经历让林致远知道，江聿的这种表情并不代表放弃，反而是因为他骨子里的那种永不放弃的精神被激起来了。

林致远给江聿倒了杯水，推到了他面前。

江聿并没有喝水，只是用明亮的眼睛看着林致远，仿佛要从林致远身上得到什么答案。

"喀，你别这样看着我。"林致远握拳在唇边轻咳了一声。江聿这种眼神让林致远有点儿怕。

"你是怎么追到嫂子的？"江聿突然发问。

林致远一怔，没想到江聿会突然问出这样的问题。

林致远看向江聿，却发现后者不像是在开玩笑。在江聿的注视中，林致远只能硬着头皮回答："也没怎么追。你也知道，我和我老婆是在单位组织的相亲活动上认识的。大家彼此有好感，相亲结束之后就留下了联系方式，一来二去都觉得对方不错，就确定了关系。"

江聿抿唇，五官紧绷起来，似乎带着一种没有得到答案的困扰。

"这么简单？"江聿有些不死心。

林致远哭笑不得地看着他："你以为要多复杂？难不成我们还得像那些电视剧、小说里那样经历生死，百转千回，荡气回肠？"

谁知，江聿摇了摇头，认真地道："不，我是觉得你很幸运。"

林致远有些担心。江聿的语气中充满了羡慕，林致远怕这位战友受到了失恋的打击，以后会对感情失望。

"你和嫂子情投意合，她也理解你的工作，你也对她抱有歉意。你们之间的感情看似平淡，却最真实、温暖。"江聿有些感慨。

林致远一副见了鬼的表情："你是不是生病了？你什么时候变得这么感性？不就是失个恋嘛，没什么大不了的，你别往心里去。你看看你，还这么年轻，长得又好，就算现在找不到女朋友，等再过四年转业了，还是会有很多小姑娘喜欢你的。"

"我没失恋。"江聿皱眉纠正了林致远的用词。

林致远愕然："不是你说你被拒绝了吗？"

"被拒绝就是失恋？"江聿反问了一句。

"这个……"林致远语塞。

江聿突然凑近，认真地看着林致远，声音低沉下来："我来找你，是因为你是咱们队里唯一有恋爱经验的人。到底怎么样才能让一个女生喜欢上自己？"

林致远莫名地尴尬了。他是指导员没错，但不是恋爱指导专家啊！他和他老婆也是彼此的初恋好不好？

可是看到江聿真诚求教的眼神，林致远又不忍心去摧毁江聿的希望。

"你不想放弃？"明知道答案，林致远还是问了一句。

果然，江聿毫不犹豫地摇了摇头。

好吧。林致远在心中叹了口气，认真地思考了一下，小心翼翼地问："方便告诉我她拒绝你的理由吗？"

江聿皱眉，沉默了一下。

就在林致远以为江聿不会说的时候，江聿却开口了，直接把傅世槿那条理清晰的拒绝理由告诉了林致远。

"不合适？还不想谈恋爱？"林致远听完之后，皱起眉头认真地思考起来。

江聿一直看着林致远，目光殷切。

在江聿这种殷切的目光之下，林致远觉得自己肩上的担子很重，就算是想得头破血流也要给兄弟想出一个对策来啊，不能辜负兄弟对自己的信任和期望！

"都说要让一个女生喜欢上自己，首先要做的就是让她习惯你的存在。"

"习惯我的存在？"江聿尝试理解林致远的话。

"还有，你要了解她，比她自己更了解她！"林致远仿佛一下子开了窍。

了解她！江聿的双眸微微眯了起来。

"只有了解了她，你才知道她什么时候需要什么，而你就投其所好，让她慢慢习惯你的存在、依赖你，等到时机差不多的时候，你突然消失一段时间，她就会明白你对她而言有多重要。"林致远觉得自己大概是感动了某位神明，才会突然间福至心灵地说出这句话。

噌！江聿突然站了起来。

林致远吓了一跳。

"你干吗去？"林致远叫住朝门口走去的江聿。

江聿停下，却没有转身，只是侧头回答了一句："看书。"

"看书？看什么书？"林致远有些疑惑。

这一次，江聿没有再停下来，边走边答："小说。"

"小说？"林致远的声音高了八度。林致远认识江聿这么多年，从来没见他看过什么小说。

"她是个作家，写小说的。"江聿给出了解释，身影已经出了林致远的宿舍。

林致远一人站在宿舍里眨了眨眼，突然有一种自己成了做完法事就被抛弃的和尚的感觉。

接下来几日，江聿这个人仿佛又一次消失在了傅世槿的世界里。

经过几天的平复，傅世槿觉得自己拒绝得那样决绝，江聿应该不会再出现在她面前了。

九零后的男生，不都是很骄傲的吗？傅世槿一边在手机微博上刷着娱乐圈的八卦新闻，一边在心中感叹：看看这些九零后的偶像，哪一个不是年轻气盛，内心骄傲的？

叮！突然，手机上弹出一个对话框。

傅世槿扫了一眼上面的信息，并不打算理会。

信息是她的现任编辑发来的，还是询问她打算什么时候开新文。

她刚刚完结上一本小说，还在制订一次旅行计划，暂时没有开新文的打算。最主要的是，她还在考虑是否要换网站。

不过这条信息也让她心情有些郁闷。

她正打算睡一个回笼觉或是找本小说看看，手机就响了起来。

看到来电显示，傅世槿心情一下子转好，立即接通了电话，语气熟稔地对着电话那边的人喊道："你还记得我啊！"

"我哪敢忘记你啊，这不，刚出了月子，恢复自由后就马上联系你了。"

来电话的人是傅世槿原来的编辑，两人合作的时候很愉快，所以私底下的交情也很好。

傅世槿朋友极少，这些年下来，因为她死宅的性格，与很多朋友渐渐疏远了，只和两个人一直保持联系，除了秦柔柔，就是这位网名叫"雪妖妖"的编辑了。

乱七八糟地聊了一会儿，雪妖妖直接问："你最近是不是完结了一本小说？有空吗？出来坐坐呗。下午茶、晚饭、电影、K歌一条龙怎么样？当然，我买单！"

傅世槿笑了，道："无事献殷勤，说，有什么阴谋？"

雪妖妖约了傅世槿见面，神神秘秘地说是有大事要详谈。

傅世槿答应赴约，地点依然是离她家最近的那个购物中心。因为对傅世槿来说，她最熟悉的就是以她家为中心方圆十里内的地方，所以要约她，地点基本上是在她的熟悉范围内，如果超出了这个范围，恐怕是很难把她约出来的。

见面时，傅世槿看到了比以前圆润不少的雪妖妖。

"别这样盯着我，对刚生完孩子的人，你多多了解一下！我已经算是恢复得不错的了。"雪妖妖在傅世槿的打量中，双手捂住自己的脸颊用力挤压着，似乎这样做可以让自己从圆脸变成瓜子脸。

"扑哧！"傅世槿因为雪妖妖的动作忍不住轻笑起来。

"别遮，你在我眼中，无论什么样都最美。"傅世槿伸手把雪妖妖的手拉了下来。

雪妖妖满足了，笑得眼睛弯弯的，把早就给傅世槿准备好的奶茶推了过去，道："今天是5号，我记得你的癖好。"

傅世槿看着奶茶愣了一秒，笑了起来，没有拒绝雪妖妖的好意，喝了一口之后，点头赞道："嗯，香甜。"

雪妖妖不理解地叹气摇头："虽然记得，但我依然不理解你为什么要给自己弄这么一个规定，每个月的5号才可以喝奶茶。"

"因为怕胖啊！"傅世槿嚼着口中的"珍珠"，随意地回答雪妖妖的问题。

少来！雪妖妖白了傅世槿一眼。傅世槿这么标准的身材，该肉的地方不瘦，该瘦的地方不肉，还有一双大长腿，还想怎么样？

不过这个问题雪妖妖因为好奇已经问过不少次了，每一次傅世槿给出的答案都不一样，雪妖妖也知道这是因为傅世槿不想说，所以就没有刨根问底。

"对了，你这本书完结了，有什么新的计划吗？公司那边有没有请你去坐坐？"雪妖妖转移话题。

傅世槿目前签约的这家公司的总部就在林城，否则她和雪妖妖也不会在线下成为可以一起吃喝玩乐的好友。

"没有听到动静。据说最近出了不少很不错的新人。"傅世槿摇了摇头，把手中的奶茶杯放回桌面上。

她的声音很平静，让人根本听不出她心中是怎么想的。

"至于新书的计划嘛，我暂时还在考虑。你也知道，最近市场不太好，我打算先观望一下，嗯，顺便给自己放个假，旅旅游。"傅世槿唇角微微一扬。

"真是羡慕你们这样的大神，有钱，有时间，简直就是随心所欲。"雪妖妖酸了。

傅世槿笑了起来，道："羡慕吗？那就改行啊。"

"算了吧，我自认不是当作者的料，这碗饭不是什么人都能吃得漂漂亮亮的。"雪妖妖举手投降。

"你跑出来陪我浪，孩子怎么办？"傅世槿好奇地问了一句。

雪妖妖耸了耸肩，道："孩子吃奶粉，家里有他奶奶照顾着，我也难得放一天假。"

傅世槿微微蹙眉，道："怎么听你的语气，好像很郁闷的样子？"

"唉！"雪妖妖长叹了口气，眼神满是哀伤地看着傅世槿，"你说我发什么疯，为什么那么想不通嫁了人，还生了孩子？为了生孩子，我把工作也辞了，这还没出月子，我那个婆婆就整天在我耳边叨叨，说她儿子赚钱有多辛苦，工作有多累，说得好像我就知道在家中享

72

福，不体谅她儿子似的，我都烦死了。我在家里带孩子不累吗？我以前上班的时候可是比她儿子还要忙，那个时候她又说什么我不会照顾她儿子，不会顾家。你说，这个社会怎么对女性那么刻薄？女性又要能赚钱，又要能顾家！"

"婚姻真可怕！所以女人为什么要谈恋爱？自己能养活自己，为什么要结婚？"傅世槿同情地看着雪妖妖。

雪妖妖抬眸瞥了她一眼，刚才的精气神好似被抽走了一半，整个人趴在了桌子上，懒洋洋地道："你的话好有道理的样子，但是我怎么听出一种暮气沉沉的感觉？"

傅世槿眨了眨眼，无辜地看着雪妖妖："难道你不知道现在作者群里最热门的话题就是如何养生了吗？"

"噗！"她这句话成功地把雪妖妖逗笑了，雪妖妖道，"你们所谓的'养生'，就是每天泡上一杯黑枸杞水，然后在电脑前一坐又是一整天，三餐照样不正常，晚上照样熬夜，依然觉得生命在于静止。喂，你们是不是觉得黑枸杞是灵丹妙药，可以续命？"

傅世槿一挑眉，道："作者本来就是高危职业，无论是灵感爆棚，还是灵感枯竭的时候，都会影响正常的作息，猝死的概率非常高。除此之外，我们还要在网上和黑粉、喷子、无良盗版商搏斗。每天一杯黑枸杞水，起码是个心理安慰。"

"我谢谢你哈。现在你完结了小说，就要调整一下自己的作息了。我真的不想哪天看到你暴毙在家的新闻。"雪妖妖认真地说。

傅世槿感受到雪妖妖言语中的关心，也开玩笑地道："你放心，我的名气还没有到达那个程度。就算有一天我真的在家里暴毙了，新闻上出现的最多也就是林城某某小区发现一名独居女性的尸体——"

"呸呸呸！"雪妖妖赶紧打断了傅世槿的话，"我真是没见过诅咒自己能说得这么顺溜的人。"

"哈哈哈哈……"雪妖妖被吓到的样子让傅世槿直接大笑起来。

雪妖妖无奈地摇头道："我觉得你就是欠收拾，找个男人管着你就好了。"

傅世槿的笑声戛然而止——雪妖妖提什么不好，又提到男人身上？

在雪妖妖说出这句话的时候，莫名地，傅世槿脑海里江聿的身影一闪而过。

"千万别。"傅世槿打断雪妖妖可怕的想法，"我一个人过得自由自在，干吗自己找虐？男人这种生物，只可远观不可亵玩，一旦靠近了你就会发现，一切的幻想都破灭了。"

雪妖妖无语极了，忍不住问了一句："你老实告诉我，你是不是不喜欢男人，喜欢的是女人？"

"噗！"傅世槿刚刚吸入口中的奶茶差点儿没一口喷出来，好在她强行咽了下去，才免去了雪妖妖被毁妆容之苦。

这个雪妖妖，怎么和秦柔柔一样奇思妙想？难道一个女人不想谈恋爱，不接触男人，就一定是喜欢同性吗？

"喀喀。"傅世槿咳了两声，平缓了一下被呛到的感觉后，才对雪妖妖道，"我的性取向是异性！"

雪妖妖一脸不信。

身为傅世槿曾经的编辑，雪妖妖怎么会不知道她到底多少岁了？"三十一岁的女人还单身，又不是因为外形和经济，除了你对男人没感觉之外，木世子，我真的想不出还有别的什么原因了。"雪妖妖嘀咕了一句。

木世子是傅世槿的笔名，是用她的名字来起的。

不过她的读者还有编辑都会直接叫她"殿下"，极少用笔名叫她。

叫她"殿下"，也是因为"世子"这两个字在称呼上的含义，粉丝们又将其稍稍抬高了些，于是"殿下"这个昵称就出现了。

傅世槿听到雪妖妖直接用笔名叫她，眉梢微微一挑，问："突然间这么严肃？"

雪妖妖神情郑重极了，道："其实现在这个社会都这么开放了，就算你真的有什么不同于常人的喜好，我们也是能接受的。"

这个问题是过不去了吗？她不想结婚，不想谈恋爱，不想在男人身上浪费时间和精力，就是性取向有问题？傅世槿在心中咆哮。

傅世槿顿时觉得，香甜的奶茶也抚平不了她的内心，软糯的"珍珠"也弥补不了她受到的伤害了。

"雪妖妖我再说一遍，我对男人没兴趣只是因为我觉得与其浪费时间和一个男人谈情说爱，还不如去看几本小说，刷几部剧，睡个懒觉。"傅世槿咬牙切齿地道。

雪妖妖却皱眉反问："殿下，你是不是对男人有什么偏见？"

傅世槿微微一笑，尴尬而不失礼貌地道："如果你真的好奇我对男人有什么偏见，那我们今天就再见吧。"说完，傅世槿作势要站起来。

"好、好、好！不说了、不说了。"雪妖妖立即拉住了她，防止她真的离开。

傅世槿也不是真的生气要走，顺着雪妖妖的力道就重新坐了下来："可以换个话题了吗？"

"可以、可以！"雪妖妖忙赔着笑脸。

"说吧，你叫我出来，又是陪喝、陪吃、陪玩的，到底打着什么主意？"傅世槿直接道。

雪妖妖笑眯眯地道："果真是什么都瞒不过您的火眼金睛。"

"少拍马屁。"傅世槿挑眉。

"喀喀，是这样的……"雪妖妖双手食指不断地对点着，低着头说出了这次约傅世槿出来的目的，"我刚才不是说了嘛，在家闲着被我婆婆嫌弃。反正孩子她非要自己带，也不用母乳，所以我就找了一份新工作。"

傅世槿垂眸喝着奶茶，耐心地听雪妖妖继续说。

"这家新公司是一家剧本公司，我负责的就是剧本外包的项目。我刚刚入职，总要带点儿成绩过去。你现在不是完结了一本小说吗？不如帮我写一部剧本呗。"说完，雪妖妖双手合十，做出"拜托"的央求表情。

"写剧本？"傅世槿沉思。

她在生活方面虽然懒散随性，对待工作却是很严谨的。

"嗯嗯！就是一部三十集左右的现实主义题材的剧本，设定什么的都随你，反正甲方的要求就是一点——正能量。对方报价三百万元哟，就算是扣掉中间的费用，你也可以拿到差不多一百五十万元的样子。"雪妖妖眨了眨眼睛，希望傅世槿心动。

傅世槿双眼一眯，宛如月牙，道："你是不是忘记说税的事了？"如今这一行的税率是越来越高，一百五十万元，扣掉税到她手里也就只剩下几十万元了。最重要的是，写剧本太折腾人了，尤其是这种外包的剧本，简直能要人命。

"税的事好说，可以谈的嘛。只要你愿意，我保证给你争取到这个价格是税后的价格，怎么样？"雪妖妖继续游说。

傅世槿却冷冷一笑，道："据我所知，现在这样的剧本外包都是同时找好几个作者，再从中选一个，或者是让大编剧把几个剧本中的精华融在一起，然后对每个作者都说不过稿，到头来我们只是竹篮打水一场空。"

"你说的这种情况的确有，不过都是些下作公司做的下作事。我这边你放心，这个案子是我全权负责，我接到这个案子的时候想到的唯一一个人就是你。我也决不会找其他人去写，除非你拒绝了我，我才会去找其他人。"雪妖妖对着傅世槿指天发誓，末了又补充了一句，"这个案子算是我老大给我的考验，如果我做得不漂亮，恐怕我也要直接走人了。现在这个市场竞争多大啊，我的心理压力也很大，只有和你合作，我才有足够的信心。"

傅世槿沉默了。

她不久前才交了一个剧本，网络上的连载小说又刚刚完结，说实在的，她的确写得有些累了，暂时不想动笔。可是雪妖妖和她的关系很好，她虽然不善于投入感情，但一旦投入了，就会很在乎，所以也不好拒绝雪妖妖。

"什么时候要？"最终，傅世槿还是妥协了，不是因为钱，而是因为和雪妖妖的交情。

雪妖妖眼睛一亮，激动起来："你放心，我知道你刚完结一本小说，需要休息，我跟我老大说了，两个月后，先交剧本大纲和前三集的内容。"

两个月？傅世槿在心中计算了一下时间，的确很充裕，于是点头答应下来："好，这单我接下了。细节之后在网上谈，不过我要求在合约上标明一点，剧本大改不可以超过三次，一旦确定，就不允许再修改了。"

写剧本的人最怕的就是每个人一个意见，然后无论是否合理，编剧都要无休止地改。

"好！没问题！"雪妖妖爽快地答应下来。

以木世子在圈内的名声，这点儿小要求，雪妖妖还是能够办到的。

谈完正事，傅世槿和雪妖妖才开始执行原计划中的吃喝玩乐活动。

雪妖妖这一次是下了血本，让傅世槿都跟着心疼，但是雪妖妖说没事，这些和作者之间的应酬公司都是给报销的，这才让傅世槿默默地收回了自己的钱包。

"看完电影，我们去唱午夜K。"雪妖妖玩得比傅世槿还要疯。

傅世槿却摇头拒绝："算了吧，都这么晚了，你还要回家陪孩子。"

"也是。"提起这事，雪妖妖的兴奋度骤然降了一半。

突然，傅世槿的手机收到了一条信息，是她的读者群的大管家发来的私信。

"殿下，殿下，殿下，你在不在？今天咱们群里来了个汉子！"

第四章

一切都是缘分使然

　　傅世槿写的是女频小说，主打的就是女强权谋，所以读者几乎是女性。

　　就像她的十几个读者群，每个群都是二千人的上限，男读者也不足一手之数。

　　所以难怪今天群里进了一个汉子会把跟了她多年的大管家初夏给激动成这个样子。

　　其实傅世槿也觉得蛮奇怪的。

　　于是在电影散场，与雪妖妖告别之后，傅世槿回到家中就默默地上了QQ。

　　她一向喜欢"潜水"，所以上线设置是保持隐身状态，只要她没在群里说话，基本上不会有人知道她上线了。

　　一上来，她就看到自己的十六个读者群每一个的未读消息条数都是"999+"的红色图标。

　　初夏并没有告诉她那位汉子是进了哪个读者群，傅世槿只能去翻阅群通知消息，终于找到了今天下午入群的一个ID，ID资料上显示此人性别为男。

　　傅世槿微微蹙眉，戳出初夏的对话框，问了一句："你怎么知道这不是人妖？"

所谓"人妖"，其实是在虚拟世界中对男人用着女号、女人用着男号的一种说法。

毕竟在虚拟世界中，男男女女，真真假假，全凭一张嘴。

初夏秒回："啊！殿下你终于出现了！是真的！我们已经试探过他了，他真的是如假包换的汉子！"

对初夏的激动，傅世槿简直是隔着手机屏幕都能感觉到。

"能先把口水擦擦吗？"傅世槿快速回了一句。

其实她很想问初夏她们是怎么试探的，不过觉得如果自己问了，只会让初夏更加激动。

"报告殿下，我擦好了！殿下放心，我的心永远属于你，我是不会因为美色而背叛你的！"

傅世槿嘴角微微一抽，回复："美色？这么说，你们让他爆照了？"

"没有……"然后初夏又发了一个"哭"的表情。

傅世槿忍不住笑了，道："没有你还跟我说美色？"

"啧啧！殿下，那是你没有亲自体会到什么叫隔着屏幕都自带魅力！"

傅世槿觉得自己的大管家疯了。

所以她的读者群今天到底遭遇了什么？

这个刚刚入群的汉子终于引起了傅世槿的兴趣，让她在好奇心的驱使下点入了她的第十六个读者群，拉开了聊天记录。

今天这个群的聊天记录是最多的，傅世槿看得很是心累。

在滑动了页面几分钟后，她终于翻到了欢迎新人入群的消息——

"欢迎新人铁鹰入群！"

"欢迎新人铁鹰入群！"

"欢迎新人铁鹰入群！"

…………

略过好几十条同样的消息之后，傅世槿终于看到了那位男读者的回复。

铁鹰："大家好，我是铁鹰，第一次喜欢一个作者，以后请多多指教。"

初夏："喜欢？嘿嘿，是哪一种喜欢啊？我们殿下可是有很多人疼的。"

殿下的小抱枕："对、对、对，殿下是我们大家的，我们都喜欢。谁跟我抢殿下，小心我四十米的长刀。"

铁鹰："原来木世子大大（读者对自己喜欢的作者的昵称）的人气这么高！"

初夏："那是当然，我们殿下很火的！"

铁鹰："殿下？"

初夏："你居然不知道？"

铁鹰："我刚'入坑'不久。"

殿下的侍卫："哇、哇、哇！那你真的是'萌新'了！殿下是我们对大大的爱称啦！"

铁鹰："哦。"

…………

傅世槿手指极快地滑动页面，把一些没有意义的对话过滤掉，直到一条消息跃进了她的视线。

初夏："铁鹰你真的是男的吗？爆照！"

傅世槿嘴角微微一抽：这就是初夏说的试探？

铁鹰："这些信息要保密，只能让我未来的老婆知道。"

"哇！小哥哥你在撩妹！"

"哇！小哥哥你在撩妹！"

"哇！小哥哥你在撩妹！"

…………

接下来的数十条信息都保持着这个队形，傅世槿觉得，她的读者们只是因为这么一句话就疯了。

这个群里聊得很热闹，这位叫作铁鹰的读者却极少回复消息。

但他的每一次回复都会引起群里那些"母狼"的兴奋。

有点儿丢脸！隔着屏幕，她似乎都能听到那此起彼伏的"狼嚎"声。

傅世槿默默地退出群聊，咬着唇戳开初夏的聊天框："你们会不会表现得太饥渴了？"

"哈哈哈，网上撩嘛，怕什么？"初夏立马回复。

相较于傅世槿的"矜持"，初夏的反应可谓十分女汉子了。

傅世槿笑了笑，随她们去吧，她可是很宠读者的，不过是一个男人，被调戏几句也不会怎么样，更何况大家隔着互联网呢，若是不喜欢被女孩子们调侃，他大可以"潜水"呀。

"殿下你好不容易上线，在群里冒个泡呗，随便打个招呼也好，大家都想你了。"初夏又发过来一句话，语气中带着央求之意。

傅世槿想了想，自己的确很久没有在读者群里冒泡了，于是编辑了一句话，在每个读者群都发了一遍："晚上好，别熬夜，记得乖乖睡觉。"

顿时，傅世槿的十六个读者群全炸了，数不清的信息在屏幕上不断地跳跃。

傅世槿笑了笑，在每个群回复了一个"群晚安"，然后准备下线。

她的这种操作，她的读者们都习惯了，所以不熟悉她的读者才会觉得她高冷。

其实她只是不知道该聊什么而已。

可偏偏就是她这种不会讨好粉丝的性格，让她拥有一大批死忠粉。

当她准备退出 QQ 的时候，第十六个群里的一条信息却让她暂时打消了这个想法。

铁鹰："大大晚上好！"

新男宠？啊呸！是新男粉。傅世槿挑了一下眉梢，回了一句："晚上好！"

初夏："哇！还是我们殿下魅力大啊！一出现就把咱们的'群草'

都炸出来了！"

"群草"？什么啊！傅世槿内心莫名地有点儿鄙视这个称呼。

铁鹰却回了一句："我设置了特别关注。"

特别关注？傅世槿没想到一个男读者也会进行这样的操作，顿时有一种受宠若惊的感觉。同时，她也觉得这位男粉还真是老实，初夏就这么随便一问，他还正儿八经地回答了。

初夏不嫌事大地发了一句："哇！果然是真爱粉啊！"

"真爱 +1！"

"真爱 +10086！"

"真爱 + 圆周率！"

"真爱 + 身份证号！"

…………

这一群煽风点火的小妖精让傅世槿突然觉得有些尴尬。

那位男读者却异常淡定地问："殿下，你的连载小说已经完结了，接下来有什么计划吗？"

又是正儿八经的问题……如果傅世槿不是知道这是在自己的读者群里，还以为是遇上某个记者了。

太耿直了！傅世槿在心中笑了笑。

一个人的语气是伪装不了的，现在她也相信这个男粉真的是男人而不是人妖了。

"会暂时休息一段时间。"这也没有什么好隐瞒的，傅世槿直接回答。

铁鹰："嗯，休息一下也好，正好可以调理身体。"

"谢谢关心。"傅世槿回复了一句。

这时，初夏插话问："殿下，按照你以往的习惯，这一次休息是不是又要找个地方旅游了？"

铁鹰："旅游？"

"对呀、对呀，殿下的习惯，每完成一本书，她都会出去旅游半个月。"初夏积极地解释。

"嗯，是在做这个打算，但还没有确定目的地。"傅世槿嘴角不自觉地流露出放松的笑容。

和读者们在一起聊天，其实她也能放松心情。

在傅世槿说完这句话之后，一个个读者冒了出来——

"殿下，我大魔都欢迎你！"

"殿下，我代表锦城欢迎你的到来！"

"殿下，快来我大西北！"

"殿下，听到海边的宝宝对你的呼唤了吗？"

…………

当几十条消息刷过去之后，傅世槿才知道，原来自己的读者来自祖国的大江南北。

被读者宠爱着的感觉让傅世槿的心暖洋洋的，根本没有父母担心的那种孤独的感觉。

"哈哈哈，谢谢大家。每个地方都很美的样子，我都想去怎么办？"

"都来！"

"都来 +1 ！"

…………

瞬间手机又被刷屏。

傅世槿和她们聊的时候，那个铁鹰一直在沉默，不过这一点傅世槿也没有太在意。

聊得差不多了，傅世槿才说："可能会去一趟边疆吧，一直对那里的美景、美人、美食很期待。"

"啊！殿下居然不来我这里，伤心……"

"哈哈哈！恭迎殿下！我大边疆很美的！保证不会让殿下失望！"

"嘤嘤嘤，边疆的读者，我酸了。"

"嫉妒已经让我质壁分离！"

"嫉妒已经让我质壁分离！"

"嫉妒已经让我质壁分离！"

你一个女孩子自己去旅行，不安全。"突然，一句话打乱了队形。

这句话在整齐的队形中极为显眼，让人想要忽略都不行，甚至有点儿破坏气氛的嫌疑。

而说出这句话的人，正是那个沉默了挺久的铁鹰！

"喀喀，边疆的治安挺好的，殿下小心一点儿就行了，而且那边还有边疆的读者接应，应该没什么问题的。"初夏说了一句。

铁鹰："边疆的读者也只是网友，把自身的安全寄托在一个素未谋面的网友身上是很不理智的。"

群里的人集体沉默。

就连傅世槿也突然觉得陷入了尴尬之中。

诡异的沉默之后，傅世槿编辑好一段话发了出去："谢谢你的关心和提醒。不过我相信我的读者不会害我，我也觉得在祖国的山河中，一切不安定分子都会被镇压。边疆，等我！"

"殿下万岁！"

"殿下威武！"

"殿下，我在大边疆等你！"

…………

第三消防中队的宿舍中，江聿看着满屏的话，默默地扔下手机，走出了宿舍。

让傅世槿一个人去边疆？他不放心。

这种担心，这二十多年来还从在他的心中未出现过。

站在走廊上冷静了一会儿，江聿走回房间，不再去看群里的消息，而是拨通了邵中台的电话。

"喂？小表弟你居然主动找我？我没有做梦吧？"电话一接通，邵中台夸张的声音就传了过来。

江聿没空和邵中台瞎扯，直接说出目的："你女朋友不是傅世槿的闺密吗？让她帮忙打听一下傅世槿什么时候去边疆，尤其是航班号。"林城离边疆那么远，傅世槿肯定只能坐飞机过去。

"啊？"邵中台被惊得不轻。

84

江聿却挂了电话。

之后，江聿再次去了林致远的宿舍。

正在洗漱准备睡觉的林致远怔怔地看着他——这是这个月的第几次了？

"我打算请个年假，明天就去打报告，队里就辛苦你了。"

"噗！"林致远口中含着的漱口水直接喷出。

林致远拿毛巾擦了一把脸，惊诧地看向江聿："请假？"

"嗯。我今年的年假还没有用过。"江聿点了点头。

林致远想不通："不是，你现在请什么假？这可是在夏训期间，上级随时会来考核的。"

"最多半个月，不会耽误太多。"江聿皱了皱眉。

做出这个决定他也下了很大的决心。

成为一名消防战士以来，这还是他第一次请年假。

林致远沉默了一会儿，才试探地问："为了爱情？"

江聿抬眸看向林致远，在林致远好奇的目光中，重重地点了点头。

这下林致远没话说了。

"行吧，只要领导批准，你就放心地去，队里的训练交给我。至于你的体能、战术各方面……嗯，也不用我担心。"林致远点了点头。

江聿露出笑容，道："谢了，兄弟。"

林致远笑道："跟我客气什么？先预祝你马到成功！"

"借你吉言了。"江聿握着拳头，与林致远的拳头轻碰了一下。

这一次或许是老天都站在江聿这一边，他向上级请假被批准的那一天，也从邵中台那里得到了傅世槿旅行的安排。

傅世槿并不是开玩笑，而是真的决定去边疆旅行。

最重要的是，她没有约任何人，是独自旅行。她订的机票是第二天早上十点那一班，直飞边疆乌市。

得到这么重要的信息，江聿匆匆地在网上订了与傅世槿同一航班的飞机票后，就简单收拾起自己的行李。

第二天，在傅世槿不知情的情况下，两人都到达了林城的机场。

飞机准点起飞，准点降落。

当傅世槿站在边疆的土地上时，一道颀长的身影不知不觉地走到了她身后。

"小姐姐，好巧啊！"带着阳光般笑意的声音突然从傅世槿身后传来。

见鬼了！当那一声"小姐姐"从傅世槿身后传出的时候，她的表情顿时变得惊悚。

她倏地转身，果然看到了那张笑容灿烂的帅气脸庞。

"江聿？你怎么会在这儿！"傅世槿不知道自己说出这句话时声音是不是比较尖锐和颤抖。

总之，江聿出现在乌市，还出现在她面前，甚至有可能是与她同一趟航班到达的事实，让她陷入了一种极度的震惊之中。

"我在休假。"江聿笑道。

他迷人的笑容不知道让多少路过的女子忍不住频频回眸。

休假？她怎么就那么不信呢？

"我在休假，一直对边疆的风土人情很是向往，所以就趁这个机会过来了。没想到居然碰到了小姐姐，好巧！"江聿在傅世槿一脸不信的表情中，淡然镇定地解释。

说到"好巧"两个字的时候，他眼中飞快地闪过一丝狡黠的神色。

突然，他身体微微前倾。

傅世槿吓了一跳，原本两人挨得就比较近，此时他前倾了身体，更是让两人之间多了几分暧昧的气氛，让她忍不住向后退了一步，拉开距离。

江聿无视了她后退的动作，笑容依旧灿烂："小姐姐，你说，我们是不是很有缘？"

咚！傅世槿寒着脸，想要忽略刚才心脏的狠狠跳动。

在江聿靠近的时候，扑面而来的阳光气息几乎让她窒息，她下意识地就想要躲开，生怕自己会沦陷。

他撩人的话如清风般从傅世槿耳边吹过，扰乱了她的心湖。

但是她依旧保持着淡定，冷冷一笑，道："如果这都叫有缘的话，那整个飞机上几百人都算有缘了。"

江聿眉梢一抬，没想到他家小姐姐还有如此犀利的一面。

傅世槿突然微微一笑，道："那我就不打扰你的假期了，再见。"说完，她转身就朝前方走去，脚下步子极快，似乎是担心江聿会追上来。

但是她这一次似乎料错了，江聿并未追上来，而是站在原地看着她渐渐融入人群的背影，嘴角露出一抹意味不明的笑容。

"呼——"走了很远一段路，再也感觉不到江聿的气息时，傅世槿才松了口气。这时她才发觉自己的手心里满是汗水。

江聿！傅世槿放缓脚步，心中念出这个名字。

江聿就像是一轮太阳，散发出阳光，让人觉得很舒适，很想要靠近，可是又担心靠得太近会被太阳灼伤。

摇了摇头，傅世槿把脑海中那道顾长、阳光的影子甩出——她是来度假的，不应该被不相干的人干扰。

走到取行李的地方等候，傅世槿下意识地抬眸，看到江聿就站在自己的斜对面。

不是她刻意关注，而是因为江聿的外形实在是太抢眼了，他站在人群里依然能被一眼看到，不知道的人恐怕还以为他是哪个明星。

此时在江聿周围还围着好几个小女生，都一脸羞怯，拿着手机互相推搡着，似乎想要和江聿合照，却又不好意思去，只能用手机偷拍。

看吧，这样无处安放的魅力，能吸引大把的女孩子前赴后继。要是她真交了这样一个男朋友，以后不仅要防火防盗防闺密，还要防街上的女色狼！傅世槿默默地移开视线，在心中喟叹了一声。

帅哥是好，就是太让人操心了！

突然，傅世槿察觉有人靠近自己身边。

她收回飞远的思绪，转头就看到了站在自己身边的江聿。

下一秒，傅世槿皱了皱眉。

江聿微笑地求助道："那些小妹妹实在有些可怕，看在咱们相识一场，还相过亲的分儿上，帮帮忙？"

傅世槿有些蒙。

她把视线从江聿身上移开，落到后方，就看到了一堆十七八岁的小姑娘，与江聿之间的距离不过五六米的样子，规模比起刚才只大不小。

也不知道这群丫头是不是互相认识的，此刻都挤在一起，叽叽喳喳激动地讨论着什么，目光不时地朝江聿身上落。

呵呵！原来这家伙不是没有感觉到啊！活该，这无处安放的魅力！傅世槿突然有些幸灾乐祸。

但下一秒，她的手就被江聿紧紧地抓住。

"你干什么？"傅世槿睁大眼睛，被抓紧的手挣扎起来。

"别动，小姐姐，求帮忙。"

江聿露出这样小狗般可怜的求助表情，让傅世槿一秒妥协，仿佛她若是狠心拒绝这小鲜肉的求助，就是一种犯罪！

同时她也在心中唾弃自己被美色所迷。

"那个……小哥哥，能不能和你合影啊？"

傅世槿刚刚妥协，就看到几个胆子比较大的女生一起走过来，在江聿面前露出了害羞的表情。

傅世槿虽然也算高挑，但是个头只到江聿的耳垂位置，她下意识地抬眸去看江聿的表情，却见他嘴角虽然依旧噙着让人着迷的笑容，眼神却冷了下来，嗯，不应该说是冷，只能说笑意并未延伸到眸底。

"不好意思，如果我和你们合照，我女朋友会不高兴的。任何让我女朋友不开心的事，我都不会去做。"

当江聿慢条斯理地说出这些话的时候，那些小女生顿时发出了一片哀号声。

这不小的动静甚至引来了四周行人的侧目。

傅世槿觉得好尴尬！

莫名地，她想要把手从江聿的大手里抽出，可是这厮抓得紧紧的，不给她半分机会。

江聿甚至趁着她挣扎之际，把修长的手指插入了她的指缝，变成了十指交握的姿势。

傅世槿愣住。

这家伙是不是太得寸进尺了？！傅世槿倏地瞪大眼睛，屏住呼吸，视线落在了两人十指交握的手上。

"那好吧……"见江聿态度坚决，几名鼓足勇气而来的女生只能失望而归。

但是在她们转身离开之际，几句低声的交谈飘进了傅世槿耳中——

"他女朋友像他姐姐。"

"我觉得也像！"

"好可惜……"

等等！傅世槿的目光中迅速汇聚起了戾气：她们说她像江聿的姐姐也就算了，那句"好可惜"是什么意思？怎么有一种"一朵鲜花插在牛粪上"的感觉？而她不是那朵鲜花，是那块牛粪！

"等一下，我不介意的。"傅世槿突然开口，笑容灿烂得有些瘆人。

江聿轻抬眉梢，目光带着深思地落在了傅世槿身上。

那几个要走了的小女生突然听到她这么说，顿时激动地转过身来，开心的表情直接露在脸上，完全没有注意到傅世槿语气中藏着的"杀意"。

"姐姐，你真的不介意吗？"

"我们只是想要和小哥哥合张影，绝对没别的意思。"

"姐姐，拜托拜托！"

在女生们的请求中，傅世槿一直保持着很有礼貌的笑容。

这让江聿越发看不懂。

她想要干什么？江聿在心中思索着。

"我都说了，我不介意，不过就是拍张照而已嘛。"傅世槿笑眯眯地道，说着还不忘抬头看向身边的江聿，咬字格外重，"我相信我的男朋友也不会介意的。"

江聿双眸微微一眯，不知道是不是他的错觉，他从"男朋友"三个字中听出了"杀意"。

"你开心就好。"江聿在傅世槿的注视中露出笑容。

他说出的甜言蜜语让那几个小女生都忍不住羡慕嫉妒地轻呼起来。

傅世槿微微一怔，腹诽：都到这个时候了他还不忘撩妹！不，是撩姐！这人果然是"嗜撩成性"！

傅世槿转过头，避开了江聿的正面"攻击"，对那几个被江聿"误伤"的小女生说："不如我来帮你们拍？"

"好呀、好呀！"

"谢谢大姐姐！"

大姐姐！感觉再次被插刀的傅世槿深吸了口气，努力维持着脸上的笑容：她忍！

被几个十七八岁的女生称呼"大姐姐"，简直如同被四五岁的小朋友叫"阿姨"一样可恶！

"不客气，应该的。"傅世槿把手从江聿的手中抽出。

这一次江聿没有再紧抓着她的手不放，只是看着她一脸假笑地走向那几个女生。

"来，你们快站好。对，挨得近一些，没事，我不介意，凑近些画面才好看。"傅世槿拿着其中一个女生的手机，站在了江聿对面，还热心地指挥着几人合影。

本来还有些不好意思的几个女生在傅世槿的"鼓励"之下，不断地朝江聿靠近，最后几乎要挂在江聿身上了。

江聿僵直着身体站在女生们中间，如同上刑场一样，那笑僵的表情已经分不清到底是好看还是难看了。

故意的！她绝对是故意的！江聿觉得，这是傅世槿的打击报复行为。

"好，头再靠过去一些，嗯，笑得甜一点儿，对了，就是这样……准备好了吗？我数一、二、三……"

咔嚓！终于，傅世槿按下了拍照键。

"好了。"傅世槿微微一笑，对几个女生说。

几个女生有些不舍地离开了江聿身边，唯一的安慰奖就是那张合照了。

"我看看。"手机的主人从傅世槿手里接过手机，打算看一下刚才拍的照片。

傅世槿却阻止了："先别看了，照片又不会跑。行李都到了，先拿行李，你们一会儿再看吧。"

面对这么善解人意的大姐姐，几个女生点了点头，乖乖地收起了手机。

此时，终于恢复自由的江聿已经拿到了自己和傅世槿的行李。

傅世槿走过来一看，愣了一下，问："你怎么知道这是我的行李？"

"上面有名字。"江聿拉了拉贴在行李上的行李条形码。

傅世槿当然知道这上面有旅客的名字和航班号，可是这家伙的反应速度也太快了，就凭着行李从眼前经过的瞬间，就能从那么多行李中看到她的？

反正她是做不到的。

不过既然已经拿到了行李，她也懒得再多说什么，走上前将手伸向自己的行李，随便地说了声："谢谢。"

该有的礼貌，她还是要有的。

"我来吧。演戏演全套，我们既然是男女朋友，哪里有各自拿行李的？"江聿不容抗拒地拖着傅世槿的行李箱就向出口走去。

傅世槿无奈，只好快步跟了上去。

当他们两人刚刚走到出口位置的时候，就听到从身后传来好几道刺耳的尖叫声。

这声音让不少人驻足回眸。

傅世槿和江聿也在其中。

"是她们几个。"江聿看清尖叫声的来源，双眸眯了眯。

傅世槿眼神淡淡地瞥过那几名仿佛受到了极大刺激的女生，淡定地收回视线，继续朝着出口走去。

江聿并未久留，也跟着一同离去。

"你做了什么？"江聿追上去后，好奇地问。

傅世槿转眸看了他一眼，眼神有些奇怪，似乎不明白他话中的意思。

她眼中的无辜取悦了江聿，让他笑了起来。他道："小姐姐，求你满足一下我的好奇心。"

他又来这一招！傅世槿突然发现，江聿很会装可怜，尤其是他装可怜的时候那眼神无辜得好像小奶狗一样，让人没有办法拒绝他的要求。

"也没有什么，只是取景的范围比较特殊，然后……没有开美颜滤镜。"傅世槿"羞涩"地一笑——大姐姐是那么好招惹的吗？

江聿听完，表情一怔，突然大笑起来，听那笑声，似乎比傅世槿还开心。

他这个反应让傅世槿转头看向他，眼神好似在看神经病一样。

机场内，几个女生围在一起，看着手机里的照片。

照片只有一张，无比真实地凸显了她们脸上的所有细节，最重要的是……那个帅气小哥哥的脸直接没有被拍下来，只有脖子以下的部位！

"我就说他女朋友怎么会一点儿都不介意！"

"亏我还觉得她真是心地善良。"

"嘤嘤嘤……小哥哥就这么没有了，我还想着把合照拿去同学面前炫耀呢。"

机场出口，傅世槿联系到了来接机的司机，然后留给了江聿一个不失礼貌的微笑，说了声"再见"，就潇洒地离开了。

同样，这一次江聿也没有阻止她离开。

目送她远离之后，他打开微信，看了邵中台的留言信息后也上了一辆的士，朝着乌市的市区行去。

边疆很辽阔，也很美。

但是那些绝美的风景通常是要深入边疆才能看到的。

傅世槿打算先在乌市休整三日，这三日逛逛乌市，另外就是准备边疆自驾游的一些东西。

来之前她就通过旅行社联系到了这边的自驾游团队。

边疆是很适合自驾游的地区，一般来这里旅行的人只要时间充足，经济也可以，就会选择租车自驾游的形式。

不过因为边疆地广人稀，所以即便是这样的自驾游，也是以团队的形式出发。

自驾游团队一般来说会组成五辆车到七辆车的车队，其中一辆是当地的导游车，然后按照规划好的路线，在边疆进行为期十日左右的深度游。

导游车上的导游都是当地的居民，有着正规的执照，对风土人情比较了解，也知道哪些地方可以去，哪些地方不能去。有这样的人保驾护航，可以说在安全上基本不会出现群里的铁鹰担心的情况。

傅世槿已经不是第一次独自出门旅行了，当然会把一切因素都考虑进去。

"嗯，好的，那我到时间就去约定的出发地点。"车上，傅世槿联系着车队的导游。

"好的，傅小姐，请记得带上你的驾驶证还有身份证。另外，我们在车上会准备一些基础的物资，包括帐篷什么的。如果你个人还需要准备什么，就需要你自己去准备了。"

"好。"傅世槿应了一声。

"对了，傅小姐，还有一件事我要提前和你说一下，这一次车队加上导游车，一共是五辆车，但是其中三辆车上的人是夫妻，所以你只能和另一名散客拼车了。不知道你有没有什么问题？"

傅世槿没有多想，道："我没问题。"大家都是出来玩的，当然不能有太多讲究。只要和她拼车的人不是太过难缠的家伙，她都能适应，反正只是同车而已，又不是处对象。

当然，如果对方是个女散客，那就最好了，若是男人多少会有些尴尬。

"我方便问一下对方是男的还是女的吗？"想到这个问题，傅世槿还是问了一下导游。

"是个年轻的男士。"导游回答。

这个答案让傅世槿有些失望，但是也没有多说什么——她总不能让对方退团吧？

"好的，我知道了。谢谢。"说完，傅世槿就挂了电话，开始欣赏乌市的街道景色。

乌市就在著名的天山脚下，地域辽阔，有着"亚心之都"的美称。

这里的城市与内陆的城市不一样，充满了异域风情，建筑的色泽十分亮丽、鲜艳。

现在是下午日落的时候，阳光洒在这座城市中，让它仿佛笼罩在一片落霞之中，美得难以形容。

傅世槿看到窗外的美景，心情一下子放松下来。

在乌市，傅世槿选择了一家充满异域风情的五星级大酒店。她一个人生活，从来不会在吃、住上亏待自己。

不过或许现在不是旺季，所以即便是五星级酒店，价格也不是特别昂贵，就算是普通工薪阶层也住得起。

可是让傅世槿意外的是，当她办好入住准备上电梯的时候，看到在机场刚刚分别的江聿再一次出现在她眼前。

傅世槿手里拿着房卡，已经意外得不知道该说些什么了。

"小姐姐，又见面了，真是巧。"江聿看到傅世槿，倒是一脸从容，没有半点儿意外之意。

傅世槿看着他拖着行李走近，忍不住道："我不得不怀疑你是在跟踪我了。"

"跟踪你？为什么？"江聿露出一个疑惑的表情，显得很无辜。

为什么？傅世槿很想说是因为他在对她死缠烂打，但是这样一说，如果对方根本不是这样想的，岂不是显得她很自作多情？

"我是提前就在这家酒店里订了房间，之前真的不知道你也住在这儿。不相信的话，你可以和我一起去前台问一问。"江聿主动发出邀请。

"不必了。"傅世槿冷着脸，当然不会去做这么幼稚的事。她看了江聿手中的行李一眼，丢下一句"你先忙"，然后就朝电梯方向走了过去。

江聿笑了笑，走到酒店的前台，把自己的身份证递过去的时候，直接说了一句："请把我的房间安排在刚才那位小姐的房间的隔壁或对面。"

前台的小姐姐原本还沉浸在江聿的盛世美颜中，此时被他的话惊醒，有些犹豫，"这个……"

江聿立即道："她是我女朋友，不过在来之前我们闹了点儿别扭，我正在努力地挽回她，所以请帮帮忙好吗？"

好、好、好！她怎么能拒绝这么美好的小哥哥？尤其是这么痴情的小哥哥！前台小姐姐的头点得跟小鸡啄米一般。

几分钟后，江聿就拿到了傅世槿房间正对面的房间的房卡。向前台的小姐姐道谢之后，他心满意足地朝电梯走去。

已经上了楼进了自己房间的傅世槿完全不知道楼下大堂发生的这

95

一幕。

江聿的出现让她在这次的旅行中多了一种不知道该怎么形容的情绪。

总之——她烦死了！

傅世槿连收拾行李的心情都没有了，只是打开行李箱，找出自己的洗漱用品就进了洗浴室，准备先洗个澡，然后睡一觉。

至于吃饭什么的，等睡醒之后再说，反正她现在根本就不饿。

她这一觉睡醒，已经是晚上九点半。

傅世槿是被饿醒的，睁开眼的时候被一片黑暗笼罩着。

心里想着乌市夜市的美食，傅世槿迅速起身，随便穿了衣服，戴上一顶帽子，再戴上一副眼镜，遮挡了没有化妆的素颜，拿着小包就打开了门。

在陌生的城市，又是晚上，傅世槿实在是懒得再去打扮了，帽子和眼镜可以很好地解决不化妆就出门的问题。

可是在傅世槿打开门走出去的时候，对面的房间也打开了门。

看清对面的人，傅世槿心中只觉得有一句脏话不知当不当讲。

这个人是阴魂不散吗？

"小姐姐这是准备出去吃东西？好巧，我也是。"江聿快速地打量了傅世槿一眼，再次露出了他招牌式的笑容。

该说、不该说的话都被江聿说完了，傅世槿还能说什么？

恍惚间，傅世槿已经记不清这是她和江聿今天第几次偶遇了。

没有一句回应，傅世槿身上透出一种冷淡气息，关好门后直接朝电梯的方向走去，仿佛江聿根本不存在一般。

傅世槿进了电梯，在电梯门即将关上的时候，一只手伸了进来，阻止了电梯门的闭合。

站在电梯里的傅世槿视线不由自主地落在了那只手上。

哪怕不是第一次见，她还是觉得江聿的这双手长得真好看。

如果说手是人的第二张脸，那么江聿的第一张脸和第二张脸都好似得到了上天的恩宠一般，比一般人优秀太多。

有那么一瞬间，傅世槿脑海里闪过一个念头：他明明可以靠颜值吃饭，却偏偏要用能力！

傅世槿的胡思乱想在江聿进入电梯的时候停止。

她站在角落，电梯里只有他们两个人，十分宽松，谁也挨不到谁，但是就这样傅世槿还是觉得呼吸有些困难，属于江聿的气息正在强势地朝她迫近。

叮！电梯刚刚下降一层，就重新停下。

电梯门打开之后，一群外国游客走了进来。

人突然变得多起来的电梯一下子就显得拥挤狭小了。也不知道是不是故意的，江聿被挤到了傅世槿身边，两人的手臂紧紧地挨在一起，都能感受到彼此的温度了。

很好闻！傅世槿身上的味道钻入江聿的鼻间时，他心口微微一热，有些贪恋地多吸了几口。

而江聿的靠近让傅世槿的心忍不住加速跳动起来，那过快的频率几乎让她以为自己要心肌梗死。

好在电梯到达一楼并未用太久，在傅世槿觉得自己就快要窒息而亡时，电梯门终于打开了。

当挡在前面的人朝着门外鱼贯而出时，她感觉到了与江聿保持距离后的那种轻松。

这个男人实在是太炙热了！人一旦靠近，就会被他烤死！傅世槿在心中这样形容。

依旧没有说一句话，傅世槿快步朝大门外走去。

边疆的白昼很长，之前傅世槿把房间中的窗帘都拉上了还不觉得，现在走出来之后才知道，即便是现在这个时间，乌市的苍穹还透着淡淡的光。

只不过在城市的霓虹灯的映衬下，这些光就显得微不足道了。

"喂。"

背后突然出现的声音让傅世槿结束了对这座城市的欣赏。

傅世槿转过身，看向走向自己的男人。

"小姐姐，怎么说咱们也是同一座城市来的熟人，在一座陌生的城市，你不需要对我表现得这么冷淡吧？"江聿走到傅世槿面前，笑了笑。

傅世槿皱眉，警惕地保持着与他之间的距离，问："你到底想干什么？"

江聿耸了耸肩，道："不想干什么。既然遇上了，我们又都要去吃美食，不如一道？"

傅世槿抿了抿唇。

从她的内心来讲，她并不希望与江聿继续接触下去，有些害怕继续这样下去终有一天自己会忍不住向阳光靠近。

"不——"

"不要这么绝情。你一直抗拒我，除非是害怕自己会喜欢上我。"江聿抢在她拒绝之前开口。

激将法！傅世槿又不傻，怎么会听不出江聿的意图？

可是有时候明知道这是激将法，她也只能上当！因为她不想看到江聿脸上那好似什么都猜中了的表情。

"走吧。"傅世槿改口，答应了江聿的邀请。

目的达成，江聿露出的笑容更增添了几分魅力。

他与傅世槿并肩而行，识趣地保持着安全距离，不引起傅世槿的反感。

就算是上了出租车，也是江聿坐在副驾驶位，傅世槿坐在后排。

"五一星光夜市。"江聿说出地址。

出租车司机了解地一笑，发动了车子。

傅世槿看了江聿的后脑勺一眼，没有说话。

她的确是想去乌市最著名的五一星光夜市逛一逛。

这个地方应该说是每一个来乌市旅游的人都必到打卡的景点，所以江聿也要去那里并不奇怪。

到了目的地，两人下车，著名的五一星光夜市就在两人眼前。

霓虹灯桥铺设的"满天星光"让整个夜市都被笼罩其中，景色壮观。夜市中行人川流不息，热闹非凡。

沿街的各个小摊上、店铺里是数不清的边疆美食。

还未走进去，傅世槿就被扑面而来的美食气味给馋得差点儿流口水。

"我们进去吧。"江聿好笑地看着她被美食诱惑的样子，觉得她真是可爱。

傅世槿点了点头，美食当前，也不在乎心中的那点儿别扭了。

两人一起走进了夜市，边走边打量左右的美食。

"想吃什么就告诉我。"因为人太多，声音太嘈杂，江聿只能低下头在傅世槿耳边说话。

吹在自己耳郭上的热气让傅世槿心尖微微一颤，她差点儿脱口而出"想吃你"这样丢人的话来。

小鲜肉的诱惑实在是太大了，傅世槿警惕地向旁边移了两步，觉得要与江聿保持更远一些的距离。

可是她刚一动，就被拥挤的人群挤了回来，一个没站稳，直接朝江聿怀中撞去。

"没事吧？"

身体被两只强劲有力的手臂搂住，她的背轻抵着男人宽阔而温暖的胸膛。

瞬间，傅世槿就觉得自己被阳刚之气给笼罩了。

"我没事！"傅世槿有些慌乱地退出江聿的怀抱，错过了他眼中一闪而过的失望之色。

"这里人太多，要小心些。"江聿提醒了一句。

傅世槿还未来得及说话，就发觉江聿长臂一揽，搂住她的肩头，把她拉向了自己。

"哎！"傅世槿再次靠近江聿，心中一惊，呼吸也跟着一紧，睁大双眼看向他。

"人太多了，免得你被人群冲跑。"江聿理直气壮地给出了一个解释。

傅世槿被气笑了，道："我不是那么脆弱的人。"

"可是刚才你已经被撞到一次了。"江聿带着她往前走，有力的手臂紧紧地把她保护在怀中。

他摆出事实来反驳，竟然让傅世槿无言以对。

好吧，她承认，在拥挤的人群里有这样一个人护着，的确很有安全感。

只是——傅世槿微微转头，视线落在了自己肩膀上的那只手上，眸色微微一暗，觉得自己不该也不能与他这样亲近。

她既然拒绝了他，就要做得彻底，不要留给他人不该有的念想！虽然到了现在，傅世槿也不知道江聿到底喜欢她什么。

心中下定决心，傅世槿伸手想要去掰开江聿的手。

却在这个时候，江聿开心地问："那边好像有很出名的手抓饭，我们过去看看？我还闻到了羊肉串的味道。"

江聿不说还好，一说起吃的，傅世槿就觉得自己的肚子在咕咕叫唤。

顺着江聿提醒的位置看去，她果然看到了诱人的手抓饭，还有现切、现穿、现烤的羊肉串。

"走！"

江聿带着傅世槿，好不容易才挤出人群，来到了街边一家卖手抓饭的店铺门口。

夜市上人来人往，客来客去，这样的小摊讲究的就是一个味道，处于什么环境根本不重要。

江聿和傅世槿刚到的时候，正好有一桌客人吃完走人，还未等店主人收拾干净，江聿就拉着傅世槿坐下。

"老板，来一份手抓饭。"江聿对店老板喊了一声。

"晓得了！"店老板用生涩的普通话笑呵呵地应了一声。

接着，不给傅世槿任何反应的时间，江聿就对她说："你在这里等等我。"

"你去哪儿？"傅世槿下意识地问。

"不去哪儿，很快就回来。"江聿说这话的时候，竟然伸手过去摸了摸傅世槿的头。

傅世槿被他这么一摸，愣住了——"摸头杀"？！

她怎么觉得自己被一个比自己小的男生给调戏了？

她本想扳回一城，却没想到江聿直接转身，消失在了人群之中。

"姑娘，您的手抓饭来了！"店老板把一盘手抓饭放在了傅世槿面前，顺便用极快的速度把之前的残羹剩饭收拾了一下，离开时还不忘说了一句，"姑娘，那是你的男朋友吧？长得真帅！"

"他不……"傅世槿下意识地想要解释。

可惜人家根本没有给她解释的机会，直接留下一个背影离开了。

在心中无奈地叹了口气，傅世槿将视线落在了面前金灿灿的手抓饭上。羊肉、胡萝卜、洋葱、大米，葡萄干、孜然粉佐以正宗的羊油翻炒的米饭，光是闻着味道就让人口齿生津。

"好香！"傅世槿看着眼前的一大盘手抓饭，真的觉得自己饿了。

但是江聿还没有回来，出于礼貌，傅世槿并没有打算先吃。

江聿这是去哪儿了？傅世槿在等待中好奇地想着。

过了大约二十分钟，离开的江聿终于回来了，不过回来的他两只手提满了食物。

"老板，借个盘子用一下。"江聿一坐下就对店主人喊了一声。

店主人立马拿了一个空盘子放在桌上。

江聿把手中拿着的羊肉串放在了空盘上，然后把另一只手里拿着的哈密瓜等新鲜水果放在另一边。

顿时，一张不算大的桌子已经被各种边疆美食堆满。

"你……这……"傅世槿瞠目结舌地看着眼前的一桌食物，有些震惊。

最让她震惊的是，江聿怎么知道她在拥挤的人群面前心中已经打了退堂鼓，失去了探索边疆美食的兴趣？

她并没有说过，甚至没有表现出自己打算随便垫垫肚子后就返回酒店的意图。

而江聿利用这短短的时间把这些吃的买回来，让她避免了错过与边疆美食交流的遗憾。难道这又是巧合？

"刚才一下车，你一看到这么多人就不自觉地皱了皱眉，后面在进入夜市之后也没有任何兴奋和开心表情，只有一点儿烦躁。我曾听说，作家都比较喜欢安静空旷的地方，对人多嘈杂的环境不是很适应，原来是真的。"江聿一边整理带回来的食物，一边随意地道。

这人要不要这么细致入微啊？傅世槿紧抿着唇，心情复杂起来。

这样的江聿暖得像一轮初升的太阳，让她还怎么舍得向外推开？可是她就这样接受他吗？

一想到接受江聿，傅世槿就觉得有一种莫名的恐惧席卷过来，几乎要将她整个人淹没。

"你这样的女人，就适合一个人孤独终老，不要再去祸害别的男人了！"那个人的声音如同一个魔咒，时不时地出现在傅世槿的脑海之中。

即便她已经觉得无所谓了，不在乎了，有些话却像一把淬了毒的刀一样，划出来的伤口不会那么容易愈合。

"小姐姐你没事吧？"江聿关心的声音将沉浸在自己的思绪里的傅世槿拉回。

她抬眸，脸色有些苍白。

江聿眸色一沉，问："你怎么了？是不是哪里不舒服？"

凝望着这样一张美好的脸，傅世槿心中的刺痛得到了一丝缓解。她摇了摇头，主动拿起羊肉串："没事，可能是太饿了，吃吧。"

她避而不谈，江聿虽然觉得疑惑，却没有继续追问。

一顿饭两个人吃得异常沉默，与江聿之前设想的情况很不一样。

傅世槿最终也并未吃多少，留下了一大堆食物，最后都被江聿解决了。不能浪费，这是他这些年在部队中养成的习惯。

吃完了东西，傅世槿对这个夜市也不再有什么兴趣，于是两个人便一起向酒店走去。

　　其实从星光夜市到他们住的酒店距离并不算太远，步行也只需要半个小时，乌市的夜是很美的，两人选择步行返回。

　　到酒店门口，傅世槿突然停下，转身面对江聿："江聿，够了。"

第五章

其实我们也会怕

傅世槿表情平静而冷淡。

江聿站在她面前，眉梢轻轻挑了一下，没有说话，只是这样看着她，似乎有点儿受伤。

望着江聿这样的眼神，傅世槿觉得很怕，就好像自己做了什么天理难容的事，让江聿伤心了、失望了。

"你、你别这样看着我。"傅世槿低眉垂眼，长长的睫毛挡住了她眼中的慌乱神色。

江聿深沉的眼睛看着她，沉默了一会儿，他默默地转过身背对着傅世槿："你想说什么，说吧。"

傅世槿抬眸，看向他挺拔的背影，心中涌起一种莫名的酸涩感。

为什么要让她遇到这么美好的江聿？为什么他们不能在很早之前就认识？傅世槿知道自己又开始发疯了！她就是这样的性格，有的时候因为遗憾就会想到许多"为什么"。

只可惜她在感性的同时理智也依然在运作。

这个世界没有如果！傅世槿再一次对自己说。

"江聿，不要再在我身上白费工夫，我说过，我们不适合。"傅世槿深吸了一口气，把在心底演练了好几遍的话说了出来。

面对江聿的背影，傅世槿看不出他有什么反应。

而江聿在听完她的这句话后，微微扬起唇角，用好听的声音淡淡地说："所以这是小姐姐第二次拒绝我了吗？"

他说得很平静，语气也很轻，可是不知道为什么，傅世槿就是听出了他很受伤、很委屈的感觉。

"江聿，我不傻。"傅世槿咬了咬牙，丢下这句话后，便转身快步走进了酒店，独留江聿站在那里。

身后的脚步声渐渐远去，那速度如同迫不及待地逃离一般，江聿缓缓地转身，好看俊逸的五官透着一种锋芒，眼睛一直凝视着傅世槿离开的方向。

进入酒店的傅世槿没有去理会江聿会如何，直接走入电梯，按下房间所在的楼层，然后返回了自己的房间。

在门关上之后，世界又只剩下她一个人的时候，她才觉得自己是安全的。

对不起！傅世槿在心中说了一句，却不知道是在对谁说。

重整心情后，她拿出手机，直接拨通了秦柔柔的电话。

"喂。"电话一接通，秦柔柔带着睡意的声音就传了过来。

这时傅世槿才想到时间的问题，不过既然已经打了，也不打算就这样挂掉电话。

"秦柔柔。"傅世槿的声音中透着难得的严厉。

听到傅世槿的声音，半梦半醒的秦柔柔猛地打了个激灵，清醒过来："世槿？你不是在边疆旅游吗，怎么有空给我打电话？呵呵。"

最后的"呵呵"完美地诠释了秦柔柔的心虚。

傅世槿的语气有些冷："我的行踪是你透露给江聿的吧。"

"啊？你说什么？信号不太好，我听不太清楚啊……"

"装，继续装，你想被拉黑？"傅世槿嘴角的冷笑加深。

"呵呵，别！亲爱的，咱们两个都多少年的交情了，怎么能随便使用拉黑这样的终极大招呢？伤感情，太伤感情了。"秦柔柔讪笑的声音传了过来。

"你还知道我们两个这么多年的交情了？那你还出卖我？"傅世槿带着几分咬牙切齿地道。

"没、没那么严重。小鲜肉不是对你不死心嘛，所以我……"

"所以你就不顾我的意愿帮他？秦柔柔，你到底是我的闺密还是他的闺密？"傅世槿突然觉得头疼。

"我也是他未来的表嫂啊！"秦柔柔嘟囔了一句。

傅世槿突然觉得无话可说——谁让他们是一家人呢？哼哼！

"是谁之前跟我说，和消防员谈恋爱就是守活寡，还要整天担心？"沉默之后，傅世槿似笑非笑地道。

"嗯……是谁说的？我不知道啊！"秦柔柔厚颜无耻地"甩锅"。

对秦柔柔的伎俩，傅世槿很没有脾气，只能认真地说了一句："柔柔，不要再插手我和他的事，我和他不可能。"

"为什么？"秦柔柔的声调突然高了起来，"我觉得这个小鲜肉追你追得很用心啊！我听中台说，他这些年基本没有请过年假。可是他因为不放心你一个人去边疆旅行，所以特意请了年假，还费尽心思地让中台从我这里打探你最新的动态，然后千里迢迢地追过去。我听着都觉得很感动，你一点儿也不感动吗？"

"感动。"傅世槿没有否认内心的感觉。

她再次拒绝江聿的画面浮上心头，那种钝痛的感觉让傅世槿一时间都忘记去想为什么江聿会知道她要旅行，从而追了过来。

"既然感动，那你干吗不试一试？说不定他就是你的真命天子呢？"秦柔柔劝她。

傅世槿沉默了。

"喂？喂？世槿……傅世槿？我知道你在听，你老实告诉我，你这些年不肯谈恋爱，是不是还忘不了那个渣男？"

"不是。"傅世槿垂眸，毫不犹豫地否认。

"那你为什么——"

"柔柔。"傅世槿打断了秦柔柔的话，"总之，我拒绝他是因为我觉得我不能成为一个好妻子，也不知道该如何以女朋友的身份和一个男人相处。还有就是，消防员这个职业……我不想以后提心吊胆地过日子。"说完，傅世槿就挂了电话，深深地吸了口气。

这拒绝的理由到底是说给秦柔柔听的，还是说给自己听的，连傅世槿自己都分不清楚。

嘀嘀！安静的房间中，傅世槿的手机突然传出信息的声音。

她打开一看，信息是初夏发过来的。

"殿下，你到了边疆没？小桃桃在群里问呢。"

小桃桃就是傅世槿的那位在边疆的读者。

在知道傅世槿要来边疆旅游后，小桃桃就一直很兴奋，很想和傅世槿见面。

这条信息拉回了傅世槿的思绪，此时她才后知后觉地回想起刚才秦柔柔说的话，想到一个问题：江聿是怎么知道她来边疆旅行的？

难道是秦柔柔无意间透露的？

傅世槿摇了摇头，不想再花精力深想下去，索性就当是如此了。深吸了口气，她把注意力放在了初夏的信息上。

沉默片刻，傅世槿收拾好自己的心情，登录了QQ，点开了小桃桃所在的第十六个读者群。

果然，小桃桃正在群里问她的行踪，还撒娇地想要从初夏她们几个管理员手里套取她其他的联系方式。

读者群里的热闹驱散了傅世槿心底的一层阴郁。她在读者群里冒了泡，先是感谢了小桃桃的盛情，告诉小桃桃自己的行程已经安排好了，没有时间见面，下次有机会再约读者见面好了。

安抚了失望的小桃桃后，傅世槿就准备退出QQ，这时却收到了一条加好友的申请信息。

她点开一看，要加她的人居然是她的读者群的"群草"——铁鹰。

铁鹰加我？傅世槿有些诧异。

说实在的，她虽然和这个铁鹰接触不多，但是一直觉得他是一个耿直的人，说话表现出来的语气也很耿直！

对这类人，她一直有一种话不投机半句多的感觉。

按说她应该无视这条加好友的信息，但是她偏偏有一个习惯，那就是如果她的读者加她，尤其是正版书的读者加她，她基本上不会拒绝好友申请。

因为她的读者们都很乖，知道她平时很忙，极少会私下与她闲聊，虽然加了她，但大多数还是在群里说话。

所以在略微思考之后，傅世槿就同意了铁鹰的加好友申请。

"大大已经到了边疆吗？"

这个铁鹰很有意思，不愿随大溜称呼她"殿下"，而是叫她"大大"。不过只是称呼而已，傅世槿根本不在乎。

"嗯。"她简单地发了一个字过去。

"那大大在边疆旅行的时候要注意安全。"铁鹰又发了一句过来。

"好！谢谢关心。"傅世槿虽然觉得他是直男癌，但是人家关心她，她也不能恶语相对。

铁鹰那边沉默了一会儿。

就在傅世槿以为聊天就这样结束之时，铁鹰突然又发了一条信息过来："大大，你现在有空吗？"

傅世槿有些疑惑，不知道铁鹰这句话后面隐藏着什么意思，但还是如实地回答了一句："嗯，还好，不忙。"

"那我可以问你一个问题吗？"铁鹰又回复。

傅世槿沉默了一下，想着对方是自己的读者，还是没有拒绝："可以。"

"我正在追一个女生，可是一直被拒绝。你说，我要怎样做才能够让她改变主意答应我？"

他拿这样的问题问一个"单身狗"，不会觉得太惨无人道了吗？傅世槿觉得自己的心灵受到了暴击，尤其是她才拒绝了江聿的追求。

"呵呵，我不是情感专家啊，恐怕在这方面帮不了你。"傅世槿婉转地拒绝。

可是这个铁鹰似乎不死心："大大，我身边没有什么女性朋友。

我看过大大的书，里面对男、女主角的感情描写得很好，大大应该比我更了解这方面的事。而且你是女人，应该也更了解女人心里是怎么想的。大大，能帮帮我吗？我真的很喜欢她。"

傅世槿盯着手机上的这段文字，嘴角微微一抽。

人家如此深情，她还能说什么？

"那，你知道她拒绝你的原因吗？"傅世槿问。

铁鹰那边回答得很快："她就说了我们不适合。"

不适合？这个理由……傅世槿一愣，难道天下女人拒绝男人都喜欢用同一个理由？她对江聿也是这样说的。

"呃，没有其他的了？"傅世槿不知道为什么自己回复的语气突然变得小心翼翼起来。

"嗯。"铁鹰回答。

傅世槿眨了眨眼，脑海里闪过许多小说里的狗血桥段，然后又试探地问："她是不是有喜欢的人了，所以才拒绝你？"

"不可能。"这一次，铁鹰倒是回答得很肯定。

"你怎么这么肯定？"傅世槿好奇。

这个问题铁鹰没有回答，他只是问："大大，你觉得我要怎样做，才能让她接受我？"

傅世槿很头疼！她在这方面实在是没有什么经验传授啊。

最后她只能说："嗯，那你就多关心关心她。女孩子很容易被感动的，如果一个男人对她嘘寒问暖，处处关心体贴，她一定会心动的，现在不是流行暖男吗？"

"如果她还是不接受呢？"铁鹰又问。

傅世槿有些词穷了，实在是不擅长处理这样的两性问题，最终只能告诉铁鹰一条追女守则："俗话说，女怕缠郎。"说完，傅世槿还给他发了一个"加油"的表情图。

"好的，谢谢大大。我一定会按照大大说的话去做的！"

"不客气！"傅世槿礼貌地回了一句。

"那我就不打扰大大了，大大早点儿休息，不要熬夜，对身体不好。"

"嗯，再见。"

"再见。"

在傅世槿对面的房间里，江聿在手机上发出"再见"之后，就退出了QQ。

"女怕缠郎？"江聿口中默默地呢喃着这四个字，嘴角浮现出一抹玩味的笑容。

的确，这是一个很好的主意啊！

傅世槿，这可是你自己说的，说话要算数啊！江聿在心中缓缓地道。

接下来两天，傅世槿在乌市的酒店里又开始了宅女的生活，除了必须外出去准备自驾游的东西外，其余时间都待在酒店里，仿佛乌市的一些景点对她来说完全没有吸引力一般。

而江聿在那天晚上之后也好像没了动静，弄得傅世槿还以为他在那晚受了打击之后没有心情再继续跟着她，所以第二天就退房离开了。

不管江聿如何，反正傅世槿把自己的日子过得挺好。

到了自驾游团队出发的时间，她收拾好自己的行李，退了房，就打车前往集合地点。

约好的出发地点是在乌市的某处停车场，傅世槿赶到的时候，其余三对夫妻已经到达，正在把自己的行李装车，导游阿里木在一旁协助。

看到傅世槿下车，阿里木向她走了过来："你好，你就是傅小姐吧？"

"嗯。"傅世槿点了点头，向阿里木伸出手，"你就是我们的导游阿里木先生？"

阿里木和她握了握手，然后赞美道："你比照片里还要漂亮许多。"

"谢谢。"傅世槿有礼貌地道。

"走吧，我带你去看你的车还有与你同行的搭档。"阿里木接过傅世槿的行李，带着她朝车队的最后一辆车走去。

路上，阿里木随意地道："我好像忘记跟你提起，你的搭档正巧和你来自同一座城市。"

自驾游的团都是傅世槿在林城的时候通过网络找的，一些基本的身份信息也会提前发给导游，以便导游提前熟悉每一个人。

"真的吗？"傅世槿听到这句话，不知为什么，心中浮现出一丝不妙的感觉。

不会是……在她这般想着的时候，阿里木已经带着她走到车旁，她也就看到了坐在驾驶室里的人。

等傅世槿看清楚坐在车里的人，眸色就沉了下来——还真是人生处处是惊喜啊！不，不是惊喜，是惊吓！

"这位是江聿，从现在开始就是傅小姐的搭档了，未来十天你们都会共同驾驶这辆车，希望你们接下来相处愉快。"阿里木并未察觉傅世槿的异样，乐滋滋地介绍了一番，然后又对江聿道："嘿，帅哥，傅小姐可是一位美人，接下来一起相处的日子，还请多多照顾哟。"

江聿微微一笑，像是丝毫没有看到傅世槿的震惊表情，只是朝着阿里木点了点头："放心。"

阿里木介绍完两人，也不再多说什么，直接拿着傅世槿的行李朝车的后备厢走去。

为了保证自驾游的舒适性，一般是两人配一辆车，后排和后备厢都是装物资的。

阿里木一离开，傅世槿就沉下了脸色，心里把秦柔柔骂了百八十遍——这厮把她出卖得还真是彻彻底底！

她回想当初，阿里木这个边疆的导游就是秦柔柔推荐的，不知道是不是在那个时候她就进入了他们的圈套里。

"就要出发了，还不上车？"江聿打开副驾驶座的门，向傅世槿发出邀请。

他没有下车，似乎是怕傅世槿上车之后把他锁在外面。

傅世槿抿了抿唇，心中的确有这个打算，可惜对不上当。

"江聿，我以为那天晚上我已经说得很清楚了。"

江聿点头，附和道："嗯，的确很清楚了。"

既然已经很清楚了，为什么你还要出现？傅世槿在内心咆哮道。

"可是我都已经交了钱报了团，总不能就这样回去吧？而且我的确是在休年假，边疆我也是第一次来，对这里的美景慕名已久。"江聿抢在傅世槿开口之前说出了自己的理由，说完还不忘用无辜的眼神凝视她。

傅世槿看着他的眼睛，觉得只要他流露出这样的眼神，就会让她产生一种负罪感，仿佛自己做了什么伤天害理的事一般。

尤其是在江聿这张帅气阳光的脸上出现这样的表情，居然让她有一种很萌的感觉。

而且人家说的话也很有道理，总不能因为她，她就强逼人家退团吧？这未免也太霸道了，傅世槿不愿在自己身上加上这么讨人厌的人设。

"如果你能玩得开心，就把我当作一个陌生人好了。"在傅世槿沉默的时候，江聿说道，话中透着一种无奈和可怜之意。

那种感觉让傅世槿觉得自己再不答应就是一个十恶不赦的大恶人。

嘭！车门被拉开又关闭。

一场不公平的交锋中，傅世槿败下阵来，坐上了车的副驾驶位。

坐就坐！江聿又不是什么洪水猛兽！傅世槿在心中这般安慰自己。

忽地一团黑影笼罩下来，她睁大眼睛，屏住呼吸，看着朝自己袭来的江聿："你干什么？"

她喊出这句话的时候，声音紧张得有些颤抖。

她不明白，为什么只要遇到江聿，她的形象就会破碎成渣？

江聿的长臂绕过她的身体，将安全带扯过来，插入了安全扣。

咔！清脆的声音让傅世槿恢复了几分理智。

"当然是系安全带。"江聿回答得理所当然，做完这一切后，若无其事地恢复了原来的坐姿。

咚咚！傅世槿知道自己的心跳有些快，只能沉默着，默默地平复心情。

阿里木再次走过来，敲了敲江聿那边的车窗。

江聿转眸看向他。

就听阿里木说道："人已经齐了，我们要准备出发了。车队是按照顺序排列的，一会儿你们跟着前车就好了。等到前面的服务区休息的时候，我再介绍你们和其他人正式认识。对了，车里的对讲机会用吗？"

在江聿点了点头后，阿里木接着道："如果有什么情况，我会通过对讲机和你联系。要是你们有什么事，也可以通过对讲机和我联系。车里的油都是加满的，不过这箱油用完之后，后面所需的油费就需要你们两个人平分了。这些都是清楚的吧？"

"清楚。"

"嗯。"傅世槿认真地听着，和江聿同时出声。

阿里木见他们都清楚了，也不再废话，转身去了前面的车，一一招呼了之后，才走向最前面的导游车。

嘀嘀——喇叭声从前面的导游车上传来，跟在后面的三辆车也都发动了引擎准备着。

江聿发动汽车，他和傅世槿乘坐的越野车也发出了野兽一般的低吼。

很快，车队缓缓地行驶而出，进入了乌市的主街，朝着城外驶去。

"你是打算一路都保持沉默吗？"江聿开着车，眼角的余光扫过旁边安静的傅世槿。

傅世槿抬眸瞥了他一眼——这个时候除了沉默，她还能说什么？

一想到未来十天她都要和江聿同吃同行，她就不知道该用什么词来形容自己的心情。

"傅世槿，放松一点儿。"江聿突然道。

傅世槿疑惑地看向他："什么意思？"

江聿目视前方，傅世槿只看到了他嘴角微微扬起的弧线。

"你既然是来旅游的，就要放松心情，别因为我而破坏了心情。难道说我在你心中其实很重要？"

重要到他可以影响傅世槿的心情！

傅世槿白了他一眼，扭头看向车窗外飞快掠过的景色，道："你的脸皮真厚。"

江聿嘴角勾起的弧度加深了些："既然不是躲着我，那就开心起来。这十天你就当我是一个陌生人好了。"

"江聿，你到底是什么意思？"傅世槿回眸看向他，实在是猜不透他的心思。

而且话是这样说，但她实在是无法把一个被她拒绝的追求者当作陌生人相处的。

"我就是字面上的意思啊！别多想。"江聿的笑意已经蔓延到了眼底。

傅世槿抿唇沉默下来，眼底一片阴郁。

"如果你打算立即退团，就说明你对我也不是没有感觉，不然你又何必要避开我？"

傅世槿寒着脸看向他——这个男人怎么知道她心里在想什么？

"要吃点儿东西吗？"江聿仿佛没有看到傅世槿难看的脸色，突然转移话题，一只手离开方向盘，拿出了一包薯片递给傅世槿。

视线落在那包薯片上，傅世槿突然觉得眼前的江聿和他的"人设"相当不符！

在傅世槿的感觉中，江聿不是那种已经知晓答案后还会死缠烂打的男人。

到底发生了什么事，让这个男人的"人设"有点儿崩？

恐怕傅世槿无论如何都想不到，让江聿"人设"崩塌的人正是她自己。

"喏。"江聿拿着薯片晃动了一下，同时还不忘提醒一句，"我在开车。"

安全第一！傅世槿还能说什么？她只能伸出手去接过了江聿递过来的薯片，完全忘记了她是可以出声拒绝的。

傅世槿垂眸的时候，错过了江聿眸底一闪而过的笑意。

傅世槿接过薯片却没有打开吃，只是把充气包装捏在双手中，不知道在想些什么。

她很想跟江聿说清楚，他们之间是不可能的，可是现在江聿并没有说还在追求她，她又怎么好开口？

路上，车队飞驰着渐渐远离乌市。

傅世槿无暇欣赏窗外的风景，一直在心中纠结着。

江聿也很安静，目视前方，安静地开车，仿佛不敢打扰傅世槿的沉思。

这种安静的环境让傅世槿的思绪一下子飘远。

曾经在大学时代，她也有过青涩的情感。那段日子懵懵懂懂，当张志追求她的时候，抱着不要让自己的青春有缺憾的念头，她答应了。

其实，对自己爱不爱张志，傅世槿到现在都不知道答案。

现在她肯定是不爱的，可是当初呢？如果不曾心动，她不会答应张志的追求。但是在她答应的过程中，又有几分是来自女生的虚荣作祟？

张志是大学里的明星人物，身上会聚了一切吸引女孩子的目光的优点：成绩好，家境好，能力强，是体育高手、社交达人，最重要的是张志拥有一张帅气的脸，哪一点不吸引女人？

傅世槿还记得，当初在女生宿舍楼下，张志点满了九十九根红蜡烛摆成一个桃心，站在中间捧着娇艳的玫瑰向她表白时，周围的女生投来的羡慕目光。

感动？心动？在那个傅世槿愿意去尝试的纯真时代，她对张志点了头。

她原本也以为自己会收获一份最甜美的爱情，和张志走到最后。

嘀嘀——窗外的喇叭声打断了傅世槿的回忆，思绪如潮水般退了回来，她发现他们已经到达了一处服务区。

车队的五辆车子缓缓地驶入服务区，停在了空着的停车位上。

在江聿把车停稳之后，傅世槿就感受到了江聿投来的关切眼神。

但是这一次江聿没有说话，只是用那双能把人溺死其中的眼眸看着她。

在这样的注视中，傅世槿突然有些害怕，想要逃开。

而这时，江聿开门下了车。

没有了江聿的车里，傅世槿松了口气。她看向窗外，导游阿里木身边，那三对夫妻已经围了过去。

傅世槿抿了抿唇，之前还不觉得怎样，现在看着其他团友的关系，还真是觉得有些尴尬。

"走吧，就等我们了。"车外，江聿提醒了一句。

傅世槿收拾好心情，打开车门下了车。

在她下车之后，江聿就自动走近，却又与她保持了一定的距离，减轻了她心中的压迫感。

傅世槿偷偷地看了江聿一眼，从他的表情中根本看不出任何端倪，只能无奈地跟着他并肩走向阿里木他们。

经过一轮介绍，傅世槿认识了车队中除了阿里木和他的助手之外的其他六人。

这六人中，其中四人不仅是两对夫妻，彼此之间还是朋友，这样的旅行对他们四人来说是新婚的蜜月旅行，也是好友的旅行。剩下的一对夫妻同样是新婚，很快就与那四人打成了一片。

傅世槿没有加入他们，礼貌地自我介绍之后就退到了一边。

"我们在这里休息半个小时，大家饿了可以先吃些东西。尽量不要动车里的物资，因为后面有一段路是没有服务区的，而且我们还有两天需要露营。"阿里木提醒众人。

众人表示明白之后，纷纷前往服务区的餐厅。

车队中一些人是第一次见面，虽然认识了却也不会太过热络。傅世槿走在队伍的后面，江聿始终陪在她身边。

"你不用跟着我。"傅世槿有些尴尬。

江聿眨了眨眼，无辜地道："我们是车友搭档，这些人中我又和你最熟，我不是故意跟着你的。如果给你造成了困扰，我道歉。"

他这样的语气和说辞让傅世槿无法提出一些没有礼貌的要求——既然两人没什么关系，她又凭什么要求江聿去做什么？

"随你吧。"傅世槿想通之后，不再多说，只是脚下的步子加快了些。

然而她加快速度，江聿也加快速度；她放慢速度，江聿也放慢速度；她停下来，江聿也跟着停下来。

这样的游戏一直到半个小时后，阿里木通知出发，两人重新回到了车上才算结束。

"阿里木说，一会儿我们先到边疆的盐湖停留一个小时，三对新婚夫妻都要在那儿拍照，你要拍吗？"出发之后，江聿主动打破了沉默。

"不拍。"傅世槿从来不是一个喜欢拍照的人，所以想也不想就说出了答案。

对此，江聿也没有多说什么，只是默默地开着车。

两个人沉默着，显得有些无聊，还好盐湖离这里不远，再行驶几十分钟就到。接着他们还要去达坂城古镇，今晚会住在番市。

这次他们本来就是休闲游，所以行程不会太赶，这样慢节奏的自驾游很适合傅世槿。

无聊中，傅世槿拿出手机登录了QQ，想要和读者们互动一下。

专心开车的江聿眼角的余光扫向傅世槿，在他看到她进入QQ界面的时候，眼角一跳，淡定自若地腾出一只手，自然地伸过去把自己放在车上的手机调至了静音模式。

傅世槿并未注意他的动作。

在江聿刚刚做完这一切的时候，傅世槿也在群里发了一条信息。

江聿的手机屏幕顿时一亮，一条无声的特别关注信息出现在屏幕上。

好在这一道屏幕上的光并未引起傅世槿的注意。

她的注意力都集中在群里不断冒出来的欢迎她的信息上。

感受到读者们的热情，傅世槿嘴角微扬起来，无视了江聿的存在，与群里的读者们交流起来。

江聿眼角的余光一直关注着她，不断闪烁的手机屏幕让他心痒痒，他很想知道她在群里聊什么。

可是现在，他不能露出马脚。

为了不让傅世槿起疑，江聿不着痕迹地把手机拿起来，揣在了衣兜里。

掩饰好自己后，江聿才淡定地提醒了一句："在车辆行驶过程中玩手机，很容易头晕。"

傅世槿听到他的声音，抬眸看了他一眼，再度垂下了眼。

"我现在还在车上，不方便玩手机，有时间再和大家一起聊。"编辑好这句话发出去之后，傅世槿就退出了 QQ，握着手机靠着椅背闭目养神。

其实不需要江聿提醒，她也感觉到有些不适，打算结束聊天。

见她乖乖照办，江聿唇角扬起一抹不自觉的微笑。

边疆的盐湖，又有"天空之镜"的美称。

车队到达这里之后，一下车，傅世槿就被眼前的美景震撼到了。

广袤无边的盐湖干净得就像是一面镜子，倒映着天空的颜色，美得没有一丝瑕疵。

人站在这里，就好像置身于梦境，远离了世俗的一切。

"啊啊啊——"惊喜的尖叫声来自那几位新婚的新娘，她们同样被美景震撼到，激动地朝盐湖跑去。

她们的丈夫仿佛受到了感染，追在她们身后，看着她们肆意放飞自我。

傅世槿深吸了口气，吸入肺腑的空气仿佛洗涤了她的心灵，她道："这里真的好美！"

远处那些白色的晶体如同小山一般，在一片平静中勾勒出盐湖的美。

盐湖这个景区此刻并没有太多游客，这种情况更适合大家肆意拍照取景了。奔向盐湖的三对新婚夫妻已经摆开姿势拍了起来。

阿里木和他的助手似乎来过这里太多次，对这里的美景已经免疫，只是靠着车站着，低声交谈，等待着大家。

傅世槿慢悠悠地走向人最少的方向，似乎不想被人打扰。

这一次江聿没有跟上去，只是在她走得稍远之后，拿出自己的手机，打开了相机软件，将她框在了镜头里。

今天傅世槿穿的是一身具有民族特色的红色飘逸长裙。

她走在盐湖边，裙摆和长发随风而动，纤长的身影倒映在湖面中，妖娆而出尘，仿佛天地间只剩下她这一道颜色。

江聿看着手机中那美得让他心跳加速的身影，不由自主地按下了"拍照"图标。

咔嚓！

轻微的声音无法传到傅世槿耳中，她也不知道有一个人偷偷地拍下了她的照片。

此时的傅世槿已经沉浸在盐湖之美中。

这样的环境让她创作的灵感不断爆发，泉涌般的思绪让她恨不得此刻就掏出纸笔来，把这一切都记录下来。

咔嚓！咔嚓！既然都已经"偷拍"了，江聿索性多拍几张。傅世槿不想拍照，他就替她记录美好画面。

"江先生。"阿里木的声音突然从江聿身后传来。

江聿放下手机，转身看向朝他走过来的阿里木。

"江先生，需要我帮你和傅小姐一起拍张照吗？"阿里木笑眯眯地主动说。

江聿一挑眉梢，并未着急开口。

阿里木露出了一个善意的笑容，道："傅小姐很美，让人很想要去追求。"

江聿凝视着阿里木审视了一番，嘴角才缓缓扬起，道："嗯，她的确很美，很让人心动。"

"所以我也希望这一次的旅行能成为江先生和傅小姐生命中一段难以忘怀的回忆。"阿里木笑眯眯的眼中仿佛拥有看清一切的魔力。

阿里木带团这么多年，见过不少形形色色的游客，怎么会看不出江聿的心思？

这一份祝福让江聿脸上的笑容变得和善起来："那就借你吉言了。"

阿里木笑了笑，流露出"我帮你"的表情后，便主动朝傅世槿走过去，道："傅小姐，这里的风景很美，不留影的话实在是太可惜了。"

真懂事！阿里木的神助攻让江聿的表情变得更加和悦。

他跟在阿里木身后走了过去，却与阿里木保持着一段距离。

傅世槿回眸看向阿里木，眼神有些疑惑，却也没有多想。这里的确太美了，美得超出了她的想象。

拍照吗？傅世槿想了想，点头露出了动人的笑容："好。"

阿里木拿出自己的手机准备着，道："放心吧，我的拍照技术还不错，一定能把傅小姐拍得美美的。"

傅世槿微微一笑，站在原地，有些僵硬地调整自己的站姿。

不经常拍照的人，每当面对镜头，就会有一种不知所措的尴尬。

"自然一点儿，傅小姐你随便站着就好。"阿里木调整着自己的姿势，让傅世槿放松。

傅世槿嘴角微微一扯，努力让自己放松。

"很好，不错！非常美！"阿里木不断地拍照，记录着傅世槿的美好影像。

江聿一直在旁边看着，觉得时机差不多了，便主动走过去对阿里木道："阿里木，也给我拍几张吧。"

傅世槿转头向江聿看了过去，却发现他只是走到了附近，并没有向她靠近的意思。

阿里木立即为江聿拍了好几张照片，然后在傅世槿猝不及防之下突然说："这里的景色实在是太美了，不如傅小姐和江先生合照几张？"

"好，谢谢。"不等傅世槿拒绝，江聿就抢先开口。

傅世槿张了张嘴，目光停留在向她走过来的江聿身上，见他坦坦荡荡、神情潇洒，如果她继续拒绝，反而显得她矫情了。

不就是拍几张照片吗？有什么关系！傅世槿在心中这样劝自己。

江聿已经走过去，站在她身旁。

"再靠近一点儿。"阿里木大声喊。

她感觉到江聿的再度靠近，彼此手臂间的摩擦让傅世槿身体一僵。

咔嚓。快门声响起，一张傅世槿和江聿的合照出现在阿里木的手机中。

番市，某酒店客房中。

已经洗漱好的傅世槿靠在床上，手中拿着手机，看着上面的照片，那是阿里木传给她的她和江聿的合照。

照片中的男女站在纯净的盐湖边，湖面倒映着两人的身影，苍穹之下二人是那么美好。

哪怕她动作僵硬，江聿也规规矩矩，但是这张照片还是给人一种赏心悦目的感觉。

这张合照，阿里木传给她的同时也传给了江聿。

紧抿着唇，傅世槿将视线从照片上移到屏幕角落那个"删除"图标上。

有些东西，既然不属于我，那就不要抱有任何幻想。傅世槿的目光变得坚定起来，她按下了"删除"，删掉了这张她和江聿的合照。

　　晚上大家聚餐，傅世槿推说累了，并未参加。是不是为了躲着某人，她不清楚，也不愿多想。

　　第二天再次出发，上车的时候傅世槿主动占据了驾驶位。

　　江聿挑了挑眉，默默地坐在了副驾驶位上，随意地问了一句："昨晚吃饭了吗？"

　　"嗯。"傅世槿用鼻音回了一声。

　　同时她发动车子，做好了出发前的准备。

　　在发动机的响声中，江聿突然开口："如果是我的存在给你带来了不便，那我退出。"

　　傅世槿侧眸看向他，眉头微微蹙起。

　　江聿好看的五官上蒙着一层落寞神色，轻垂的眼中藏着几分"楚楚可怜"的无辜。

　　"不必了。"傅世槿移开自己的视线，冷冷地说了三个字。

　　如果她真的让江聿离开，她心中会有愧疚感——凭什么让对方迁就自己？

　　"是我的问题，与你无关，我会自己调节好。"傅世槿又淡淡地道。

　　经过一夜，她想明白了，逃避解决不了问题，反正该说的她都已经说清楚，那么在接下来和江聿的接触中，她就应该保持一颗平常心。

　　傅世槿的转变让江聿眸中飞快地闪过一丝疑惑神色，但是不用以退为进了，他是求之不得的。

　　江聿深而明亮的眼眸染上一层笑意，他意有所指地说了一句："所以我们算是朋友吗？"

　　朋友，只是朋友！傅世槿转头看了他一眼，却发现他目光清澈明亮，她不自觉地点了点头："嗯，是朋友。"

　　在说出自己的答案之后，傅世槿感到无比轻松。

今天的交谈比起前两次的拒绝让她感到轻松许多。

前车出发，傅世槿踩下油门，控制着方向盘跟了上去。

有些话说开之后，车里的气氛便不再那么尴尬，至少傅世槿是这样觉得的。

"你的车技不错。"依然是江聿率先打破了沉默。

"还行吧，驾照拿了很多年，只是很少开车。"傅世槿的回应也比昨天自然了许多。

"不喜欢？"江聿转头看向她。

傅世槿摇了摇头，道："也不是不喜欢，只是我经常宅在家里，没有什么机会开车。"而且她对林城的市区环境也不熟，出门宁可打车，也不想买辆车来找虐，又要看路又要找停车位的，真的很麻烦，如果遇到堵车，那才叫噩梦。

江聿笑了笑，没有再说什么。

过了一会儿，他才又接着刚才的话题说："不过你开车开得很稳，不像是不经常开车的样子。"

"我比较喜欢开这种简单不复杂的路。"傅世槿也再度回应了。

前往火焰山的路上，两人就这样随意地闲聊着，倒也不再觉得尴尬。

"这个时间段来边疆游玩，还真是不怎么明智。"即便车内开着空调，江聿都看到了傅世槿皮肤上细密的汗珠。

傅世槿看了他一眼，道："你不是也来了吗？"她也知道这个时间不是来边疆旅游的最佳时间，可是她不喜欢旺季出行，又恰好在这个时候完结了小说，所以……

"我习惯了高热，所以还好。"江聿微笑着说了一句。

傅世槿用眼角的余光打量过去，对方果然是神清气爽的样子。

不过江聿的话引起了傅世槿的好奇，她问："你们消防员经常出入火灾现场，对高温和大火恐怕已经不畏惧了吧？"

"也还是会怕。"谁知，江聿给出了她意料之外的答案。

傅世槿诧异地看了他一眼，然后又快速地把视线调整向前方，专心开车。

"很多人以为我们消防员不会怕火，但其实我们也是人，人类在面对大火时的恐惧，我们也会有，只不过我们因为经过严格的训练，这种恐惧对比一般人会显得不那么明显。"江聿解释了一句。

傅世槿认真地听着，脱口而出道："那你第一次执行救援任务的时候怕吗？"

江聿沉默了一下，才对傅世槿说："在开始执行救援任务之前，其实我们已经经历过无数次的火场训练。"

"你们是怎么训练的？"傅世槿的好奇心已经被勾了起来。

江聿看向她，眸中满是笑意，似乎是因为她开始对自己好奇。他心中很好地规避了"职业"两个字，把傅世槿对消防员的好奇归结在对自己好奇上。

"会在训练用的集装箱里放火，然后让新消防员穿上全套防护装备冲进去，不到规定的时间不能出来。"江聿说这话的时候语气十分平静。

但是傅世槿在其中听出了胆战心惊的感觉！

"火舌缭绕，四周是一片灼热的火海，你们必须待在里面，忍受着被烈焰炙烤……"傅世槿低喃了一句。

突然，她问："你们的装备能隔热吗？"

"不完全能。"江聿的回答再一次超出了傅世槿的预料，"准确来说，那些防护服只能在一定程度上阻隔火焰，却不能隔绝环境的高温。"

"那你们害怕的时候，还能完成救援任务吗？"傅世槿再度发出疑问。

"能！因为我们是受过严格训练的消防员。"江聿的语气无比坚定。

傅世槿突然笑了，道："很官方的回答。"

"不是官方，是事实。即便我们心中害怕，但是当命令传达下来的时候，我们只会按照命令行事。"江聿的语气突然严肃起来，这是傅世槿从未在他身上感受过的严肃。

她在开车的间隙偷偷地瞥了他一眼，又快速地移开视线，心中暗忖：没想到这个小鲜肉严肃起来，还挺让人害怕的。

至少现在她就不敢乱说话了。

毕竟她对消防事业不是很懂，万一哪句话冒犯了他，岂不是自己找罪受？

傅世槿突然的沉默让江聿身上的严肃感倏地收敛干净，他转头凝视着傅世槿，笑了起来，道："是不是我的话吓到你了？"

傅世槿摇了摇头。

吓到她的不是江聿的话，而是他的神情，但她是不会去解释的。

"其实很多人对我们消防职业有一定误解。"江聿的语气淡淡的，依旧平静得让傅世槿难以从话语中抓出一丝情绪。

不过她还是顺着江聿的话说了下去："是啊，在我们这些老百姓看来，消防员就是四处救火的。"

江聿嘴角一扯，无声地笑了笑，没有否认她的这种说法。

"我一直以为你们的训练和部队没有什么不同。"傅世槿又补了一句。

江聿颔首道："嗯，基本上一样，毕竟到目前为止，我们都曾经拥有过军人的身份，只是会增加一些专业的救援训练罢了。"

"目前为止？曾经？"傅世槿这个宅女对时政不关心，却敏锐地抓到了江聿这句话中的两个词汇。她能够清晰地感觉到他在说到这两个词汇时语气中暗藏的一丝落寞。

感觉到傅世槿好奇的目光落在自己身上，江聿对着傅世槿灿烂一笑。那阳光般的笑容瞬间驱散了那种落寞，好像刚才傅世槿的感觉只是一个误会。

"你不知道消防系统已经改制了吗？如今我们有一个新的名称，叫作消防救援。"

"啊！"傅世槿轻呼了一声，这一点她还真的不知道。基于以前的认知，她一直以为消防员属于武警编制，而武警编制属于军队，消防员就是现役军人。

突然间，飞驰在边疆广袤大地上的越野车中陷入了一种不知该怎么形容的沉默。

这是傅世槿和江聿之间的第一次倾谈，而这一次的倾谈让傅世槿意外地感受到了江聿的心声。

"你们……会有些不适应吧？"为了打破沉默，傅世槿主动开口了一次。

江聿微微一笑。

傅世槿眼角的余光一直注意着江聿的动静，她自然也没有错过他这一抹与以往不同的笑容。

"不适应是肯定的，毕竟从此之后我们就再也不能穿军装了，也不能再佩戴军衔。"在车子封闭的空间里，江聿对傅世槿说出了自己心中的遗憾。

但还未等傅世槿去安慰几句意思一下，他又重新展露出灿烂的笑容，道："虽然不能再穿军装，但是我们也拥有了新的制服还有消防救援衔。"

不知道是不是错觉，傅世槿在江聿说出这句话的时候用目光扫过他的双眸，觉得他的双眸里藏着的星光比以往更多。

当夜，在阿里木安排大家休息之后，傅世槿靠在床上，手机屏幕的光打在她的脸上，让她的五官显得更加精致好看。

她在屏幕上缓缓地移动着指尖，浏览着搜索出来的信息。

上面的内容是关于消防员的。

文章中有一张消防员新制服的照片，深蓝色的制服依旧如同军装一样笔挺，给人一种安全感。

消防队转制后的新制服被统称为"19 式制服"。

但是傅世槿更喜欢网友们给 19 式制服起的另外一个名字。

"火焰蓝。"傅世槿口中呢喃着消防员制服的名字。

图片上，制服的深蓝色是属于高温火焰的蓝光，象征着消防员职

126

业的神圣。

一种冲动让傅世槿拿出手机飞快地给雪妖妖发出信息："亲，我想到写什么现实主义题材了！"

即便只是文字，也能够让人从中感受到傅世槿的激动。

雪妖妖回得很快："这么巧？！我刚好心中有点儿想法想要和你聊聊。要不你先说？"

傅世槿在输入框中编辑了三个字后，又删除重新编辑了一句话，给雪妖妖发了过去："不如我们一起说？"

"好！"雪妖妖几乎是秒回。

傅世槿嘴角微微扬起，在输入框中编辑好信息后，点击了"发送"。

几乎是同时，手机屏幕上跳出了傅世槿和雪妖妖的信息框。

"消防员！"

"消防员！"

在看到雪妖妖的信息后，傅世槿愣住。

雪妖妖立马又发了个"……"过来，似乎在表达自己内心的惊讶。

"我和你已经心有灵犀了吗？"雪妖妖再次发出惊叹。

傅世槿嘴角牵起一抹好看的弧度，指尖飞快地编辑好信息发出："这说明我们越来越有默契了。不过我很好奇，你怎么会选择消防员题材？"

雪妖妖立即发了一张图给傅世槿。

图片加载出来之后，傅世槿发现这是一张社会公开招募消防员的海报。

"我也是无意中发现这条招募信息的，后来一打听才知道原来消防部队已经转制，从今年开始，可以对社会人员进行招聘。你想想啊，既然国家对消防部队进行转制了，又要社会招募，自然需要有影视作品去推广宣传消防员这个职业，咱们抓住这个机遇，这剧本还没写就已经成功一半了！"雪妖妖把一大段话发了过来。

傅世槿扫了一眼，明白了雪妖妖的意思。

不得不说，雪妖妖在这方面的感觉是很敏锐的，她也很相信雪妖妖的眼光。

不过——傅世槿想了想，对雪妖妖说："你能这么想，行内的其他人也会这么想，虽然是机遇，但独木桥上不一定人少。"

"我们会怕？！"雪妖妖斗志昂扬，"就算很多人写，但大家的切入点不一样，只要我们的核心竞争力足够就不怕！再说了，我相信你的能力。"

傅世槿嘴角的笑容加深："好，既然我们达成共识了，那就写。"

"万岁！那等你回来后就开工啊，我先把这个题材报上去。"雪妖妖显得无比激动。

突然，雪妖妖又问："对了，你是怎么想到要写消防员的？"

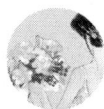

第六章

以尊重生命为信仰

　　她怎么想到的？雪妖妖的问题抛下之后，傅世槿就愣了。

　　江聿那张帅气英俊又阳光逼人的脸浮现在她眼前，只是不过一秒，傅世槿就将其狠狠地甩了出去，收敛心神，回复了雪妖妖一句："就是突然对这个职业感兴趣。"

　　将这句话发送出去的时候，傅世槿心中突然生起一种心虚的感觉。

　　"哦。"雪妖妖并未多想，只是习惯性地问了一句，又问，"那你考虑清楚从什么切入点去写了吗？我提议一下啊，虽然很老套却也是主流，从救援、歌颂英雄、赞美人性的角度去写会更容易过审。"

　　"我明白，我会认真考虑的。"傅世槿没有反驳雪妖妖的提议，因为她心里清楚，雪妖妖说的是很实在的话。

　　"那好，我就不打扰你了，你在外面好好玩。"雪妖妖道。

　　"嗯。"

　　傅世槿正打算结束对话，雪妖妖的消息又一次弹出："差点儿忘了问你，这次旅行邂逅帅哥了吗？"

　　接着雪妖妖又发了张"暧昧"的表情图。

　　傅世槿看了一眼，懒得理会雪妖妖，直接关闭了与雪妖妖的对话框。

有江聿这尊"守护神"一直寸步不离，她可能有艳遇的经历吗？

第二天出发的时候，江聿一上车就发现傅世槿的眼眶有些黑，眼睛里还有一些红血丝，显然是没有睡好。

"昨晚没睡好？"

"嗯，昨晚睡得比较晚，查了些资料，忘了时间。"傅世槿坐在驾驶座上，一边做出发前的准备，一边回答了江聿的问话。

或许是头一天聊得不错，又或许是傅世槿放下了心中那一层隔阂，两人交谈的语气变得随意了许多。

江聿看到她眉宇间带着几分疲倦。

咔！突然，傅世槿感觉到自己插好的安全带弹了出来。

她疑惑地看向江聿："你做什么？"

"你精神这么差，还开什么车？换我来吧，一会儿在路上的时候你好好休息一下。"江聿说着，开门走出了副驾驶座。

傅世槿没有拒绝他的好意，疲劳驾驶的确不对，江聿还在车上，她得对旁人的生命负责。

只是在两人换位子的时候，她还不忘为自己辩解一句："其实也没什么，我都习惯了。"

然而在她这句话说完之时，她感到四周炎热的空气骤然降低了好几摄氏度。她抬眸，看向气息骤变的江聿，眼神十分不解。

"你经常熬夜？"江聿问。

不知是不是错觉，她总觉得江聿好像在生气。

可是他为什么要生气？傅世槿想不明白，却不妨碍她回答江聿的问题："是啊。不过他还好吧，通常熬夜是因为有事。"

她所谓的"有事"，要么就是码字赶稿，要么就是熬夜看小说。当然，这么细致的解释她是不会对江聿说的。

江聿目光深深地看了她一眼，突然说出了一句让傅世槿很想掐死他的话："没什么，就是想跟你说，熬夜太多，老得快、死得早。"

傅世槿心里想：小哥哥你不会聊天？

江聿还嫌说得不够，又补了一句："你看你今天，眼袋都快掉到地上了。"

傅世槿一咬银牙，忍不住回赠了一句："你今天早上是没刷牙吗？口气这么臭。"

"我刷了。"谁知，江聿一本正经地回应，还转头看向她，露出了整齐洁白的牙齿，"你要不要亲自闻闻看？"

傅世槿倒吸了口凉气，睁大双眼死死地盯着江聿灿烂的笑脸。

她突然有一种被调戏了的感觉，双颊温度陡然升高，有些发烫，让傅世槿下意识地将视线从江聿那口白牙上移开。

好女斗不过流氓。傅世槿冷哼一声，鄙视地看了他一眼，扭头看向窗外："斗不过斗不过，九零后的小哥哥惹不起。"

傅世槿这傲娇的样子让江聿眸中的柔意一闪而过。他发动车子，在出发之前，突然伸手去揉了揉傅世槿的头发。

正看着窗外的傅世槿突然感觉到头顶上的大掌，身体一僵，诧异地扭过头想要说些什么，江聿却收回了手，仿佛什么都没发生过一样。

傅世槿心里想：她这是又被撩了吗？

"快睡吧，等到了火焰山，就要靠双脚了，不休息好，当心身体吃不消。"江聿提醒的话语仿佛没有什么问题。

傅世槿看着他，抿了抿唇，还是提醒了一句："你不觉得刚才的动作在朋友之间过于亲昵了吗？"

江聿扭头看她，无辜地眨了眨眼："会吗？我们九零后朋友之间都是这样表示关心的。小姐姐是不适应吗？"

傅世槿眸色一沉——他要不要老是提醒她是八零后的老阿姨？！

"怎么了？脸色突然有些难看。"江聿看着傅世槿阴郁的表情，突然关切地道。

"没什么，好好开你的车。开车不说话，安全你我他。"傅世槿冷冰冰地丢下这句话，身体在座位上轻轻侧了一下，扭过头不再去看江聿。

她这生气的小动作让她错过了江聿眼中的笑意，更是让她忽视了她越来越适应江聿存在的事实。

傅世槿的确是累了，车子刚出发没多久，她就在被江聿平稳驾驶的车中沉沉地睡了过去。

这一觉，虽然是在路上，她却睡得格外舒服，没有做梦，没有惊醒。

其实这些年来，不知道是因为年龄的增长，还是因为压力过大，她变得很不容易入睡，即使睡了也很浅，有时候她熬夜不是因为喜欢熬夜，而是因为睡不着。

只有让自己变得很疲惫后，她才能好好地睡一觉。

但是今天这一觉，傅世槿睡得非常满足。

她醒来的时候，外面已经是一片黄沙，哪怕车内的空调开到了最大，都无法阻挡外面热浪的侵袭。

"到了？"傅世槿眼中的茫然渐渐退去，她下意识地问了一句。

在她起身的时候，发现自己身上有一件衣服滑落，她顺手一抓，才注意到是江聿出发时穿的外套。

江聿的外套盖在自己身上！刚才还不觉得怎样，现在傅世槿抓着江聿的衣服，突然闻到了衣服上属于江聿的味道，这种味道的侵蚀让傅世槿的双颊微微发烫。

"嗯，到了。"身边，江聿的声音响起。

脸颊的热度退去，傅世槿低着头把外套递给江聿："谢谢。"说完，她就开门走了下去。

一出去，火焰般的热浪就席卷而来，把傅世槿还未来得及发出的汗水都蒸发干净了。

好热！傅世槿顿时有些绝望，她为什么要来受这样的罪？

这么高的温度，她躺在家里，吹着空调，吃着冰镇西瓜不好吗？她是有多想不开，选择了来火焰山自虐？

江聿跟着傅世槿下了车，绕过车头走到她身边，高大的身影替她挡住了前面阳光的照射。

"不做好防晒措施就出来吗？"江聿好笑地看着傅世槿一脸生无可恋的模样。她明明年龄比他大，却像一个小女孩一样，迷迷糊糊的，需要人照顾。

被江聿一提醒，傅世槿才在心中骂了自己一句，真是被江聿那件外套给搞昏了头，就这么下了车。是刚才车里的气氛太尴尬，还是自己心中尴尬？

傅世槿转身再度打开车门，钻进了还未关闭空调的车里。

扑面而来的凉意将她从燥热中解救出来，也让她逃离了江聿的气息的包围。

这一次，江聿没有再进车里，而是在车外做着准备，顺便等着她。

等傅世槿抹完防晒霜，又穿上了轻薄的防紫外线服，把自己抵抗暴晒的措施做到极致后从车里下来的时候，江聿已经将装满了水和一些必备物品的背包背在了背上。

"走吧，他们已经出发好一会儿了。"江聿转身看向包得严严实实的傅世槿。

墨镜、口罩、头巾……她还真是准备得很齐全。

江聿的话让傅世槿注意到，这时停在他们的车子旁边的几辆车里早就没有人了。

"他们先走了？"傅世槿诧异了一下。

江聿把墨镜戴上，点了点头，道："我见你还在睡，就让阿里木带着他们先走了，免得耽误大家的时间。"

"可是，不跟着大伙一起行动，我们不会迷路吧？"傅世槿有些担心。

傅世槿的目光被江聿戴墨镜的样子吸引了好几次——墨镜为他增添了几分酷帅劲，把本就很高的颜值拉得更高。

傅世槿强迫自己收回看向江聿的目光，又看向四周炎热得空气都产生扭曲的沙漠戈壁，心中打起了退堂鼓："要不……我干脆不去了，就在这里等着他们吧，反正火焰山嘛，看照片也是可以的。"

傅世槿一边说一边往后缩的样子让江聿觉得好笑。他伸出手，突然抓住她的手腕，阻止了她的后退："既然都来了，为什么不去看看？再说，油箱里的油还要应付接下来的路程，如果一直开着空调，油很快就烧没了。"

他的言外之意就是，她留下也无法享受凉风。

"放心吧，有我在不会迷路的。"江聿对傅世槿自信地一笑。

傅世槿仰起头看向他，两个人都戴着墨镜，却能清晰地感受到彼此的眼神。

对视了一会儿，傅世槿似乎被江聿说服，妥协地将自己的手从江聿的大掌中抽出："好吧。你说得对，既然来了，就应该去看看。"

"走吧，东西我都带好了。"江聿一笑，转身走在了前面。

傅世槿的视线落在他身后的大背包上，那鼓鼓囊囊的样子让她猜测里面装了不少东西。

江聿背上了他们两个人在沙漠中行走所需的物资，虽然他的步伐依旧平稳、轻松，但是傅世槿心中还是觉得有些过意不去。

她快跑几步，追上江聿，主动道："这包很重吧？分出一些我来背吧。"

江聿脚步不停，只是在傅世槿追上来后不着痕迹地放缓了速度，减小了步伐的跨度。他转头看向傅世槿，镜片后的双眸中似乎带着几分不确定的神色。

傅世槿从他眼神中看出了"鄙视"的意思，不服输地去抢江聿肩上的背包，"你别小瞧我，我虽然看起来瘦，但还是有力气的。"

然而当傅世槿的双手抓住背包的带子，想要将其抢过来时，那背包的重量让她脸色一变。

她似乎把大话说得太早了！好……重！

"呵呵……"江聿轻笑的声音在傅世槿耳畔响起，没有嘲讽，也没有轻视的意思，只是带着几分不易察觉的宠溺。

只是可惜，觉得自己很丢脸的傅世槿并未察觉。

"还是我来吧，你负责走就好。"江聿将傅世槿的手从背包带上拉开。

傅世槿有些灰地跟在一旁，目光不时扫过江聿身后背着的大背包。心中不安的她忍不住道："如果你觉得累了就休息，不要强撑着。"

江聿嘴角噙着淡淡的笑容，对她摇了摇头，道："这点儿重量不算什么，我平时训练和执行任务的时候，装备负重都有七八十斤。"

傅世槿惊讶了一下——七八十斤，几乎等同一个人的重量了！

我的天，在那样严苛的环境下还要负重去执行任务，消防员果然不是一般人能当的！

傅世槿默默地记下了这些有关消防员的素材。

其实在确定写消防员这个题材的剧本之后，她想过趁机采访一下江聿，为自己的创作提供素材，但是碍于之前两人的关系，她又觉得不太好开口。

傅世槿是一个高傲倔强的人，做事都是以不麻烦别人为主，更不喜欢欠人情。

尤其是她明知道江聿对她有别的意思，又怎么好一再接近他？若是让他误会了，就太伤人了。

傅世槿想了想，还是放弃了找江聿提供素材的想法。

"火焰山真是名不虚传。"江聿突然发出一声赞叹。

傅世槿收回思绪，抬眸看向四周，一望无际的沙漠映入眼底，雄浑壮观，风光无限。

她转头，看到了两人在黄沙上留下的脚印。

彼此相伴着的脚印突然让她忍不住拿出手机，在脚印被风沙吞噬前偷偷地留下一张回忆。

咔嚓！

听到拍照的声音，江聿回头看向傅世槿，将她把两人的脚印拍下来的一幕看在眼底。

仿佛是感觉到了江聿的视线，傅世槿收回手机，面对他淡定自若地说了句："你别误会，我只是觉得这画面很美。"

江聿勾唇一笑，一句话没说，收回了视线，继续向前走着。

这件事本该到此结束，可是江聿的态度让傅世槿心中生起一种做贼心虚的感觉。

明明她真的没有想什么，只是觉得这样在沙漠中的脚印很美，所以才想要拍下来，可是为什么在经过江聿那一笑之后，事情就变味了？

傅世槿突然想要删掉照片。

但是理智制止了她，如果她现在删掉照片，那岂不是此地无银三百两？不删比删合适！

傅世槿抿了抿唇，昂首挺胸地继续向前走，一副若无其事的样子。

大漠黄沙，一望无际的沙漠美景，初见时还会让人觉得震惊、壮观，但是人在高温下走了一会儿之后，这种壮观的感觉就会被身体的疲惫和缺水击退。

尤其是对像傅世槿这样平日里就缺乏运动的亚健康的人来说。

才行进了半个小时，傅世槿就觉得自己的双腿已经背弃了自己："我、我走不动了，休、休息一会儿。"

"你没事吧？"江聿听到傅世槿气喘吁吁的声音，忙转过身走回来扶住了她的手臂，稳住了她要软倒的身体。

"休息一下就可以。"傅世槿大口吸着气，音量却比以往小了许多。

江聿抬眸看了看四周。

在沙漠中不能随便停下来休息，哪怕他们所处的地区是安全的，不会遭遇风暴袭击，却也要防止出现脱水症。

江聿把傅世槿扶到一处能坐的地方坐下后，从背包里拿出水，单膝蹲在她面前，往杯盖里倒了些水，递到傅世槿嘴边。

严重脱水后不能暴饮、急饮，这点儿常识傅世槿是知道的。她喝

136

下杯盖中的水，在江聿倒第二次的时候，看着他说了声"谢谢"。

江聿抬眸冲着她一笑。

傅世槿差点儿没在他这灿烂的笑容中眩晕。

"我们是朋友，又是搭档，干吗这么客气？你再喝点儿水，然后我们继续上路。其实阿里木安排的徒步没多远，他们就在前面的一座村子里等我们，我们会在那里休息半天，然后返回停车的地点，前往下一个地方。"

在给傅世槿喂水的时候，江聿把行程告诉了她。

傅世槿点了点头，喝了一些水后精神好了些，但是体力还没有恢复，她问："那还要走多久？"

"大概还有一半的路程吧。"江聿估算了一下。

一半！傅世槿睁大了双眼。

即便隔着茶色的镜片，江聿都能清晰地看到她眼中发自灵魂的恐惧。

"呵呵！"江聿忍不住笑了起来。

傅世槿在他的笑容中变得有些窘。

"喀喀，我只是体力弱了点儿。"傅世槿心虚地解释了一句，移开了视线，逃离江聿的注视。

只是体力弱了点儿？傅世槿自己心中清楚，刚才在沙漠中行走这一截路几乎快要等于她一年的行动量了。

这真是一点儿也不夸张！对一个死宅来说，每天活动的范围就是自己的家，一天下来行走的步数恐怕还不到一百。

她清晰地记得，有一次她看到自己手机中的计步器显示她一天走的路只有七十二步，一度以为是手机坏了。

"来吧。"突然，江聿背过身，蹲在了傅世槿面前。

而那个死沉的背包被江聿移到了胸前。

"你干什么？"傅世槿不解地看着他。

江聿扭过头："背你啊。"

背……傅世槿怔住了。

江聿要背着她继续走？不行！这绝对不行！

"不用了，我可以继续走。"傅世槿立即拒绝。

江聿摘下墨镜，用那双好似星辰闪耀的眼眸凝视着她，认真地打量了她一下："你确定？万一你接下来累得昏倒过去，最后的结果依然是我背着你走。"

他这句话中带着对傅世槿的体力和身体的浓烈鄙视。

傅世槿很想硬气地反驳几句，但是在江聿的注视下又泄了气，神情有些沮丧。

她早就说留在原地等好了。

此刻她完全忘记了江聿之前说的话，如果留下，她一样要被烈日炙烤，而且一等就是大半天时间。

"那也不用你背我。"傅世槿虽然不能反驳，但依然能拒绝。

"你是觉得难为情？"江聿突然说。

废话！傅世槿在心中吐槽。

两个人孤男寡女的，尤其之前江聿还在追求她，现在又这么亲密，她怎么可能不难为情？

但最主要的是，江聿背上她就要消耗过多的体力，她不能连累他啊。

"你本来就负重那么多，又要背着我，万一还没有走到村子你也脱力了怎么办？"傅世槿沉声解释了一句。

她不想江聿误会。

江聿轻笑起来，道："所以你是在关心我喽？"

不等傅世槿反驳，江聿接着道："放心吧，我的体力足够我把你安全地带到村子里。你呢，也不用觉得难为情，就当是你在遇到困难的时候拨打了一次特殊的消防救援电话吧。"

傅世槿一怔，没想到江聿会这样说。

江聿转过身，面对着她抬起手放在自己耳边，做出了一个接听电话的姿势："你好，这里是消防救援中心，请问你需要什么帮助？"

傅世槿凝视着有些幼稚的江聿，没有说话。

江聿却不需要她做出反应，继续假装接听电话："嗯，好的，我明白了。傅小姐请放心，救援人员会很快到达你所在的区域，请保持联络。"

说完这句话，江聿放下了手，再次转过身，侧过头对傅世槿道："傅小姐你好，我是救援中心派来救援你的消防员江聿。我现在就带你离开，不用担心，一切有我。"

"江聿——"傅世槿看着他浸出汗水的背部，神情变得复杂起来。

"傅小姐，请配合我完成任务。"江聿却打断了她的话。

两人僵持之中，傅世槿忘却了四周的高温，身体仿佛被牵引一般站了起来，贴在江聿的背上，双手搂住了他的脖子……

感受到身后柔软的身体贴上来后，江聿嘴角微微一扬，结实有力的双臂托住了她的膝盖内侧，站了起来。

身体的腾空让傅世槿有些紧张。

在她的印象中，除了小时候被父亲背过之外，她再也没有被任何男人背过。心中的那一丝紧张让傅世槿小心翼翼地挺直了身体，保持着与江聿身体之间的距离。

江聿把傅世槿背起来后，大步向前，仿佛背上的重量还有身前挂着的背包的重量对他来说都不算什么。

他的双手绕过了傅世槿的膝盖内侧，十指在自己身前的腰部紧扣。

傅世槿将视线落在他双手的动作上，心中暗忖：这就是传说中的"绅士手"吗？

"别紧张，放松些。"似是感受到了傅世槿的紧张，江聿突然安慰道。

傅世槿脸颊微微一红，低声说了一句："没有。"

她这强撑着的要强样子让江聿微笑起来，他道："我是说真的，别紧张。我不是说了嘛，就当这是一场特殊的救援任务。"

从江聿口中再次听到"救援任务"这个词汇的时候，傅世槿被勾起的好奇心掩盖了内心的那一丝紧张，她问："你背过很多人？"

这话脱口而出后，傅世槿就觉得尴尬了。她原本的意思是问江聿在任务中的情况，但就这样问有点儿撒娇的味道。为了不让江聿误会，傅世槿又补充了一句："我是说你执行任务的时候。"

"我明白的。"江聿扭过头来冲着她灿烂地一笑。

他这笑容让傅世槿觉得格外心虚。

不过好在江聿并未让她难堪，只是笑了笑，头就转了回去。

"我不记得了。"江聿回答傅世槿的问题。

"不记得？"傅世槿有些意外。

江聿颔首，平静的声音中隐藏了几分沉重意味："几年前的大地震，你知道吧？"

"知道。"傅世槿点头。轰动了全国的事，她就算再宅也知道，更何况那个时候她并没有如今这么宅。

"那次救援你也参加了？"傅世槿反应过来。

江聿点头道："那个时候灾区需要大量的救援人员，虽然我刚刚进入消防系统不久，却也参加了救援行动。那一次救援，我在灾区一共待了十天，我的背上背过活人，也背过死人。"

傅世槿突然间失去了言语。

江聿停了下来，向她道歉："对不起，我的话吓到你了吧？"

"不。"傅世槿忙摇头，"我能理解。那个时候我也曾想过要去做志愿者，但是因为交通管制，再加上那个时候对什么事都不太懂，所以没能实现。"

说起那段全国人民都不会忘记的经历，傅世槿有些脸红。她比江聿大三岁，那个时候江聿已经参与了救援，她却因为连如何成为志愿者都不知道，懵懵懂懂，一无所知，只能空有心思，无力实现想法。

"其实你不用遗憾，那个时候灾区余震不断，没有救援经验的志愿者进入是很容易遇到危险的，到头来其实还是增加我们的工作量。"

傅世槿心中的那一点点感叹顿时被江聿的一句话给打得粉碎。

有时候她觉得这个人很会撩，有时候又觉得这个人完全不会聊天！

140

"你知不知道这样聊天，会聊不下去的？"傅世槿忍不住怼了一句。

江聿却笑了笑，没有再说什么。

得不到江聿的回应，傅世槿自然不会继续怼下去。不过经过这样一打岔，傅世槿刚才被勾起的感慨消散了许多。

忽地，傅世槿一愣，视线落在了江聿宽阔的背上——他是故意的吗？因为听出了她的遗憾和感叹，所以他才用这种方式打散她的这种感觉？

不知道是不是这样的，但是傅世槿突然间觉得自己的心很暖。

江聿啊江聿，你真的是一个超级大太阳！只可惜我不是向日葵，无法向阳而生。傅世槿缓缓垂眸。

越是靠近江聿，她越是觉得属于江聿的世界太阳光、太炙热，那种感觉让她望而生畏，她宁可躲在自己阴暗的舒适圈里，在苟且中混沌度日。

或许我是真的老了，傅世槿在心中感叹。

当她成为人们眼中的"大龄剩女"后，她似乎就和城市中的大多数人一样，在压力下浑浑噩噩地生活。

宅，实际上是一种逃避社交、现实的手段吧。

江聿背着傅世槿终于到达当地的村落，还未靠近，两人就听到了从村子里传来的欢声笑语。

边疆少数民族的热情迅速包围了他们。

"你们终于来了！"阿里木最先跑过来，正好看到傅世槿从江聿的背上下来的一幕。

这样的画面让他的脚步不由自主地放慢了。

"你没事吧？"傅世槿站稳之后，对背了自己差不多半个小时的江聿表达了关心。

江聿额头已经满是汗水，但面对傅世槿依然保持着灿烂的笑容，摇了摇头。

随即他摘下背包，看向阿里木："我们来得迟了些，久等了。"

阿里木这才恢复正常行走速度，朝他们走过来："没事，大家都玩得很开心。我先带你们去洗漱一下，再过去和大家一起玩。"

徒步而来，两人身上都是一身汗，自然不会拒绝阿里木的好意。

不过在这个地方水是稀缺品，他们也不可能真的去冲凉，只能用少量的水弄湿毛巾之后擦一擦身体，换一身干爽的衣服。

傅世槿收拾妥当之后走出来，就看到阿里木和江聿正站在门口，姿势悠闲地聊着天。

两人具体在聊什么，她听不见，只是他们看到她出来之后，就停止了交谈。

"好了吗？那我们走吧。"阿里木主动道。

傅世槿没有多想，点了点头，与江聿一起跟着阿里木朝这户人家的葡萄长廊走去。

在葡萄长廊下，一群人围坐在一起载歌载舞，地上铺着好看的地毯，上面堆满了各种民族美食和瓜果。

"你刚才在和阿里木聊什么？"傅世槿小声问了一句，因为她觉得刚才阿里木看她的眼神有些奇怪。

江聿微微一笑，同样低声回应："他问我，你现在是不是我的女朋友。"

江聿一本正经地回答，傅世槿却愣在了原地。

什么？！阿里木怎么会有这样的错误判断？

"你怎么回答的？"傅世槿凝视着江聿——这个问题解决与否，不在于阿里木问什么，而在于江聿回答了什么。

"我说还不是。"江聿老实地回答。

傅世槿皱了皱眉，总觉得这个答案有些不对，一时之间却又说不出哪里不对。

"你们走那么慢，忙着谈情说爱吗？"不等她仔细想清楚，前面就传来了阿里木调侃的声音。

这句话打乱了傅世槿心中的思绪，她抬眸看向前方，只见阿里木正嬉笑着对他们招手。

她加快了步伐，似乎是在否定阿里木的那句话。

江聿看着她加快速度向前走去的样子，露出了无声的笑容。

他并非死缠烂打的人，不愿放弃傅世槿是因为他能感觉到他们彼此之间有着好感。

既然如此，傅世槿为什么要一再拒绝他？

江聿甚至能感觉到，傅世槿抗拒的不是他一个人，而是每个想要追求她的人。

不急，我们还年轻，我总能打动你。女怕缠郎，这话可是你说的。江聿默默地道。

脸上的笑容越发明朗灿烂，他也加快脚步，与阿里木、傅世槿一起走进了葡萄长廊，和众人一起席地而坐。

这一家的主人是地地道道的少数民族，一家四口都能歌善舞。

在江聿和傅世槿到来的时候，夫妻二人正在打着民族乐器，为两个跳舞的女儿伴奏，嘴里唱着他们民族的歌谣。

同车队的其他三对夫妻在看到江聿和傅世槿到了之后，都友善地一笑，让出了两个位子给他们坐。

跳舞的两个漂亮小姑娘在看到江聿后，如葡萄般晶莹透亮的眼眸里就浮现出欣喜的光芒，跳舞的时候眼神多次落在江聿身上。

"先吃点儿东西。"阿里木招呼了二人一声。

江聿主动为傅世槿拿了些吃的，递到她面前。

被他这样无微不至地照顾着，傅世槿抿了抿唇，接过之后礼貌地说了声："谢谢。"

"这葡萄真的很甜，还有哈密瓜也很甜。"江聿拿了些水果，殷勤地递了过去。

傅世槿刚刚接过，就感受到四周传来的暧昧眼神。

其中有一对新婚夫妇，女方还羡慕地戳了戳她老公的肩膀，小声说："你看看人家。"

她老公倒也脸皮够厚，嘿嘿一笑，也递了一块哈密瓜给她，道："这是还没追上，才要献殷勤嘛。我们已经结婚了，就不能献殷勤了，只能叫老公疼老婆。"

女子娇嗔了一声，接过哈密瓜。

新婚的两人立即卿卿我我地说起话来。

傅世槿和江聿被他们小小地调侃了一番，江聿依旧淡定自若，傅世槿则有些尴尬，手里拿着的水果莫名地变得有些烫手。

"你何必在乎别人的话？再说了，他们没有恶意。"江聿细若蚊蚋的声音传入她耳中。

傅世槿抬眸看了他一眼，眼神幽幽的，最终一句话没说，慢条斯理地吃起了摆放在自己面前的食物。

少数民族的人大多热情，尤其是边疆的儿女们，更是把这种热情通过歌舞表现了出来。

主人家的两个漂亮的女儿跳着跳着舞就围到了江聿身边，谁让他是这群客人中年龄最小又长得最好看的男人呢？

不过这种释放好感的舞蹈邀请并未得到江聿的回应，姐妹二人只能失望地又退了回来，以一个高难度的动作结束了整支舞蹈表演。

跳完舞后，姐妹二人坐在了父母身边，大而明亮的眼睛依旧不时地看向江聿。

姐妹二人的这种小心思，连坐在一旁的傅世槿都感觉到了，她不信江聿会毫未觉察。

"难得有这么放松的时候，不如大家随意聊聊天？"阿里木提议。

这个提议得到了大多数人的附和。

突然同队的一个男人直接问江聿："江先生，你和傅小姐之前是认识的吧？"

江聿抬眉冲着那个男人微微一笑，没有点头也没有摇头。

他是很淡定，傅世槿却觉得有些尴尬，主要是在那个男人问出这句话的时候，所有人的视线都落在了她身上，那种备受瞩目的感觉让她一个宅女很不适应。

"见过几面。"在众人的期待中，江聿终于大方地回答了一句。

"哦？"三对夫妻还有阿里木的助理都流露出"了解"的暧昧神色。

顿时，傅世槿有一种跳进黄河都洗不清的感觉，想解释却又无从解释——人家毕竟什么都没说。

唯独那两个漂亮的边疆姑娘在这个时候对傅世槿流露出怪怪的眼神。

嗯，她就权当是嫉妒吧。傅世槿在心中这样安慰自己。

可是她与江聿又没有什么关系，为什么自己要为他挡刀？傅世槿心中纠结起来，最后只能劝自己，就当是他背着自己过来的报酬吧。

"江先生，你是做什么工作的？"

交谈声拉回了傅世槿飘远的思绪。

傅世槿抬眸看向江聿，听到他平和地回答道："我是一名消防员。"

"消防员！"

惊诧声此起彼伏，几人似乎都很意外江聿的职业居然是消防员。

"我还没有在现实中遇见过消防员呢，大多是在电视报道里见到的。"

"在现实生活中，你们应该很不希望见到我们。"江聿嘴角一直噙着微笑。

他幽默的话让气氛变得活跃许多。

其中一名女人好奇地对江聿道："江先生，你外貌这么出色，我开始还以为你是演艺圈的，真没想到你竟然是一名消防员。"

"是啊！我也惊讶。"

…………

江聿消防员的身份似乎引起了众人的好奇，大家都在询问他一些关于消防救援的知识。

突然有一道普通话略显生涩的声音插入了话题："小江哥哥，那……你见过死人吗？"

"吉丽娜！"在所有人都因为这一句询问而变得静默时，这一家的男主人出声呵斥了一下自己的小女儿，同时还向众人道歉，"对不起，吉丽娜还小，不懂事，客人们请不要见怪。"

"哈哈，没事、没事，吉丽娜还是孩子嘛。"阿里木也来缓和气氛。

傅世槿仔细打量了一下那个叫吉丽娜的少女，这个民族的女孩子都长得明艳动人，五官绝美，但从吉丽娜眉宇间的青涩还是能大致猜出其年纪不过十五六岁的样子，的确还小。

打量了吉丽娜一眼，傅世槿又默默地收回了视线。

"没关系。"江聿微微一笑，并不在意，"吉丽娜应该只是好奇。"

吉丽娜感激地看了江聿一眼，又向自己的父亲解释："爸爸，我们的课本里提过消防员，我只是好奇。书里说，他们总是出现在最危险的地方，保护着国家与人民的利益，抢救生命和财产。我很好奇，他们真的面临过生死吗？"

吉丽娜的话很稚嫩，却引发了在场所有人的共鸣。

傅世槿脑海中不由得想起了与江聿初次见面时的场景，不是那一场有些尴尬的相亲，而是之前两人隔窗相望的情景。

那个时候，他是为了救援她家楼下的孩子。

如果没有他，傅世槿不敢去想楼下那个孩子的结局会是怎样。消防员这个职业离百姓很近，却又带着一种神秘感。

"说起来我们也很好奇呢。"

"是啊！以前就是在电视里看到过消防救援的报道，但是真正救援的情况是什么样的，我们还真是不知道。"

"对、对、对，119这个电话我们从读书的时候就知道，可是到现在为止一次都没有拨打过。"

…………

几人七嘴八舌地说了起来，把吉丽娜插入话题的尴尬淡化了许多，不过话题依然围绕着对江聿消防员的身份的好奇。

"话说，小江，你真的遇见过死人吗？"几句话之后，话题又绕了回来，不过众人对江聿的称呼已经亲切地改为"小江"。

而傅世槿依然是"傅小姐"。

屡次被点名的江聿在众人的注视中，笑容微微收敛，目光变得深沉，点了点头，道："见过，还亲自火化过。"

四周骤然一静，大家似乎都在等待他接下来的话。

傅世槿也在等待，觉得这是一次很好的收集素材的机会。

江聿的思绪一下子被众人的话带到了从前："几年前，我受命参加了一次国际救援行动，是去我们的一个邻国执行救援任务。我随着部队赶到灾区的时候，那里早已经是一片废墟。最基础的救援工作，他们本国的部队已经做了，我们负责的就是深度救援。其实我们心中都明白距离灾难发生已经有三四天，那些被埋在废墟中的人恐怕已经没有几个能生还的。但我们的任务就是要寻找到所有的受灾百姓，所以我们开始清理废墟。"

随着江聿的讲述，葡萄长廊下的聚会变得更加安静。

傅世槿感觉，在这样的故事下，就连火焰山的温度都变得低了些。

"在一处废墟中，我们找到了被崩塌的屋顶压在底部的一家三口。"

"他们都死了吧？"女子的轻呼声打断了江聿的讲述。

众人看向女子，看到女子双手轻捂着唇的样子。

女子的丈夫责备地看了女子一眼，让她保持安静。

江聿点了点头，并没有因为话被打断而生气，继续说："是的，他们都死了。其中两具尸体被我们撬开缝隙搬了出来，可是另一具因为腰部被压，如果不把表面的堆积物清理干净，是没有办法把尸体完整地取出来的。但是这样做的话，会耗费很多的时间、人力、物力。"

众人听到这里，都点了点头，的确，在那样的情况下，时间就是生命，万一还有幸存者在等待援救呢？

"当地政府最后决定分割尸体，将能取出来的部分取出来，和她的亲人的遗骸一起送去火化，而剩下的无法取出的部分，就地火化。

这是最好的办法，哪怕我们心里觉得不忍，觉得留下全尸是对遇难者最后的帮助。"江聿的声音渐渐变得低沉。

之前的欢声笑语因为这个沉重的话题而一去不返，可是没有一个人打断江聿的话，大家都在认真地听着。或许这不是一个感人的故事，却能让他们知道什么是消防员，消防员面临的都有什么。

"确定方案之后，我被指派负责最后的点火。当火焰燃烧时，即便我与那半截尸体的主人素不相识，却也感到有一种复杂的情绪在心底滋生。也是从那个时候起，生命的脆弱在我心中有了新的认知，而我对我的工作又多了一种源于尊重生命的信仰。"

傅世槿是专业作家，从江聿平静的讲述中，她听出来他删减了其中危险和血腥的部分，只叙述了这个事件本身。

这个故事听起来好像很平淡，但若是仔细去想想，就会发现其中透着的无奈和对生命的惋惜。

她看向江聿，把他年轻的面孔映入眼底，突然很好奇在他身上还发生过什么许多人一辈子都经历不到的事？

同时她还想起一句话：让人成长的，永远不是年龄，而是经历。

江聿说完之后，众人陷入莫名的沉默中，最后还是阿里木回过神来，打破了这种沉默："来、来、来，吃瓜、吃瓜。"

接下来，大家默契地不再继续之前的话题。

围绕着江聿的关注终于从他身上移开。不过那个叫吉丽娜的少女还是对江聿充满了兴趣。

在气氛再度热闹起来后，她凑到了江聿和傅世槿面前，好奇地问："小江哥哥，你们的工作会很危险吗？"

江聿愣了一下，十分官方地回答："平日坚持训练，就是为了在真正执行任务的时候少一分危险。"

这个答案让傅世槿暗中白了他一眼。

休息了小半日后，阿里木带着众人感谢了主人家的热情款待，然后踏上了归程。

一群人赶路比起之前两个人走要更热闹一些。

只是在路上的时候，江聿不时地看向傅世槿，弄得她疑惑地回看了他好几次。

走过三分之一的路后，江聿来到傅世槿身边，低声问："还可以继续走吗？"

傅世槿擦掉脸上的汗水，嘴巴有些干裂，看了江聿一眼，没有力气回答。

江聿忙取出水给她。

喝下几口水后，傅世槿觉得自己又活了过来，再看看其他三对夫妻，妻子的体力都稍弱一些，不过有她们的丈夫搀扶着，她们倒也能继续走下去。

"不如还是让我背你吧？"江聿看着傅世槿被晒得通红却透着虚弱神色的脸色，皱了皱眉——傅世槿的体力实在是太差了！

"不用。"傅世槿想也不想就摇头拒绝。

来的时候让他背也就算了，反正没有外人，现在一大堆人看着，她怎么好意思继续让江聿背？

"我怕你继续走下去会脱力。"江聿的眉头皱得更紧。

"不会，我可以的。"傅世槿深吸一口气。语气坚定无比。

可是她的身体在与她唱对台戏，她刚说完这句话没过两秒，鞋底就因为踩到一块沙石滑了一下。

"啊！"傅世槿惊呼了一声，身体一歪。

好在身旁的江聿手疾眼快地将她扶住，避免了她摔在地上的狼狈。

原本在戈壁上行走一块沙石并不会起到这样的作用，可是偏偏傅世槿此刻双腿发酸发软，在重心不稳的情况下轻易地被沙石绊住，脚踝处也扭了一下，一股钻心的痛让她忍不住抽气。

"没事吧？"江聿察觉到了傅世槿的抽气声。

傅世槿咬紧牙关，坚强地摇头。

江聿却不理会她的逞强，抬头对走在前面的阿里木喊了一声：

"阿里木！"

阿里木听到声音回头，看到了被江聿扶着一瘸一拐地走向一旁的傅世槿，忙对助理交代了一声，让助理继续带着其他人往前走，自己则跑了回来。

三对新人虽然好奇，也想过去表示关切，但是这个地方真的是太难熬了，他们没有多余的力气走回去，只能跟着助理继续前行。

"怎么回事？"阿里木跑过来，弯下腰，双手撑在自己的膝盖上，视线落在傅世槿的脚踝上。

"崴了一下。"傅世槿语气有些歉意。

她不是一个喜欢麻烦别人的人，更加不希望自己的问题连累大伙。

"这个不好办，附近也没有医院，我们得赶到和静才能找人看看。"

啪！在阿里木说话的时候，傅世槿的鞋被脱下，袜子也被脱了下来，光洁、秀气的脚暴露在了外面。

傅世槿屏住呼吸，睁大双眼看向蹲在地上的江聿。

他把她的脚放在了他的腿上，正在仔细地检查她的脚踝略微红肿的地方。

"没多大事，回去后用冰敷一下就可以了。"检查完之后，江聿对看着自己的两人说。

"这你也行？"阿里木故作惊喜地说。其实阿里木也会一些简单的急救，但是总不能在傅世槿面前抢了江聿的风头。

江聿仔细地把傅世槿的鞋袜穿好，对阿里木的好意笑了笑，道："这是消防员必备的知识。"

傅世槿沉默地看着两人，似乎不知道该说什么。

江聿抬眸，对傅世槿道："你的脚现在不能再走了，所以还是我背你吧。"

"没错，虽然不严重，但是不能再加重伤势了，否则接下来几天的安排你都去不了，就让江聿背着吧。"阿里木说着又主动把江聿的背包接过去，"来，包我拎着，你负责背人就行了。"

说完，阿里木也不管傅世槿愿不愿意，就拿着包大步向前走去。

傅世槿五官都纠结得皱成一团了。

江聿却如之前那样蹲在她面前道："别多想了，咱们要抓紧时间，不然总是让人等多不好。"

死穴！傅世槿紧抿着唇，无言以对。

她的确不希望其他队友因为她而耽搁时间，无奈之下只好再次上了江聿的背，被他背了起来。

"你的身体实在是太弱了。"江聿背着傅世槿，步伐依旧轻松。

傅世槿看了他的后脑勺一眼，转开头，没有回应。

她能说什么？这是无可辩驳的事实，事实证明，他们这一群人中，就她的身体最弱。

"这样吧，等回到林城之后，我陪你训练。"江聿突然提议。

他这句话吓得傅世槿浑身的神经都紧绷起来，她忙问："什么训练？"她才不要进行什么训练。

"早起跑步，晚上可以在家里做做有氧运动。"江聿仿佛没有听出傅世槿的紧张。

"我拒绝！"傅世槿毫不犹豫地反对。

江聿摇头笑道："像个孩子一样。"

傅世槿听到了他无奈的语气，这种语气衬托得她刚才好像是在撒娇。

"把身体锻炼好，远离病痛不好吗？而且可以调整你的作息。"江聿耐心地劝道，"你经常熬夜，作息不规律，又缺乏运动，还独居，真的不怕猝死在家里，等到尸体发臭了才被邻居发现？"

傅世槿脸色变得很难看，磨着牙对着某人的后脑勺，"江聿！"

"我可没有危言耸听，我们真的遇见过这样的事。那具尸体在家里都发臭了，身上还爬满了……"

"别说了！我答应还不行吗？"傅世槿闭着眼深吸一口气，努力地把江聿描述的画面扔出自己的脑海。

达成目的的江聿露出了灿烂的笑容。

"我会加强运动，调整作息，不需要你陪。"傅世槿硬气地道。

江聿却戳破了她的硬气："你需要监督才能坚持。"

傅世槿瞪大双眼，难以理解地看着他："江聿，你想干什么？"

"只是作为朋友关心你的健康。"江聿平静地回答，又反问了一句，"你以为我想干什么？"

傅世槿再一次语塞——她总不能厚颜无耻地说，他是想追她吧？

第七章

为了她保护好自己

　　有的时候，傅世槿觉得自己真的是辩不过江聿。

　　甚至每当她败下阵来的时候都会想，一个消防员要那么好的口才做什么？

　　不管傅世槿愿不愿意，最终她在队友们关切又暧昧的眼神中被江聿背回了停车的地方。

　　在江聿把她安置好之后，她透过前车窗看到江聿被那三个年轻的丈夫围在了一起，窃窃私语了一会儿。

　　那三个年轻的丈夫还时不时地把眼神投向她所在的方向。

　　傅世槿一直觉得自己不是一个喜欢偷听人说话的人，可是现在恨不得自己有一双顺风耳，能把他们的对话听得明明白白。

　　好在这样磨人的场景并未维持多久，阿里木很快走过来通知大伙出发。

　　江聿回到车上后，就对上了傅世槿询问的眼神。

　　"怎么了？"江聿下意识地挑眉，明亮的眼睛面对傅世槿审视的目光，却没有半点儿心虚。

　　傅世槿抿了抿唇，硬着头皮问了一句："你们在议论我？"

　　江聿闻言笑道："大家都在关心你的脚。"

这真是一句很好的回答，傅世槿在心中赞叹了一声，这样的回答简直堵住了她接下来的所有质问。

深吸了口气，傅世槿露出一个礼貌的微笑，道："替我转告大家，谢谢关心了。"

"没问题。"江聿欣然领命。

傅世槿再次被他堵得无话可说。

她懒得再理会他，转过头闭上眼睛装睡。

这一晚他们住在和静。

和静不是边疆的大城市，在和静住宿的条件自然是比不上在乌市的，但是他们住在极有特色的少数民族民宿里。

奔波一天，到达和静之后，众人都是疲惫不堪。

阿里木也没有安排别的活动，让大家各自休息，连吃的东西都是吩咐民宿的主人送进了各自的房间中。

至于如果有人还有精力闲逛，阿里木也是不会管的，只是嘱咐他们注意安全，不要太晚回来，如果遭遇什么事，及时给他打电话。

傅世槿脚踝受伤，肯定不能往外跑了，何况今天的运动量已经超过了她的极限，此刻她只想躺在民宿的大床上好好休息。

咚咚——四仰八叉地躺在大床上的傅世槿听到敲门声，以为是民宿的主人送吃的东西进来了，忙从床上坐起来，随手整理了一下自己的衣衫，喊了一声："请进。"

她的房门并未上锁，在她的话音落下之后，她就听到有人推门进来的声音。

民宿的房间都是里外两间的套间，外面是一个小的会客室，里面就是卧室。傅世槿坐在卧室的床上，隔着当地特有的屏风看到进来的人影走入了会客室。

"吃的东西就放在会客室好了，谢谢。"傅世槿又说了一句。

可是脚步声顿了一下后，来人却朝着卧室方向过来了。

脚步声渐近，傅世槿心中一紧，一丝慌乱神色从眸底闪过。她目光四处搜索周边可用的防身工具，身体挣扎着起来，想要去抓放在床头柜上的手机。

"哎——"剧烈的动作拉扯了脚踝，疼痛感让傅世槿抽了口凉气，又跌坐回床上，而闯入的人也出现在她眼前。

"你没事吧？"

"是你？"

两道声音几乎同时响起。

江聿是听到了傅世槿的抽气声才闪入了房间；而傅世槿是震惊于闯入自己的房间的人是江聿。

"我看看。"来不及解释什么，江聿就自然地坐在了傅世槿的床边，将她受伤的脚拉了过来。

"还好伤势没有加重，否则你真的要提前退出旅行团了。"仔细检查了一番后，江聿微微松了口气。

傅世槿神色复杂地看着他："你来做什么？"

江聿不着急回答，拿出了一个带来的冰袋放在傅世槿微微红肿的脚踝上。

冰凉的感觉浸入皮肤，让傅世槿脚踝上的伤痛得到了一丝缓解。

"我找老板要了些冰块，给你冰敷一下。"江聿说这句话的时候埋着头。

傅世槿看不清楚他的神情，却不知为什么觉得心中微微一颤，被人关心、被人在意的感觉让一股暖流就这样蹿了出来。

傅世槿在差点儿就沉迷在这让人迷恋的感觉中时，猛然惊醒。

倏地，她的脚如闪电般从江聿的大掌中抽出。

望着自己变得空空的手，江聿依旧低着头，一语不发。

他这样的沉默让傅世槿心中有些愧疚起来，好像自己欺负了这个小鲜肉一样。

"喀喀，那个，谢谢……冰袋留在这里，我自己来就可以了。你也累了一天，早点儿去休息吧。"傅世槿打破了这尴尬的沉默。

她原以为她都这样说了，江聿应该会识趣地离开，可是没想到在她说完之后，江聿抬眸看了她一眼，在她猝不及防之时再度把她的脚拉了回来。

"喂！"傅世槿惊呼了一声。

"别动。"江聿的语气中带着命令还有无奈。

他这样的语气让傅世槿脊背一僵，有一种不忍去违背的感觉。

"你懂得怎么冰敷吗？"

傅世槿无言以对——她怎么可能懂……她是不是被小鲜肉给鄙视了？

不肯服输的傅世槿梗着脖子嘟囔了一句："不就是把冰袋放在红肿的地方吗？"

江聿抬眸看了她一眼，又垂下双眸，长长的睫毛挡住了他眸中的情绪。

傅世槿觉得现在的江聿有些怪。

冰袋在傅世槿的脚踝上放置了两三分钟后，被江聿取了下来，然后他用搓热的手掌在傅世槿的脚踝上有规律地推拿了好几下，又重新把冰袋敷上。

反复几次下来，傅世槿觉得刚刚还隐隐发疼使不上力的脚踝现在已经没有明显的疼痛感了。

有点儿神奇啊！傅世槿眼眸中光芒闪烁，她似乎被江聿这一手功夫给惊艳到了。

"刚刚接到队里的电话，有紧急的训练任务让我立即结束休假返回林城待命。"

"哦。"

嗯？傅世槿在应了一声后才反应过来江聿刚才说了什么，诧异的情绪蔓延到眼底。

江聿这猝不及防的告知让傅世槿都无法掩饰自己的情绪了。

他要走？提前结束休假？一瞬间，这些念头闪过傅世槿的脑海，让她分不清这到底属于什么情绪。

虽然她是写小说的，虽然她的小说中男、女主角有着悲欢离合、情仇爱恨，但是她自己在现实生活中只有过一次很失败的感情经历。

她一方面告诉自己要拒绝江聿的靠近，一方面却又忍不住贪恋他身上的阳光、温柔。

似乎是她突然沉默打扰了正在专心为她治疗脚踝的江聿，他抬起了好看的双眸。

而在他的视线落下时，傅世槿慌乱地避开了他的直视，心虚地掩饰她因为他要离开的消息而产生的触动情绪。

"只是……哦？"江聿的眼神还有语气都带着一层探究的意思。

这种试探让傅世槿的心更加冷静下来，她快速地收拾好自己的情绪，平静地注视着他道："嗯，一路平安。"

江聿等到的只是这样一句朋友般的临别赠言。

他看着傅世槿很久，而傅世槿也直视着他，显得格外坦诚。

许久之后，江聿微微扬起嘴角，颔首道："好，有你的祝福，我一定会平安的。"

说完这一句话，他低下头，继续认真地处理傅世槿脚踝的问题，道："等一会儿结束之后，你好好休息一晚，明天应该就能走了。"

"谢谢。"除了这两个字，傅世槿不知道自己还能说什么。

江聿仿佛没有听到她这一声"谢谢"似的，继续说自己的话："我已经跟阿里木打过招呼了，我明天离队，直接返回乌市搭乘飞机回林城。他会安排他的助理和你一起驾驶同一辆车，完成接下来的行程。"

傅世槿看着低着头的江聿，想说些什么，却什么都说不出来。

她要谢谢他的安排吗？还是谢谢他的细心和稳妥？

按道理说，江聿突然离开，傅世槿会觉得轻松才对，可是不知为何，她此刻只觉得心里闷闷的，有一种说不清道不明的情绪让她心里有些难受。

"接下来的旅程多给我发照片，让我这个中途退队的人也欣赏一下来不及去看的风景。"江聿突然抬头，对着她灿烂地笑着。

傅世槿还未来得及回答，他又补了一句："返回林城后给我发信息。你可是答应我了，让我监督你每日锻炼。"

他这句话有些煞风景，让傅世槿要脱口而出的"好"字变成了一个不情不愿的"嗯"。

江聿挑眉一笑，再次低下头给她治疗脚踝。

他不会去说，让傅世槿答应给他发照片，只是想要确认她的平安；他更不会去说，阿里木和其助理的所有联系方式他都保存了下来，甚至留下了其他队友的联系方式，就是怕和她失去联系，她会发生什么意外。

"好了，一会儿有人送吃的来，就让他们送到床边吧。你好好睡一觉，明早起来就没事了。"江聿轻轻地把傅世槿的脚放在床上，站了起来。

他高大颀长的身体站在床边，一大片阴影落下，把傅世槿笼罩在其中。她抬眸看向他，对上他那双明亮如星辰的眼眸。

她该说点儿什么？这个时候总要说点儿什么吧？否则太尴尬了！傅世槿心中想着。

嘴角微微一扯后，她对江聿挤出一个笑容，道："那就林城见。"

"林城见。"江聿露出笑容，转身离开了傅世槿的房间。

直到门关上后，傅世槿嘴角噙着的笑容才突然破碎，神情有些黯淡。但很快，她又摇着头让自己恢复过来：江聿走就走了，这不是更好吗？

傅世槿靠在床上，拿出手机，随意地找了一本小说看起来，想要让自己不要胡思乱想。

第二天，傅世槿是被阿里木的电话叫醒的。

昨夜她看小说看到了凌晨三点才睡，早上八点就被阿里木叫醒，说是要准备出发了。

不希望大家等着自己的傅世槿用最快的速度收拾洗漱，赶在规定出发的最后一分钟上了车。

醒了之后，她就发现自己的脚踝一点儿都不疼了，完全行动自如。

上车之后，她快速地拿出遮瑕的粉底，在自己眼眶泛黑的地方仔细地涂抹着——她可不想被江聿看到自己有黑眼圈的样子，然后他又拿她的生活作息说事。

砰！

驾驶室的车门一关，傅世槿就自然地抬眸看向坐在身边的人。

但是陌生的人让傅世槿愣了一下。花了点儿时间，她才反应过来，这个人是阿里木的助理。

江聿已经走了吗？傅世槿这时才想起来江聿昨天对她说的话。

"傅小姐你好。"阿里木的助理是一个可爱的小伙子，在傅世槿的注视下，黝黑的皮肤上泛起两朵红晕。

"你好。"傅世槿微微一笑，礼貌地打招呼。

多可爱的小伙子，若是平时，傅世槿或许会欣赏地多看对方几眼，但是今天，她有些没心情。

江聿已经离开了，不会再有人吐槽她羸弱的身体，傅世槿合上粉底的盖子，也懒得去遮掩什么了。

车队继续按照原定的计划行驶，接下来他们要离开南疆，进入北疆，那是一片风景如画，被称为"塞上江南"的地域。

可是傅世槿路上却异常沉默，有时候显得心不在焉。

就算是路过风景优美之地，大家停下车休息、拍照的时候，她也都没什么兴趣。

不过她还信守着自己的承诺，每到一个地方都会拍下几张风景照，如同写日志一般发给江聿。

不同的是，连续两天下来江聿都没有丝毫回应，仿佛整个人彻底消失了一般。

傅世槿也没有在意，只是按照约定发着照片。

林城，光明区第三消防中队。

昨日刚刚归队的江聿今日就开始了一天严苛的封闭式训练，和外

159

界断绝了一切联系。唯一能联系上他，联系上整个第三消防中队成员的，就只有救援指挥中心的电话。

晚上，结束训练之后，林致远主动找到了江聿，问："进展如何？"

正在用凉水洗脸的江聿动作一顿，把头从水中抬起，甩出一串晶莹的水珠，平静地注视着前方的夜色道："我觉得，或许我该放手。"

江聿说出这句话的时候，水珠顺着他立体精致的五官向下滑落，顺着脖子流进了他的锁骨，浸湿了他身上的迷彩背心。

林致远被他的话吓了一跳，睁大双眼盯着他，久久不语。

江聿对这件事有多看重，请年假是为了什么，这一切的一切，林致远都看得清清楚楚。林致远原本以为能从兄弟口中听到些好消息，却没想到听到的是他打退堂鼓的消息。

轻易放弃不像是江聿的作风，还是说他们在旅游的这段时间里发生了什么事，改变了江聿的决定？

"她有喜欢的人了？"林致远试探地猜测道。

江聿转头看向林致远，突然一笑，摇了摇头。

"你不喜欢她了？"林致远说出这句话的时候明显自己都不信——他认识的江聿绝对不是一个容易摇摆不定的人。

江聿眸色变深，再次摇了摇头。

"因为你这次突然结束休假，她生气了？不体谅？"林致远又问。

江聿依旧摇头否认。

种种原因都猜测过，却都不是答案，林致远有些猜不透了，问："那是为什么？这一次的追求不顺利？"

给队员做心理辅导、鼓舞士气，林致远很拿手，但是追求女生这档子事，林致远除了追过自己的媳妇之外，还没有别的经验。

而且林致远和他媳妇那根本就不叫追求，而是叫作两情相悦好不好？

"是我自己的问题。"江聿拿起帕子擦干脸上的水，又顺带擦了擦头发，平静地回答。

林致远皱眉，不肯因为他的几句话而放弃："到底出了什么事？别忘了，我是队里的指导员。"

江聿沉默了一下，再度开口时，却不是林致远以为的倾诉："这次考核任务要持续十天对吧？"

林致远一愣，点了点头，又不放弃地道："不是，我问的不是这个。"

江聿转过身面对林致远，两个男人在夜色下对视，彼此的眼中都是真诚的光。

"虽然说感情上的事我身为外人不方便多说，可是我也难得见到你小子动心，不愿意看到你轻易放弃。"林致远叹了口气道。

江聿沉默下来，垂着眼，似乎在思考林致远的话。

林致远抬手在他背部轻拍了几下，劝道："走，回去后有什么心事给我说说。"

江聿没有反对，几乎是被林致远推着朝宿舍走去。

两人返回江聿的宿舍之后，林致远反倒像是主人一样张罗着聊天必备的喝的、吃的东西。

而江聿第一时间来到电脑前，打开电脑登录了 PC 端的微信。

集训期间每天晚上只有一个小时有网，江聿抓紧这个时间，进入微信后忽略了其他信息，直接点开了挂着红点的傅世槿的头像。

一张张美丽的风景照不断地在屏幕上刷新，中间还夹杂着傅世槿简短的话语，都是一些关于照片的介绍。

看到这些信息，江聿嘴角下意识地微微上扬，虽然照片里没有他最想见的人，可是他依然感到开心。

林致远不知什么时候走到了他身后，看到了屏幕上的照片。

"边疆真是个好地方，有机会我也要带着我媳妇去看看。"

身后的声音传来，江聿淡定地关掉了微信，甚至点开了关闭电脑的图标。

"等等，你不回几句？要是觉得我在不方便，我可以先出去等着，你弄好了叫我就行了。"林致远忙阻止江聿。

"不用了，知道她平安就好。"可江聿还是平静地关闭了电脑。

林致远皱了皱眉，只得退了回来，坐在江聿对面，把手中的一罐补充能量的饮料递给他："说说吧，到底发生了什么事？"

江聿接过饮料却没有喝。林致远的话让他再度沉默，他似乎并不想回答这个问题，又或是不知道该怎么说。

不过林致远毕竟是搞思想工作的，耐心地等着江聿梳理思路，没有催促，也没有急躁。

过了一会儿，江聿才抬起头，看向林致远说了句："我只是在想，我能不能给她想要的幸福？"

"嗯？"林致远疑惑地看向江聿。

江聿如海洋般的双眼就这样看着林致远。

林致远从他的眼中看出了认真和苦恼之意。

"为什么突然对自己没有信心？"林致远问。

他所认识的江聿绝对不是这样的人。

江聿淡淡一笑，道："我只是突然间觉得当军嫂真的不易，当消防员的妻子也很不易。"

这句话让林致远的神色微微一僵。

江聿继续说："我们的职业，我们的责任，注定了我们不能每时每刻陪伴在她们身边，当她们需要我们的时候，我们也无法第一时间赶到，但这些恰恰是女孩子们在意的。"

"是啊。"林致远微微动容，对江聿笑道，"你不知道，上次我放假回家，我那媳妇儿得意扬扬地对我说，她学会换灯泡了。"林致远的语气中带着一种酸涩感。

江聿凝视着林致远道："嫂子很辛苦。"

林致远叹息着点头，一脸愧疚："是啊！她可是家里的独生女，还未嫁给我的时候娇贵得很，别说换灯泡了，恐怕连灯泡去哪儿买、是什么瓦数的，都不清楚。可是现在，嫁给我后，她愣是把自己从娇娇女变成了一个女汉子。"

江聿抿唇不语。

从林致远的话中，他似乎看到了未来傅世槿在最需要自己时，自己却无法陪伴她的那种画面。

　　"不过话又说回来，两个人的感情是能用这些衡量的吗？其实你现在动的心思，我曾经也有过，却被我媳妇儿给骂了回去。"林致远话锋一转，尖锐地指出了江聿的问题。

　　江聿抬眸看向林致远，双眸微微一眯，并不说话。

　　林致远第一次在战友面前吐露自己曾经的忐忑心情："我也曾经怀疑过，自己到底能不能给她幸福，也不忍心她和别的女人不一样，有老公等于没老公。甚至我在认真思考过之后，向她提出了分手。可是你知道我媳妇儿是怎么骂我的吗？"

　　"嫂子怎么说？"江聿突然间很在意林致远的妻子的回答。

　　林致远笑了起来，道："她说：'你是不是傻？你真的认为别的男人会带给我幸福吗？'"

　　江聿看着林致远，认真地听林致远说。

　　林致远仿佛随着讲述而回到了曾经，眼中含笑，仿佛眼前的情景变成了那一段让他一辈子都忘不了的回忆。

　　"她指着我的鼻尖骂：'在我决定以结婚为目的和你谈恋爱的时候，我就已经考虑过自己能不能接受你的职业了。我都准备好一切了，你现在告诉我不行？你是不是孬种？你是不是屁蛋？'"

　　江聿有些震惊，在他的印象中，林致远的老婆是老师，外表、气质都充满了文艺青年的气息，说话也是轻声细语的，完全不像是会骂人的那种人。

　　"当时我和你现在的反应一模一样。"林致远看到了江聿的表情，脸上的笑容绽放得更大了。

　　江聿忙收敛了自己震惊的表情。

　　林致远不理他，继续说："我当时震惊极了，第一个反应就是这是我认识的章丽俪吗？这么彪悍的她，真的好可爱！"

　　猝不及防，江聿吃了一大碗"狗粮"，脸顿时一黑。

　　"喀喀。"林致远察觉了江聿的黑脸，忙收敛了自己的情绪，继续正经地说，"我当时被她骂傻了。接着她突然跑过来抱住我，然后亲了亲我，要挟我说，我不和她结婚可以，但她只接受我不爱她或是移情别恋的理由，其他理由她一概不接受。如果我敢不要她，她就去支队、大队告我，说我始乱终弃。"

说到这里，林致远自己都忍不住笑了起来。

但是江聿看得出，林致远的笑容里溢满了幸福。

这种幸福让江聿羡慕，他道："你和嫂子真的是天造地设的一对。还好你当初没有放弃。"

"是啊！如果放弃了那么好的女人，我这辈子恐怕都不会原谅自己。"林致远感慨起来。

江聿嘴角微微一扬，笑容有些苦涩："你的情况和我的不同，嫂子心里有你，她心里却没有我。既然我都知道了消防员的妻子不好当，人家又不喜欢我，我又何必把人家拖下水呢？"

"你不是那么容易退缩的人啊！"林致远仔细端详着江聿——这样瞻前顾后又畏首畏尾的江聿，不是他认识的江聿。

江聿笑道："或许是因为动了心，就会有顾虑吧。"他不能不为傅世槿着想，不能自私地只顾自己。

林致远沉默下来。

江聿深吸了一口气，又缓缓地吐出浊气，站起身，拍了拍林致远的肩头："走，再去训练室练一练。"

"站住。"突然，林致远抬眸叫住了他。

江聿停了下来，却背对着林致远。

林致远凝视着他挺拔如松的背影，声音如利剑出鞘一般："我们第三中队可没有逃兵。"

逃兵？江聿眯起了双眼，转过头来，看向林致远，神情中充满了危险的气息。他缓缓地转过身来，面对林致远，双臂的肌肉爆发出惊人的力量，道："林致远，你最好给我一个解释。"

林致远毫不畏惧地与他交锋："我说错了吗？你喜欢人家，却又不敢去追求自己的幸福，不是逃兵是什么？"

"我不是逃兵，只是不确定我能否给她她需要的幸福。"江聿替自己解释了一句。

"是不是她需要的，不应该由你来替她决定。"林致远严厉地吼出这句话。

江聿沉默了。

林致远向前一步，表情严肃极了："从一开始，你就没有隐瞒过你的职业对吗？"

江聿目光闪烁，点了点头。

林致远又问："所以你凭什么认定，如果她接受你，却没有考虑过你的职业的问题？"

"她现在没有接受我。"江聿的声音有些闷，有些委屈。

"那你就更不应该不战而逃了。你若是努力去争取过了，她却还是没有喜欢上你，或是有她喜欢的人出现，你要退出竞争，选择祝福，我觉得你就是爷们儿。但如果什么都没有，你明明喜欢她，却不主动争取，那你就是孬种。"

林致远的一番话说得江聿沉默良久。

见他沉默了，林致远冷笑一声，走得更近了些："怎么？难道你是仗着自己长得帅，要女生都倒追你才行？"

"胡说八道些什么？"江聿狠狠地瞪了林致远一眼。

林致远突然大笑起来，伸手往江聿结实的胸膛上狠狠地拍了拍："你小子也有今天！我今天就不该点醒你，就应该让你再被折磨一段时间。"

"身为指导员，你不为你刚才说的话而感到愧疚吗？"江聿冷冷一笑地说道。

林致远却毫不在乎："我为什么要愧疚？难得看到你江队长为情所困的样子，我当然要多多欣赏才对！"

江聿有些郁闷，怎么自己丢人的样子都被这家伙看了去？

感觉到江聿眸中的冷意，林致远立即表态："你别想着杀人灭口啊！我会告诉我家媳妇，如果我有什么意外，就是被你江聿给灭口的！”

江聿更加郁闷了。

他从不知道林致远有这么无赖泼皮的一面。

“好了，别瞎想了，你这个情况从心理学的角度来说，应该叫……恋爱综合征。”林致远收住笑声，认真地安慰道。

江聿挑高眉梢，反问了一句：“你确定真的有这个名词？”

“你看过心理学方面的书吗？”林致远不答反问。

这倒是把江聿问住了，他并没有研究过心理学，只是纯粹觉得林致远在瞎忽悠。

“这不就对了？听我的没错。如果女生因为你的职业而拒绝了你，只能说明你们无缘。如果人家不介意，你就不要再瞎想了。但我还是那句话，心里有了人，以后在执行任务的时候、训练的时候，就多加小心。保护好自己就是对她最好的保护。”林致远突然认真起来。

保护好自己，就是对她最好的保护！这句话江聿听进去了。

林致远语重心长地道：“我的中队长，还有四年，为了国家，为了人民，为了爱你的人，为了你爱的人，在抢救国家、人民的财产以及人民的生命安全的时候，也要注意保护好自己。”

轰——从乌市飞往林城的飞机在空中拉出一道长长的气流，安稳地落在了林城的机场上。

傅世槿一下飞机就觉得自己被都市的喧嚣包围了，哪怕这还只是林城的郊外。

回来了！傅世槿深吸了一口气，边疆虽然美丽，让人留恋，但最让她放松、有安全感的始终还是她生活的城市。

开启手机，傅世槿直接进入了微信界面，分别给家里还有秦柔柔发了平安到达的信息之后，就下意识地点入了那个一直安静的对话框。

对话框里依然只有她发送的照片和一些简短的文字说明，那个让她每到一处地方就发点儿照片给他的男人一直安静着，没有半点儿回应。

傅世槿的视线落在手机屏幕上，心中平静无波。

她没有生气？那是不可能的！

当初是谁可怜兮兮地说，为了让他不遗憾错过了接下来的风景，请她沿途拍照的？结果呢？她倒是信守承诺了，他却好像石沉大海，了无音信。

心情的不爽让傅世槿整张脸都散发着一种生人勿近的寒意，本就有些高冷的气质此刻变得更加高冷，让周边的人都不约而同地离她远了些。

傅世槿在前往行李提取处的路上快速地走着，裙角都扬了起来，气场简直散发到了三米开外。

那个家伙临走时除了嘱咐她……不，是拜托她拍照之外，还说了等她回来后告诉他一声。

凭什么？傅世槿将脚下的鞋踩得噔噔响，周身仿佛被一圈无形的火焰包围着。

嗡嗡——好在手机的振动打断了她周身火焰的上升。

傅世槿将视线落在手机屏幕上，看清楚来电的人后，周身的火焰和冰冷的气息瞬间都收敛得干干净净。

接通电话的时候，傅世槿都渐渐放慢了脚步。

"喂，妈。"和母亲通电话，傅世槿将语气都放得柔和了些。

"平安到了吗？"傅妈妈在电话里问。

其实傅世槿知道母亲就是收到自己的微信后才给自己打电话的——母亲还是习惯亲耳听到女儿的声音才放心。

"嗯，到了。"知晓母亲的习惯，傅世槿也不会觉得不耐烦，反而因为知道母亲是关心自己，声音变得更柔和。

"那你最近没什么事吧？要不就回家几天？你爸都想你了。"傅妈妈今天的语气格外和善。

傅世槿本能地觉得有古怪，但是母亲的话还是触动了她的心。

"我也想你和爸了。"傅世槿沉默了一下，改变了原本的计划，

"好，我今天就回去。"

"你说真的？"傅妈妈显然没想到今天女儿这么好说话。

"嗯，我现在拿了行李之后就直接买票回去，应该还能赶上高铁。"傅世槿嘴里说着，脚下的步子又变快了许多。

"好，那我做好吃的等你回来。跟妈说，想吃什么？"傅妈妈的声音都藏不住喜悦了。

"你的独门辣子鸡！"傅世槿想也不想就说出了最想吃的美食。

一想到妈妈做的辣子鸡，傅世槿只觉得自己都饿了，什么小鲜肉，什么江聿，早就被她抛诸脑后了。

"好！我这就去买鸡。"傅妈妈说完就挂了电话。

傅世槿收起手机的时候，嘴角抑制不住地扬起，身上的寒意也散得干干净净。

林城光明区某医院的特殊病房内，江聿靠在床上，露在被子外的一只脚从脚踝位置打着绷带，一直缠到了小腿上。

他身后垫着枕头，靠在墙上，手里拿着手机，一遍又一遍地看着傅世槿发给他的照片。

直到手机弹出的一条航班提醒消息打断了江聿的关注。

这条信息中关注的航班是阿里木发给他的傅世槿返回林城的航班。消息里说明航班已经安全抵达林城机场，正在等候行李，傅世槿却没有按照约定给他发来报平安的信息。

江聿嘴角微微一扬，知道这位小姐姐是生气了。

"到了吗？"江聿想了想，编辑了三个字给傅世槿发了过去。

正在机场中等候行李的傅世槿听到了微信的来信提醒，拿出手机看了一下，发现是江聿发来的信息后，又若无其事地把手机放回了衣兜里，完全没有要回复的意思。

这是谁啊？他这是想出现就出现，不想出现就不出现？呵！

病房内，江聿盯着手机屏幕等了许久，也没有等来傅世槿的回复。

听见病房门外传来脚步声，他只好无奈地把手机放了回去，心中思索着要怎样才能把生气的小姐姐哄高兴。

"脚怎么样？"林致远带着一名消防员穿着火焰蓝制服走了进来，手里还提着一袋水果。

跟在林致远身后的消防员很年轻，此刻低着头，像是一个做错了事的孩子。

江聿对着他们一笑，目光自然地从林致远身后的消防员身上掠过，回答林致远的话："没什么大碍，休息几天就好了。"

"俗话说伤筋动骨一百天，你这脚可要好好养着。"林致远把水果放在床头后直接拉过椅子坐下，才扭头看向身后的年轻消防员。

"你非要跟着来，怎么来了又不说话了？"林致远微仰着头，佯怒地看着年轻消防员，双眼一瞪，颇为威严。

年轻消防员被林致远这么一说，头埋得更深了，甚至有些手足无措起来。

"你就不要为难他了。"年轻消防员窘迫不安的样子看得江聿失笑。

林致远却理直气壮地道："我可没有为难他，是他非要来，说要亲眼看看你，不然不安心。"

"队、队长，对不起，都、都是我的错，害你受伤了。"年轻消防员涨红了脸，愧疚极了。

江聿不在意地安慰道："没事，这点儿小伤不算什么。不过你现在清楚自己在训练中的不足了，接下来要好好纠正，否则在执行任务的时候，你的失误就有可能造成很严重的后果。"说到后面，江聿的神情也变得严肃起来。

训练时候的小问题，如果不及时纠正，到了任务中就有可能变成大事故。

这一次的训练事故，如果不是江聿及时出手，恐怕现在躺在病床上的就是这个刚刚加入消防队伍的菜鸟了。

"知、知道了，中队长。"年轻消防员神色更加惭愧了。

169

"董平。"突然，林致远大喊了一声。

"到！"董平条件反射地挺直身体，昂首挺胸地应了一声。

门外路过的护士吓得手一颤，端着的医疗器械差点儿掉在地上。

林致远站起来，笑眯眯地看着董平道："这样才对嘛！咱们林城的消防员都是顶天立地的好汉，你别老是个屁蛋样儿，也别老是觉得自己不够厉害。你去问问队上的其他人，除了咱们中队长天赋异禀之外，谁刚入队的时候不是和你一个样？你已经比很多人优秀了，所以别对自己没信心。"

这番话刚说完，病床上的枕头已经砸向了林致远，林致远抬手一抓，把枕头抓在了手里。

"什么叫天赋异禀？"江聿有些无奈。

林致远笑眯眯地把枕头放回床上，道："夸你呢。"

"是！我以后一定好好训练，向队长、指导员学习！"董平大声吼出来，脖子上的青筋、血管都显露出来。

"你小子小点儿声，这里可是医院。"林致远笑骂道。

董平不好意思地嘿嘿一笑，羞涩地低下头，伸手抓了抓自己的头发。

"行了，别在这儿站着了，既然都来了，就去食堂给你的中队长打点儿饭菜来。"林致远似乎有话对江聿说，要把董平支开。

不过这个单纯的小伙子并未听出林致远话中的意思，以为真的需要自己去打饭菜，立即敬了个礼，转身走出了病房。

董平离开之后，林致远收敛了笑容。

江聿看着林致远，笑着问道："说吧，想要对我说什么？"

"你那件事……"林致远也没有卖关子，看着江聿的眼神有些探究。

江聿抬了抬眉，知道林致远想要问什么，平静地回答了一句："她今天回来了。"

"回来了？"林致远倒是有些意外了，但随即就舒展了眉头，"她还让你知道她回来，看来也没有生你的气。"

"不，这是我们在边疆的导游告诉我的。"江聿却解释了一句。

林致远一愣，沉默之后，思索了一会儿才道："不如我去找她，代你向她解释，告诉她你不是故意不回她的消息，而是因为训练，手机上缴了？"

"电脑还是可以用的。"江聿笑了笑，道。

林致远瞪了他一眼，道："问题是，在你打算用电脑与她联系的时候，你不是出了意外吗？你现在都还在医院里躺着呢。"

"不用了。"江聿笑了笑，拒绝了林致远的好意。

林致远皱起眉，探过身体试探地问："你不会还在纠结之前的那些想法吧？"林致远担心的是江聿在情感上进入一种误区，与喜欢的人错过。

江聿听了之后笑了起来，道："不会，之前是我想太多了。"现在想起之前的纠结，江聿恨不得给自己一巴掌。

听了江聿的回答，林致远暗自松了口气，却又不放心地追问："那你……"

"我没有任何交代就这样消失，她生我的气是正常的。我会自己跟她解释。"江聿神情中满是认真。

林致远赞同地点头道："没错，只要你态度端正，她应该不会再生气，就算生气了，你多哄哄，毕竟错在你这里。"说完，林致远又不放心地道，"不过你这还在医院呢，也只能通过手机和她联系，万一她不听你说怎么办？我看还是我把人直接接到医院里，让她看看你受伤的样子，说不定她一心疼就不生气了。"

"老林，你是不是用过这样的招数对付嫂子？"江聿笑眯眯地看着林致远。

林致远面色一窘，不自然地责备了一句："瞎说什么？"

江聿收敛笑容，道："我和她还没有确定关系，你接她来医院算什么？不过有一句话你倒是提醒了我。"

"什么？"林致远莫名地看着他。

江聿认真地道："是我不对在先，只是在手机上道歉和解释未免

171

太没有诚意了，我应该亲自去见她，向她说声'对不起'。"

林致远愣愣地看着江聿，仿佛被他这一本正经的话给整蒙了。

但很快，林致远就笑骂道："你是想人家了，想要见见人家才这么说的吧？"

江聿皱眉："林致远同志，请不要用你龌龊的思想污染纯洁的我。"

"呸！江聿你也有这么不要脸的时候？"林致远一脸鄙夷。

江聿却丝毫不为林致远的话而脸红。

两人说笑了一阵，林致远正色道："话虽这样说没错，不过你现在还处于留院观察期间，不能出院。你想要亲自去道歉，等你出院之后再说吧。"

出院？江聿紧紧地皱起眉头来，那岂不是还要等很多天后才能见到傅世槿？

他好不容易等到她从边疆回来了，却又要继续等。

江聿一直觉得自己是一个耐心极好的人，可是今天觉得自己已经没有什么耐心了，在他心中有一种迫不及待想要见见傅世槿的情绪。

"要不我先去帮你问问医生你具体什么时候能出院？"看出搭档的急切，林致远善解人意地主动说。

江聿以一种托付重任的眼神看着站起来准备出去找医生的林致远。

林致远忍住笑，快步走出了病房。

丁零零——林致远刚离开，江聿的手机就响了起来。

江聿拿起手机一看，是他表哥邵中台打过来的电话。

电话接通后，邵中台的声音就传了过来："喂？小表弟，怎么样？这一次的边疆之行顺利吗？有没有抱得美人归？"

邵中台噼里啪啦地问了一串问题，都是江聿想要拒绝回答的。

边疆之行是否顺利？他是否抱得美人归？沉默之后，江聿在邵中台八卦的眼神中，淡淡地回答了两个字："还好。"

还好？电话那边的邵中台有些蒙："还好"是几个意思？成功了

还是不成功？又或是成功了一半？

一连串问号在邵中台的脑海中掠过，让邵中台下意识地开口："你不会还没有搞定吧？难怪我家柔柔告诉我，傅世槿一下飞机就直接坐高铁回老家了。"

"你说什么？"江聿的声音终于不再平静。

"你怎么突然这么激动？"电话里传来邵中台疑惑的声音。

江聿却被邵中台之前的那句话钉在了原地。

傅世槿回老家了？刚下飞机就回了老家，她这么不辞辛苦地奔波，是不是家中出了什么事？

"她为什么会突然回老家？是之前就做好的计划吗？"虽然觉得不太可能，但江聿还是问了一下。

因为如果傅世槿在早前就计划从边疆回来后直接回老家，那么他在套出她的行程计划时就不会不知道，所以更大的可能是，傅世槿回老家是临时起意。那么到底发生了什么事，让她改变了计划？

瞬间，江聿心中想了很多种可能。

"听我家柔柔说，是想家了吧。"邵中台回复了一句。

想家？！江聿一怔，这个答案与他预想的不太一样。

傅世槿回老家不是因为家中出事，也不是因为父母生病，只是因为想家？

"想家？"满腹疑惑让江聿脱口而出。

"是啊，她说是想家了，就先回去看看，住上几天。原本我家柔柔还打算给她接风洗尘的，结果被放了鸽子。"邵中台的话中不乏为秦柔柔打抱不平的意思。

江聿这才听明白为什么邵中台会知道傅世槿回家的事。

"小表弟你连这消息都不知道？看来你这千里追妻的计划完全不成功啊！在这方面你可就不如我了。"邵中台得意扬扬地说。

突然被奚落了一把，江聿却无言以对，毕竟邵中台说的是事实。

而电话那边，邵中台越发得意起来："怎么样，要不要求求哥哥我，让我传授你几招？"

真是容不得邵中台不得意一把啊！从小到大江聿就是那种"别人家的孩子"。明明邵中台才是年长的那个，结果邵中台的爹妈凡事都要拿邵中台和江聿比，偏偏不管比什么，邵中台都是比不过江聿的。

可以说少年时期的邵中台是活在江聿的阴影之中的。

难得江聿也有吃瘪的时候，这让邵中台怎么能不得意？

"不必了。"江聿无情地拒绝，"如果你没有什么事，我就挂了。"

啪！不等邵中台再说什么，江聿就挂掉了电话。

在他挂了电话之后，去找医生的林致远和去食堂打饭菜的董平一同返回了病房。

"中队长，饭菜都打回来了，你现在要吃吗？"董平走进病房后就立即问道。

江聿现在哪里有胃口？他摇了摇头，对董平吩咐了一句："现在先不吃，就放在桌子上吧。我要吃的时候会自己拿。"

"这样会不会不方便？"董平有些犹豫。

江聿道："这有什么不方便的？我只是伤了脚，又不是断了手。"

董平没有再说什么，听话地把饭菜放到了桌子上，然后想了想，还是细心体贴地把桌子拉到了病床边，方便江聿一伸手就能拿到饭菜，不用挪动脚。

林致远扫过董平的动作，视线落在江聿身上："我已经问过你的主治医师了，他说你最少还要待上一周才能出院，而且出院之后也不能进行训练，更不能执行任务，需要至少一个月的时间来调养。你还要定期来医院换药，每日按照医嘱进行一些恢复性的锻炼。"

江聿点了点头，没有说话——傅世槿回了老家，他着急出院也没有什么意义。

"中队长……对、对不起。"听完林致远的话后，董平又露出了愧疚的神色。

江聿抬眸看向董平，笑道："觉得对不起我，你回去之后就好好训练。"

"是！"董平立即道。

江聿微微一笑，看向两人："行了，你们都回去吧，不用在这里陪我，队里离不得人。"说完，他又叮嘱了林致远一声："老林，这几天我不在队里，就只能辛苦你了。你放心，我会尽快出院归队。"

"行了，别把咱们中队说得好像离了你就不能转似的。你安心养伤，等你出院了，我来接你。队里的事你不用操心，有我呢。"林致远笑道。

两人交接了几句工作上的事后，林致远带着董平离开了病房。

独自在病房中的江聿摸出手机按亮了屏幕，手机界面依旧停留在与傅世槿的对话框上。

这么长时间过去了，傅世槿依旧没有回复消息。

想了想，江聿又编辑了一句话发了过去。

在前往林城高铁站的出租车上，傅世槿看着手机屏幕上的新信息。

"代我向叔叔、阿姨问好。"

咔嚓！傅世槿看了一眼消息就关掉了屏幕。

她依旧不想回复消息。何况她和江聿很熟吗？他也没有什么必要向她的父母问好。

不过……他怎么会知道她回了老家？

秦柔柔！傅世槿的双眸眯了起来。

前面开车的司机突然感到脊背一凉，通过后视镜偷偷地看了傅世槿一眼。

傅世槿没有察觉司机的动作。她回老家的事就告诉了秦柔柔，江聿会知道，除了秦柔柔又卖了她，还能因为什么？

傅世槿压着心底的怒意拨通了秦柔柔的电话。

"喂，宝贝，这么快又想我啦？"电话里，秦柔柔故作娇媚的声音传来。

傅世槿嘴角勾起一抹冷笑，声音带着寒意地质问："秦柔柔，你又出卖我！"

175

某闺密一脸蒙。

在沉默了几秒之后，电话里才传来秦柔柔撕心裂肺的声音："大人！我冤枉啊！我绝对没有做过这么丧尽天良的事！"

秦柔柔夸张的语气让傅世槿忍不住嘴角一抽，心中的怒意也消散了许多，她道："闭嘴。"

电话里秦柔柔的声音顿时消失。

在心底无奈地叹息了一声，傅世槿才问："你是不是把我回老家的消息告诉了江聿？"

"没有！绝对没有！真的！我都没有他的联系方式，他也是通过邵中台才能找到我。对了！邵中台！我告诉他你回老家了！"

傅世槿抿了抿唇，答案似乎已经得到了，卖了她的不是秦柔柔，而是秦柔柔的那个男朋友！

第八章

来自父母的催婚

这个结果让傅世槿顿时没了脾气。

傅世槿和邵中台并不认识，就算心有不满，也不会表达出来。既然不是被秦柔柔出卖的，她也就犯不着生气了。

不过傅世槿还是忍不住酸了秦柔柔一句："你和你男朋友还真是无话不谈啊！"

"那当然！情侣之间当然要亲密啦。"

也不知道秦柔柔是没听懂傅世槿话中暗藏的挖苦还是脸皮极厚，这回答让傅世槿更加无奈。

"我不管你们两个如何，总之以后我的事你不要告诉他，否则你别想在我这里听到一句真话。"叹了口气，傅世槿只能很直白地提醒了一句，否则有秦柔柔这个"叛徒"在，有关她的事江聿又会知道得清清楚楚。

"好啦，不要生气嘛，我会帮你教训他的。我也不是故意的，你知道的啊，原本我是要给你接风嘛，结果你突然回了老家，我就跟他说我这个周末又有时间了，可以过去看他了。他问我不是约了你吗，我就告诉他了。"秦柔柔解释了一番。

嗯？傅世槿一愣，脱口而出："你这周也要回家？"她们两个是一个地方的，是从小一起长大的闺密关系。

"是啊。我原本以为给你接风后会宿醉，就懒得回去了，不过你都回去了，那我也回去吧。你回家里感受家庭温暖，我就去见我的亲亲台台。"秦柔柔的声音中透着一股肉麻劲。

"今天周五？"傅世槿从起了浑身鸡皮疙瘩的状态中脱离，才反应过来。

对她这样的自由职业者来说，时间真的很容易被模糊化，周一到周五的工作日和周末对她来说并没有什么太大的区别，日子过得还真是有些浑浑噩噩，不知今夕何夕。

"对啊，你才知道啊！"秦柔柔忍不住吐槽了一句，"您这是刚出关下山，不知山下岁月啊！"

傅世槿有些尴尬，却也无力反驳什么，最终只能说了句，"那回家后再聚。"说完她就挂了电话。

她和秦柔柔的老家离林城并不算远，坐高铁不到一小时就能到达。秦柔柔因为邵中台的关系，周末经常往返于两座城市之间。倒是傅世槿，即便时间自由，也很少会回家一趟。

有的时候她甚至两三个月才会回家一次，而每一次住不了几天又会逃回林城，主要还是因为每一次回去她都逃不掉那被催婚的宿命！

希望这一次能多住几天，傅世槿在心中祈祷。

因为距离近，所以从林城前往傅世槿的老家普市的高铁每天都有很多列。傅世槿提着行李走出普市高铁站的时候，挂在出站口墙上的大钟上显示的时间才下午三点半。

虽然说了今天要回家，但是傅世槿并未告诉父母几点钟到，也没让他们来接。所以她出站之后直接叫了辆出租车，报了家里的地址，就朝着家过去了。

傅世槿的家在普市一个老小区里，算是当年的单位集资建房。虽然有些年头了，可是当初傅世槿爸爸的单位效益好，即便只有八层楼，也是电梯房，而且这一栋的十六户人家都是复式楼，每一套房的面积都有两百多平方米，即便是现在住着都很舒服。何况小区的绿化做得好，周围住的都是熟人，即便是现在有了更多的选择，也很少有人愿意搬离。

像傅世槿家这样的户型，整个小区只有两栋楼有，其余的六栋都不是复式楼。

下了车，拖着行李箱，傅世槿走在熟悉的林荫道上。

一路上，不少认识她的人亲切地和她打着招呼。

"这不是老傅家的闺女吗？怎么今天回来啦，不上班啊？"

"小槿回来啦？"

"好久不见，小槿回家啦。"

…………

"嗯，我在休假，想家了就回来了。"

"是啊！李阿姨在散步呢？周叔叔好！"

…………

傅世槿一直保持着微笑，在踏进自家的大门时嘴角都有些僵了。

住在这样的小区，有好的一面，就是街坊邻里十分热情，都是知根知底的，一家有事百家帮；不好的呢，就是大家都是熟人，一定要注意自己的态度，免得被认为不礼貌；还有就是，大家都有足够的理由来关心她的私生活和工作问题。不过关于傅世槿的职业的问题，她严禁父母对外去说，所以即便是街坊邻居都只知道她在林城工作，对她具体做什么、收入多少都不太清楚。

她不让父母去说她的职业，也是因为之前发生过一件小事，惹得父母不开心。那是在两三年前，傅世槿刚入网文圈不久，名气、成绩和收入等都比不上现在。

有一次傅妈妈上街买菜，遇见一个老熟人，两人聊着天，就聊到了子女工作的事上。网络小说作家这个职业对老一辈的人来说，根本不被理解，就是傅世槿的爸妈也是因为女儿执意选择这个工作后才去了解了一下。

所以当傅妈妈向老熟人说出自己的女儿是全职作家，在网上写小说时，老熟人就变了脸色，各种阴阳怪气的话都说了出来，什么"不务正业""这样子不行""女孩子还是要有一份稳定的工作，不然会让人看不起的""以后不好找婆家，会嫁不出去"之类的，让傅妈妈听得很生气。

傅世槿知道这件事后就告诉傅妈妈，如果以后还有人问起她的事，就直接说她在林城工作好了，如果被追问职业，就说是新兴行业，他们也不是很懂。

幸好这个点儿小区里人不是很多，傅世槿揉了揉笑得发僵的嘴角，站在玄关处换鞋，对屋里喊："爸、妈，我回来了。"

父母都已经退休，又知道她今天回来，所以肯定会在家中等她。

"回来了？"一道低沉浑厚的声音传来。

傅世槿换好鞋，抬头就看到了自己的父亲。父亲手里拿着一份报纸，鼻梁上架着老花镜，出现在了玄关和客厅连接的位置。

傅爸爸看到女儿，严肃的脸上露出了笑容，把报纸放下后，走过来给女儿拉行李。

"爸，你腰不好，放着我来吧。"傅世槿急忙阻止。

不见母亲的踪影，她又问了一句："我妈呢？"

"你不是要吃辣子鸡吗？你妈去市场了。她特意让人留了走地鸡，说是用骨头炖汤，要给你好好补补。"傅爸爸回了一句，固执地拖着女儿的行李箱走到了上二层的楼梯口。

傅家老两口都住在楼下，二楼几乎是傅世槿一个人的地盘。

"爸，还是我来吧。"傅世槿伸手抓住了行李箱的提手。这一次她从边疆回来后直接回家，行李有些重，她担心会伤到父亲的腰。

"没事。你这行李的重量不算什么。"傅爸爸却挪开傅世槿的手，双手提着行李箱，屏住呼吸就上了楼。

傅世槿赶紧追了上去，心惊胆战地看着父亲顺利地把行李箱放在了她的房间里后，才松了口气。

"爸你没事吧？"傅世槿关心地问了一句。

傅爸爸摇头道："没事。你刚刚回来，先休息一下。你妈就快回来了。"

傅爸爸不善言谈，在家里一直是话少的那个。傅世槿自然也习惯了，点了点头，目送父亲离开。

稍微整理了一下行李，洗了澡，又躺在舒服的床上眯了会儿后，傅世槿就被辣子鸡的香味唤醒。

"好饿。"傅世槿迷迷糊糊地起来，循着香气下了楼，正好看到母亲把炒好的辣子鸡端到了餐桌上。

"哟，小馋猫醒了啊！醒了就快过来吃饭。"正在忙活的傅妈妈看到傅世槿下楼，脸上的笑容越发明显。

一家三口围坐在餐桌旁，吃着香喷喷的饭菜。傅妈妈不停地给傅世槿夹着鸡肉，让傅世槿有一种受宠若惊的不安感。

根据以往的经验，她妈突然对她这么好，肯定是有阴谋的！

果然，等她吃完饭放下碗筷的时候，傅妈妈就直接说："你明天陪我去逛逛街。"

嗯？一向嫌弃她的体力像老太太，会严重拖延逛街进度的老妈突然约她逛街？傅世槿的第六感告诉她，此事有蹊跷！

傅世槿偷偷地瞄了母亲一眼，见母亲神色如常，看不出半点儿破绽。

"怎么好好的突然想要去逛街？"傅世槿试探地问。而且除了嫌弃她的体力外，她家"老佛爷"最热衷的事绝对不是逛街，而是约上几个牌友搓几把麻将。尤其是在这么炎热的夏天，她的母上大人怎么会突然有去逛街的兴致？

"怎么？你想吃辣子鸡，我都做给你吃了，让你陪我去逛逛街都不行？"傅妈妈霸气地回怼。

傅世槿秒怂："好、好、好，我陪你去。不过不要太早出门，我要睡懒觉。"

"中午十一点出门，午饭就顺便在外面吃了。"傅妈妈白了傅世槿一眼，一副拿她没办法的样子。

"那我爸呢？"傅世槿随口问了一句。

"喀喀。"傅爸爸却突然咳了起来。

"爸，你没事吧？"傅世槿关心地看向他，手已经把傅爸爸的茶杯递了过去。

"没事。"傅爸爸接过茶杯。

傅妈妈看了自己的老伴一眼，对傅世槿说："你爸没事。他明天约了你王大伯去钓鱼，要晚上才回来，咱们不用管他。"

钓鱼？这两年父亲退休后，的确受到王大伯的影响有了这个爱好。

"哦。"傅世槿没有再多想什么，应了一声。

虽然她还是觉得母亲的话中透着一种说不出来的阴谋味道，但是身为子女，是不应该随便质疑自己的父母的，傅世槿说服了自己。

收拾好碗筷之后，傅世槿就坐在客厅陪父母看电视、聊天，难得没有拿着手机看小说。

但是让她觉得更难得的是，他们聊了一个晚上，一直到她回房睡觉前，母亲都没有提到一句有关她个人问题的话，家庭气氛十分和谐。

难道母亲转性子了？上楼的时候，傅世槿还在心中嘀咕。

按照惯例，只要傅世槿一回到家，聊不了三句话，母亲的话题就会围绕在她的婚嫁问题上，阴魂不散，两天后家里其乐融融的氛围就会急转直下，弄得傅世槿不得安生，她做什么老妈都看不顺眼。

父亲虽然没有参与，但默许母亲的行为也是一种对傅世槿的婚嫁问题的态度。

这一晚傅世槿是带着对父母转变态度的疑惑睡去的。

或许是回到了自己最熟悉的家，或许是陪伴在父母身边，又或许是真的累了，傅世槿沾枕头就睡，一觉睡到了第二天早上九点半。

磨磨蹭蹭一个多小时后，在中午十一点时，傅世槿被母亲拖着出了门。

"太后娘娘，你想去哪里逛？"出门之后，傅世槿狗腿地挽上母亲的手臂。

傅妈妈却冷冷一笑，道："只有一个待嫁的公主，我也就只有皇后的命，当不了太后。"

傅世槿只觉得脖子一凉，识趣地闭上了嘴。

傅妈妈却出奇地没有借题发挥。

傅妈妈带着傅世槿上了车，前往普市一个比较有名的购物中心。

上了车吹着冷气的傅世槿不住地偷瞄家中的"老佛爷"，觉得"老佛爷"今天很是反常！

到了购物中心，傅妈妈抢在傅世槿之前给了车费后就下了车。

傅世槿带着一颗疑惑的心跟在母亲后面，走进了热闹的购物中心。

"妈……"傅世槿叫住径直走向餐饮区的母亲，"我们不是去逛街吗？"

傅妈妈停下来，回眸看了她一眼，道："都几点了！先去吃饭再逛。"

傅世槿眨了眨眼，觉得母亲的话的确很有道理！

于是乎傅世槿跟着母亲走向餐饮区。让她奇怪的是，按照习惯，母亲多半会问她想吃什么，然后母女二人商量着去选择一家餐厅，但是这一次，母亲好像目的明确，对两边的餐厅视而不见，径直走向一家名叫朵朵小厨的餐厅。

"妈，你来这里吃过吗？味道很好？"傅世槿有些疑惑。

这家餐厅她是第一次来，味道好不好不知道，只是觉得装修得很有格调，很有文艺范儿。

"没有，不过这里的环境不错。"傅妈妈随意地说了一句。

傅世槿有些蒙。

母女二人随便吃个饭，需要找这种环境的地方吗？她觉得情况好像不太妙！

"没吃过来这里干什么？也不知道味道怎么样，妈，我们换一家

183

吧。"傅世槿下意识地想要拉着母亲离开。

傅妈妈却一把拉住她，语气坚定地道："就在这里吃。"说完，傅妈妈不由分说地把傅世槿拖进了餐厅。

傅世槿一脸错愕地被母亲拖进了餐厅，服务员上前询问的时候，她居然听到她妈说已经有人在里面了。

傅世槿心中不妙的预感越发强烈，她立即挣脱母亲的手："妈，我突然想起来还有些事，我先走了哈。"

"站住！"

在傅世槿转身想要逃走的时候，傅妈妈不容违抗的声音让她的双腿好似被定住了一般。

傅世槿嘴角狠狠地一抽，心中无奈地叹息。

傅妈妈见她不跑了，才露出一个礼貌的笑容，看向服务员问："请问紫风铃包间怎么走？"

"呃，我带您去。"服务员忙道。

"谢谢。"傅妈妈笑了笑，再度抓住了傅世槿的手腕。

傅世槿感觉到从手腕上传来的力度在警告她，如果敢跑，就会面临严重的后果，可能……会有性命之忧！

无奈之下，傅世槿只能跟着母亲走在服务员后面，朝着那间紫风铃包间走去。

"妈，你到底想要干什么？"路上，傅世槿低声询问母亲。

傅妈妈目光冷飕飕地扫过她，皮笑肉不笑地道："我要干什么你会猜不到？"

傅世槿觉得自己好无助，好弱小，在自己的老娘面前，连一丝反抗的力量都没有。

难怪昨天她爹会有那样的反应。

"妈，我的事你不用操心。我现在一个人也挺好的。"虽然无力反抗，但傅世槿怎么着也要挣扎一下。

"什么叫一个人也挺好的？你现在是感觉不到，等你老了之后就会知道一个人有多孤独了。"傅妈妈纠正着傅世槿"危险"的想法。

"可我不是前不久才相过亲吗？你就不能让我喘口气？我才回来啊！"傅世槿知道无法说服母亲，只好示弱。

"就是你才回来，我才要赶紧安排，不然你又跑了。"傅妈妈直接道，"再说了，你之前不是说了不喜欢消防员吗？既然都不成了，那还不赶紧找下一个？你也不看看你多少岁了，还耽误得起吗？你啊，就是太有主意了，不听我的话，要不然我现在早就抱外孙了……"

傅妈妈的话让傅世槿哑口无言。

"你妈我还是很开明的，既然你说了不喜欢消防员，我也不会强逼着你去和人家交往。"傅妈妈一只手拉着傅世槿，一只手在自己的胸口轻拍了几下，然后又意有所指地道，"今天给你安排的这个，各方面都很不错，你可别作妖。"

"呵呵。"看到母亲露出的表情，傅世槿只能冷冷地一笑。

"呵呵什么？"傅妈妈却抬手在她的额头上轻拍了一下，"你别以为我不知道'呵呵'在你们年轻人的世界里代表什么意思。我跟你说，你不愿意和消防员处对象我不逼你，现在你是不是也该投桃报李，跟我进去？"

傅世槿很想纠正母亲"投桃报李"不该这样用，可是看着自家"老佛爷"那气势，这样的话她是不敢说出口的。

眼瞅着自己就要被母亲拖进那名叫紫风铃的包间，傅世槿不顾旁边服务员的偷笑，一把抓住母亲，失声喊道："妈！我可是你亲闺女！"

傅妈妈双眼一瞪："就因为你是我亲闺女，我才会这么操心。放心，里面不是火坑。"

"那你也不能不明不白地把我拖去相亲啊！"傅世槿双腿如灌了铅一样，站在原地。

"什么叫不明不白？你声音小点儿，免得让人家听见了，说你没礼貌。"傅妈妈不满地看着女儿。

接着，不等傅世槿继续抗议，傅妈妈就开始介绍起来："这小伙子是你郑阿姨介绍的，据说是她的一个表侄，从小就是学霸，大学毕业之后还被保送到了国外去读研究生。他是学金融的，如今在国外一家金融企业工作，待遇好得不得了。最主要的是，小伙子长得也精神，文质彬彬的。"

"妈，你舍得让我远嫁？"傅世槿立即抓到了话中的重点，知道自己的母亲有些害怕坐飞机，故意说，"国外哟！咱们国内的大学保送的国家一般是欧美的发达国家吧，你真把我嫁过去了，到时候你想去看看我，可要坐十个小时左右的飞机！"

"哼！你以为我会不考虑这些？"谁知傅妈妈不屑地道，"你郑阿姨说了，那小伙子现在已经被公司调派到了国内，主要负责国内的市场。"

傅世槿宛如被浇下了一盆冷水。

"走吧，别让人久等了。见个面，说不定他就是你的真命天子呢？"傅妈妈不容反抗地拖着傅世槿继续往前走。

在服务员的领路下，傅世槿再挣扎，也还是来到了紫风铃包间的门外。

"待会儿别给我丢脸。"还没进去，傅妈妈先低声警告了她一下。

傅世槿嘴角微微一抽，如果这个不是她亲妈，她真的会丝毫不给面子地离开，奈何……

傅世槿在心中长叹一声，哀叹自己无论如何也逃脱不掉的命运。

推门的刹那，傅妈妈已经重展笑颜，拉着傅世槿的手进了包间："对不住、对不住，路上有些堵，来晚了。"

听着母亲的说辞，傅世槿在心中吐槽。

"没事、没事，我们也是刚到。哟，我有多久没见过小槿了？这孩子真是越长越漂亮。快，快来坐。"包间里只有两个人，傅妈妈口中的郑阿姨在母女二人进来的时候，就主动站起来迎接。

而坐在她身边的一个青年男子，虽然西装笔挺、文质彬彬，却纹丝不动，只是抬手扶了扶鼻梁上的眼镜。

一种优越感不露痕迹地从他身上流露出来。

进门的傅世槿母女带着不同的目的，都将目光扫到了那男子身上。

傅世槿在感觉他的优越感时，眼神变得更加冷漠。而傅妈妈或许真的是嫁女心切，居然忽视了他不经意间流露出的优越感，只是觉得这小伙子形象、气质佳，配得上自己的女儿。

"什么越来越漂亮了啊！我这女儿真是让我操碎了心。"傅妈妈一边与郑阿姨寒暄着，一边拉着傅世槿坐在了两人对面。

不知道这样的安排是巧合还是故意的，明明是八人座的圆桌，傅世槿坐下的位子恰巧正对着那位海归男。

在傅世槿坐下的时候，那带着优越感的海归男将视线落在了她身上，仿佛认真地打量了她几眼。

他对打量的结果应该是颇为满意的，因为傅世槿看到了他唇角的微笑。

然后这位"不动如山"的海归男终于站了起来，拿着茶壶为傅世槿和傅妈妈各倒了一杯茶。

他这个动作让傅妈妈越发满意起来，她甚至忍不住夸赞道："这孩子真有礼貌。"

郑阿姨趁机接话："谁说不是呢？他虽然在国外待了十多年，但骨子里还是很传统，在礼仪、孝道这一块，从小就被他父母教育得很好。"

傅世槿在心中呵了一声。

这郑阿姨到底是在向她说明这个男人有礼貌，还是要说明他在国外待了十多年？不是傅世槿多心，而是因为郑阿姨在说这句话的时候，将"十多年"三个字咬得格外重。

"阿姨过奖了。"海归男也开口了。

他这句话好像是对傅妈妈的夸赞的回应。

话很谦虚，但是在傅世槿听来，语气可一点儿都不谦虚。

"哪是过奖？我可是实话实说。"傅妈妈满脸灿烂的笑容。

"小槿啊，我听你妈妈说，你现在已经不出去工作了，只是在家里搞什么文学创作？"郑阿姨把话题引到了傅世槿身上。

文学创作？傅世槿露出一个礼貌的笑容，对母亲为自己的职业的包装不置可否。

"哈哈哈，她那瞎折腾的事不值一提。"傅妈妈笑道。

"什么瞎折腾？搞文学可不是一般人搞得了的。"郑阿姨对傅妈妈道。

两位老人彼此用眼神交流了一下，立即会意。

"对了，我刚才急急忙忙的，都忘了上洗手间。"傅妈妈突然站起来。

"妈，我陪你去。"傅世槿也立即起身。

她怎么会不清楚母亲的打算？

"不用，你坐下。"傅妈妈却朝她狠狠地一瞪。

傅世槿觉得真的很尴尬啊。

郑阿姨也再度站起来，对傅世槿道："小槿你就坐着吧，我陪你妈去，顺便我也去一趟。要吃什么，你们自己先点菜，这家的菜还是不错的。"

说完，根本不给傅世槿任何拒绝的机会，两人就离开了包间。

咔嚓！

在紫风铃包间的门关上的那一瞬间，傅世槿就感到一种从脚底往上蹿的尴尬！

尤其是感受到那海归男的视线一直落在她身上的时候，她就更觉得尴尬了。

圆桌下，傅世槿摸出自己的手机，快速地给秦柔柔发了一条信息："江湖救急！"

嗡嗡！几乎是瞬间，傅世槿的手机就振动起来。

傅世槿低头一看，就看到与秦柔柔的聊天框中多出了一串"哈哈哈"的狂笑。

损友！傅世槿在心中狠狠地吐槽。

秦柔柔的反应说明她已经从傅世槿的信息中了解到了傅世槿此刻的遭遇。

"宝贝，我可不敢直接违背你家'老佛爷'的旨意。"

很快，秦柔柔的第二条信息发了过来，她似乎只能远程给傅世槿送上一个祝福。

傅世槿盯着这条信息，嘴角微微一扬，快速回应："一支CHANEL（香奈儿）58。"

"成交！"

"十分钟后给你打电话，救你一命！"

"哈哈哈……"

秦柔柔连发三条信息。

和秦柔柔约好之后，傅世槿心中才暗自松了口气。现在她只要熬过这难熬的十分钟就好了。

傅世槿把手机捏在手里，低头喝茶，避开了对面海归男的视线。

她和秦柔柔的互动不过就是不到一分钟的时间，海归男根本没有察觉她的小动作。恐怕最主要的原因是，他想不到有人会抗拒和他相亲。

"其实我是来普市看姨妈的。"海归男突然开口。

傅世槿疑惑地抬眸看向他。

他这是什么意思？是想告诉她，他很抢手，并不需要相亲，只是勉为其难不好拒绝长辈的好意？

傅世槿疑惑的样子让她那双带着几分冷意的眸子多了些萌的感觉。

海归男嘴角扬了扬，镜片的反光挡住了他眸中的情绪，他问："对了，听姨妈说，你是作家？"

"算不上，就是一个网络小说写手。"傅世槿淡淡地回应了一句。她没有必要认真地去和一个刚见面的人解释自己的工作。

"网络写手？"海归男似乎对这个职业有些陌生。

对他的反应，傅世槿早已习惯。在几年前，国内大众对网络写手这个职业不是很了解的时候，每次她向别人介绍自己的职业，都会见到这样的眼神和反应。

傅世槿淡定地点了点头。

海归男双眉微微一皱，想说什么但又忍了回去，只是习惯性地扶了扶镜框，对傅世槿说："全职太太，我也是不介意的，毕竟我有这个能力。不过我也有个要求，那就是在婚前进行财产登记。"

傅世槿眉头一皱——这人是不是误会了什么？

还未等她说什么，海归男就继续说："不过你放心，嫁给我之后你不用再去外面找工作，也不用在网上写什么乱七八糟的小说讨生活。我会每月给你三千元的生活费，我上班的时候，只要你把家务做好，我也不会干涉你的其余时间。如果生了小孩，你每个月的生活费会增加到五千元——"

"等等。"傅世槿实在是忍不住，出声打断了海归男的话。

海归男因为被傅世槿打断了话，脸上闪过一丝不悦神色，问："你有什么不明白的吗？"

"我有太多不明白的问题了。"傅世槿的笑容透着一种冷漠。

海归男淡淡一笑，故作优雅地调整了一下坐姿："明人不说暗话，既然我们今天来的目的是相亲，自然要谈一些具体的条件，有些效率。我对你的外表还算满意，你又是姨妈介绍的，所以我可以和你继续了解下去。我觉得我刚才说的条件还算是比较优渥的，据我所知，目前国内不少职业的月薪还达不到我所说的这个数。"说完，他自信地笑了笑，身上那种优越感更加浓烈起来。

他再度扶了扶眼镜，语气带着一丝不屑："而且你现在的职业的收入……恐怕还达不到我给出的条件吧？你只要安心把家照顾好，把我照顾好，孝顺我父母，就能轻轻松松获得物质上的保障，这多好？"

然而傅世槿的眼神更加冷漠了。

"不好意思。"傅世槿再一次打断了他的话，感觉自己所有的教养都要止步于此了。

她老妈怎么到现在还不回来？傅世槿真是很想让傅妈妈亲耳听听她口中的"优质男"到底是什么德行。

海归男再次被打断话，也有些不耐烦，神色微冷。

"这位先生。"不是傅世槿不懂礼貌，而是从头至尾她都不知道这个男人到底姓甚名谁，"我想你是误会了。今天是相亲没错，但不过是长辈们的一厢情愿。还有，就算我以后结婚也不需要男人养活，更不会做家里的保姆。"

"你！"海归男变色，"你的语气未免也太骄傲了！我听说你已经三十岁出头了，在国内这应该叫大龄剩女吧？"

言外之意，就是他能看上傅世槿已经算是很给她面子了。

他的语气带着一种怜悯，一种高高在上的施舍。

傅世槿微微一笑，眼神冰冷："那也与你无关。"

对这种人，她还需要秦柔柔来给她打什么圆场？原本还在等秦柔柔电话的傅世槿直接站起身来，朝着门外走去。

刚拉开门，傅世槿就看到自己的老妈和郑阿姨有说有笑地走了过来，听到身后传来海归男愤愤不平的声音。至于他到底说了什么，傅世槿是一句都没有听进去。

"小槿？"傅妈妈一眼就看到了自己的女儿。

傅世槿没有错过母亲眼中的一丝责备和怒意，母亲似乎是在怪她"不懂事"。傅世槿张了张嘴，知道在这里解释不清楚。

正巧，她与秦柔柔约定的十分钟到了，傅世槿的电话准时响了起来。

她接通电话，放在耳边，一边说一边朝着前方走去："嗯……好、好，你等我，我马上就到。"

与母亲在走廊上碰上时，傅世槿挂掉了电话，抢在母亲说话前开口："妈，柔柔哭着找我，怕是出了什么事，我要过去看看。一会儿你就自己回家吧。"

说完，不给傅妈妈开口的机会，傅世槿简单地向郑阿姨道别后，就快步走向餐厅外。

"哎！小槿，小槿！"傅妈妈想要抓住傅世槿，却还是被她从身边溜走了。

快步走出朵朵小厨后，傅世槿心中的闷气才消散几分，但是心中依旧有一种不吐不快的吐槽冲动！

"你家小槿是怎么回事啊？"餐厅里的走廊上，郑阿姨有些不满地看向傅妈妈。

傅妈妈想要解释几句，却看到心中满意的女婿人选也走出了包间。

普市是傅世槿和秦柔柔一起长大的地方，她们熟悉这座城市的每一个角落。即便电话里秦柔柔没有约定见面的地点，但傅世槿还是知道两人在哪里见面。

"哈哈哈……"从一家茶馆的小包间中传来放荡不羁的笑声。

这家茶馆是一栋三层英伦风小洋楼改造的，里面的布置也充满了怀旧的英伦气息，带着点儿格调。

这里环境不错，是傅世槿和秦柔柔聚会的老地方。

"你笑够没有？"傅世槿优雅地坐在包间里的沙发上，喝着冷泡的红茶，眼神如刀地扫向对面笑得趴在了沙发上的女人。

"喀喀。"听出好友话中的威胁之意，秦柔柔强行止住笑声，紧紧地抿着双唇，努力控制自己的表情。

包间里安静了几分钟后，傅世槿才郁闷地道："有那么好笑吗？"

"喀喀，主要是我没想到居然有人想要用每个月三千元就包养你。你没把自己的稿费甩在那货脸上？"秦柔柔强忍着笑，露出了义愤填膺的样子。

傅世槿白了秦柔柔一眼，道："我是那么肤浅的人吗？"

"不是！绝对不是！"秦柔柔赶忙道。

傅世槿无声地叹息了一声，垂眸继续喝茶——她需要喝点儿茶来灭心头的火。

"那你就这样走了，你家'老佛爷'没有发飙？"秦柔柔好奇地问。

傅世槿放下茶杯，胸有成竹地道："在外人面前，我妈还是要几分面子的。等回到家，我再把那个男人的丑恶嘴脸告诉她就没事了。"

"可是就算你逃掉了这个，也逃不掉下一个啊！以你家'老佛爷'的脾气，我可以百分之百地肯定，她一定会趁着你在家的这段时间，每天抓着你出去相亲。你就算不愿出去，她也有本事把人直接领到家里来。"秦柔柔表情很夸张，但是说出来的话一点儿也不夸张。

"所以我打算明天就回林城。"傅世槿淡定极了。

秦柔柔都如此了解她的母上大人，她又怎么会不知道？在来这家茶馆的路上她就已经想好了，明天就走人。

"你昨天才回来啊！"秦柔柔吃惊地看向她。

傅世槿叹了口气，语气充满了无奈："我也不想这样的。"谁能明白她心中的苦？

"柔柔，你说不结婚有错吗？我自己能养活自己，能过得很好，为什么一定要结婚？为什么一定要找个男人去伺候？"傅世槿简直就是不吐不快。

"呃……"秦柔柔愣了一下，讪讪地笑道，"关于这个问题，我可能帮不了你。"

面对秦柔柔一脸同情的样子，傅世槿觉得自己找错了倾诉对象——她怎么能找一个有男朋友的女人来诉苦？

"对了，你那个男朋友呢？不是说要让他请我吃饭吗？"傅世槿突然好奇到底是何方大侠收了秦柔柔这个女妖孽！

"我本来在和他约会，结果你一个电话打过来，我就让他退下了。我们约了吃晚饭，你要和我们一起吃吗？"秦柔柔冲着傅世槿眨了眨眼。

秦柔柔这话中暗藏着的"狗粮"让傅世槿嘴角微微一抽，不吃先饱了，自动避退："算了，我不打扰你们的二人世界，等他去了林城再约吧。"

"我真的不介意啊！三个人吃饭更热闹。"秦柔柔发出邀请。

可傅世槿还是拒绝了："你们是去吃饭，而我是去吃'狗粮'。算了，一会儿我就回家，估计我妈已经在家里发了一通火，也不知道我爸有没有受连累。"

"哈哈哈！"秦柔柔又忍不住笑了起来。

"这次你去边疆旅行，有没有给我带礼物？"笑过后，秦柔柔向傅世槿摊开手。

傅世槿拍开秦柔柔的手道："等回了林城再给你吧。"今天她根本没想到会遇到秦柔柔，自然也不会把礼物带在身边。

"你真的打算明天就回去？"秦柔柔好奇地问。

傅世槿犹豫了一下，道："回去先看看我妈的反应吧。如果她真的给我安排了各种相亲，我立即打道回府。"

"行吧，你如果明天走，就提前告诉我，咱俩一块回去。"秦柔柔主动道。

傅世槿点了点头。

"喂，你和那个小鲜肉在边疆旅行，朝夕相处，真的没有发生点儿什么？"秦柔柔眼中闪烁着八卦之火。

同时秦柔柔挪动到了傅世槿身边，笑容略带猥琐地问："这么鲜美可口的食物放在你嘴边，你都能忍住不吃？"

傅世槿嘴角噙着冷笑，眼中充满了鄙视："你以为我是你？"

"你们真的没有发生点儿什么？"秦柔柔震惊极了。

傅世槿继续冷笑，道："你期盼着我和他能发生点儿什么？我都说了，我和他不可能。"

"有什么不可能的？除非你对他一点儿感觉都没有。"秦柔柔不相信地盯着傅世槿。

傅世槿十分硬气地回答："没有。"

与闺密的下午茶时间永远都过得很快，傅世槿与秦柔柔分开之后回到家里时，已经是下午六点半。

一进门，傅世槿就感受到了从客厅传来的一种凝重气氛。

这种凝重的气氛，只有她在读书的时候考试成绩差时才会出现在家里。

果然，傅世槿走进客厅，就看到了早上出门钓鱼的爸爸，他和母亲一起沉默地坐在沙发上，也没开电视。

"喀。"看到傅世槿回来，傅爸爸轻咳了一声，试图打破沉默的气氛。

然而还不等这气氛被打破，傅妈妈的一声冷哼再度把气氛冰冻了起来。

"爸、妈。"傅世槿鼓足勇气开口。

"呵，你还知道我是你妈啊？"傅妈妈冷笑着阴阳怪气地开口。

傅爸爸看了自己的老婆一眼，又看了看向自己投来求救眼神的女儿，再度轻咳一声，从中调和："小槿过来坐。你看你才回来一天，就把你妈惹生气了。"

"妈，对不起。"傅世槿趁机接话。

三十多年的父女默契，两人一个眼神交换就能彼此配合了。

"你少在这里给我和稀泥。"傅妈妈却慧眼如炬，一眼就看穿了父女二人的打算。

"唉，女儿不喜欢就算了嘛。"傅爸爸对傅妈妈劝道。

傅妈妈气笑了，指着傅世槿问傅爸爸："那好啊，你让她告诉我，她这个不喜欢，那个也不喜欢，到底喜欢谁？"

她到底喜欢谁？傅世槿觉得这简直就是一个来自灵魂的拷问！

"或许是咱们女儿的缘分迟到了，你也别急嘛。大城市里很多女生比咱们家小槿年龄还大，不也没结婚吗？"傅爸爸继续开导。

傅妈妈却不被他"迷惑"，继续道："你也知道那是大城市。在咱们普市，就算是在林城，她这个年龄的女生，就算没当妈也都是结了婚的。你看看，我这个当妈的急得要死，为了她下半辈子的幸福都豁出了老脸，她却根本不在乎，一脸无所谓的样子。"

傅妈妈越说越气，胸口的起伏比之前更加明显了。

傅世槿担心地开口："妈你别激动，你心脏不好！"

"对啊，你心脏不好就别激动，当心身体。"傅爸爸也有些担心，端着桌上的水杯递到了傅妈妈面前，"来，喝口水消消气。"

傅妈妈喝了几口水，等胸闷的感觉减轻了些，才对傅世槿道：

"你还知道我心脏不好，那为什么要惹我生气？就算你不喜欢郑阿姨家的那个亲戚，也不用直接走吧！"

"妈，你都不知道那个男人跟我说了什么。"傅世槿见母亲没有那么生气了，立即抓住机会诉苦。

"说了什么？"傅爸爸抢在傅妈妈之前开口。

傅妈妈张了张嘴，对丈夫抢话有些不满，但是也没有说什么——她也好奇在自己和老郑不在的那十分钟里到底发生了什么事。

原本傅妈妈和老郑找借口离开，就是给两个小辈制造开口的机会，免得有老人在他们不好意思开口，却没想到，不过短短的十分钟，两人就闹得不欢而散。

"那位没说什么？"傅世槿倒是有些好奇了。

傅妈妈没好气地道："说什么？你那么没有礼貌地离开，人家不生气就算不错的了。他只是说了声'不合适'就走了。最后我和你郑阿姨什么都没吃也走了。你都不知道大家有多尴尬。"

"郑阿姨没生气吧？"傅世槿讪讪地问。

傅妈妈又狠狠地瞪了她一眼："你说她生不生气？唉，这事闹的，改天我还得给老郑赔礼道歉去。"

母亲这句话让傅世槿心中有些内疚，她倒不是后悔离开的决定，而是觉得因为自己的事让母亲去面对了一些不该面对的场面。

"对不起啊，妈。"傅世槿向母亲道歉。

"唉，都是母女，有什么对不对得起的。小槿，爸爸相信你不是一个没有礼貌的孩子，到底发生了什么事？"傅爸爸理智地问。

傅世槿坐在沙发上，微微扯了扯嘴角，道："其实也没什么，只是两个人三观不合罢了。"

接着她就把对方的条件告诉了父母，没有任何添油加醋的成分。

"什么？三千元，五千元？他当我女儿是保姆，还是当我女儿是生育机器？这么不尊重女性？这样的素质？我呸！他还是海归呢！"在听完傅世槿的解释后，傅妈妈第一个跳了起来。

"冷静，冷静，别激动，小心心脏。"傅爸爸赶紧安抚。

傅世槿也赶紧走到母亲的另一边，小声劝道："没事、没事，现在看清楚他是一个什么样的人，总比交往后知道强。"

傅爸爸也道："小槿的工作一般人不了解，的确会产生一定的误解。但无论是否误会，他能说出这样一番话来，也足以证明他不懂得尊重女性，甚至把女性当作自己的一种附庸，一件物品。这样的男人配不上我们小槿，小槿结束相亲是对的。"

"没错！这样的男人配不上我女儿。"傅妈妈也点头承认。

听着父母的话，傅世槿暗自松了口气，却不忘试探道："那郑阿姨那边，我要不要亲自打个电话过去道歉？"

"不打！又不是你的错，打什么打？这件事我还要和她掰扯掰扯呢，让她回去好好教育一下她这后辈。"傅妈妈强势地道。

"行了吧，人家的家事你少掺和。再说了，若不是你整天将这事挂在嘴边，老郑也不会热心地要给小槿介绍对象。这件事你就隐晦地给老郑说一下，让她别误会了小槿就行，事情就这样翻篇吧。你呀，以后也别再介绍那些不靠谱的男人给女儿了。"傅爸爸拿出一家之主的气势。

傅妈妈满腹委屈："如果这丫头肯乖乖听话找个对象，我至于四处求人吗？"

"唉，缘分的事强求不来嘛。"傅爸爸无奈地道。

女儿的终身大事他也着急，可是不像傅妈妈这样病急乱投医。

"是啊，妈，我爸说得对，感情的事强求不来，你现在着急，说不定哪天我的缘分就到了呢？"傅世槿趁机道。

傅妈妈却幽怨地看着她，完全不相信她的话："就你一天天待在家里的样子，就算有缘分也只能砸在你的屋顶上。"

这不愧是亲妈啊，傅世槿被怼得毫无还手之力。

这件差点儿引起家庭风波的事总算就这么有惊无险地过去了。因为母亲没有再提相亲的事，傅世槿也就没有落荒而逃。

在家中又住了几日之后，傅世槿在雪妖妖的催促中告别了父母，踏上了返程的高铁。

陪父母的这几天，傅世槿没有登录社交软件，几乎与外界断绝了联系。

如果不是雪妖妖直接使出了"夺命 call"，估计她还想要再躲几日清闲。真的很难得，在这几天里她家里的话题没有"相亲"这两个字。

在返程的高铁上，傅世槿无聊之余登录了社交软件。

QQ 群里数不清的信息直接被她忽略了。她登录微信，除了那些无关紧要的消息，留言最多的就是雪妖妖。

看来雪妖妖是在微信上找不到自己，才会打电话联系自己。

雪妖妖找她，无非要故事大纲和人设，同时，也通知她，在剧本出来之前，可能要先写一本剧本的原著小说。

对方说是公司的新政策，目前网络文学的流量，让他们想要进行反向孵化。

因为剧本的编写以及后期的筹拍需要的周期很长，所以公司的高层觉得可以利用这个时间段，用网络小说的模式先来刷热度，也算是一种新的 IP 孵化模式。

傅世槿已经上了雪妖妖的"贼船"，现在想下也来不及了，只能答应下来。当然，小说的网络订阅分成是另算的。

还有她的编辑也发了一条消息问她打算什么时候开新文，顺便询问她是否要出席一个月后的作者年会。

作者年会就在林城举办，象征性地开开会、吃吃饭、看看表演、颁颁平台内部的奖项。

傅世槿想了想后，忽略了开新文的问题，只是回答编辑自己会参加作者年会。她答应参加的目的主要是可以借这个机会与几个玩得好的同站作者聚会一下。

傅世槿退回微信列表，视线不由自主地落在了江聿的头像上。

江聿这几天一直很安静。

她点开头像，他们的聊天记录依然停留在傅世槿回来后江聿发来的两条信息上，之后的几天都没有新的信息出现。

傅世槿抿了抿双唇。

咔嚓！按下机身侧面的按钮，让手机屏幕一黑，傅世槿靠着椅背开始闭目养神。

傅世槿你在想什么？这样不是挺好的吗？两个人就这样相忘于江湖很好啊。他不放手的时候，你想要他放手；现在他终于放手了，离开了你的世界，你又有什么好失落的？

是的，失落，傅世槿很清楚现在回荡在心中的情绪是一种淡淡的失落，谈不上伤心，也谈不上愤怒，就像是兴奋之后重归平静的失落。

江聿就此消失在了她的世界里，这是好事，起码不会再有人不经允许地搅乱她的心湖，撩拨她的心弦。

高铁速度很快，窗外飞速掠过的景色让人有些发晕。

傅世槿再玩手机的时候，关注的点已经到了 QQ 上。她大致看了一下群里的信息，并没有什么心情去群里冒泡。

哪怕群里现在热议的话题就是她什么时候开新文，新文的题材会是什么，她都没有兴趣去回答。

这倒不是因为江聿，只是因为她暂时还没有想好在网络上连载的新书的内容。

她不是一个有能力一心二用的人，既然答应了雪妖妖在先，就不会在这个时候再去开其他的连载文。

傅世槿随意地浏览着 QQ 的联系人列表，跳过一个个群的标志，视线落在了那个叫铁鹰的人的信息栏上。

对了，她记得上次这个读者还问她追女孩的事，也不知道他成功了没有。

想了想，傅世槿出于关心读者的心态，点开了和铁鹰的对话框，上面的聊天记录还停留在他们上次的谈话内容上。

快速地扫了一眼留在当前页面上的聊天记录，傅世槿编辑好文字发了出去："追到你喜欢的女生了吗？"

她的信息发出去后，对方并未像之前那样瞬间回复。

傅世槿也没有着急，握着手机，又看向窗外的风景。

突然，她的手机振动了一下。她拿起手机，看到了铁鹰的回复。

"还没。"

傅世槿面色有点儿窘，毕竟上次铁鹰追女生的招数是她出的，现在看来似乎没有效果。

"上次给你出的主意没有用？"傅世槿小心翼翼地问，毕竟如果她一不小心乱说话断了他人的姻缘，罪过是很大的。

"不是……是我自己的问题……没缠住……"

"噗！"傅世槿忍不住笑了。

什么叫没缠住？傅世槿脑海里莫名地出现了一幅铁鹰化为一条巨蟒缠住一个女生的搞笑画面。

她觉得这个铁鹰倒是有趣。

傅世槿嘴角微微上扬，继续和铁鹰聊："让她给跑了？"

"嗯。"铁鹰应了一声，又迅速地发来第二条信息，"正在想办法挽救。"

傅世槿眼眸中染上了一层笑意，她好奇地问："那你打算怎么挽救？"

这一次铁鹰回复得慢了些，似乎是考虑之后才发出的："还不知道。她不像一般的女生。"

傅世槿眉梢一挑，以多年看电视剧、小说的经验断定，一个男人如此形容一个女人，只能说明他是动了真感情。

"那你到底怎么人家了？"消息发过去后，傅世槿等待着铁鹰的回答。

铁鹰却回复了一条模棱两可的信息："有一些小误会，可能让她生气了。"

"那就去道歉啊！记住要有诚意。我想，能让你喜欢的女生应该不是蛮不讲理的人，如果你的理由的确很正当，那她应该不会因为误会而生你的气。"傅世槿不知不觉又一次进入了"军师"的角色。

"真的吗？"铁鹰发来消息，还在文字后面配上了一张 QQ 自带的

"委屈"表情图。

"试试呗，不去试试你怎么知道行不行？"傅世槿也在文字后面鼓励性地发了一张"加油"的表情图过去。

"好！谢谢大大！"

傅世槿嘴角噙着淡淡的笑容，回复了一条"不客气"结束了与铁鹰的对话。

退出QQ，傅世槿还在心中想着，不知道铁鹰这一次能不能赢得美人心。随即她又回过神来嘲笑自己，什么时候开始关心自家读者的婚恋问题了？明明她自己还是一条"单身狗"。

林城，天水一色小区。

傅世槿家门口，一道颀长伟岸的身影正靠在门边，楼道里的灯光打在他的背上，在他身前形成了一片阴影。

手机冷色调的光打在他脸上，将他本就俊朗完美的五官衬托得更加有棱角，就像是从杂志里走出来的模特一般。

反复看了几遍屏幕中的内容后，他才微笑着把手机揣回兜里。

拖着行李走出高铁站，傅世槿上了预约的出租车返回自己在林城的家中。

在车上，她再一次和雪妖妖商量了一下剧本的设定，又保证三天后给对方第一版的大纲，雪妖妖才放过了她。

车子驶入天水一色小区，傅世槿下了车，拉着行李箱上了电梯。

叮！当电梯在她所住的楼层停稳后，她拖着行李走出电梯，朝自己家的方向走去。

可是当看到自己家门口站着的"门神"时，她愣住了。

江聿为什么会出现在她家门口？

傅世槿停在距离江聿大概有五米的位置，视线不由自主地从他的脸上下移，落在了他还缠着纱布的右脚上。

应该说，她是先注意到他夹在腋下的拐杖后，才注意到他的脚受伤了。

201

傅世槿的出现似乎让江聿也有些意外——他并不知道傅世槿今天会回来。

意外之后，他随即露出了喜悦的灿烂笑容，道："你回来了。"

一句平凡的问候，饱含着这段日子他对傅世槿的思念。

沉默被打破之后，傅世槿却目光一沉，心中想着，这一次又是谁卖了她？今天返回林城的事，她连秦柔柔都没有告诉，江聿怎么会这么神通广大地知道，并且出现在了她家门口？

想到江聿之前的失踪，傅世槿并不是很想理会眼前的人。但是一看到他的伤，又有些犹豫了。

第九章

5 号的一杯奶茶

他受伤了，傅世槿目光闪了闪。哪怕她在心中告诉自己，江聿是否受伤与她没有半毛钱关系，她心中还是闪过了一丝担心。

垂下眼眸，傅世槿避开了江聿那灼热的视线，拖着行李向自己家的门靠近。

"麻烦请让一让。"江聿高大的身影给傅世槿带来一种无形的压迫感，她努力让自己冷静下来，用平静的语气说道。

江聿听话地向一旁挪动了一下，不阻碍傅世槿回家。

傅世槿下意识地屏住呼吸，打开门走了进去。在她转身准备关门的时候，一只大手却抵在了门上，阻止了她关门的动作。

傅世槿抬眸看向他。

"可以让我进去坐一会儿吗？"江聿请求道，表情十分可怜。

傅世槿想要拒绝的，原本就不打算和眼前的人再有什么牵扯，此刻怎么能心软？可是你见过威风凛凛的大狼狗突然变成小奶狗的样子吗？他可怜的表情让傅世槿的心肠无法真正硬起来。

而江聿在察觉到傅世槿的挣扎时，立即又补了一句："我们还算是朋友吧？"

朋友？这真的是一个很好的借口。

傅世槿不知道该如何是好。如果大家是朋友的话，那她之前的生气会不会显得太矫情了？朋友之间偶尔无法及时联系，不回复信息，似乎也是很正常的事。

"我之前没有回复你的消息是有原因的。让我进去之后，坐下来再慢慢向你解释好不好？"看出傅世槿的表情出现了一丝犹豫，江聿赶紧趁热打铁。

他央求的表情就像是街边等着人怜爱的流浪狗，让人生不出拒绝的心思，就差没把"脚疼"两个字给直接说出来了。

唉！傅世槿在心中叹了口气，气自己心太软，在他这样的表情中妥协了，侧开身子让江聿进屋。

看到傅世槿的退让，江聿露出了开心的笑容，挂着拐进了屋。

嗒！嗒！拐落在地板上的声音充满了节奏感，又让傅世槿的心更软了几分。

"随便坐吧。"傅世槿飞快地扫了一眼略显凌乱的家，自我放弃地对江聿道。

其实她家每周都会请钟点工上门打扫，不会太脏乱，但是这快一个月的时间她都在外面浪，所以家里也一直没安排人来打扫，房子里还保持着她急匆匆离开时的样子，显得有些凌乱。

不过江聿丝毫不在意，点了点头，走到沙发边坐下，将拐杖放在了一旁。

"你先坐，我去给你烧水泡茶。"来者是客，傅世槿无论心里怎么想，但终究是一个有礼貌、有教养的人。

"不用折腾，我不渴。"江聿说了一句。

可是傅世槿好似没有听到一般，径直走向厨房，消失在了江聿面前。实际上，她需要一个安静的空间，好好平复一下江聿的出现带给她的心灵上的悸动。

江聿坐在傅世槿家的沙发上，听着从厨房中传来的动静，慢慢地打量傅世槿的家。

这是他第二次来到这里，第一次是因为任务，对他来说，那个时候这里只是任务现场，就算后来知道了这是傅世槿的家，他的注意力也都是在傅世槿身上，并未认真地打量过她住的地方。

傅世槿的家装修得很不错，简单却有格调，处处透着精致，可以看出主人是一个对生活品质很有追求的人。

这种对品质的追求不是追求奢华，而是一种发自内心的对平静和安宁的追求。

厨房里传出的脚步声打断了江聿的窥视。

他看向厨房的方向，傅世槿已经端着一杯茶走了出来。

把茶杯放在江聿面前，傅世槿选择了沙发上离江聿最远的位置坐下。

这倒不是傅世槿刻意为之，而是习惯，她习惯与不是很了解的人保持一段安全距离。秦柔柔曾经取笑她说，这是死宅的后遗症，她有社交恐惧的倾向。

"你怎么知道我今天回来？"在厨房的十几分钟里，傅世槿已经完全平静下来。

江聿摇了摇头道："我不知道你今天会回来。不过这几天我都会在你家门口待一会儿。"

傅世槿下意识地垂下眼睛，莫名地心慌意乱，江聿的话让她的心剧烈地跳动了一下。

"为什么？"问出这个问题的时候，傅世槿心情很复杂。那是一种既怕江聿说出什么更加让她心慌意乱的话，又期待他说的感觉，很矛盾，也很让人觉得羞耻。

"那个……毕竟是我失信在先，我觉得很有必要亲自向你道歉。"

江聿的回答让傅世槿一愣。这个答案似乎有些出人意料，却又在情理之中，合理得让人无法反驳。

"没事。"傅世槿淡淡地道。

江聿一直紧盯着傅世槿，将她所有的表情变化都收入眼底，就像是藏在草丛中的猎豹，耐心地等待着自己的猎物露出破绽。

他解释道："我一回来就开始集训，在集训期间不能带手机。"

通信是完全断掉的，所以他才没有办法回复微信是吗？傅世槿已经听出了他话中的意思。

"我没有预料到这一点，还让你给我发微信，是我的失误，所以我要向你道歉。对不起。"江聿的语气诚恳极了。

"不用道歉，工作第一。"傅世槿抿唇道。

她又不是蛮不讲理的人，虽然对消防这一行业依然陌生，却不会因为这样的小事而乱发脾气。

"对了，你们消防员经常集训吗？"傅世槿突然发问，毕竟最近筹备的新书就是关于消防方面的内容。

"嗯，应该说我们全年都在训练吧，冬训半年，夏训半年。"

江聿的回答惊呆了傅世槿，她问："一整年都在训练？"那他怎么会有时间跑去边疆休假？

看到傅世槿的惊讶表情，江聿微微一笑，认真地解释："消防员的工作非同寻常，没有足够的训练会让我们在出任务的时候多一分危险。不过所谓的训练应该和你理解的不太一样。严格来说，冬训和夏训是指训练指标以及内容的区别，按照不同的指标进行分段性考核。小的考核都是队里自己完成，我们偶尔会被抽签参与支队和大队的考核。还有每年高层都会领队全国巡查，也有可能抽到某个中队进行训练考核。我这一次回来，就是因为我们中队被大队抽中，要进行一个任务集训的考核。"

江聿说了很多，傅世槿也大致听明白了。在江聿说完之后，她下意识地感叹了一句："你们还真的挺辛苦的。"

"还好吧，都习惯了，毕竟训练也是为了我们的生命安全着想。"江聿随意地笑了笑，说。

"所以你的脚是在训练中受伤的？"傅世槿的视线再一次落在江聿的伤脚上。

"嗯。"见傅世槿关心自己的伤，江聿心中一暖——起码傅世槿没有对他视而不见。

"不严重，只是需要一些时间恢复。我也正好光明正大地放假了。"江聿半开玩笑地道。

"所以你现在算是休假中？"傅世槿问。

江聿想了想，道："算不上是完全休假，我依然要在队里处理一些公务，不过暂时不能出现场。"

"哦。"傅世槿点了点头。

话题结束后，两人之间再度沉默下来。

因为之前的一些尴尬，两人都敏感地避开一些不适合的话题，这让可选的话题又变少了许多。

江聿选择话题是因为不希望再次被傅世槿排斥。

傅世槿选择话题则是因为怕自己某句言语不当，会造成不必要的误会。

"你刚回来，应该很累吧，那我就先回去了，不耽误你休息。"短暂的沉默之后，江聿主动站起来道。他想了想，觉得还是不能操之过急，只能循序渐进，虽然两人的关系好似又回到了去边疆前，但起码他们能坐下来心平气和地交流了不是吗？

这是好现象！再接再厉！江聿在心中为自己加油打气。

傅世槿也跟着站了起来，没有挽留他，只是点头道："那我送你下楼吧。"毕竟他现在是伤员。

"不用，又不是走楼梯，坐电梯下去很方便的。"江聿却拒绝了。

傅世槿也不知道他是客气还是真的在拒绝，只是想到自己是主人，怎么也不好让一个脚受伤的人就这样离开，于是坚持道："不行，我送你出去，帮你打个车回去。"

她的坚持让江聿嘴角微微一扬，他改口答应："好，那就谢谢了。"

"不必。"傅世槿总觉得有什么不对——果然，他刚才的拒绝只是客气吧。

关上门，两人上了电梯。电梯在到达六楼的时候停下，上来了一对母女。这对母女似乎认识傅世槿，进来之后和傅世槿微笑着点头。

"杨姐这是带萌萌去兴趣班？"傅世槿露出和善的笑容，显得十分亲切。

进来的女子杨姐也笑着回答："是啊，她爸出差了，就只能我送她过去了。"杨姐说话的时候，目光落在了紧挨着傅世槿站着的江聿身上。

快速地打量了他几眼后，杨姐笑眯眯地问："小傅，这是你男朋友吗？"

"喀喀。"傅世槿被口水呛到，剧烈地咳嗽起来。

江聿淡定地抬起手在她的脊背上轻拍，那神情、动作温柔得不得了，却根本不解释他们的关系并不是杨姐猜测的那样。

杨姐看到这一幕，更是认定了自己内心的猜测，觉得这个出色的男人一定就是傅世槿的男朋友。

"没事吧？"江聿关心地问。

"叔叔真好！"杨姐的女儿才四岁，却被江聿迷得眼睛里放光。

"没事。"傅世槿深吸一口气，转眸狠狠地瞪向江聿，责怪他让人随意误会而不解释。

她被呛到了，开不了口，难不成他也被呛到了？

"杨姐，你——"

"啊，到了。小傅，我赶时间，下次再聊。对了，有机会带你男朋友来我家玩。萌萌，快跟叔叔、阿姨说再见。"

"你……你误会了！他不是我男朋友！"傅世槿愕然地看着母女俩快速消失的背影，解释的话根本来不及说出口。

"走吧。"在电梯门重新关上之前，江聿好心地提醒愣住的傅世槿。

傅世槿走出电梯，看向他的眼神中充满了责备。

"怎么了？"江聿却无辜地看向她，似乎不明白她眼中的责备从何而来。

"她们误会了，你都不解释吗？"傅世槿深吸一口气，问道。

江聿笑了笑，道："我解释了她们也不一定会听。再说了，人家也只是随口一说，我们何必太紧张呢？我太着急解释，岂不是更说明

208

我们之间不是单纯的朋友关系？"

这人说得好有道理哦！傅世槿咬牙，心中郁闷极了。

但事已至此，她又能怎么办？无奈，傅世槿只能咽下这口气，把江聿送到了小区门口。

"对了，你既然已经回来了，那么你答应的训练计划……"江聿眸中含笑地看着傅世槿。

呃！傅世槿嘴角微微一抽，本以为江聿早就忘记了这件事。

"那个，我最近比较忙，干脆等我忙完了再说？"傅世槿试探地问。如果不是因为江聿那个"死在家里也没人发现"的故事实在是太让她印象深刻，现在她肯定回绝了。

"运动不影响工作，你只需要每天提早起床一个小时，就可以完成运动，而且会精神百倍地去工作，要不要试试？"江聿继续劝说她。

"可是……你的脚不是也还没好吗？这事不用太着急。"傅世槿还想挣扎。

江聿却笑道："你放心，我自有安排。试一下好不好？"

他诚恳的请求表情让傅世槿无法拒绝。

"好……好吧。"傅世槿最终妥协。

江聿露出灿烂的笑容，道："那好，明早七点半，我准时叫你起床。"

一辆出租车停在了两人面前，江聿直接开门上车，从车窗里对傅世槿绽放了一个阳光般的笑容后，乘车离去。

等等！等他离开之后，傅世槿才猛然清醒过来，她是答应要运动，可什么时候说过是从明天开始？

她被套路骗了！在江聿离开之后，傅世槿清醒地发现了这个事实。

几年的习惯养成的生物钟不是那么容易调整的。

傅世槿算是一个比较有责任心也信守承诺的人，虽然明知道是被套路骗了，但是既然答应了，就会尽力去做。

从早上七点开始，她每隔五分钟就设定了一个闹钟。可是闹铃一直响了五次，都无法将她从睡梦中叫醒。

早上七点半一到，江聿的电话准时地打了进来。

"喂。"锲而不舍的电话铃声终于将傅世槿吵醒。

听到这迷迷糊糊的声音，电话那边的江聿发出一声轻笑。

他爽朗的笑声让傅世槿清醒了许多。

"江聿你笑什么？"

"笑你刚睡醒时的声音就像一个孩子一样。"江聿坦诚地道。

不知道为什么，这句话听上去没有什么问题，可傅世槿还是觉得自己好像被调戏了，脸颊微微发烫。

觉得或许是自己多心了，傅世槿赶紧揉了揉脸颊，从床上起来："我已经起了。"

"好，你今天的任务就是围着滨江大道慢跑五千米，如果跑不动了，走也行，一个小时内完成。记住，开始跑之前做做热身运动。"江聿开始布置任务。

"五千米！"傅世槿的声音顿时变得尖锐。

"是太少了吗？"

"呵呵。"

滨江大道离傅世槿所住的天水一色小区只有几分钟的路程。林城有一条河蜿蜒横穿了整个市区，光明区的滨江大道就修在河边，风景不错，早上有很多人在这里晨练。

不过对从不习惯早起的傅世槿来说，这里的一切都是新奇的。

江聿选择这里作为傅世槿的晨练地点，也是经过一番考虑的：离傅世槿家不远，景色不错，安全。

换了一身运动服的傅世槿站在滨江大道某处，面对着蜿蜒延伸的河面，懒洋洋地做着江聿交代的热身运动。

天知道她这一身运动服是她第几次起心运动时买的，但买回来了就束之高阁，从未穿过。

傅世槿双手平伸，左右转动上半身，又下蹲压腿，按照江聿的话来说，就是先把筋拉开，这样跑下来才不会感到浑身疼。

"认真一点儿，你这样的热身是没有效果的。"

佩戴在耳朵上的蓝牙耳机里传来江聿的声音，傅世槿翻了个白眼，手脚的动作认真了几分。

前面的石头栏杆上，傅世槿的手机套在运动手袋里挂在扶手柱子上，而手机屏幕里是江聿那张帅气的脸。

"对，就这样。再蹲得深一些，双臂再打开一点儿。"

江教练的声音不断地钻入傅世槿的耳朵。

她心里已经后悔了一百次，为什么自己会答应这样的不平等条约？早起晨练也就算了，为什么她还会答应让江聿监督她？还是以这样独特的方式进行监督！

"再这样下去，我还没开始跑就没力气了。"折腾了十几分钟，傅世槿已经感觉到呼吸不畅、浑身发热。

"开始跑吧。起步的时候慢点儿，注意要匀速，不要冲刺。长跑讲究的是耐力，不要一开始就把自己的力气耗光了。"江聿的声音中透着一种认真的感觉。

这让傅世槿有一种错觉，好像江聿真的是自己花钱雇用的私人健身教练一样。

"喂，今天能不能只跑一千米？"傅世槿在把手机放回自己身上的时候与江聿商量。

"不行，跑一千米起不到锻炼的效果。"江聿却一口拒绝。

傅世槿哀求："我怕我坚持不住，跑五千米太难了。"

"跑不动的时候可以走，但是五千米的量不能变。"江聿十分坚持。

这是傅世槿第一次发现，江聿是一个很固执的人。但随即她又想明白了，如果江聿的性格中没有坚持这一点，他又怎么会选择成为消防员呢？

"开始吧，今天你已经晚了七分钟。"江聿催促了一句。

我又不用上班打卡，晚就晚了呗，有什么影响？默默地在心中吐槽了一句，傅世槿终于放弃了和江聿讨价还价，准备好之后，沿着滨江大道开始慢跑起来。

距离她上一次晨跑有多久了？在跑起来的时候，迎面的微风让傅世槿开始回忆过去。

好像她最后一次晨跑是在大学时代。那个时候她坚持晨跑，除了完成学校的打卡任务之外，还有最重要的一点就是和同学一起看晨跑的帅哥。

在那个时候，整个寝室的女生晨跑的动力恐怕就是可能邂逅学校的帅哥了。

傅世槿的手机镜头此刻对准了前方她跑步的方向，江聿美其名曰这是陪她一起战斗！

摇晃的画面出现在江聿的手机屏幕上，隔着屏幕他似乎能听到傅世槿的喘气声还有运动之后变快的心跳声。

傅世槿的身体实在是太差了！注视着摇晃的画面的江聿在心中微微摇头，傅世槿才开始跑几分钟，心率就已经过高。

这种差是长期不运动还有作息不规律造成的。

"如果出现胸闷的情况，就变成走。走和跑交替着来，这样你会轻松一点儿。"江聿提醒道。

跑步的过程中听到江聿的声音，傅世槿还真有一种江聿就在身边的错觉。

跑了一千米后，傅世槿双手撑着膝盖，弯着腰站在原地大口喘气，脸涨得好似猪肝，衣襟和背心都被汗水打湿，浑身发麻发烫。

"我、我不行了。"傅世槿向江聿求饶。

她觉得自己的心都快要从胸腔里跳出来了。

"跟着我的数数儿调整呼吸，一呼，二呼，三吸……"

傅世槿闭着眼睛，跟着江聿的节奏慢慢地调整自己的呼吸，剧烈的心跳渐渐地平复，身上的不适感也开始缓解。

"现在喝点儿水，记住要小口喝，不要过急、过快。"江聿提醒道。

傅世槿如同一个刚刚入伍的新兵，根据江聿的指令完成每一个动作。几口水下肚之后，傅世槿才觉得自己又活了过来。

"五千米我真的不行。"活过来的傅世槿第一时间进行抗议。

"现在只剩下四千米了。你很棒，已经完成了五分之一。"江聿鼓励她。

四千米……傅世槿眼中充满了绝望。

"来，接下来换走的，不要去想还剩多少距离，你就匀速往前走，欣赏周边的景色。"

傅世槿深吸一口气，知道今天不完成这五千米，江聿是不会放过自己了，无奈之下只好打起精神来，继续往前走。

一路上江聿都在和傅世槿说话。傅世槿渐渐忘记了时间和距离。

跑跑走走，一路按照江聿的吩咐，在一个小时之后，傅世槿终于完成了五千米的任务。

"我的天，真是不敢相信，我竟然真的完成了。"站在终点上，傅世槿震惊极了。

"我就说你是可以做到的。"江聿的语气中充满了笑意。

傅世槿嘴角绽放出发自内心的笑容。

人站在山脚下的时候，总是觉得自己无论如何都攀爬不到山顶，可是当他站在了山巅之上，俯瞰山脚的时候，又会觉得其实登山并不难。

人把困难踩在脚下之后，那就不再是困难！

人生不就是完成一个又一个的自我挑战、自我超越吗？一个早上的晨练，居然给傅世槿带来了一些新的感悟。

现在已经快早上九点钟，街道上的车辆开始多了起来，滨江大道上不复清晨时的安静。

"你右边有一家早餐店，这家的豆浆、小笼包很不错，你可以去试试。"江聿对傅世槿道。

早餐店？傅世槿一愣，抬眸看向江聿所说的方向，果然发现了一家不起眼的小店，如果不是江聿说，这家小店肯定会被她忽视掉。

"你吃过？"傅世槿好奇地问。

"嗯。"江聿解释，"之前训练的时候在那里吃过，记忆犹新。"

"记忆犹新？能让你这样形容的店，还真要去试试。"傅世槿笑了起来。

虽然她很想忽略，但是晨练之后觉得整个人都轻松了许多。

傅世槿走向早餐店，现在这个时间，早餐店里人依旧很多，她只好选择将东西打包后拿走，边走边吃。

"怎么样？"晨练结束了，江聿却没有挂断视频。

"嗯，的确很不错。"傅世槿脸颊鼓起，手里捧着热腾腾的豆浆喝着，感觉浑身的乏累都被驱散了。

"回去之后休息一下，洗个澡。中午的时候记得吃午饭，然后再午休。"江聿似乎下定决心要把傅世槿的不良作息彻底纠正。

此刻感觉很惬意的傅世槿也没有去反驳他的规划。

突然，傅世槿经过一家奶茶店的门口时，不由自主地停了下来，问："今天是几号？"

江聿看不见此刻傅世槿的表情，听到她的询问，就回答了一句："5号。"

5号！听到答案的傅世槿眼眸一亮，嘴角扬起动人的笑容。

没有任何犹豫，傅世槿大步朝着刚刚开门的奶茶店走过去："服务员，来一杯大杯的珍珠奶茶，加珍珠，加奶盖，半糖，去冰。"

"大杯珍珠奶茶，加珍珠，加奶盖，半糖，去冰。"

傅世槿并未留意到，江聿把她对珍珠奶茶的要求都听了去。

双手捧着珍珠奶茶走在林荫大道上，感受着清晨的阳光，傅世槿觉得惬意极了。

真是美好的一天从清晨开始！

"5号和喝奶茶有什么关系？"

突然，一声好奇的询问让傅世槿从这种美好的意境中醒过来。

"呃，你还没挂视频？"傅世槿有些惊讶。她都结束晨练很久了，原以为江聿会自己挂断视频的。

"你这是过河拆桥啊！"江聿调侃了一句。

傅世槿有些不好意思，不管怎么说，江聿都陪了她这么久。

"5号和喝奶茶有什么必然的联系？"江聿似乎真的很好奇这一点，锲而不舍地追问，因为傅世槿是问了他今天的日期后，才去买奶茶的。

"也没有什么，这只是我给自己的一个规定，每个月只有5号才可以喝奶茶。"傅世槿解释。

"为什么？"江聿越发好奇起来。

傅世槿这么一个生活没有规律的人，为什么要在喝奶茶的事上这样严格管控？

"你知不知道奶茶的热量很高？喝多了会胖啊！"傅世槿觉得男人永远不懂女人之痛。

"胖？你不胖，我还觉得你有些瘦了。"江聿果然反驳了傅世槿的话。

"唉，你们不懂女人。对女人来说，减肥是要奋斗一生的事业。"傅世槿心情不错，与江聿说起话来也少了些防备。

这种改变或许傅世槿自己没有察觉，但是江聿感觉到了。

发现这个变化的他，忍不住心情愉悦起来。

"那你很喜欢喝奶茶？"江聿又好奇地问。

他记得他们在咖啡店相亲的时候，傅世槿对面前的咖啡只抿了几口。

"嗯，相较咖啡来说，我更喜欢喝奶茶。奶茶甜甜的，带着奶香味，又有茶的清香，而且里面的珍珠很有嚼劲，奶油也会让人觉得开心。"傅世槿眯着双眼，说着自己对奶茶的喜爱。

从她的形容中，江聿感受到了她对珍珠奶茶的偏爱。但是他没想到，即便是偏爱，她也能控制住自己，只在每月的 5 号放纵一回。

江聿觉得自己对傅世槿的了解又多了些，她在某些方面也是一个执着而严苛的人呢。

我也是这样的人！江聿勾唇一笑，自动把今日的小发现算在了傅世槿和自己很契合的理由中。

傅世槿回到家中的时候，还不到早上九点半。

冲了个凉，她感觉整个人都轻松无比。

当她坐在电脑前准备开工的时候才发现，往日这个时间她还在昏睡之中呢。

笑了笑，傅世槿打开了空白的文档，开始准备给雪妖妖的大纲。

她与雪妖妖初步讨论过关于消防的题材，就按照主流的线，以歌颂英雄这个主旨来创作故事。

既然要写英雄的故事，那么就需要消防英雄作为素材，傅世槿在写了一百多字的大纲后，就开始在网络上搜索有关于消防英雄的新闻。

不关注的时候不知道，等关注之后，傅世槿才发现原来离老百姓最近、最接地气的英雄就是消防员。

不知不觉时间已经到了中午十二点，沉浸在寻找素材中的傅世槿完全没有感觉到疲惫和饥饿。

嗡嗡——手机的振动声惊醒了傅世槿。

她没有去看来电提醒，直接接通了电话："喂，哪位？"

"是我，该吃饭了。"江聿的声音透过电话传来。

他用的是"该"，而不是询问"你吃饭了吗"，他就这么笃定这个时候她还没有吃午饭？傅世槿很想反驳他的这句话，但事实上她就是没吃午饭啊！

而且在江聿提醒之后，傅世槿觉得自己好像饿了。

"别叫外卖，不健康，自己煮点儿吃，哪怕是一碗面也好。"江聿不等傅世槿说什么，就替她安排好了午餐。

"冰箱里没有菜。"傅世槿一句话打消了江聿让她自己做饭吃的念头。

电话里沉默了一会儿，江聿才说："那好吧，下不为例。"

"好。"傅世槿没有拒绝江聿的好意。其实在江聿提出煮碗面的时候，她就已经想过，如果按照现在的作息坚持下去，她完全可以自己做饭吃的。她早就吃腻了外卖，自己做饭也是不错的。

晚上去超市买点儿食材回来。挂掉电话时，傅世槿已经在心中制订了计划。

只是她没想到，等她睡了个午觉醒来后，家里却来了"田螺先生"！

"怎么是你？"听到门铃声的傅世槿打开门，却被门外的人弄得一愣。

江聿单手拄着拐，另一只手上提满了东西，对傅世槿灿烂地一笑，道："能不能让我进去后再说？"

"啊？哦。"傅世槿还有些蒙，下意识地听从江聿的话，侧身让他进来。

看到他艰难地提着鼓鼓的袋子时，傅世槿才反应过来自己应该去帮帮忙。

可是她的手刚伸过去，就被江聿用手肘挡开，江聿道："不用，太重了，你提不动。"

傅世槿感觉自己受到了鄙视。

她提不动？那也比一个伤残人士好吧，江聿现在这个样子鄙视她真的好吗？

不过既然人家不领情，傅世槿也懒得插手，嘴角噙着冷笑，看着他一瘸一拐地把那沉甸甸的袋子提到了自己的厨房。

等等！傅世槿猛然反应过来，这里是她家啊！那是她的厨房啊！为什么江聿这么自然地就进去了？

察觉到这一点的傅世槿快步走向厨房，要看看江聿带了什么来。

走进厨房的时候，她却愣住了。

江聿背对着她站在橱柜前，把袋子里的东西一样样地拿出来，全都是新鲜的各种蔬菜、水果、肉类和鸡蛋，甚至有牛奶、酸奶等健康的饮品。

傅世槿蒙了，这是什么情况？江聿是要把她的冰箱堆满吗？

最后江聿从袋子里拿出了一杯奶茶，转身递给她："喏，喝吧，下午茶。"

傅世槿将视线落在他手中的奶茶上，久久不语。

"5 号还没结束，不算犯规，你的规定中应该没有说 5 号只能喝一次奶茶吧？"江聿笑道。

的确没有。傅世槿嘴唇轻轻地动了动，想要说些什么，却什么也说不出来，最终她还是有些恍惚地接过了江聿手中的奶茶。

"出去坐吧，我把这些菜整理一下。"江聿对傅世槿说。

傅世槿皱了皱眉，觉得有些怪。她怎么觉得江聿才像是这里的主人，她反而成了客人？

"去吧。"江聿见她不动，又催促了一声。

傅世槿茫然地被推出了厨房。直到现在她都完全没有从江聿突然出现，又给她送菜、送奶茶的行为所带来的震撼中清醒过来。

恍恍惚惚间，傅世槿回到了自己的电脑前。可是盯着电脑屏幕，她一个字都看不进去。

傅世槿的视线落在了奶茶的杯子上，上面贴着一张标签，写着"大杯，加珍珠，加奶盖，半糖，去冰"。

这是奶茶店用来区分订单内容的标签。

傅世槿没想到的是，江聿记住了她的习惯。

嗡！放在桌子上的手机突然弹出一条 QQ 信息。

傅世槿回过神，点开了信息，是她那位男读者铁鹰发过来的。

"大大，谢谢你。我心爱的女生终于理我了。"

他成功了吗？傅世槿内心有些喜悦和自豪感。在她的指导下，铁鹰能获得属于他的缘分吗？

218

"你已经成功俘获她的芳心了吗？"傅世槿暂时把厨房里的江聿放在一边，专心回复铁鹰。

"还没有，不过我有信心，快了。"铁鹰很快回复。

傅世槿一愣，才明白原来铁鹰只是获得了原谅，还没有被接受。不过她还是鼓励了一下他："嗯！加油。"

"大大放心，我会的！"铁鹰还在文字后配上了一张"奋斗"的表情图。

看着QQ自带的"奋斗"表情图，傅世槿有些想笑。

铁鹰发的表情图都是系统自带的。他是一个没有个性表情包的男人？她有些好奇铁鹰到底多大年纪了。

"大大，我已经按照你说的，让她习惯我的存在，慢慢接纳我。接下来我要怎么做呢？"

面对铁鹰的虚心讨教，傅世槿有些心虚，她真的不是恋爱专家啊！但是面对如此信任自己的读者，她又不能置之不理。

"呃，别急，要有耐心。或许你可以尝试着在恰当的时候给她制造一些浪漫的回忆，也可以更体贴她、关心她？又或许让她多多发现你的优点？"将信息发过去之后，傅世槿想了想，又补充了一句，"不过你不要去当备胎呀。"

"备胎？哈哈哈，不会的。大大放心，她不是那样的人。"

傅世槿只是好心提醒一下，见铁鹰不在乎，也就不再多说，只是很官方地说了句："那就预祝你成功！"

"谢谢大大。"

厨房里，江聿的嘴角有抑制不住的微笑。他退出QQ，把手机揣回兜里，继续整理厨房里的食材。

结束了与铁鹰的聊天，傅世槿喝着江聿带来的奶茶，越来越坐立不安。

让一个受伤的人在她家里干活，她良心不安，怕遭天谴！

想来想去，傅世槿还是站起来，走向厨房。

等她进厨房的时候，却看到之前堆满的食材已经被收拾干净，江聿则跛着一只脚站在水池前洗菜、切菜。

砧板旁的盘子里已经放满了切好的肉丝。

"你、你在做什么？"傅世槿震惊了，这个男人怎么这么贤惠呀？

江聿转头对她一笑，她家厨房里就像是多了一轮太阳："帮你把肉和一些难切的菜都切好，免得你动刀了。剩下的食材还有水果我都给你放在了冰箱里，你去看看有没有什么是没有放对的。"

来不及全部消化江聿的话，傅世槿下意识地走到冰箱前打开了冰箱门。

冰箱里，所有食材都已经按照荤、素规整地分类放好了，整齐得让傅世槿觉得有一种舒服的感觉。

冰箱门的架子上，鸡蛋也整齐地排列着，牛奶和酸奶也都分类放好了。

她家的冰箱不仅不再"饥饿"，而且还被收拾得无可挑剔。

关上冰箱门，傅世槿觉得很过意不去，道："你还是去外面休息吧，剩下的我来做。还有，买这些东西花了多少钱？我把钱还给你。"

"不用了，我们是朋友，用得着算得这么仔细吗？"江聿拒绝，又对她说，"你出去忙你的事，我这儿也快好了。"

"不是，我总不能奴役一个伤员吧？"傅世槿已经有些良心不安。

江聿却笑道："我是伤在脚上，又不是伤在手上。对了，我还买了些饺子皮，一会儿给你包些饺子放在冰箱里冻着，你随时可以吃。"

这个男人好贤惠！傅世槿觉得自己一个女人顿时被江聿这个男人给比下去了。

江聿是在傅世槿家中吃的晚饭。

最主要的是，人家带伤忙碌了那么久，傅世槿实在是不好意思卸磨杀驴把他赶走，更何况家里的食材都是江聿买来的。

餐厅的餐桌上，傅世槿和江聿相对面坐。桌上放着三样家常小菜，还有一盘煮熟的水饺，虽然简单，却比吃外卖要健康多了。

"来，尝一下。"江聿用干净的筷子夹了一个热气腾腾的水饺，放在了傅世槿的碗里，明亮的眼眸中充满了期待。

被这样期待的眼神注视着，傅世槿无法拒绝。她夹起水饺放在嘴里咬了一口，香浓的肉馅和富有嚼劲的皮一起滑入了口中。

好吃！傅世槿眸中一亮，不顾形象地把整个水饺放入嘴中，脸颊立即变得鼓鼓囊囊的。

江聿一直观察着她的神情变化，见到她眯起眼陶醉的样子，嘴角不由自主地扬了起来——这个小姐姐真的好可爱！

什么叫情人眼里出西施？以前的江聿是不明白的，现在看着傅世槿他就明白了。

"别急，小心烫。"江聿嘴里说着，却又往傅世槿的碗里夹了两个水饺。

咽下口中的水饺之后，傅世槿才腾出嘴夸赞："没想到你的厨艺这么好！"菜是她炒的，水饺却是江聿包的，饺子馅江聿调的，连饺子皮都是他擀的。

"现在的九零后男生都这么厉害吗？上得了厅堂，下得了厨房，打得过歹徒，斗得过豺狼。你们这么牛会给很多中年男人带来压力的，而且还那么会撩。"一不小心，傅世槿把心底的话说了出来。

"撩"字一出口，傅世槿就后悔得差点儿把自己的舌头咬下来。

傅世槿正祈祷江聿没有听到这最后一句话，却没想到他猝不及防地问了一句："那我撩到小姐姐了吗？"

"喀喀。"傅世槿猛咳起来。

虽然江聿的语气好像是接着她的话开玩笑，可是她听了之后心中还是莫名地一慌，脸颊上的红晕也迅速蔓延到耳根。

"是朋友就别开这样的玩笑。"

这杀伤力实在是太大了！傅世槿不知道自己还能抵抗多久。

警告了对面坐着的小鲜肉一句，傅世槿摆出若无其事的样子拿起水杯抿了一口凉水，稳定心神。

玩笑？江聿听到傅世槿的话，抿唇笑了笑，没有继续说什么。

他家小姐姐看似高冷，实则害羞得很，他不能急，不能逼迫她，只能耐心地一点点靠近。

"快吃吧，一会儿菜都冷了。"江聿聪明地放下之前的话题。

"好。"傅世槿垂眸应了一声，低着头默默地吃饭。

不知道是不是因为刚才的"玩笑话"，傅世槿觉得接下来与江聿的单独相处变得异常尴尬。

好在江聿吃饭的速度很快，或许是在消防队伍中练出来的，十分钟后他就放下了碗筷。

"你吃好了？"傅世槿感觉到他的动作，有些激动地抬头问了一句。

"噗！"江聿被她一不小心流露出来的真实情绪逗笑了。

她怎么这么可爱？想要送客的情绪那么明显，他在她眼中是洪水猛兽吗？又或是她担心继续与他相处下去会忍不住心动？江聿宁愿是后一种可能。

"嗯，吃好了。"江聿将自己的小发现藏在心底，配合着傅世槿表演。

"那……"傅世槿放下手中的碗筷，露出礼貌的笑容，"要不你先去客厅坐会儿，喝杯茶、吃点儿水果再回去？"

江聿很想说"好"，可是小姐姐眼中紧张的神情让他把到嘴边的话又咽了回去，换了一句："不了。今天我出来得太久，就算仗着养伤，也必须回队里了。"

"这样啊！"傅世槿的语气似乎有些遗憾。

但是江聿好想提醒她一句：小姐姐，你遗憾的表情好假啊！这分明就是开心的样子！

"嗯，既然你们有规定，我也就不强留了。我送你出去吧。"傅世槿主动站了起来。

她还真是迫不及待！江聿也不戳破，嘴角含着笑，拄着拐杖起身。

"需要我扶你吗？"傅世槿客气地问了一句。

"不用。"江聿识趣地拒绝了。

傅世槿脸上礼貌的笑容多了几分真诚。

两人一前一后朝门口走去。看着江聿行动缓慢的背影，傅世槿脱口而出道："那个，你还有伤，就不要给我送菜了。我运动结束后顺路去一趟菜市场很方便的，今天是没想到才忘记了。"

江聿停住，回眸看向她。

他那有些灼人的眼神让傅世槿有些尴尬。

"好，明天我叫你起床。"

她本以为江聿会说些什么，却没想到他这么干脆就答应了下来。他这样的反应倒是让傅世槿有些错愕。

"别送了，免得遇到你的邻居又被误会。"

傅世槿走到门边的时候，江聿阻止了她。

傅世槿的脚不由自主地停在了门边，不得不说，有了上次的经历，她对江聿的话还是有一层担心的。

"可是……"但是看到江聿受伤的脚，傅世槿又觉得不放心。

"我没事。虽然我现在瘸着，但走到楼下，再上出租车完全没问题。"江聿看出了她心中的纠结，体贴地道。

傅世槿皱了皱眉，想到自己就算送也只是送到小区门口，这段路很平整，江聿不会有什么事，索性放弃了心中的纠结。

"那好吧，你路上小心点儿。到了之后给我发个微信。"虽然打消了送客的念头，但傅世槿还是叮嘱了一句。

"好。"江聿微微一笑，在傅世槿未加防备的时候，突然伸出手在她的头发上轻揉了一下。

然后他在傅世槿错愕的表情中淡定地收回手："快回去吃饭吧。晚上在家把门窗锁好。早点儿休息，别熬夜，不然明天苦的可是你自己。"

还未从被"摸头杀"中回过神的傅世槿听到了江聿的话，却忘记了开口说些什么，只能眼睁睁地看着江聿颀长的背影走向电梯，消失在自己眼前。

据说要养成一个好的习惯需要坚持二十一天，而破坏一个好习惯只需要一天。

傅世槿在江聿的监督下坚持晨练一周之后，第一次强烈地想放弃的冲动开始产生，但是被江聿硬生生地给镇压了回去。

几天的晨练中，傅世槿认识到了江聿严厉冷酷的一面。这让她在背后偷偷吐槽，江聿手底下的消防员会不会给他起一个"冷面罗刹"的绰号？

虽然晨练很辛苦，可是让傅世槿不得不承认的一点就是，效果还是很显著的。

"天哪！世子你是去打了水光针吗？"再次见到傅世槿的雪妖妖震惊得脱口说出了这么一句话。

傅世槿嘴角微微一抽，摸着自己的脸嘟囔了一句，"我还没有到打水光针的年纪吧。"

雪妖妖一听这话就鄙视地摇头："一般来说女人二十五岁以后就可以打水光针了，世子殿下你真的确定自己年纪未到？"

傅世槿眼中顿时聚集了阴郁之气——这人要不要这么毒舌？

突然，她对着雪妖妖冷冷地一笑，道："是啊，我年纪大了，记性不太好，好像今天出门走得急，忘了把大纲拷贝出来。"

雪妖妖双瞳倏地一缩，表情立即变得狗腿，忙道："别！我家世子殿下一直都年轻貌美，今年刚满十八岁，根本不用打什么水光针。"

"呵呵。"傅世槿看着雪妖妖，依旧冷笑。

雪妖妖恨自己一时嘴贱，这年头当编辑的真的是可怜人，自己的作者都得罪不起，否则作者随便找个什么理由拖稿，编辑就要哭了。

"世子，你要想想，我是在夸赞你啊！"雪妖妖绞尽脑汁地开始圆场，"我说你打了水光针，是因为你现在的精神状态还有皮肤状态都比我之前见到你那一次好很多啊！"

"是吗？"傅世槿一愣。

她自己倒是没有什么明显的感觉，只是觉得这几天坚持晨练，精神好了不少，运动后人也变得轻松了些。

雪妖妖见傅世槿的"怒意"开始消散，用力地点头，继续说："当然是真的。你都不知道上次我见你的时候你有多憔悴。现在我感觉你整个人都是精神焕发的，皮肤也变好了不少。所以我才问你是不是去打了水光针，还想着你给我介绍介绍，我也去打一下。"

傅世槿摸了摸自己的脸颊，不知道是不是受雪妖妖的话影响，她真的觉得自己的皮肤变得光滑水嫩了好多。

傅世槿放下手，收敛表情，在雪妖妖的期待中说："水光针什么的，我是真的没有打。你觉得我最近变精神了，或许是因为我最近在坚持晨练，还改掉了吃外卖和熬夜的习惯。"

说到这个，傅世槿就不得不感叹江聿的负责，除了监督她晨练之外，他还真的到了三餐时间就准时提醒她吃饭，晚上提醒她睡觉。

按照他的话来说就是，要想改掉傅世槿的陋习，就必须严格地进行盯梢工作，监督她纠正过来。

"你会晨练？还不熬夜？"雪妖妖听了傅世槿的话后，震惊得好像看到太阳从西边升起来一样。

"喂，你这是什么表情？"傅世槿不满了。

雪妖妖呵呵一笑，不敢相信地问："你真的开始运动，而且不熬夜、不吃外卖了？"

"嗯。"傅世槿点了点头。

"嗞！"雪妖妖震惊得倒吸了口气，脱口而出道，"你转性子了？到底发生了什么，让你痛改前非，重新做人？"

编辑果然都毒舌吗？

傅世槿嘴角狠狠地一抽，淡定地回了一句："我只是不想猝死在家里，尸体发臭了都没人知道。"

边疆一行让她清楚地认识到自己的体力连一个孩子都不如，如此弱的体质还不好好调理，江聿口中的那个"案例"恐怕有一天真的会发生在自己身上。

一想起这个，傅世槿就觉得浑身一抖。

"嗯，你有这个觉悟是可以的。"雪妖妖认真地点了点头，却又忍不住戳了傅世槿一刀，"但是你确定你能坚持下去？"

她被鄙视了！傅世槿看向雪妖妖，用坚定的语气道："我能！"当然，就算她不能，还有江聿呢。

"得了吧，我还不清楚你？三分钟热度。"雪妖妖对她充满了不信任，甚至和傅世槿打赌，"这样，如果你能坚持运动打卡、早睡打卡、三餐不点外卖打卡三个月，我给你发个大红包。反之，你做不到的话，你给我发大红包！"

"你先说说红包金额。"傅世槿面带微笑地说。

唉，世事艰难，她能赚一笔是一笔！

"二千元！"雪妖妖比出两根手指。

"成交！"傅世槿痛快地答应。

"快，把大纲拿来。"雪妖妖与傅世槿击掌为誓之后，立即向她摊开手。

傅世槿和雪妖妖有个习惯，就是在前期讨论大纲的时候会见面详谈，也会把几千字的大纲打印出来，一边讨论一边在稿子上进行修改、调整。

两人坐在咖啡厅里吹着空调聊了一下午，直到雪妖妖要卡着点儿回家才结束。

一个下午的时间，小说的大纲基本上讨论出来了，至于与小说关联的剧本，那也要等到小说快写完后，傅世槿才能开始动手改编了。现在，她就要根据大纲先写出三万字的内容，交给雪妖妖拿去公司进行评估。

与雪妖妖分别之后，傅世槿就接到了秦柔柔的电话。

"干吗呢？"

秦柔柔嗲嗲的声音一传出，傅世槿就浑身起了鸡皮疙瘩。

"好好说话。"傅世槿警告了一声。

"哎哟！对人家这么凶，你好讨厌啊！"秦柔柔却继续作死。

傅世槿嘴角微微一扯，冷漠无情地挂断了电话。

不过几秒时间后，傅世槿的手机再度响了起来。看到上面来电显示的人名，傅世槿嘴角微微一扬，淡定自若地接通了电话。

"傅世槿你想死啊！敢挂老娘的电话！"秦柔柔泼辣的声音传来。

傅世槿嘴角扬起的弧度更加明显："这才是我认识的柔柔大小姐嘛。"

"去死！"秦柔柔毫不客气地道。

"舍不得弃你而去。"傅世槿淡定地回击。

"哼！"最终，秦柔柔率先放弃了这场没有硝烟的战斗。

"晚上有时间吗？"秦柔柔突然问。

傅世槿眉梢一挑，反问："有事？"

第十章

21天和5号

林城某家火锅店里热闹非凡。

大夏天吃火锅？还是如此重口味的麻辣火锅！傅世槿已经记不得自己是第几次朝秦柔柔送去眼刀了，可惜人家在一旁和男朋友卿卿我我，根本对她的眼刀视若无睹。

所以我是来当电灯泡的吗？傅世槿在心中自问。

"喀。"越坐越尴尬的傅世槿终于忍不住轻咳了一声，提醒如胶似漆的两人自己的存在。

这么热的天两人还这么黏糊在一起，不热吗？傅世槿真是搞不懂。

听到傅世槿的咳嗽声，邵中台立即脊背一僵，表情稍有些尴尬，搂着秦柔柔的手不舍地收了回来。

秦柔柔也稍微和邵中台拉开了点儿距离，一只手托着下巴，对傅世槿笑眯眯地道："嗓子不舒服？要不要给你点一杯酸梅汤润润喉？"

秦柔柔那眼神明晃晃地写着"炫耀"！

"我有。"傅世槿将自己面前的酸梅汤向前推了推，心中吐槽：早知道她就不来了。

"想吃什么？我给你下。"秦柔柔依旧笑眯眯的，格外殷勤……

嗯，贤惠。

贤惠？在今天之前，傅世槿真的觉得这两个字和秦柔柔没有半点儿关系。

傅世槿的目光从秦柔柔身上扫到邵中台身上，又扫回来，她毫不领情地道："这么一大盆'狗粮'砸在我面前，早就吃饱了。"

其实傅世槿知道，今天秦柔柔是特意让她来见邵中台的。

坐在她对面的男子不仅是秦柔柔的男朋友，还是江聿的表兄，也是因为他，秦柔柔才安排了那场相亲。

不过从见面到现在，她和邵中台并未说过几句话，大多是她和秦柔柔在说，邵中台在一旁听，或者是他和秦柔柔腻歪，她做电灯泡。

"哎哟！你羡慕、嫉妒，就去找个男朋友啊！你肯找的话，你家'老佛爷'肯定会烧高香的。"秦柔柔扭动着腰肢，娇滴滴的声音里暗藏锋芒。

傅世槿懒得理秦柔柔，指着秦柔柔看向邵中台问："她平时在你面前就是这副模样？"

"喀！"邵中台有点儿窘，假咳掩饰，道，"柔柔她很可爱。"

虽然傅世槿在他面前淡定自若，可是知晓她和江聿之间那说不清道不明的关系的他，却很难在她面前保持自然。

他也不知道为什么会这样，明明应该是傅世槿尴尬才对啊。

"柔柔挺好的。"不等傅世槿回应，邵中台又维护自己女友。

秦柔柔听到这话，顿时得意起来，双手叉腰，挺起胸膛，仰起下巴冲着傅世槿挑眉："怎样？"

"不怎样啊！你们喜欢就好。"傅世槿淡定地吃起火锅，决定对眼前的秀恩爱行为视而不见。

唉！恋爱的酸臭味啊！算了算了，天下事唯美食不可辜负！

"来，柔柔吃菜。"

"柔柔吃这个，这个好。"

"柔柔，这虾滑很新鲜，你多吃几颗。"

…………

原本在默默地夹菜的傅世槿觉得自己受到了一万点暴击，顿时什么胃口都没有了。

放下筷子，傅世槿承认自己就是个多余的人。

"那个，我吃饱了，要不我先走，你们继续？"傅世槿擦了擦嘴角，抬眸看向秦柔柔和邵中台。

"这不——"

"吃饱了吗？好，那我先送你回去。"秦柔柔快速打断了邵中台的话。

邵中台有些蒙——闺密之间还有这样的操作？

邵中台暗中拉了拉秦柔柔的裙子，暗示秦柔柔不要这样没礼貌，傅世槿毕竟是客人啊！

谁知秦柔柔恍若未觉，反而扯掉他的手，直接站了起来。

傅世槿将邵中台的尴尬看在眼底，微微一笑，拿着自己的包起身："你别介意，我们之间一直很随意，不用客套。你们慢慢吃。"

"就是，吃饱了陪坐的事是不熟悉的人才干的。"秦柔柔转头瞪了邵中台一眼。

这下邵中台没话说了，只能默默地看着两女走出火锅店。

他本来也想起身去送的，却被秦柔柔一个眼神给瞪了回来。他顿时反应过来，小姐妹间应该是有话要聊。

火锅店外，秦柔柔亲密地挽着傅世槿的胳膊问："你真的吃饱了吗？"

"在你们你侬我侬的时候，我已经暗自消灭了很多肉。"傅世槿好笑地看着秦柔柔。

秦柔柔娇嗔地看了她一眼，才略显忐忑地问："怎么样？"

"他已经在林城定下来了？"傅世槿不急着回答，反问了一句。

"嗯。"秦柔柔娇羞地点了点头。

看到秦柔柔一脸幸福的样子，傅世槿也替秦柔柔开心："你不用问我怎么样，今天我才第一次见到他，又怎么可能给出一个中肯的判断呢？只要你觉得他好，他就是好的。"

"真的？"秦柔柔有些不确定。

傅世槿捏了捏秦柔柔的鼻尖，看着秦柔柔的蠢样笑道："'渣男'两个字也不是刻在脑门上的，我们都没有火眼金睛，未来的事谁都说不准，珍惜当下最重要。"

秦柔柔听着她的"至理名言"眨了眨眼睛，突然问了一句："你说起我来头头是道，为什么你受过一次伤，就一蹶不振了？"

傅世槿愣了一下，装作生气的样子道："你这样会没朋友的！有一句话你没听过吗？医者不自医。"

"世槿你这又是何必呢？放下过去，等于放过自己啊！"秦柔柔真的有些无奈。这么多年了，秦柔柔看着傅世槿的这个样子都替她着急。

"过去？我早就放下了啊！"傅世槿哭笑不得地道。

秦柔柔却根本不信："如果你真的放下了，还会是现在这个样子？"

傅世槿无言以对。

她现在很享受单身的状态，并不是因为她忘不掉过去那段失败的恋情。不再去尝试恋爱，也不是对别人没信心，而是对自己没信心，她甚至怀疑过自己不懂爱，不会爱。

她不想因为自己的不确定、胆怯，去害别人一辈子。

只是这些原因她无法跟秦柔柔说明。傅世槿能确定，如果把这些话告诉秦柔柔，肯定会换来对方的暴揍，然后被骂"神经病"。

心结只能自己打开，傅世槿在心中叹息。

火锅店内，独自等待着秦柔柔回归的邵中台无聊之余给江聿打了电话。

"喂，小表弟，你猜猜我刚刚在和谁吃饭？"

在队里宿舍中的江聿听到邵中台这贱贱的声音就觉得没有什么好事。

果然，邵中台接下来的话让江聿眉梢高高地挑了起来。

"我和我女朋友刚才和她闺密一起吃火锅。你知道她的闺密是谁吧？就是和你相亲的那位傅小姐。今天我算是见到真人了，没想到真人很漂亮，难怪小表弟你动心啦。"

"你们在吃火锅？"江聿幽幽地问。

他都还没有和傅世槿一起吃过火锅，居然被邵中台抢先了！

"对啊！我们刚吃完，我女朋友送她走了。"沉浸在炫耀中的邵中台完全没有注意到江聿语气的变化，"小表弟你眼光不错，只是不知道你有没有本事把人娶回家啊。"

在邵中台说出这句话之后，江聿的眸子中闪过一道锐利的光芒。

他有没有本事把傅世槿娶回家，不是靠嘴上说的，而是靠行动做出来的！

所以他没有理会邵中台的调侃，依然按照自己的节奏，一点点慢慢地走进傅世槿的世界，进入傅世槿的生活。

一转眼，傅世槿坚持晨练、不熬夜、三餐定时吃已经过去了 21 天。

不知不觉中，江聿也陪伴了傅世槿超过 21 天。

甚至在不知不觉中，傅世槿自己都没有发现，江聿已经进入了她的生活。

滨江大道上，傅世槿跑完今天的千米数，神清气爽地伸了个懒腰。这段时间的运动让她白皙的皮肤退去了病态的苍白，变得健康了许多。

"江聿。"心情十分美丽的傅世槿突然喊了一声。

挂在她耳朵上的蓝牙耳机里立即传出江聿的声音："我在。"

听到这道陪伴了自己 21 天的声音，傅世槿嘴角微微扬起笑容，道："据说 21 天可以养成一个好的习惯，今天是我第 21 天坚持晨练了，这个习惯是不是已经养成了？"

"好的习惯需要 21 天养成，但是能坚持下去，还是靠毅力。"江聿回答得一板一眼。

对此，傅世槿早已习以为常。

反正在她进行晨练的时候，江聿就会转变成严厉的教练。等到晨练结束，他又会恢复成那个充满阳光的"暖男"。

这个男人年纪明明比她小，她却感觉比她还大。傅世槿撇撇嘴，随意地活动着，放松跑步过后的肌肉。

完成简单的放松之后，傅世槿照旧去了江聿说的那家早餐店吃早餐。等她吃完之后走出来，江聿才好笑地说："都吃了 21 天了，你还没有吃腻？"

这段时间的相处也让江聿发现傅世槿是一个很恋旧的人，一旦接受什么事物，就不会轻易地改变，就连吃东西也一样。她认可了这家早餐店，连着 21 天都是吃同样的早餐，却还能吃得津津有味，连店里的老板都认识她了。

"还没有。"傅世槿摇了摇头，如实地说，随即眉梢染上雀跃之色，"我不是喜新厌旧的人。"

"这很好。"蓝牙耳机里传来江聿的轻笑声还有一句意味不明的回答。

傅世槿不疑有他，散着步走向菜市场去买菜。

这 21 天她不仅培养了晨练的习惯，也培养了逛菜市场买菜的习惯。

细细想来，21 天的坚持真的改变了她以前的许多陋习！

傅世槿买菜很快，一个人住，也不需要买太多的菜，反正每天都要来，就每天吃新鲜的好了。

"今天值得庆祝一下，不如我请你喝奶茶？"

走回家的路上，傅世槿听到江聿这样说。

对他的另类陪伴，傅世槿这 21 天似乎也习惯了。

喝奶茶？！傅世槿脚下一顿，似乎有些意动。想起奶茶的香甜还有珍珠的"Q弹"、奶盖的柔滑，傅世槿就觉得馋虫被勾了起来。

挣扎几秒之后，傅世槿还是禁受住了诱惑："还是算了，留着到时候再喝。"

"不能破例一次？"江聿问。

傅世槿依然拒绝："你都说了，坚持一个习惯很难，不要诱惑我改变习惯。"

"好吧。"江聿失笑。

但他还是好奇地问了一句："为什么一定是每月的 5 号才能喝？比如今天这样的日子，不可以提前喝吗？"

这个问题让傅世槿再一次停下了脚步，就连一直噙在嘴角的笑容也微微收敛了，接下来就是长久的沉默。

傅世槿没有开口，江聿也没有再开口。

也不知道过了多久，傅世槿才找回自己的思绪，淡淡地回答了两个字："习惯。"

光明区第三消防中队里，江聿和傅世槿道别后，挂掉了电话。

但是对为什么傅世槿有只在每个月 5 号喝奶茶的习惯，他心中存疑，这个疑惑依旧笼罩在他心头。

聊天的过程中，他能感觉到傅世槿不愿意就这个问题深谈，也就不去触碰她的底线。虽然有些失望，但江聿还是在心中告诉自己，这个问题的答案他早晚会知道的。

丁零零——突然响起的电铃声让江聿的目光陡然变得锐利起来。

密集的脚步声从楼道上传出。

江聿把关于傅世槿的一切暂时放在一边，立即投身于任务之中。

一分钟后，红色的消防车驶出了第三消防中队，刻着"铁鹰勇士，烈焰成钢"的墙落在了消防车身后。

消防车上，所有出警的消防员已经全副武装，而身为中队长的江聿正在接收总台传来的任务信息。

紧接着，他又和报警人联系之后，才对所有人员布置任务："在八中教学楼上，有一名高考失利的男学生要跳楼轻生，现在情绪十分激动，学校的值班老师已经通知了该学生的班主任，还联系了其家长。校长、教导主任也都在往学校赶。"

"高考失利后轻生？这些小孩能不能给父母省省心！"一名消防战士吐槽了一句。

江聿目光凌厉地扫向那名消防战士，警告了他一番，又继续说："目前是暑假期间，学校里没什么人，这一点是对我们有利的。一组到了之后，立即准备消防气垫床，做好保护措施。二组正面吸引任务目标的注意力，安抚他的情绪。三组随时待命。"

短暂的五分钟内，江聿已经根据目前所掌握的情况布置好了任务。

当消防车赶到林城八中的时候，早已等待在此的值班门卫立即把大门拉开，放消防车进去。

消防车停稳，江聿带着队员下车的时候，就看到在六层高的教学楼前已经围了一些人。

虽然现在是放假时间，但是学校周边都是居民区，听到学校出了事，还是有些人跑来看热闹，还有不少人手里拿着手机正在进行网络直播。这些行为无疑会刺激楼顶上的男学生。

好在学校的值班老师阻止得及时，才没有让更多的人冲进学校看这场热闹。

江聿他们赶到的时候，那几个值班老师正带着值班的保安疏散围观的人，也在劝那名要轻生的男学生。

看到消防车，他们仿佛看到了救星一般。

江聿眉头一皱，还未来得及说话，就听到也刚赶到的附近派出所的民警和协警中有人议论说媒体估计很快也要到了。

媒体？江聿听到这个词，眉头皱得更紧了。

"谁是现场秩序的负责人？"

江聿一开口，周围顿时安静了下来。

那些驱赶不走的看热闹者在看到消防员到达之后，手机镜头都对准了全副武装的消防员。

"消防员都到了！"

"啧啧，我活了这么多年，还没见过这么大的阵仗。"

…………

江聿已经来不及去理会四周的议论声，锐利的目光在人群中扫着。而其他消防员已经按照他之前的布置开始了准备工作。

消防气垫床已经被铺在地面上，开始以最快的速度充气。

地面上还散落着数不清的试卷和被撕碎的课本。

"我是，我是现场秩序的负责人，我姓刘。"一名警察快速走到江聿面前，向他伸出了手。

"江聿，光明区第三消防中队中队长。"

两人的手微微一握后，江聿立即道："现在当事人情绪十分激动，我们要进行救援就不能有其他干扰，尤其是不能有媒体介入。"

刘警官赞同地点头，但还是为难地说道："可是媒体有采访自由，我们拦不住啊。"

"不是请你们完全拦下，只是希望能尽可能地控制局面，不要让其他人的行为刺激到楼顶上的人。他的父母、老师也要尽快赶到，最好能打消他轻生的念头。"江聿沉声说。

他的声音中带着一种不容反抗的气势，哪怕站在他面前的警察年纪比他大，但还是按照他的话配合着行动。

警察将警戒线拉了起来，把围观的人群疏散到警戒线之后。

他们赶不走人群，那就只能尽可能地控制。

与此同时，这次行动中的江聿的副手已经向学校的值班老师了解了情况，二组的成员也摸上了楼顶。

江聿站在楼下，仰起脖子看向站在六楼天台栏杆外的少年，好看的五官紧绷起来。

"哈哈哈……我真没用！连大学都考不上，我还活着干什么？我简直就是废物！浪费粮食！"天台上，少年的声音被风刮得破碎。

突然，少年双手抓着栏杆转过身去，好似受到了什么惊吓一般。

同一时间，江聿的耳麦中传来二组组长的声音："头儿，被他发现了。这小子还挺机敏的。"

"小心行动，不要刺激他。没有完全的把握就不要靠近他，尽量和他说话，分散他的注意力。"江聿快速地吩咐。

"明白。"耳麦里传来声音。

接着江聿的耳麦中又传来在队里值班的林致远的声音："江聿，你的伤刚好，原地指挥就行了，不要冒险，要相信你的战友们的实力。"

"知道了。"江聿闷声道。

"江队长，孩子的父母正从单位赶过来，估计还要半个小时才能到。"刘警官抹掉额头上的汗水，快步走到了江聿身边。

天台边缘的少年突然激动起来，一只手和一只脚暴露在天台外，喊道："别过来！你们谁都不许过来！再靠近一步，我就跳下去！"

"啊！"底下的人群发出惊呼声。

刚刚说完话的刘警官也被少年的这一举动吓得双眼微凸、手心冒汗，大喊道："小伙子别冲动！"

"你别冲动，有什么话好好说。我们不过去，保证不过去。"江聿耳麦中传来的声音与刘警官的声音同时响起。

"你们走！走啊！都滚！不用你们管我！我就是个社会渣滓，活着也是污染空气，让我死了好！"少年撕心裂肺地喊着，脱离了栏杆的手在空中大力挥舞。

"你还这么年轻，死了多不划算？"耳麦中继续传来劝说的声音。

江聿双眸微眯，一只手放在耳麦上，对二组组长吩咐："向后退，他现在很激动，你们必须保证最大的安全距离，安抚好他的情绪。"同时他眼角的余光也在注意气垫床的充气情况。

"头儿，我这边差不多了。"一组组长向江聿汇报安全气垫床的情况。

"六楼的高度……"江聿重新看向天台。一般来说，人从六楼的高度往下跳，在有气垫床的情况下，基本上不会有生命危险。但这里是教学楼，楼层层高比一般住宅楼的层高要高出许多，六楼的高度几乎等同于住宅楼八楼的高度，而天台又是挑高了一层的，也就是说从坠楼点到地面，大概有九层楼的高度。

从这样的高度跳下来，即便有气垫床，人也会受伤的。

消防员的职责是尽最大努力保障人民群众的生命和财产安全，同时也要尽最大努力保证被救援者受伤程度最小。

尤其是跳楼者还是一个不到二十岁的少年。

气垫床只是以防万一，只有阻止他跳楼，才算是圆满完成任务。

江聿在心中对自己说道。

心中有所抉择后，江聿对刘警官道："刘警官，地面上的秩序就交给你了，无论如何不允许任何人靠近。如果孩子的父母还有老师到了，就第一时间通知我。"

说完，江聿快步朝教学楼的入口走去，同时吩咐待命的三组："进入教学楼，看看能不能从顶层教室的窗户爬出去。"

消防员的介入让整件事变得紧张起来。

现在是互联网自媒体的时代，现场的一部部手机把这里的一幕幕画面都传到了网络上，事件在网上快速地发酵着。

江聿一口气冲上楼顶，看到了退到角落里的二组成员。即便他们有着一身本事，面对激动的当事人也无法施展。

看到江聿出现，他们仿佛找到了主心骨一般。

"你们想要干什么？我想死！我不想活了关你们什么事啊？"少年激动地大喊。他的双脚后脚掌都悬在天台外，如果不是现在还有一只手紧紧地拉着栏杆，恐怕他早就坠落下去了。

"头儿，根本没办法和这小子沟通啊！"二组组长又气又急。

江聿压了压手，暗示他们少安毋躁，同时用眼神指示他们的行动。多年训练和实战的默契让所有人都能准确地解读出江聿的眼神的含义。

站在最后面的一名消防员悄无声息地离开。

"你跳楼的确不关我们的事，但是关学校的事。这里是读书的地方，可不是给你跳楼的地方。"江聿没有上前，只是用平静的语气和少年对话。

少年那张哭得难看的脸对着江聿："我在这里读了六年书，就想死在这里行不行？啊！行不行？"

天台上，刚刚毕业的少年上身穿着一件简单的白 T 恤，风从天台上刮过时，吹得宽大的白 T 恤紧贴在身上。

他很瘦，所以在风中总有一种摇摇欲坠的感觉，让人心惊。

"命是我自己的，我现在不想活了，就想死在这里，关你们什么事啊？你们走啊！不要管我，去救别的人啊！"

少年不是一个叛逆的孩子，只是因为承受不住高考失利的打击，才会绝望到想要去死。

"怎么还不死啊？要跳就跳！磨磨蹭蹭的，像个娘儿们似的。"

"就是！这都老半天了，还不跳。没胆你就下来，装什么？老子的手都举酸了！"

"快跳啊！"

…………

"你们都给我闭嘴！"刘警官气愤地对着人群中那几个拿着手机的小青年吼道，"人命关天的时候，你们起什么哄？"

"警察了不起啊！"

"哎哟，警察叔叔骂人啦！"

被说的几个小年轻完全没有一点儿怯意，反而将手中的手机对准了刘警官。刘警官的样子立即出现在手机直播间的屏幕中。

刘警官一愣，心中的燥热感一下子蹿上来，伸手就要去抓对方的手机，"拍什么拍？不许拍！"

"头儿，别冲动！别冲动！"幸好有两名协警及时拉住了刘警官。

刘警官被阻拦之后也瞬间冷静下来，但没有退缩，而是面对那些人的手机镜头，表情严肃地警告："现在警察和消防战士正在处理紧急情况。你们若是继续胡闹，我会以妨碍公共治安的名义带你们去派出所！如果上面的小伙子因为受你们的言语刺激跳了下来，你们也脱不了干系。"

说完之后，刘警官不再理会那几个小青年，继续带着人维护现场秩序。

"又不是我们让他跳楼的，他跳下来和我们有什么关系？"在刘警官走了之后，其中一人嘟囔着说了一句。

但是因为刘警官刚刚的警告，他们也没有再继续出言刺激天台上的少年了。

天台上，局面还在僵持，以少年激动的情绪，他是否还能等到其家人和老师的到来？这一点谁都不确定。

"头儿，媒体已经赶到了，想要上楼，被拦下了。"江聿的耳麦里传来了三组组长的声音。

江聿目光一闪，悄悄地上前一步。

这一步他迈得很小，试探着少年的反应。

很好！情绪激动中的少年并未发现江聿的靠近。

"我求求你们走吧！我就想安安静静地死去，能不能成全我？"少年一只手抓乱了自己的头发，表情烦恼而痛苦。

"只是一个高考而已，大不了复读一年再来，你何必想不开？"江聿用眼角的余光看到天台另一边有一道身影闪过时，突然开口吸引少年的注意力。

"你懂什么？你根本就不懂！考不上大学，我的一生就完了！既然注定只能成为一个无用的人，我还活着干什么？还不如早点儿死了，重新再来一次。"少年痛苦地道。

因为激动，少年紧抓着铁栏杆的手拼命地摇晃，栏杆都跟着晃动起来。

"你冷静些！想想你的父母。"江聿出声阻止的时候，又向前走了一步。

少年被江聿的话吸引，没有注意到他的靠近。

又或许是他们之间还有七八米的距离，让少年无视了江聿的这种缓慢的靠近。

"我的父母？我是一个不能给他们带来荣耀的孩子，死了就不会给他们丢脸了，他们只会高兴。"少年笑了，却笑得比哭还难看。

"不是这样的，每个父母都很爱自己的孩子。你的父母也一样很爱你。如果你就这样跳下去，他们会痛苦一辈子。你家里只有你一个孩子吧？"

江聿的问题让少年愣了一下，随即点了点头。

240

"如果你今天死了，那你的父母就会变成失独者。你知道什么叫失独者吗？就是那些失去自己唯一的孩子，白发人送黑发人，老无所依的可怜人。他们养了你十八年，你忍心让他们将来没有依靠吗？"江聿一边说着话，一边双脚的脚掌紧贴着地面，慢慢地向前挪过去。他尽量用最小的步伐移动，不刺激到少年。

而他身后的队员们也都配合着小步移动，避免因为距离的变化刺激到少年。

"他们不在乎的。从小他们就觉得我没有别人家的孩子聪明，觉得我这也不行，那也不行，觉得我笨、丢人。我已经很努力了，可还是一次又一次地失败。他们喜欢的只是别人家的孩子，不是我。"少年的语气中带着一种极致的失落，笑容充满了苦涩意味，"他们只会骂我、打我、说我。我死了他们只会高兴，只会觉得是解脱。"

突然，少年抬起头看向江聿："你说，我如果重活一次，会不会成为别人家的孩子？"

少年在说这句话的时候，声音中居然透出一种期望和羡慕。

江聿沉声对少年说："你不想当一个失败者，但是如果你今天从这里跳下去了，那你就真的是失败者了。与其把希望寄托于根本不存在的来世，你为什么不重新站起来，继续活下去？你都有勇气去面对死亡了，为什么没有勇气面对高考落榜？"

"我的人生已经烂透了，只有重新来过才行！"少年或许也需要一个临死前的倾诉对象，对着江聿把心底的话都说了出来。

"你的人生才刚刚开始。"江聿纠正少年的错误认知。

"我都快二十岁了！人生有几个二十年？"少年扯着嗓子吼道。

"好！就算再给你一次生命，那么下一次再遇到什么不如意的事，你又要寻死重来？根本没有来世，你这一跳下去，就一切结束了，但你活着，就有希望。"江聿语重心肠地说道。

少年沉默了，垂着头，神情有些恍惚。

江聿趁机又向前走了两步，拉近彼此的距离。而此时，那悄悄地从后面绕过去的消防员已经来到了天台的角落，与少年在同一水平线上。

教学楼的天台上，栏杆的结构分为两部分，底下的部分是水泥浇筑的，上面还有一部分是钢筋绞成的。少年就是站在栏杆外伸出的外檐上，拉着钢筋部分。

悄悄地绕过去的消防员探出头后，又迅速地低下头，身体紧贴着水泥栏杆，在外檐慢慢移动，整个身体全靠安全绳系在腰间，危险极了。

少年并不知道有消防员在暗中靠近他。

地面上的围观群众却能看清楚翻出栏杆的消防员佝偻着身子，紧贴栏杆悄然靠近少年的画面。

一声声惊呼从众人口中传出。

刘警官立即警告众人不要表现出过激的反应，以免让天台上的少年起疑心。

在警察的警告下，不少人配合地闭上了嘴巴。那些拍着视频、直播着的小年轻也闭上了嘴，手机的拍摄却没停。

赶来的媒体记者无法上天台，也只能让摄像师赶紧架好机器，拉近焦距，把现场画面拍摄下来。

晨练结束回到家中，洗完澡，浑身清爽的傅世槿吃着水果，拿起手机习惯地打开了新闻 App，随意地刷着今天的新闻热点。

没刷多久，一条当地的热点新闻吸引了她的注意力。

在这个人人都是自媒体的时代，新闻传播的速度比以往要快许多。

这条新闻很简短，只是用精练的文字描述了事情，然后配上了一段不到一分钟的视频。

傅世槿点开视频，通过晃动的画面看了一下，就找到了博主的直播号，直接进了直播间看现场直播。

吸引傅世槿的是在之前的视频中出现的"消防"字样——她现在要写这方面的小说和剧本，当然要搜集各种相关素材。

博主晃动的镜头对准了一个站在教学楼天台上的少年，少年的两只脚都站在天台的外檐上只有一个巴掌宽的地方，只要一个不小心就会从天台上坠落。

而在距离少年大概五米远处，一名消防员脱掉了厚重的不利于行动的装备，轻装上阵，蹲在外檐上，尽可能地蜷缩着自己的身体，小心翼翼地靠近少年。

少年背对着那名消防员，所以并未发现。

而在紧挨着天台的那一层楼的窗户内各站着一名挂着安全绳的消防员，他们的手紧抓着窗框，似乎在待命。

视频分辨率很低，画面不是很清晰，大概是拍摄人的手机像素不是很高，但是通过这样的画面，傅世槿还是有一种油然而生的紧张感。

也不知道是不是因为拍摄的人手不稳，视频里的画面不断地抖动着，更让人心惊。

不仅她如此，直播间里滚动的弹幕都在说明有这种感觉的人不止她一个。

但是这件事引出来的更多的讨论是现代社会的学生心灵脆弱、抗打击的能力差、高考的压力、应试体制下的心理疏导等。

不过傅世槿不是社会评论家，也不是愤青，所以对这些话题只是一扫而过，注意力还是集中在直播的画面上。

天台上的少年仅靠一只手拉着栏杆，似乎正在和什么人说话。

"你们通知了我爸妈吧？"少年看向江聿，突然问。

江聿点头，并没有欺瞒少年的意思："按照规定，我们必须通知你的父母还有你的老师。"

少年垂眸，额前过长的碎发遮挡住了双眼："也好，走之前和他们道个别，免得他们又说我做事没有交代，永远都那么没用。"

江聿眯了眯眸子，没有说话。

少年的情绪看似稳定了些，但谁也不敢保证他下一秒会不会突然暴起，所以在没法判断少年此刻心中所想时，大家最明智的选择就是保持沉默。

少年缓缓地转动脖子。

少年的这个举动让悄然靠近的那名消防员顿时停下动作，紧张地观望着。

不过少年并未注意到那名消防员，只是看了地面上被充好气的安全气垫床一眼后，又扭回头看向江聿："你们在下面垫了那个东西，我跳下去是不是死不了？"

"嗯。"江聿点头，"以这样的楼层高度判断，你跳下去落在安全气垫床上，百分之九十九不会死，但是会有百分之七十的可能性摔断腿，也有百分之五十的可能性下肢瘫痪，一辈子只能躺在床上或是靠轮椅生活。"

"你吓唬我！"少年顿时有些害怕。

江聿对少年这句话不置可否。

无论江聿这句话是真的还是假的，对少年都起到了影响作用，少年现在会去考虑如果自己没死成却瘫了、残了，那怎么办？

"你、你让他们把那气垫床撤走！"少年向江聿提出要求。

江聿摇了摇头，道："就算是撤掉了，你从这里跳下去，也有百分之八十的概率不会死，而是会脊椎受伤，造成全身瘫痪。从一开始，你就选择错了跳楼的地方。你真的想死的话，应该选择更高的楼层。"

"我、我……"少年稚嫩的面孔上出现了一丝慌乱神色。

在天台上站了那么久，少年已经双腿发麻，紧紧抓着栏杆的手臂也开始发麻，指尖冰冷。

这时地面上传来一阵混乱的声音。

紧接着众人就听到一个女子用尖锐的声音大喊："臭小子你想干什么？考不上大学就想自杀？你心里还有没有我和你爸？"

女子的语气让江聿皱了皱眉。

但是江聿也知道少年的父母比预计的时间要早许多到达了现场，所以他们肯定非常在乎自己的儿子。

"臭小子，你给我下来！滚下来！"女声之后是一道男声。

少年听到这两道声音，突然紧抓着栏杆号啕大哭起来。

少年好不容易平复下来的情绪又被其父母刺激得激动起来，江聿的脸色透着一种寒意。

"让刘警官告诉他的父母，不要再用言语刺激他。"江聿通过耳麦通知在地面上的消防员。

消防员立即与刘警官沟通，合力劝着孩子的父母。

"儿子，你就这样跳下来，是想要我这个当妈的跟着你一起死吗？"孩子的母亲直接哭倒在了丈夫怀中。

少年的父亲紧紧地抱着妻子，带着沧桑的脸紧绷着，眼眶微红。

虽然少年的父母的语气有些凌厉，但是不难看出他们深爱着自己的孩子。

突然，人群中传来一声惊呼。

傅世槿观看的直播镜头在惊呼声中被拉近，她看到了少年摇摇欲坠的身体。少年竟然真的跳了！

"儿子！"

糟了！

女人惨烈的叫声还有从天台上滑落的身影让江聿双眸倏地睁大，身影如猎豹一般蹿出。

与此同时，藏在天台外的消防员也飞身扑出，双臂伸展抓住了少年坠落的身体。

在楼下的窗户里等待的三组队员在听到那声惊呼之后也立即做出反应，从窗户中跳出，同时抓住了少年的衣服还有那名扑出来的消防员腰间的安全绳。

时间和空间仿佛在一瞬间静止下来。

教学楼的天台外，两个人倒吊着挂在墙上。

那名倒吊着的消防员双臂紧紧地抱着少年的双腿，腰间系着的安全绳套在天台的栏杆上。而从窗户中冲出的两名消防员，一人抓住了少年身上的白 T 恤，另一人则抓住了战友的安全绳。三人合力，将坠楼的少年控制住。

这一幕让地面上的众人屏住了呼吸，就连看直播的傅世槿都觉得浑身一紧，呼吸顿住。

太惊险了！如果不是消防战士反应快，如果不是他们配合默契，恐怕少年就要从天台上坠落。

那是一条鲜活的生命啊！

身为旁观者，隔着屏幕，傅世槿都能感觉到让自己手脚冰凉的后怕情绪。

若是底下的消防气垫床能够保少年安然无事还好，若是不能，少年的死亡会导致一个家庭的破碎，若是少年伤残，对他和父母来说也是一种致命的打击。

在这一瞬间，傅世槿心中涌起一种说不清的情绪，她好像更加能感受消防员这个职业存在的意义了。

然而事实上，时间不会被定格，江聿出现在天台边，双手抓住了安全绳的另一头，用力把倒吊着的那名消防员往上提。

"啊啊啊——"少年的母亲受到极大的刺激，在楼底下发出了刺耳的尖叫声。

少年的父亲也被吓得不轻，整张脸青白一片，手脚都在颤抖。

围观的人群有些混乱，刘警官又忙着组织人赶紧维护秩序。赶到现场的校长还有少年的班主任看到这一幕，也有些不知所措，只能紧盯着那危险的画面。

"坚持住！"江聿对倒吊着的那名消防员喊道，一张俊脸因为用力已经涨红。

二组的消防员立即跑过来，帮着江聿一起往上拉人。

"呜呜呜……我、我没想跳，只是腿麻了……"倒吊着的少年在经历了惊险的瞬间之后，像个三四岁的孩子般哭了出来。

"别乱动。"倒吊着的那名消防员紧抱着少年的双腿，严厉地警告着，生怕少年再挣扎，就抱不住了。

"别怕，把手给我。"抓住少年的衣服的消防员对少年说。

另一个消防员见江聿他们赶到，也缓缓地松开手，朝少年移过去，直接抱住了少年的腋下。

"头儿，接住了。"抱住少年的消防员对江聿道。

江聿对倒吊着的那名消防员下命令："松手。"

听到江聿的话，倒吊着的那名消防员才缓缓地松开自己的双臂。

"别、别松开，我、我怕……"感觉到自己的双腿上的力道一松，少年恐惧地喊道。

抓住少年的手的消防员在队友抱住少年的上半身后，换了个位置，抱住少年的双腿。两人将少年的身体转过来，朝窗户边移过去。窗户中还有三组的队员在配合行动。

而那名倒吊着的消防员也被江聿等人合力拉了上来，坐在天台上。

"头儿，你的脚没事吧？"那名消防员一上来，摘掉身上的安全绳，首先问的就是江聿的伤。

江聿摇了摇头，道："我没事。倒是你，怎么样？"

那名消防员露出一个灿烂的笑容，摇了摇头。

能救下一条生命，对所有消防员来说都是一件值得开心的事。

那名消防员一笑，江聿也跟着笑了。

在场的其他消防员也跟着笑了起来。

"江聿，怎么样？"江聿的耳麦中传来林致远的询问声。

江聿带着笑容平静地回答："任务完成。"

"没事了！"在家里看着视频直播的傅世槿在见到少年被消防员们从窗户送进楼里后，也跟着松了口气。

她看的是手机直播，分辨率不怎么好，刚才镜头拉近时，她看到了消防员的扑救，却没有看清那个人是江聿。

退出直播间后，傅世槿就在网络上查找关于刚才那件事的官方新闻。

很快她就查到了林城社会新闻上的报道。

"光明区第三消防中队？"看到报道上出警的消防中队的名称，傅世槿愣了一下——这不是江聿所在的消防中队吗？

所以说他也在刚才的视频里？

他的伤已经恢复到可以出任务了吗？傅世槿在心中默默地问。

莫名地，傅世槿有些担心江聿的脚，怕他的脚在任务中再度受伤。

八中任务现场，江聿已经通知收队。

围观的人群在警察的劝说下开始离开，主要是继续留下来也无热闹可看了。

少年已经被送到了父母身边，老师也守在旁边开导。

这个因为高考失利而想要跳楼轻生的少年，或许在此之前就是一个沉默寡言、自卑内向的孩子。经历这件事后，少年现在被父母、老师夹在中间，任凭他们说什么，都一直低着头沉默着。

"唉，教育的悲哀。"走过江聿身边的一名消防员感叹了一句。

江聿看向那名消防员，笑骂了一句："少说闲话。"

人被救下来后，也就没江聿他们什么事了，收拾好消防救援的用具，大家准备收队离开。

在江聿准备上车的时候，那位沉默的少年却突然挣脱"包围圈"跑向了他："等等！"

江聿转身，平静的双眸注视着少年。

"我、我高考失败了。"少年被他注视着，突然有些心慌地低下头，局促不安地说。

江聿挑眉，没有着急开口，而是等着少年接下来的话。

"我、我不想复读了。"少年依然低着头说话。

少年的母亲听到这话后有些焦急，想要说什么，却被丈夫拦下了。

"我能去报考消防员吗？"突然，少年抬起头，说出了让其父母还有班主任都震惊的话。

江聿也感到有些意外，本想说些什么，却因为看到少年坚定的目

248

光而将原本要说的话改了："你如果真的想要考消防员，可以多关注消防员社会公开招聘的条件。"

夜幕降临，傅世槿完成了一天的工作，晚上十点准时上了床，再刷一会儿手机睡觉刚好。

在晚上十一点的时候，傅世槿收到了江聿的微信。

"该睡觉了。"

看到微信，傅世槿不自觉地一笑，在输入框中打了一个"好"字，正准备发出去的时候，又想到今天白天发生的事，不由得删掉了之前输入的字。

"今天我在新闻上看到八中有学生跳楼。"

"嗯。没事了。"江聿很快就回了信息。

"你在现场吗？"傅世槿问。

"在。"

果然……傅世槿轻叹一声，念在这段时间某人尽心尽力地做她的私人教练的分儿上，还是关心了一下："你的伤已经全好了吗，都可以出任务了？"

她突如其来的关心让江聿心中一跳。他盯着屏幕上的字，不自觉地露出微笑。

"都好了，放心。而且今天救下那个男生的也不是我，我只是动了动嘴。"

"哦。"不知道该说什么的傅世槿只发了一个字回去。

"哦？"江聿回了一个同样的字，却带着疑问的语气。

莫名地，傅世槿看到这个字后面带着的问号时，心中隐隐发慌，有一丝尴尬。不知道是不是错觉，她总觉得江聿的这个回应带着几分调戏的意味。

"你们每天要出很多任务吗？"想要化解这种尴尬气氛的傅世槿主动问出一个问题。

当然，这个问题也与她搜集的素材有关。

"看情况吧。意外不一定什么时候发生，我们有的时候一天也没有任务，有的时候一天会有十几次。"

"十几次？"傅世槿被这个数据惊到了。

"嗯。什么猫被困在树上啊，捅马蜂窝啊，头被卡在护栏里了……"

"噗。"明明江聿是在一本正经地说事实，傅世槿却在屏幕外笑出了声。

江聿看不到傅世槿的表情，自顾自地继续说："现在已经好多了，大家都增强了消防安全的意识。前几年有的时候一年下来会出警上千次，平均下来一天有三四次。近几年这个数据下降了很多，一年下来只有几百次了。"

不问不知道，一问吓一跳，傅世槿从来不知道，自己生活的城市中存在着数不清的意外和危险，媒体上报道的只是少数。

而且这还只是一个中队的任务量，若是放大到全市甚至全国，又有多少消防员在默默无闻地将这些危险化解？他们挽救了多少生命和家庭？

"你们还真是辛苦。"沉默之后，傅世槿真心实意地发出这句话，"也很伟大！"

"习惯了也就不觉得辛苦了。"江聿回答得很淡然。

"早点儿休息吧，明天还要晨练。"睡觉的时间一到，江聿就准时地提醒傅世槿。

"嗯，晚安。"傅世槿也习惯了他的提醒，道了一声"晚安"后，就结束了与江聿的聊天，熄灯睡觉。

只是在黑暗中，傅世槿久久难以入眠，脑海里总是浮现出今天她在网上搜集到的消防案例。

怎样活着才是有意义的？第二天，在闹钟响起前，傅世槿就睁开眼看着自家的天花板，脑海里闪过这个问题。

意义？傅世槿不知道是不是昨天那高考失利的少年跳楼的事件让她有所感慨，又或是她对消防员的新的认识导致了感慨出现。

在她眼中，挥之不去的是少年坠落时那奋不顾身地扑出的身影，还有窗户里没有一丝犹豫地跳出的人影。

扪心自问，傅世槿觉得自己好像从未考虑过生活的意义所在。

虽然她做的是自己喜欢的事，但是并没有什么目标，保持温饱似乎就够了。

但这只是生活，而不是活着的方式。

回想起之前颠倒的日夜，浑浑噩噩的精神状态，傅世槿突然有些鄙视自己。

嘀嘀嘀——闹钟响了。

傅世槿深吸了口气，精神抖擞地从床上坐起来，伸了个懒腰，把这个暂时没有答案的问题放在心底。

做好晨练的准备后，她就出了门。

等她走到滨江大道的时候，江聿的视频邀请准时发了过来。这种刚刚好的时机有时候让傅世槿觉得江聿在暗中观察自己。

"早上好。"视频接通之后，江聿那张充满了阳光的帅气脸庞就出现在傅世槿的视线之中。

"早上好。"傅世槿微微一笑。

"从今天开始，要给自己新的挑战吗？"江聿问。

傅世槿挑眉，饶有兴致地道："说来听听。"

"长跑距离增加到六千米，再额外增加一套健身操。"江聿说。

这样的挑战……不难！可是——傅世槿皱了皱眉："可我不会健身操。"

"我可以教你。"江聿脸上的笑容更灿烂了。

傅世槿一愣，突然笑了起来，道："江聿，我发现认识你真的是挺划算的，起码省了一大笔请私人教练的钱。"接着不等江聿开口说话，傅世槿就又笑道，"健身操就算了。不过你提醒了我，我打算去报一个瑜伽班。还有，其实现在我每天都能坚持锻炼了，你也不用每天开着视频监督我。你早上也挺忙的吧？"

"我……"

"毕竟你的伤已经好了。"不等江聿说出完整的话，傅世槿就对着他挥了挥手，挂掉了视频。

挂掉视频后的傅世槿眸中闪过一丝狡黠的光芒，开始做热身运动。

伤好了就要正常工作，正常出任务，所以他哪有那么多时间来陪她？傅世槿觉得自己的这个推理完全没毛病！

傅世槿跑了三千米的时候，突然有电话打进来。

"喂？"

"世子，我中午十一点到林城机场，你要不要来接我，然后我们一起去年会的酒店？"

傅世槿一愣，差点儿忘记了今天是作者年会报到的日期。给她打电话的人是和她在同一家网站写小说的一位好友，笔名叫君芊芊。

君芊芊询问的语气中带着几分期待。

傅世槿笑道："好，我去接你，然后一起去酒店。"反正她和君芊芊也是住同一个房间。

"太好了！我想死你了，宝贝！"得到傅世槿的承诺，君芊芊立即肉麻地在电话里叫起来。

我的消防员先生

荨秣泱泱 著

〔下册〕

青岛出版社
QINGDAO PUBLISHING HOUSE

/ 第十一章 /
作者年会失火了

　　傅世槿现在所在的网站算不上什么超级网站，但是流量和渠道也算不错，而且总部是在林城，对她这个死宅来说，算是最方便的了。

　　起码参加作者年会的时候，她不需要像其他地方的作者那样远道而来。

　　林城费蒙酒店是这一次作者年会的举办地点。

　　在前台签到登记，领了年会礼物之后，傅世槿和君芊芊一起进了酒店的客房。

　　"唉，累死我了！"君芊芊一进来就霸占了靠门的床，整个人四仰八叉地躺在了床上，随身的行李也被她胡乱地丢在地上。

　　傅世槿拎着自己的小箱子走到靠窗的床边整理起来。

　　"真是羡慕你，就住在林城，随便拿两件衣服就可以出门了。"君芊芊羡慕地看着傅世槿，心中却觉得有些奇怪：如果是以前的傅世槿，一进酒店房间的门，肯定和她一样先休息好了再说，怎么会第一时间就开始整理行李？

　　不过虽然心中觉得奇怪，君芊芊却也没有多嘴地去探究竟，毕竟虽然她和傅世槿同住过几次，但总的见面时间也不是很多，对彼此的生活习惯称不上有多了解。

年会一共是三天时间，但事实上，第一天签到，最后一天离开，真正忙碌的也就只有第二天。

所以傅世槿的行李真的是少得可怜，比不上君芊芊的。

傅世槿拿着签到时发的行程表念了出来："晚上六点在中餐厅的牡丹苑聚餐，明天中午十一点闭门会议兼午餐，下午两点开始化妆，下午五点开始进入年会现场，就在酒店五楼的宴会大厅。"

"明天真是累成狗的一天！"君芊芊哀号了一声，幽怨地看向傅世槿，"世子，要不是因为你在林城，我这次年会就不来了。年会年年都是一个样，真是没意思。"

傅世槿笑了，打趣她："来看我不用等开年会的时候啊，想来随时都可以。你明明就心里没我，还给自己找理由。"

君芊芊嘿嘿一笑，道："这不是因为年会的时候网站给订往返机票吗？"

她的话音刚落，傅世槿就甩了一记眼刀过去，道："你君芊芊大神还缺两张机票的钱？"

"唉，世事艰难，能省则省。"君芊芊又开始感叹。

傅世槿摇头失笑，对君芊芊这女人精打细算的功力深感佩服。其实君芊芊并不是一个抠门的人，只要是她认为可以花钱、值得花钱的地方，她花钱比谁都洒脱。但如果碰上觉得没必要的花费，她则不会多花一分钱。很多时候，傅世槿觉得这种习惯挺好的。

两人很少在现实中见面，实际上还是因为没有时间。很多人以为网络作家空闲时间很多、很自由，而事实上，网络作者虽然工作时间自由，但只要有连载文，就等于没有假期，想要出去找小伙伴玩耍也是不可能的事。就像傅世槿，也只有在小说完结的空当儿才能挤出时间去旅行。

"世子，有件事我一直没机会跟你说。"君芊芊突然害羞起来。

傅世槿抬眸看向她，将她突然羞涩的表情看在眼底，一种预感顿时从心中生起。

"我恋爱了。"

果然！在傅世槿心中的念头生起的时候，君芊芊就说出了答案，与傅世槿所想丝毫不差。

"喀。"即便猜到了，傅世槿还是震惊了一下。

因为在几个月前，君芊芊还疯狂地对傅世槿吐槽过被父母安排相亲的遭遇，还怼天怼地地说自己不缺男人，要过单身贵族的美好生活。

怎么才几个月过去，她就陷入了情网？

"那个……恭喜。"不管如何惊讶，傅世槿还是由衷地祝福了君芊芊。

君芊芊有些不好意思，但是掩盖不住脸上的甜蜜表情，道："谢谢。"

难得见这个女汉子露出如此娇羞的表情，顿时把傅世槿的好奇心勾了起来，傅世槿挑眉问："你们是怎么认识的？对方是什么人？长什么样，把我们家君大大迷成这样？"

傅世槿一连串的问题把君芊芊弄得有点儿窘。

在生活上是女汉子，可是面对感情，她像一个小姑娘一样容易害羞，不禁逗。

"是我妈单位的阿姨的一个亲戚，一家软件公司的程序员。他长得嘛，也就那样，不是很帅，但是看着舒服，而且我特别喜欢看他认真做事的样子。我给你看他的照片。"君芊芊说起自己的男朋友，眼中绽放着光芒，清秀漂亮的脸上根本掩饰不住幸福的光芒。

根本不用傅世槿主动去说，她就迫不及待地好似献宝一般拿出自己的手机，翻找出自己男朋友的照片，递到了傅世槿面前。

傅世槿凑过去，看到了照片上的男人。

说实话，君芊芊条件很好，长得漂亮，自己也有能力，家境也不差，如果单从照片上来看，傅世槿觉得这个长相普通，只能用憨厚来形容的男人是配不上君芊芊的。

但是傅世槿也知道，感情的事只有当事人才有决断的权利，外人是无法去干涉的。

所以傅世槿露出笑容，对君芊芊道："他看上去就是脾气很好的人。我妈常说，找老公就要找脾气好的，看来你是捡到宝了。"

"他的脾气的确很好。"君芊芊收回手机的时候露出甜蜜的笑容。

"所以你和他是相亲认识的？"傅世槿好奇地问。

君芊芊摸着自己的脸颊道："唉，说到这件事，我觉得到现在我的脸都还在疼。世子，我之前不是和你说过嘛，绝对不会屈服于父母安排的相亲，我要自由，觉得做单身贵族也挺好的。可是我被现实狠狠地打脸了。"

"噗。"傅世槿没忍住笑了出来。

"你别笑。"君芊芊瞪了傅世槿一眼，感叹道，"我现在算是明白了，在遇到自己的真命天子之后，什么择偶条件、什么立flag（网络流行词，意思是说一句振奋的话，或立下一个要实现的目标）都是虚的。"

"不是有句话说，曾经立下的flag（网络语，意思是立下一个要实现的目标。）都是用来被现实打破的吗？"傅世槿笑吟吟地看着她。

君芊芊此时深有同感，拼命点头："说得没错！"

"那你现在有什么打算？要和他结婚吗？"傅世槿问。傅世槿和君芊芊关系较好也是因为两人年纪差不多，被家里逼婚的情况也差不多，比较有共同话题，再加上两人的性格也合得来，所以就一拍即合了。

"结婚？"君芊芊有些茫然，"我还没想那么长远。走着看呗，说不定哪天我想结婚了，就真的拉着他去领证了。"

说完，君芊芊突然问傅世槿："你呢？在感情上还是一片空白？"

话题突然扯到了自己身上，傅世槿顿时愣住。

但是在君芊芊说到她的感情生活是一片空白的时候，她脑海里飞快地闪过一张人脸，如同闪电一样，快得让她抓不住。

"我一个死宅，当然注定单身了。"傅世槿对君芊芊笑了笑，努力不去想那一闪而过的脸。

君芊芊却啧啧地摇头道："世子，你是不是曾经在感情上受过什么创伤？我感觉你对爱情的态度是敬而远之的，否则以你的外表和才华，我不信你到现在还是单身。"

"学生时代遭遇渣男算不算？"傅世槿半开玩笑地说。

君芊芊一愣，顿时大笑起来，伸手拍了拍傅世槿的肩膀以示安慰："谁人生中没有遇到过几个渣男？"

傅世槿一挑眉，唇角含笑。

"不过，渣男而已，不至于让你从此以后对感情敬而远之吧？"君芊芊好奇地问。

以往两人的交谈中并未涉及这些个人隐私问题，但是这一次，君芊芊因为说到了自己的感情生活，对傅世槿的感情生活也好奇起来。

"是不是每个加入了爱情队伍的人都会变成说客？"傅世槿好笑地看着她。

君芊芊像只炸毛的小猫："什么？我只是在关心你而已，绝对没有劝你谈恋爱，也没有逼婚的意思。"

傅世槿笑了笑。

见傅世槿没有接之前的话茬，君芊芊不死心地再度凑近："我只是好奇，那个渣男到底怎么你了，让你的后遗症这么大？"

傅世槿愣住，眼神有些恍惚。

顿了两秒之后，她缓缓地摇头道："也没什么。其实我现在不想谈恋爱，不想去想感情的事，与他倒是没有太大的关系，原因在我自己身上。"

君芊芊震惊地睁大双眸，上下仔细打量了傅世槿一会儿，才不敢确信地问："莫非你有什么难以启齿的病？"

"我呸！闭上你的乌鸦嘴。"傅世槿哭笑不得地道。

君芊芊不愧是写小说的人，联想力这么丰富。

"我只是有些判断不了对方感情的真伪罢了。"为了避免君芊芊继续发散思维，傅世槿只好无奈地说出答案。

"啊？"这个答案显然震惊了君芊芊。

"什么叫判断不了对方的感情的真伪？"好不容易消化了傅世槿的话后，君芊芊才问。

傅世槿认真地想了想才整理好语言回答："简单来说，就是我分不清一段感情的真假。我不知道什么样才算是爱一个人，也不知道别人是不是真的爱我。"

君芊芊听了她的话后沉默了很久，理解地点头道："我懂了，其实你只是害怕再在感情中受伤。"

一语中的！傅世槿抬眸看向君芊芊，沉默不语。

她的确是因为害怕，所以不想被牵扯其中，那种伤过、痛过、被背叛过的感觉，体验一次就够了。

"你当初很爱那个男人吗？"君芊芊坐到傅世槿身边，低声问。

爱？傅世槿皱了皱眉，诚实地摇了摇头，道："说真的，我不知道。"她摊开手，似乎对自己有些无奈，"我到现在都不明白爱一个人是什么滋味。"

"你不爱他？"

傅世槿依然摇头，道："都说了，虽然我写了很多小说，可轮到我自己，我就不明白爱一个人是什么样的感受，又怎么判断爱与不爱？我不太懂什么是爱，什么是喜欢，什么是感动，什么是好感。"

君芊芊皱眉，像一个老医生一样审视着傅世槿，判断她的病灶在什么地方。过了一会儿，君芊芊才搓着下巴一边想一边问："那就先搞清楚你是否爱过那个渣男。你和他在一起的时候，有什么感觉？"

傅世槿被君芊芊的问题问住了。

多少年了？傅世槿觉得那段记忆都已经模糊了，就算有的时候刻意去想也是模糊一片的。

"不知道。"思考之后，傅世槿给出了一个让君芊芊差点儿惊掉下巴的答案。

258

"什么叫不知道？"君芊芊拔高声音道，"你们谈恋爱的时候，你没有心动？"

看到傅世槿一脸茫然的样子，君芊芊不得不进一步问："你和他在一起的时候，心里会不会如小鹿乱撞？他牵你的手的时候，你有没有又期待又害怕？和他独处的时候，你会忍不住想要靠近他吗？他亲你的时候，你反感吗？他和别的女生走得近又或是有别的女生靠近他的时候，你吃醋吗？"

傅世槿直视君芊芊的双眸，在脑子里将君芊芊列出的标准一项项地进行比对。

"他有时候做的事的确让人蛮感动和开心的。我和他基本上没有单独出去过，他也没有亲过我。至于其他女生，我和他在一起前，他就很招女生喜欢了。"

"什么？你们在一起多久啊，居然没有亲过？"君芊芊不可思议地瞪大了双眼。

傅世槿在君芊芊震惊的样子下扯了扯嘴角，低声说了句："一年半。"

君芊芊像看稀有动物般盯着傅世槿："你们是在幼儿园谈的恋爱吧？"

傅世槿知道君芊芊是什么意思，白了君芊芊一眼，说了句："大学。"

傅世槿瞥了君芊芊一眼，道："你是不是也觉得我很奇葩、有病？"

"呃，不至于，最多就是保守了点儿。"君芊芊讪讪地笑了笑。

傅世槿面无表情，让人看不出此刻的心情，道："知道我们为什么会分手吗？"

让君芊芊意外的是，傅世槿居然主动说起了自己的感情经历。君芊芊摇了摇头，等待着傅世槿自己把答案说出来。

傅世槿看向君芊芊，缓缓地说："他觉得我和他在一起那么久都不让他碰一下是有病，是不喜欢他。他说他是一个正常的男人，也有正常的生理需求，既然我不肯给他，他就去找愿意给他的女人解决。他还告诉我，他心里还是喜欢我的，和别的女生只是各取所需，是没有感情的交易。"

"这么渣？"君芊芊惊呆了。

傅世槿的前男友简直刷新了君芊芊对厚颜无耻这个词的认知。

"一开始我还不知道这件事，后来是同校的一个女生跑到我面前哭着求我，请我离开他，说她已经怀上了他的孩子，我才知道这些事。"傅世槿笑了笑，平静地问，"你说我傻不傻？"

"这都玩出人命了！这样的渣男你不甩了他，还留着过年啊？"君芊芊义愤填膺地道。

"错了，不是我甩了他，是他甩了我。"傅世槿的话却让故事来了个大反转。

"啊？"君芊芊愣住了。

傅世槿将君芊芊震惊的样子看在眼底，微笑着说："当时我哪里经历过那样的事，那女生来求我的时候我都蒙了。"

君芊芊表示理解地点头，的确，如果是自己遇到那样的情况，恐怕也是会蒙上一阵子的。

"然后呢？"见傅世槿停下来，君芊芊迫不及待地催促了一句。

要知道，傅世槿是极少谈及自己的私生活的，尤其是关于感情的事。难得她今日愿意谈，君芊芊当然要听，还怕她说到一半突然不说了，那岂不是卡得人不上不下的？

"然后？"傅世槿又笑了笑，"然后他哀求我，说还没有毕业，不能有孩子，那女生也只是想用孩子要挟他，他已经和那女生说好了，求我带那女生去医院做手术。"

"什么？！"君芊芊已经不记得今天是第几次被刷新三观了，"你不会真的陪那女生去了吧？"

傅世槿自嘲地笑道："我很傻吧？一开始我不答应，后来他又对我说，那女生害怕，他一个男人不方便去，一切他都安排好了，只要我陪着那女生去做检查，然后做完手术，把那女生送到他订好的旅馆去就行了。我被他缠得很烦，又听说胎儿大了再去做手术会对女生的身体产生更严重的影响，所以……"

"所以你心一软就答应了？"君芊芊猜出了傅世槿最后的决定。

傅世槿点了点头，嘴角自嘲的笑容加深了些，道："真是没想到，我人生中第一次走进医院妇产科是陪着男朋友的出轨对象去的。为了处理那个女生的事，我完全没有时间去思考我和他的感情问题。不过其实那个时候我就已经决定要在办完事后和他分手，志不同道不合嘛，虽然我对爱情不是很懂，但是也知道出轨这种事只有零次和无数次。只是没想到，我还没来得及说出分手，在我把那女生送到旅馆的时候，他就抢先开口了。"

君芊芊气得骂了一句，然后道："这种男人实在是太贱了！他还有脸甩了你？"

"或许他觉得这样做可以挽回他的面子吧。"傅世槿嘲讽了一句。

"那渣男当时是怎么说的？"君芊芊咬牙切齿地问。

那段不堪回首的往事随着回忆再一次在傅世槿的脑海中浮现，张志说的那些话也再一次变得清晰起来。

"他说，这件事虽然他也有错，但主要的原因是我不愿意履行做女朋友的责任，他虽然在身体上背叛了我，但在精神上是没有背叛过我的。因为这件事，他也考虑清楚了，我们并不适合，像我这样的女人……"傅世槿突然顿住，眼神也变得有些恍惚。

当时张志说："身处现在的社会，对男女关系还这么保守，你这样的女人就像是从古墓里爬出来的一样，只能看不能碰，就适合孤独终老。你行行好，不要再去祸害别的男人了，再好的男人都会被你这样的女人逼得出轨。"

"世子？世子？"见傅世槿突然发起呆，君芊芊担心地喊了几声。

沉浸在回忆中的傅世槿被君芊芊唤醒，对着君芊芊担忧的脸勉强地笑了笑，道："我没事。"

"你还好吧？如果不想说就别说了。反正我已经见识到那个男的有多渣了。这样的垃圾，早丢早好，你不要因为这种人影响自己的生活。"君芊芊劝道。

"我没事，这都过去多少年了，早就没事了。"傅世槿突然露出释然的笑容，"其实就是分手的时候，我也没有多上心，只是气愤他的背叛和表里不一。不过从那个时候开始，我就对自己说，如果不确定是否爱一个人，就不要轻易地去接受别人的感情，这是对我自己负责，也是对别人负责。"

"你就是因为这个渣男觉得自己不懂什么是爱？因为不确定是否爱上，所以不想轻易接受感情？"君芊芊总算知道了傅世槿的宅是怎么修炼出来的，也知道了她为什么一直单身。

傅世槿认真地点了点头。

她知道这是自己的问题，所以也没有什么好反驳的。当年张志的话就像是诱使她进入迷宫的怪兽，一旦她走进去，就绕不出来了。

"其实在我看来，你就是怕再受伤，因为你不知道该如何判断一个男人是好是坏，或者说，你的上一段经历导致你在分辨接近你的男人的好坏上极度不自信。"君芊芊的言辞犀利极了。

傅世槿没有否认："或许是吧。所以这是我的问题，我现在一个人生活也挺好的，没必要去改变什么。"

"唉！你这疑难杂症，我真不知道该怎么说才好，劝你打开心扉吧，你也只是听听而已。你或许不爱那个渣男，但是不能否认，他对你的感情世界有着很大的影响。"君芊芊说着探过身子，把手放在傅世槿的手上，握紧她的手，眼神中带着几分怜惜，"他毁掉了你对感情的幻想，也摧毁了你的勇气。"

傅世槿怔了一下，突然笑了起来，道："君大大不愧是写霸道总裁文的啊！对两性话题很有见解嘛。"

"滚！"君芊芊知道她不愿继续说下去，翻了个白眼，主动转移话题，"来，帮我看看明天的年会老娘穿什么才能艳压全场！"说完，君芊芊从床上跳下来，打开了自己的旅行箱。

当傅世槿看清楚君芊芊的旅行箱里装的衣服时，不由得震惊地问："才来三天，你这是带了一个月的衣服吗？"

"哎哟！我就是不知道要穿什么才好嘛。"君芊芊替自己解释。

傅世槿目光一闪，在沙发上换了一个舒服的姿势，一只手撑着头，神情慵懒地对君芊芊说："行吧。不过衣服这样看是看不出效果的，不如你每件都试试？"

说完这句话，傅世槿就幸灾乐祸地笑了起来。

果然，君芊芊在她说完这句话后就倒吸了一口凉气："这么多件，我要试到什么时候？"

抱怨归抱怨，为了第二天能艳压全场，君芊芊还是乖乖地拿着衣服走进卫生间换了起来。

趁着君芊芊换衣服的空当儿，傅世槿给江聿发了条短信，告诉他明后天的晨练暂时取消，不用叫她起床。

江聿很快回了消息，没有多余的询问和过多的干涉，只是利落地回了一个"好"！

这是因为身为铁鹰的他知道，傅世槿这两天要参加作者年会，并不在家。

不知内情的傅世槿在看到江聿简短的回复后，却愣了愣，疑惑今天这个男人怎么这么好说话？他不怕她偷懒，不再坚持晨练吗？

"世子，你看这件怎么样？"不容傅世槿多想，君芊芊已经穿好一条修身的小礼裙走了出来，站在她面前转了个圈。

傅世槿目瞪口呆地问："要穿得这么隆重？"

君芊芊没好气地道："你难道没有仔细看邀请函上的说明？要求所有人正装出席，男的要穿西装，女的要穿礼裙。"

傅世槿有些蒙。

邀请函她是收到了，可是因为编辑已经把地点和时间都告诉她了，再加上是跟着君芊芊一起来的，所以邀请函上的内容她根本就没有仔细去看。

"完了。"傅世槿讪讪一笑，再也没办法继续优哉游哉地看君芊芊的服装秀。

"你不会真的没有准备吧？"君芊芊看到傅世槿的样子，吃惊地问。

傅世槿露出了一个尴尬的笑容，接着站起来道："我现在回家去找找看。"

"算了吧，现在都几点了，马上就要到晚宴时间了，你这一来一回的，肯定迟到。"君芊芊阻止她这不成熟的想法，对她的迷糊无奈地道，"幸好我带得多，你挑我的穿吧。"

两人的身材和身高都差不多，傅世槿倒是能穿君芊芊的衣服。

"那就多谢了。"傅世槿感激地道谢。

"我和你之间还需要这么客气？"君芊芊说完，突然一挑眉梢，带着坏笑道，"看样子接下来有人陪我一起换衣裳了。"

傅世槿将视线落在君芊芊的那一堆衣服上，顿时觉得眼前一黑。

晚宴时间快到的时候，傅世槿和君芊芊才一起走出酒店的房间，前往中餐厅的牡丹苑。今天的晚宴并未要求穿着正装，所以傅世槿穿的是自己的衣服。

只是没想到刚走到中餐厅的大堂时，她就遇到了一个意外的人。

"真是巧。"

傅世槿本打算对其视而不见，却没想到对方居然主动向她打了招呼。

其实到现在，傅世槿都不知道对方姓甚名谁。

但是人家既然主动打了招呼，她也不好装作不认识，于是只能挂着一个淡淡的微笑颔首道："是挺巧的。"

简单地打了招呼后，傅世槿就打算离开。

却没想到，她刚迈出脚，对方就挡在了她面前，显然要阻止她离开。

对方这样的行为让傅世槿不悦地皱了皱眉，神情冷漠起来。

君芊芊也好奇地打量着眼前的西装男，这人看上去倒是挺斯文的，还戴着金丝边眼镜，但是行为怎么这么没有风度？

"虽然相亲不成功，你也不至于见到我就想要躲吧？"

君芊芊愕然地看向西装男，震惊了，不由得暗中戳了戳傅世槿的胳膊，小声问："这是你的相亲对象？"

傅世槿也没想通这个海归男为什么会突然纠缠不清。

没有回答君芊芊，傅世槿只是用冷淡的态度说："对不起，我只是赶时间，并不是要躲你。"

"上次你似乎忘记介绍自己的名字了。"海归男笑着，依然带着那种莫名的优越感，"哦，对了，我似乎也忘记介绍我自己的名字了。我叫杜明阳，英文名 Sean。"

傅世槿的表情越发冷了：这个男人是什么意思？上一次不欢而散，她实在想不通他们还有什么互通姓名的必要。

君芊芊侧脸在她耳边小声说："你们连对方的名字都不知道，这是相的哪门子亲？"

傅世槿看着杜明阳淡淡一笑，保持着基本的礼仪道："我认为，既然三观不合，我们就没有知晓对方名字的必要了。"

"何必这么高傲呢？"杜明阳依然保持着绅士般的笑容，并没有被傅世槿的言语刺激到。

可是他带给傅世槿的感觉就是很不舒服，那是一种来自生理上的反感。

"我还赶时间。"傅世槿点了点头，拉着君芊芊准备绕过杜明阳。

"你是和朋友来这里吃饭吗？这里的消费可不便宜，向餐厅经理报我的名字，可以优惠一些。"这一次杜明阳没有再阻拦傅世槿离开。

但是他口中说出来的话惹怒了君芊芊。

老娘像是吃不起饭的人吗？君芊芊眼中生起火焰，想要转过身去辩论几句。

傅世槿却拉住了君芊芊："何必跟他一般见识？"

在这里争吵只会让她们丢脸，而且晚宴快开始了，她们总不能把整个网站的人都引过来。

君芊芊深吸了口气，压下心底的怒火，与傅世槿继续往前走的时候，低声问了句："他不知道你的收入？"

"我为什么要把收入告诉一些不相干的人？"傅世槿挑眉反问。

她这样的态度取悦了君芊芊，君芊芊笑了起来，八卦地问："你和这个 Sean 到底是怎么回事？"

君芊芊口中说出的是他的英文名，带有很明显的讽刺意味。

"没怎么回事。"傅世槿淡淡地说。

如果不是杜明阳出现在这里，她都要忘记这个人了。

走到中餐厅的门口时，傅世槿看到了挂在外面的迎接海报，除了他们网站的年会海报之外，还有一张海报是一家金融企业的某个会议的。

她记得母亲说过，杜明阳如今就职于一家跨国的金融企业，今天她又在这里遇上了他，看样子他就是来参加这次会议的。

"走吧，总编都出来了。"君芊芊提醒了傅世槿一句。

傅世槿淡然地收回目光，把刚才的事抛之脑后，与君芊芊一起签到之后，走进了晚宴会场。

傅世槿走了之后，杜明阳并未离去。

他发现再次见到傅世槿后，某种感觉不太相同了——即便是站在这家五星级酒店里，傅世槿散发出来的气质也不输于他在商圈中见过的那些贵妇，甚至比起她们来，傅世槿如同一股清流，透着一种由内而外的清贵韵味。

"杜总？原来你在这儿啊。"匆匆赶来的秘书看到杜明阳后才松了口气。

杜明阳收回心中的思绪，纠正秘书的话："我已经说过两遍，这是最后一遍，以后叫我 boss（老板）。"

"呃，是，boss。"秘书愣了一下，立即改口。

在晚宴中刚刚入座的傅世槿正在和同桌的作者们打招呼，突然感到脊背一凉，好像被什么人盯上了，不过她倒是没有往杜明阳身上想。

作者的晚宴并没有什么特别的，不外乎大家一起聊聊天，互相认识熟悉一下，然后作者和编辑相互敬酒，吃饱喝足后就各自散去。

重头戏是明天的年会呢。

不过在傅世槿准备和君芊芊离开的时候，她的责编找了过来。

"世子，有时间聊聊吗？"这位责编是一个刚入行没多久的小女生，容貌看上去倒是很普通，给人的感觉也很随和，和在网上给人的印象完全不一样。

就像现在，责编主动叫住了傅世槿，在傅世槿看过去的时候，展露出的笑容有着几分讨好之意。

傅世槿快速地扫了责编一眼，眉梢一扬，没有拒绝："好，楼上有酒店的咖啡厅，去那里坐坐？"

"好的。"见傅世槿答应，责编的笑容自然了些。

君芊芊和傅世槿的责编并非同一人，看到傅世槿有事，主动松开双手对傅世槿笑道："那我也去找我家责编聊聊新文的构思。"

"一会儿见。"傅世槿微笑着点头。

"一会儿见。"君芊芊礼貌地向傅世槿的责编挥了挥手后，转身离开。

剩下傅世槿和责编两个人，气氛就变得有些尴尬起来。两人一起走出宴会厅，又一起走进电梯，上了楼顶的咖啡厅，一路上都保持着一种诡异的沉默。

直到坐下后，傅世槿的责编才尴尬地开口："喀，世子，那个……总编让我问你有没有新书计划。"

傅世槿抿了抿唇，缓缓地摇头道："暂时还没有。"

从责编的态度中，傅世槿就能看出，这次责编找自己单聊应该是总编授意。

"新文的构思、预计开文的时间都没有？"责编不死心，又问了一次。

傅世槿依然摇头。

责编有些急了："那个，我不是想催你，只是我们不知道你的计划，很难配合你给新书预热、宣传什么的。"

"我刚刚完结一本书，正在休息中，真的没有开新书的计划。"傅世槿好笑地解释了一句。

无论她是否打算继续在这个网站写下去，有一点她没有骗人，就是目前她还没有在网上开连载文的计划。

她答应帮雪妖妖，也只是因为那个人是雪妖妖。

"世子，你是不是对我有什么意见啊？"年轻人果然还是沉不住气，见傅世槿对自己不冷不热的，责编就直接冒出了这句话。

傅世槿一愣，目光清透地看着责编，淡定地说："坦白来说，作者和编辑只是合作关系，我对你个人没有什么偏见和喜恶。"但是合作得愉不愉快就是另一回事了，这关系到双方的磁场问题吧。

傅世槿在说出这番话的时候语气一直很平和，并没有一丝傲气，却也让责编不知道该如何接话。

沉默又在两人之间蔓延。

过了一会儿，责编才皱了皱眉，抿了抿唇说："我给你提的那些意见都是为了你好。"

傅世槿挑眉，看出责编神情中的一丝埋怨。

责编想说的话似乎并未说完，那未说完的半句应该是："你不领情也就算了，居然还这么不配合？还怪我？"

本来傅世槿还算平静，因为责编这句话有些不悦了。她在这个圈子里已经很多年了，早就形成了自己的行文风格，而且她现在也过了看流量写文的时期，确定下来的新书都是自己心中想写的类型。但是她的这位刚毕业又雄心勃勃的责编希望她去写圈中所谓的套路流量文。先不说她愿不愿意写，就算真的勉强写出来了，她的那些读者会买账吗？他们恐怕只会吐槽她是越写越回去了，从此对她失望透顶吧。

在心中叹息一声，今天傅世槿再一次感受到"道不同不相为谋"的感觉。

因为大家理念不一样，所以才会在合作上格格不入吧。

"嗯，谢谢。"虽然心中不悦，但是良好的教养还是让傅世槿客客气气地回了一句。

然而她这样淡定的态度让责编心中更加不悦起来，完全没了聊下去"和解"的兴致，直接甩出一句话："你如果还想要继续在这里写下去，就要尽快提交新文的构思还有预计开文的时间，否则临时开文是没有任何预热推荐、新文推荐的。到时候新书成绩不好，你可不要怪我、怪网站不给力。"说完，责编就站了起来，丢下傅世槿一个人离开了咖啡厅。

　　等责编走了之后，傅世槿轻叹一口气，缓缓地摇头，端起咖啡抿了一口，自言自语地道："到底是年轻气盛啊。"

　　一场不欢而散的谈话对傅世槿来说没有任何影响。

　　她在这个圈子里这么多年，合作过、认识的编辑也不算少了，像现在这位责编这样的还真的是独此一例。

　　其实也不是说这个责编不好，只不过这位责编带作者的方式更适合新人作者罢了。

　　不过经过这一次的谈话，傅世槿是要认真地考虑去留问题了。

　　她没有着急离开，反正都点了酒店里死贵的咖啡，又是在顶层，可以看到林城的夜景，索性就继续坐着，享受这一刻的宁静。

　　杜明阳陪着商业伙伴走进咖啡厅的时候，一眼就看到了坐在靠窗座位上的傅世槿。

　　那窈窕的背影与外面的夜色融合，给人一种梦幻般的感觉。

　　杜明阳没想到今天会连着偶遇傅世槿两次，这会不会是两人之间的缘分？

　　杜明阳与同伴说了几句话。

　　同伴目光暧昧地看了傅世槿所在的方向一眼，就善解人意地先走去另一个方向坐下了。

　　杜明阳则是整理了一下自己的西装后，朝着傅世槿走了过去。

　　原本在欣赏林城夜色的傅世槿感觉到有人靠近，眼角的余光扫过，就看到了杜明阳的身影。

　　又是他！前两次见面的不悦让傅世槿下意识地皱了皱眉，欣赏夜景的心情也没有了。她放下手中的咖啡杯，准备起身离开。

在她站起来之前，杜明阳却不请自来地坐在了她对面原先责编坐的那个位子。

傅世槿面无表情地看着他。

杜明阳对她露出了一个笑容，道："好巧，一个晚上连着两次遇上。你还不愿告诉我你的名字？"

"没必要。"傅世槿干脆利落地拒绝道。

杜明阳笑意不减："其实你应该知道，我想知道你的名字只需要打一个电话而已。可是我没有这么做，我想听你亲口说。"

不知道为什么，杜明阳这个人一旦开口说话，就带着一种莫名的优越感，让人感到不舒服。

就像现在，明明他已经表现出对傅世槿的兴趣，但是说起话来就像是偶像剧里的霸道总裁一样，永远高高在上。

可惜傅世槿不是小说里的"傻白甜"，更不需要来自霸道总裁的怜爱。

"杜先生是很闲吗？"原本傅世槿对人讲话是不会一开始就这么犀利的，除非那个人彻底惹到了她，让她抛弃了多年的教养。

她的不客气还有眼中的冷意并未逼退杜明阳，仿佛这样带刺的傅世槿更能吸引他的兴趣，激起他的征服欲。

"你好像很反感我？"

傅世槿笑了，完全不给面子地道："何必明知故问呢？给彼此留点儿尊严不是挺好？"

"呵呵。"杜明阳笑了一下。

傅世槿起身，准备结束这一场没有预约的会面。

杜明阳却突然道："或许我应该给姨妈打个电话，告诉她我对她安排的相亲有点儿兴趣了。"

傅世槿皱眉转头，不耐烦的视线落在他身上，故意道："杜先生是想婚后每月三千元，有小孩后每月五千元的相亲吗？"

杜明阳挑了挑眉，唇角的笑容扩大了些，道："如果你嫌少，我们可以再商量。但有一点我可以告诉你，我不是一个对女人吝啬

270

的人。"

傅世槿笑了，笑得风情万种，让杜明阳看得一愣。

"真是不好意思啊，你所谓的三千元也好，五千元也罢，连我每月电子订阅稿费的十分之一都不到，所以是我看不上你的条件。"傅世槿极少对外说自己的收入，但既然眼前这个男人总是喜欢用钱来谈，她也就不客气了。

关于收入问题，傅世槿倒是没有夸张，混到她这个咖位，先不说连载、渠道还有版权的收入，就是有人请她去写高价保底的文，也是以每千字千元起步的，这还是比较含蓄保守的说法。

每个行业都有金字塔，她的上面还有人，而在她的下面，有更多的人。

曝出收入之后，傅世槿看到杜明阳原本还带着优越感的表情突然一僵，愣住了。

他是搞金融的，又是从国外回来的，收入不会太低，但是能这么明显地随时随地释放自己的优越感的人，也高级不到哪里去。

在杜明阳的脸色阴沉下来的时候，傅世槿已经转身离去，那潇洒的背影似乎在告诉杜明阳一句话："以后离我远一点儿，不要再骚扰我。"

走出咖啡厅，傅世槿吐出一口浊气，神情还是有些阴沉，原本不错的心情就这样被破坏了。

傅世槿回到了酒店的房间。

君芊芊看到她的神情不对，立即关心地问："怎么了？和编辑谈得不愉快？"

傅世槿摇了摇头，道："又遇到了那个相亲男。"

"啊？"君芊芊愣了一下，眼中陡然燃起八卦之火，"来、来、来，说说看，他又怎么不知死活地招惹你了？"

"没，我只是在他又凑上来的时候，用你教我的方法解决了问题。"傅世槿淡淡地道。

"啊？"君芊芊一时没有反应过来。

271

傅世槿看了君芊芊一眼，极其淡定地说："我甩出了我的部分收入。"

君芊芊没忍住直接笑喷了，然后又兴致不减地问，"然后呢？他是什么表情？说了什么？"

"说完我就走了，没怎么留意他。"傅世槿耸了耸肩，拿出自己的睡衣，准备洗澡睡觉。

君芊芊听到这个答案有些失望，却也没有再多问什么。

等傅世槿洗完澡出来，就看到君芊芊躺在床上盯着天花板，也不知在想些什么。

看到君芊芊这个样子，傅世槿打趣道："怎么不去和男朋友你侬我侬，反而在这里安静地思考人生？"

"别闹。"君芊芊翻过身，用手撑着下巴，趴在床上看向傅世槿，"世子，你想过以后怎么办吗？"

傅世槿被君芊芊问得一愣，没反应过来君芊芊是什么意思。

君芊芊接着道："你说，我们还能写多少年？又还有多少人会继续看我们写的书？别看咱们现在的收入令人羡慕，但当初也是历尽千辛万苦，从千军万马中杀出来的。我曾经还拿过一个月一百多元的稿费。"

傅世槿沉默下来。君芊芊的经历不是个例，作者出名之前就是大海里的浮游生物。她曾经也拿过一个月一两百元的低收入，那个时候连买菜的钱都不够，每天啃馒头过日子。若非因为真的喜欢写文，恐怕她根本坚持不下来。

从君芊芊的话中，傅世槿感觉到了一股来自事业的危机感。

"都说花无百日红，人也一样。以前我没多想，现在不知道是不是年龄大了，总是会担忧，万一哪一天我写的书没人看了，我没有收入了，又没有任何社会保障，会不会连饭都吃不起，连病都生不起？咱们这一行是没有保障的，写出一本火爆的书可能会赚到让人羡慕的钱，但毕竟火爆的书难写，扑的书极多，书扑了，不仅没收入，还会面临'神格'不稳的尴尬局面，想想就够糟心的。"

272

傅世槿默默地听君芊芊说完之后，回了一句："你怎么突然这么多愁善感？"

君芊芊叹了口气，转过身躺在床上："我只是有感而发。咱们混到今天这一步，外人看着光鲜，但实际上我们心中承受了多大的压力只有我们自己清楚，圈外的人是不懂的。"

傅世槿也坐在了床上，安静下来。

的确如此，什么开文综合征、上架综合征……总之，只要他们写一天文，压力就存在一天。小说完结后就没有压力了吗？不，完结之后收入大跌，只会让没有任何社会保障的作者更心慌。

"全国数千万的网络作者，能卖版权的人只是凤毛麟角。咱们这个圈子里的残酷状况，真是旁人想象不到的。"君芊芊继续感叹。

"那你想到什么应对之策了吗？"傅世槿突然好奇地问。

这样的危机感她也有，只不过大多数时候被她无视了，因为她不知道怎么去改变。

"要不做点儿投资？"君芊芊不确定地开口。

傅世槿转头看向君芊芊："投资？我们除了写书之外，还懂什么、会什么？"

一句直白的大实话顿时让君芊芊和傅世槿都沉默下来。

作者年会的第一个晚上，傅世槿和君芊芊就在职业的危机感中睡去。

第二天一早起来，大家就进入了紧张的准备状态。

中午十一点的闭门会依然是在牡丹苑举行。

傅世槿和君芊芊踩着点儿进了宴会厅，和说得来话的几位作者组成一桌，然后听着网站的领导在台上说着一些行业内的动态。

这个过程中多次被提到的"行业寒冬"四个字让君芊芊的危机感越来越重。

还没散会，君芊芊就拿着手机在网上搜索什么。

傅世槿凑过去看了一眼，发现都是一些投资项目的网页，什么冰激凌店、网红餐厅、只需要一平方米的店铺就能开的奶茶店、连锁童装店……

傅世槿忍不住暗中戳了君芊芊一下，低声说了句："这些都太不靠谱了。"

"我知道，就是心里有些慌。"君芊芊回了一句。

傅世槿叹息摇头，知道君芊芊只是用这种方式来缓解心中的危机感，便没有再说什么。

闭门会加上午宴，一直持续到下午一点半才结束。

离开宴会厅后，作者们都开始回房收拾打扮，为晚上的重头戏做准备。

网站是请了些化妆师为作者们化妆的，但是君芊芊嫌那边人太多，太难排队，而且人一多化妆师就化得不仔细了，所以特意自己花钱请了一名化妆师上门服务，也顺带拉上了傅世槿。

果然，拿了钱，又只负责她们两个人，化妆师把工作做得精细到了极致，不仅根据她们准备的礼服设计了妆容，还慢条斯理地给她们做了相配的发型，打扮两个人总共花了快四个小时的时间。

这样的妆容自然要比网站安排的流水线式上妆要好得多。

送走化妆师后，君芊芊惊讶地打量着傅世槿："世子，没想到我的衣服你穿着这么合身。"

"好像小了点儿。"傅世槿拉了拉自己身上紧身的长裙。

君芊芊脸一黑，咬着牙问："你是想说你比我更'有料'？"

正在整理裙子的傅世槿嘴角微微一抽。

她整理好之后，被君芊芊拉到了镜子前，看到了打扮过后的自己。在君芊芊那一堆衣服中，傅世槿最终在君芊芊的建议下选择了这条黑色修身立体裁剪的深 V 长裙。

裙子一直垂到脚踝，背上和前面都是深 V 的造型，黑色光滑的面料衬托得傅世槿的皮肤越发白皙细腻，精致的锁骨也被暴露出来。

总之，这条裙子穿在傅世槿身上，将她的好身材全都展现了出来。再加上化妆师给她化了一个柔和的妆容，有点儿桃花妆的娇嫩感，让她原本有些冷的脸立刻变得娇媚起来。

她的长发也烫卷了，做出简单的造型，垂落在双肩上。

配上闪亮的饰品，傅世槿真的有不输于女明星的气场。

"真美！如果我是男人，一定把你娶回家！"君芊芊由衷地赞叹了一句。

傅世槿笑了笑，戏谑地道："我可以等你从泰国回来。"

"滚！"君芊芊笑骂。

夜，如期而至。

在林城灯火初上的时候，傅世槿所在网站的作者年会也开始了。

一般这样的活动除了请一些明星来站台之外，就是给作者颁奖了。当然，网站也会推出一些重点要推的版权项目。

不过以傅世槿所在的这家网站的实力，请来的也只是小明星，反正傅世槿和君芊芊都不认识。

"怎么今年你的书没有在获奖名单中？"坐在贴着名字的席位上，君芊芊小声向傅世槿询问。

"我没主动参加，编辑也没有报。"傅世槿简单地回答了一句，语气平静得很。

君芊芊愣了一下，笑了起来，道："其实以你现在的地位，也不会在乎这些站内的小奖项了。"

傅世槿微微一笑，没有说话。

她是不在乎，应该说从来不在乎，但雪妖妖还是她的编辑的时候，不管她在不在乎，每年都会给她报上去。

其实双方合作更重要的是一种态度，而不是结果。

不过这些话傅世槿不会去说，她现在挺"佛系"的，一切随缘就好。

君芊芊也不是不识趣的人，大致猜到了原因后，就不再多问。

不知道是不是为了节省成本，这一次的作者年会就直接在酒店最大的宴会厅举行。

而杜明阳所参加的那个商贸会议，就在隔壁的宴会厅举行。

酒店的后厨热火朝天地准备着食物，各种大功率的用电设备为了应付今晚的各项要求，全部打开着。

吱吱——热闹忙碌之外的某处安静之地突然发出了电流的声音。

只是可惜，并无人注意到这一点。

吱吱——人眼看不到的地方，蓝色的电流带起火花，从电线上穿过。

嘭！忽地，一道不算大的爆炸声在电线上响起。

整座酒店顿时一黑，一切用电设备都沉寂下来。

后厨里突然一黑，正在颠勺爆炒的大厨吓了一跳，炒锅倾斜，热油从锅里流出，落在了天然气灶的火焰中。

砰！一团凶猛的火焰从炉子里蹿出，直接烧到了厨房的房顶。

黑暗中的厨房顿时在火光中乱成一片，厨房里的人开始慌乱地奔逃，打翻了不少助燃物。

感应到高温的消防喷淋系统虽然喷出了水，却根本无法浇灭在热油中迅速燃烧的大火。

"失火了！快跑啊！"

慌乱之中，一声大喊之后，厨房里的人都往外冲，根本没有人记得那被大火烧上身体的大厨。

"啊……！"因离火最近而被火焰波及的大厨身上带着火，发出痛苦的哀号，四处乱跑，企图灭掉身上的火焰。

可是他身上的衣服本就带着油脂，四处乱跑之下非但没有灭火，反而把火苗带到了外面的窗帘还有其他可燃物上。

与此同时，断掉的电线不断爆炸，散落下来的火花将木质物品、窗帘等可燃物都点燃了。

顿时，酒店的公共区域四处出现了火情。

"起火了，快跑！"

举办作者年会的宴会厅也在黑暗中陷入了一片混乱状态。火顺着电线燃烧过来，把音响设备都烧了起来，那些舞台布置更是最佳的助燃物。

　　"世子，我们怎么办？"混乱之中，君芊芊紧紧地抓住了傅世槿的手。

第十二章

有我在别怕

林城的夜很美，城市的某处却冲起了滔天的火光。

消防车的警笛声在各处响起，朝着火光冒出的方位全速赶过去。光明区第三消防中队的消防车全部出动，以极快的速度朝着起火的地方行驶。

车上，每一位消防员的表情都很严肃。

"据指挥中心传来的消息，费蒙酒店发生大火。初步估计，起火原因是电路老化未及时更换，又超负荷输送电量后，产生意外。由于有多个着火点，火势蔓延很快，而且酒店是满客状态，目前无法断定有多少人被困在大火中，所以指挥中心调度了全城的消防力量一起参与此次救援行动。到了现场之后，我们第三中队会归光明区消防领导，大家要服从命令，同时也要注意自身的安全。明白了吗？"林致远坐在江聿身边，向全体消防员下令。

"明白！"消防员们整齐划一的喊声响彻车厢，却无法掩盖尖锐的警铃声。

江聿低头看着传来的资料，当看到某网站的作家年会也是在费蒙酒店举办的时候，双瞳倏地狠狠一缩，气息都变得凌厉起来。

"怎么了？"林致远感受到江聿的气息变化，低声问了一句。

"没什么。"江聿紧抿着唇，强迫自己的视线继续往下移，了解更详细的现场情况。

见江聿没事，林致远继续叮嘱："支队已经先一步到达了现场，这一次的行动连大队还有特勤精英都出动了，大家都打起精神来，不要弱了咱们光明区第三中队的名头。"

"铁鹰勇士，烈焰成钢！"消防战士们大声喊出自己的口号。

沉默着的江聿感觉到自己的掌心在微微出汗，前所未有的紧张和担忧情绪就好像一只无形的大手紧攥着他的心脏。

傅世槿！尖锐的警笛声中，江聿听到了自己心中的声音。

火，到处都是火。

傅世槿是第一次身处这样的绝境。如果不是亲眼所见，她根本无法想象原来大火的蔓延是这么迅速，快得让人来不及反应。

哪怕费蒙酒店有着完善的消防系统，也无法在第一时间扑灭如此规模的大火，人们只能眼睁睁地看着大火越烧越烈。

"咯咯……"君芊芊紧挨着傅世槿，蹲在暂时没有被大火侵袭的角落，被浓烟熏得不住地咳嗽，"我听说被困在大火中的人大多数是被烟熏死的，而不是被烧死的，也不知道是不是真的。"

傅世槿听清楚了君芊芊的话，却不知道该说些什么。

宴会厅在酒店的第九层，电梯不能用，要冲到安全楼梯那里却要跨越一片火海。

众人在大火中各自逃命，就连他们网站的作者和编辑也都被冲散了，现在不知生死。

危急之时，只有傅世槿和君芊芊手拉着手没有被慌乱的人群冲散。

狰狞的火焰中，浓密的黑烟熏得人睁不开眼，嗓子刺疼。

傅世槿在君芊芊捂住口鼻的毛巾上按了一下，提醒君芊芊："别松手，否则我们真的会没被烧死，先被呛死。"

"世子，我们会不会死在这里？"看着四周的火海和不断倒塌的装饰，君芊芊心中充满绝望。

"不会，我们不会死在这里的。"心中同样害怕，但傅世槿还是用坚定的语气安抚着君芊芊。

傅世槿手中的毛巾将口鼻捂得严严实实的。

幸好酒店放在桌上的擦手毛巾还未来得及收回去，幸好火灾开始的时候傅世槿机敏地把杯子里的矿泉水全都倒在了毛巾上，否则她和君芊芊现在会更惨。

"你怎么这么有信心？我从未见过这么大的火。太可怕了。"君芊芊的眼泪忍不住滑落。

傅世槿只能安慰君芊芊："林城的消防员很厉害的，现在外面肯定已经有消防员赶来了。放心，只要我们保护好自己，坚持住，都会没事的。"

"真的吗？"君芊芊不确定地看着她，仿佛此刻她的话就是支撑君芊芊坚持下去的力量和希望。

此刻的她们还在第九层徘徊，凭她们两个根本没有办法突破火墙，冲入安全楼梯。傅世槿这段时间一直在搜集有关消防安全的资料，知道安全楼梯的大门都是用防火材料做成的，能够在一定时间内阻隔大火的灼烧，可是能抵挡多久，她也不知道。

还有，这附近应该有消防栓和灭火器，如果她们能找到，是不是能扑灭拦路的大火？傅世槿的大脑在快速地运转着。

君芊芊从未经历过这么大的场面，此刻只是不断地念着："酒店的人都去哪儿了？为什么会起这么大的火？消防员什么时候才能赶来？谁能来救救我们？"

突然，一道人影从傅世槿和君芊芊身边闪过。

傅世槿看得很清楚，那是杜明阳。

而杜明阳显然也看到了她，因为他还特意停了下来，转头看向她。但是在犹豫了几秒之后，他又好像不认识傅世槿一样，捂住口鼻，猫着身体，躲避着火势朝前方奔去。

"渣男！"这一幕也落在了君芊芊眼中，杜明阳的行为让君芊芊很愤怒。

傅世槿倒是十分淡定："我和他本来就没什么关系，更何况之前我还怼了他，在这种情况下，他没有义务对我施以援手。"

"救人于水火之中，不是最基本的道德吗？"君芊芊不服。

傅世槿看着君芊芊，目光清澈："要救人，也要在自身安全得以保障、有能力的范围内。像现在这种情况，人家不救也合乎常理。"

"哼，不管怎么样，幸好你不喜欢这种男人，不然说不定以后在什么危险中他还是会把你抛下。"君芊芊心中依旧不忿。

傅世槿对君芊芊的这句话不置可否，杜明阳是什么样的人与她无关。

"咱们得想办法到安全楼梯去。"定了定神，傅世槿对君芊芊说。

消防车一停稳，江聿就跳下了车，快速走向支队指挥车。

目前大火已经包裹了费蒙酒店的低区楼层，而且火势还在不断蔓延。先赶过来的消防员已经开始用水枪灭火，在酒店外还布置了安全气垫床，气垫床上拉上了安全网，在地面上进行双重保护，以免有人情急之下跳楼逃生。

"已经有几个小组的人摸进去了，正在进行搜楼救人的任务。你们第三中队加入外部救火——"

"报告！我请求加入搜楼任务。"江聿打断了支队领导的话。

支队领导愣了一下，问了一句："你确定？"搜楼任务可比在外救援要危险许多。

"这是我个人的要求，第三中队依旧按照领导的指示，参与外部救援行动。"江聿把话说明。

支队领导双眼一瞪："胡闹！"

江聿抿唇，却没有退缩："领导，我不是胡闹，这是我认真思考过后的决定。"执行任务不能携带个人手机，他不确定傅世槿是否被困在火场之中，只能亲自进入火场中确认。但是他不能因为自己的问题，把整个第三中队都牵扯进来。

如果支队给第三中队的任务是进入火场救人，他就不会开口，但现在支队给的任务是让第三中队在外支援，他就不能不开口了。

"江聿，任务中不能带有个人情绪和个人英雄主义。"支队领导虽然不知道具体的原因，但是从江聿的请命也能判断一二。

"我明白。"江聿的目光中透着坚定之意。他决不会因为要寻找傅世槿而对其他被困人员置之不理。

支队领导见他这反常的样子，气不打一处来，正打算将他叱退，却听到对讲机里传出声音："领导，领导，酒店中被困人数太多，请求支援，请求支援。"

对讲机里传来的话江聿也听到了。

这样紧急的情况让他心中一紧，垂在身侧的双手不由自主地捏成拳头。

"收到。"支队领导回复了一句。

支队领导抬眸看向江聿，目光有些犀利："现在我没时间听你的解释，带着你的人立即进入火场支援。等这次的任务完成之后，你给我打一份报告。"

"是！"江聿大声应道。

没有片刻耽搁，他立即转身走向待命的第三中队。

嘭嘭嘭！

陷入大火中的酒店里，无数人蹲在地上，无助地向前移动。滚滚浓烟还有橘红色的火光将他们包围着，他们如同笼中困兽，想要冲出去，却又找不到出口。

"喀喀，世子，安全楼梯那边根本冲不过去啊！"君芊芊的声音充满了绝望和惊恐，或许是被烟熏的，变得有些沙哑。

"别担心，我们现在要做的就是尽可能保护自己，等待救援。"折腾了好一会儿，傅世槿也知道仅凭着她们的力量是根本无法逃生的。

大火无情，面对狰狞的火舌，根本无人敢去挑战它的威严。

刺啦！布帛撕裂的声音突兀地响起。

君芊芊转头望去，就看到傅世槿把身上的长裙撕了一截下来，长裙瞬间变成了超短裙，笔直的长腿暴露了出来。

"这裙子太长了，碍事，等咱们出去后我赔给你。"傅世槿解释了一句。

拿起撕下来的裙摆，她又奋力将其撕成两半。

"赔什么赔？只要我们能活着出去，你把我所有的衣服都撕了也没问题。"君芊芊说话带着哭腔，并不是因为心疼裙子，而是因为不知道自己还能不能看到明天的太阳。

"太倒霉了，早知道我就不来参加这个年会了。"绝望之中，君芊芊发出了抱怨。

傅世槿此时没有空去安慰君芊芊，目光四下寻找，发现了酒店用来装饰的室内瀑布景观。

来不及交代，傅世槿就快步冲过浓烟的封锁，跑到了瀑布景观前，把手中被撕碎的裙子浸入了只有一指深的水池。

这种室内的瀑布景观本来就是用抽水泵循环使用水，所以里面的水不会多，而且在电路出现故障之后，这个瀑布景观就停止出水了，只剩下池子里那浅浅的一摊。

裙子很轻薄，瞬间就被水浸湿。

傅世槿拿着被浸湿的裙子快速回到了君芊芊身边，前后不过一分钟的时间。

"你干什么？"君芊芊诧异地看向傅世槿，双眼被浓烟熏得一直流泪。

"披上。"傅世槿来不及解释，直接将浸湿的裙子一块搭在君芊芊身上，一块搭在自己身上，接着用湿毛巾捂住口鼻，同时不忘向四周的人大喊："那池子里有水，你们赶紧找些布或者脱下身上的衣服浸入水中再披上，可以起到一定的防火作用。"

听到她的提醒，不少人立即反应过来，纷纷冲向水池。

男士倒是简单，直接脱下身上的西装、衬衫。女生如果有外套的话还算方便，没有外套的，干脆直接扑进了水池。

那瀑布景观的池子中顿时陷入了一片混乱状态。

君芊芊惊讶地看着那群人，对傅世槿惊叹道："你反应这么快！"

其实这样的逃生常识大家都知道，只不过在突发情况下，很多人在惊恐中忘记了。

"最近刚好在看这方面的资料。"傅世槿回答了一句。

出于职业的敏感性，君芊芊立马想到了什么，问："你的新书打算写与消防相关的内容？"

只是还不等傅世槿回答，酒店外面就传来用扩音喇叭发出的声音。

"酒店中受困的群众不要害怕，我是林城消防大队的指导员，目前林城所有的消防力量都已经赶到，正在全力救火。我们的消防战士已经进入火场救你们。你们只要找到安全的地方，耐心地等待一会儿，就能够平安无事地出来。切记，不要慌乱，不要慌乱，以免造成其他事故。还有，尽可能找到湿毛巾捂住自己的口鼻，用水打湿自己的身体，躲到暂时没有被火势波及的地方。有自保能力的男士，请在我们的消防战士赶到之前，利用酒店中可寻到的消防器械保护女士、老人和小孩……"

那声音先安抚，再教已经慌乱的人群如何自保，最后鼓舞受困的男士保护弱势群体。

不得不说，这位大队指导员的一番话起到了很大的作用。

傅世槿看到，在听到这话后，混乱的人群变得稍微有秩序起来。

傅世槿知道自己的能力有多大，在火场中救人？她没有这个能力，唯一能做的就是尽可能地把自己和君芊芊保护好，等待消防员的到来。

值得庆幸的是，这毕竟是五星级大酒店，建筑材料都有一定的防火功能，虽然火势蔓延得很快，但是也留下了一些空隙地带，让他们得以喘息。

全市的消防员都来了！傅世槿在安静等待的时候，因为这句话心中莫名地一跳。

她不知道江聿会不会也来了。

他应该……来了吧。在那么一瞬间，傅世槿有些搞不清楚自己的想法。她是希望江聿如天神般出现在自己面前，将自己拯救出火海，还是希望他不要出现在这里冒着生命危险进行救援？

但不可否认的是，当她觉得江聿也在这里的时候，心中的不安似乎得到了极大的安抚。

"世子，你在想什么？"

君芊芊真是想不通，这么危急的时候，傅世槿居然还能走神？

"没什么。"傅世槿收回思绪，平静地回了一句。对刚才的恍惚，她根本不打算向君芊芊提。

"那现在我们怎么办？"君芊芊觉得，在这个时候傅世槿都成为自己的主心骨了。

"等。"傅世槿对君芊芊道。

酒店大堂入口的大火已经被扑灭。

全副武装的江聿冲入酒店之后就朝着逃生的安全楼梯奔去。消防员要救人，也要从安全楼梯上去，不可能搭乘电梯。

一楼大堂基本上没什么人，在火灾发生的第一时间，这里的人就冲了出去。

而第二层的受困人员，也被之前进入的消防员解救了出去。

"现在火势还没有蔓延到客房部，高楼层的建筑材料和消防系统应该可以支撑到大火被扑灭。你们光明区第三中队和第二中队就从火势最凶猛的第九层开始向下搜索，其他人从低楼层向上搜索。今晚有两个集体活动都是在第九层举行，聚集了大量的受困人员，你们上去后需要支援要立即向上汇报。"支队的支队长对江聿还有第二中队的中队长下达了命令。

领到任务之后，第三中队和第二中队的全体消防员都顺着消防安全楼梯快速上楼。从第六层开始，每经过一层的逃生门，他们就会分出一组消防员冲进去。

路遇的一些火苗，都被消防员扑灭。

九楼，几乎在不到一分钟的时间内他们就冲了上去，平日严苛训练的成果在这一刻彻底显现。

嘭！九楼逃生安全楼梯的位置突然传来一声巨响，声音引人侧目。

在火光、浓烟之中，被困在九楼的众人看到被大火堵住的逃生门被人从外面破开，门扇直接倒在了地上，刚才那声巨响就是门扇倒地发出的。

紧接着，灭火器喷出的白雾迅速地扑向门口燃烧的火苗，好几个消防员直接从还未扑灭的火海中冲了进来。

"消防员来了！"

"我们有救了！"

"太好了，我们终于有救了。"

"我们不用死在这里了！"

…………

君芊芊激动地抓紧傅世槿的手，拼命摇晃着，喊道："世子，你看，消防员真的来了！我们有救了，我们有救了。呜呜……"

看到消防员出现，傅世槿眼中一直隐藏的紧张也得到了缓解。

她在闯入的几个身影中来回搜索了一下，不确定江聿有没有在里面。

傅世槿，你在想什么！江聿的身影一次次出现在她的脑海中，这样的异常让傅世槿有些害怕。

她阻止自己去想这些，把精力放在眼前的逃生中。

冲进来的消防员立即开始扑火，随身携带的灭火器喷出的白雾有效地阻止了火焰的靠近，迅速扫出了一片不被火苗侵蚀的空地。

"所有人不要慌，能够行动的人迅速向这边靠近。无法行动的人出声示意，我们会立即救援。身边有伤者的，也请表明位置。"其中一名消防员对着火场大喊。

这个声音令傅世槿浑身一麻。

她很熟悉这个声音，这个声音的主人在最近这段时间里一直陪着她，她怎么会不熟悉？

江聿！傅世槿在心中喊出了这个名字。

江聿真的来了，而且就出现在她身边。不知道为什么，在大火中都还能保持镇定的傅世槿此刻有些想哭。

就好像确定安全之后那种紧绷的感觉终于得到了释放一般，又好像受到委屈的小孩终于找到了大人倾诉一般，她需要大哭一场来宣泄内心的恐慌和害怕。

说到底她还是一个普通人，并不是小说里那些带着主角光环的强大女主角，面对生死危机时她也会害怕，之前的镇定只是自我强迫，性格使然而已。

察觉身边的人有些颤抖，君芊芊抓紧傅世槿的手问："世子，你怎么了？是不是哪里不舒服？"

"我没事。"傅世槿强忍住心中疯狂爆发的莫名情绪，缓缓地摇了摇头。

消防员的出现让被困在九楼的众人安心。

众人听从吩咐，还能自由行动的人弓着腰、埋着头快速地朝着指定的位置跑过去。

除了有两名消防员原地待命，用灭火器阻止火焰再次侵袭之外，进入九楼的其他消防员都快速地分散开来，帮助受困人群脱离危险。

九楼受困的人的确很多，不一会儿，逃生入口外已经站满了人。

"先护送他们下去。"江聿下达命令。

一组的消防员立即站出来，保护着二三十人朝着清理出来的安全楼梯走去。

"有没有人受伤？有没有人受伤？"江聿继续在浓烟、火焰中搜寻。

不仅他如此，负责搜寻工作的其他消防员也同样这样喊着，他们必须确保整层楼没有一个受困人员后，才能向下一层移动。

火焰、浓烟中，还有不少人往逃生出口跑去。

傅世槿和君芊芊手拉着手站起来，也打算往逃生出口赶过去，却突然听到一个虚弱的求救声。

"救命……救……"

求救的声音让傅世槿和君芊芊同时回头，这才发现，一位两鬓染霜的老人不知是自己滑倒了还是在冲撞中不慎摔倒了，正趴在地上求救。

在他身上还压着一件装饰物，好在倒下来的那一头架在了瀑布景观的池子边，才没有落在他身上。但即便是这样，他也无力从装饰物下爬出，只能向周围求救。

看到两个女孩子发现了自己，老人眼中燃起了希望，虚弱地道："救我……"

"怎么办？"君芊芊有些慌。

见死不救枉为人啊！可是君芊芊自己也很害怕，更怕因为救人而错失了自己逃生的机会。君芊芊不知道这是不是自私，只知道自己也不想死。

"不知道还好，发现了还走，那就不是人了。"傅世槿一咬牙，朝着老人跑过去。

君芊芊见她如此，也跺了跺脚，跟着跑过去帮忙。

只是要救出老人，就必须移开压在他身上的装饰物将他扶起来，或者将他从缝隙中拖出。但无论哪一种方法，都不是她们两个女生可以做到的。

情急之中，傅世槿又突然被人从后面撞了一下，直接扑倒在地上。她抬眸望去，对上了杜明阳惊慌失措的脸。

后者看到了她，也看到了摔在地上的老人，最后却选择了扭头逃命。

"人渣！"君芊芊怒骂了一句。

傅世槿却没有时间去指责杜明阳的行为，奋力爬起来的同时直接大喊："这里有伤员！"

她的话音刚落，一道人影就从浓烟中闪了出来。

"我曾经梦见，一位盖世英雄脚踩着七彩祥云来娶我……呸！"君芊芊梦醒，盯着突然出现在自己面前的消防员，立即修改了脑海中出现的幻象：一位身穿消防服、戴着消防头盔的消防员来救我们了！

然而她没有发现，这位如天降神兵般出现在他们眼前的消防员，透过消防头盔的目光落在了她身边的傅世槿身上。

君芊芊没有感觉到，但是傅世槿感觉到了，而且一眼就认出了这双眼睛的主人。

哪怕这张脸被消防头盔和呼吸器遮挡得只剩下一双眼睛，傅世槿仍然在这双眼睛中看出了激动情绪。

别怕，我来了！傅世槿几乎瞬间就读出了他眼神中的含义。

两人只是对视一秒，江聿的目光就从傅世槿身上移开，落在了趴在地上的老人身上。

"你们先走，这里交给我。"江聿说了一声。

"小哥哥的声音好好听！"君芊芊却在这个时候惊叹了一句。

傅世槿有些无语，君芊芊这个时候还发花痴？

"我们先走。"傅世槿的理智还在，她知道这个时候最好的选择就是听从江聿的话，因为在救援方面，江聿比她和君芊芊都专业多了。

可她还是不放心地问了一句："你一个人可以吗？"

已经来到老人身边的江聿听到傅世槿的话，抬头看了她一眼，微微点头。

得到他肯定的保证之后，傅世槿才拉着君芊芊快步向逃生安全楼梯走去。

"你认识刚才那个小哥哥？"两人刚离开，君芊芊就敏锐地问。

傅世槿看了君芊芊一眼，似乎在问：你为什么会这么问？

君芊芊看懂了她眼神中的含义，嘟囔了一句："我感觉你们两个的语气好像是认识了很久的。"

傅世槿有些无言以对，但现在也不是解释的时候，先离开这个危险之地再说。

不过她还是下意识地回眸看了江聿所在的方向一眼。

此刻的江聿已经在傅世槿她们离开之后将压在老人身上的装饰物挪开了一些位置，腾出了能把老人扶起来的空间。

"谢谢、谢谢。"被江聿扶起来的老人不断地感谢，嗓音已经被浓烟熏得沙哑难听。

"老人家能走吗？"江聿问。

老人面色难看地道："我的脚。"

江聿低头看过去，才发现老人的脚一直在打战，似乎是因为刚才的摔倒受了伤。

"我背你走。"江聿当机立断道。

接着他直接把老人背在身上，朝着逃生出口走去。

不断有人被消防员护送下楼，被困在九楼的众人见到了生的希望，还能走的人都拼命地朝着逃生出口冲去。

"别急，大家都可以走！别急！"守在逃生出口旁的消防员努力维持着秩序，可是效果甚微。

江聿背着老人赶过去，却发现傅世槿和君芊芊还没有离开。

"你们怎么还没走？"江聿愣了一下。

"人太多了。"君芊芊在傅世槿之前开口。

江聿抬眸望去，发现逃生出口已经被人群堵住，一开始的秩序早已在求生欲望之下崩溃。

每个人都想要逃命，每个人都想要先一步离开，互不相让的结果就是现在这个样子。

人性在生死面前表现得淋漓尽致。

"头儿，里面有伤员被火烫伤，还有伤员被重物击中，有大量出血现象，还有被浓烟熏晕的人，需要及时抢救。"江聿的耳麦中不断地传来队员的汇报声。

听到形势如此严峻，江聿把身上的老人放下来交给傅世槿道："照顾好老人家。一会儿人员被疏通后，你们立即离开。"

同时他对在维持秩序的消防员下命令："尽快疏散。"然后他又对拼命拥挤的人群喊道，"你们这样，一个都出不去！想要活命就听我们的指挥。"

说罢，他看了傅世槿一眼，转身走向大火中。

"老林，报告你所在的位置。"

"我刚护送第七层的受困人员下来，现在第七层正在进行最后的搜索和扑灭任务。"林致远的声音立即传来。

"九楼伤员较多，你把空余的人力全部给我带上来，还有通知救护车待命。"江聿交代了一句，便结束了通信。

刚刚走出火场的林致远在接到江聿的命令之后，转身召集人手，再一次冲入了火场之中。

费蒙酒店的大火成了林城今晚的新闻热点，无数的人通过不同的途径在关注这一事件。

火灾现场，一切都在有条不紊地进行着。

蔓延的大火在全体消防官兵的努力下，已经得到了有效的控制。

"费蒙是五星级大酒店，自身的消防系统肯定是过关的。这一次发生这么大的火灾，我估计是厨房起火，点燃了天然气管道……"

"我听说是电路老化。"

"或许两者兼有？"

…………

现场的围观人群中有人在低声议论。

嘭！议论的声音还未消失，已经得到控制的火场之中突然传来惊人的爆炸声。

突如其来的爆炸声让在外指挥的消防指挥长都下意识地蹲下身子，做出防护的姿势。

远处围观的人也被吓得连连后退，发出惊呼。

而原本受到控制的大火，再一次燃烧起来。

"什么情况？"重新站起来的消防指挥长用对讲机问。

"受热的天然气管道爆炸了，引发二次火情。"对讲机中迅速传来回应声。

消防指挥长脸色一变，唾沫星子都喷到了对讲机上："所有人员有没有事？各队各组报告你们的位置，有没有人员受伤？有没有人员受伤？"

轰！猛烈的火焰在爆炸之后从楼道蹿出，天花板都被炸裂，不断地掉落。

九楼中还未离开的人都吓得发出惊恐的叫声，抱头蹲在了地上，死亡的恐惧再一次袭来。

太可怕了！还未撤离的人从心底生起绝望的情绪。

离逃生出口最近的两名消防员在爆炸发生的第一时间扑向拥挤的人群，拼尽全力把他们推了回来，防止有人受伤。

他们自己却扑倒在地，背部的防护服都被剐破。

原本可以逃生的出口再一次被火焰堵住。

九楼瞬间变成了地狱！

"啊！"君芊芊惊呼着后退，即便是在火光之中，脸色也变得苍白无比。

傅世槿此刻的脸色也好不到哪里去，与君芊芊带着那受伤的老人下意识地向后退。

与他们一样惊慌失措的人有不少，后退中不少人跌坐在地。

扑倒在地的消防员立即站了起来，把那些同样摔在地上的人都拉起来，还不断地问："没事吧？大家都没事吧？"

"呜呜……现在大火把逃生出口都堵住了，我们要怎么逃啊？"人群中传来了女子的哭声。

傅世槿和君芊芊都认得这道声音的主人，是他们网站的一名作者。

循声望过去，两人才发现，在被滞留的这些人中还有几个是同站的作者还有编辑。

不过傅世槿和君芊芊的编辑并不在此列，也不知道是不是在刚才消防员转移被困人员的时候先跟着走了。

按道理说，在这样的聚会中发生危险，编辑们应该先保护作者撤离，可是在生死关头，又有多少人还会在意这一点？

碰上的人就一起走，碰不上也没办法。

这时网站的几个编辑也认出了傅世槿和君芊芊，几人没多想，拉着惊慌失措的几个作者一起朝她们走了过去，一群人终于聚在了一起。

"世子、芊芊，你们都没事吧？"开口的是网站的主编，语气也十分关切。

傅世槿和君芊芊都摇了摇头。

"这是……"主编看到她们扶着的老人，忙问了一句。

"这位老人家受伤了。"傅世槿简单地解释了一句。

主编了解地点了点头，想说什么，却又把话咽了回去，最后只道："现在这个情况，大家都别慌，我们会尽力保护大家的安全的。"

"保护，怎么保护啊？早知道我就不来参加这个年会了。"一位作者哭着抱怨。

其他几位作者虽然没说话，但是神情也是同样的意思。

遇到这种意外，编辑们也不好说什么，他们同样没有遭遇过这样的情况，心里也害怕啊。

主编有些尴尬，只能讪讪一笑，然后快步走向消防员询问情况："消防员同志，现在我们怎么办？"

幸好之前消防员把这附近的火扑灭了，浓烟也被驱散了不少，否则他们根本无法开口说话。

"大家都别急，我们会把大家都安全地护送出去的。"消防员回道。

"说得轻巧，这么大的火怎么灭？"角落中，一句带着怨气的话冒了出来。

这又是一道熟悉的声音！

傅世槿转头望去，看到了人群中的杜明阳。

"呵！这真是天道好轮回，苍天饶过谁！"君芊芊也看到了杜明阳。不管杜明阳的选择是不是人之常情，君芊芊就是看不惯这个家伙。

傅世槿也没有想到，杜明阳一直在逃生，最终却还是被困在了这里。

"芊芊。"傅世槿对君芊芊摇了摇头。

守在这里的两个消防员听到杜明阳的话也没有多说什么，一个向上级汇报情况，另一个把灭火器拿出来，继续灭火。

但是这种随身携带的灭火器里面的干粉数量有限，仅凭他们两个人的力量根本无法扑灭从楼梯里蹿出来的火焰。

费蒙酒店外面，好多水枪都对准酒店喷射，云梯上也站着消防员，同样采用水枪在高空灭火，阻止火焰蔓延到上面的客房区。

消防指挥长不断地看着手腕上的手表，眉宇间有化不开的凝重神色。

从接到报警电话到现在已经过去快半个小时了，现在还有人被困在酒店里，时间拖得越久，被困人员就越危险。

救人，救火！这两项都是要比速度的救援，都在眼前发生了。

"所有消防员注意，加快救援速度，务必解救出所有受困人员，并且保护好自身的安全。"消防指挥长用对讲机喊道。

九楼，江聿与其他消防员转移伤员出来，就看到了再次被堵在门外的众人。

刚才的爆炸声江聿也听到了，只是没想到大火会从逃生出口蹿上来。

"头儿，这家酒店的防火设备肯定有地方偷工减料了。"一名消防员在江聿耳边吐槽了一句。

江聿警告地看了他一眼，让他闭嘴。

事后队里会有针对此事的事故调查，搞清楚起火的原因、着火点还有火势迅速蔓延的原因，但是现在，在没有证据的情况下，他们绝对不能乱说话。

"头儿！"两名消防员见到江聿回来，仿佛有了依靠一般。

江聿目光快速地扫过傅世槿，冷静地下达命令："把剩余的灭火器集中起来。一组出列。"

六名消防战士同时站出来，其他消防员也在江聿的命令下迅速地把身上的干粉灭火器摘下，集中放在地上。

"你们六人两人开路，两人殿后，左右各一人，每人携带两个灭火器，压制火势，护送能行动的人离开。剩下的人随我留下保护伤员，等待进一步的救援。"

"是！"消防员们齐声道。

等待救援！傅世槿心中一惊，看向被江聿他们救出来的伤员。伤员们大多处在昏迷之中，的确无法自己行走，如果一起行动的话，会拖累大家的速度。

最重要的是，江聿必须保证在灭火器用完前，能把一批人先送出去。

从理智上，傅世槿认同江聿的指令；可是从情感上，她有些担心江聿的安危。

嗯，这是朋友间的关心。傅世槿在心中这样告诉自己。

九楼剩下的人中，能够自己走的还有十几个人。大家按照江聿的话组成阵形，却发现人太多，队伍被拉长后，会暴露出空隙，使其中的人被大火烧到。

"头儿，最多只能转移九人。"一组组长有些为难。

一次只能转移九人，那么就势必有一些人主动留下，等待第二批救援，可是谁会主动留下？

江聿皱了皱眉，正准备开口让男士先留下，老人、女人、孩子先走，却听到傅世槿开口："我留下。"

"世子你疯了？"君芊芊惊讶极了。

江聿也猛地回头看向她。

傅世槿对上他的视线，冷静地说："我愿意留下来等待第二批救援。"

咚！江聿觉得自己的心脏被狠狠地重击了一下。他不知道傅世槿主动留下来和他有没有关系。

总要有人主动留下。傅世槿的眼神传达给江聿的信息，他接收到了。

最终，江聿微微动了一下嘴唇，却没有反驳她的意愿，只是同样用眼神传递给傅世槿一个信息：别怕，有我。

成功接收到江聿的信息的傅世槿微微一愣：她并不怕啊！

说实在的，在消防员赶到之前，她的确惶恐不安，还有对灾难的恐惧，可是当消防员进入的那一瞬间，她就不怕了，坚信她一定会有惊无险地出去。

"那我也留下。"君芊芊见傅世槿主动要求留下，犹豫了一下，也说出了自己的决定。

傅世槿诧异地转头看向君芊芊，低声劝了一句："芊芊，你不必因为我而留下。"

"我还是觉得留在你身边更安全一些。"君芊芊低声道。

四周灼热的空气和刺鼻的浓烟都在不断地侵蚀过来，做出一个关乎生死的决定，实际上不过是在半分钟时间内。

女生都打头了，几个男士犹豫了一下，也主动留下。

剩下的人都在一组的消防员的护送下开始转移。

傅世槿所在网站的编辑还劝了她和君芊芊几句，见她们无动于衷也只好放弃，带着其他作者先离开了。

"垃圾。"君芊芊眼尖地看到杜明阳混在了撤离的人群中，忍不住低声骂了一句。

因为她这一声骂，傅世槿才注意到杜明阳的存在。

"世子，还好你眼睛雪亮，没有看上这种人。"君芊芊对傅世槿道。

傅世槿淡淡地一笑——杜明阳是什么样的人，和她又有什么关系呢？

撤离的人群消失在众人眼前。

留下的消防员们手中已经没有了便携的灭火器，而酒店的消防系统在大火中早已失灵。

就连江聿此刻都不得不疑惑，这家酒店的消防系统是怎么通过检验的？

短暂的沉默之中，安静的气氛带着一种压抑的情绪。

"头儿，每层楼的安全消防门都被破坏了，楼梯损毁严重，要等新的救援上来恐怕还需要时间，其他楼层也还有受困者。"没过多久，江聿的耳麦中就传来了一组组长急切的声音。

这个消息让江聿目光一凛。

"老林，听到请回话。"他直接呼叫了林致远。

林致远很快回应："听到、听到。"

"你那边是什么情况？"江聿离开人群，低声问。

他这一问让平日里十分有教养的林致远直接破口大骂："这黑心的老板和建筑商。三楼的楼板发生断裂，内部结构暴露出来，我们才知道，这酒店在建造时是好材料、烂材料混着用的。现在我们正在紧急处理三楼断裂垮塌下来的楼板，清理出逃生通道。你在上面还顶得住吗？"

最新的消息让江聿心情有点儿沉重。

突然，他的耳麦中传来轻微的电流声，而后这次行动的指挥长的声音出现："江聿，听到请回话。"

江聿立即回应："江聿收到。"

"现在九楼的情况如何？"指挥长关切地询问。

江聿目光飞快地环视了一圈留下的人，沉声汇报："目前九楼还滞留了……"

江聿将现在的情况简短地汇报之后，耳麦中安静了几秒。

"江聿同志，三楼出现楼板断裂垮塌的情形，堵住了上楼的路。目前我们的人正在全力清理障碍，但是需要时间。可是在烈火之中，我们最缺的就是时间。我现在命令你，采取其他有效方法，把所有受困的群众都安全地带出来，不要被动等待。"指挥长的声音不容违抗。

消防头盔中的脸蒙上了一层凌厉的光芒，江聿坚定地道："是，保证完成任务！"

结束了通话，江聿转身看向所有人。

而所有人的目光也集中在他身上，不管他们认不认识江聿，目光中都有一种把自己的生死寄托于他、寄托于在场的消防员的情绪。

"头儿。"一名消防员走近江聿。

江聿低声道："检查你们身上现有的装备。"说完，他直接跨过火海，来到了窗户边，看向窗外。

楼下是高高的安全气垫床，在气垫床之上还拉着安全网。

这里是九楼，这个位置离地面的距离大概是三十五米。消防云梯此时正在酒店的另一侧执行高空救援任务，现在调过来也需要时间。调度的时间里，如果采用别的救援方案……

通过气垫床和安全网的降速，还有身上携带的消防绳……江聿大脑中飞快地分析着新的救援方案。

几秒的时间内，江聿脑海中已经形成了一个新的救援计划。

决定之后，江聿转身离开了窗户边，再次从火光中走出。火舌舔舐着他身上的防护服，让衣服冒出一缕缕轻烟。

"用你们身上的消防绳寻找固定支撑位置，每人带一名群众，从窗户逃生。"

"什么？跳楼？"

"开什么玩笑？这里可是九楼啊！跳下去，不死也残了。"

"我不跳！不是说救援很快会到吗？我就在这里等待救援！"

"…………"

江聿的话音刚落，留下来的人中就响起了不满的声音。

"跳楼？"君芊芊也倒吸了口凉气，紧紧地抓住了傅世槿的手臂。

"别怕。"尽管傅世槿在听到江聿的话后内心也有点儿紧张，但还是努力冷静下来，安慰君芊芊。

江聿的目光透过防护罩射出来，让议论的声音渐渐平息。

"现在发生了意外，三楼的楼板出现了部分垮塌的现象，救援的部队一时上不来。而我们继续停留在这里，只会越来越危险。你们放心，在逃生过程中，我们不会让你受到伤害。"

江聿将实情说出，让受困的人快速做出决定。

可是江聿知道，此刻他们心中有犹豫，还需要最后推一把。

说完之后，江聿就转头看向傅世槿所在的方向："女士，你愿意相信我，让我带你离开吗？"

傅世槿一愣，瞬间就明白了江聿的用意，他是要让她来做榜样啊！

她愿意吗？面对江聿的目光，傅世槿觉得自己做不到摇头拒绝。而且从内心来说，在此刻的情况下，她是相信江聿的。

"好。"对视中，傅世槿站了出来。

"世子！"君芊芊惊呼了一声。

君芊芊真的想不明白，为什么傅世槿会有这样的勇气。

傅世槿用眼神安抚了君芊芊，走向江聿。既然要做榜样，那么她自然要越淡定越好，哪怕现在她的心很慌。

某人强装镇定的样子落在了江聿眼中，他忍住笑意，将自己身上的消防绳解了下来。

"我要怎么做？"傅世槿问。

江聿手中动作不停，低头回答她的问题："什么都不用做，相信我就好。"

在江聿准备的过程中，其他消防员也没有干等着，而是与江聿一起寻找可以固定绳索的位置。

当江聿用消防绳将自己和傅世槿捆在一起后才发现，原来此刻两人之间的距离是这么近，近在咫尺！

咚咚……傅世槿的心突然跳得有些快。即便隔着消防头盔还有消防服，傅世槿还是觉得江聿的气息就缠绕在自己鼻间，让她有点儿不敢去看那张脸。

"准备好了吗？"江聿侧头问。

傅世槿觉得自己在恍惚中好像点了点头。

江聿一只手抓着消防绳，一只手搂住了傅世槿的腰。目光落在她身上，他觉得今天的傅世槿格外美。

"所有人注意，大家依次行动。"江聿对消防员们下达了命令。

原本身为中队长的他应该最后一个离开，但是为了让受困的人放心，他必须打头阵，做出示范和表率行为。

"是！"消防员们的声音平静而沉稳，就好像他们现在面对的并非实战，只是一次训练、演习。

消防员们这样平静的语气也有效地缓解了现场众人的紧张情绪。

"世子！"君芊芊担心地喊了一声。

傅世槿终于有些清醒，扭头看向君芊芊，也不知道是对君芊芊一人还是对所有人说："在这个时候，我们要相信专业的人。"

君芊芊一愣。

其他人也是一愣。

而此时，江聿单臂搂紧傅世槿的腰，带着她纵身一跃，从打开的窗户跳出。

"啊！"失重和从高空坠落的感觉还是让傅世槿叫了出来。

江聿另一只手中的消防绳快速拉直，单臂支撑两人的重量，尽可能地减慢两人下降的速度。

"别怕。"江聿的声音在傅世槿的耳边出现。

傅世槿紧紧地闭着眼睛，双手抓紧了江聿的衣服，将自己紧缩在他怀中。仿佛只有在他的保护下，她才会什么都不怕。

她能感觉到，环在她腰间的大手很有力，将她搂得极紧，隔绝了恐惧和危险。

坠落的过程对傅世槿来说很漫长，但是对其他人来说不过是瞬息之间的事。

酒店外，火光、烟雾之中，围观的众人就看到两个人从九楼跳下。一时间，这一幕吸引了所有人的注意，也让人们都屏住了呼吸。

消防绳的最后一截从江聿手中脱出，两人的身体直接落入了消防网中，被带有弹力的网来回弹动了几次后，才渐渐平稳下来。

"傅世槿？"江聿坐起来，抱着傅世槿检查她的情况。

傅世槿深吸了几口气才缓过来，苍白着脸对着他摇了摇头，道："我没事。"她抬眸看向他，一向淡然的眼眸中多了几分不一样的东西。

只是此刻的江聿没有时间去注意。

"没事就好，我送你下去。"江聿动作十分利落，在把傅世槿往接应的人手中送时，还不忘通过耳麦通知楼上的人开始行动。

不一会儿，第二对人从九楼跳下，伴随着的还有一道尖叫的女声。

君芊芊！被送往救护车的傅世槿从声音中分辨出了第二个脱离险境的人是谁。

而在九楼，连续两个女人都做出了表率行动，其他人还好意思说什么？最重要的是，傅世槿和君芊芊都没事。

嘀呜——嘀呜——

傅世槿和君芊芊被送上了同一辆救护车，前往附近的医院进行检查。而江聿的工作还在继续，九楼还有伤员需要转移，其他楼层也还有受困群众等待救援。

这是一场与时间赛跑的救援，而江聿和他的战友们正在这场比赛中争分夺秒，尽一切可能地挽救生命。

傅世槿靠着车窗，看向窗外渐渐远去的那一片混乱场景，似乎有些担心。

"唉，真是难忘、惊险的一夜。"君芊芊靠着另一边车窗，声音中透着被烟熏过的沙哑和死里逃生的轻松。

"是啊。"听到她的感叹声，傅世槿也附和了一声。

"这是我人生中第一次跳楼逃生耶！现在回想起来，还挺刺激的。"安全之后，君芊芊的心情轻松许多。

刺激？傅世槿眉梢轻挑了一下。

因为君芊芊的话，她开始不由自主地回想和江聿一起跳下来的那一瞬间的画面。

那一瞬间她的感觉是什么？好像并不是刺激，那一瞬间她觉得自己的心前所未有地平静，好像生死都无所谓了。

"我得打个电话给我家宝宝报平安。"君芊芊结束感叹之后，开始寻找自己的手机。

"糟了，我的电话在手包里，手包丢在大火中了。这一次真是损失惨重。"

君芊芊惊呼的声音拉回了傅世槿的思绪。

傅世槿看向垮着脸，除了精神有些萎靡、皮肤被烟熏得有些黑之外并未受伤的好友，不由得笑了起来，道："再买一部吧，你又不是买不起。"

"也只有这样了。"君芊芊无奈地叹了一句，随即重展笑颜，"世子，你看咱们是不是也算同生共死过了？"

"嗯。"傅世槿点了点头。

"那等我结婚的时候，你可要当我唯一的伴娘！"君芊芊趁机提出要求。

傅世槿怔了一下，笑着答应："就算我们没有同生共死过，只要你需要我，我也会答应你的。"

如果有一天君芊芊要结婚了，她怎么可能不去参加婚礼？

"我突然有点儿后悔谈恋爱了。"君芊芊神情突然一变。

傅世槿的表情有些错愕：怎么君芊芊刚才还在说要结婚，现在又说后悔谈恋爱？

单纯的某人表示不懂。

君芊芊露出陶醉的样子："我觉得消防员真的好帅、好 man 啊！如果我现在还是单身，肯定去倒追消防员小哥哥！"

"喀喀。"听了君芊芊高调的言论，在护士的掩唇轻笑中，傅世槿忍不住轻咳了几声，警告地看了君芊芊一眼。

她想要提醒这位小姐姐，不要刚刚脱险就暴露出花痴的本质啊！

第十三章

初恋一道伤

　　傅世槿不知道费蒙酒店的那场大火最后是什么时候被扑灭的。

　　那天晚上，她和君芊芊在医院接受检查之后住了一晚，第二天才出院离开。

　　网站的领导倒也反应及时，在她们脱险之后就立即联系上了她们，然后在她们第二天出院后，又派车把她们接到了新安排的酒店——意外虽然发生了，但年会还是要继续的。

　　年会结束之后，在场的作者每人都获得了一部新手机，额外有每人五千元的慰问金，算是对这次意外的一个交代。

　　至于酒店那边会不会对这次的意外有什么补偿，网站方也承诺，一旦双方达成共识，酒店那边的赔偿他们会安排专人对接每一位作者。

　　年会结束之后，傅世槿又送君芊芊去了机场，最后才返回了自己的家。

　　因为她对之前的消息够保密，所以几天下来，身边几乎没人知道她经历了那场轰动全城的火灾。

　　而对江聿，那天之后她没有再和他联系过。

　　她也不知道他在忙什么，最重要的是……他有没有受伤？

"该死，我在想什么？"站在洗衣机前，刚把衣服丢进去准备按启动按钮的傅世槿猛地摇了摇头，把生起的念头狠狠地甩出去。

回到家中之后，她已经不知道是第几次开始担心江聿了。她忍不住怀疑他这几天音信全无是因为受伤了。

将不该有的思绪摒除，傅世槿按下了洗衣机的启动按钮，转身返回客厅，又一次拿起手机，打开了微信界面，还是没有任何消息。

不应该啊。

傅世槿又不由自主地开始分析：按说费蒙的大火都已经被扑灭两天了，江聿的任务也应该结束了，他再怎么忙也该有空发个微信吧？

如果不是新闻报道说费蒙的大火中并未有消防员牺牲或受重伤的消息，傅世槿恐怕都想要去第三中队问问了。

怎么说也是相识一场，又是他把我救出来的。傅世槿为自己的反常寻找着恰当的理由。

嗡嗡——手机突然振动起来，打断了傅世槿的思绪。

"亲爱的，你猜我在哪儿？"

傅世槿眉梢一挑，对秦柔柔说："你不会在我家门口吧？"

"我现在在医院。"秦柔柔并未让傅世槿猜太久。

"医院？"傅世槿一愣，下意识地说，"你不会是怀上了吧？"不然秦柔柔好端端的去医院干什么？而且从声音听来，秦柔柔并没有生病虚弱、不舒服的样子。

"呸！你少咒我啊！"秦柔柔立即否认，"我是跟着我家宝宝来看你那位消防员小鲜肉的。"

看江聿？！傅世槿顿时心中一紧，却故作淡定地问："哦？他怎么了？"

"听说是在执行任务时触发了旧伤，也没多大的事，就是需要观察几天。"或许是傅世槿伪装得太好，秦柔柔没有听出她话里的紧张情绪。

幸好他伤得不严重。

傅世槿紧张的心微微放松，就听到秦柔柔小声说："这个小鲜肉

305

长得还真是帅，真人比照片帅多了！傅同学，这样的小鲜肉你不要真是太可惜了。不过啊，消防员这个职业真的很危险，你不要也是对的，就是可惜了这完美的外表啊！自己看养眼，带出去耀眼。"

傅世槿有些无语。她很想问一下秦柔柔大小姐："你说的话自相矛盾不？"

与秦柔柔闲聊了几句后，傅世槿便挂了电话。不管秦柔柔是有心还是无心，但起码让她知道了江聿的消息。

只是江聿为什么不亲自告诉她？

挂了电话之后，傅世槿在思考这个问题。但随即她就笑了笑，自言自语地说："我和他是什么关系？他为什么要向我报平安？"

医院里，秦柔柔结束了与傅世槿的通话后，走回病房，听着邵中台唠叨江聿的声音，再偷偷地看一眼小鲜肉，依然觉得他很帅啊！

"你说你也是的，要不是我看了新闻，又给你打了电话，都不知道你如今躺在医院里，更不知道不久前你才受过伤！"

江聿沉默地看着邵中台，心中十分后悔告诉邵中台自己在医院。

其实他真的没什么大碍，只是在行动中让之前受伤的地方有些小问题，现在就是留院观察几天罢了。

如果今天的检测报告没有问题，他明天就能出院。

看到秦柔柔走进来，江聿目光闪烁了一下后，打断了邵中台的话，问："能不能去给我买点儿喝的？"

"这不是有水吗？"邵中台指向床头柜上的水壶。

江聿看了邵中台一眼，沉声说："想请你女朋友吃点儿甜品。"

秦柔柔一愣，眨了眨眼：这小鲜肉是什么意思？

邵中台反应过来，立即站起身走向秦柔柔，道："柔柔你渴了吧？我去给你买点儿喝的，你在这里等我。"

邵中台觉得都怪自己，听到这个小表弟受伤后就急急忙忙地带着女朋友跑了过来，都忘了两人正在约会，秦柔柔连口水都还没喝上。

"好。"秦柔柔笑眯眯地点头。

邵中台没听出来小鲜肉要支走他，她可是听出来了。

邵中台又叮嘱了秦柔柔几句话之后，才走出病房。

邵中台一走，秦柔柔就耐不住性子地问："你想问我什么？"

秦柔柔一脸期待、好奇的样子让江聿觉得好笑。

"也没有什么，只是刚才见你在外面打电话，就想问问你是不是在给傅世槿打电话？"

"你那么关心她呀？"秦柔柔笑得有些暧昧。

江聿微微一笑，道："就是想确定她怎么样。"

"她能有什么事？"秦柔柔一愣，有些不明白江聿的意思。

看到她的这个表情，江聿就明白了，傅世槿没有把自己经历了火灾的事告诉身边的人。

既然傅世槿不想说，那么他也不好戳破了。

"没什么。"江聿随意地结束了话题。

不过他还是从秦柔柔那里确定了傅世槿没有事，这几天应该恢复得不错。

"怎么奇奇怪怪的？"秦柔柔见江聿不打算多说，不满地嘀咕了一句。

邵中台回来得很快，手中提着两瓶茉莉清茶还有一盒雪糕，应该就是在医院附近的便利店买的。

"柔柔先将就着吃，一会儿我带你去吃大餐。"邵中台当着江聿的面尽情撒着"狗粮"。

"谢谢宝宝。"

秦柔柔的声音嗲起来，让江聿都忍不住抬眸看了她一眼。

邵中台却甘之如饴，十分享受她的撒娇。

"喏，脚上的伤不影响喝饮料吧？"邵中台面对江聿时，表情中哪里还有那种百般宠爱，只是把其中一瓶茉莉清茶递给了他。

好在江聿早就习惯了表兄见色忘友的本性，所以并未在意，接过茉莉清茶也并未打开喝，只是放在了一旁。

邵中台自己喝了一口茉莉清茶，又看到秦柔柔吃着从医院附近的便利店买的几块钱的廉价冰激凌一脸满足的样子，忍不住笑起来："真是搞不懂你们女生，嘴上整天吵着说要减肥，但是对各种增肥的食物又毫无抵抗力。宝宝，这一盒吃下去，你可想过后果？"

"哼！因为这是你买给我的，我才吃。别人就算请我吃，我还不吃呢。"秦柔柔理直气壮极了。

邵中台无言以对。

江聿沉默地听着两人的对话，突然想起了傅世槿那喝奶茶的习惯，下意识地脱口而出道："女生喜甜本来就是天性，而且甜食可以促进人体分泌多巴胺，让人开心。人为什么要为了所谓的减肥而放弃这种热爱？其实就算胖一点儿又有什么关系？不影响身体健康就好。"

他这一番下意识的话让打情骂俏中的两人突然一愣。

沉默之后，秦柔柔眼中闪烁着星光，一脸神魂颠倒的样子："小哥哥你说这番话的时候好有魅力哟！"

江聿一愣，知道自己失言了。

邵中台眼神幽怨地看向秦柔柔，吃醋地问："宝宝，难道我就没有魅力吗？"

"呵呵。"秦柔柔讪笑了一下，极度敷衍地安抚邵中台，"你当然也有魅力，不然老娘怎么会看上你？"

邵中台顿时更加郁闷起来："我也不觉得你胖啊！你想吃多少就吃多少，我乐意让你吃。肉乎乎的抱起来才舒服呢。"

一番发自肺腑的宣言终于迎来了秦柔柔娇嗔含羞的目光，这让邵中台十分有成就感。

懒得看两人撒"狗粮"，江聿拿出手机，思索着要不要给傅世槿发一条信息。可是两人的关系还未确定，他就贸然去向她报平安，似乎有些尴尬啊。

"有些人天生怎么吃都不胖，就像傅世槿那家伙，你都不知道我快要羡慕嫉妒死她了。"

江聿心里正想着傅世槿，突然又听到秦柔柔提及她的名字，思绪猛地被抓了回来。

"吃不胖？"江聿疑惑了一下。可是傅世槿明明说过，规定自己只有5号才能喝奶茶就是为了控制体重。

想到她明明很爱喝奶茶，却又要控制的样子，江聿为她打抱不平起来："你以为人家吃不胖，其实只是因为你看不到人家背后的努力和节制。"

突然被江聿用严肃的语气训话的秦柔柔愣住了。

邵中台也愣住了。

但随即邵中台就反应过来，像老母鸡护小鸡那样挡在秦柔柔面前，对江聿警告道："喂，怎么和你未来表嫂说话的？注意语气。"

"不，你等等。"秦柔柔却揪着邵中台的衣服让邵中台一边玩去，眨了眨眼，好奇地盯着江聿，突然恍然大悟，"你是说她只在每月5号喝奶茶的习惯吧？"

原来她知道？江聿眯了眯眼睛。

也对，秦柔柔既然是傅世槿的闺密，又怎么会不知道她的习惯？

"那女人这么不要脸，对你说她是为了减肥才只在5号喝奶茶？"秦柔柔顿时不服了。

江聿沉默。他之前就猜到其中有隐情，只是傅世槿不愿多说，他也不好多问。现在的情况似乎是个好机会！在秦柔柔激动之下他顺势引导秦柔柔说出来？可是他又觉得这样似乎有些不够光明正大，最后索性闭嘴不言。

然而根本不用江聿去刺激、引导，秦柔柔就不吐不快地把背后的隐情直接说了出来。

"她不就是为了那个渣男才每月5号喝奶茶的吗？因为那个渣男和她分手那天是5号！从那以后，小槿只有每月5号才会喝奶茶。她说过，因为甜味能让人觉得开心。"

渣男？分手？5号！江聿缓缓地眯起了双眸，敏锐地抓住了其中几个关键的字眼。就是因为5号是分手日，实在是太痛，所以傅世槿才需要用甜味来缓解心中的创伤吗？

"喀喀，柔柔？"邵中台想要让秦柔柔别说了。

可是秦柔柔像是突然发毛了一样，不顾邵中台的阻拦继续说："和张志那个渣男分手之后，小槿就没有再谈过恋爱。那个浑蛋是小槿的初恋男朋友，居然那么无耻地背叛小槿，还害得小槿这么多年过去了都不愿走出来，不愿接受新的感情。"

江聿越听越沉默。

"我都觉得，小槿是不是还忘不了那个渣男。"最后秦柔柔气愤地道。

邵中台小心翼翼地开口："既然都是渣男了，她还有什么忘不掉的？"

"你懂什么？那毕竟是初恋，初恋都是伤得最深、最难忘记的一段感情。"秦柔柔白了邵中台一眼，有些迁怒地道，"换作你们男人，再遇到自己的初恋女友也会有不一样的感觉吧？"

邵中台秒怂，举手投降不再开口。

秦柔柔却好像越说越气，居然一股脑地把傅世槿的初恋过程还有为什么分手都说了出来。

说完之后，秦柔柔也不管江聿的脸色有多难看，拉着邵中台就冲出了病房。

走出医院后，邵中台偷偷地瞄了秦柔柔几眼，试探地问："刚才你是故意说那些话的吧？"

秦柔柔无奈地叹了口气，道："没办法，谁让你表弟进度太慢，我看着着急。"不管江聿和傅世槿的感情能不能成，江聿这个小鲜肉能让好友走出心结也是好的啊。

"我就知道我家宝宝是天生的侠骨丹心，热心肠。"邵中台顿时吹了一通"彩虹屁"。

秦柔柔却苦着脸对邵中台说："宝宝，我觉得未来几天我要消失一下。你那表弟不会出卖我吧？"

叮！突来的信息提示声吓了傅世槿一跳。

本来就不知在胡思乱想什么的她，此刻深呼吸了一下，打开微信。然而看清楚是谁发来的信息时，她刚刚平复下的心情又一次起了波澜。

江聿。傅世槿在心中默默地念出这个名字。

如今她才发现，在不知不觉中，这个名字已经刻入了她的脑海，让她无法将他视为一个陌生人，一个不相干的人。

"你怎么样？这几天有没有做噩梦？"

噩梦？傅世槿看到江聿发来的内容，不由得失笑。

她好奇地反问："为什么你觉得我会做噩梦？"

"人在经历了一些不曾经历过的危险后，精神会有一定的修复期，在这期间很容易做噩梦。"江聿给出了解释。

傅世槿嘴角不自觉地含着笑，与他在微信上聊起天来："嗯，或许是这几天我过得蛮忙碌的，所以来不及做噩梦吧。你呢？"

"我？我都习惯了，不会做噩梦。"

"我是问你，你现在怎么样？"

"哦，我没什么事。"

傅世槿握紧手机，双唇微微抿了起来——江聿显然并不打算告诉她他在医院的事。

或许他是不希望她担心他吧。猜测着江聿的意思，傅世槿没有发现自己心中的某块地方正在变得柔软起来。

在傅世槿斟酌着要怎么回复的时候，江聿又发来一条消息。

"只是常规检查，应该明天就可以出院。"

傅世槿心中微微一惊——江聿知道她知道他在医院？

难道是秦柔柔说的？傅世槿蹙眉，既然秦柔柔在医院中给她打了电话，可能就顺口告诉了江聿？

"嗯，没事就好。"傅世槿想了想，并未打算多解释，只是顺着江聿的话说下去。

"需要休息两天后再恢复锻炼吗？"江聿突然问。

话题一下子转到了运动健身上，傅世槿有些猝不及防，但是也没有多大的意外。她想了想自己的身体情况，觉得并没有什么大碍，于

311

是对江聿说："也不用休息什么，明天就恢复正常吧。"

明天？江聿的视线落在了病房里的日历上，明天正好是 5 号。

第二天清晨。

江聿没有按照以往那样准点叫醒傅世槿。实际上，这么一段时间适应下来，傅世槿的生物钟已经调整过来，常常还等不到设定的闹铃响起，她就已经醒了。

起床稍微准备后，傅世槿就拿着手机走出了家门，还是和往常一样朝着滨江大道跑去。

早晨的林城空气十分好，扬起的风也带着一种阳光下的清凉感，在河水边跑步其实还蛮享受的。

在微风中惬意地慢跑的傅世槿突然感觉到身后传来脚步声。

傅世槿下意识地转头望去，却看到了一个不该出现在这里的人。

"你怎么来了？"

换上晨练服的江聿对着傅世槿灿烂地一笑，那笑容就像是朝阳一般，绚烂而温暖，却不咄咄逼人。

"干吗这么惊讶？跑起来，别停下。"江聿配合着傅世槿的速度，与她并肩而行。

"你不是在医院吗？"傅世槿的视线不由自主地落在他之前受伤的脚上。

"嗯，昨天出院了。"江聿淡定地点了点头。

出院？傅世槿双眸瞪着他——昨天他明明还说今天才可能出院，怎么昨天就出院了？

在她的审视下，江聿解释了一句："检查结果没什么事，我就提前出院了。不过队上还是给了我一天的假期。"

"那你也不能跑步吧。"傅世槿停了下来，神情有些担忧。

"没事。"江聿跟着停下，与傅世槿之间的距离不到一米。

傅世槿微微皱眉，十分不赞同："还是不要大意了，免得落下后遗症。"

这种不自觉地流露出的关心，或许傅世槿自己并未察觉，但是江聿感觉到了。他微微扬起嘴角，并未戳破她，只是顺从地点头："那好吧，不如今天就请你陪我散散步？也算是运动了。"

"好。"傅世槿没有多想便点头答应下来。

江聿的脚跑步可能有点儿悬，但是走走路应该是可以的。

滨江大道上有不少老人在晨练，或是跳着舞，或是打着太极，又或是悠闲地散步、遛鸟。

像傅世槿和江聿这样年纪的人这么早开始晨练，几乎算是另类了。

"那天你为什么主动留下来？"

傅世槿被江聿猝不及防的一问弄得有些心慌。她心虚地移开视线，但表面上还是强装淡定地回答："总要有人带头。"

"哦？只是这样吗？"江聿的声音中听不出是不是带有失落。

但是这让傅世槿心中有些不舒服，她随即反驳了一句："不然呢？你以为因为什么？"

"因为我。"

什么？傅世槿脚下一个踉跄，差点儿没被江聿大胆的话吓得摔倒。他直白的话仿佛说出了她的心思，毫不留情地戳破了她的伪装。她愕然地抬眸，对上他那双明亮的眼眸。那眼眸中汇聚的炙热的光看得她双颊隐隐有些发烫。

"别自作多情。"她慌忙移开视线，垂下眼眸，嘴硬地狡辩了一句。

"哦。"江聿乖巧地答应下来，好像突然放弃了追究。

他这样的态度让傅世槿心中越发紧张、好奇，她偷偷地打量了江聿一眼，却觉得安静陪在自己身边的他就好像小奶狗一样惹人心疼。

这种感觉让傅世槿不得不反思自己刚才说话的态度会不会太强硬、太伤人了。

自责和不忍甚至让傅世槿忘记去想江聿今天的反常行为。

"那个——"

"一起吃个早餐？"

沉默地走了许久，尴尬的气氛让傅世槿硬着头皮想要打破，可是她的话还未说完，就被江聿发出的邀请给打断了。

傅世槿一愣，抬眸向前方望去，才发现不知不觉中两人竟然已经走到那家早餐店旁。

"好。"傅世槿有些恍惚地点了点头。

接着两人一起走向早餐店，坐在店外的凳子上，简单地吃了个早餐。整个过程中两人十分安静，空气中都是尴尬的气氛。

吃个早餐花不了多久时间，十几分钟后两人就走出了早餐店，依然按照傅世槿往日的路线慢慢地走着。

当经过那家奶茶店时，江聿突然停了下来。

"怎么了？"傅世槿脱口询问。

江聿盯着奶茶店，说了句："今天是 5 号。"

5 号？傅世槿怔了一下，今天已经是 5 号了吗？她自己倒是没怎么在意，没想到江聿记得这么清楚。

"今天不是你的奶茶日吗？"江聿冲着她笑道，笑容就像是阳光一样洒在傅世槿身上，很温暖，也很诱人靠近。

傅世槿强迫自己将视线从他身上移开，落在他身后的奶茶店上："太早了，人家都还没开门。"

今天他们虽然只是散步，但是也因此比以往少跑了两圈，来到这里的时间比之前要早，所以奶茶店还未开门。

江聿抬手看了看腕上的表道："还有半个小时就开门了，不如我们在外面等等？"

傅世槿笑了，道："虽然今天是我的奶茶日，但是也不一定非要现在喝，非要喝这家的啊。"

"嗯，反正我们不赶时间，等一等也没什么。"江聿赞同了傅世槿的话，却依然坚持自己的决定。

傅世槿微微蹙眉，认真地打量着他。直到这时她才注意到今天的江聿变得有些奇怪。

"就在那儿坐着等吧。"江聿转身，指向奶茶店外的位子。

这家店就在滨江大道旁，位置不错，坐在店外的椅子上就能看到水面，风景极佳。

见江聿坚持，傅世槿也没有再说什么，跟着他一起坐在了店外的休闲椅上，等待着奶茶店开门。

现在是上班时间，滨江大道外的路面上车水马龙，一辆辆车飞驰而过，偶尔会有汽车鸣笛的声音响起。

渐渐醒来的城市打破了晨间的那一份安宁。

傅世槿和江聿所在位置的四周人却少了一些——老人们结束晨练回家了，年轻人也忙着上班。

坐下来后没多久，傅世槿就察觉江聿一直含笑看着自己，那直白的目光丝毫不加掩饰。

在他的视线中，傅世槿觉得自己的心有些慌乱。

都三十一岁了，她还是第一次在异性的注视中感到心慌。哪怕当初与张志交往时，她都能保持的平静的心态却在江聿这里被打破了。

"你看着我做什么？"在江聿的注视中备受煎熬的傅世槿终于忍不住质问。

江聿看到她微怒的样子，非但不慌，嘴角的笑容反而加深了些，道："因为你好看。"

傅世槿觉得此刻自己的脸颊肯定是红的，因为她觉得自己的脸颊在不断地升温，而且温度在向耳朵蔓延，烫得吓人！

"江聿你别开玩笑。"傅世槿寒着脸警告了一句。

这句话是很危险的，因为一旦江聿处理不好，那么他们之间好不容易走到这里的关系会一下子降到冰点。

江聿凝视着她，对她的警告无动于衷。有些时候，人必须赌一把，更何况他看清楚了傅世槿眼中的那一丝慌乱还有逃避。

如果傅世槿对他没有感觉，就不会继续坐在这里警告他，而是会直接走人。

"我没有开玩笑，是由衷的赞美。"江聿故意装作听不懂傅世槿的警告的真正含义，只是在字面上解释了一句。

傅世槿突然笑了，神情不似刚才那般紧张，道："你什么时候变得这么油嘴滑舌？行，我就当作这是你的赞美了。"

她还在逃！江聿微微抿唇，眼睛紧紧地盯着傅世槿。

她却假装淡定地移开了视线，不与他对视。

真的如秦柔柔所言，她还忘不掉那个渣男吗？江聿的眼神沉了下来。

在知道傅世槿的那段过往之后，他心中就有一种不舒服的感觉，不是嫉妒，而是觉得为什么自己不能更早一些遇到傅世槿？哪怕他依然无法得到她的答案，但起码可以帮她狠狠地揍那个渣男一顿。

"嗯，我听说了一个关于 5 号的故事，你想不想听？"江聿今天不打算放过傅世槿了。

傅世槿抬眸直视他的眼睛，一向冷淡的目光突然间变得有些锐利："说来听听。"

这淡淡的四个字落在江聿耳中，却带着几分冷意，仿佛她已经猜到了那个故事的内容，只不过又想听听从他口中说出来的故事版本。

"有一个女孩与一个男孩相恋，但是，那个男孩背叛了她，辜负了她的感情和信任。在某年某月的 5 号那一天，男孩向女孩提出了分手。女孩很伤心，非常难过，可是她只能看着男孩离开。在男孩离开后，女孩走进了一家奶茶店，点了一杯奶茶，还不在乎热量地加了珍珠，加了奶盖，因为她知道在伤心、难过的时候吃甜的东西可以让自己迅速地开心起来。从此，每个月 5 号这一天，她都会去奶茶店喝一杯奶茶，久而久之这就变成了她的习惯。"

江聿在讲故事的时候，语速很慢。他的声音本来就十分好听，在缓缓的讲述中，让人十分沉醉其中。

但是傅世槿一脸平静地听着。等他把故事说完之后，她才笑了笑道："真是一个狗血的故事。而且故事中的女孩也太'白莲花'了，我不喜欢。"

"不喜欢？"江聿反问，视线却从未从她身上移开过。

傅世槿依然笑着，道："当然啊，为了一个抛弃自己的男人而设立纪念日，这种行为我不欣赏。"说完，她似笑非笑地站起来，伸了个懒腰看向前方，"终于把店员等来了。"

江聿抿唇，看着她一言不发。

"你们是……"奶茶店的店员走近，看到店门口的两人有些诧异，尤其是看向江聿的时候，忍不住多看了几眼。

"等你家开门买奶茶。"傅世槿笑吟吟地解释，仿佛刚才江聿讲的故事对她来说根本没有任何影响，甚至她觉得那个故事有些可笑。

"啊？哈哈，你们还真是够早的。行，我立马给你们做奶茶，不过还是要稍微等一等啊。"还未开店就有生意上门，店员脸上喜气洋洋的。

店员利索地去开门，走进店中。

傅世槿也跟着进了店，饶有兴致地打量着店里的布置。

虽然她之前来这里买过奶茶，却从未认真地打量过四周的环境。

江聿跟在傅世槿身后也进了店，目光却一直锁定在她身上。

店员速度很快，没有让两人等多久就把一杯奶茶做好了："你的奶茶。"

"谢谢。"江聿抢在傅世槿之前接过。

付了钱，两人走出奶茶店。

傅世槿蹙眉看向江聿，眼神带着审视。

"怎么了？"或许是感受到了身后的审视眼神，江聿转头看了她一眼。

傅世槿看着他，抿唇不语。

江聿笑了笑，将手中的奶茶抬起来："喏，你的奶茶，新鲜出炉的。"

傅世槿沉默之后，慢慢地走过去，伸出手想要从他手里接过奶茶。

江聿并未故意刁难，松开了手，让奶茶落在了她的手里。

只是与此同时，江聿的另一只手快速地搂住了傅世槿的腰，猛然收紧，将她整个人都拉入了他的怀中。

傅世槿猝不及防之下跌入江聿怀中，空闲的一只手抵住了江聿的胸膛，隔着衣服感受到了他皮肤的温度。

然而江聿不给她任何思考的时间，在她跌入他怀中，行动被控制的一瞬间，江聿的头突然埋下，形成的阴影笼罩在傅世槿的脸上。

她倏地睁大双眼，看着这张脸朝自己逼近。

下一秒，温热而带着阳光味道的唇就落在了她的唇上。

傅世槿的唇一向有些凉，但是此刻，在江聿的唇覆盖下来的时候，那些凉意却轻而易举地被驱散了。

震惊、羞怒、呆滞……各种情绪在一瞬间袭入傅世槿的大脑，轰的一声，将她的脑海炸成一片空白。

她身体僵住，眼睛睁大到了极致，死死地盯着江聿。

他、他、他……他怎么敢？！

"哇！好浪漫！求上天也赐给我这么一个男朋友！"奶茶店里的店员隔着玻璃门看到了店外台阶上刚刚离开的客人上演的浪漫一幕，无比羡慕地合拢双手，捧在心口。

这个突如其来的吻并未持续太久，短暂的几秒过去之后，在傅世槿反应过来并回击之前，江聿见好就收地撤离，抢在女人发怒前表白："傅世槿，做我的女朋友好不好？"

被偷吻之后又被表白，傅世槿觉得自己的大脑已经失去了冷静的可能。

最重要的是，即便被江聿偷吻了，她此刻也不觉得恶心和排斥。挣脱江聿的掌控，傅世槿下意识地向后退了几步，拉开两人之间的距离，看向他的眼神充满了警惕。

刚才的吻，很甜。她的唇，很软。江聿在等待傅世槿回答的时候分心回味了一下刚才的吻。

偷亲女孩子，说不紧张那是骗人的，江聿现在心还在狂跳之中。刚才对傅世槿做的事恐怕是他这辈子能做出的最大胆的事了。他此刻的淡定自若根本都是假的、伪装的！！

傅世槿眼神如刀，在他身上狠狠地剜了一下，扭头就走。

江聿一愣——她没有发飙，没有和他决裂，没有拒绝，却也没有答应，这是什么情况？

虽然搞不清楚傅世槿的心思，但是这不妨碍江聿本能地追了上去。

两人一前一后走着，默契地保持着一段距离。

傅世槿走得很快，若是仔细地去看她的背影，还能感觉到一丝僵硬。江聿本就很高，就算不刻意去追赶，也能与傅世槿保持着不变的距离。只是此刻的中队长像是一个做错事的少年，乖乖地跟在傅世槿身后，不时好奇地偷瞄她的背影，心中忐忑地等待着接下来要面临的批评和教育。

阳光透过两人头顶茂密的树枝洒下来，落下点点斑驳的光。在光影交错中，一前一后的一女一男美得好似从漫画中走出来的主角，早已远离的甜美青春在今天开始回归。

这一跟，江聿就跟到了傅世槿家门口。

直到这时，傅世槿才又气又无奈地转过身面对他："你要跟到什么时候？"

"你还没告诉我你的答案。"江聿一脸真诚地看着她，仿佛这一次不从傅世槿口中得到满意的答案，他就不走了。

傅世槿被他此刻的无赖样气得说不出话来。

她索性不再理他，转身开门进屋。然而在她要关门的时候，江聿把那只受伤的脚伸了进去，抵在了门边。

如果傅世槿硬要关门，势必会弄伤江聿的脚。

"答应我，好不好？"江聿隔着门缝看向傅世槿，眼中带着让人舍不得拒绝的神色。

傅世槿双唇抿得紧紧的，仿佛誓死都不说出自己的答案。

两人就隔着门这样僵持着，江聿是一副天不怕地不怕的样子。

而僵持了一会儿之后，傅世槿却有些担心被出门的邻居看到这样尴尬的场景。

"你，收脚！"傅世槿没好气地命令江聿。

江聿却固执地坚持着，道："答应我，小槿。"

在江聿喊傅世槿为"小槿"的那一瞬间，傅世槿的心跳漏了一拍——这还是他第一次这样称呼她，不是以前开玩笑似的"小姐姐"，也不是连名带姓的"傅世槿"，而是带着亲昵意味的"小槿"。

他认真的样子在传达给她一个信念：他不是在开玩笑。

傅世槿凝视着他，久久不语。

两人继续僵持着，如同两军对垒，谁也不肯先让步。

过了几分钟，傅世槿仿佛在僵持中败下阵来，叹了口气道："江聿——"

"等一下。"

然而傅世槿刚一开口就被江聿打断。

傅世槿听话地闭上嘴，看着他，想要听听他还打算说什么。

"你已经拒绝过我两次了。"江聿垂眸，睫毛挡住了眼中受伤的神情，失落的语气带着一种让人心疼的可怜。

在这一刻，连傅世槿都觉得自己真的是个渣女。她居然能狠心拒绝这样的小鲜肉，是不是眼瞎？

好在傅世槿还是保持着一分清醒的，没有轻易被江聿迷惑。她在男人的忐忑中逐渐放松下来，站在门内，双手环抱在胸前，似笑非笑地看着他："所以呢？"

江聿抬眸，直视她略带玩味的眼睛："你认真考虑一下，不要只想着怎么拒绝我。"

原来……傅世槿心中微微一怔，原来江聿的紧张和忐忑还有此刻的样子，都是因为害怕再被她拒绝。

这样的江聿让傅世槿有些陌生。

一直以来，出现在她面前的江聿都是自信、阳光、勇敢而无畏的。

突然，傅世槿笑了。

江聿有些莫名其妙。

她却对这个可爱的小鲜肉道："江聿，你是不是傻？"

江聿一愣，神情出现了几秒的呆滞。

傻？她为什么说他傻？江聿有些不明白。

但随即，他认真地思考了傅世槿的话后，又似乎有些明白过来。

之前的两次拒绝，是在他表明心迹时傅世槿就当场拒绝了，冷酷到无情！

而这一次，他偷亲了她并趁机表白，虽然她没有给出明确的答复，却也没有像以往那样直接拒绝。

这个时候她又问他是不是傻……渐渐地，江聿的眼眸越来越亮，就好像在眼底有两簇火苗正不断燃烧，驱散眼底的阴影。

这是不是他想的那层意思？是不是？

"哈哈哈……"突然，门外的江聿笑了起来，激动得有些不知所措地连连点头，"对、对、对，是我傻，我就是傻！"他就是傻得非要从傅世槿口中听到一句承诺，才能安抚他惶惶不安的心。

江聿开心的笑容如同青涩的少年第一次碰触到感情一般，容易感染身边的一切。

傅世槿被他感染，嘴角不自觉地微微上扬，眼底那片薄冰也被暖阳化开。

"你答应我了是不是？"江聿激动地推开挡在他们之间的门，冲到了傅世槿面前，眼神期待而忐忑地凝视着她。

他怎么还要问？傅世槿轻咬下唇，觉得自己的脸颊有些发烫。她觉得自己应该表达得够清楚了，难不成江聿非要逼着她说出来不可？

可是已经许久没有过感情生活的傅世槿觉得有些尴尬、羞涩，不知道该如何去回应。哪怕当年面对张志的时候，她都没有过这种羞涩的感觉。

"嗯。"憋了好久，傅世槿终于用鼻音回答了江聿。

江聿这么长时间层层攻破她的防御，让她无法去欺骗自己的心，哪怕她不愿承认，也只能承认这一次的角逐是江聿赢了。

如果不是江聿一直坚持，不是他"死缠烂打"，恐怕他也只会与她之前的那么多相亲对象一样，成为她生命中的一个过客。

"嗯？嗯！"江聿欣喜若狂，激动之下直接把傅世槿抱了起来，在原地转了好几圈。

傅世槿被他的举动吓到，双手紧紧地抓住他的双肩，把他的衣服都揪得皱了起来。

"快放我下来，头晕。"

好在江聿虽然激动，却还是听到了傅世槿的话。

只是他没有就这样把她放下来，而是直接抱着她来到客厅的沙发旁，温柔地将她放下。

"来，喝奶茶。"江聿把傅世槿放下之后，又转身把之前放在玄关的柜子上的奶茶给她拿了过来，双手捧到了心爱的女人面前。

傅世槿接过奶茶的时候又听到江聿说："以后你想什么时候喝奶茶就什么时候喝，我不怕你胖，反正不要只是在5号喝就好。"

他这一句貌似很浪漫的表白，傅世槿听完之后却感觉怎么那么想笑呢？她的男朋友是在吃醋？

"秦柔柔到底跟你说了什么？"无奈之下，傅世槿只好问。

如果不是秦柔柔那个大嘴巴，江聿又怎么会知道她的过去？他还有模有样地编出了一个狗血的故事。

不知道是不是傅世槿的错觉，在她问出这句话后，她从蹲在她面前的江聿眼中看到了一种委屈的情绪。

"也没有说什么，只是说从那次分手之后，你只在每个月的5号才会喝奶茶，或许那一天是你最痛苦的时候，会让你回想起那段被伤害的恋情，所以你才会用奶茶的甜味来冲淡这种苦涩。"

"噗。"傅世槿听他说完之后，忍不住笑了起来。

她这么一笑，反倒是让江聿有些愕然了。

江聿奇怪地问："笑什么？"

傅世槿伸手在一旁的沙发上拍了拍，示意江聿坐在她身边。主要是看着他这样蹲在自己身前的样子，她怕自己忍不住伸手去揉他的头发啊！

能得到傅世槿的主动邀请，江聿顿时心花怒放。

等他坐下来之后，傅世槿才问他："你觉得我是对一段感情那么放不开的人吗？而且对方还是一个渣男。"

当然不是！江聿缓缓地摇头。

但是她对感情抗拒也是真的。只是这句话他没敢对傅世槿说，生怕惹她生气。

到现在为止，江聿都感觉自己在做梦似的，怕一个不小心梦醒了，刚刚经历的一切都化为泡沫，傅世槿根本没有答应他的追求。

傅世槿微微一笑，道："其实也不怪柔柔会这么认为，是我没有把话说清楚。"她微微收敛嘴角的笑容，陷入回忆，"我和张志分手的时候，恰好是在毕业季。大学毕业了，就要开始找工作、租房等，我又不想继续向家里要钱，所以身上的钱要省着花。那个时候一杯奶茶十元左右，对一个穷学生来说是很贵的，天天喝根本不可能。所以为了省钱，我告诉自己每个月喝一次就好。定在 5 号嘛，的确是因为那天我被分手后心情不太好，所以想吃点儿甜的东西，但是与张志真的无关。"

"然后呢？"第一次听到傅世槿用这么平静的语气说起自己的往事，江聿听得很认真。

"然后？然后就成习惯了。即便后面手头宽裕了，习惯也没有改。毕竟你也看到了，在我之前那么混乱的生活作息下，这也是我唯一能坚守的规定了。更何况奶茶那么高热量又高糖的饮品喝多了对身体也不好。"傅世槿给出了自己的解释。

这解释与江聿知晓的版本有些不同。

但是最主要的问题不在于奶茶，而在于那个男人如今在傅世槿心中到底是一个什么样的存在。

"小姐姐。"

江聿的称呼让傅世槿顿时笑了起来，心里泛甜："什么？"

"你那么多年都不接受新的感情，是因为那个张志吗？"

傅世槿睁大双眼，盯着他看了一会儿，扑哧一声笑得弯下腰来。

她的反应让江聿很是意外，难道他猜错了？

傅世槿笑得眼泪都从眼角流出，最后笑累了才摇了摇头道："不是，真的与他没有关系。"

江聿眼眸一亮。

但随即傅世槿又补充了一句："严格来说的话，也算和他有点儿关系吧。"

江聿皱眉，对她的这个答案并不满意。

傅世槿摊手，在脑海里组织了一下语言，才对江聿道："其实我是不太懂得分辨一个人的感情真伪，也不太明白我对一个人的感情是不是爱情。"她猝不及防地拉住江聿的衣襟，玩味地笑起来，"小哥哥，你要和我谈恋爱，可要做好准备哟。"

傅世槿本是用开玩笑来掩盖内心的忐忑，却看到江聿脸上的笑容缓缓地收敛了起来。

傅世槿默默地松开了抓住他的衣襟的手。

可是在她收回手的瞬间，她的手被江聿给抓住了。

"答应我别怕，我决不会做出伤害你的事。"

他突来的承诺让傅世槿讪讪一笑，道："是不是男人在恋爱过程中，都喜欢做出类似的承诺？"

"你不相信？"江聿蹙眉问。

傅世槿微笑着摇头，道："我相信你此时此刻说的是真心话，但是谁又能保证未来的你会怎么样呢？"

也许现在的江聿喜欢她，而她也动心了，可是谁能保证在新鲜感过去，当他们之间的感情变得平淡之后，又会怎样呢？

"小姐姐，你很悲观啊。"江聿看着她，突然笑了。

她悲观吗？傅世槿一愣，不得不承认在感情上她的确有些悲观。但她还是为自己辩解："你可以说这是悲观，但是也可以理解为现实。

其实这也没有什么不好，至少有了这样的认知，将来在分手的时候，我不会深陷分开的痛苦之中。"

咚！

"哒！好痛。"傅世槿捂住自己的额头，抽了口凉气，嗔怒地看向江聿。

这家伙居然趁她不备，弹了她的脑门一下。

江聿却不怕她凶悍的眼神，先声夺人地道："我们刚刚开始谈恋爱，你就想着要和我分手？你说，该不该罚？"

呃，好像是自己理亏，傅世槿眼中的凶悍神色散去，她嘟囔着说："我只是打个比方。"

"打比方也不行！"江聿却霸道地道。

傅世槿张了张嘴想要再说些什么，却被江聿眼中的认真和严肃神色打退。

"小姐姐，我是很认真地在和你以结婚为目的交往。所以，无论你之前受到过什么样的伤害，又或是对男人失去了信心，都请先放下。我只能向你保证，绝对不会做出对不起你的事，哪怕有一天我们必须分开。但是我坚信我们不会有分手的这一天！咱们都先不要去想未来，就看眼前，一步步地走下去，未来自然会出现。咱们谈一场脚踏实地的恋爱好不好？"

她要现实，他就给她现实。

她对未来带着忐忑，那么他就在这种忐忑之下给她最大的保证。

他要让她在感情面前，别怕被伤害，别怕被辜负。

"我……"傅世槿有些心慌，甚至不敢面对江聿，"我、我不知道怎么算爱一个人。"她甚至不敢肯定自己，现在对江聿特别是不是因为爱。

"那就从现在开始学习爱我。"江聿抓住她的双手，放在了自己的心口，让傅世槿感受自己的心跳。

傅世槿抬眸看向他，双唇微微抿了起来。

她要拒绝吗？她根本无法拒绝！这样的江聿让她如何再狠心拒

325

绝？她不会爱，那就学着爱；对未来忐忑，那就不要去想未来，咱们一步步地来。

江聿给了她爱的勇气。

傅世槿目光闪动，一种情绪似乎要破土而出。

"怎么爱？"觉得眼前有些眩晕的傅世槿下意识地脱口问出。

江聿一愣，盯着她。

两人瞪着对方，四周突然陷入了一片诡异的沉默。

"扑哧！"忽地，江聿忍不住轻笑起来，无奈又宠溺地看着她，"小姐姐，你这可是问倒我了，我也是头一次谈恋爱，不知道怎么去爱呢。所以我们一起学习，互相进步，携手共进，好不好？"

江聿的话渐渐抚平了傅世槿内心的忐忑和不安。

在他的注视下，她差点儿就冲动地点头说"好"。

好在她在差点儿脱口而出地回答的时候，死死地咬住了嘴唇，说出口的话变成了提醒："那个，在我们的感情稳定之前，就先不要告诉别人了吧？"

傅世槿不想让太多人介入两人之间，导致她对这段感情无法进行正常的判断。

江聿看着她，没有说话。

傅世槿又补充解释了一句："其实主要是我这边，我不希望我的家人和朋友为我的事操心。一旦他们知道了，肯定就会催婚，我不想受他们的影响。等我们的关系稳定，也彼此确定了是适婚对象后，我再告诉他们。"

"所以我表哥那里也要瞒着？"江聿试探地问了一句。

傅世槿觉得自己的要求有些强人所难，但还是垂眸点头："嗯。"

江聿的表哥一旦知道，秦柔柔就一定会知道，而秦柔柔知道了她和江聿试着谈恋爱的事，那她妈那边就瞒不住了，以她妈的性格，恐怕她妈会直接上林城来亲自把关，然后谈及婚嫁的事。

傅世槿不想把局面弄得那么尴尬，能不能和江聿走到最后还不一定呢。说到底，还是她内心那个面对感情怯懦又自卑的小人在作怪。

"好，我知道了，都听你的。"江聿微微一笑，抬手揉了揉她的头顶，也纵容了她心底的小人。

傅世槿被他的动作弄得一怔，明明她的年纪比他大了三岁，可是为什么在这个小鲜肉的神情中，她却觉得自己比他小？

有一种被宠爱的感觉，傅世槿在心中默默地道。

江聿的目光落在她的眼眸中，即便两人只是坐在沙发上，但因为关系的变化，周围都有一种暧昧的气息在弥漫。

"我先去换身衣服。"傅世槿觉得自己的脸颊有些发烫，想要借口去换掉身上的运动服来缓解此刻的尴尬。

"好。"江聿向后让了让，并未拦她。

他觉得面对感情的傅世槿就像是走钢丝绳的陶瓷娃娃，他只能小心翼翼地对待，千万不能吓着她。

傅世槿几乎以最快的速度冲回了房间关上房门。背抵着门后，反手紧紧地抓着门锁，傅世槿才长舒了口气。

到现在她还觉得自己像在梦中一样，居然真的答应了江聿的追求。

想起之前信誓旦旦地拒绝这个小鲜肉，还说对他没感觉的自己，傅世槿都觉得现在很打脸。

嘴角微微一抽，傅世槿不自觉地抬起手摸了摸自己的脸颊：好像是有些痛，但心里是甜的。

不过她也不是忸怩的人，既然已经答应了他，那就要认真地对待这段感情，不管结果如何。

冷静下来的傅世槿换好衣服后，走出了房间。她不敢在房中待太久，怕江聿觉得她心虚或是别的什么。

只是走出来后，傅世槿发现江聿并不在客厅里，但他的手机丢在客厅的茶几上。

第十四章

马甲被扒了

厨房里传来轻微的动静，让傅世槿知晓从客厅里消失的江聿应该是去了厨房。

不过他去厨房干什么？虽然心中带着疑惑，但是傅世槿并没有走进去一探究竟，只是坐回沙发上，习惯性地把双腿盘起，慵懒地窝在沙发中，让全身放松下来。

很奇怪，明明她和江聿的关系已经改变了，但是除了刚才的那一丝害羞之外，她此刻并未出现预想中的紧张和尴尬情绪。

即便江聿在她家中进出自由，她也不会觉得有什么不舒服的地方，更不会因为江聿的存在而拘谨地维持自己的形象。

总之，她现在心情有些轻松，也有些雀跃。

傅世槿掏出手机，在等待江聿出现的无聊过程中，习惯性地登录了手机 QQ。

她好像很久没有和读者们互动一下了。最近她没有新文发布，又长时间在群里消失，她的读者群的管理员已经私聊她好几次，央求她抽空冒冒泡。

只不过之前傅世槿刚刚经历了那些事，哪有心情上网聊天？

现在嘛，正好有闲暇，她就上去冒冒泡，免得大家都以为她失踪了。

毕竟读者来之不易啊！傅世槿在心中无声地感叹之后，就开始点开每个群头像上的红色泡泡。信息太多，她倒是没有工夫把每一条消息都看完，只是有些强迫症似的把红色泡泡戳掉。

等把所有红色泡泡戳没了之后，傅世槿才满意地笑了笑。

与以往一样，她在每个群里都发了一张问好的表情图。

嗡！茶几上的手机突然振动的声音让傅世槿抬眸，下意识地看向手机亮起来的屏幕。

一条QQ消息的信息通知弹出，显示在手机屏幕上。

但是因为手机设定有密码，所以傅世槿无法读取到信息的内容。

傅世槿有些意外，心中暗忖：江聿还用QQ？

而且……不知道是不是好奇心作祟，傅世槿看到这条消息，心中有一种被猫抓的感觉，心痒痒的，很想知道这是谁发给江聿的信息。

不过她还是战胜了这种好奇心。

"即便已经是男女朋友了，但是也要注意对隐私的尊重啊。"傅世槿嘀咕了一句，垂下眼眸，没有再去关注江聿的手机，专心地和自己的读者们互动。

因为傅世槿的出现，每个群都变得极度活跃。

不断地切换不同的群回复消息让傅世槿这位八零后有些分身乏术的感觉。

当她切换到一个群回复消息的时候，江聿的手机再次振动起来。

嗯？又来消息了？傅世槿疑惑地抬眸，视线落在江聿的手机上，手机亮起来的屏幕上又出现了一条QQ消息通知。

图标上的企鹅正对着她露出诱惑般的微笑。

不过良好的教养还是让傅世槿把视线从江聿的手机上收回，她死死地抵制住了这种诱惑。

因为群里读者的问好，傅世槿微微一笑，发了一个"么么哒"过去。

嗡！江聿的手机屏幕又一次亮起来，依然是QQ消息通知。

这一次，傅世槿的表情已经有些呆滞。

一次是巧合，两次是巧合，那三次是什么？为什么每当她发出消息的时候，江聿的手机都会振动一下，收到一条消息通知？

有一种可能性从傅世槿心底慢慢地生了起来。

不会吧！傅世槿脸色变幻莫测。

为了证实自己心中的猜测，傅世槿又在群里发了一张表情图。

嗡！果然，江聿的手机又弹出了信息通知。

傅世槿倒吸了口凉气，倏地睁大双眼，仿佛看到了什么惊悚的事一般。

嗡嗡……嗡嗡嗡……

一连七八张表情图从傅世槿的手机里发出，江聿的手机都同步接收到了信息通知。当傅世槿停下发送表情图的时候，江聿的手机又安静下来。

心中的猜想得到了证实，傅世槿的大脑顿时陷入了呆滞状态。

"殿下怎么了？"

"殿下从来不喜欢发表情图的啊，今天怎么了？"

"斗图吗？"

"原来殿下收藏的表情图那么萌！"

"殿下，我来陪你斗图啊！"

"啊啊啊，发表情图的殿下也好可爱！"

"你们的关注点是不是不太对？难道你们不觉得今天的殿下怪怪的吗？"

"殿下，是不是有人拿了你的手机啊？"

"隔壁邻居家的熊孩子吗？"

…………

群里的读者们被傅世槿的操作弄得一脸蒙。

但是某人此刻无法顾及群里读者们的反应了，她所有的注意力都在江聿的手机上。心中的猜测几乎得到证实之后，她有一种浑身被剥光了暴露在外的感觉。

受到极大打击的傅世槿深吸了口气，双手握拳，闭着眼睛用尽力气大喊了一声："江聿！"

"怎么了？"

傅世槿的话音刚落，江聿就端着切好的水果快步从厨房走出来。

傅世槿阴沉着脸看向他——他居然还一脸无辜？

哼哼！傅世槿在心中冷笑，紧握着手机的手缓缓地抬起来，双眼根本不看亮着的屏幕，只是死死地盯着江聿，再次随意地发了一张表情图。

"又发了？"

"殿下今天好反常啊！"

嗡！江聿的手机振动起来，屏幕再次亮起。

江聿下意识地看向自己的手机，那一串未读的信息通知似乎已经暴露了他的秘密。

傅世槿露出了一个标准的微笑："能不能解释一下？"

江聿到底是什么时候潜伏到她的读者群里的啊？啊啊啊！傅世槿觉得自己要抓狂了。

她真是白活了三十一年，居然陷入一个小鲜肉的套路里这么久而不自知。如果不是今天她临时起意在群里冒泡，如果不是江聿"得意忘形"之下把手机留在了客厅的茶几上，她是不是还要继续被骗下去？

糟了！猝不及防地掉了马甲，江聿也有些尴尬。但是在这关键的时候，他依然要保持镇定，拿出消防员基本的素养来，临危不乱！这样他才能解决现在的"火情"，灭掉某人的心头火。

在脑海里快速地制订着"作战"计划，江聿平静地端着果盘来到傅世槿身边，自然地坐下，在把果盘递给她的同时拿起自己的手机，口中还不忘叮嘱一句："先吃水果。"

傅世槿顿时无语。

都被她当场抓包了，他还这么淡定？

江聿解开被锁的手机屏幕，那些傅世槿看不到内容的消息都显现

331

出来，每一条信息的开头都是"特别关注"四个字。

江聿把那一串带有"特别关注"的消息大方地给傅世槿看时，用极其认真严肃的语气说了句："因为你是我的特别关注。"

情话谁都爱听，傅世槿无法否认，当江聿避开她的追问说出那句话的时候，她这颗"老少女"的心还是被快、准、狠地撩了一下，心中的怒火一下子就去了一半，甚至有些不要脸地脸红心跳起来。

在傅世槿还未来得及跳出他的粉红陷阱，开口责问的时候，她就见江聿的神情突然变得落寞起来，那种可怜的样子就好像是路边被人遗弃的小狗一样，让人忍不住心生怜意，舍不得去欺负他。

这厮太能演了吧？傅世槿在心中咬牙切齿，什么粉红！什么心跳！没有了！都没有了！！

"当时你拒绝了我，可是我不想就这样放弃，所以为了了解你，我去看了你写的小说，在小说里找到了加群的方式。"

他这样的解释，让傅世槿怎么去责怪他？

"还有……"江聿抬起头，那双明亮又带着暖意的眼眸无比真诚地看着她，"我进群时提交了你每一本书的订阅截图，是通过正规渠道审核进群的。"

呵，人家走的还是正规渠道！

傅世槿嘴角狠狠地一抽，忍不住说了句，"你是在告诉我，我不能无缘无故地踢你出群？"

江聿抿了抿唇道："其实我发现你写的小说真的蛮好看的。虽然都是幻想出来的故事，但是通过大家能接受的方式表达出正确的三观，还有一些你自己对人生的感悟——"

他在转移话题？

"你不会就是那个铁鹰吧？"傅世槿突然福至心灵，无情地打断了他的话。

她不傻！之前她是没想过江聿会这么"无耻"地潜伏在她的读者群里，所以才没有其他联想，现在知道了，那么江聿最有可能的马甲就是"铁鹰"！

铁鹰进群的时间符合！性别符合！还有……

傅世槿一想到自己还在网上教铁鹰怎么追求女孩子，就觉得心口堵着郁结之气，有一种想要把眼前的人挖个坑埋了的冲动！

她教铁鹰追女朋友，不就是在教他追自己吗？傅世槿好想抚额痛哭一番。

她觉得自己这辈子走的最长的路就是江聿的套路了！

是谁给他出的馊主意啊？！

傅世槿真是欲哭无泪，现在不仅想要把江聿给埋了，还想把自己也给埋了，太丢人了！

"铁鹰？"傅世槿磨着牙，似笑非笑地看着江聿。

她本以为江聿还会狡辩几句，却没想到他竟然老老实实地点头，承认铁鹰就是他的马甲。

"呵呵……"傅世槿发出冷笑，目光冰凉。

江聿感受到从她身上传来的冷意，微微朝她挪了一下，伸手想去抓她的手。

然而在他还未碰到她的手时，傅世槿无情地避开了。

"别生气。只要你原谅我，怎么罚我都行。"江聿自知理亏，只能低头认错。

傅世槿寒着脸并未说话。

她生气吗？她心中还是有些生气的，谁发现自己中了套路后还会无动于衷？但是她真的怨江聿？好像又不是。或许是江聿的这波操作太超出她的预料了，所以她才会又气又好笑？

"江大队长，你追女孩子还挺省事啊？"傅世槿的眼神带有讽刺——招数都让被追的人自己说了，他自己根本没动什么脑筋嘛。

"是中队长。"江聿小声纠正了一句，又用更小的声音补充，"队里有规定，职位、消防衔都是不能弄错的。"

傅世槿脸一黑：现在他跟她讲这个？

"江聿！"傅世槿是真的被气笑了。

她一吼，江聿立即闭嘴，正襟危坐的样子就好像是正在被上级训话一般。

看到他这故意卖乖的样子，傅世槿真是有气发不出，不知道该说什么才好。

"别生气了。不然……我退群？"江聿试探地问。

傅世槿不是没有想过这个处理方法，但是如果铁鹰无缘无故地退群，以他"群草"的身份，肯定会有很多八卦的家伙问东问西，到时候谁来解释？

如此一来，他还不如不退，从此在群里"潜水"，一直到被人忘记。

"算了，以后你别在群里冒泡就好。"傅世槿有些泄气，事已至此，她还能怎么办？

其实即便江聿在群里冒泡也没什么，但是不知道为何，如今两人的关系改变了，傅世槿一想到江聿在自己的读者群里就觉得怪怪的，尤其是一想到铁鹰一出现，群里一众妹子的反应，她心中就更不舒服了。

"哦。"江聿闷声应了一声。

他如此顺从的样子反倒让傅世槿心中有些别扭起来，好像自己欺负了他一样——人家靠真金白银的订阅进的群，她却剥夺了他在群里发言的权利。

然而在傅世槿心中的同情心刚刚生出来，她想要安慰他几句的时候，她的手机突然振动起来。她低头一看，上面显示的是有人发红包。

谁在群里发红包？傅世槿一愣，解锁手机进去一看，发现发红包的居然是铁鹰。

嗡嗡……而且他一发就连着发了好几个。

"你干什么？"傅世槿瞪大双眼，看向坐在自己身边的男人。

江聿在发出最后一个红包之后，又抬起双眼，用无辜的眼神看着她："申请在群里最后发言五分钟。我保证，五分钟后我就去做群里的资深'潜水员'。"

傅世槿能不答应吗？可是这个和他发红包有什么关系？

"好大的红包，啊啊啊！"

"铁鹰居然发红包了？谢谢铁鹰！"

"发生了什么？发生了什么？居然发这么大的红包？"

"哈哈哈！让红包雨来得更猛烈一些吧！"

…………

因为红包的出现，群里一些日常"潜水"的读者都冒了出来，每个领了红包的人都在表达对铁鹰的感谢。

当然，也有好奇的人@铁鹰，问他为什么发红包，是不是发生了什么喜事。

一直看着群消息滚动的傅世槿手指头一痒，点开了一个江聿发的红包，虽然只抢了 8.06 元，但是看到了其他抢红包的人所抢的金额。

她粗略算了下，江聿发的这个红包金额应该是二百元，而且他是连发五个，加起来就是一千元。

这人要不要这么大方？！

一般来说，有人在群里发红包就是意思一下，发个几块、十几块都算不错了。

然而还不等傅世槿说他几句，某人抓紧最后的时间开始回复群里的消息。

"嗯，是发生了点儿喜事。今天，我喜欢了很久、追求了很久的女孩终于答应和我交往了。这些红包里的钱是我在上交工资卡前最后的一点儿私房钱，你们拿去买糖吃。"

轰！傅世槿在看到江聿发出的这段话后，双颊顿时如火烧一般滚烫起来。

浑蛋江聿！傅世槿又羞又恼，把牙齿咬得咯吱响。

她什么时候让江聿交出自己的工资卡了？然而这个家伙直接在群里对她的读者这么说。

哪怕她明明知道群里的小可爱们根本不知道江聿口中的女朋友就是他们的殿下，但还是被那一句句的"狗粮"给砸得眼前发晕，有一种想要逃离的冲动。

这太让人害羞了！江聿完全就是猝不及防地给了她一个暴击啊！

最后，他还在五分钟一到的时候就乖乖地下线，退出了登录，从今以后开始成为一名"潜水员"。

更要命的是，这厮在把手机放下之后，还正儿八经地掏出了一张银行卡放在傅世槿的手上。

"你干什么？"这张卡如同烫手山芋一般，让傅世槿的手一缩。卡落在了沙发上。

江聿不紧不慢地把卡捡起来，再度放在她的手里。

为了避免她再次甩开卡，这一次他温暖的大掌将她的手连同卡紧紧地包住。银行卡夹在两人的手中间，格外显眼。

"江聿你干什么？放手！我不要！"傅世槿挣扎着，本能地想要拒绝。

他们才刚刚确认关系，他就把工资卡给她，这算什么？

"虽然我是第一次谈恋爱，但是我也知道，两人确定关系后，女方都是要保管钱的。再说了，我时常在队里，也不花什么钱。卡放在你这里，就当是存咱们结婚的钱了。如果我身上没钱了，再找你要。"江聿理所当然地道。

傅世槿被他这一出震得有些恍惚。

他们才刚刚确定恋爱关系，这就要扯到结婚上了？还有，谁告诉他谈恋爱后女方要负责保管钱的？

看到傅世槿一脸呆滞的样子，江聿突然正色道："傅世槿同志，我是以结婚为目的和你处对象的，请你认真对待我们两人的关系。从今天开始，我的工资卡就放在你这儿了。"

傅世槿哭笑不得，不是在追究江聿的马甲的事吗？怎么一下子就跳到工资卡的保管上了，还扯上了结婚？

傅世槿觉得自己被江聿说得晕乎乎的。

"你收回去。现在我和你还没结婚呢。"傅世槿在几乎被江聿说服的时候，手中推了一下，保持了自己的理智。

江聿却不给她推开的机会，道："迟早的事，你现在就开始习惯吧。而且我平时都在队里，把卡放在你这儿，我才感觉自己有了家。"

"我才感觉自己有了家。"江聿说出这句话的时候，傅世槿把一肚子想要拒绝的话都咽了回去——他都把话说到这个份儿上了，她还能说什么？

"小槿。"见她妥协后，江聿才带着愧疚开口，"很抱歉我不能像一般的男朋友那样随叫随到，也不能像别人的男朋友那样每天都陪在你身边。工资卡放在你这儿，除了会让我觉得有归宿感之外，我也希望能让你有安全感，知道我人虽然不在你身边，但是心会一直在。里面的钱是为我们将来的婚礼准备的，虽然还不算多，但我会努力存钱。小槿，谢谢你，谢谢你愿意接受一个不能一直陪伴你的男朋友。"

听完他这一番发自肺腑的话，傅世槿怎能不感动？

她想要出声安慰江聿几句，可是所有的话到了嘴边都显得那么苍白无力。

消防员这个职业……傅世槿深吸了口气，脑海里闪过江聿在火海中穿梭的画面，认真地对他说："记住每一次出任务时保护好自己，这就是对我最好的陪伴了。"

江聿似乎没想到傅世槿会说出这样一句话来，当下就愣住了。

而愣怔过之后，他心中爆发出来的狂喜从嘴角蔓延到了眼眸深处。从心底冲上脑门的情绪让他把傅世槿紧紧地搂在怀里，欣喜若狂地在她耳边低喃："小槿，谢谢你！真的谢谢你。"

傅世槿的恋爱生活开始了。

如她所要求的那般，这一段恋情暂时不被其他人所知。江聿很好地遵守着他们的约定，即便是对林致远，他都没有泄露半句。

事实上也如江聿所说，他没有办法时时刻刻陪伴着傅世槿，两人每天的联系方式还是微信。

不过傅世槿也有自己的事要忙。剧本的大纲已经送去一审，反馈回来的意见是主线已经确定，但是其他细节、情节还需要进行一些改动。她要忙着创作，还要把前三集的剧情写出来，准备第二次的多方评审。

所以几天下来，傅世槿反而觉得这种不能每时每刻相伴的模式才是最适合他们的。

转眼到了周末，傅世槿难得地精心打扮了一下，出现在了商场的电影院里。

这座商场就是离她家和第三中队都很近的那座，也是傅世槿经常活动的地方。

因为江聿只有两小时的外出时间，为了节省时间，他们约定了直接在电影院门前碰头，然后一起看一场电影。

他们选择电影，不是看哪一部评分最高，而是看哪一部的时长在一百分钟内，这样加上来回时间刚好可以满足两小时的限制。

电影院中黑漆漆的。

这场一百分钟的电影并非这段时期的热门影片，所以看的人不多，位子几乎只坐了三分之一。

傅世槿因为是提前买的票，所以选择了影厅最中间的两个位子，他们四周的几个位子刚好都没人。

看电影仿佛是情侣约会时必进行的项目。

但实际上，江聿对大银幕上的故事并不是很感兴趣。他转头看向抱着爆米花时不时吃一颗的傅世槿，低声说："因为瞒着所有人，所以我也不好申请晚归，今天只能陪你看一场电影了。"

傅世槿笑了笑。

要想在有限的两小时内把一般情侣一天的约会流程走完，那显然是不可能的。

不过她也没有太在意就是了。

"没关系，反正我一会儿回去也还要赶稿。"

"别太辛苦。"江聿的语气中有不加掩饰的心疼。

傅世槿感受到这一点，心里有些甜："不辛苦，做自己喜欢做的事，怎么会辛苦？"

黑暗中，江聿微微一笑，修长的手指悄悄地与傅世槿的手交握在一起。

还不是很习惯这种亲近行为的傅世槿被他的动作弄得脸颊有些发烫，好在这里很黑，不会被人看到。

一百分钟很快就过去了。

电影散场之后，两人手拉着手走出电影院。

身后却突然有一道议论声飘进了傅世槿耳中。

"啧啧，姐姐和弟弟来看电影还要手拉手啊！要不要这么腻歪啊？姐弟的感情这么好的吗？"

身后飘来的声音让傅世槿刻意打扮过的精致面容上飞快地闪过一丝窘迫神色。

不知为什么，明明知道不该在意，但是傅世槿心中还是出现了一丝失落情绪。这种感觉让她不禁抬头看了江聿一眼，似乎是想知道他有没有听到身后的议论。

可是江聿神态如常，好像没有听到似的。

"嘿嘿，说不定人家就是姐弟关系好呢？你管这么多干什么？"

"就算是姐弟关系好，公共场合手拉手也太亲昵了吧！我是觉得那么帅的男生被姐姐这么亲昵地对待，不知道被挡了多少桃花运。"

"你是在说你自己吧？"

…………

还未消失的话语、嬉笑打趣的声音飘入傅世槿耳中，如同尖刀一样狠狠地在她的心口刺了一下。她下意识地就想要松开江聿的手。

然而当她要松开手的时候，她感觉身边的男人突然用力，紧紧地抓住了她的手，不让她退缩。

不仅如此，他更是主动将两人的手臂挽起来，姿态比之前更加亲密。

"你……"傅世槿有些震惊地看向江聿——原来他什么都听到了。

"为什么要在乎不相干的人说的不相干的话？我就觉得我们两个

最配了！"江聿对上她的眼睛，露出了温暖的微笑，"走吧，我们时间有限，不该浪费在这些无聊的事上。你可是我辛辛苦苦才追到手的女朋友、未来的老婆，如果她们的话让你不开心了，我可以帮你出气。"

"怎么出气？"傅世槿原本心情有些低落，被他的话逗乐了。

"揍她们！"江聿挥舞了一下自己的拳头。

"扑哧！"傅世槿忍不住笑了起来，心中的郁结尽消。

她当然知道江聿是在开玩笑，别说他一个大男人怎么可能当街打女人了，就是他身上的消防衔都不允许他这样做，他这样说不过是想让她消气罢了。

"笑了？"见傅世槿眉宇间的阴云消失，江聿的心情也跟着明媚起来。

"小哥哥，你还真是会逗女人开心。"傅世槿无奈地摇头。

江聿却一挑眉，带着几分自豪道："我只逗过你一个女人开心。"

"只逗过你"，这话让傅世槿心中微微一甜。

是不是女人天生都喜欢听男人的甜言蜜语？她不知道，但是清楚她喜欢江聿哄着她。

她回想那一段失败的恋情，与张志相处的种种在脑海中回放。

张志能受那么多女生青睐，自然也是擅长说甜言蜜语的。但是不知道为什么，张志对她说那些话的时候，傅世槿只觉得浑身起鸡皮疙瘩，只能用尴尬而不失礼貌的微笑来应付。

但是面对江聿，她不会有这种感觉，哪怕他的甜言蜜语说得没有那么高明，她也如同泡在蜜罐子里一般，心中忍不住泛起甜蜜的感觉。

"小槿，不要在意旁人的话。你只要记住，在我心里你一点儿也不老，反而让我觉得你是一个需要我保护的小女孩就够了。"

嗯？江聿的话拉回了傅世槿的思绪。

她怔怔地看着突然认真起来的男人，仔细地消化着他说的话。

小女孩？傅世槿嘴角扬了起来，多少年没有人说过她是小女孩了？

刚才心中的那一丝不痛快早就烟消云散，傅世槿道："我们走吧，不然你赶不上归队时间了。"

说完，傅世槿主动挽起江聿的手臂，脚下轻快地向商场外走去。

江聿俊逸帅气的脸上流露出愧疚之色："小槿，对不起，不能陪你吃饭。"

"没事啊，这里的餐厅我都吃腻了，还不如回家吃你给我包的饺子。"傅世槿毫不在意。

她又不是小女生了，不用江聿时时刻刻都陪在身边。

"你喜欢吃吗？"江聿听到她的这句话，有些雀跃地问。

"喜欢。"傅世槿毫不掩饰对江聿的厨艺的赞赏。

"你真的喜欢的话，我改天再给你包一些放着，这样就省得你下厨房折腾了。"江聿几乎是用宠溺的语气说出这句话的。

傅世槿忍不住笑了起来，道："你就不怕把我宠坏了，我变成十指不沾阳春水的女人？"

江聿眉梢一挑："我乐意。"

两人一路说说笑笑，走出了商场。

江聿有些不舍现在分离，主动提出："不如我送你回家吧？"

傅世槿是一个时间观念很重的人，一直在注意江聿离队的时间。虽然她也觉得今天的约会有些匆忙，但还是看了看时间，道："只剩下十分钟，来不及了。你送我回去再归队的话，离队时间肯定会超过两小时。这里离我家不远，又是大白天，我自己回去就好。"

"可是——"

"别可是了，快走吧。"傅世槿打断江聿的话，松开他的手，还推了他一把。

江聿无奈地笑了。

即便是周末，他们享有假期，但是规矩就是规矩，如无特殊情况，离队时间不能超过两小时。

离岗不离队，时刻待命，随时准备应对突发情况，这是一名消防员必须恪守的准则。

"小槿，我很抱歉。"江聿抬起手揉了揉傅世槿的头发，眼中满是愧疚之色。他费尽千辛万苦地把她追求到，却不能做到一个男朋友该做的程度。

"快走吧，谈恋爱又不是要一天二十四小时都腻在一起才叫浓情蜜意感情好。"傅世槿再次催促。

在傅世槿三番五次地催促后，江聿才依依不舍地离开。

目送江聿的背影消失在人群中后，傅世槿才转身踏上回家的路。

回到家中，傅世槿第一件事就是来到镜子前，仔细地打量镜中的自己。

修身合体的连衣裙，微卷的长发，精致的妆容，谁也不能否认镜中的女子是一个美女。

可是傅世槿仔细打量自己的眼角位置，自言自语地道："我已经老了吗？"

看来护肤美容不能停啊！

当晚，傅世槿洗完澡后就拆开了买回家很久一直没有拆开的面膜，老老实实地敷面膜。

敷着面膜，躺在床上，傅世槿望着卧室的天花板，回想今天与江聿的第一次正式约会。

这次约会似乎并没有什么让她感觉不舒服的地方。

与江聿在一起的时候，她很放松，很自在，不用浑身紧绷地去伪装出一副虚伪的样子，喜怒形于色。

这种感觉……还真不赖！这样想着，傅世槿嘴角缓缓扬了起来。

不过如果江聿向她提出那种要求……傅世槿的思绪一下子跳到了她内心的那个阴影处，嘴角扬起的笑容也渐渐消失，原本挺不错的心情也变得有些紧张和沉重。

其实傅世槿心中清楚，在当今社会，男女朋友间发生点儿什么是再正常不过的事，哪怕将来分手了，彼此也不会太过介意。

但是说她保守也好，说她有心理障碍也好，她总觉得婚前做那种事是对自己不负责，是不自重。

当初张志不就是因为她一直不肯和他做那种事，才做出了后面的一堆事吗？

江聿呢？傅世槿脑海里浮现出江聿充满阳刚之气的脸。江聿正值青年，血气方刚的，难道会没有那方面的需求吗？

现在他们是男女朋友关系，如果江聿提出这事来了，她该怎么办？

"呼……"一想到这个问题，傅世槿就没心情敷面膜了，从床上坐起来后，扯掉脸上的面膜，走向卫生间去洗脸。

至于那个让她纠结烦心的问题，以后再说吧。

这一夜，与江聿用手机聊了一会儿后，傅世槿就睡了。江聿不会让她熬夜，而她似乎也没有什么心情熬夜。

只是躺下熄了灯之后，她毫无睡意，脑海里控制不住地胡思乱想着，最后不知过了多久才迷迷糊糊地睡着。

第二天傅世槿醒来做完晨练后，手机里一个沉寂了很久的群突然弹出了信息。

"同学们，一晃大家都毕业十年了，刚好下周六学校要搞校庆活动，咱们是不是趁机聚一聚？"

同学聚会？！傅世槿一愣，似乎有些没反应过来。

这个群是他们大学的系群，刚刚发言的人是全系四个班中的其中一个班的班长。

在他发言之后，这个一个月都没有一条信息的群连续跳出了好几条信息。

"没错，都十年了，咱们也该聚聚了。这次机会难得，大家不要错过呀。"

"不管咱们是混得好还是混得不好，抛开外面的烦心事，咱们十年聚首，回顾青春。"

"来、来、来，有时间参加的冒个泡，私聊各班的班长报名。参

343

加的人每人需交二百元活动费。"

这几个跟着发言的，都是其他班的班长。

明眼人一看就知道发起这次同学会是几个班长私下已经商量好的，现在只是通知和调动大家的情绪，让更多的人报名参加而已。

很快，群里一个个傅世槿或熟悉或不熟悉的 ID 开始冒泡，有问情况的，也有感慨的，更有直接报名的，当然也有人表达了遗憾，说人在外地打拼无法赶回来。

傅世槿盯着手机屏幕，看着每一条在群里滚动的信息，似乎没有冒泡的打算。

对同学会，她兴趣不大。

不是她不顾念同窗之谊，而是因为她的四年大学生涯中并没有多少值得她怀念的事。

大学的课大多是大课，学生们每天都在跑不同的教室或者在图书馆，同学之间互动极少，恐怕除了同寝室的人之外，与其他同学都谈不上深交。

毕业的时候，傅世槿甚至对一些同学叫不出名字。

这样的情况下去怀念青春，她怎么想都觉得尴尬。

而且他们说是不谈近况，但是十年不见，再次见面后，大家真的能保证不问收入，不问工作，不问家庭，不重新打探社会关系？

傅世槿觉得这些年写书虽然让她变成了死宅，但是也让她的心更清明了，把一些社会现象看得更现实、透彻。

也就是因为这样，她周身才始终像是笼罩着一层雾霾。而江聿就像是一道不经她的允许强行穿透雾霾的强光，告诉她，这个社会上除了现实还是有梦想的。

梦想？做消防员就是他的梦想吧？傅世槿一阵恍惚，脑海里幻想着：少年时的江聿会不会在面对学校师生的时候说自己的梦想是成为一名拯救人民于水深火热之中的英雄？

不是说男孩子心中都有一个英雄梦吗？江聿是否已经实现了他的英雄梦呢？

叮！微信私聊的声音惊醒了傅世槿。

她怎么又想到了他，还脑补出他少年时的样子？傅世槿双颊微微发烫，心脏狂跳。

平复了心跳后，傅世槿点开了私聊她的秦柔柔的头像，进入了聊天界面。

"你去同学会不？"

傅世槿和秦柔柔本来就是闺密又是同学，从小学到大学都是同班同学，当然也在一个群里。

"不去。"傅世槿几乎是想也没想就拒绝了。

可是秦柔柔又发了一条信息，让她愣住了。

"听说张志那贱人也会来。当初他趁你不备先下手为强把你甩了，你不趁这个机会给他两耳光？"

原以为已经消失在自己的生命中的人突然间再度出现了。傅世槿不知该做何表情，只能在心中吐槽：要不要这么狗血啊！

"还有必要吗？"想了想，傅世槿给秦柔柔回了一句话。

已经过去那么久的事，她真的不想再纠缠其中。

"怎么没有必要？老娘当初还没机会狠狠地骂他一顿呢！再说了，你如果不去，说不定人家还以为你是怕他，不敢露面呢。"

傅世槿有些无语。

她不去参加同学会是因为怕见到张志？呵呵，两者并没有关系好吗！难道连秦柔柔都这么认为？傅世槿这么多年来第一次认真地反思自己的行为是不是让其他人产生了什么误会。

"你别不以为然啊，当初你们俩的事闹得全系皆知，最后又是张志提出的分手，不知道多少人看过你的笑话呢。而且我还听说，张志如今似乎混得不错，这次同学会的发起人就是他，看来他是想要在同学们面前炫耀一番。而你开始写小说后就变得格外低调，除了我，几乎没有同学知道你的近况。你如果不出现，说不定人家还以为你混得很惨呢！"

傅世槿愣了一下，然后才给秦柔柔发信息："你哪里来那么多听说的事？"

"你以为我和你一样死宅不闻窗外事啊？我当然有我的渠道。反正我觉得，不管那贱人是什么居心，你都该光鲜靓丽地出现，狠狠地打他的脸。"

"你不觉得这很幼稚吗？"傅世槿有些哭笑不得。

她如今过得好不好，为什么要证明给别人看？尤其是不相关的人。在她心中，张志早就是一个不相关的人了。

"幼稚是幼稚了点儿，但是你也不希望这次同学会上传出什么有关你的流言吧？"

傅世槿愕然：会吗？

秦柔柔跟傅世槿说了很多，比如如果她不去，任由张志在同学会上嚼瑟，说不定会有不少同学为了讨好张志而恶意贬低她。

如果可以，傅世槿真的不想把人性想得那么恶劣。

然而秦柔柔用残酷的现实击败了她。

"你别觉得不可能发生这样的事，也别觉得自己置身事外他们扯不到你身上。人性就是这样的，大家都这么多年没见了，突然见面有什么好聊的？还不都是聊上学时的那些破事。现在张志得势了，那些想要沾光、想要恭维的人要和他套近乎，不拿你说事拿谁说事？傅世槿，你信不信？要不我们打个赌？"

秦柔柔很懒，所以一般不会发这么长的信息，只要信息字数超过三十个字，她就会直接发语音，但是今天，秦柔柔显然很气愤。

想了想，傅世槿直接给秦柔柔打了电话过去。

电话很快被接通。

"喂，你考虑好了没？去不去？只要你点头，老娘为你冲锋陷阵。"秦柔柔夹着愤怒的声音传来。

"其实都这么多年过……"

"我告诉你傅世槿！虽然这么多年过去了，但是你能咽下这口气，我咽不下！你不在意，我在意！咱能不让别人欺负到头上吗？都说君

346

子报仇，十年不晚，现在刚好十年，老娘要去替你报仇！"

到后面，傅世槿居然从秦柔柔的声音中听到了一丝哭腔。

傅世槿当即愣了一下，心中酸酸的，却又被幸福填满。

"柔柔……"

"咱们也不去做什么，就是让那人渣知道，离开他后你过得更好！不是像他当初说的那样，你是从旧社会爬出来的古董，想要谈恋爱，还想装贞洁烈女。"

曾经的画面又浮现在傅世槿的脑海中。

当初明明是张志劈腿、滥情，在外面"搞出了人命"，流言却是针对她的。他们说她故作清高，各种流言蜚语像尖刀一样从四面八方向她刺过来。

那个时候，她记得自己抱着秦柔柔大哭，不断地问秦柔柔："我只想在结婚的时候把自己完整地交出去，有什么错？"

恋爱观可以不同，为什么她就变成了别人眼中的异类？

她当初想不明白，现在也想不明白。

突然间，傅世槿觉得自己的胸口闷闷的。

或许是那一段不堪回首的记忆让她心中也生起了一丝戾气，更何况这么好的秦柔柔这么心疼自己，为自己抱不平，不用秦柔柔再劝说，她答应了去参加这一次的同学会。

得到傅世槿肯定的答复之后，秦柔柔才满意地挂了电话。但是在挂电话前，秦柔柔突然提出："要不要把小鲜肉带上？万一有人刁难你，就让小鲜肉出来打他们的脸！比颜值，比身材，小鲜肉甩张志好几十条街啊！"

江聿？秦柔柔突然提到江聿，让傅世槿的心脏狠狠地跳了一下，她有些心慌：难道秦柔柔已经知道了？

或许是心虚，傅世槿说了句"别瞎说"就挂了电话。

"呼！"吐出一口浊气，傅世槿拍了拍自己的脸颊，让自己暂时忘记这些烦心的事，把心思都放在工作上面。

这几日，雪妖妖那边已经开始催了。

对着电脑工作一下午了，傅世槿正打算暂停一下，站起来活动活动筋骨，江聿的电话就打了过来。

傅世槿微微一笑，接通了电话。

"在干什么？"

江聿的声音很好听，有一种低沉中透着几分冷冽的感觉，让人一听就很安心。

傅世槿也不由自主地将声音放柔："没干什么，刚工作完，准备休息一下吃饭。"

"嗯，别太辛苦。"江聿叮嘱，随即又说，"我得好好规划一下，下周末怎么高效率地利用两小时。"似乎只是和傅世槿看一场电影不能满足他。

傅世槿想起周六的同学会，抱歉地说："我周六要去参加同学会，恐怕不能和你见面了。"

这个突如其来的消息让江聿怔了一下。说他心中不失望是假的，就是因为工作的特殊性，他和傅世槿谈恋爱，两个人的独处时间才会变得这么奢侈，现在她又告诉他唯一的两小时也没有了？

但是即便心中失望，他还是不忘替傅世槿宽心："没关系，那就下下周吧。你们同学之间也有很长时间没有见过了，难得聚会，不能错过。"

江聿的善解人意让傅世槿心中一暖，她真诚地说了声："谢谢。"

"小傻瓜，为什么要对我说谢谢？"江聿在电话里笑了起来。

活了三十一年，突然被一个比自己小的男人叫"小傻瓜"，虽然这个人是自己的男朋友，但傅世槿还是脸颊一下子就红了起来。

为了不让这个家伙察觉自己的异样，傅世槿转移话题道："对了，我们之间的关系你没有告诉过别人吧？"

"没有，我们不是有过承诺吗？"

江聿的回答让傅世槿稍微安心了。

可是随后江聿不安分地问："现在是瞒着，但是小姐姐你打算什么时候带我回家？"他的语气带着点儿哀求和讨好的意味，潜台词就是在向她要名分。

这让傅世槿忍不住开玩笑道："嗯，什么时候带你回家，就看你的表现了。"

"收到！我一定好好表现，争取让小姐姐早日带我回家。"

他说的"家"可不是傅世槿在林城的房子，而是她的父母家。

一旦见过父母，他和傅世槿之间就八字有一撇了。

傅世槿自然听懂了他话中的暗示，没有直接拒绝已经说明了一些事情。

不过……傅世槿之前觉得秦柔柔突然提到江聿是因为知道了现在她和江聿的关系，可是现在从江聿口中得知他们的关系并没有其他人知晓，所以秦柔柔是随便说的吗？

带江聿去同学会？傅世槿好笑地摇了摇头，觉得这太幼稚了。江聿并不是她拿来在人前炫耀的商品，更不是用于打脸的武器，她的尊严不需要用江聿去获得。

她与江聿聊了一会儿就挂了电话，生活好像并没有因为谈恋爱而有什么改变，她一样该吃就吃，该睡就睡，该工作就工作。

恋爱唯一改变的或许只是傅世槿的心情。

时间一晃就到了周五，明天就是同学会。报名的事傅世槿是交给秦柔柔去弄的，秦柔柔告诉她，到时间出现就好。

中午的时候，傅世槿给自己煮了一碗面，坐在客厅的沙发上，打开了电视机。

客厅里传来电视的声音，房子里显得热闹许多，即便不看电视机里的内容，傅世槿都觉得耳边有声音伴着要舒服很多。

不过她还是下意识地将电视调到了地方新闻频道，这个习惯也不知道是什么时候养成的。

这个频道播报的内容一般是林城的社会民生新闻，还会有些当地的乡土剧，又或是什么解决纠纷的调解节目。

而在中午时段，电视上回放的正好是昨天晚上的新闻内容。

　　昨晚傅世槿忙工作，倒是错过了新闻。

　　她低头吃着面，听着电视里传来的声音。

　　突然，好听的主播的声音引起了傅世槿的注意。

　　"今日下午四点二十五分，我市光明区发生了一起火灾，本台记者赶到的时候，大火已经被扑灭……但是在一片狼藉中，本台记者还是记录下了以下温馨的一幕……"

　　光明区？心中突来的触动让傅世槿敏感地抬起头，看向电视。

　　电视屏幕里的背景是一片刚刚被扑灭的火场，没有了狰狞的火舌，只有还未完全散去的浓烟。

　　在一片泥泞之中，火场周围圈起了警戒线，阻止无关人员靠近。

　　不少围观群众也出现在画面里。

　　傅世槿不是专业人士，看不出这一场火有多大，但是之前经历过火灾的她还是觉得现场有些触目惊心。

　　突然，记者的镜头一转，火灾现场的红色消防车就被放大了。

　　在消防车旁围着好几个消防员，他们身上的防火服还冒着烟。而镜头再度拉近的时候，一个小孩站在了一名消防员面前。

　　那名消防员已经摘掉了消防头盔，露出了自己的样子。

　　傅世槿一眼就认了出来，那是江聿！

　　主播说是今天下午，但这是回放，所以那应该是昨天下午发生的事。

　　昨晚傅世槿和江聿通电话的时候，他并未和她提起这件事，所以她并不知道。不过江聿能够与她通电话，说明他应该没事才对。

　　看着出现在电视机里的男朋友，傅世槿忘记了继续吃面。

　　江聿的侧脸被拍了特写，俊逸的五官在画面中一下子就凸显出来，即便是与明星相比也丝毫不逊色。

　　或许是刚刚从火场上下来的缘故，他脸上还有些被烟熏后留下的脏污。

　　此刻他和站在他面前的小孩似乎在说些什么。

突然，一名记者出现在画面中，简单地说了几句后，就走到了小孩和江聿面前。

"小朋友，你在这里干什么？"记者半蹲着，把采访话筒递到了小孩面前。

"我、我没干什么。"小孩也就八九岁的样子，突然被采访有些紧张、害羞。

傅世槿看到这一幕，眉梢微微一挑，眼神变得饶有兴致。

"别紧张，哥哥只是想知道，你和消防员叔叔说了些什么呀？"记者语气很温和地引导着。

小孩低下头，羞怯地说："消防员叔叔们好厉害，像超人一样，我想、我想和他们握握手。"

"握手？"记者显然没想到这一大一小两人的僵持是为了握手。

傅世槿也愣了一下。

接着记者站起来对江聿笑着说："小朋友想要和崇拜的消防员叔叔握握手，可以吗？"

江聿抬起自己黑漆漆的双手，脸上露出傅世槿熟悉的笑容，道："小朋友，叔叔的手太脏了，会把你的手弄脏的。"

他不是不想满足小孩的愿望，而是因为手太脏，不愿弄脏孩子的手。

看到江聿特意蹲下来对着小孩解释的一幕，傅世槿嘴角不自觉地扬了起来。

这样的画面的确让人感到很温馨。

"我不怕脏！叔叔是英雄！"谁知小孩突然伸出手，握住了江聿的手掌。

小孩的反应让傅世槿一愣，也让电视机里的江聿、记者一愣。

"叔叔，以后我也要成为像你一样厉害的消防员！"在大人们发愣的时候，小孩却用坚定的语气说。

说完之后，小孩还很用力地握紧了江聿的手。

江聿露出灿烂的笑容，将小孩的手紧紧地一握，也不在乎会不会把小孩的手弄脏了，鼓励了小孩一句："好，叔叔等着你长大，成为最优秀的消防员！"

镜头拉远，江聿和那小孩成了背景，记者站在镜头前继续说着什么。

傅世槿不知道是什么触动了小孩，让小孩站到了江聿面前，要与江聿握手，说出那个志向，她只知道，现在她好想给江聿打电话！

其实一般情况下傅世槿不会轻易给江聿打电话，因为不知道他是否在训练或是出任务。

但是现在傅世槿还是控制不住地打了江聿的电话。

电话响了四声，就在傅世槿觉得手机应该不在江聿身边，或者他不方便接电话，准备挂掉的时候，电话被接通了。

"小槿？"江聿的声音中透着惊喜，他似乎没想到傅世槿会主动给他打电话。

傅世槿听到他的声音与刚才电视机里传来的有些不同，但一样能让她觉得安心。她问："忙吗？"

"不忙，午休呢。"江聿解释了一句。

没有打扰到江聿工作，傅世槿放松了些，抬眸看了电视一眼，这个时候电视已经播到别的新闻了。她道："我刚刚在电视上看到你了。"

"嗯？"江聿一时间没有反应过来。

"昨天下午。"傅世槿提醒了一句。

江聿这才恍然大悟。

突然，傅世槿握着手机轻笑起来。

她的笑声通过电话传到了江聿耳中。

"你笑什么？"江聿不解地问，同时也在心中嘀咕：傅世槿打电话给他就是因为这件事？

傅世槿止住笑声，道："没什么，我就是觉得咱俩这恋爱谈得还挺有趣的。别人谈恋爱，男朋友是随叫随到；我谈恋爱，只需要打开电视机，看看当地新闻就能看到男朋友。"

"小槿，对不起。"

"不要一直对我说对不起，我是开玩笑的。如果你天天腻在我身边，恐怕我又会觉得你烦了。这样挺好的。"傅世槿笑道。

"那你……"江聿有些不明白，傅世槿不是打电话来抗议他陪伴她太少的吗？

"我只是想要问一下，被祖国的花朵崇拜的感觉怎么样？"

第十五章

我们在恋爱

或许接受了一段情感会让人的生活变得美妙起来。

时间很快到了周六，同学会的日子。

这一次的同学会举办得比较匆忙，所以负责人是在一家高档酒店包下了一个大包间作为聚会的场所。

最终确定来参加同学聚会的人并不多，总共也就二十几人，包间的超大圆桌正好能坐下。

四年的同学，如今能会聚到一桌，也算是比较让人期待的了。

傅世槿和秦柔柔去得比较晚，几乎是踩着点儿到的。

一下车，秦柔柔就挽着傅世槿的手低声说："我一会儿让中台来接我，你要不要和我们一起走？"

傅世槿眉梢一挑，看向秦柔柔。

被她的眼神打量，秦柔柔娇嗔地道："我就是打算吃个饭，看看那渣男如今到底混成了什么人模狗样，会不会狗嘴里吐不出象牙来，你以为我真的要在这里陪吃陪玩一天啊？本小姐的时间很宝贵的！"

"那你还把我拉过来？"傅世槿觉得好笑极了，明明一开始是秦柔柔对同学会更感兴趣。

秦柔柔叹了口气，道："我还不是因为你才咽不下这口气嘛。我也希望你这次见了他之后，心中能彻底放下这件事，好好过你的日子，别再想他了。"

傅世槿一愣，搞了半天秦柔柔还是觉得她多年不谈恋爱是因为被张志伤得太深或是放不下他吗？

"我都说了，与他无关，你怎么就不信？"傅世槿无奈极了。

秦柔柔白了她一眼，道："你立即交个男朋友，我就信你说的。"

傅世槿嘴角微微一抽，心中有一个念头闪过：她是不是真的要把江聿带到秦柔柔面前，好证明自己早就忘了张志？

难得到了周末，江聿本以为可以和傅世槿约会，却没想到她今天要参加同学会。

不过傅世槿如何安排自己的生活是她的自由，他即便现在是她的男朋友，也没有权利去干涉。

但是江聿没有想到，在第三中队，他迎来了一位意外之客。

"你怎么来了？"光明区第三消防中队门口，江聿在接到门卫的通知出来后就看到了站在大门外的邵中台。

邵中台一见到江聿就露出了灿烂的笑容，道："表弟，我来看你，你怎么表现出一副不欢迎的样子？我跟你说哦，你这样的态度是不对的！"

江聿无视邵中台的话，打量了邵中台一下，转身道："进来吧。"

邵中台立即跟上，眼神好奇地四处打量消防中队。邵中台还是第一次来到江聿工作的地方，对消防中队充满了好奇。

可是打量之后，邵中台有些诧异了。

"你们中队这么小？"跟着江聿到了他的宿舍之后，邵中台忍不住问。

这真不是邵中台夸张，这里是真的很小！

什么训练场、操场都没有，就连消防车都是挤挤挨挨地停靠在前院里，整个消防中队也只有一栋六层的楼。一路走来，邵中台看到了中队的食堂、办公室还有宿舍，总之各种职能区全都在一栋楼里。

"你以为这是什么地方？市区，寸土寸金，我们能有这么大的地盘就不错了。"江聿笑着为邵中台倒了水。

"不会吧！那你们平时训练什么的怎么办？"邵中台接过水，还是一脸震惊的样子。在邵中台的想象中，真正的消防队不是应该比电视剧里的还要好吗，再不济也应该和电视剧里的一样吧？但想象与现实所见的落差也太大了。

江聿坐下后告诉邵中台："二楼有一间健身房，外面的公路上也可以跑步，附近还有学校的操场可以利用。基础训练基本能满足，特殊训练会有特殊的训练场地。"

"可是这也太小了。你们是为了国家，为了百姓在做事，就不能有大一点儿的地盘？"邵中台还是不理解，甚至为江聿他们抱屈。

在邵中台看来，消防员已经是一个用生命在冒险的职业，是光荣的，也是危险的，既然付出了那么多，那么在硬件设施上起码要保障一下嘛。可是现在看来，江聿他们平日的训练都要自己想办法进行，真的是要克服一切难艰困苦。

"也不是所有的消防队都这样，越是远离市区的消防队其实占地面积也越大，条件反而更好。"江聿早已习惯，对邵中台的不理解一点儿也不在意。

"所以你们一天二十四小时就只能待在这么小的地方待命？"邵中台有些心疼自己的表弟。

"嗯。"江聿随意地应了一声，眯了眯眼，主动问，"今天是周末，你不去和女朋友约会，怎么跑到我这里来了？"

"柔柔去参加同学会了，让我一会儿去接她。我这不是想着刚好现在没事嘛，就过来看看你工作的地方。"

邵中台的解释让江聿目光一闪。

傅世槿也是去参加同学会了，秦柔柔应该是和她一起的。不过一想到邵中台可以正大光明地去接秦柔柔，江聿心中就有些酸意泛起。

什么时候他也能正大光明地去接傅世槿，告诉所有人他是她的男朋友？

"同学会不是一天吗？你是准备在这里待一天？"江聿想起傅世槿对他说过，今天同学会的行程是安排了满满一天的。

"是啊，不过柔柔说，她就是去吃顿饭就走了，不打算参加后续的活动，她的目的就是去看看有没有机会收拾一下那个渣男。"邵中台顺口说道。

江聿目光一凛，敏锐地抓住了"渣男"二字。直觉告诉他，秦柔柔口中的"渣男"就是傅世槿的那个前男友。

"咦？你怎么知道今天他们的同学会是一整天？"突然，邵中台反应过来。

江聿没有解释，只是笑着说："一会儿我跟你一起去接人。"

"啊？"邵中台莫名且意外地看着他。

酒店包间内，大家已经来得差不多。多年未见，今日再聚首，大家聊天的兴致比较高。

在正对着虚掩的大门的位置，几个男女正围着穿一身笔挺的西装，如成功人士一般的张志。

"张志真是了不起，都成大老板了。"

"哪里、哪里，只是一点儿小生意罢了，不值一提，不值一提。"张志语气很谦虚，但那张不再青春，多了些中年男人味道的脸上，神情却难掩骄傲、得意的意思。

"你那还是小生意？恐怕你现在都有上千万元的身家了吧？不像我，每个月就那么几千块钱，三十多岁了，别说房、车，就连存款都没有。"

"是啊，现在生活压力这么大，日子难过，我看咱们系过得最好的人就是张志了。"

…………

"对了，张志你结婚了吧？"突然，在一片恭维声中，有人好奇地问。

张志保持着商场上锻炼出来的得体笑容道："这些年都忙着打拼

357

事业，个人的事倒是被耽误了。"

他一说完，立即有同学附和："理解、理解。"

"真是羡慕张志。人家是忙着赚钱，没时间恋爱、结婚。我是有时间恋爱，没钱结婚。"

"谁说不是呢？现在一结婚，女方要的彩礼还有房子、车子就要逼死人。"

"对，现在娶一个媳妇儿真的是太难了。"

"别说娶媳妇儿了好吗？没钱连女朋友都没有，还妄想娶媳妇儿？"

"是啊，现在的女人都太势利、太虚荣了。"

"你们这些男人，想娶老婆又舍不得花钱，还好意思说我们女人虚荣、势利？"有围在张志身边的女同学调侃了一句。

"不是舍不得花钱，只是现在一套房多贵？随随便便就要上百万元。我们就是工薪阶层，拿着工资过日子，什么时候才能赚够买房的钱？"一个男同学忍不住反驳。

那女同学看了张志一眼，笑眯眯地说："那还不是你们没本事？瞧瞧人家张志，会为这些发愁吗？"说完，她问张志："那你现在事业有成了，有时间考虑一下个人的终身大事了吗？"

她话中的暧昧让张志转头看向她。张志从她眼中看到了一些别样的情绪，他知道，他的这位同学好像也还没有结婚，现在在给他暗示呢。

"最近是在考虑了。"张志微微一笑，给出的答案同样有些暧昧。

张志的这句话让那女同学目光一亮，有些欣喜。

其他男同学并未注意到那女同学的眼神变化，只是顺着张志的话聊着。

"是该考虑了。张志不仅长得好，又有钱，要找个年轻漂亮的女朋友实在是太容易了。"

"没错、没错，当初张志在咱们学校就是风云人物，校草级别的啊！不知道多少女生暗恋他呢。"

"咦？我记得张志还把当初咱们的系花都追到手了吧？"

"你是说傅世槿？"

刚刚走到包间门外的傅世槿乍一听到自己的名字，不由得停了下来。

"先等等，听听他们怎么说。"秦柔柔拉了她一下。

两人停在虚掩的房门外，这样一来，她们能听到里面的声音，包间中的人却看不到她们。

傅世槿也没想到，在这场阔别十年的同学的聚会上，她还没到，就成了别人口中议论的焦点。所以她没有反对秦柔柔的做法，也很好奇他们会怎么说她。

"是啊，傅世槿。她当初可是咱们不少男同学心中的女神，可惜最后被张志追到了。"

张志听到别人提及傅世槿，表情有一丝不自然。

那对他有意思的女同学一直注意观察他的表情，看到他的那丝不自然的表情后，立即出声："我听到的版本怎么不一样？不是傅世槿追的张志吗？"

听到那女同学的这句话，张志脸上的不自然神色一松，嘴角微微扬了起来，不咸不淡地说了句："都是过去很久的事了。"

门外，秦柔柔磨着牙道："还能这样颠倒黑白？我就说要来吧！"

当年张志追求傅世槿可谓大张旗鼓的，不知被多少人看在眼里，过了十年他们就能颠倒黑白了吗？

傅世槿的表情倒是没有什么变化，这样一句话还不至于让她生气。

"是吗？真的是傅世槿追的你啊？"说话的人有些震惊。

张志没有开口。

那女同学继续说："当然啊！别看傅世槿一副高冷不易亲近的样子，我当初可是听说她一直暗恋张志。"

"厉害啊！"有人立即对张志伸出了大拇指，表示佩服。

"当初你们男才女貌的，结果还是应了那句话，毕业季，分手

359

季。"有人笑道。

张志和傅世槿是怎么分手的，其实他们心中都知道，只不过现在过了那么久了，张志又混得好，谁会去提真实原因？

"可能是没有缘分吧。"张志说完之后，又好似不经意地说了一句，"我这些年都在外地闯荡，倒是不知道她现在过得好不好。"

回想起傅世槿，张志心中还是有些不舍的，毕竟当初他是真的动了心。如果不是傅世槿实在太没有情趣了，他说不定真的会和她结婚。就算是现在，他一想到傅世槿心里还有些痒痒，因为在他心中，虽然他们当初谈过恋爱，但他总觉得并未真正得到过她。

张志也不明白现在自己是一种什么样的情绪，或许就像很多男人那样，得不到的才会念念不忘。反正他如今挺期待见到傅世槿的，更想看看，遇到如今成功的自己，她会不会后悔。

"她？听说她混得不是很好。"不断向张志身边靠着的那个女同学皱着眉摇头，眼中隐隐有不屑和轻视的神色。

"你知道傅世槿的消息？我可是毕业后就没有再见过她了。"一个男同学顿时好奇起来。

门外——

"看看，看看，我说什么来着？"秦柔柔对傅世槿瞪了瞪眼。

傅世槿笑了笑，并不在意——她过得好不好，需要昭告天下吗？

"你们男生大大咧咧的，一毕业就忙着去闯荡江湖了，消息哪有我们女生灵通！"那女同学有些得意。

张志饶有兴致地看向那女同学，问："你知道关于她的什么消息？"

本来那女同学是不想多谈傅世槿的，或许是同性别相斥，谁希望在聊天时焦点在别的女人身上？可是张志问她，她似乎也有让大家知道傅世槿有多惨的心思，便把自己知道的事都说了出来。

"我听说她毕业后没有从事咱们的专业相关的工作，去了外地工作，混过几家公司，都待得不长，也没赚到什么钱。混了几年后，她好像混不下去了，就灰头土脸地回了林城。几年前咱们班还有人在街上碰见过她。"说着，她在人群中找了找，高喊了一声："岳鹏，你是不是曾经在街上遇见过傅世槿啊？"

她这一喊，原本还有些闹哄哄的包间里瞬间安静下来。

所有人都把注意力投向这边。

被喊的岳鹏愣了一下，不明所以地点头，顺着她的话回答："是啊，是碰到过一次。"

"那你说说，她当时怎么样？"那女同学顿时更来劲了。

岳鹏毕竟是个男人，不好对一个女同学多说什么，如实道："也没什么，就是感觉挺可怜的，没化妆，没打扮，上班时间在街上闲逛，好像失业了的样子。我们还聊了几句。"

岳鹏的这几句话让在场的人展开了无限的遐想。

站在门外的傅世槿心中有些无语。

秦柔柔戳了她一下，小声问："你什么时候碰到他的？"

傅世槿嘴角微微一抽，道："很久之前了，好像是在去买什么东西的路上吧。"

"你出门也不收拾一下？"秦柔柔的语气中透着点儿"怒其不争"的味道。

"我就是去买个东西，收拾什么？"傅世槿哭笑不得地道。她又不知道那天会遇上老同学，而且一般情况下，如果不是去什么特殊场合，她都极少化妆，死宅嘛。

"你们都聊了什么？"包间内，有人八卦地问岳鹏。

门外，秦柔柔也疑惑地看向傅世槿，似乎也很好奇。

他们聊了什么？傅世槿怔了一下，都那么多年过去了，她哪里还会记得当时与岳鹏聊了什么？

这时从门内传来了岳鹏的声音："也没有聊什么，我就是问她什么时候回的林城，在哪里高就，改日有时间再聚。"

"那她怎么说的？"又有人追问。

岳鹏笑着回答："她也没说什么，就是说刚回林城不久，自己是自由职业者。"

"自由职业者？"包间内，有人嗤笑。

一听到这几个字，包间里的众人互相交换了一个隐晦的眼神，都在说一件事：傅世槿果然混得很惨！系花又怎么样？还不是连他们都不如？

"唉，看来她真是混得很惨。什么自由职业者，不就是无业游民吗？"

"都三十多岁了，还是无业游民，难道她要做啃老族？"

"没想到当年咱们的系花最后会变成这样，真是十年风水轮流转啊！"

"对了，岳鹏，傅世槿结婚了吗？"

"没有吧。当时她手上没戴戒指，我也没问，瞎猜的啊！但是她有没有男朋友我就不知道了。"岳鹏还真的认真地回想了一下才回答。

"肯定没有啊！她不是说了刚回林城？如果有男朋友，她又怎么会灰头土脸地跑回林城？当初听说她去了一线城市工作，我还羡慕了好一阵呢。"

…………

包间内，不少人为了傅世槿的"凄惨人生"感慨了一番。

秦柔柔直接被气笑了，指着虚掩的门对傅世槿说："这些都是什么人啊，根本不知道事实是怎样的，就信口开河。"

傅世槿此刻脸色也不太好看。

她就是一个普通人，度量也没有那么大，有些事、有些话，他们说一两句就得了，说多了她心中还是会不爽的。

她没兴趣成为别人口中的谈资，更不想成为他们发泄生活中的不如意的对象。

似乎他们的日子过得不怎么样，有人比他们更惨，他们就开心了！

包间内的议论还在继续，众人似乎没有停下来的意思。

"幸亏当年张志与她分手早。"

"对啊，没想到傅世槿就是个花瓶，没一点儿本事。如果没有分手，恐怕她会拖累张志的发展。"

"张志现在值得更好的女人，傅世槿已经是过去式了。"

"咦，不是听说她今天也会来吗？怎么到现在她还没到？"

"她的费用是秦柔柔帮忙交的，名也是秦柔柔报的，看来她现在还是混得很惨啊。估计是不好意思来吧。"

嘭！一个班长说出这句话后，虚掩的包间门直接被推开。

包间内顿时一静，里面的人都看向外面站着的两个人。

"你们这些人都多大年纪了，还在背后嚼舌根？"秦柔柔直接开骂，实在是忍不了了。

但是包间里的众人一下子都没有反应过来，目光都被站在秦柔柔身边的傅世槿所吸引，就连张志也不例外。

大家不是说她穷困潦倒，混得很惨吗？不是说她是无业游民，在家啃老吗？那谁来解释一下，出现在他们面前的这个光鲜靓丽，比起大学时更美的女人是怎么回事？

张志不断地打量傅世槿，可以肯定地说，他被傅世槿惊艳到了。

男同学们都忍不住多看了她几眼，在底下窃窃私语。

而女同学们在震惊之后，眼中都流露出艳羡之色。

为什么？不仅是因为傅世槿依旧比她们美，更是因为她手中的包、身上的衣服还有脖子上的项链。

女人嘛，就算没钱买，但对奢侈品的认知还是比男人要强，只是用目光一扫，她们就看出傅世槿身上的打扮如果都是真的，价值起码不下十万元。

老天爷！把十万块钱穿在身上，这是什么样的概念？

回过神后，女同学们眼中的羡慕、嫉妒之色更浓，但脸色也更加白，因为这样的行头她们穿不起！

傅世槿穷困潦倒？

秦柔柔身边，傅世槿一直沉默着任由众人打量。现在她才算明白过来，为什么秦柔柔要求她今天这样打扮。

果然，当一个人由内而外地表现出自身的强大和实力时，是可以

363

让很多人闭嘴的。

想到这儿，傅世槿微微一笑。

"不会是假的吧？"

"估计是，不然她怎么会这么有钱？看到她那个包没有？我记得代购价要好几万元呢。"

"不是说她失业了吗？难不成被人包养了？"

"有可能啊！毕竟她也只剩下那张脸了。"

…………

不理会秦柔柔的怒火，在震惊之后，一些女人开始低声议论起来。

有的时候要一些人承认别人过得比自己好，就是这么难。

"呵呵，秦柔柔，话别说得这么难听嘛，大家也只是关心同学而已。"之前说话的那个班长走出来打圆场，不想把气氛弄得太僵。

不过那个班长在说话的时候，还是忍不住多看了傅世槿几眼。

"哼！我说话难听？怎么不想想你们刚才说的那些话难不难听？"秦柔柔双手交叉放在胸前，对那个班长冷哼一声。

众人面面相觑，谁都不知道两人在门外站了多久，又听到了多少话。

这时傅世槿向前走了一步，面对众人的目光淡淡地笑道："同学们都很好奇我的职业和私生活？"

"小槿，好久不见。"突然，张志走向她，主动打招呼。

傅世槿目光一转，落在他身上。现在的张志比起以前更加成熟而有魅力，但是再次见到他，傅世槿心中毫无波澜，十分平静，就好像站在自己面前的只是一个陌生人一般。

没有理会张志，傅世槿将目光从他身上移开，看向众人，继续说："既然大家都这么好奇，那我今天就说明白吧。"

傅世槿停顿了一下，观察着众人的反应，发现大家都竖着耳朵等待她后续的话时，嘴角的笑容扩大，道："我的确没有从事和本专业相关的工作，也的确没有在任何公职单位或企业上班。"接着，她将

364

视线落在那几个嘴碎的女同学身上，笑意更深，道，"让你们失望了，我也并没有被什么秃顶圆肚的富豪包养。"

深吸了一口气，傅世槿吐字清晰地说："我现在是一名全职作家，工作就是写小说。虽然挣得不多，但是每个月的稿费、每年的版权费倒是也能让我生活无忧、经济自由了。"

作家！

"你是全职作家？"

"你居然变成了作家？"

傅世槿的话音一落，不少同学震惊了。

秦柔柔骄傲地出声："那当然。我们小槿不仅是作家，而且已经加入了市作协、省作协还有国家作协！什么叫名利双收？这就叫名利双收！"

傅世槿也不在乎秦柔柔的话，来之前秦柔柔就告诉她，今天唯一的目的就是打脸。到达酒店前，她还对秦柔柔的话不置可否，但现在她心中的目标也很明确！她今天就是来打脸的！！

傅世槿变成了一个知名女作家！这则消息惊呆了包间里的众人。

作家、文人、名人的光环落在傅世槿身上，让张志看向她的眼神多了几分惊喜的意味。

张志随之想到，如今他有钱，傅世槿有名，如果两人结合，肯定能让他的事业上升到新的高度，而且他带着傅世槿出去应酬，在他那一层次的圈子中也会很有面子！

傅世槿不知道张志心中怎么想，把自己介绍了一遍之后，就拉着秦柔柔走向了大圆桌。

她举手投足间姿态大方得体，吸引了不少在场的男同学的目光。

不管已婚还是未婚，有魅力的女人总能吸引男人的视线，这仿佛是男人的天性。

"你还吃得下？不然我们走？"秦柔柔拿出电话，准备通知邵中台来接。

傅世槿却淡定地拉着秦柔柔入座，道："我们可是交了钱的，为什么要走？"

秦柔柔一愣。

好吧，傅世槿比她想象中还要强大。

"傅世槿，你真的是作家啊？你写了什么书？我回去拜读一下。"

傅世槿和秦柔柔刚入座，就有同学围了过来。

作家这个身份在普通人的圈子里还是很新奇的，远远高于什么老板。渐渐地，同学们的关注从张志身上移开，到了傅世槿身上。

"对、对、对，你的笔名是什么？回去我搜一下。"

"真是没想到，我的同学里居然有作家。"

"傅世槿，你的作品在哪里可以看到？"

…………

面对大家的问题，傅世槿脸上保持着微笑道："嗯，我是一名网络作家，写的也都是网络小说。"

"网络作家？我听说网络作家是很赚钱的。"

"傅世槿，你现在一年能赚多少钱啊？这行是不是很好赚钱？"

"每个行业都有赚钱的人，也有不赚钱的。能不能赚到钱，看的不是行业，而是个人。"傅世槿十分官方地回答。

"你肯定是厉害的了，都进入国家作协了，绝对不一般。"

傅世槿一直保持着微笑，脸上根本没有半点儿骄傲和炫耀的神色，道："运气吧。"

越来越多的人围在了傅世槿和秦柔柔身边。

留在张志身边的人只有之前说了傅世槿的坏话的那几个。他们也想过去，但是因为刚才的尴尬场面不好意思再凑过去。

眼看着其他人都围着傅世槿去了，张志倒也不生气，只是使了个眼神给班长。

班长意会后，立即张罗着对众人道："好了、好了，人齐了，咱们都入座吧，边吃边聊。反正咱们今天有一天的时间互相了解，不急于一时。"

二十几人纷纷入座。

在吃饭的过程中，傅世槿总是感觉到张志的目光时不时就落在自己身上。

席间，不少人向傅世槿敬酒。

傅世槿也来者不拒地喝了。

她不是不能喝酒，只是不喜欢喝，但是在今天这种场合，必须喝。

等吃到一半，再有人向傅世槿敬酒时，张志突然站了起来，道："别欺负人家一个女孩子，要拼酒来找我。"

他自己也被敬了不少酒，此刻却站出来为傅世槿挡酒，所以他的话音一落，酒桌上就出现了一片暧昧的起哄声。

傅世槿微微蹙眉——这种感觉她很不喜欢，她和张志已经形同陌路，不需要他此刻献殷勤，更不需要给同学们造成一种暧昧的假象。

"张志，人家敬我们小槿的酒，你凭什么喝？"秦柔柔一脸讥讽地看向张志。

"是啊，张志你以什么身份挡酒？"

"张志，我也喝醉了，你怎么不帮我挡酒？"

有男同学趁机起哄。

"对啊。大家都是同学，能喝多少喝多少，不需要谁帮谁挡酒。"傅世槿平静地说完，举起自己面前的酒杯对那敬她酒的同学说，"不胜酒力，这是今天的最后一杯，干了。"

"豪气！"那敬酒的男同学与傅世槿碰杯而饮。

酒是喝了，气氛却有些尴尬，因为张志还端着酒杯站在那里，而傅世槿已经喝完，随意地夹着菜吃，仿佛他根本不存在一般。

尤其是她刚才的那句话，把他营造出来的暧昧气氛直接打破了。

"小槿，中台差不多到了。"秦柔柔在傅世槿耳边低声说。

生活毕竟不是小说，秦柔柔鼓动傅世槿参加这一次的同学聚会，除了打脸之外，目的就是让傅世槿放下心中的那份伤痛。现在看到她对张志的态度，秦柔柔也就放心了，所以也没有必要继续留下。

"嗯，我一会儿和你一起走。"傅世槿轻轻点头。

"好。"秦柔柔露出笑容。

只留傅世槿在这里，秦柔柔当然会不放心。

因为刚才闹的那一出，酒桌上的气氛突然变得有些沉默。有人为张志解围，接下了他手中的酒后，气氛才慢慢地恢复了些。

差不多该走的时候，傅世槿起身去洗手间。因为包间里的洗手间被别的同学霸占着，所以她走出包间去了公共洗手间。

看到傅世槿走出去，秦柔柔又被其他女同学拉着说话，张志心中一动，也站起来跟着走出了包间。

傅世槿喝的是红酒，入口甘醇，但是后劲有些大，坐着的时候倒没觉得怎么样，现在站起来走了几步，就觉得有些上头，眼前发晕。

"看来真是好久没喝酒了，这么快就醉了？"扶着墙走向卫生间的傅世槿嘀咕了一句。

从洗手间出来之后，傅世槿更是觉得酒劲上来了，想要回去找秦柔柔一起走。

只是她还没走几步，前路就被人挡住。

傅世槿皱了皱眉，抬起头看向挡在她面前的人。

张志？

"小槿，你没事吧？我扶你。"张志说着就向傅世槿伸出手。同时他不忘看了一下傅世槿的手指，果然是没有戴戒指的。

这说明什么？说明傅世槿还没有结婚！

只要傅世槿还没有结婚，他就还有机会，毕竟他是傅世槿的初恋男朋友嘛。

"你干什么？"傅世槿厌恶地挥手，阻止张志双手的靠近，撑着墙向后退了两步，拉开两人之间的距离。

张志看到傅世槿对他的抗拒，有些无奈地说："小槿，你是不是还在生我的气？我承认，当年是我的错，更不应该对你说出那么伤人的话。不过以前我是年纪轻不懂事，这么多年我想明白了，我还是忘不了你。你一直没有结婚，是不是也因为忘不了我？"

傅世槿想笑，看向张志，心想：这个男人是有多大的脸？真够无耻的!

"张志,我和你早就没有什么关系了,请你不要来纠缠我。还有,现在我发现,当年的我答应你的追求或许只是因为对爱情的憧憬罢了,我根本就没有爱过你。"

傅世槿觉得自己已经说得很清楚了,事实上她和张志之间都结束那么久了,也没有什么好说的。

只是她没有想到,张志居然纠缠过来。

此时傅世槿被他堵在走廊上,离包间还有一段距离。这里是酒店的包间区,人很少,也比较安静。

"小槿,你这话就太伤人了。"张志眼中流露出受伤的情绪。

傅世槿面无表情地看着他:"你想做什么?"

张志露出笑容,再度向傅世槿伸出手。

傅世槿看到向自己伸过来的手,眉头皱得更紧,厌恶的情绪再度涌上来。她匆忙向后退去,避免被他的手碰到。

张志倒也没有勉强,讪讪地收回手后,解释了一句:"我都差点儿忘记了,你不太喜欢有人碰你。"

傅世槿抿唇不语。

她的确有这个习惯。对不熟悉的人,她极少让人靠近,就算是对熟悉的人甚至朋友,她都不太会主动与人有肢体接触。

这一刻,傅世槿的心中十分清楚,她从前到现在都抗拒张志的靠近,却不反感江聿的亲昵,爱与不爱似乎一目了然了。

"当年我们谈恋爱,在别人眼中是被羡慕的一对,可是他们都不知道,我和你在一起那么久,最多也就是牵牵手而已。"

傅世槿目光微冷,不明白时至今日了,张志对她说这些话是什么意思。

"那段时间我的确很郁闷,心里很难受,不知道你是不是因为不喜欢我才不愿让我亲近你。或许就是那样的情绪作祟,我才做错了事吧。"

"你说完了吗?说完了就让开。"傅世槿的声音带着寒意。

她真的不想和这个男人再有什么接触。

他这话是什么意思？他之前劈腿，搞大别人的肚子，难道罪魁祸首还是她了？

这人明明是个渣男，还把自己标榜得那么深情，好像是受害者一样。

"小槿，你不要对我这么冷漠好不好？不管怎样，我们当初在一起的那段日子还是有开心的时候的。说真的，这么多年过去了，你知道我为什么一直不结婚吗？"

傅世槿冷笑道："不是因为你忙着打拼事业，无心成家吗？"她可是清楚地记得，刚才他就是这样回答其他同学的。

"那是对外说的。实际上是因为，这么多年了我一直忘不了你。"张志的音调高了起来。

傅世槿震惊地看着他，在他一脸期待的表情中，慢慢地说道："你有病吧！"

她这样的反应让张志一愣：这怎么和他预想的不一样？一般女生听到这样的话，不是应该很感动吗？

一瞬间，张志也发现了，现在的傅世槿与大学时期的傅世槿已经不一样，那些哄骗小女生的话在她这里没有用。

"小槿，我知道你不会信。不过既然你现在还单身，不如试着再接受我一次？"张志又想去拉傅世槿的手。

"张志，你有病就去吃药。"傅世槿厌恶极了。

她不想让张志的手碰到自己，身体继续向后退。

但是她一不小心，脚就崴了一下，身子一歪。

"小槿。"

在张志张开手想要把傅世槿抱住的时候，却有一双手臂比他更快地把傅世槿直接搂入了怀中。

突然落入一个温暖而结实的怀抱，傅世槿一愣，抬起头就看到了那张熟悉的脸。

只不过现在这张脸上不是她经常看到的笑容，而是一脸冰霜。

"你是谁？放开她！"张志看到傅世槿突然被一个帅气俊逸的男人搂入怀中，眉头皱了起来。

"江聿！"傅世槿有些惊讶。

江聿怎么会出现在这里？而且他现在穿的是便服，说明他不是因为任务来到这里的。

傅世槿居然认识这个男人，这个发现让张志的目光暗沉下来。

"脚有没有事？"江聿收回落在张志身上的视线，垂眸看向怀中的傅世槿，声音轻柔地问了一句。

傅世槿忙摇头。她就是崴了一下脚，并没有受什么伤。

张志眼睛死死地盯着江聿落在傅世槿腰间的大手，心中生起一团怒意——自己还是傅世槿的男朋友的时候，都没有搂过她的腰，这个不知道从哪儿冒出来的男人居然就这样搂住了傅世槿？

顿时，张志心中生起一种到嘴边的肉被抢走的感觉。

"小槿，他是什么人？"张志直接质问。

傅世槿皱眉，对张志的语气很不爽。

江聿很想把自己和傅世槿的关系告诉眼前这个让他莫名地不爽的男人，但是又想到傅世槿之前说过要暂时隐瞒他们的关系，所以不好开口了。

"正式介绍一下，这是我男朋友江聿。"谁知，傅世槿自己开口了。

然后在江聿惊喜的神情中，她将声音放柔："江聿，这是张志。"

张志？江聿眸底闪过一道暗光——眼前这个男人就是当年那个渣男吧。

"男朋友？他是你男朋友？不可能！"张志听完傅世槿的介绍后，却震惊得不愿相信。他才打算重新追求傅世槿，却冒出了傅世槿的男朋友？

其实不仅张志震惊了，就连停好车跟着进来接秦柔柔的邵中台在听到这句话的时候也震惊了。

江聿居然真的把傅世槿搞定了？两人还偷偷摸摸地谈起了恋爱？

邵中台听到这个消息的第一反应就是要告诉秦柔柔！还有就是，这件事秦柔柔知道吗？

知道眼前的男人是张志后，江聿目光更冷。没有理会张志，他只是问傅世槿："要走了吗？"

他闻到了傅世槿身上的酒气，也不知道她到底喝了多少酒，就是现在，她眼里也有醉意，整个人软软地靠在他怀中。

抱着傅世槿，江聿觉得这是考验自己的定力的时候。

"嗯，扶我回去打个招呼，叫上柔柔，我们一起走。对了，你怎么会来？柔柔说要等邵中台接她的。"虽然傅世槿有些醉了，但意识还是很清醒的。

"我跟他一起来的。"江聿解释了一句。

两人旁若无人的对话让张志的脸色越发难看起来。

"张先生，麻烦让一让。"江聿抬眸对上张志的视线。

他眼中散发出来的凌厉气息让张志不由得向后退了一步，让开了路。

在后面偷看的邵中台见此情形忙走出来道："走、走、走，接上我家柔柔咱们回去。"

江聿搂着傅世槿的腰从张志身边走过。

邵中台在路过张志面前时，不屑地冷哼了一声。

傅世槿和张志一前一后地离开，一开始并未惊动其他同学，可是耽搁得久了，也有人发现，怎么少了两个人？

"咦？傅世槿和张志呢？"

"对啊！他们两个怎么不见了？"

本来还未注意到这一点的其他同学，在有人开口之后，也注意到了这个问题。

秦柔柔噌的一下站了起来，脸色有些难看。

傅世槿去卫生间，秦柔柔是知道的，张志去哪儿了秦柔柔却不知道。现在两个人都不见了，秦柔柔很担心张志去找傅世槿的麻烦。

"我去找找小槿。"秦柔柔说着就想要离开。

秦柔柔才不管张志,而是要把傅世槿找回来。

可是有人拉住秦柔柔道:"哎哟,秦柔柔,我说你着急什么?大家都是成年人了,又是在公共场所,还会有什么危险吗?"

"是啊,他们两个人同时不见,说不定有什么话要聊,搞不好会因为这次同学会旧情复燃呢。"

呸!什么旧情复燃?秦柔柔简直气炸了,直接吼起来:"张志那个渣男也配?"

秦柔柔这一吼,包间内一下子安静下来。

而这时,包间门被推开,江聿扶着傅世槿出现在众人眼前。

"小槿!"看到傅世槿,秦柔柔立即跑了过去。

其他同学却因为突然出现的江聿惊了。

有的时候,年轻一岁真的就是年轻一岁的事,更何况江聿比在座的人都年轻了好几岁。又因为工作的性质,他身上的气质让他很容易在人群中脱颖而出。更何况他本来就长着一张好看的脸。

瞬间他就成了包间里的光源,吸引着所有人的视线。

看到傅世槿亲昵地依偎在他身边的画面,他们除了在心中猜测江聿的身份外,还意外地觉得他们十分登对。

"你是……"有人好奇地开口。

秦柔柔也很意外江聿怎么会出现在这里,但是想到刚才这些人说的那些话,便抢在傅世槿和江聿之前开口:"看见没有?这才是小槿的男朋友。张志那个渣男算个屁!"

秦柔柔的话音刚落,邵中台也走了进来:"柔柔。"

秦柔柔毫不忸怩地直接挽起邵中台的手,介绍道:"喏,这是我男朋友。"

"是未婚夫。"邵中台纠正了一句。

秦柔柔笑得一脸甜蜜,伸手在邵中台的腰间掐了一把,道:"美的你。"

望着站在门口十分养眼的两对情侣,在场的同学都有些傻眼。

尤其是那些刚才还在说傅世槿单身的同学，此刻更是觉得脸颊一阵火辣辣地疼。

傅世槿觉得头越来越晕，已经不想再说话。她听到了秦柔柔的话，也懒得开口，直接闭上眼睛靠在江聿怀中养神。

江聿扶着她，面对她的同学们，露出一个得体的笑容，道："大家好，我叫江聿，是小槿的男朋友。小槿醉了，看样子没有办法继续参加后面的活动，我先带她离开，你们继续玩。"说完，他直接打横抱起已经闭上眼睛的傅世槿。

"小槿的包。"秦柔柔忙指了一个位置。

江聿抱着傅世槿大步走过去，拿起傅世槿放在位子上的包，又转身离开。

"好 man 啊！"

"这是傅世槿在哪儿找到的极品男朋友？"

"真是要脸有脸，要身材有身材啊！"

…………

一直到四人离开，张志恢复好脸色回来，众人都还在议论。

听到这些议论声，张志刚刚恢复的表情再一次难看起来。

"你们来得还真及时！"一走出来，秦柔柔就对邵中台说。

江聿的出现也让秦柔柔很意外，不过如果江聿没来，她又怎么帮傅世槿扳回一城？

"江聿，刚才我说你是小槿的男朋友，就是故意气他们的，你别生气啊。"秦柔柔对江聿笑道。

"他生什么气？他们本来就是男女朋友啊。"邵中台忍不住说了一句。

秦柔柔听到这话后，目瞪口呆地啊了一声，紧接着尖叫起来："什么时候的事？我怎么不知道？"

"先去开车。小槿醉了，不能吹风。"江聿却淡定地吩咐邵中台。

"好，你们在这里等我一会儿。"邵中台点了点头，去饭店的停车场开车。

上车之后，秦柔柔都还未从这令人震惊的消息中回过神来。秦柔柔坐在副驾驶位上，不时偷看后排的江聿和傅世槿。

傅世槿彻底睡了过去，完全没有知觉。

江聿则将她搂在怀中，毫不畏惧地面对秦柔柔的打量。

"傅世槿这个浑蛋，居然瞒着我。"秦柔柔咬牙切齿地说了一句。

江聿立即护短："我们也才确定关系不久。不告诉任何人是因为我们希望在感情稳定之后再说。"

"我是'任何人'吗？"秦柔柔依旧很气。

邵中台一边开车，一边打圆场："好啦好啦，不管怎么说这都是一件喜事。他们想要稳定了再说出来，也是可以理解的。柔柔，咱们刚开始恋爱的时候，你不也是瞒着所有人吗？"

"闭嘴。"秦柔柔瞪了邵中台一眼，"你到底站哪边？"

邵中台笑了笑，专心开车。

秦柔柔自然不会真的生傅世槿和江聿的气，只是觉得有些郁闷。过了一会儿，秦柔柔没好气地对江聿道："你们两个既然确定关系了，你是不是该请我们吃饭？"

"好，看小槿的安排。"江聿干脆利落地答应了。

而他事事以傅世槿的意愿为主的样子，也让秦柔柔感到十分满意。

秦柔柔和邵中台还有别的安排，傅世槿又醉了，所以邵中台开车把江聿和傅世槿送到了傅世槿家楼下。

"小哥哥，你可别乘人之危啊！"临走时，秦柔柔一脸坏笑地道。

江聿面色微微一窘，抱着傅世槿一声不吭地转身进了单元楼。

到了傅世槿家，江聿把她轻放在床上，又帮她脱了鞋，盖上了被子，蹲在床边看着她。

他还有四十分钟的外出时间，还能陪她三十分钟。

江聿凝视着傅世槿睡着的样子，她的脸被酒意熏得微红，好像熟透的苹果，诱人极了，呼吸中还带着淡淡的酒气。

傅世槿酒品很好，喝醉了也就是睡觉，不吵不闹的，很安静。

熟睡的傅世槿呼吸之中带着一丝甜甜的醉意，诱人而芬芳，引得江聿下意识地想要靠近，再靠近……

突然，江聿站起身，向后退了几步，全身紧绷起来。

啪！巴掌落在江聿的脸颊上，让他的脸颊顿时红了起来，可见这一巴掌完全没有留情。

我怎么能乘人之危？感受着脸颊火辣辣的感觉，江聿心中十分唾弃自己。

虽然他现在和傅世槿是公开的情侣关系，但是他怎么能在傅世槿醉酒意识不清的情况下占她的便宜？这样也太不是东西了！

深吸了口气，江聿强迫自己转过身，走向卫生间。

洗了把冷水脸后，他才冷静下来，对着镜中的自己缓缓地低声说："就算要亲，也要在小槿清醒且愿意的情况下亲。"

浑浑噩噩中，傅世槿觉得自己的头很沉很沉。

她挣扎着睁开眼睛，却发现自己的四周一片黑暗。

心中一惊，傅世槿从床上坐了起来，打开了床头的灯。驱散四周的黑暗后，她才发现自己躺在自家的卧室中。

"我怎么回来了？"傅世槿嘀咕了一声。在她的记忆中，她喝了很多酒，酒劲上头后就睡过去了。

对了！傅世槿猛然惊醒，想起自己之所以能够放心大胆地睡过去，是因为江聿就在身边！

这时床头柜上的一杯水吸引了她的注意，严格来说，应该是压在水杯下的一张便条吸引了她的注意。

便条上的字铁画银钩，十分有力，充满了阳刚的气息。

"小槿，醒来后先喝点儿水，我煮了些吃的放在厨房，你自己用微波炉热一下。如果有不舒服的地方，就打电话告诉我。"

便条没有落款，但是傅世槿知道，这是江聿的字。

傅世槿还是第一次见到江聿的字，字如其人，好看。

将便条拿起来，听从吩咐喝了水后，傅世槿才觉得那种浑浑噩噩的感觉退去了不少。水虽然已经凉了，在喝下去后却让她心口一暖。

她觉得有人在意、有人关心自己的感觉其实还挺不错的。

看了看手机上显示的时间，已经是晚上八点，但傅世槿还未觉得肚子饿。相较于填饱自己的胃，她更好奇在她醉过去之后发生了什么事。

找江聿吗？一想到自己是醉倒在他怀里，还是被他送回来的，傅世槿就觉得脸颊有些发烫。

她还是先问问柔柔吧。傅世槿下了决定后，拨通了秦柔柔的电话。

"喂？你醒啦。"秦柔柔很快接通了电话。

只是还不等傅世槿开口说些什么，秦柔柔调侃的话已经传来："你们孤男寡女共处一室，你又喝醉了，江小鲜肉有没有趁机把你吃干抹净啊？"

傅世槿面色一窘，脸颊上泛起的红晕迅速蔓延到耳根。她拿着手机，磨着牙警告："秦柔柔！"

"干什么？"秦柔柔却毫不示弱，"傅世槿你可以啊！偷偷和小鲜肉谈起了恋爱居然不告诉我？之前是谁说的，对小鲜肉没感觉，不会和他在一起？傅小姐，脸疼吗？"

傅世槿无言以对。

的确，她是曾经信誓旦旦地说过这些话，现在回想起来，确实脸还蛮疼的。

最主要的是，她依稀记得自己在包间外的走廊上被张志纠缠时，江聿突然出现，她在酒意的驱使下竟然直接公开了他们两人的关系。

她总不能去怪江聿吧？她隐隐感到头疼，抚着额头对秦柔柔说："这件事你知道就行了，先不要让我妈知道。"

"为什么？你家'老佛爷'盼着你谈恋爱都快盼得头发白了，你现在交往了男朋友干吗还瞒着不说？"秦柔柔很是不理解。

"我不是想要等稳定些再说吗？万一我前脚刚对你们说，后脚就分手了呢……"

"呸！傅世槿，有这么咒自己的吗？我说你在谈恋爱上能不能别这么悲观？当真是一朝被蛇咬，十年怕井绳啊？"秦柔柔直接打断她的话。

傅世槿嘴角微微一抽，强行解释："原因也不光是这一点，最重要的就是，我妈那个性子，如果她知道我在谈恋爱，肯定会抛弃我老爸直接杀到我家里坐镇，把人家祖宗十八代都调查清楚，搞不好还要天天叫他来家里喝汤，他没时间的话，她还要把汤送到他的工作单位去。"

"哈哈哈……这不是挺好的吗？丈母娘看女婿，越看越喜欢。"秦柔柔幸灾乐祸地大笑道。

一想到那个画面，傅世槿就觉得两眼发黑。她警告秦柔柔不要告密："总之，这件事你要替我保密，否则朋友都没得做！"

"知道啦，知道啦。"秦柔柔虽然说得十分敷衍，却好歹答应了。

"对了，我醉过去后，还发生了什么事吗？"这时傅世槿才想起打电话给秦柔柔的初衷。

"也没有发生什么。不过江小鲜肉实在是太帅了，居然直接把你抱起来走人！你都不知道他这一下惊呆了多少人，有多少女同学向你投来羡慕、嫉妒的眼神啊！"

听着秦柔柔夸张的语气，傅世槿又是脸一红。

"是你们把我送回家的吗？"

"我哪有空送你回家？我和中台还忙着约会呢。再说了，小鲜肉不是在你身边照顾你嘛，所以我们把你们送到你家楼下就走了。"

傅世槿听完，几乎是黑着脸、磨着牙质问秦柔柔，"秦柔柔，我可是认识了你二十多年，你居然那么放心地把喝醉了的我交给一个男人？"

"我要补充一下，这个男人是你的男朋友，照顾你是天经地义的事。再说了，你们本来就是男女朋友关系，就算真的酒后意乱情迷发生了点儿什么，也是正常的吧。我有什么不放心的？"秦柔柔却满不在乎地道。

突然，电话里传来秦柔柔略带猥琐的笑声，她坏笑着问："小槿，不是吧？你们真的发生了什么不可描述的事？"

"滚！"傅世槿怒吼了一声，臊得直接挂断了电话。

结束了与秦柔柔的通话，独自在家中，傅世槿都能感觉到自己的呼吸带着不一样的热度，脸上好像被火烤一样滚烫。

她双手捂住脸颊，似乎想要给自己降温，乱了的心跳却让她不断地想着一个问题：如果今天她真的和江聿发生了关系呢？

第十六章

我们为生命负重逆行

下一秒，傅世槿就被自己的想法羞得双颊滚烫。

我怎么能这么想？冷静下来后，傅世槿感觉到双颊的高温开始散去。

因为秦柔柔的胡言乱语，傅世槿一时间有些乱了心，如今冷静下来，想着若是真的面对那样的局面，会是怎样不知所措？

秦柔柔说得不错，她如今和江聿是男女朋友关系，又都是成年人，即便是发生点儿什么，似乎也没什么大不了的。可是一想到今天因为她醉了，最终和江聿真的突破了那一步，她心里又会不会有疙瘩？

傅世槿双手抱着头，把头埋在双膝之间，十分苦恼。

这个问题引发了她的一些恐慌情绪：如果江聿真的在某一天要求了，那她怎么办？她如果坚持到结婚的时候才妥协，江聿又会不会像张志一样……

"我在想什么？江聿不会是那样的人！"傅世槿烦躁地扯了扯自己的头发。

原先就有些担心这个问题会出现，现在她是不是要和江聿好好地谈谈？

只是这样的问题让她怎么开口呢？

独自陷入纠结和烦躁情绪的傅世槿最终还是没有对江聿说出口。起床之后，她走向厨房，看到了江聿为她准备好的饭菜。

两菜一汤，都是家常小菜，很平常，但是在傅世槿看来，这些如同美味佳肴。

吃饭的时候，傅世槿给江聿发了微信，告诉他，自己已经醒了，饭菜很香。

接下来的日子，回归了傅世槿熟悉的平静。

周六的同学聚会并未让她的生活有什么改变，唯一有些不同的就是，在那个班级群里，不少同学在之后的几天陆续加了她的微信。

不过张志好像销声匿迹了一般，没有再与傅世槿有什么联系。

得知此事的秦柔柔一脸讥讽地说："在这之前，他们怎么没想过要加你的微信？"

是啊，他们毕业十年，这个微信群存在了也有五六年，可是同在一个群里，她基本不会主动加人，其他同学也不会主动加她。

或许就是这样的疏远导致了他们对她的生活不了解，也才会有那些无端的揣测。

提及张志时，秦柔柔同样讥讽地冷笑道："算他识相。"

对秦柔柔的不满和吐槽，傅世槿得知之后，也只是笑了笑。

即便她通过了这些人的好友验证又怎么样？若没有什么事，她一样不会去主动和谁攀谈、闲聊。这不是她高冷，而是因为十年的时间让大家都拥有了不同的圈子，在一起聊天的内容除了回味过去，又还能有什么？

这一日，傅世槿正在家中上网，一边浏览网络上的热搜事件，一边也搜集着需要的创作资料。

突然，一条热搜新闻跃入了傅世槿的眼中："消防车被消防员公车私用。"

初看到这条热搜标题的时候，傅世槿一愣，一时之间没有明白这个热搜的意思。

什么叫消防车被消防员公车私用？一般来说，公车私用不都是指一些公职单位的员工私自挪用单位的车吗？要挪用公车，也都是挪用轿车、商务车一类的好车辆，她还是第一次听说挪用消防车的。再说了，消防员挪用消防车干吗？回家救火？

傅世槿愣过之后，第一个反应就是：不会是那种哗众取宠的"标题党"吧？

但是好奇心还是促使她点进了这个热搜，入眼的除了那醒目的标题之外，就是一张从远处偷拍的图片。

图片中的场景应该是一座学校的篮球场，一辆消防车停在篮球场外，而在球场上，有好几个男子正在打篮球。

看到这张照片，傅世槿并不觉得有什么问题。她将页面往下拉了拉，看到了文章的内容。

一看之下，她又愣住了——被文章点名的地点居然就是林城，而且爆料人还指名道姓地说出了"被公车私用"的消防车所属的消防队。

"光明区第三消防中队？"傅世槿将被点名的消防队的名字读了出来，语气中透着惊讶——竟然是江聿所属的消防队！

傅世槿怔了一下，继续把文章内容看完。

文章不长，大致意思是说，爆料人在路过某学校的篮球场时，看到了一群消防员开着消防车跑去打篮球。文章中批评他们把消防车当作私家车开，这是对他们的职业的亵渎，消防车是用来救火的，不是用来带着消防员去打篮球的。

文章很简短，措辞却很犀利，傅世槿感觉得出字里行间透着一种愤青的意味，处处指责消防员的不是。

到底是什么人进行的爆料？

只可惜，现在是自媒体时代，什么人都可以发表不尊重事实的意见。

傅世槿有些气愤。她是护短的性子，看似冷漠，但一旦将一个人划入了自己的保护范围内，就会极其护短。

这篇文章直接点名了江聿所在的中队，她不知道会对江聿造成什么影响，但首先是不相信文中所说的那些言论的。

人们看图说话的本事可不小！就凭一张照片，就能给人定罪吗？

傅世槿皱起了眉头，立即给江聿发了微信。

在等待江聿回复的时候，她又快速地浏览了这个热搜下的评论。尤其是看到文章转发数已经过万的时候，目光直接沉了下来。

"这也太牛了吧！居然开着消防车去打篮球，这么招摇过市，谁给他们的脸？"

"林城消防牛！是不是开着消防车去，让其他社会车辆让道的感觉很爽？"

"呵呵，消防车都被私用了？"

"简直就是消防系统的败类！要把这些人踢出消防队伍！"

"林城消防牛，惹不起！"

"踢出消防队伍！"

"转了！让社会曝光这些渣滓！"

"踢出消防队伍！"

"老百姓交税就是为了养你们这群蛀虫？！"

…………

评论越是往下拉，网友们所用的词句就越是不堪入目，大多是讽刺挖苦、阴阳怪气的嘲讽，还有些是破口大骂的污言秽语。

总体而言，现在舆论的导向对江聿他们的消防中队很不利。

傅世槿的脸色越来越难看，被黑粉喷得已经练出金刚不坏之身的她，此刻在这些言论面前都有些按捺不住自己的火气。

强忍着怒火，傅世槿一直等着江聿的回复。

以往江聿只要不出任务，不是在训练，很快就会回复她，可现在正是中午休息时间，都过了十分钟，她还不见江聿的回复。

傅世槿盯着手机，心中隐隐担忧起来。

所属的中队被点名上热搜，他身为中队长，恐怕麻烦不小吧？傅世槿在心中思忖。

她担心这个热搜已经影响到了江聿。

久久不见江聿回复，傅世槿也不知道他那边到底是什么情况，只能按捺着性子等待着。

在等待的过程中，她又在网上搜索了一下这件事的发酵情况。

这条自媒体新闻被转发了太多次，傅世槿一时半会儿也不知道到底最初的源头在哪儿，消息是谁发出来的。

她唯一可以判断出的就是，首发这条新闻的肯定是林城人！

照片像是从篮球场外拉近镜头拍下的，但傅世槿还是从周边的建筑判断出这个篮球场的确是光明区第三中学的篮球场。

照片中的人脸有些模糊，傅世槿也不知道在场的几个消防员中到底有没有江聿。

至于把消防车公车私用？傅世槿觉得有些可笑。

但是具体的经过如何，到底是怎么回事，她还没有弄清楚，也不知道该如何去维护江聿。

现在她唯一能做的就是等待江聿联系她，把事情的经过搞清楚。

丁零零——电话铃声忽地响起，把注意力都在网上的傅世槿吓了一跳。

反应过来后，她立即抓起手机接通，放在耳边"喂"了一声。

"是不是等急了？"江聿的声音传来，很平缓，听不出半点儿异常。

一直提着心的傅世槿在听到他的声音后松了口气，道："我在网上看到你们被举报公车私用，你没事吧？"

江聿没有着急回答，发出了一声轻笑。

他笑了？傅世槿怔了一下，心中想着：他还笑得出来，是不是就证明没事？

如果真的受了处分或是事情很麻烦，江聿哪里还笑得出来？

可是没有从江聿口中得到肯定的答复，傅世槿是不会放心的。她道："喂，你别笑，回答我的问题！"

"你在关心我。"江聿却突然道。

傅世槿一窒，一时之间竟然不知道该如何应对，只觉得江聿这句话钻入她耳中之后，弄得她耳朵里痒痒的，心底开始发热，连双颊都变得红了起来。

"你是我的男朋友，我关心你有什么不对吗？"傅世槿脑子一热，直接喊了出来。

然而一喊完，她就觉得脸上更烧得慌了，心底生起的羞意让她后悔死了。

"谢谢。"

可是江聿的一句"谢谢"让傅世槿瞬间平静下来，她下意识地问了一句："为什么要说'谢谢'？"

"谢谢你关心我，谢谢你相信我。"江聿直白地说。

他的声音很平静，没有被卷入舆论中心的焦躁，但是语气充满了感动。

江聿的话很朴实，却让傅世槿的心开始咚咚咚地急跳起来。

"没、没什么。"她嘟囔了一句。

电话里突然沉默下来。

傅世槿也不知道该说什么，过了好半天才想起自己要问的事："你能不能先回答我，这件事对你有没有影响？又到底是怎么回事？"

"小槿，别担心，我没事。"江聿的声音再度传来。

傅世槿听到他的亲口回复，紧张的心终于松了下来。

这时她的手机有电话打进来，她看了一眼，是秦柔柔打来的。凭着多年的了解，她即使没有接通电话，也知道秦柔柔这个时候打电话过来应该也是因为看到了这个热搜。

不过此刻傅世槿哪有空去接秦柔柔的电话？

铃声响了一会儿，秦柔柔打来的电话安静下来。

"照片里有你吗？"傅世槿问江聿。

"嗯。"江聿应了一声。

不知道是不是江聿的淡定感染了傅世槿，她居然也笑了出来，还不忘调侃:"恭喜你啊,成了热搜人物。"

江聿向来不笨,怎么会听不出来傅世槿的调侃是让他放松心情?她这贴心的举动让江聿心中一暖。

"嗯,没想到我还能上一次热搜。"

傅世槿与江聿聊天的时候,视线不时扫过电脑上的页面。

页面还停留在热搜的评论处,她刷新了页面后,一条条新的评论弹出,社会舆论依旧停留在消防车公车私用的点上,连带着整个消防员群体都被骂了。

甚至有人查到了林城消防大队的电话,呼吁大家一起打电话去举报照片里的消防员。

"江聿,你真的没事吗?"傅世槿刚刚放下来的心又一次变得紧张起来。

在江聿回答之前,她又补了一句:"现在的舆论对你们很不利。"

再过一会儿这件事还没有得到解决的话,恐怕江聿和他的队员们的资料都会被扒得干干净净,什么照片、姓名、背景都会被曝光在网络上。

"小槿,真的别担心,其实这件事就是一个误会。"江聿笑了起来,语气依然很轻松。

不知道为什么,他的声音就是能给人一种安心的感觉。

"误会?"傅世槿一愣。

在他的安抚下,她不那么担心了,好奇起他说的话来。

他们都上热搜了,怎么就是误会?

难道是有人从中中伤、造假?傅世槿想。

如果真的是这样,那这个造假的人实在是用心险恶!居然去黑消防员?

"也不算造假。"江聿的回答打断了傅世槿的胡思乱想,"我们的确开着消防车去打篮球了。"

他这话让傅世槿沉默下来。

接着,江聿话锋一转,道:"可这不算是公车私用。群众对我们的误会是源于对我们这个职业的不了解。我们开着消防车去，不是因为要招摇过市，公车私用，而是因为根据消防守则，消防员是二十四小时待命，而消防车是人不离车。我们外出活动的时候，一旦接到任务，就要立即出发，没有时间让我们再回到中队里把消防车开出来。"

经过他这一解释，傅世槿明白了："所以说这一次虽然被人在网络上曝光，但实际上你们并没有违反规定对吗？"

"对，所以我说这只是一个误会。"江聿笑了起来。

直到此刻，傅世槿才算是真真正正把心放下。

"可是一个误会也让你们麻烦不小吧？我看了一下，网络上很多人站在你们的对立面。"

"这个没有办法，普通百姓对公职单位总有一种天生的抵触情绪。不过这件事被爆出来，也不全是坏事。"

傅世槿一听这话，就觉得可能消防系统这边要出招了！

"经过这件事，上级领导也意识到群众对消防系统了解不足的问题，所以正在考虑借此机会建立一个渠道，让老百姓更了解消防员的日常行为和一些规定。"

听完江聿的话，傅世槿算是明白了他们的打算。

傅世槿十分赞同地道："早就该这样了。消防员这个职业是很神圣的，是离老百姓最近的英雄，却又是最不被人所知的英雄。如果有这么一个渠道去打破这一层因为不了解而造成的神秘感，那对大家都好，说不定还能提高大家的安全意识，避免出现一些意外。"

"不错。"江聿道。

傅世槿咬了咬唇，再一次确认："所以你是真的没事吗？这件事对你没有负面影响？"

"嗯，放心吧，没有。"江聿向她保证。

之后两人又闲聊了一会儿，就挂了电话。

结束与江聿的通话后，傅世槿没有着急去给秦柔柔回电话，而是盯着电脑屏幕上的热搜沉默起来。

几分钟后，她点了这个热门微博的转发，直接用自己的加 V 微博号发表转发评论："公车私用？博主在发表这样的不实言论时，难道没有仔细地调查过消防规定吗？懂不懂什么叫消防员二十四小时待命？懂不懂什么叫车不离人，人不离车？没有经过调查就发出的新闻是极其不负责任的新闻！用这样的爆料博眼球，不过是为了满足那颗肮脏、虚荣的心！"

编辑这一段话时，傅世槿在键盘上敲打的声音很响，而且用词十分犀利，半点儿不留情。

是个人都能从她的字里行间感受到她的愤怒和不满。

编辑好评论后，傅世槿直接点击"发布"，完全不修饰其中尖锐的词句。

傅世槿没有兴趣和人在网络上进行骂战，但是在这件事上，她总觉得自己要做些什么，否则又怎么配得上消防员的女友这个身份？

舆论虽不是兵刃，却也能伤人，傅世槿不希望江聿遭受网络暴力。用生命驻守在自己的岗位上的消防员们，凭什么成为那些网络暴民施暴的对象？

不得不说，傅世槿还是有一定影响力的。她发出微博之后，不少关注她的读者粉丝就看到了。

尤其是在看出她对这个事件的态度后，粉丝们开始对自家大大进行声援。

傅世槿发出的微博被不断转发、评论，也不断有人留言——

"大大，我们挺你！"

"世子，我们挺你！"

"消防员哥哥们最棒！"

"挺世子！没有经过调查就发出来的新闻就是不实报道，是博人眼球！"

…………

做了自己想做的事，傅世槿才吐出一口浊气，堵在心中的闷气少了不少。

没有再理会网络上的舆论，傅世槿回了秦柔柔的电话。

果然，秦柔柔打电话就是问这件事的。

也是因为傅世槿和江聿的关系，秦柔柔才会对这件事这么关心。

傅世槿拣了江聿的几句话告诉秦柔柔，然后又对秦柔柔说了没事，两人才结束了通话。

只是她没想到，和秦柔柔的电话刚挂断，江聿的电话就打了过来——两人刚刚结束通话啊！

傅世槿有些疑惑，却还是接通了电话。

"小槿，你发微博了？"电话一接通，江聿就直接问。

傅世槿一愣，道："是啊。"她突然反应过来，急忙问道，"没有给你添什么麻烦吧？"

她突然有些担心自己犀利的言辞会让江聿他们陷入被动状态。

"没有，别紧张。"听出她语气中的紧张，江聿忙宽慰道。

确认自己没有闯祸，傅世槿才稍稍安心，但还是疑惑："那你打电话来……"

"你担心我来兴师问罪？"江聿笑了起来。

傅世槿讪讪一笑，伸手摸了摸自己的鼻子。

"小槿，别紧张，我只是确认一下。刚才网络部的同事看到了你发的微博，还说你很霸气，替我们出了口气。"江聿低沉好听的声音一下子变得极为温柔。

那种感觉，就好像是一根羽毛从傅世槿的心口拂过一般。

"真的吗？"傅世槿喃喃地道。

"嗯，当然是真的。而且你的读者们也很给力，把网络上的舆论风向转了过来。之后我们这边再看准时机官宣一下就可以了。"江聿居然直接说出了他们的计划。

"嗯。"听到这些后的傅世槿轻声应了一下。

"小槿。"江聿突然喊她。

"嗯？"傅世槿下意识地回应。

她听到电话另一头的江聿深吸了口气，接着，电话里传来他的声音："你是为了我对吗？"

她为了维护他，为了不让他受委屈，所以挺身而出，站在他前面！

"我……"虽然事实就是这样，但是江聿这样问，还是让傅世槿脸上有些挂不住。

她正想要反驳一下，却突然听到江聿说："小槿，我好想把你抱在怀里。小槿，怎么办？我有些等不及了。"

撩人的话突然从江聿口中说出，羞得傅世槿脸颊发烫，眉眼间流露出娇羞之色。

"你等不及什么？"傅世槿有些心虚地问，却又疑惑江聿到底是在哪里和她打的电话，担心他身边有人。

"等不及想把你娶回家！这样一来，我就可以光明正大地搂着你，亲亲你。"

轰！饶是已经有了心理准备，傅世槿还是被江聿的这一番情话弄得好像置身于大火之中，浑身发烫。

"你、你……"傅世槿红着脸，"你"了半天，却什么都说不出来。

听出她的窘迫，江聿在电话里大笑起来。

他爽朗而得意的笑声让傅世槿又羞又怒，凶狠地挂了电话。

然而电话刚挂断，江聿就给傅世槿发来一条微信语音信息。

傅世槿心中的羞意还未降下来，看到江聿的语音信息，她犹豫着点还是不点。纠结了一会儿，等到觉得脸颊没有那么烫了，她才点开了江聿发来的语音信息。

"小槿，我爱你。原谅我从未知道，原来在我的生命中，还会出现一个毫无血缘关系的女人对我这么重要，重要得我可以为了她付出一切，包括我的生命。"

轰！傅世槿脸上刚刚降下去的温度又一次升了起来，甚至耳根都红得吓人。

网络上的舆论通常是新的热点掩盖之前的热点。

江聿的轻松让傅世槿没有再继续关注事态的发展。

不过，三天后，秦柔柔在微信上给她转发了一条链接，同时还发了一条消息："啊啊啊！你家小哥哥好帅！老娘酸了！"

什么？傅世槿一脸蒙，直接发了张"问号脸"的表情图给秦柔柔。

秦柔柔秒回，情绪依旧亢奋："看链接，看链接啊，啊啊啊！"

傅世槿觉得，这个女人恐怕是疯了。

不理会秦柔柔发神经的行为，傅世槿点开了秦柔柔发来的链接。

链接直接跳转到了一个微博视频上。

傅世槿注意到，发布这条微博的是蓝 V 账号，名称是"林城消防"。

林城消防！傅世槿心中一凛，点了视频的播放键。

在视频缓存的一秒时间里，她一眼扫过了视频上的文字："我们肩负使命，为信仰而生！为生命负重而行！"

简短的文字，却瞬间点燃人们内心之火。

视频开始播放了，入眼的是一辆辆消防车，还有动作迅速的消防员穿戴好装备跳上车的画面。

警报拉响，车辆如火光般驶出了消防队。

接着是剪辑的好几个救灾镜头，那种火光冲天的画面让人心头一紧。

等救灾镜头过去之后，画面切换，消防员拿着水枪在给消防车冲洗车身，阳光之下，水珠晶莹发光。

江聿！傅世槿一眼就认出了洗车的人是谁。

看着他拿着水枪的样子，傅世槿脸微微一红。

难怪秦柔柔会激动，就连她也不得不承认镜头里的江聿好帅。

如果不是认识他本人，恐怕傅世槿都会以为这是请了明星来拍的宣传片。

视频配上了令人热血沸腾的音乐，观众在观看的过程中一点儿也不觉得闷，反而因为画面里的江聿，整个视频都变得赏心悦目起来。

视频只有不到四分钟的长度，除了开头的片段之外，其他的都是在讲述消防员们的日常训练和生活。

最巧妙的是，在视频中段的时候，作者好似不经意地解释了为什么消防员们连打球等运动都要开着消防车去，视频中就有一段他们打篮球的样子。

傅世槿还从未见过江聿打篮球，现在通过视频看到，发现篮球场上的江聿简直就像是发光体一样，吸引了所有人的注意力。

将整个视频看完后，傅世槿觉得江聿就是视频的主角，哪怕还有其他消防员存在，似乎也是为了衬托他而已。

"怎么样？怎么样？你家小哥哥是不是很帅？我觉得这视频一在网上发布，恐怕会有星探去挖掘小哥哥当明星！"秦柔柔几乎是算好了时间，估计傅世槿看完视频后，立即发来了信息。

看到秦柔柔发来的信息，傅世槿嘴角微微一扯，心中吐槽：这个女人！

"放心吧，就算真的有星探来，他也不会去的。"想了想，傅世槿给秦柔柔发了这句话。

结果秦柔柔叹了口气，道："傅世槿啊傅世槿，你说你上辈子是积了什么德，还是拯救了太阳系？这辈子老天爷居然把这么一个优质的小哥哥发给你！"

这是什么话？傅世槿心中不平衡了，立即回复："身为我的闺密，你不是应该说，他是不是拯救了整个宇宙才遇见我吗？"

"噗！傅世槿，你的脸呢？"

"在呢。"

"啧啧，恋爱中的女人果然惹不得啊，脸皮是越来越厚！"

"说得好像你单身一样。"

…………

微信上，两个闺密唇枪舌剑、你来我往地斗了一会儿嘴，秦柔柔败阵而逃。

临走时秦柔柔还不忘威胁："你等着！现在我技不如人，等我叫上我家老腊肉，再和你大战三百回合！"

傅世槿撇了撇嘴："谁怕谁啊！你家有老腊肉，我家还有小鲜肉呢。"

结束了与秦柔柔的"战争"，傅世槿拉回聊天框的上方，视线定在那条视频链接上。

没有多想，傅世槿就把这条链接直接发了朋友圈，之后把手机丢在一边，继续去做自己的工作。

普市，傅家。

在客厅里坐着看电视的傅妈妈突然拿着手机叫了一声。

傅爸爸吓得紧张地问："怎么了？大惊小怪的。"

"老傅，你快看，快看……"傅妈妈从沙发上坐起来，没理会傅爸爸的话。

"看什么啊？"傅爸爸见她并不像有事的样子才放下心来，但是对老伴没头没尾的话一脸莫名其妙。

"看咱们闺女的朋友圈啊！"傅妈妈是个性子急的，解释之后也不等傅爸爸去拿手机，直接走到他身边坐下，把自己手中的手机递到了他面前。

手机屏幕中显示的是微信朋友圈，而第一条朋友圈的内容就是傅世槿转发的那条视频链接。

虽然傅世槿没有配上一个字，但是凭着母女间的心灵感应，傅妈妈察觉到了一丝不同。

"看什么？不就是发了条视频链接吗？"傅爸爸依旧不懂妻子为什么突然激动——闺女在朋友圈里发链接不是很正常的吗？他也常常发一些养生的链接啊。

傅妈妈无奈地瞪了他一眼，道："你再仔细看看。"说着，她又陪丈夫看了一遍视频。

看完之后，傅妈妈立即问："怎么样，看出点儿什么没？"

傅爸爸皱眉，在妻子"逼迫"的眼神中，试探地问："里面有个小伙长得不错？"

"还有呢？"傅妈妈激动地追问。

还有什么？傅爸爸一脸茫然，不解地问："这不就是消防系统出的一个宣传短片吗？"

"你呀！真是笨。"傅妈妈没好气地道。

傅爸爸觉得自己很冤枉，他怎么就笨了？

傅妈妈凑近，小声问："你见过咱闺女的朋友圈里出现过男人吗？"

傅爸爸一愣——这都什么跟什么？

"我怀疑，咱们闺女瞒着我们有对象了！"接着，傅妈妈说出了她的结论。

傅爸爸一脸愕然地看着她，似乎被她的话给吓住了，好半天才回过神来："你怎么看出来的？就凭这个视频？难道就不能是咱们小槿在网上看到了，随手转发的？"

他这个推断才是符合逻辑的好不好！

"不，她可是我闺女，我了解她。"谁知傅妈妈意味不明地笑了笑。

突然，傅妈妈站了起来。

"你要干吗？"傅爸爸手疾眼快地一把抓住了她的手腕。

傅妈妈瞪着他道："干吗？当然是杀到林城，问问你的宝贝女儿到底是怎么回事！"

"你疯了？就凭这么一个视频，你就要跑去林城？"傅爸爸震惊地看着妻子。

"一个视频还不够吗？"傅妈妈却觉得理由很充足了。

傅爸爸有些无奈，安抚妻子："不是，我的意思是，你是不是应该先打电话去问问小槿？万一她转发这个视频就是我说的那种原因呢？"

"问她？你自己的女儿你还不清楚啊？她会说才怪！"傅妈妈没好气地道。

"那你也可以去问问柔柔那丫头嘛，她们不是闺密吗？"傅爸爸

394

觉得，总之就是要打消傅妈妈杀到林城去的念头。

她这一惊一乍的，就算是傅世槿真的谈恋爱了，怕也要被她给搅黄。

当然，这样的话，给傅爸爸十个胆子他也不敢直接对妻子说。

"对了！柔柔！"被提醒的傅妈妈眼中一亮，立即拨打了秦柔柔的电话，接着还神秘兮兮地避开自己的丈夫，走到了厨房去接听。

看着妻子避着自己的样子，傅爸爸有些无语，甚至有些同情自己的女儿。

过了差不多十分钟，傅妈妈才结束与秦柔柔的通话，走出厨房。

见到妻子古怪的脸色，傅爸爸一下也紧张起来，从沙发上站起，问："柔柔怎么说？"虽然平时他不提，但是傅世槿的婚姻大事都成为他们老两口的心病了。

"这丫头嘴巴突然这么严，套不出话，只说她不清楚，让我去问小槿。"傅妈妈有些郁闷。

傅爸爸还未来得及开口，她又接着道："那还用问吗？以小槿的性子，她肯定是不会说实话的。而且你觉得柔柔真的不清楚？还是咱们小槿不让说？"

"对了！"突然，傅妈妈又叫了一声。

傅爸爸叹了口气，拉着她的衣服劝道："能不能小声点儿，我的心脏病都要被你吓出来了。"

"哎哟，对不起、对不起，老傅你没事吧？我先去给你倒杯水。"

傅爸爸的心脏不好是全家人都知道的事。傅妈妈立即转身去了厨房，倒了杯水给老伴之后才重新坐下。

"你刚才想说什么？"傅爸爸喝了口水，缓了一下才问。

傅妈妈说出自己的猜测："之前柔柔不是给小槿介绍过一个消防员吗？当时我问小槿怎么样，她又是嫌弃对方年纪小，又是嫌弃对方的工作的。见她不喜欢，我也就不勉强她了。她从来不发这样的内容的，今天突然发了这样一个有关消防员的视频，还是林城当地的消防员，你说会不会是和那个柔柔介绍的消防员有关？"

远在林城的傅世槿根本不知道，她不过是随意转发了秦柔柔给的链接，没有添加任何文字和暧昧的表现，还是被自己的老妈抓住了可疑之处，从而进行了一系列十分靠谱的分析。

"会吗？"听完妻子的分析，傅爸爸也有些动摇了。

"怎么不会？"傅妈妈语气十分肯定。

"那你打算怎么办？"傅爸爸摊手。

傅妈妈想了想，道："我还是觉得要亲自去林城一趟，问清楚小槿是不是这么回事。如果真的是，那我也可以趁机见见那个小伙子，看看他到底是不是咱们小槿的良配啊。"

"总之你就是要抛下我去林城是吧？"傅爸爸往后一靠，跷起了二郎腿，那淡淡的语气中有一种被抛弃的可怜劲。

"哎哟，你说什么呢？我又不是一去不回，几天之后也就回来了。要不然你和我一块去？"傅妈妈问。

傅爸爸想也不想地拒绝："不去。"

事情还没搞清楚，老两口就杀到林城，他总觉得有些尴尬。而且如果他们一去几天，家里没人，那他养的鱼还有花花草草怎么办？

"事关女儿的终身幸福，你不愿去，我就自己去了。这几天就委屈你了啊。"傅妈妈安慰了丈夫一句。

傅爸爸想了想，妥协了，闷声说："你要去可以，不过要等几天。说不定他们两个人的关系还没有确定，你现在冲过去，万一弄巧成拙了呢？稍微缓几天，或许这几天小槿就老实向你交代了。"

傅妈妈冷哼了一声，毫不留情地拆穿他："你不就是怕我离开了，你这一日三餐没着落吗？行，就听你的，缓几天。这几天我给你包点儿饺子，准备点儿吃的，再过去。"

心思被妻子戳破，傅爸爸也没有流露出尴尬之色，只是嘿嘿一笑，继续看着电视里的战争片。

傅妈妈此刻却无心看电视了。

夜晚，傅世槿与江聿在微信上聊天。

"感觉自己在异地恋。"傅世槿开玩笑地道。

她这句话让江聿感到内疚，他歉意地道："小槿，对不起。"

"开玩笑的，你别在意。其实这样挺好的，你不知道，我当初的择偶条件就是这样，彼此拥有大量的独立时间，互不干扰。我现在还算是在休息期，等我开始连载小说了，恐怕就是你抱怨找不到我了。"傅世槿解释了一番。

这样的聊天似乎成了他们两人一天中最期待的事。其实两人每次都没有聊多久，时间一到，傅世槿就被江聿勒令睡觉了。

一向不喜欢被约束的傅世槿，却又偏偏屈服于江聿的管束。

"对了，还没有恭喜你，你上镜很好看。"想起白天看到的视频，傅世槿毫不吝啬地夸奖了一句。

"好看也是你的人。"

江聿回复的话让傅世槿脸一红。

正在傅世槿打算说他几句的时候，江聿机敏地转移了话题："这次的事件让我们明白了一个公众窗口的重要性。所以以后林城消防的官博会不定期地推出一些关于消防员的日常生活还有任务的小视频，让大众更加了解消防员是一个什么样的职业。"

"挺好的。"傅世槿是真心觉得不错。

"那个，我们领导说我形象不错，后期的视频也让我来拍摄。"

傅世槿被江聿这句话弄得一愣，随即笑了起来，道："恭喜啊，小哥哥，你这是要出道啊！"

平静的日子悄然地过着。

离宣传视频的事已经过了几天，江聿一如既往地训练、出任务。

傅世槿则潜心沉浸在创作里。

"眼前的浓烟、刺鼻的气味还有四周挥之不去的灼热高温让叶成的心再一次变得沉重。

"他和他的队友冲入火海中已经很久了，救出了不少受困的人，但是不确定还有多少人被困在火海里。

397

"时间的流逝就是生命的流逝，生死之间，叶成来不及多想，再一次冲入了火海，呼唤声随之响起：'里面有人吗？'这一刻他只希望还被困在火中的群众再坚持一会儿，再坚持一会儿……"

书房中，只有书桌上的一盏台灯亮着，唯一的声音就是傅世槿敲打键盘的声音。

在她的"笔墨"下，一个消防英雄跃然纸上。

傅世槿的文字呈现出来的火海似乎透着一种灼热感，有一种令人窒息的感觉。或许是因为曾经亲身经历过火灾，所以她在描写细节的时候才会如此逼真。

叶成是傅世槿写的这本小说里的男主角，也是一位消防精英、消防英雄。与雪妖妖商议之后，她确定了这本小说的大基调为主流的英雄赞，歌颂和传扬的自然是消防员在每一次任务中不怕牺牲，不怕辛苦，为了人民和国家而奉献自己的精神。

在整个故事中，叶成这个人物就是最鲜明的消防精神，她已经构思好的每一个情节都围绕着这位英雄展开，似乎只要有他在，就没有完不成的消防任务。

傅世槿打下了最后一个句号，代表着这一章的内容已经写完。

对到目前为止的创作内容，傅世槿回顾后都会觉得很燃，也很热血，连她自己都觉得叶成这个消防英雄是真实存在的了。

但就是这样完美的作品，傅世槿还是觉得缺少了点儿什么。

具体是缺少了什么，她一时之间又说不上来，那种感觉就好像是她塑造的人物实在是太完美了，完美得少了那么一丝真实感。

对着屏幕的冷光，傅世槿微微蹙起眉头。

在写作上，傅世槿有着超常的偏执劲，希望做到极致的完美。没有发现问题也就算了，发现了问题，如果不解决，她根本无法继续往下写。

"到底是哪里出了问题？"傅世槿盯着屏幕喃喃自语。

她要写的是英雄，既然是英雄，自然就是完美的，可是这种完美又让傅世槿觉得不对。

砰！忽地，一声重响从门口传来。

傅世槿吓了一跳，也被打断了思绪。

随即门铃声响了起来。

傅世槿坐直身体，眼睛下意识地看向时间：晚上九点三十五分。

这么晚了，会是谁？

傅世槿作为一个深居简出的宅女，就算最近作息恢复了正常，但是也不会有朋友在这个时候登门造访。

这样的异常让傅世槿心中顿时警惕起来。

本来她不想理会门铃声的，可是那该死的门铃声不断地传来，门外的人似乎不把门敲开是不会罢休的。

在急促的门铃声中，傅世槿不安地站了起来，犹豫着是否要去开门。

想了一下，傅世槿生怕打扰到左右的邻居，还是决定去门口通过猫眼看一下。如果门外是陌生人，那么她绝对不会开门，只会通知保安。

心中有了决定，傅世槿走出书房，朝大门走去。

快走到门口的时候，门铃声还未停止，傅世槿一只手握着门把手，把眼睛凑到猫眼处向外张望。

然而门外看不到人影，傅世槿心中更加害怕起来，生怕自己是被不法分子给盯上了。

"是谁？"傅世槿谨慎地问了一句。

"小槿……"

门外回应的声音让傅世槿一怔。

来不及深思他为什么会在这个时候出现在这儿，她就伸手打开了门。

门一开，一道人影就向她倒了过来。

"江聿！"傅世槿忙蹲下扶住他倾斜的身体。

瞬间，一大股酒味钻入了她的鼻腔。

"你喝酒了？"傅世槿很惊讶。

江聿的突然出现真的由不得她不惊讶——这个时间江聿本该是在队里的，为什么会出现在她家门口而且还喝醉了？

傅世槿蹙眉抿唇，凝视着江聿浑浑噩噩的样子，觉得他应该真的是喝醉了。

他身上浓烈的酒味让她不禁猜测，他到底喝了多少酒，又为什么要喝酒？

"江聿，醒醒。"压住内心的疑惑，傅世槿觉得现在自己得想办法把江聿抬进屋子。

可是喝醉了的江聿就好像是失去了知觉一般，任凭傅世槿如何拖拽，都毫无反应。

好沉！傅世槿没有办法把江聿扶起来，只能双手从他的腋下伸过去，拉着他的身体往家里拖。

才把江聿拖进来，傅世槿就觉得自己累出了一身汗。

砰！将房门关上之后，傅世槿才蹲在江聿身边，思索着他到底出了什么事。

"江聿，醒醒，听得见我说话吗？地上太凉了，你先起来好不好？"

现在已经是秋天，入夜之后的林城带着凉意，如果任由江聿这样躺着，恐怕明天醒来他就会感冒了。

醉了的江聿似乎听到了傅世槿的声音，迷迷糊糊中不断地喊着："小槿……小槿……"

傅世槿看着他的表情，觉得他即便喝醉了，都透着一种难言的痛苦。

明明早上他们互道早安的时候一切都还好好的，很正常，为什么才一天过去，江聿就变成了这个样子？

"江聿，我在。"傅世槿有些心疼，俯身靠近他，希望能带给他安心的感觉。

"小槿。"或许是感受到了傅世槿的气息的靠近，闭着眼的江聿突然伸手把她抱住，直接将她拉入怀中。

撞入江聿怀中的傅世槿被男人坚实的肌肉撞得有些蒙。接着她就感觉到了男人双臂的力量。

"江聿！"傅世槿挣扎了一下，却根本挣扎不开。

江聿似乎是感觉到了傅世槿的挣扎，双臂反而下意识地收紧了些。

"江聿，你先放手。"傅世槿有些慌。

她不知道江聿到底发生了什么事。

这时江聿说话了，只是声音中带着难过和哭腔："小槿，她死了……死了……我最终也没救得了她……"

死了？谁死了？傅世槿一怔，表情有些茫然。

从江聿难过、自责的声音中，傅世槿下意识地觉得，死掉的这个人对江聿来说很重要！

可那人会是谁？家人？朋友？又或是……曾经的爱人？傅世槿脑海里一片空白之后，一下子冒出来很多猜测。

不可能是家人或者朋友，傅世槿否定了自己的猜测。

如果真的是家人或朋友出事，江聿不可能还会喝醉倒在她家里，肯定第一时间就赶过去吊唁了。

曾经的爱人？当这个猜测变得越发有可能的时候，傅世槿心中忍不住微酸。哪怕很确定江聿现在喜欢的人是自己，可是看到他为了别人难过成这个样子，她还是不得不承认自己吃醋了。

我本来就不是什么大度量的人。傅世槿在心中为自己辩解了一句。

当初得知张志背叛自己的时候，傅世槿只是感觉到了被背叛的痛，完全没有什么吃醋的感觉。可是江聿呢？只是他的一个异常表现，就让她心中不舒服了。

难道这就是爱一个人的感觉？不懂什么是爱，不懂如何去爱的傅世槿在困惑中似乎有些了然了。

只是不等傅世槿看得更清晰些，抱着她的江聿就断断续续地说："我本该能救她的……她还是跳了……就这样死在我眼前……那么年

401

轻……那么年轻……我救不了……救不了她……"

江聿的声音扯得傅世槿的心隐隐作痛。

到目前为止,傅世槿还不知道发生了什么事,但是能清晰地感受到江聿的自责和痛苦。

而他不断透露出的信息让傅世槿找回理智,事情似乎不是她想的那样。

今日之前,傅世槿从未想过江聿有一天会倒在自己怀里,哭得像个孩子一样。此刻的他是那么脆弱,那么痛苦,仿佛陷入了深深的自责之中难以自拔。

傅世槿很好奇今天究竟发生了什么让江聿这么反常但是知道,此刻首先要安抚这个将她抱在怀里汲取温暖的男人。

"没事了,没事了,我在,我会永远陪着你。难受就大声地哭出来吧。"傅世槿也顾不上此刻和江聿倒在进门的地板上的尴尬了,双手伸过去,环住了江聿的腰,一只手努力伸到他的背部,轻轻地拍打着安慰他。

傅世槿的声音让江聿感到安心。在他感觉到冰冷的这一刻,似乎只有傅世槿的气息才能带给他温暖,将他拉出深渊。

江聿把头深深地埋在傅世槿的颈窝里,双肩微微颤抖,隐忍的哭声飘入了她耳中。

感受着江聿的难过,傅世槿鼻子一酸,差点儿就要跟着哭起来。不过她还是忍住了。

可是那种心脏被揪紧的感觉缠绕着傅世槿,让她连呼吸都变得困难起来。

"江聿,到底发生了什么事?"傅世槿在心中一遍又一遍地问。

傅世槿很排斥酒精的气味,高度数的白酒的气味尤其让她厌恶。所以她极少喝酒,就算真的要喝,最多也就是喝点儿红酒或者低度数的果子酒。

但是现在,被江聿身上散发出来的酒气熏着的傅世槿,感觉到的不是厌恶,而是担忧。

她担心江聿会出什么事。

嗡嗡——突来的振动声让傅世槿拉回了些神志。

她知道是手机在响，但并不是她的，她的手机在她发现门外的人是江聿时，就被她随手放了玄关的柜子上。

不是她的手机在响，那就只能是江聿的了。

嗡嗡——手机锲而不舍地响着。

傅世槿努力将头抬起来些，发现振动来自江聿裤子的兜里。

要不要接？傅世槿有些犹豫。

她并不知道电话是谁打过来的，但是有一种直觉，或许能够从来电的人口中得知发生了什么。可若是她就这样接了电话，那会不会侵犯到江聿的个人隐私？

在傅世槿纠结的时候，手机停止了振动。

望着江聿的裤兜，傅世槿心中暗暗松了口气——起码她没有侵犯到江聿的隐私。

可是她这口气还未松完，江聿的手机再次振动起来，仿佛打电话的人不会轻易罢休。

傅世槿咬了咬牙，终于把手艰难地从江聿的身体下抽出，往他的裤兜伸过去。

然而她的手指刚刚碰到他的裤兜边缘又触电般地缩了回去，脸颊上还泛起了两团可疑的红晕。

这也太亲昵了！傅世槿觉得脸上臊得慌，把手伸入江聿的裤兜拿电话，万一不小心碰到尴尬的地方怎么办？

"傅世槿，现在都什么时候了，你还在想这些？"傅世槿在心中暗骂了自己一句。

接着她一咬牙，把手伸进去，快速地抽出了江聿还在不停振动的手机。

"江……"拿到手机后的傅世槿转头看向江聿，却发现这个男人哭着哭着竟然睡着了。

只是他睡着的时候眉头依然是皱着的，眼角还挂着泪花。

傅世槿有些无奈。难怪刚才她在纠结要不要拿出他裤兜里的手机的时候，这个家伙这么安静。

江聿是指望不上了，傅世槿只能将目光重新落在江聿的手机上。

手机来电显示，来电话的是一个叫老林的人。

傅世槿心中偷偷地松了口气——起码来电的不像是一个女人，否则就真的尴尬了。说不定她会忍不住给江聿泼一盆冷水。

"喂？"傅世槿接通了电话。

对方或许是没有听清楚她的声音，在电话接通的时候就噼里啪啦地说了一串："江聿，你总算是接电话了！你小子到底跑哪里去了？我知道你心里不舒服，我们大家也都心里不舒服，都很难过、自责，你可别干傻事啊！"

傅世槿听完了这一大串话，在对方停下来后才开口道："你好，我不是江聿，我是他的……"

在介绍自己的身份的时候，傅世槿顿了一下，接着道："我是他的女朋友。你找江聿吗？他现在睡着了。"

在她说完这话之后，电话里一片沉默……

第十七章

不期而遇的丈母娘

电话里突然的安静让傅世槿有些蒙。

是她的声音太吓人，还是她说出的话太吓人，以至于对方一下子变得安静了？

"喂？你好，你还在吗？"等待了一下，傅世槿决定主动开口。

"喀喀。"这一次电话里不再沉默，但是多出了咳嗽声，对方似乎是在掩饰自己的尴尬，"没想到这小子不声不响的，居然真的把你追到了啊。"

"你知道我？"傅世槿有些奇怪，对方似乎知道她。

会是江聿告诉他的吗？

"我知道你，江聿向我提过。不过这家伙口风紧，我也只是知道他喜欢上了一个女生，正在积极地追求她，其余的信息不是很清楚。"

听着他的话，傅世槿有些哭笑不得地看了睡着的江聿一眼。

这个男人即便已经睡着了，还是紧紧地抱着她，一点儿也不放松。视线再次落在他紧皱的眉头上，傅世槿心中一疼，很想帮他解决所有让他难过的事。

"自我介绍一下，我是光明区第三消防中队的指导员，我叫林致远，是江聿的队友，也是搭档。"

电话里的声音把傅世槿的思绪拉了回来。

知道了来电之人的身份，联想到之前林致远说的话，傅世槿忙问了一句："林指导员，江聿怎么了？"

"他没事吧？"

傅世槿听出林致远的声音一紧。

江聿这算是没事还是有事？傅世槿抿唇看向江聿，缓缓地说："他很安全，喝了不少酒，现在睡过去了。但是他的表情很痛苦。"

"唉。"听完傅世槿的描述，电话那头的林致远发出一声重重的叹息。

听着这声叹息，傅世槿心一揪，知道真的发生了很严重的事。

"你没看今天的林城新闻？"叹息之后，林致远问。

"没有，我今天比较忙。"傅世槿如实地说。今天她忙着写稿，电视都没有打开，也没有去上网。

又一次沉默之后，林致远的声音才重新响起："今天中午，在我们消防中队的辖区，发生了一起跳楼事件，死者是一名十七岁的女孩儿。"

有人跳楼！傅世槿诧异，但随即反应过来，江聿参与了这场救援。所以现在江聿很不对劲的状态与今天的这一次救援任务有关？

傅世槿凝视着江聿睡着的样子，听着林致远的口述。

"接到报案后，我们第一时间赶到了现场。当时那个少女还没有跳下来，只是坐在楼顶，毫无求生的意志。这一次任务以江聿为主导，他开导了那个少女快四个小时，却没有将其劝下来。最终那个少女还是跳了，江聿拉住了她的手，可还是没有把人拉上来。这件事对江聿的刺激很大……"

傅世槿完全愣住了。她没有想到，在她专心创作的时候，在林城的某一处甚至很有可能是离她很近的一个地方发生了这样的事，一条人命从江聿手中溜走了，难怪他会这么自责和难过。

"她为什么要跳楼？"傅世槿呢喃地问了一句，连她自己都不明白为什么要问这个问题。

"具体情况正在调查，不过据说这个少女有抑郁症的病史。"林致远回答。

抑郁症？傅世槿抿紧唇，心中难过一条生命的逝去。但是她现在更在意的是江聿怎么样。

"上级领导对这件事很重视。江聿在此次行动中没有任何违反纪律的问题，所以你也不要太担心。领导们担心的主要还是江聿能不能走出这个阴影，毕竟当时的那种场面……唉。"话到最后，林致远叹息了一声。

其实即便林致远不说，傅世槿也能体会到。如果换作她目睹一条生命在自己眼前消失，也会陷入自责和痛苦之中。

江聿那么有责任心的人，又怎么会一点儿事都没有？

他不是冷血动物，即便见惯了生死，即便经历过太多，都不可能习以为常，因为他的职业注定了他比任何人都热爱生命！

"队里给了江聿三天的假，让他恢复心情。现在他在你那里，你就好好开导他吧。希望他能尽快走出来，重新回到消防队伍中。"林致远在挂断电话前，说了这么一句话。

结束了与林致远的通话，了解了发生了什么事的傅世槿，再看向江聿的时候，只觉得心很痛。

她心疼背负一切的江聿，心痛此刻他心里的负担。

傅世槿将自己的掌心贴在江聿的脸上，细细地描绘着他的轮廓。她心里第一次有了一个清晰的感觉：她爱上了这个男人！

费了不少力，傅世槿总算把江聿搬到了客房的床上。

房子一共有三间卧室，一间被傅世槿用来做书房，剩下的两间，一间是傅世槿自己的卧室，一间是客卧。不过这间房大多是傅妈妈偶尔过来的时候住一下。

安置好江聿后，傅世槿回到书房，上网查找了一下林城今天的新闻。

发生了这么大的事，她不相信在网络上找不到相关视频。

果然，当她在搜索引擎中输入关键词"林城跳楼女孩"时，最先刷出的就是今天下午发生的跳楼事件，有文字内容，也有视频。

　　傅世槿找到一个一分钟左右的视频，点了进去。

　　视频是用手机拍的，不是很清晰。傅世槿看到了一栋高楼，外面都是玻璃幕墙，完全没有可攀缘、借力的地方。

　　一个少女坐在外墙凹进去的一块极狭窄的地方，双腿悬在外面，仿佛一阵风吹来就能将她刮落。

　　看到这一幕时，即便是已经知道了结局的傅世槿，都感到心中骤然生起紧张感。

　　在少女旁边，一名挂着安全绳的消防员正试图接近她，安抚她，劝阻她。可惜少女好像完全听不进去劝告，不允许消防员靠近。

　　一旦消防员稍微靠近，少女就仿佛受到了极大的刺激，发出尖叫，四肢乱晃，仿佛随时会跳下去。

　　虽然看不清那名消防员的脸，但是结合林致远的话，傅世槿还是知道那名消防员就是江聿。

　　"啊——"突然，尖叫声在视频中响起。

　　傅世槿跟着坐直身体，紧张地盯着视频。她看到了少女身体的滑落，看到了江聿飞身扑出，一只手抓住了少女的手腕的画面。

　　然而十几秒后，少女的身体还是从江聿手中向下坠落，而视频中响起了江聿撕心裂肺的喊声。

　　他撕心裂肺的喊声让傅世槿心中一痛，眼泪直接从眼眶中落下。

　　几乎没有犹豫，在视频结束的时候，她直接关闭了网页，靠在椅子上久久无法回过神。

　　傅世槿知道自己不是一个会轻易掉泪的人，或者说她是一个笑点和泪点都很高的人，可是刚才视频中的那一幕让她哭了。

　　她是心疼江聿还是惋惜那不知名的少女的生命？傅世槿分不清，只知道虽然她已经关闭了视频，但是少女从高楼上落下的画面依旧在她的脑海里不断地回放。

　　她没有亲身经历这一切都这么难过了，更何况江聿这个亲历者？

当少女的手从他手中滑落时，江聿的心情是什么样的？

在看到少女落在地面上，鲜血迸溅时，他又会是怎样的心情？

傅世槿并不知道少女为什么要选择轻生。她不知道少女经历了什么，所以无法对少女的行为做出评判，但是她能看到江聿的痛苦和自责，能感受到一条生命从他手中逝去对他带来的打击。

或许这还不是第一次这样。傅世槿不由得想，江聿做了那么多年消防员，体会过多少次如今天这种无能为力的感觉？每一次他都是怎么从痛苦中恢复过来的？

这一夜，傅世槿注定无眠。

"不要！"江聿双眸赤红，脑门上的青筋都暴了出来。他倒吊着挂在玻璃幕墙上，皮肤已经呈现出充血的模样，伸出的手无力地向下伸展着，手臂差点儿就被下坠的力度撕裂，但依然改变不了结局。

他用尽了全力，却也只能眼睁睁地看着那穿着白裙的少女离他越来越远，越来越远……

砰！

人从高空坠落，狠狠地砸在地上的声音是什么样的？是不是就像一个西瓜从空中坠落，砸在地面上四分五裂的声音一样？江聿不知道。他只知道在少女坠地的那一瞬间，他的眼前、他的大脑里只剩下一片空白。

那是一条生命啊！一条鲜活的生命就这样在他眼前消失了。

绝望、痛苦、无助的情绪一下子全都涌上了江聿的心口，让他心脏的位置发闷、难受，仿佛有一块巨石压在胸前，他想要不顾一切地震碎它。

忽地，江聿睁开了眼睛，入眼的天花板驱散了他的梦境，那个真实的梦境！

这是哪儿？清醒之后，江聿盯着天花板，大脑一时间转不过来。

他记得昨天归队之后他请假外出，然后喝了很多酒，在昏昏沉沉的时候只记得想要去找傅世槿，仿佛那一身的冷意只有傅世槿才能消除。

后来……后面的很多事江聿记不清了，记忆断断续续，始终连贯不起来，唯一能确认的就是，他来到了傅世槿家。

似乎……他还在她怀里哭了？

有些丢人，江聿嘴角泛起一抹苦笑。他的头有些疼，这是宿醉后的反应。

突然，门被人推开。江聿从床上坐起，看向端着一杯牛奶走进来的傅世槿。装着牛奶的杯子上还冒着丝丝热气。

"我猜到你应该醒了。"傅世槿进来后，发现江聿睁大双眼看着自己，她并没有任何惊讶表情。

"先喝牛奶。"傅世槿把牛奶递到江聿面前。

江聿伸手接过，也知道这个时候喝一杯牛奶最好不过。

"谢谢。"

在江聿开口说话后，他和傅世槿才发现，他的声音变得沙哑了。

"酒喝多了。"江聿自嘲地笑了笑，垂眸喝着牛奶。

等他喝完之后，傅世槿似笑非笑地看着他道："你确定不是哭哑了嗓子？"

"咳咳。"江聿差点儿呛到自己。

把杯中剩下的牛奶喝完，一点儿也不浪费后，江聿把杯子放在床头柜上，有些尴尬地道："昨晚是不是吓到你了？对不起啊。"

"没有。"傅世槿温柔地说，然后坐在了他身边，就这么看着他。

刚醒来的江聿看上去有些憔悴，却无损他的俊逸帅气，这一丝憔悴反而让傅世槿觉得他好像是被人抛弃的大型犬科动物，惹人生怜。

"林指导员打来电话，说给你三天假期。"傅世槿见江聿沉默下来，主动开口说。

江聿一怔。他很聪明，只是从傅世槿的这句话中，就分析出她已经知道发生了什么事。

"你都知道了？"江聿把傅世槿的手拉过来与自己的手交握。

"嗯。"傅世槿点了点头，没有任何隐瞒地说，"林指导员打电话

410

来的时候你睡着了，所以是我接的。他告诉了我一些，后来我又在网上看到了视频。"

傅世槿一直观察着江聿的表情，看到他的双眸渐渐下垂，睫毛挡住了眼中的情绪。

说完之后，傅世槿沉默下来——江聿的反应实在是太平静了，她不知道该怎么说下去。

不过她知道，江聿的心情是不平静的，因为她能感受到江聿双手上传来的颤抖。

"小槿，你知道在我拉住她的手腕时，她对我说了什么吗？"江聿突然道。

傅世槿抿唇沉默。

江聿微微倾身，额头抵住了傅世槿的额头，两个人呼吸交错，却完全没有半点儿暧昧之意。

"她说，谢谢你，消防员哥哥，对不起。"

哪怕江聿是用很平静的语气来说这句话的，傅世槿回想起那花季少女坠落的画面，还是觉得心中钝痛。

"江聿，咱们别想了。逝者已逝，你不要内疚，也不要自责。你已经尽力了，我们问心无愧。"傅世槿抽出自己的双手，捧着江聿的脸，轻声安慰着。

江聿抬眸，勉强挤出一个笑容，看向傅世槿问："我没事，可以在这里洗个澡吗？"

"当然可以，但是没有换洗的衣服。"傅世槿对他笑了笑。

越是这样的时候，她越要表现得和往常一样。

江聿有些嫌弃自己身上的酒味，可是没有能换的衣服也是一件很让人恼火的事。

"你先去洗吧，把衣服脱下来，我帮你洗。"傅世槿看到江聿为难的样子，不由得扑哧一笑。

家里的洗衣机有烘干的功能，江聿洗完澡后稍微在房间里等一等，衣服应该就可以穿了。

可是江聿听到她这话后，脸上一红，心中那种沉甸甸的感觉都稍微减少了些。

"算了，还是我自己洗吧，你家里有没有什么宽松的衣服，可以借我暂时穿一下？"江聿问。

他怎么好意思让傅世槿帮他洗衣服？尤其是……

其实傅世槿在说出那句话后脸上也微微一烫：外衣、外裤可以丢进洗衣机，可是内裤呢？

"咯咯，我去找找。"丢下一句话，傅世槿逃也似的离开了房间。

同一时刻，瞒着女儿来林城的傅妈妈已经到了高铁站，拉着行李坐在了出租车上。

"师傅麻烦你，天水一色小区。"傅妈妈对出租车司机道。

哗啦啦——

卫生间里不断传来流水的声音，让在外面弄早餐的傅世槿有些手足无措，双颊一直泛着淡淡的红。

该死的！明明她平日里听觉没有这么灵敏，今天早上却偏偏好像打通了任督二脉一般，江聿洗澡的流水声一直不断地飘入她耳中。

傅世槿拿起锅盖，深吸了口气，告诉自己要冷静，一定要冷静。

房子的隔音效果没有这么差吧？难道是她幻听了？狠狠地甩了甩头，傅世槿想要阻止自己继续去想这个问题。

如此一来洗澡的冲水声是听不见了，她的脑海里却浮现出一幅"风光无限好"的画面。

傅世槿蓦地睁大双眼，倒吸了口气。

画面中，一个男子背对着她在洗澡，流水冲过他身上的肌肉，形成了一道道小水沟，向某处汇去。

哑！傅世槿觉得鼻头一热，赶紧停止想象。

旖旎的画面在脑海里破碎，傅世槿强迫自己冷静下来，伸手去冲了冲凉水，然后又用被凉水浸湿的手拍了拍自己的脸颊。

她低声呢喃："傅世槿啊傅世槿，你都是多少岁的人了，都在想些什么啊？！"

好半天后，傅世槿才算冷静下来。

正好锅里的面条也煮好了，冷静下来的她把面条从锅里捞起来，放在一旁的两个碗里。碗里已经放好了调料，拌一拌就可以吃。

都弄好之后，傅世槿端着两碗面来到餐厅，将面碗放在了餐桌上。

看着桌上孤零零的两碗清汤面，傅世槿皱了皱眉，又转身回了厨房。很快，两个煎蛋装在盘子里被她端了出来。

将一切都准备好之后，傅世槿才走到卫生间旁问了一句："洗好了吗？早餐煮好了。"

"马上。"江聿回复了一声。

傅世槿仔细地听他说话的语气，觉得比起之前似乎要轻松许多。

"那个，衣服、裤子都能穿吧？"傅世槿又问了一句。她给江聿找的衣服是她很多年前买来当作睡衣穿的一件男式 T 恤，还有一条运动短裤。在家中她喜欢穿宽松舒适的衣物，这条运动短裤她穿起来很宽大，简直可以把两条腿塞进一只裤管里，但是江聿穿上的话，恐怕就是刚刚合身。

"还可以。"江聿很快回答。

其实，在卫生间里的江聿擦干身子后，手里拿着傅世槿穿过的衣裤，脸上的皮肤隐隐有些发烫——这可是傅世槿穿过的衣服，上面还残留着淡淡的属于她的香气。

穿上这一身衣服，他总觉得自己和傅世槿有了肌肤之亲一般，可是不穿的话，总不能躲在卫生间里不出去。

内裤在他洗澡的时候已经洗了，而且利用卫生间里的吹风机吹干了，重新穿上。但是他的外衣、外裤可不是靠一个吹风机就能吹干的，只能拿去外面的洗衣机洗好然后烘干。

摒除脑海里的胡思乱想，江聿深吸一口气，把傅世槿的衣服穿在了身上。

门外的傅世槿不知道江聿穿个衣服还有那么多心理活动，听到他说衣服可以穿之后就放心地走开了。

突然，大门那边传来动静，好像有人在开锁。

傅世槿疑惑了一下，快步走向大门。可是她还未走到，大门上的锁就突然咔嚓一声被人打开，紧闭的大门也被人从外面拉开了一条缝隙。

缝隙渐渐增大，逐渐暴露出门外的人影。

而看清楚这道人影的傅世槿愕然地睁大双眼，陷入了呆滞之中。

她老妈怎么会突然杀过来，还毫无预兆地出现在她家门口？！

"妈？"震惊之下，傅世槿向门口快走了几步，不管怎么样，先伸手接过了母亲的行李。

其实林城离普市不远，傅妈妈来小住几天也不会带太多的行李，这大包小包的大多是傅妈妈给傅世槿准备的好吃的。

每一次过来，傅妈妈几乎会把傅世槿家里的冰箱填充一遍，然后再把傅世槿喜欢吃的食物都做上一遍，让她吃下后才甘心。

"你怎么起得这么早？"傅妈妈也没有想到女儿这么早就起来了。平日里，不睡到日上三竿或者下午，她是根本不会起床的。

"呃，睡不着就起了。"傅世槿随意地解释了一句，又好奇地问，"妈，你怎么一声不吭地就跑过来了？"

把东西都搬进屋后，傅妈妈反手把门关上，瞪了她一眼道："怎么？我上自己闺女家还要提前打报告申请啊？"说着，傅妈妈就换了拖鞋。

而就在这个时候，傅妈妈发现了在鞋柜旁边放着的一双男人的鞋子。

母女二人的视线同时落在了江聿的鞋上。

此时傅世槿才从对母亲到来的震惊中回过神，家里还有一个江聿！

天哪！她要怎么向老妈解释？

她要坦诚交代还是继续隐瞒？

一旦她交代了，恐怕按照她妈的性子，她妈可以把江聿家祖宗

414

十八代都给挖出来。而且从此以后，她和江聿的感情问题就要全程处于老妈的监察之下，他们时时刻刻都会被关注恋情的发展。

如果继续隐瞒……那等一下她要怎么解释？

一瞬间，傅世槿脑海里闪过无数念头。

可惜还没等她想出结果，老妈的质问声就到了。

"这鞋是怎么回事？"傅妈妈的目光顿时变得犀利，其中还掺杂着几分兴奋。

傅世槿根本无法解释她家里为什么会有一双男人的鞋。

不等她回答，傅妈妈又走向别处，一双眼如同雷达一般四处扫描，寻找可疑的迹象。

傅世槿家的餐厅连着玄关，傅妈妈一走进来，自然就看到了餐桌上摆放好的两碗面还有中间的盘子里的两个煎蛋。

老天！站在后面的傅世槿绝望地仰头，恨不得一巴掌把自己拍死。

傅妈妈嘴角一扬，抬手指向餐桌，转头问她："这不会是为我准备的吧？"

傅世槿除了讪讪一笑，还能说什么？她的大脑正在飞速运转，觉得必须先解释些什么。

"傅世槿，你还不给我老实交代？"见女儿还要继续保持沉默，傅妈妈的耐心瞬间没了。

"我……"

咔嚓！

然而，就在傅世槿准备开口解释的时候，客卫的门被打开了，一道颀长的身影毫无预兆地闯入了傅妈妈和傅世槿的视线。

这个人穿着合身的T恤、合身的裤子，可是在傅妈妈眼中，这身衣服有一种莫名的熟悉感。突然，傅妈妈福至心灵，想了起来：哟！这不是闺女的衣服吗？

如今这些衣服出现在一个又高又帅的小伙子身上。

这说明了什么？说明了什么！

415

空气中诡异的静谧让走出卫生间的江聿微微蹙眉，他转身抬眸看去，却诧异地发现，傅世槿家里多了一个人。

顿时，三个人都静止了，画面好像被定格一样。

沉默中，江聿转动眼睛，看向傅世槿，询问她接下来怎么应对。其实从傅世槿和傅妈妈的外表上，他大致能判断出两人的关系。不过之前傅世槿曾对他说过，暂时不要公开两人的关系。之前此事被秦柔柔知晓那是意外，他不确定他们的关系现在能不能让双方的父母知晓。

在傅世槿和江聿眼神交流的时候，傅妈妈也在来回打量江聿，眼中浮现出欣喜和激动，还有兴奋之色。

她就说吧，女儿绝对有问题！如果不是她这一次突然袭击，恐怕还会被蒙在鼓里。

看看，看看，这是多帅的一个小伙子？又高又帅，气质又好，她真是越看越喜欢。

"喀喀。"内心挣扎了好一会儿的傅世槿假咳了两声，打破了诡异的沉默。她思来想去，今天这个局面只有她来打破了。

看到傅世槿妥协的样子，江聿眼眸中染上笑意。所以他现在终于是傅世槿名正言顺的男朋友了吗？

"这是我妈，这是江聿。"傅世槿尴尬地介绍了一句。

只是这么一句话，就让她的脸通红起来。

女友终于开口了，江聿立即抓住机会，快步走向傅妈妈，嘴巴超甜地道："阿姨您好，我叫江聿，您叫我小江或者小聿都行，连名带姓地叫显得生分了。"

"对、对、对，小伙子说得不错，以后阿姨就叫你小聿怎么样？"傅妈妈立即接腔。

被晾在一旁的傅世槿觉得有些丢人——老妈这丈母娘看女婿越看越喜欢的眼神会不会太明显了啊！

"好，那阿姨以后就叫我小聿。阿姨这么早过来，吃早餐了吗？如果没吃，您又不介意的话，我帮您煮碗面吧。"江聿露出灿烂的笑容道。

"你还会下厨啊？"傅妈妈一脸惊喜。

长得又好，还会下厨，这样的男人百里挑一啊！

"嗯，会做一些，不过都是家常小菜，比不上阿姨的手艺。"江聿谦虚极了。

在一旁看着两人亲切地互动的傅世槿忍不住问了一句："你吃过我妈做的菜吗？你怎么知道你做的菜不如她？"

"你会不会说话？"然而她的话音一落，老妈就朝她狠狠地瞪了一眼。

然后傅妈妈看向江聿，又笑眯眯地说："小聿啊，别听她的。你想吃什么，告诉阿姨，阿姨给你做。"

傅世槿惊愕地看向自己的老妈，真的没想到，他们才见了一面，老妈就被江聿收买了。

什么"想吃什么就给你做"，她老妈是这么好说话的人吗？以前她怎么不知道？！

"谢谢阿姨。"江聿却从善如流地应下，完全没有去看傅世槿的脸色。

"那……小聿啊，方便告诉阿姨你和我家小槿是什么关系吗？"寒暄了一番后，傅妈妈终于问出了那个让她心如猫抓一般的问题。

江聿看着傅妈妈期待的样子，抬眸看了面无表情的傅世槿一眼，有些委屈地道："小槿不让我说。"

傅世槿瞪大双眼，震惊地看向江聿。她没想到，这个男人还有这么无耻的一面。

"不用怕她，以后阿姨给你撑腰！来，告诉阿姨。"傅妈妈狠狠地瞪了傅世槿一眼以示警告，面对江聿的时候，又是和颜悦色的。

"妈……"

"闭嘴！"

想要开口的傅世槿被老妈一句话喝退，只能眼睁睁地看着老妈笑眯眯地盯着江聿，等待着他的回答。

江聿忍住笑，无辜地看向傅世槿道："小槿，虽然我答应过你，咱们俩的事听你的，但是既然阿姨都看见了，我也不能欺骗阿姨对不对？"

　　天哪！傅妈妈强忍住心中的激动。真的是她所想的那样吗？她的女儿终于能嫁出去了？木头终于开窍，铁树终于开花，她的女儿终于愿意交男朋友了吗？而且女儿一交就交上了这样的极品男朋友！

　　傅世槿目光阴沉地看向江聿——他这副样子让她好想打死他怎么办？

　　"对、对、对，怎么能欺骗父母呢？好孩子，别怕，有阿姨为你做主，这丫头不敢拿你怎么样。"傅妈妈立即安慰道。

　　"谢谢阿姨。"江聿表现得有礼貌极了，"其实我和小槿正在处对象。"

　　"江聿，你还吃不吃你的面了？！都坨了！"羞愤难当的傅世槿终于插进了一句话。

　　她此刻只想把江聿支开，好好地向老妈解释一下。

　　"你煮的面能吃吗？都放下，我重新煮给小聿吃。"谁知，傅妈妈直接无情地道。

　　这是亲妈吗？傅世槿无语凝噎。

　　接下来傅妈妈用实际行动很好地证实了这件事。

　　"小聿饿了吧？阿姨这就给你煮面，你先去客厅看会儿电视，很快的。也不用怕我家小槿，如果她敢欺负你，你就告诉我，我帮你收拾她。"傅妈妈拉着江聿的手，直接把他送到客厅。

　　而傅世槿就像是一个被抛弃的人，孤零零地站在原地。

　　"谢谢阿姨。小槿很好，不会欺负我，我更舍不得欺负她。"江聿顺从地坐下，不忘在未来丈母娘面前表明一下自己的心意。

　　"真是个好孩子。在这儿等着，一会儿吃了早餐，再陪阿姨说说话。"傅妈妈笑得五官就像是绽放的花朵。

　　看到母亲毫无节操的样子，傅世槿真的想要来个眼不见为净。

　　但是现实哪容得她这样？

"小槿，进来给我帮帮忙。"傅妈妈走回来，用眼神示意傅世槿。

"阿姨，要不我来帮您？"明知道母女二人是要私底下交流一番，江聿还是站起来表示了一下自己的心意。

"不用、不用，你坐着休息就好。"傅妈妈客气地道。

接着，傅妈妈就拉着傅世槿走进了厨房，还虚掩上了厨房的门。

"妈，人家就在外面，我们这样关着门说话不好吧？"傅世槿有些窘。其实这个时候她真的不想和老妈单独相处。

傅妈妈却道："你还好意思说？你谈了恋爱，也不给我和你爸说一声。小聿就是上次柔柔给你介绍的那个相亲对象吧？"

"我是想着，过段时间，等我们感情稳定一些后再说。"傅世槿点了点头，讪讪地笑道。

"哼！你什么事都想要瞒着我们。要不是我今天过来，还不知道要被你瞒到什么时候。"傅妈妈埋怨了一句。

傅妈妈虽然说着话，但是手中的动作没有停，洗菜，切菜，十分麻利。

傅世槿只能煮出清汤面，傅妈妈却在炒制酱料，两人的厨艺高下立判。

"唉，你说你好歹是我的亲生女儿，怎么半点儿也没有遗传到我的厨艺呢？"一想到这个事，傅妈妈就觉得郁闷。

傅世槿笑道："我爸说了，不是真心喜欢烹饪就没必要去学，反正饿不死自己、毒不死人就行了。"

"你就听你爸那些歪理邪说。"傅妈妈瞪了她一眼，手里的锅铲不停地翻炒着。

傅世槿吐了吐舌头。也只有在父母面前，她才会流露出少女的一面。

哪怕她已经过了三十岁，但是哪个女人心里还没个小公主了？

"幸好小聿会做饭，不然以后你们得饿死。不过，小槿，你要听妈妈的话，等结了婚，还是要学点儿厨艺，不能老是让小聿去做。他一个大男人，整天泡在厨房里做饭像什么话？再说了，有一句老话你听过没？拴住了男人的胃，就拴住了男人的心。"

傅妈妈的一顿念叨让傅世槿的表情越来越窘。

"妈，你都说到哪儿去了？怎么就扯到了结婚上？"

"怎么不能扯？你俩都……都……"

傅妈妈看到江聿在傅世槿家中，本来想责备女儿一番的，但是又想到女儿都成年很久了，所以也懒得去说，谁知道现在女儿居然说出这样的话。

"你们都住在一起了，还不想着结婚？"傅妈妈空出手，拍了傅世槿的屁股一下，眼中的责备之色流露出来。

看到母亲的样子，傅世槿简直欲哭无泪："妈，你误会了。江聿只是因为昨天晚上有些事，所以在家里住了一晚。他睡的可是客卧，我们什么都没有发生。"

"真的？"傅妈妈不相信地看着女儿。

"真的！你女儿现在还是黄花大闺女。"傅世槿无奈极了。

然而在她这样保证之后，傅妈妈疑惑地小声对她说："小聿不是哪里有问题吧？你们两个孤男寡女共处一室，他没对你做点儿什么？"

傅世槿简直哭笑不得，"妈，你到底希望我们之间有事还是没事？"

"哎哟，我不是担心你嘛。妈觉得小聿不错，你可要把握好机会，别错过了。你年龄也不小了，谈得差不多就赶紧结婚。"

"妈，你真怕我嫁不出去啊？！"傅世槿气得跺脚。

"总之，你这一次非得给我嫁出去。"傅妈妈警告了傅世槿一句，端起做好的炸酱面走出了厨房。

傅妈妈一走出厨房，脸上就堆满了笑容，道："小聿快来，吃面了。"

时刻准备着的江聿立即站起来朝餐厅走去。看到香喷喷的炸酱面，江聿立即拍起马屁："谢谢阿姨！阿姨的手艺真好，这面真是色香味俱全，我还没吃，闻到味道就流口水了。"

420

"这孩子真是会说话。"傅妈妈被哄得超级开心。

"阿姨,您和小槿的呢?我可不好意思吃独食。"江聿发现桌上只有一碗面,便问道。

"小槿马上就端出来了,你别管,快吃吧。"傅妈妈让江聿坐下,自己也坐在旁边。

再一次打量自家的姑爷,傅妈妈真是越看越觉得俊。

头一次被长辈这样打量,江聿也觉得有些尴尬,但好在他心理素质极好,哪怕心中忐忑,表面上都是云淡风轻的。

"小聿你是消防员吧?"傅妈妈试探地问。

一听傅妈妈的询问,江聿立即放下筷子,挺直腰杆回答:"是的,我目前任职于林城光明区第三消防中队,担任中队长职务。"

其实消防部队退出武警编制之后,衔级也发生了改变,只不过对老百姓来说,中队长比起几级指挥长更容易理解。

更何况消防部队编制转为行政编制才过去不到一年的时间,江聿他们自己都还不怎么习惯。

"消防员很辛苦啊。"傅妈妈感叹了一句。

"还好,都习惯了。"江聿中规中矩地回答。他现在觉得好紧张啊,期盼着傅世槿赶紧从厨房里出来。

可是他偷偷地瞄了几次,傅世槿就是不出来。

"你别停下,快吃,咱们边吃边说。"傅妈妈瞧出了他的紧张,笑眯眯地道。

"妈,你就不能让人家吃完之后再说吗?"

这时,"救星"傅世槿端着两碗面走了出来。

江聿用的是大碗,她和母亲用的都是小碗。

"好、好、好,那就先吃,先吃。"傅妈妈接过碗道。

三人坐在餐桌旁默默地吃着面。

傅妈妈的手艺很好,江聿吃得很香,却无法缓解内心的紧张。他终于体会到林致远曾对他说过的那番话:毛脚女婿见丈母娘和老丈人,简直比火场救援还要艰难。

更何况这次见面实在是太突然了，他有一种被长辈抓包的感觉。

他虽然没有去偷听母女二人的谈话，但是也能大致猜出她们在谈些什么。尤其是，丈母娘一进门就看到自家闺女家里有一个陌生男子，会不会误会什么？她会不会觉得他是很随便的人，不重视自己的女儿？

一顿早餐的时间，江聿胡思乱想了很多却没想到解决办法，只能怀着惴惴不安的心走一步看一步。

吃完早餐，江聿坚持要去洗碗收拾。傅妈妈用完厨房都会习惯性地收拾好一切，所以也就有几个碗要洗而已，毛脚女婿要表现，当丈母娘的也就没有拒绝。

江聿洗完碗，再次回到客厅坐下，刚刚调整好的心情再度紧张起来。他觉得，自己是不是应该先告辞离开，然后精心准备一番，提着礼物重新登门比较好？

"小聿，你打算什么时候和小槿结婚？"

在江聿纠结之时，傅妈妈却丢出了一句石破天惊的话，震得江聿和傅世槿都愣住了。

"妈！"最先回过神的傅世槿不赞同地看向母亲。

江聿却惊喜地回答："当然是越快越好。"

瞧！傅妈妈得意地看向自己的女儿。

傅世槿抚额叹息，真的想要夺门而逃，不想继续留在这里了。

自己的妈也就算了，江聿跟着起什么哄？思及此，傅世槿狠狠地瞪向江聿。

江聿则无辜地眨了眨眼。

傅世槿还能说什么？

"越快越好是什么时候？小聿，你爸妈是林城的吗？你看方不方便安排我们见个面？"傅妈妈趁热打铁地追问。

"妈！"傅世槿实在是受不了了，这都哪儿跟哪儿？

"干什么？我和小聿聊天，你如果不想听，就去别的房间。"傅妈妈不满地看向自己的女儿——明明自己是为了她好，她还一副不领情的样子。

"我爸妈不在林城，不过我可以让他们尽快过来。"

江聿倒是很得傅妈妈的欢心，说的每一句话都很合傅妈妈的心意。

"妈，你能不能不要干涉我的事？"傅世槿站起来，阻止他们继续这个话题。

客厅里为之一静，傅妈妈和江聿都抬头看向她，将她脸上的怒意看在眼底。

"阿姨，您也刚到，要不您先休息一会儿？我队里还有些事，等我处理完之后，再来看您。"江聿站起来主动告辞——他不能再惹傅世槿不高兴。

"你看看人家小聿多懂事。"傅妈妈也跟着站了起来，没好气地看了女儿一眼，有些不好意思地对江聿说，"小聿，小槿就是这个脾气，你别在意，也别往心里去啊。"

"不会，我就喜欢她这样的真性情。"江聿是真的不在意。

"等等。"傅世槿突然叫住他。

江聿不解地看向她。

傅世槿板着脸走向阳台，把烘干后晾在晾衣杆上的衣服取下来丢给江聿："换了再走。"

江聿这才想起来，自己身上还穿着傅世槿的衣服。

腼腆地笑了笑，江聿拿着自己的衣裤进了房间。

当外面只剩下傅世槿和傅妈妈时，傅妈妈才责备地问："你这是干什么？还没结婚情绪就这么大。"

"妈，我和江聿的事，我自己心里有数，你能不能不要插手？"傅世槿无奈地向母亲恳求。

"我这不是替你着急吗？"傅妈妈觉得自己好委屈。

傅世槿叹了口气，道："我知道你心中的担忧。你放心吧，我会和江聿好好相处下去，如果我们真的觉得彼此适合了，也会结婚，好吗？"

"真的？"傅妈妈向她确认。

"嗯。"傅世槿点了点头，觉得有些无力。

这时房间的门打开了，江聿换好衣服走了出来。他快速地看了客厅中的母女一眼，对傅妈妈道："阿姨，我就先走了。"

"好。如果不忙的话，晚上来家里吃饭。"傅妈妈主动邀请。

"好。"江聿点头应下。

"我送你吧。"傅世槿拿起钥匙，陪着江聿走出门。

傅世槿主动送客，傅妈妈自然不会阻止。

进了电梯之后，傅世槿才不好意思地对江聿说："不好意思啊，我妈就是这个样子，你别想太多。"

"我觉得阿姨挺好的。"江聿却笑道。

傅世槿讪讪一笑，不想在这个问题上多纠结："对了，你没事了吧？心情怎么样？"

被她老妈这么一打岔，江聿的心情似乎好多了。

"没事了。"江聿目光变得深远，淡淡地说，"其实在消防岗位上从业这么多年，我早就见惯了生死。虽然心里依然遗憾，但是我也不会一直止步不前。人还是要看开点儿的，对不对？"

江聿说完，扭脸看向傅世槿。

傅世槿一怔，不知道他在说那位因为抑郁症跳楼的少女，还是在说他自己，又或是在说生活在这个世界上的每一个人。

人生不如意的事十之八九，已经遭遇的无从改变，他们只能让自己走出阴影，才能永远向阳。

叮！电梯到了楼底，也惊醒了傅世槿。

她与江聿并肩走出小区。

"回去吧，别送了。告诉阿姨，晚上我来吃饭。"江聿转身，双手落在傅世槿的肩膀上，阻止她继续向前。

"你真的要来？"傅世槿有些意外。她以为刚才江聿答应母亲只是客气话，却没想到这家伙真的要来。

"答应阿姨了，我当然要来。"江聿笑道。

"你哪有时间？"傅世槿有些慌，仿佛害怕江聿和母亲再次见面。

江聿挑眉道："你不是说了，老林说给了我三天假期吗？"

呃！傅世槿嘴角微微一抽，很想问：这不是给你调整心情的时间吗？既然你已经没事了，不是应该尽早回归工作岗位？

可是她一想到昨晚江聿的样子，这样的话又说不出口。

"走了。"江聿松开傅世槿的肩膀，对她挥了挥手。

傅世槿目送他离开，心情顿时有些复杂。

傅世槿返回家中，母亲已经在厨房里忙碌起来。

打了一声招呼后，在傅妈妈开口之前，傅世槿就钻进了自己的书房。

她的规矩傅妈妈知道，进入书房就代表她要准备工作了，任何人都不要来打扰。所以看到女儿溜进了书房，傅妈妈只能摇头叹息："这鬼丫头。"

不过这不影响她立即打电话给傅爸爸汇报一切。

进了书房的傅世槿还不知道外面母亲已经把江聿的存在告诉了父亲。

她坐在电脑前，打开电脑中的创作文档，把自己之前写的内容又看了一遍，然后就坐着发呆。

半个小时后，傅世槿仿佛下定了决心，将已经写好的文档全部删除，连已经过审的大纲也删得干干净净。

然后她开始写一份新的大纲。

傅世槿写得飞快，几乎只花了一个小时的时间就写好了几千字的大纲。

紧接着她就把新的大纲给雪妖妖发了过去。

很快，雪妖妖就回了消息，内容却是："世子，这是什么？"

傅世槿抿了抿唇，给雪妖妖回复："我想要改大纲，把创作方向重新调整一下。"

"你不是吧？好不容易过审了，你按照大纲写就行了，这个时候你改什么大纲？你等等，我先看看。"

雪妖妖发完这条消息后，很久没有动静。

过了差不多半个小时，雪妖妖才给傅世槿回了信息："世子，不能这样写。"

雪妖妖给出的答复在傅世槿的预料之中。她也知道，自己这个时候改变写作方向是一件十分冒险的事。

可是她依旧改了，哪怕现在雪妖妖拒绝，她依然坚持。

嗡嗡——傅世槿放在书桌上的手机振动起来。

她目光轻移，看到了屏幕上显示的来电人。

雪妖妖是个急性子，在知道傅世槿的想法后，哪里还有耐心在网上和她慢慢说，直接一个电话打了过来。

傅世槿接通了电话："喂。"

"世子，你别冲动啊。咱们这个故事好不容易过了审，你现在要改方向，那就等于前期所有的工作都白做了。而且你改的这个方向有点儿……有点儿……"雪妖妖有些犹豫，怕说得太直接了刺激到傅世槿，但最后还是硬着头皮说，"太平淡了。"

是啊，太平淡了。傅世槿默默地听着，没有否认。

"咱们原本的大纲，故事虽然都是套路，但是热血，走的是主打英雄主义，歌颂消防精神的主流路子，这样的方向虽然都被写烂了，但是也容易过审。现在你这么一改，就变成了言情，我承认你通过婚恋角度去解读消防员是挺新颖的，可是不主流啊，这样的题材恐怕没有什么市场竞争力。"雪妖妖向傅世槿仔细地分析道。

其实雪妖妖就是想要告诉傅世槿，在资本市场里，不要轻易冒险，就算她想要冒险，也不代表有影视公司、投资方愿意陪她冒险。

见傅世槿一直没有说话，雪妖妖又接着劝："世子，咱们犯不着和钱过不去，放着十拿九稳的事不去做，去做不靠谱、完全没有把握的事。"

"写英雄的人太多了，我想写点儿别的。"傅世槿在雪妖妖说完之后，平静地说出了自己的想法。

雪妖妖一听这话就知道傅世槿并未被自己说服。

与傅世槿合作了那么久，对她的固执雪妖妖也是有所了解的。在心中叹了口气，雪妖妖继续劝："世子，如果这只是在网络上连载的书，我也就随你了，因为我也知道，尊重一个作者的意愿有多重要。但这本小说后期是要做剧本的，而且是有公司、有投资方感兴趣的剧本，咱们可不能任性。"

"我不是任性。"傅世槿解释了一句。

可是雪妖妖仿佛没有听到这句话，只是退让一步："要不这样，这边咱们还是按照原来的大纲写，然后这个新的大纲你开另一部新文写？"

"按照之前的大纲我找不到感觉。"傅世槿直接说。

"你不需要感觉啊，大纲不是很细致了吗？以你的文笔，你按照大纲写就可以了。"雪妖妖脱口而出道。

然而傅世槿在听到雪妖妖的这句话后，目光一沉，道："雪妖妖，你真的是这样认为的？"

电话里，激动的雪妖妖突然沉默下来。

哪怕没有亲眼所见，雪妖妖也能想到此刻的傅世槿脸色恐怕不好看。

"对不起啊，世子。我知道你是对创作很有要求的人，我不该说那样的话。"

雪妖妖道歉后，傅世槿的神色才一松。

"妖妖，我并不是一时冲动。我在之前创作的时候，就已经感觉到了之前的大纲的缺陷。的确，这个社会需要英雄，可是谁又会记得，英雄其实也是人？"

这一次，雪妖妖耐心地听着傅世槿的解释。

"我不否认，之前的大纲很符合如今的潮流，但是越往下写，我就越觉得假。这个故事太美好了，美好得让人看了之后或许会觉得热血、感动，却找不到共鸣，不会去反思。整个剧本写下来，恐怕最终呈现出来的样子还是如今大众对这个职业的认知。你知不知道，现在我们这个社会中，很多人已经把消防员当作超人用了。"傅世槿说完这一段话，深深地吸了口气，脑海里浮现出江聿醉倒在她怀中痛苦、自责的样子，"他们是超人，却也是人，不是每一次出任务都能够出色地完成。他们也会有自己的情绪，也会有自己的感受。我不是放弃写英雄，只是想写一个更真实、更贴近于人的英雄，想让大众能通过这个角色了解到消防员并不只是我们现在认知的那样。"

"你已经决定了是吗？不会更改？"在傅世槿说完之后很久，雪妖妖才平静地问。

"是。"傅世槿给出自己的答案，却又有些愧疚地对雪妖妖说，"对不起。"

她答应帮雪妖妖这个忙，本来也是为了雪妖妖能够在新的工作岗位上站稳脚跟。现在她一意孤行地放弃了更有把握的路，选择了一条风险最大的路，的确有些对不起雪妖妖。

"干吗说对不起？"电话里传来雪妖妖的笑声。

雪妖妖越是不责怪，傅世槿越是觉得心里有愧："妖妖，不然你再找个熟悉的作者来合作？"

"喂！傅世槿你当我是什么人？"哪知，她的话音刚落，雪妖妖就喊了起来，而且直接喊出了她的本名。

雪妖妖又道："算了，你也难得疯一次，我这一次就陪你疯呗。"

电话里传来的大笑声让傅世槿心中有些感动，她道："谢谢。"

"谢什么？你答应接这个活也是为了帮我，你见我对你说'谢'字了？更何况，我虽然说机会小，并没有说一点儿机会都没有。你就安心地按照你的想法去写，剩下的事交给我，咱俩并肩作战！"

雪妖妖的话让傅世槿笑了，心情一扫之前的阴郁。

接着两人开始讨论新大纲，聊得差不多后才结束了通话。傅世槿立即动手细化大纲，然后发给雪妖妖，让雪妖妖重新去报备。

等她做完这一切，已经不知不觉地到了晚饭时间。

摸了摸空空的肚子，傅世槿才想起来，自己中午饭都还没吃呢。

她家老妈有个习惯，就是早餐吃晚了，中午就不会吃了。今天早上本来她和江聿应该吃得挺早的，结果被"老佛爷"弄了这么一出后，吃完早餐都已经上午十点半快十一点了。

　　"小聿来了，快进来。"

　　伸了个懒腰的傅世槿，双手还没有完全伸展开，就隔着门听到了自己的老妈无比喜悦的声音。

第十八章

我愿意做消防员的妻子

江聿还真的来了！

傅世槿一惊，双手垂落下来。来不及多想，她就走出书房。

果然，江聿的声音在家中响了起来："阿姨好。"

"你来家里吃饭，干吗还买这么多东西？"

"早上太匆忙，失了礼数，阿姨别见怪。您就当是我现在正式登门拜访吧。"

"这孩子，真是有礼貌、懂事。"

傅世槿站在走廊上，听着玄关处传来的对话，嘴角微微一抽。看来江聿都不用再做什么，就已经把她老妈给搞定了。

生怕自己的老妈又说出一些过火的话，傅世槿连忙走出去，喊了一声："妈，饭做好了吗？饿死了。"

正在和未来女婿说话的傅妈妈突然被打断，转过头狠狠地瞪了傅世槿一眼，满眼都是嫌弃。

傅世槿却视而不见，视线落在了江聿身上。

忽地，她眼中一亮，双颊微微发烫——江聿这小子明显就是刻意打扮过啊！本来就长得很好的他，现在收拾打扮之后显得更加帅气逼人了！

接着傅世槿又看到了堆满她家玄关的礼物。

傅世槿有些无语。江聿到底买了多少东西？她甚至想象不到他是怎么一个人把这些东西搬到自己家的。

"你看看人家小聿多懂事！你就知道吃、吃、吃，快帮忙把东西都提进去，收拾一下桌子，准备吃饭。"傅妈妈训完傅世槿，再扭头看向江聿的时候，又露出慈爱的笑脸，轻言细语地道："小聿啊，你先休息一会儿，马上就吃饭了。"

"阿姨我去帮你。"江聿忙道。

被"排挤"的傅世槿磨着牙。亲妈，这真是亲妈啊！她这妈还有两副面孔！

"不用、不用，听阿姨的话，你平时工作多辛苦，回到家里就好好休息，知道吗？"傅妈妈亲热地说。

江聿没有再坚持。

等傅妈妈返回厨房的时候，他才对上傅世槿幽怨的眼神。

"我感觉你把我妈对我的宠爱抢走了。"傅世槿有些郁闷地道。

江聿对她灿烂地一笑，道："这不是很好吗？说明我人缘好，而且你以后不用担心我和岳母的关系了。"

傅世槿脸颊一红，眼里满是羞恼之色，"你胡说八道什么？"

江聿提着东西往里走，经过傅世槿身边的时候低头在她耳边说："我觉得阿姨挺想把你嫁给我的。"

滚！恼羞成怒的傅世槿一脚踢出。

江聿灵敏地躲过，还回赠了她一个灿烂至极的笑容。

在傅世槿看来，他这就是赤裸裸的得了便宜还卖乖！

"小槿，你可不要欺负小聿啊。"厨房里传来傅妈妈的警告声。

傅世槿更加郁闷了，到底是谁欺负谁？

江聿则是更加得意。

被"压迫"的傅世槿只好听从母上大人的话，帮着江聿将东西暂时放到客厅外的阳台上。

"你怎么买了这么多东西？"两个人搬了两趟才搬完，傅世槿忍

431

不住心疼他的钱。

"我算是毛脚女婿第一次登门，礼物总不能太寒酸。"江聿在她耳边小声说。

傅世槿扫了一眼，发现江聿买的这些东西可不便宜。

"燕窝、虫草、阿胶、大红袍？"傅世槿有些咋舌。除了这些名贵的东西之外，还有水果、糕点什么的，还有一个包装精美的盒子，里面好像是一条丝巾。

"你买这些东西花了多少钱？"傅世槿觉得江聿买得太多了。

"也没多少。"江聿却不在乎，"我第一次见阿姨，也不知道阿姨喜欢什么，所以就问了人，随意买了些。"

见到傅世槿脸色有些黑，江聿又忙解释了一句："放心吧，我有钱。这些年我没怎么花钱，父母也不需要我寄钱回去，他们自己的工资都用不完。所以他们一早就告诉我，我自己的工资存着是娶媳妇儿用的。"

傅世槿不知道消防员的工资有多少，但是江聿都这么说了，东西也都买了，她也不好再说什么。

她被江聿那句"存着是娶媳妇用的"弄得脸颊发烫，有些不敢去看他的眼睛。

"小槿、小聿，快来吃饭。"餐厅里传来傅妈妈的声音。

傅世槿低头说了句"我去帮我妈"，然后就在江聿炙热的眼神中逃走了。

望着傅世槿落荒而逃的背影，江聿笑容加深，笑意在眼底蔓延开来。

今天的晚餐虽然只有三个人吃，但傅妈妈还是做得极其丰富，仿佛恨不得让江聿这个未来女婿见识到自己厨艺的厉害。七菜一汤，荤素搭配，鸡、鸭、鱼肉都有，傅妈妈简直就是使出了自己浑身的武艺。

"小聿，阿姨也不知道你喜欢吃什么，所以都做了点儿。你下次来，想吃什么就提前告诉阿姨，阿姨给你做。"傅妈妈笑眯眯地说。

傅世槿一听这话却愣住了："妈，你这意思是还打算长住？"

"你这丫头，你这是要赶你妈走？"傅妈妈直接瞪过去。

"呵呵，不敢不敢，您老想住多久就住多久。"傅世槿秒怂，低头吃饭。

"谢谢阿姨，阿姨对我真好。"江聿忙哄着未来丈母娘。

傅妈妈一边为江聿舀汤一边说："听说消防员是很辛苦的，你要经常来家里，多吃点儿补补身子。这是筒骨花生萝卜汤，我熬了一下午，你多喝点儿。"

"谢谢阿姨，我自己来就好。"江聿忙起身接下。

"快坐，在自己家里不用这么拘谨，随意一点儿好。"傅妈妈让江聿坐下。

三人喝着汤，闲聊着，气氛和睦，倒还真像是一家人。

突然，傅妈妈好似不经意地提了一句："小聿，你看什么时候我让你叔叔过来，约你父母见个面，把你和小槿的婚事谈一下？"

"噗……咳咳。"傅世槿被母亲的话给吓得呛到了。她真是没想到，一天都过去了，她妈还没死心。不过想想也是，她妈盼了她谈恋爱这么多年，的确不可能轻易就死心。

江聿来不及回答傅妈妈的问题，先抽出纸巾递给傅世槿，又为她拍着后背顺气。

缓过气来后，傅世槿无奈地看着自己的老妈："老妈！"

"怎么了？你们不是在谈恋爱吗？那这些问题都是要考虑的啊！而且小聿也说了，结婚的事越快越好。你年龄可不小了，不能像那些小年轻一样，还要谈上一两年的恋爱。你知不知道越早生孩子越好，年龄大了再生孩子，有的是苦给你受。"傅妈妈嗔怪地看了傅世槿一眼，一番大道理丢出来，成功地堵住了两人的嘴。

此刻的傅世槿真的很想找个地洞把自己埋了。她好窘啊！她老妈怎么一下子就扯到了生孩子的问题上？

江聿也没想到话题一下子会扯这么远。

但是一想到与傅世槿的婚后生活，想到他们两人的孩子，他心里有些痒痒的，甚至有些迫不及待。

"嗯，阿姨放心，我会尽快让我父母来一趟。"江聿立即保证，态度认真得好像坐在他面前的是他的领导。

傅世槿震惊地看向他。事情怎么会变成这样？原本她和江聿还在享受慢节奏爱情的甜蜜，结果她老妈一来，她和江聿的恋爱进度就一下子被加快了好几倍。

"妈，我们——"

"好、好、好，我就等着亲家来了。"傅妈妈却无情地打断了傅世槿的话，成功地对她视而不见。

晚饭只有三个人吃，江聿这个大小伙子再能吃，也没有办法把这一大桌子菜都吃完，最后菜还剩下一半。

吃饭的过程中，傅妈妈和江聿一问一答，傅世槿完全插不上话。

一顿饭吃下来，江聿家里的情况已经被傅妈妈打听得清清楚楚。

之前傅世槿没有刻意问过江聿家里的情况，两人平时见面的时间又少，谁也没有想过说这方面的事。直到现在她才知道，江聿的父母都是公务员，家境很不错。他是家里的独生子，一直都是父母的骄傲。

他从小就是学霸，后来入伍也一直是标兵，再后来进入消防系统，很快就升为中队长。

消防部队转为行政编制后，他的衔级应该是三级指挥员，按照年龄和能力来看，他的等级已经很高了。

这也同样证明了他的出色，用现在的话来说就是他从小到大都是"别人家的孩子"。

总之，傅妈妈对这个女婿是越看越满意，越看越喜欢。

饭后，江聿主动要求洗碗收拾，却被傅妈妈推出去和傅世槿独处。

傅世槿觉得家里的气氛被饭桌上的那些话题弄得有些尴尬，索性拿起包，穿上鞋，对老妈说了句要出去散步，就带着江聿夺门而逃。

出了小区，两人朝着滨江大道走去——那条路很适合散步，而且夜间的景色很美，可以看到对岸林城水泥森林的"灯光秀"。

虽然已经是秋季，但是林城的夜间温度也不是很低，所以晚饭后在滨江大道上散步的人还挺多。

傅世槿和江聿并肩沿着大道而行，任由吹过河面的风带着湿气拂过脸颊。

"我妈就那样，你别太在意。"为了化解心中的尴尬，傅世槿主动说。

江聿笑着看她："阿姨很好，我怎么会在意？"

傅世槿苦笑道："我也不知道她会突然杀过来，本来还想瞒她一阵子的，没想到根本瞒不住了。不过也没什么，你不要在意她说的那些话就好。"

"小槿，我对阿姨说的那些话都是真的。"突然，江聿转身挡在了傅世槿面前。

傅世槿仰起头，对上他那双深邃有神的眼睛，看见了那双眼睛里面的认真神色。

"我并不是为了讨好阿姨才说那些她喜欢听的话。"江聿凝视着傅世槿，语气越发真诚。

傅世槿怔住，似乎是被江聿突如其来的认真吓到了。

莫名地，被江聿这样盯着的时候，她的心跳变得有些快，而且跳动的声音仿佛就在她耳边。

咚咚咚——傅世槿觉得自己的心脏快要从胸腔中跳出来了。

她睁大双眼盯着江聿的双眼，不由自主地屏住呼吸："江聿，你想干什么？"

"我记得我对你说过，我和你谈恋爱，是以结婚为目的在谈，不是玩笑，不是打发时间随便谈谈。所以在阿姨问我打算什么时候和你结婚时，我说越快越好；阿姨说希望尽快和我父母商谈婚事，我也很激动、很赞成。在和你相处的这段不长的时间里，我心中已经无数次地确定了，你就是我想要结婚的对象。"

"江聿……"傅世槿看着他，呢喃出声。

"小槿，其实今天我除了准备阿姨的礼物外，也为你准备了礼物，希望你愿意收下。"江聿从兜里摸出一物，突然向后退了一步，在傅世槿毫无准备的情况下单膝跪地。

"哇！"散步路过的行人看到路边突然有一个俊逸的大小伙子向一个漂亮的姑娘下跪，都惊呼了一声，停下脚步想要看一场热闹。

"求婚吗？是不是求婚？"

"哇！这男的好帅啊！要是有这样的男人喜欢我，别说他向我求婚了，就是让我向他求婚都行！"

"别做梦了！好男人都是别人的男朋友！"

…………

傅世槿被江聿的举动惊了一下，视线落在了他手中捧着的方盒上，分不清心里是惊悚还是惊喜。

围观的人越来越多，这让傅世槿有一种想要逃的感觉，好窘啊！

"江聿你干什么？快先起来！"傅世槿慌乱地想要去拉江聿。

可是江聿避开了。

他跪在她面前，打开了手中的方盒，露出了里面的戒指。

顿时，盒中的戒指又惹来围观的众人中女生们羡慕的惊叹声。

看到戒指的刹那，傅世槿只觉得自己的大脑轰的一声炸开了，只剩下一片空白。四周的议论声都变成了嗡嗡的声音，她眼里只剩下江聿，只听得到江聿说的话。

"小槿，虽然我们认识的时间不长，但是你相不相信，有的人只需要看一眼，就能确定她是不是自己要找的那个人？你对我来说就是对的那个人、适合的那个人。我爱的那个人是你，只有你，我真的很希望我的妻子也只会是你。或许你会觉得我现在做的事有些唐突，但其实这件事我在心里、梦里已经想象过很多很多次……"

"哇！好浪漫啊！"

"天哪，我都快要被感动了。"

436

"要是我的话，立马就点头同意！"

…………

傅世槿完全呆住了，对周边的议论声完全充耳不闻，只知道江聿说，希望她成为他的妻子。

"小槿，对不起。"江聿突然有些愧疚地道。

这样的转变，傅世槿没有多大的反应，却把周围的人的好奇心一下子勾了起来。

对不起？什么对不起？难不成这个帅哥还做了什么对不起女朋友的事？

在众人八卦地竖起耳朵听的时候，江聿继续说："现在你嫁给我，因为工作的关系，可能在接下来的几年里我没有办法时时刻刻地陪伴在你身边，或许在你最需要我的时候，我也没有办法出现在你身旁。但是我答应你，这几年的亏欠，我会用余下的人生来偿还。小槿，你愿意嫁给我吗？"

"小槿，你愿意嫁给我吗？做一名消防员的妻子！"江聿的话，或许其他人不懂，但傅世槿是懂的。

长期活跃在消防第一线的消防员有着年龄和时间的限制，在江聿还站在第一线的时候，他的时间是群众的，是国家的。

只有等他平安地从第一线退下来后，他才能像一个普通人一样，陪伴在自己的妻子、孩子身边，疼爱妻子，教育孩子，孝顺父母。

现在离那个时候还有不到四年！

江聿说完这段话后，心中的忐忑在眼中呈现出来。他确定，傅世槿不会在意他这几年的无法陪伴，知道她不会不愿意成为一名消防员的妻子，但他唯一不确定的是，傅世槿有没有准备好！

在江聿心中，傅世槿一向是一个很理智的人。她会冷静地分析出最合适的方案，然后给出自己的答案，而和消防员谈恋爱与和消防员结婚，可是不一样的概念。

"答应他！答应他！"

"小姐姐答应他呀！人家都跪那么久了。"

"就是啊，小姐姐答应他吧，我都听得感动死了。"

"答应他！"

"答应他！"

…………

众人的起哄声把傅世槿拉回了现实。她看向单膝跪在自己面前的江聿，看到了他眼中的期待和忐忑。

"小姐姐，你不答应是不是因为小哥哥求婚没有准备鲜花呀？"

起哄声让傅世槿抬眸看了四周一眼，发现有这么多人围观，她的脸颊顿时发烫，红晕迅速朝着耳根蔓延。

"小槿，我本来想要准备鲜花的，可是怕露馅后就没有惊喜了，所以才没有准备。不过我还准备了其他东西，你等等。"

江聿小心翼翼地说完，拿出手机不知拨打给了谁，傅世槿只听到他说了声"可以了"，然后就挂了电话。

"你、你先起来吧。"傅世槿见江聿一直跪着，而四周起哄的人越来越多，忙拉了拉他的衣服。

江聿摇头道："小槿，你还没有回答我呢。你愿不愿意嫁给我，成为我江聿这一生唯一的妻子？"

"我……"傅世槿有些犹豫。

江聿想得没错，她是一个很理智的人。哪怕是在这么浪漫、这么感动的时候，她都还在想，自己想要点头答应，是因为这一刻的感动，还是因为想要成为江聿的妻子，想要和眼前的男人携手共度一生？

"快看，那是什么？"在傅世槿犹豫的时候，突然有人指着夜空喊了一声。

不少人被声音吸引抬头看去，傅世槿也下意识地抬起头看向夜空。

只见在水边黑暗的夜空中，突然升起很多彩灯气球。

透明的气球上围着一圈彩灯，慢慢地向空中飘去。这些气球本是小孩子的玩具，现在聚在一起，却让整片夜空都变得浪漫起来。

"大家快看，气球上有字耶！"

"笨，不是气球上有字，是那些彩灯组成了字。"有人纠正道。

果然，每个气球上都有一个彩灯组成的字。

大家在大脑里把字组了一下，就念了出来："嫁给我，嫁给我……全是嫁给我……"

天哪！这还有什么可说的？肯定就是眼前这位小哥哥搞出来的浪漫把戏啊！

围观的女孩子都激动极了，亲眼见证这浪漫的一幕，即便主角不是自己，也觉得开心。

"不用担心，这些东西很安全，电用光了就会自动熄灭，不会引起火灾。"在傅世槿心中默默感动的时候，江聿突然来了一句。

傅世槿差点儿没笑出声。她的视线从那些气球上移开，落在眼前的男人身上。他已经跪在地上好几分钟了，膝盖疼不疼？

安静地躺在方盒中的戒指代表着一生的承诺，她要不要接受？

"小槿，我腿麻了。"江聿小声说，眼神中带着点儿委屈。

"那、那你起来啊。"傅世槿有些窘迫，眼中带着羞意。

"可是你还没有回答我，你的答案是什么？"心中无比忐忑的江聿再次问。

傅世槿凝视着他，突然问："江聿，你真的想好了吗？真的希望我做你的妻子？"她也怕，怕这一次的求婚只是江聿的一时冲动。

"我说了，我等这一天已经等了很久很久。这是我深思熟虑后做出的决定，不是一时冲动。"江聿无比真诚地道。

傅世槿突然笑了，向他缓缓地伸出了自己的手："既然你都这么诚恳了，我也只好答应。"

"小槿，你说什么？再说一遍！"惊喜来得太突然，江聿顿时激动起来。

傅世槿看着他的样子，甜甜地笑着道："我说，我愿意。"

轰！江聿仿佛被幸福砸中了面门。他强压着内心的雀跃，把戒指套在了傅世槿左手的中指上，然后站起来，抱住她转圈："我有媳妇了！我有媳妇喽！"

傅世槿被他吓了一跳，只能双手紧紧地抓住他的肩膀。等江聿放她下来后，她没好气地问："不是说腿麻了吗？"

"现在不麻了！"江聿用额头抵着傅世槿的额头，含笑着轻声说。

"亲她！"

"亲她！"

…………

求婚的成功让围观的众人感受到了喜悦，他们继续起哄，想要这种喜悦和甜蜜来得更多一些。

傅世槿在众人的起哄声中害羞极了，想要把头低下去。

可是江聿不让她低头，大掌捧住了她的脸颊，唇在她的额头上轻轻地落下一吻，然后在众人的期待中，亲吻上了那殷红的唇瓣。

"哇哦——"两人四周响起了热烈的掌声。

有这么多人在场，江聿没有深吻。

在两人的唇分开之后，傅世槿已经羞得恨不得原地消失了。

她直接埋首在江聿怀里，干脆来个眼不见为净："好丢人，现在怎么走？"

江聿抱着怀中害羞的女人，胸腔里的幸福感都快要溢出来，道："没事，我带你回家，顺便把这喜事跟咱妈说一声。"

"怎么就是你妈了？"傅世槿娇嗔地道。

江聿见她这样子，还想逗她一下，谁知突然有电话打了过来。

江聿拿出电话，看着屏幕皱了皱眉。

"怎么不接？"傅世槿疑惑地看向他。

江聿接通电话后还没来得及开口，就听到林致远凝重的声音传来："江聿，迅速归队。"

傅世槿开门进入家里的时候，客厅里传来电视的声音，还隐隐有母亲说话的声音。

听到门口的动静，傅妈妈很快走出来。

这时傅世槿才注意到妈妈手里拿着手机，似乎正在通话。

"怎么只有你一个人回来了？"傅妈妈看到玄关处只有傅世槿一个人的身影，眼中带着淡淡的失望之色。

傅世槿一挑眉，换鞋的同时随意地说："江聿队里有事先回去了。"

"哦，你爸还打算和他说说话呢。"知道是工作上的事，傅妈妈也不好多说什么，不过还是随口说了句，"消防员也挺不容易的。"

然后傅妈妈又问傅世槿："他不会有什么危险吧？"

傅世槿好笑地看着自己操心的老妈："危险是肯定的，不过他们是受过专业训练的，处理起来危险也就小了很多。"

"还是要注意，可不能心存侥幸。"傅妈妈嘀咕了一句，不再理会傅世槿，把手机继续贴在耳朵上，转身走回客厅，"喂，老傅啊……"

看着母亲的背影，傅世槿失笑地摇了摇头。

换好了鞋，傅世槿目光不经意地落在了自己中指多出来的戒指上，心中不由得一暖。

她居然就这样答应江聿的求婚了？现在回想起来，她自己都觉得特别不可思议。当然，她也没有觉得后悔就是了。

她要不要先把戒指取下来？傅世槿听着老妈的声音，有些犹豫。不过这一丝犹豫瞬间就被她放弃，她既然都已经答应江聿的求婚了，又何必遮遮掩掩？反正她老妈巴不得她早点儿出嫁。

"小槿，你一直站在那儿干吗？"客厅里，傅妈妈与傅爸爸已经通完电话，却发现女儿一直没走进来，问道。

"来了。"傅世槿应了一声，朝客厅走去。

走进客厅，傅世槿随意地坐在沙发上，扫了一眼老妈正在看的电视剧，嗯，是某部重复播了好几次的谍战剧。

傅世槿也记不清这电视剧放过多少遍了，只知道电视台放多少遍，她老妈就看过多少遍。

"妈，你都快背下台词来了吧？"傅世槿忍不住揶揄了母亲一把。

傅妈妈得意地笑道："那是！"

母亲的表情让傅世槿无言以对。她真的不知道她老妈是怎么做到看同一部电视剧那么多遍都不觉得腻的。

"对了小槿……"傅妈妈在视线接触到傅世槿手上亮闪闪的东西时，话突然停了下来。

"这、这……"傅妈妈眼睛倏然发亮，激动得一下子就出现在傅世槿身边，抓住她的手，"小聿跟你求婚了？什么时候的事？"

"刚刚。"傅世槿觉得有些尴尬和害羞，想要收回手，却发现手被母亲抓得紧紧的。

"不错、不错，这小子动作挺快，孺子可教。"傅妈妈笑得眼睛都弯成了一条弧线。

傅世槿面色一窘，对自己老妈的话感到无奈。

"既然他求婚了，你也答应了，那就要尽快让双方的父母见个面，认识一下，主要是要赶紧把你们的婚期什么的确定下来。"傅妈妈一直抓着傅世槿的手，喜悦的表情怎么都掩饰不住。

"等江聿有空的时候再说吧。"傅世槿有些心慌。

见男方的父母，她还是有生以来第一次。

江聿的父母会不会喜欢自己？会不会介意自己的年龄比他大一些？这些问题，想想都让傅世槿感到紧张又忐忑。

"嗯。"傅妈妈点了点头，又叮嘱了一句，"这事咱们女方家先不要主动提，最好是让小聿自己提出来。我看小聿是个懂事的孩子，之前妈问了他两句，他应该已经放在心上了。"

面对女婿的时候着急热情，可是要见未来亲家，傅妈妈还是保有女方家该有的矜持的。

"好。"这一点，傅世槿没有反驳母亲。

陪着母亲看了一会儿电视，傅世槿的手机突然响了起来，她拿出来一看，发现是江聿打过来的电话。

在母亲的眼神的示意下，傅世槿接通了电话："喂。"

"小槿，我现在有紧急任务，要马上离开林城，估计要去好几天。"

江聿声音中前所未有的凝重让傅世槿心中骤然一紧，她忙问："很危险吗？"

"放心，为了你我会保护好自己的。我不在的这几天也会每天抽时间发消息给你报平安的。别担心，照顾好自己。"

可惜男人安慰她的声音并未让傅世槿的心情好转，江聿越是这样说，她越是担心他的安全。因为傅世槿知道，如果只是普通的任务，江聿根本不会跟她提。

"不管怎么样，你要好好保重自己，我等你回来。"

女儿略带沉重的声音让傅妈妈把电视调为了静音，看向女儿的眼神带着几分担忧。

"嗯，我会的。我还要回来和你结婚呢！帮我告诉阿姨一声，等我回来，会带着父母正式登门拜访。"江聿临挂电话的时候，还不忘让傅世槿安抚一下傅妈妈。

他很担心自己突然一走了之，会让傅妈妈误会自己对傅世槿不重视。

"我会告诉她的，你不要把这些牵挂在心上。"

"小槿，我要出发了。"江聿的声音中流露出浓重的不舍。

"嗯。"傅世槿觉得自己的心口有些发酸，闷闷的，强烈的不舍情绪瞬间涌来，让她很不想江聿离开。

可是她不再是任性的年纪了，也理解江聿对这份职业的忠诚。

"保重。"傅世槿再次叮嘱了一声后，两人结束了短暂的通话。

"怎么了？小聿要去哪儿？"傅世槿一挂电话，傅妈妈就立即问道。

挂了电话后，傅世槿的神情还有些恍惚，听到母亲的问话，她也只是下意识地回了一句："执行任务。"

"这，很危险吗？"傅妈妈读出了女儿神色中的担心。

"不知道。"傅世槿缓缓地摇了摇头。

这时她的心情已经平复许多，她转眸将母亲同样担心的神色看在眼底，努力挤出笑容安慰母亲："妈，别担心，他很快就回来了。他还让我告诉你，等他回来就会带上他父母正式拜访你和我爸。"

"哦、哦。"傅妈妈的回答显然有些心不在焉。

傅世槿知道，母亲这是还未放下心中的担忧，她又何尝不是呢？

"凌晨一点二十分，距离我市五十千米外的森林发生大火，在海拔二千多米的森林的火海中……扑火人员在转场途中受瞬间风力、风向突变影响，突遇山火爆燃，多名扑火人员失去联系……灾情紧急，我市连夜抽调近百名城市消防员赶往支援……"傅世槿刚刚走出卧室，就听到了电视里传来的声音。

女主播的声音带着严肃和沉重的感觉，挟着背景音中消防车拉响的警报声，瞬间就侵入了傅世槿的耳朵。

傅世槿心中莫名地有些急躁，她加快了步伐走向客厅。

还未走近，她就看见母亲身上系着围裙，手里端着一个碗站在电视前，专注而紧张地盯着电视里的画面。

看了母亲一眼，傅世槿就被电视里的画面所吸引。

在播报结束后，电视上放出的是森林大火的视频。视频应该是用无人机从高空拍摄的。

绵延的大火不知道烧了多大面积的森林，画面中只能看到狰狞的火焰还有散不掉的浓烟。

"据目前统计，已经有两百多名森林消防员参与此次扑火行动，森林附近村寨的民间消防组织也参与其中，但还是没有有效地控制火势……为了尽快扑灭大火，消防指挥中心向周边多座城市抽调了共计三百名消防员……现场消防总指挥表示，不仅要尽快扑灭大火，还要把失联的三十名消防员一个不落地找回来……"

不知道是不是因为自己的心情，傅世槿从播报员的语气中听出了一丝悲壮意味。

三十名失联的消防员……在这样的大火之中，他们是否还安全？是否还能平安归来？

傅世槿深吸了口气，强行把自己的情绪从那种忐忑不安的状态

444

中抽出来。她走向母亲，才靠近就感觉到了从母亲身上传来的紧张情绪。

"妈？"傅世槿担忧地喊了一声。

她伸手去拿母亲手里的碗，无意中触碰到母亲的手，才感到母亲的手好冰。

"妈，你没事吧？"傅世槿立即紧张起来。

察觉母亲的异样，她才注意到此刻母亲的脸色有些苍白。

"来，先坐下来。"傅世槿拉着母亲来到沙发边坐下。

"小槿，小聿是不是去那儿了？"傅妈妈一坐下来就抓住女儿的手，忐忑不安地问。

那儿？傅世槿看了看电视上还在播放的大火画面，知道母亲所指的地方是哪儿。

"妈，你别紧张，他没有告诉我具体的地点，或许不是吧。"傅世槿也不知道是在安慰母亲还是在安慰自己。

之前接到江聿的电话，她就从他的语气中感受到这一次的任务不简单，但是没有想到他会去这样危险的地方。

森林中大火的蔓延速度可不是城市楼房中的大火可比的。

而且因为森林面积太大，即便大火被扑灭了一次，也很有可能因为还未来得及检查到暗中的起火点或藏在灰烬下的火星而复燃。

江聿在不在现场？答案是肯定的。傅世槿不傻，江聿的突然离开还有在电话里说自己要离开几天无法经常联系的叮嘱，再结合她刚刚看到的新闻，她已经无法心存侥幸了。

只是这些担心不能对母亲说出，因为她能感受到此刻母亲已经被吓到了。

"小聿这工作实在是太危险了。万一、万一要是出点儿什么事，你怎么办？"傅妈妈的脸色依旧很难看。

傅妈妈此刻不光担心江聿的安危，更在意女儿选择了和从事这种职业的人在一起，如果出现万一，女儿该怎么办？

以前傅妈妈只知道消防员很辛苦，工作也危险，却没有想过，消

445

防员要时时刻刻和死神搏斗。

在这么大的火面前，人的力量太渺小了。

"妈，你先别自己吓自己。"傅世槿安慰自己的母亲。

"我——"

"妈，我不是小孩子了，既然答应了江聿的求婚，也就说明我已经把一切都考虑清楚，确定自己能承受任何结果。"傅世槿打断了母亲的话。

她知道自己的老妈要说些什么，可现在她不想听。

"小槿……"傅妈妈满是心疼地看着自己的女儿。

江聿这个准女婿傅妈妈也很喜欢，就是他的工作……可是看到女儿固执的样子，这个时候傅妈妈的确也不好多说什么。

最终，傅妈妈只能叹了口气，对傅世槿说："你自己考虑清楚就好。"说完，傅妈妈起身走进了厨房。

虽然没有听到，但傅世槿还是感觉到了母亲的叹息声。

吃完早餐，傅世槿回到了自己的书房。

客厅的电视画面一直停留在新闻台上，她妈连最喜欢的电视剧都不看了。

书房的门隔绝了客厅里的声音，傅世槿坐在电脑前，却静不下心来做自己的事。

哪怕她多次强迫自己冷静下来，沉浸在创作里，可是写不了几个字注意力又会转移到放在一旁的手机架上的手机上。

江聿为什么还不发来报平安的信息？傅世槿已经记不清楚这是今早第几次问自己了。明明他们分开还不到二十四小时，明明知道他就算报平安也应该是在下午或是晚上，可她就是等不及。

傅世槿靠在椅背上，身体跟着椅子微微摇晃，内心叹了口气。她知道，今天收不到江聿的信息，她恐怕一天就这样了，根本没法进入工作状态。

嗡——忽地，手机发出振动声。

傅世槿直接从椅子上坐起来，伸手抓过手机，速度之快，简直是她平生之最！

手机收到的是一条短信，不是微信，不过发信息的人真的是江聿。

看到江聿的名字出现在自己的手机上时，傅世槿一直悬着的心稍稍落地。迫不及待地解锁手机，她直接滑入了短信界面。

"小槿，我到了，一切平安，安心。"

短信内容只有简短的一句话，没有只言片语提及他在什么地方执行什么任务，四周的环境如何，他只是告诉傅世槿，别担心。

江聿……傅世槿指尖触摸着手机屏幕，想要回些什么话，但最终只回了三个字："嗯，保重。"

接下来的几日，江聿的短信成了唯一能稳定傅世槿的情绪的良药。

家中的电视机中，每日播放时间最长的就是林城的新闻频道，这一场森林大火已经连续燃烧了好几日。

"这火到底什么时候才能扑灭啊？"看着电视里的画面，傅妈妈忧心忡忡地问道。

傅世槿有些无奈地看了母亲一眼，张了张嘴，最终还是没有回话，只是手里拿着手机漫无目的地刷着。

"也不知道小聿现在情况怎么样，这几天吃得好不好，能不能有休息的时间，这大晚上的是不是还在执行任务。"傅妈妈一直在念叨，好像在靠这种行为来发泄自己内心的挂念。

然而傅妈妈说出的这些问题都是傅世槿心中担心的。

可惜傅世槿自己都没有答案，更加无法告诉妈妈答案，好让妈妈安心。

"昨天不是都说灭了吗？怎么突然间又燃起来了？"傅妈妈的视线终于从电视上移到了一旁沉默的女儿身上。

感受到落在自己头顶的视线，傅世槿只能抬头对上母亲的眼睛，道："森林覆盖范围太广，有时候把看得到的火焰灭了，并不代表扑灭了所有的火苗，风一吹，那些树木又都是易燃物，很容易再次引发火情。"

"本台记者在火灾前线发来报道，截至目前我省参与救援的消防员经过夜以继日的努力，终于开辟出一条长约五十千米的隔离带，将大火有效控制在了森林北部……"

傅世槿刚刚解释完，电视机里播报声就传了出来。下意识地，她将目光落在了电视的画面上，企图在前线传来的影像中找到那道熟悉的身影。

只是可惜，短短一分多钟的影像里，傅世槿并未看到他。

失望在眼底缓缓收敛，傅世槿在新闻主播开始播报下一条新闻的时候，笑着对母亲说："妈，换一个台吧，你不是最爱看谍战片吗？"

傅妈妈没有回话。

傅世槿看过去，发现老妈坐在沙发上陷入了沉思。

"妈？"傅世槿又喊了一声。

傅妈妈回过神，眼神却变了，一把拉住傅世槿，语重心长地说："小槿，你看你和小聿的婚事要不要再考虑一下？"

傅世槿皱眉，心中有些不悦，道："妈，你在说什么？"

"妈知道这样说不对，可我是你妈，不能不多为你想想。你看，你和小聿还没有结婚，他的工作性质又是这样，你真的想要过这样提心吊胆的日子？"

"妈，你别太紧张了，这次只是意外，你以为这样大的灾情是天天都能遇上的吗？"傅世槿安慰母亲。

"你这孩子，觉得你妈是那种无知妇孺吗？我这两天晚上老是睡不着，就想着你和小聿的事。是，像这么大的森林大火的确不是经常能碰到的，不过你想想，消防员的工作到底是什么？他们可不仅仅扑火，什么洪涝、山洪、垮塌、爆炸、毒气泄漏、地震……反正，只要是有灾有难的地方，就是他们工作的地方。这样的工作环境下，谁能保证自己每一次都平安？你如果真的和小聿在一起了，看到他受伤不难过？"傅妈妈不想把话说得太难听，只能这样说，知道女儿会懂自己的担忧。

"妈，你不是挺喜欢他的吗？"傅世槿抿了抿唇，看向母亲。

傅妈妈叹了口气，语气中充满了惋惜："我是很喜欢小聿这孩子，也看得出来，那孩子眼中有你，哪怕是在家里，他的眼睛都是随着你移动的。这孩子人也长得好，又懂事，有礼貌，会说话，看上去也是有责任心的，给人踏实的感觉。可他偏偏做着这么一份危险的工作——"

"照你这么说，那全国的消防员、军人和警察都要打光棍了？"傅世槿打断了母亲的话。

傅妈妈眼睛一瞪，道："你瞎说什么？"

傅世槿顺着母亲的逻辑道："本来就是嘛。这些都是高危职业，执法部门每天面对的都是作奸犯科的犯罪分子，女的为了不忧心就不嫁他们了？"

"别人家的女儿我管不了，我只是不希望我的女儿活在提心吊胆中！"傅妈妈有些生气。

"因为一些不知道会不会发生的意外，我就要放弃我喜欢的人吗？"傅世槿认真地看向母亲。

"你！"傅妈妈语塞。

"妈，你一直盼着我结婚，现在我好不容易找到了一个想要嫁的人，你却不同意了？那以后你可别再催婚。"

傅妈妈被傅世槿噎得完全说不出话来。

母女二人沉默了一会儿，傅妈妈才又开口："我是为了你好，也不是说不同意你和小聿结婚，只是让你认真考虑清楚，别将来后悔。"

"我乐意。"

"你说什么？"傅妈妈瞪大眼睛看向女儿，似乎没有听清楚她的答复，又或许是被她坚定、果断的语气给吓到了。

"无论将来如何，我都乐意嫁给江聿。"傅世槿站起来，再次给出了自己的答复，离开客厅，返回了自己的卧室。

目送女儿离开，傅妈妈只能不住地摇头叹息。

傅妈妈希望一切都是自己想太多了，江聿能够平平安安地回来，能够陪伴女儿一生一世。

返回房里关上门，隔绝了一切声音后，傅世槿紧绷着的脊背才放松。她将自己摔在柔软的大床上，闻着皂角的香味，努力让自己平静下来。

她不担心江聿吗？她担心。

她害怕江聿有危险吗？她害怕。

但是她尊重江聿的职业和信仰。这个世界上总要有那么一群可爱又热血的人，给人们带来希望。

嗡——突然，傅世槿的手机传来短信提示声。

她倏地睁开眼睛，盯着手机屏幕。

这是江聿发来的信息。看到屏幕上的显示，傅世槿嘴角忍不住扬了起来，这说明江聿又平安地度过了一天。

解锁读取短信，短信的内容让傅世槿激动得从床上坐了起来，她生怕自己看花眼，还多看了好几遍。

"我大概过两天就能回来。"

回来了！他要回来了！她终于能结束这种担惊受怕的日子了吗？傅世槿双手捧着手机，心中的喜悦让她的双眸中生起一片温热的氤氲水汽。

得知江聿归期的傅世槿，接下来的等待却无比煎熬。

尤其是在这条短信发来后的第二天，江聿就失去了联系，没有再给傅世槿发短信。

这一晚，傅世槿彻夜难眠，不知多少次忍不住想要打电话给江聿，却又放弃——她担心他正在第一线奋力救援，担心自己的电话让他分心遭遇危险。

思来想去，她只能发信息过去，希望江聿在有空的时候能看一下手机，知道她在担心他。

然而她发过去的短信如石沉大海一般，一晚上她都没有收到回复。

怎么了？到底怎么了？联络不上江聿，傅世槿只能期盼能从救灾的新闻中得到些什么安慰。

好在救灾的新闻里虽然没有江聿的消息，却有一条好消息：持续了好多天，反复了好几次的森林大火终于得到控制，多个燃火点被扑灭，救援行动已经到了尾声。

这说明这次灾难真的很快就要结束了。

但同时，也有让人悲痛的消息传来：之前失联的三十名消防员的遗体已经全部被找到，他们在这一次救援行动中全部牺牲。

这三十人中有两个八零后、二十五个九零后、三个零零后。

"据前方记者了解，烈士们的遗体将于明日凌晨一点二十分运回林城，林城将举行大型追悼会，我们一起送英雄回家……"女主播的声音有些哽咽。

一直关注着新闻的傅妈妈叹息了一声，道："都是年轻的孩子啊！"

举国悲痛，这一夜，林城下起了雨。

傅世槿沉浸在悲痛之中，等待着江聿的回信。

她一直等到了早上八点，江聿才回了一条消息："我在省医院，别担心。"

医院！傅世槿心中一慌，匆匆向妈妈交代了一下就飞奔出家门，直奔省医院。

江聿回来了，是不是受伤了？

路上，傅世槿拨打了江聿的电话，可是没有人接。

忐忑中，她觉得二十分钟的路程自己花了好几个小时才走完。

"喂，江聿你在哪儿？"在傅世槿踏入省医院住院部的时候，江聿总算给她回了电话。

"我在第二住院部十五楼。你来医院了？"下意识地回答了傅世槿的问题后，江聿才反应过来。

听出他语气中的疲惫，傅世槿心头揪痛，道："我马上就到，

451

你……疼不疼？"

他为什么会疼？"小槿，我没事，你别慌。"从傅世槿的话中，江聿知道她误会了。

"不管怎么样，见面说。"傅世槿来不及细想，只以为这是江聿的安慰。

匆匆挂了电话后，她直接跑向第二住院部。

叮！当十五楼的电梯门打开，傅世槿走出来的那一瞬间，一道颀长的人影映入了她眼中，让她一怔，站在了原地。

那张脸一如既往地帅气俊朗，眼眸中泛着点点笑意。

虽然他此刻身上的衣服有些脏，手臂和脸颊上也有轻微的灼伤和刮伤，但是无损他出色的外表和气质。

他没事？真的没事？他好端端的，正站在自己眼前！傅世槿突然觉得鼻头一酸，小跑了两步直接扑入了江聿怀中，双手紧紧地搂住他的脖子。

"小槿，我身上脏。"江聿回抱着傅世槿，想要用力把她揉进身体里，又怕弄脏她的衣服。

"我不在意。"傅世槿直接回答，双手的力量不松反紧。

怀中身躯的轻颤让江聿心疼，他低下头，用脸颊贴近傅世槿的头顶，极尽温柔地向她报平安："小槿，我平安地回来了。"

"你骗我，如果真的是平安的，你又怎么会在医院？"傅世槿的声音有些闷。

虽然现在江聿看起来的确不像是有事，但她还是不放心。

"我是送老林过来的。"江聿哭笑不得地解释了一句，又心疼地抱紧她，"怪我没有把话说清楚。"他害她担心了。

"老林？"傅世槿从他怀里抬起头，眨了眨眼，问，"是那位林指导员吗？"

"嗯。"江聿点了点头，终于松开她，转而牵起她的手，带她走进病房区，"收尾的时候，老林受了点儿伤，刚刚做完手术，现在他妻子在陪他。"

452

"严重吗？"老林毕竟是江聿的同事，傅世槿关心了一下。

江聿沉默了一下才回答："还好，是外伤。"

两人走到林致远所在的病房门口，并未推门进去，而是站在外面，透过门上的玻璃窗看向里面。

傅世槿看见洁白的病床上平静地躺着一个男人，而在男人身边，有一个年轻的女人正细心地照顾着他。

"麻醉的效果还没过，老林还在睡。"江聿解释了一句。

"我们不进去吗？"傅世槿询问他。

江聿摇了摇头，道："我们就不去打扰他们夫妻了。"

傅世槿点了点头。

两人牵着手走出住院部，朝着医院外走去。

"你身上这些伤没事吧？要不要去买点儿药或者找个医生看看？"傅世槿看着江聿身上的伤痕问了一句。

江聿笑着摇头，道："都是小伤，过几天就没事了，我早就习惯了。"

傅世槿认真地看了一下，江聿的确没有受什么严重的伤，也就没有强求。

"危险吗？"傅世槿突然问。

江聿知道她问什么，握着她的手回答："还好。我们是城市消防员，去支援也只是在外围策应，最危险、最严重的地方都是森林消防员去的。"

傅世槿听到他这么说，心中松了口气。

"小槿。"江聿突然叫住她。

傅世槿抬眸应了一声，眼神有些疑惑。

手被江聿握紧，她能感觉到男人有话想要对她说。她问："怎么了？"

江聿认真地看着她道："我的工作注定带有危险性，我能做的是尽可能地保护自己的安全，却也无法做到万无一失。你还愿意嫁给我吗？"

傅世槿听出了他话中的忐忑和紧张之意，逗他："现在反悔还来得及吗？"

"来不及了！你这辈子是我的，别想逃！"江聿直接将她拉入怀中，额头抵着她的额头，霸道地说。

"嗯，那我就不逃了。"

十天后。

奶茶店里，傅世槿坐在靠窗的位置，双手飞快地在笔记本电脑的键盘上打着字。

突然，一杯奶茶被放在了她手边。她抬起眼眸看向江聿，露出笑容，道："谢谢。"

"再过半个小时，我去接我爸妈去饭店。"江聿温柔地看着她，嘴角一直噙着笑容。

傅世槿看了看时间，道："我爸妈自己过去。"

"这样不好，我一会儿顺便把叔叔、阿姨接了。"江聿说完，走到她身后，看了一眼她的电脑。

傅世槿慌忙把电脑合上，阻止他的窥视。

"在写什么，还这么神秘？"江聿的好奇心被勾了起来。

傅世槿一只手压着电脑，转过身抬起头看着他笑道："我在写……《我的消防员先生》。"

（正文完）

属于我们的婚礼

江聿和傅世槿的婚期在两家商议后定在来年的三月份，春暖花开的日子。

在两家父母见面并决定了婚期问题的第二天，江聿特意请了假，带着自己的银行卡和傅世槿去看了房。

"我想给你一个家。"在傅世槿问为什么的时候，江聿是这样回答的。

虽然傅世槿自己有房子，但江聿还是希望准备一套婚房，里面的一切都由他们两人亲自布置。

傅世槿欣然接受了他的心意，花了好几天与江聿一起商量婚房的事宜。

好在林城的房价还不算离谱，江聿这些年的积蓄在扣除了婚礼的必要花费之后，还足够承担婚房的首付。

十二月初，他们拿到了现房的钥匙。设计团队立即进入，按照小两口的想法开始对这套一百九十平方米的复式房进行装修。

婚房在装修，婚礼的一切事宜也在两家长辈的帮助下井然有序地准备着。

林城多山，森林茂密，三月又是花开的季节，再加上江聿的职业因素，最终傅世槿敲定了绿色婚礼的主题，仪式会在森林公园里举行，带着森系梦幻的感觉。

秦柔柔在知晓傅世槿的婚事后，积极地参与进来，还想和她一起举办婚礼。

"我是没意见，就看你那边怎么样。"傅世槿道。

秦柔柔对傅世槿说起这个事的时候，傅世槿心中还蛮期待的，和最好的闺密同一天举办婚礼不是另一种浪漫吗？

秦柔柔兴奋得尖叫，挂了电话就去找邵中台商量。后者一向以秦柔柔马首是瞻，自然不会有二话。

原本这事能成，结果在秦柔柔的母亲那里受了阻。老人家的想法和年轻人的想法不一样，在他们看来，儿女的婚事是一辈子的大事，那一天是女儿最幸福的日子，怎么能和别人一起办婚礼呢？

而且这样一来，邀请宾客也不方便，四家人的亲戚、朋友都凑在一起，那得多大的场面？说不定还会出乱子。

所以在秦柔柔的母亲的坚决反对下，秦柔柔只好放弃了这个打算。

不过也是因为江聿和傅世槿确定了婚期，所以秦柔柔和邵中台那边见父母的情况也异常顺利，最终他们的婚期就比傅世槿和江聿晚了一个多月，婚礼在劳动节假期之后举行。

两个准新娘一边忙着筹备自己的婚礼，一边还不忘给自己闺密的婚礼出主意，简直忙得不亦乐乎，把她们的未婚夫都冷落在了一旁。

江聿还好，本来因为职业就注定和傅世槿聚少离多，被冷落了也不会不习惯。但邵中台就不一样了，自从被冷落后，隔一天就给江聿打电话吐槽，江聿都是一笑了之。

时间转眼就到了农历新年。

因为傅世槿和江聿的婚事，江聿的父母决定今年就在林城过年，一方面方便和亲家商量婚礼的事，另一方面也能离儿子近一点儿。

亲家都来了，傅世槿的父母自然也来了林城，就住在傅世槿家里。

家里只有一间客房，住不下两边的父母，还好邵中台在林城买了房子，江聿的父母就暂住在邵中台那里，也算方便。

不过年三十这一天，两家决定好，就在傅世槿的房子里过。

一大早，傅世槿就把江聿的父母从邵中台家接了过来。

"新年快乐啊，亲家！"一进门，四位老人就相互打着招呼，每个人脸上都笑意盎然，充满了新年的喜庆劲。

傅世槿作为家中唯一的小辈，看着四位老人和睦相处，嘴角也扬起笑容，心中暖暖的。

厨房里，傅妈妈和江妈妈一边聊着傅世槿和江聿小时候的窘事，一边准备年夜饭。两位爸爸则在客厅对弈，黑、白子在棋盘上猛烈厮杀。

傅世槿想去厨房帮忙，却被自己的老妈嫌弃碍事，推了出去。

没办法，她只好偶尔给两位爸爸添添茶、递个水果，反正就是给自己找点儿事做，别让自己显得太没用。

下午五点，年夜饭准备好了，饭菜将整张餐桌都摆满了，香味勾人。

"好啦、好啦，准备开饭了！"傅妈妈扯着嗓子喊了一句。

两位爸爸立即停手，笑呵呵地站起来，洗了手坐在餐桌旁。

傅世槿开了一瓶红酒，给四位长辈都倒了些，最后给自己倒了一杯，坐下来举杯对四位老人道："祝爸爸妈妈、叔叔阿姨新年快乐，希望你们身体倍儿棒，福乐安康！我和江聿敬你们一杯！"

傅世槿长得漂亮，气质又好，也会说话，对长辈也尊敬，江爸爸和江妈妈心里对这个儿媳妇是万分满意的。在傅世槿说完之后，两人对视一眼，含笑举杯。

五个人将杯子轻碰在一起，发出一声脆响，一起说了声"新年快乐"，然后都饮了一口红酒。

把杯子放下后，傅妈妈忍不住叹了口气，道："这是咱们两家第一次一起过年，什么都好，就是少了江聿这孩子。你们说，这大过

457

年的，江聿他们还要值班，不能跟家人团聚，真是太辛苦了，让人心疼。"

想起自家儿子的特殊工作，江爸爸和江妈妈也是感慨万千。他们也心疼儿子，可是有什么办法呢？儿子选择了这个职业，就必须牺牲一些东西，这些年他们都习惯了。

"你看看你，以后有的是机会，你还怕不能一家人团团圆圆地过个年？"傅爸爸埋怨了一下傅妈妈。

傅妈妈也没有和傅爸爸生气，笑着叫大家吃菜。

傅爸爸对傅世槿道："你吃快点儿，然后把饺子和菜给小聿送去，别让他饿着。"

"好。"傅世槿微笑着颔首。

江妈妈心疼儿媳妇："不急、不急，慢点儿吃，好好吃。他们中队的食堂肯定准备了年夜饭，饿不着他。"

"嗯。"傅世槿笑容中带着点儿羞涩，有些不好意思。

看着未来亲家母这么心疼自己的女儿，傅妈妈眼中的笑意都快溢出来了。

"哎？给小聿准备的吃的都分出来了吧？可不能让孩子吃咱们吃剩下的。"傅爸爸突然向傅妈妈发问。

傅妈妈瞪了傅爸爸一眼，道："这还用你交代？等你想起来这些，黄花菜都凉了。放心吧，早就分出来了，放在了保温饭盒里。"

一顿饭吃得十分热闹，傅世槿拎着保温饭盒出门的时候，四位老人正吃得兴起。

他们是同一个年代的人，喝了点儿酒，更有话题了。

江聿接到傅世槿的电话后就一口气冲到了大门口。隔着大门，他看到了站在寒风中窈窕纤细的身影。

女人穿着白色的长款羽绒服，衣摆一直延伸到脚踝上面的位置，里面穿着酒红色高领针织长裙，腰间系着一根造型独特的装饰皮带，脚下是一双黑色的过膝长靴，打扮得时尚、大方，为单调的冬日添了几分颜色。

她的瓜子脸上描绘着精致的妆容，红唇雪肤，长鬈发慵懒地披在身后。在看到江聿出现的那一刻，她嘴角绽放出一个动人的笑容。

这一抹明媚的笑容感染了江聿，让他嘴角抑制不住地上扬。

两人目光交会的瞬间，彼此的笑容又加深了几分。

快跑了几步，江聿站在傅世槿面前问："怎么过来了？"傅世槿之前根本没有说过今天会过来，他还以为要等明天交班了才能见到她，现在思念的人突然出现在眼前，实在是太惊喜了！

"四位家长担心你没有年夜饭吃，让我给你送过来。"傅世槿含笑将手中提着的两个六层保温饭盒亮出来。

这时江聿才注意到傅世槿手中还提着保温饭盒。

"我怎么会没有年夜饭吃？这么冷的天，你何必跑一趟？"江聿见到傅世槿心中欢喜，却又心疼她在冬天里跑这一趟。

将傅世槿手里的保温饭盒接过来，江聿自然地牵住了傅世槿的手，把她往中队里带。

"哎！"傅世槿拉了拉江聿，在他回眸看过来的时候指着其中一个保温饭盒道，"这个是给你的战友们的。"

江聿笑了，是傅世槿最喜欢的那种温暖的笑容。

他看向站岗的队员。后者早就看到了自家中队长和一个美女卿卿我我，却一直绷着，只敢偷偷地望着。

"别偷看了，过来把这保温饭盒送到食堂去。"江聿好笑地戳穿那名队员。

"是！"队员挺直身板，快步跑来接过保温饭盒，又笑眯眯地对傅世槿喊了句："嫂子新年好！"

这一声"嫂子"让傅世槿脸上飞起了红霞。

见傅世槿露出娇羞的模样，江聿一个侧身，占有欲极强地挡在她前面，笑骂道："还不快滚。"

"是、是、是！"队员跑得极快，好像后面有狼在追一样。

"这小子。"江聿摇头失笑，牵着傅世槿继续往前走，"我带你去宿舍暖一暖。"

傅世槿没有说话，任由江聿牵着。

很快，江聿的未婚妻来消防队的事就传遍了整个中队。只不过人被江聿直接带到宿舍去了，他们这些大老爷们儿也不好意思扒着窗户偷看。

傅世槿也是第一次进到消防队里，虽然之前听江聿说起过，但是亲眼见到这个消防中队的规模，还是有些吃惊：这里真的好小！

江聿把保温饭盒打开，里面有几道江聿爱吃的菜，一看就是出自江妈妈之手，还有一层是热气腾腾的饺子，这是傅妈妈包的。看到这些熟悉的菜肴，江聿心里暖暖的。

视线从保温饭盒上移开，江聿就看到傅世槿站在窗前不知道在看些什么。

"在看什么？"江聿走过去，伸出双臂从后面抱住她，将她纳入怀中。

傅世槿靠在他温暖而宽阔的怀抱里，笑了笑，道："在看你平日生活的地方。"是的，这里是江聿生活的地方，而江聿工作的地点是每一个需要消防员帮助的现场，工作内容是一次又一次的救援任务。

"是不是很小？"江聿笑道。

傅世槿扬了扬眉，含笑点头。

"快去吃饭，别放凉了，都是父母的一番心意。"傅世槿推了推江聿的胳膊。

江聿笑了笑，听话地松开她，转身走到桌前坐下，拿起筷子吃起来。

傅世槿站在窗边看了外面一会儿，新鲜感过了之后，转过身靠着窗户，看着江聿吃东西。

江聿吃饭很快，可能是因为职业需要，不过一会儿一半以上的菜就进了他的肚子。

"你吃慢点儿，别噎着。吃不完就算了，别撑着。"傅世槿好笑地道，走过去贴心地给他倒了一杯水。

"谢谢。"江聿接过水杯，仰头对她一笑。

"你先坐，我去把它们洗干净。"把傅世槿带来的保温饭盒里的菜和饺子吃得干干净净后，江聿站起来收拾。

"我去吧。"傅世槿主动道。

江聿却舍不得让她动手："大冷的天，你不要碰水了。再说，你对这里也不熟悉，知道去哪儿洗吗？"

傅世槿动作一滞，想了想，江聿的房间是带独立卫生间的，但是应该没有洗洁精，所以要洗的话，恐怕要去楼下的食堂。

一想到食堂里可能还有不少人，傅世槿就怵了，果断地点头道："嗯，那你去吧，我在这儿等你。"

"等我。"江聿觉得她这样子可爱极了，忍不住伸手揉了揉她的头，才拎着保温饭盒下楼。

并未让傅世槿等多久，没过几分钟，江聿就拎着洗干净的保温饭盒上楼了。

在江聿回来之前，傅世槿仿佛听到了从楼下传来的嬉闹声，听不清他们在说什么，但能感觉到气氛不错。

"等久了吧？"江聿推门进来，手里拎着两个保温饭盒。

傅世槿摇头道："才几分钟。"

"我怕你觉得无聊。"江聿把保温饭盒放在桌上，走过去坐在傅世槿身边，伸手将她的手握在掌中，"着急回去吗？"

傅世槿微笑着摇头。

家里四个老人并不需要人陪，对春晚她也不是很感兴趣，来的时候她就已经跟母亲说过，会晚一些回去。

小两口要凑在一起培养感情，傅妈妈自然不会拒绝，只是叮嘱如果回来得太晚了，就让江聿抽时间把她送回来。

"那就陪我坐一会儿？"江聿将她的手握得更紧了些。

傅世槿装模作样地考虑了一下，在江聿的期待中点头道："嗯，我可以陪你守岁。"

江聿眸中一亮，显然对傅世槿的话感到惊喜。

激动得他一时之间不知道该如何是好，慌忙站起来松开傅世槿的手道："我下去给你弄些吃的来。"

"不用了，我不吃。"傅世槿拉住他，免得他跑来跑去地折腾。

江聿被拉得坐下后，傅世槿才笑道："我就这样陪着你好不好？"

"好！"当然好！江聿心情很激动，整颗心都被傅世槿的温柔包裹着，暖暖的，感受不到冬日的寒冷。

楼下不时传来其他消防员的欢闹声。他们知道中队长的女朋友来了，也没有上来打扰，留给二人一片清静的空间。

天色渐黑，电视机里春晚的声音也隐约传来，消防中队里的年味正浓。

江聿的宿舍里十分温馨、宁静。

"以前你们都是这样过年的吗？"傅世槿背靠在江聿怀中，被他的体温包裹着，十分舒服。

"嗯。"

男人的声音从头顶传来，因为和他挨得近，傅世槿还能感受到他的声带连带着胸腔的振动。

"每到过年的时候，都是我们最忙也最不能松懈的时候，所以基本上没有人能放假回家，只会根据情况调整班次轮休。"

"我知道，春节期间，烟花爆竹容易引发火灾。"傅世槿抬起头从他的下颌看上去，语气中藏着一丝得意。

从这个角度看他都这么好看，江聿的颜值真的很高！傅世槿在心中赞叹了一声。

一想到这样的男人是属于自己的，她心里就美滋滋的。

"聪明。"女人一副求表扬的样子让江聿忍不住想笑，他伸手在她的鼻尖上轻轻地捏了捏，终究还是不舍得用力，怕伤了她。

"不过这些年大家的消防安全意识提高了不少，所以意外发生的频率也就降低了些。"江聿道。

傅世槿却叹气道："哪怕发生意外的可能性降到了百分之一，你们还不是一样要二十四小时待命？因为你们的使命中，是不允许那百分之一的情况出现的时候你们却不在的。"

为了那百分之一的可能性，他们也要坚守每一分每一秒，时刻准备着。

江聿笑了起来，笑声让他的胸腔振动不已。

傅世槿背部紧贴他的胸口，一时有些脸热，绯色蔓延到了耳根。

"是啊！因为那百分之一可能就意味着一条生命的消逝，意味着一个家庭的破碎，意味着一家企业的财产损失。"江聿收紧双臂，将傅世槿抱得更紧。

这一次的春节是他这些年最幸福的时刻，因为在他为了使命而坚守岗位的时候，身边有一个人陪着他，理解着他。

"你有没有想过，如果有一天这个世界不再需要消防员……"两人没看春晚，随意地闲聊着，傅世槿的想法开始天马行空起来。

江聿静静地听着她的话，也不取笑。等她说完后，他才缓缓地开口："如果有一天这个世界再也不需要我们，我会觉得很开心，因为那意味着大家的生活中已经不会再出现意外，每个人都能很幸福地与家人、爱人、朋友们在一起。"

"扑哧！"傅世槿忍不住笑了。

江聿低头看她，好奇地问："你笑什么？"

傅世槿摇头，双手搭在江聿的手上，道："我只是在想象那样美好的世界。"

因为她的话，江聿也笑了起来。

两人就这样有一搭没一搭地闲聊着，倒也不觉得时间难过。等到窗外响起鞭炮声，两人才被惊醒。

"这么快就晚上十二点了吗？"傅世槿惊讶地从江聿的怀中站直。

江聿也没想到时间会过得这么快。

他看了看时间，发现离晚上十二点还差几分钟。林城这边的人过年会有抢财门的说法，意思就是在大年三十守岁到午夜十二点的时候，放鞭炮开财门，谁家的炮响得最早，谁家在新的一年里就会发大财。

所以尽管现在全国很多地方禁放烟花爆竹，但是在过农历新年的时候，还是会划出一些特定的区域，提供给市民放烟花爆竹。

此刻窗外响起的鞭炮声，恐怕是因为一些心急的人家等不及晚上十二点就先放了。

啾——砰——伴随着一声声炸响，绚丽多彩的烟花在夜空中盛放。

站在窗边，看着夜幕中璀璨盛放的烟花，傅世槿忍不住激动起来。

突然，她感觉到自己的双耳一热，微微转头，看向身后的男人。他温热的双掌将她的耳朵捂住，把大部分的鞭炮声隔绝在外，让她只用欣赏烟花的灿烂而不用承受噪声的污染。

"我又不是小孩子。"傅世槿娇嗔地道。

江聿却一本正经地道："我喜欢把你当作小孩宠。"

猝不及防的甜言蜜语击中了傅世槿的心脏，让她浑身的血液都加速流动，体温升高，心脏也不受控制地剧烈跳动起来。

傅世槿拿嘴里抹了蜜的江聿最没办法，只能娇羞地瞪了他一眼，不再理会他，专心地欣赏窗外的美景。

"新春快乐！"江聿附在傅世槿耳边说话，"小槿，我希望未来的每一年，都和你，和我们的孩子、我们的父母一起度过。我希望，为了我，你要拥有一个健康的身体，这样我们才能手拉着手，一起慢慢变老。"

傅世槿觉得自己的脸更烫了，衣服下的皮肤几乎要烧起来。窗外的那些绚丽烟花似乎也因为江聿的话而更加璀璨了。

春节七天假，江聿只完整地轮休了一天，其余的时间都待在消防中队里。就这一天，还是因为老林知道他的父母在林城，所以逼着他休息的。

　　好在如今林城各个小区里都设有消防小队，大家的消防安全意识也有所提高，所以这几天里虽然有小意外，却都影响不大。

　　对光明区第三消防中队的全体消防员来说，这是一个轻松的年。

　　初七的时候，江聿的父母就暂时回老家了。这是婆媳妇，虽然儿子、儿媳把家安在林城，但是老家那边他们也需要准备一些东西，还有亲戚、朋友什么的也要通知一下。

　　傅世槿的父母亦然。

　　两家商定好，林城这边宴请的主要是傅世槿和江聿的朋友、同事，两家的亲戚能来则来，不能来的也没关系，他们会各自在老家再办几桌酒席，答谢亲朋。到时候傅世槿和江聿有空就回去和亲戚们见个面，没空也没关系。

　　四位老人的离开并不影响婚礼的筹备。

　　婚房正在加紧装修，已经到了收尾阶段。家具、软装什么的，傅世槿能看着，反正她时间自由，这段时间把精力都投入了自己的婚礼筹备上。

　　婚礼仪式方面由专业的婚庆公司负责，她也就是前期和策划师沟通的时候比较消耗精力，现在基本上没有什么大问题了。

　　剩下一项比较重要的事，就是她和江聿的婚纱照！

　　拍婚纱照的照相馆是傅世槿和秦柔柔一起选择的，因为秦大小姐说了，虽然不能一起举行婚礼，但婚纱照可以在一家拍，一起拍。

　　对此，傅世槿自然没有拒绝的必要。

　　而且有秦柔柔陪伴，也能让江聿对不能陪伴在傅世槿身边的歉疚感得到一丝缓解。

　　"这一家我看了好久，真是好不容易才预约到的档期！"秦柔柔挽着傅世槿的手，走进一家专门拍婚纱照的工作室。

工作室的员工立马迎了过来，将两人带到会客室中坐下。

"是傅小姐和秦小姐吧？"客服经理翻看了预约记录后，开始与两人交谈，"我看了两位的婚期，按照我们工作室的拍摄和后期制作流程，你们的婚纱照最晚要在下周内拍完，所以这一周内咱们要确定好风格、选好婚纱的款式还有所要拍摄的套餐。当然，秦小姐的婚期要晚一些，所以时间上还算充裕。"

傅世槿倒是没想到拍婚纱照需要花这么久的时间，只是想着过完年再拍，天气没那么冷，出外景的时候也不会是一片荒凉的景象，却没想到差点儿就赶不上了。

"最好是我们俩一起拍，当然如果你们工作室的人员分配不过来，我也可以晚一些，先拍她的。"秦柔柔立即表态。

"好。"客服经理表示明白，然后又问，"那两位小姐，你们对自己的婚纱照心里预估的价位是多少，有没有比较偏爱的风格？我可以根据你们的需求，向你们推荐适合的套餐。"

三人坐在会客室里讨论了差不多一个小时，才把大致的风格确定。

傅世槿本身就不是一个喜欢拍照的人，所以选择的套餐是内外景包含六套礼服的。秦柔柔则与她不同，特别喜欢拍照，所以选了八套礼服的套餐。

把大致的情况了解得差不多了，客服经理对两人说："除了穿婚纱的那一组照片外，其他的几组照片我们的设计师都会与摄影师根据你们的要求，设计出独属于你们自己的拍摄环境，所以需要一点儿时间。现在我可以先带两位去挑选婚纱，过两天我们工作室出好拍照主题后，再约二位商议细节。"

秦柔柔选中这一家工作室，就是看中他们会为客人量身打造主题风格这一点，自然不会有异议。

三人来到婚纱区，各式婚纱挂在衣橱里，向两人展示着。

"哇！好漂亮啊！"秦柔柔简直看花了眼，在衣橱间转来转去，无法下定决心。

傅世槿则比秦柔柔要淡定许多——眼前的婚纱款式虽然很多，但是她只需要挑出最让她心动的那一件就好。

　　两人专心地在婚纱区挑选婚纱，也没有注意到客服经理在那边一直打着电话。

　　过了大约十分钟后，客服经理主动走到傅世槿身边轻声道："傅小姐，因为你的案子比较急，所以刚才我已经把你这边的要求都提交给了我们的设计师和摄影师。负责您和您先生婚纱照的两位老师实力都很强，他们在听说您的婚礼是森系风格后，又知道您先生的职业是消防员，所以想问一下您，外景的主题可不可以把森系和消防的元素结合起来？如果您没有问题，他们就按照这个思路去设计了。"

　　傅世槿眨了眨眼。她一向很尊重专业人士的建议，而且他们提出的这个思路让她眼睛一亮，心中隐隐有些期待，所以没有多犹豫就点了头。

　　两人从工作室里出来时，天色已经黑了。

　　"啊！结婚好累啊！"秦柔柔站在傅世槿身边，伸了个懒腰。

　　傅世槿笑秦柔柔："这就觉得累了？那你还选了八套礼服。"

　　"那不一样！结婚照可是一辈子只拍一次的，当然要拍够本啊！"秦柔柔理直气壮极了。

　　"那你还喊什么累？"傅世槿白了秦柔柔一眼。

　　秦柔柔挽着她的手臂撒娇："哎哟，我就是吐槽嘛！不过你后面选的那件婚纱真好看，简单优雅，真是与其他的'妖艳贱货'不一样啊！让我没想到的是，你居然还选了一套古装的凤冠霞帔！"

　　"你不是也选了？"傅世槿觉得好笑。

　　秦柔柔道："我那是看到你选了，觉得好漂亮，所以才跟着选的。"

　　两人边走边说，聊着结婚的细节，聊着筹备婚礼烦人的琐事，又聊到一些两人都认识的朋友近来的生活。

一起吃过晚饭后，两人才分道扬镳。

一切都在有条不紊地进行着，而傅世槿和江聿的婚期也在一天天地接近。

傅世槿做事一向干脆利落。在选定婚纱的两天后，工作室那边提交了拍照主题，傅世槿认真看过后，又提了一些细节上的小意见，修改了一次，然后就敲定了方案。

预留了四天的时间作为拍摄道具的准备还有摄影师采景的时间，傅世槿和工作室人员把拍摄婚纱照的时间敲定在下周二，为期两天，一天拍内景，一天拍外景。

因为拍外景对光线有一定要求，所以到时候看天气，两天时间里如果第一天的天气适合，他们就会先拍外景。

傅世槿这边跟工作室确定好拍摄时间后，就给江聿打了电话。

"下周二、周三，你抽得出时间吗？"傅世槿有些担心地问。

江聿反过来安抚她："我来安排，你不用担心。"

"嗯，如果实在不行也没关系，我会和工作室重新约定时间，你不用太勉强。"傅世槿又道。

江聿却保证道："这么重要的事，我是不会失约的。"

得到江聿的保证后，傅世槿安心了很多，继续专心地筹备婚礼。

为了确保下周拍摄婚纱照的时间不出意外，江聿特意调休，牺牲了周末的休息时间，把拍婚纱照的时间腾了出来。

很快就到了周二，两人拍婚纱照的日子。

这天的天气不错，老天赏脸。

一大早，傅世槿还没出门就接到了工作室的电话，说摄影师决定先拍外景。

于是等傅世槿在工作室把基础的妆容化好后，一群人就浩浩荡荡地驾车去了郊外之前设计师取景的地方。

摄影师选择的拍摄地点恰好就是傅世槿和江聿举办婚礼仪式的那个森林公园，只是位置不一样。

下车后，摄影师和助手忙着搭景，服装师拿出江聿的礼服给他换上，化妆师在给傅世槿补妆。

"姐，哥长得真帅！对你又这么温柔，你真有福气！"负责化妆的小姑娘一边给傅世槿调整妆容，一边羡慕地道。

傅世槿看了她一眼，猜测她的年龄也就二十岁出头的样子，笑着道："谢谢，以后你也会找到一个疼爱你的好老公。"

小姑娘被说得有些害羞，嘴角又抑制不住地上扬。

两人这一拍，就拍了一整天，也让傅世槿充分体会到了一点——拍照真的是个体力活。

拍摄外景部分他们需要换三套礼服。第一套礼服是中规中矩的，傅世槿的是前短后长的鱼尾抹胸婚纱，鬈发披肩，用鲜花装饰，江聿的也是修身的西装。两人牵手在林中游玩，时而回眸一笑，时而亲密拥吻。

但是到第二套的时候，服装风格就变了。

江聿换好第二套服装走出来的时候，傅世槿一愣，眼睛差点儿瞪出来。

感受到她的目光，江聿耸了耸肩，无奈地一笑，似乎是在对她说这都是摄影师的主意。

江聿的第二套服装是消防训练裤搭配上身的黑色背心。背心将身上的肌肉暴露出来，简直荷尔蒙爆棚，而他手中还拎着一个灭火器。

傅世槿表示看不懂。

之前讨论方案的时候，摄影师可没仔细提过这些。

"来、来、来，新郎、新娘过来准备了啊！"摄影师已经准备好。

傅世槿只好走过去，靠近江聿。她的第二套礼服是短款的，笔直修长的双腿裸露在外，身上的裙子泛着淡淡的粉色。她站好之后，摄影助理过来，拿着一块白纱，将傅世槿整个人笼罩。然后旁边的鼓风机一开，白纱起舞，傅世槿冷得打了个激灵。

"新郎就站在这里，举起灭火器对着新娘的头顶喷！"摄影师对江聿道。

江聿按下手中的灭火器，里面喷出的却是一片片花瓣和金粉。

傅世槿因为这个惊喜而仰头的瞬间被摄影师完美地记录了下来。

为了贴合主题，摄影师准备了很多小道具，很好地把江聿的职业特点镶嵌在了照片里。

一直到天黑，把最后一组"暗夜精灵"拍完，一行人才收工。

第二天拍室内景的时候，傅世槿觉得自己的表情都有些麻木了。

拍完婚纱照，后期的选片、制作基本上是工作室的事，傅世槿只负责选照片就好了。江聿则又回到了自己的工作岗位上。

举办婚礼的时间越来越近，离婚礼开始还有十天的时候，两人的婚房才紧赶慢赶地收拾出来。

婚礼倒计时第三天的时候，傅世槿和江聿抽空一起把新出炉的婚纱照挂在了婚房中。

时间一晃便到了婚礼当日。

秦柔柔作为傅世槿的伴娘简直兴奋得不行。

按照婚礼的安排，吉时一到，江聿就要带着他的伴郎团到傅世槿现在住的房子里接亲，把新娘接到婚房，中午他们去森林公园举办仪式，下午就回订好的酒店开席。因为把仪式和婚宴分离，所以下午的婚宴上就只保留了拍照和敬酒的环节，再之后的闹洞房什么的，就看气氛了。

凌晨三点，傅世槿就开始梳妆打扮。

秦柔柔还有傅世槿的两个表妹都是伴娘，她们围着傅世槿，看着化妆师给她化妆，叽叽喳喳地说个不停。

"小槿你激不激动？会不会害怕？"作为准新娘的秦柔柔在傅世槿化完妆后挨着她坐着，小心翼翼地问道。

傅世槿看了秦柔柔一眼，调侃道："怎么，你恐婚啊？"

"没有！"秦柔柔别扭了一下，嘀咕道，"就是好奇嘛。"

"有什么可好奇的？你不也马上就结婚了？"傅世槿笑秦柔柔。

"哎呀，你讨厌啊！"秦柔柔脸上一红。

秦柔柔平时大大咧咧的，没想到快结婚了反而害羞起来。

"姐，你的鞋藏在哪儿？"傅世槿的大表妹拿着一只婚鞋走过来。

傅世槿不在意地道："随便吧。"

小表妹立马道："怎么能随便呢？必须让姐夫好好找找才行。"

傅世槿摇头浅笑，道："你们两个鬼精灵，是不是憋着什么坏主意？"

"什么嘛！我们可是温柔善良的小公主啊！"小表妹嘟着嘴，五官精致可爱。

秦柔柔站在她们一边，道："小槿你就不要管了，总之我们一定会让江聿知道，他是好不容易才娶到了你。"

早上五点四十五分，吉时一到，江聿就带着伴郎团敲门了。

充当伴郎的人，除了邵中台之外，就是江聿队上的那些消防员小伙了。

第一道门，都是老一辈的亲戚守着，没怎么为难就让江聿他们进了门。但是在傅世槿的卧室门口，他们遭遇了阻拦。

"柔柔，你看时间不早了，还是放我们进去吧。"邵中台手里拿着红包，往自己媳妇怀里塞。

"那可不行，我们小槿可没那么容易娶到手，是不是啊，姑娘们？"秦柔柔红包照收，却不让开门。

江聿笑道："要怎么做你们才开门？说说看。"

秦柔柔笑眯眯地叉着腰道："我也不为难你们，五百个俯卧撑走一个。"

"五百个？"邵中台觉得自己双腿发软。

秦柔柔挑眉道："你们不都是消防员吗？平时训练那么辛苦，总共做五百个俯卧撑不难吧？"

一听是总计五百个俯卧撑，根本不用江聿招呼，伴郎团里的消防员们齐刷刷地往地上一扑。

"慢着！"秦柔柔却突然叫停，露出一抹坏笑，"来几个人，坐在几个小哥哥背上。"

江聿双手撑着地，抬头对秦柔柔笑道："我就免了吧，怕我家小槿吃醋。"

"咦！我拒绝这碗'狗粮'。"但秦柔柔也没有让人坐在江聿身上，主要是怕把他身上的衣服弄皱了，有损新郎的形象。

这加大难度的俯卧撑并没有难倒消防员小哥哥们。

等他们轻松过了第一关，傅世槿的大表妹就笑眯眯地捧着一玻璃瓶的黑色不知名液体出现了。

"我的天！这是花瓶吧？"邵中台震惊了。

"这里面装的是什么？"有名消防员问。

大表妹喜滋滋地介绍："这是我们为你们用心酿制的美酒，里面可是混合了好几种酒还有饮料。"

"还有酱油、醋、辣椒油。"小表妹坏笑着补充。

几个连火海都不怕的大老爷们儿默契地向后退了一步，脸上写满了拒绝。

"你们太狠了！"邵中台悄悄地躲到秦柔柔身边，对江聿深表同情。

江聿微笑着接过花瓶，转身面对他的战友们。

"头儿，本是同根生，相煎何太急啊！"有人都快哭了。

江聿深吸了口气，认真地道："为了我的幸福，兄弟们的这份情，我记住了！"

最终，可敬可爱的消防员战士们还是"面无惧色"地把这一瓶液体喝了下去。

又过了一关，江聿离傅世槿的卧室的房门又近了些。

"还有考验啊！"秦柔柔玩得起劲。

江聿却道："秦大小姐，你可别忘了下一个结婚的是你。"

秦柔柔在他这充满威胁意味的话中一抖，立即叛变："啊啊啊！

吉时快到了，开门开门！"

"柔柔姐，不带你这样的啊！"

傅世槿的两个表妹不服，却挡不住消防员小哥哥们的热情。

卧室门被冲开，江聿一进去就看到傅世槿穿着洁白的婚纱坐在床上，手里拿着本应该被藏好的鞋，笑吟吟地看着他。

跟着进来的两个表妹面面相觑：算了算了，新娘都叛变了，她们还堵什么门？

江聿单膝跪在傅世槿面前帮她把鞋穿上后，将她抱出了卧室。

两人在客厅给傅世槿的父母长辈敬了茶后，傅世槿的堂哥将她背到楼下，送上了婚车。

成功接到媳妇，江聿脸上的笑容再也藏不住了。

下午一点，森林公园。

早就已经布置好的婚礼现场美轮美奂，主色调为白色和绿色，结合森林公园的背景，清新、自然。

搭好的仪式台两边已经坐满了江、傅两家的亲朋，他们将在这一天见证和祝福江聿和傅世槿的结合。

婚礼仪式上一切都很顺利。

傅世槿挽着父亲的手，沿着铺满花瓣的路，走向前方等待她的江聿。

傅世槿每迈出一步，脑海中就闪过一幕与江聿在一起的画面。当她来到江聿面前时，脑海中的画面定格在眼前这个男人向她求婚时的那一幕上。

"我把我最珍爱的女儿交给你了。"傅爸爸握着傅世槿的手，神情复杂地对江聿说。

养了那么多年的小公主，今天终于要成为别人的新娘，傅爸爸心中欢喜之余也有些难过，连带着今天看江聿这张脸都没那么喜欢了。

"爸，您放心。您没有少一个女儿，而是多了一个儿子。我会用我的生命来珍爱小槿一辈子。"江聿面对傅爸爸认真地做出了自己的承诺。

傅爸爸眼睛一酸，感慨万千，点了点头，牵着傅世槿的手，郑重地把她交到了江聿手中。

终于握住了心爱之人的手，江聿激动得悄悄地深吸了一口气，屏住了呼吸。

男人的手有些颤抖，傅世槿嘴角轻扬，悄悄地看了他一眼。

"你在紧张？"继续向前面走的路上，她用只有两人能听到的声音问。

"嗯。"江聿的手又握紧了些，他目视前方，想要保持镇定，却依然难掩眼角流露出的激动和忐忑之色。

傅世槿抿唇一笑，小声安慰："别怕，我也紧张。"

江聿微微一怔，原本紧张的心情因为傅世槿的这句话反而不紧张了。他可是要为身边这个人撑起一片天的男人，既然他的妻子开始紧张了，他怎么能还紧张？

江聿侧目看向傅世槿，两人目光轻碰，会心一笑，都放松下来。

终于，两人走到了礼台上。

两人站在用绿叶和鲜花编织而成的巨大心形背景下，在司仪的主持下开始了仪式。

"我愿意。"

"我愿意。"

在司仪宣读婚礼誓词后，两人相对而立，注视着彼此的眼睛，同时回答。

"嗷嗷嗷——"亲友席上传来了激动的声音。

礼炮在两人头顶上炸响，瞬间落英缤纷，甜蜜到了心底。

"亲她！亲她！"

"亲她！"

众人激动地起哄，脸上都洋溢着激动而幸福的笑容。

傅世槿在这些声音中羞红了脸——她还从未在那么多人面前和江

聿亲近过，哪怕明知道这是婚礼的必要环节，也觉得不好意思。

"小槿。"

江聿温柔的声音稍稍安抚了傅世槿羞涩的心。

傅世槿抬眸看他。

她眉梢、眼角不自觉地流露出的娇媚韵味看得江聿心中一动，他忍不住伸出手，轻轻地撩起罩在她头上的头纱，把那娇艳欲滴的红唇露了出来。

"亲一个！"亲朋起哄的声音越来越大。

长辈们都微笑着退到了一边，而一群年轻人凑到了一起，挤在礼台前。

"小槿，可以吗？"江聿心中蠢蠢欲动，但还是用极尽温柔的声音问了一句。

傅世槿心中都要羞死了：亲就亲呗，他为什么还要特意问她一声？这让她怎么回答？可以还是不可以？

江聿的眼睛里被笑意填满，很亮很亮，好像聚集了无数星辉，在星辉深处映着她的影子，仿佛天地之间只有一个她。

在江聿的注视中，傅世槿不记得自己是不是点了头，只是在恍惚中感觉江聿的气息越来越近，连呼吸都打在了自己脸上。

傅世槿脸颊发烫，皮肤上镀上了一层绯红色彩。

直到那温柔的吻轻轻地落在了自己的唇上，她才缓缓地闭上了眼睛。

"哇哦——"在两人唇瓣相贴的时候，众人爆发出更为激烈的掌声和祝福声。

在这么多人面前，江聿只能浅尝辄止。不舍地从傅世槿的唇上离开，他还贴心地用手指轻轻地擦掉她唇上被磨花的口红。

"丢捧花吧！"

"新娘丢捧花！"

"别跟我抢，这捧花必须是我的啊！"秦柔柔拉着邵中台挤在了最前面，还让邵中台在后面护着，不让其他人靠近。

傅世槿的小表妹急了："柔柔姐你就要结婚了，哪还需要捧花？这捧花应该是给我们这些'单身狗'的！"

"你都说自己是'单身狗'了，要捧花有什么用？虽然我要结婚了，但毕竟还没结啊！小槿的捧花就是对我结婚最好的祝福！"秦柔柔理直气壮地道。

小表妹翻了个白眼——秦柔柔都这么说了，她还能怎么办？

最后，傅世槿把手中的捧花抛出后，被秦柔柔如愿以偿地抢到了。

在森林公园举办完婚礼仪式后，众人就坐着婚庆公司包下的大巴前往举办婚宴的酒店。

当然，自己开车来的人就不用坐大巴了。

婚宴选择在林城一家知名度很高的酒店举办，总共办了十五桌。原本这酒店还没有档期，最后还是因为酒店的经理恰好是傅世槿的书迷，所以去协调了一下，才把今天的大宴会厅给空出来。

因为这一层关系在，酒店的服务员们对今天的这一场婚宴格外尽心。

酒店的休息室中，傅世槿褪下繁重的婚纱，换上了晚上穿的敬酒服。化妆师在给她补妆、换发型。

秦柔柔她们几个伴娘都陪着她。

"怎么不见那几个消防员小哥哥了？"傅世槿的小表妹站在化妆师旁帮忙递东西，问出这句话的时候，眼神有些闪烁。

傅世槿看了小表妹一眼，随口答道："他们本来就不能外出太久，都回队里了。"

"啊！"小表妹声音中难掩失望之意，"他们不留下吃喜酒吗？"

傅世槿笑了笑，道："江聿都安排好了，今天队里加餐，还在队里准备了喜糖和水果、点心什么的。"

秦柔柔注意到小表妹的异样，打趣地问："妹妹怎么这么关心他们？是不是看上谁了啊？"

"柔柔姐你别乱说！"小表妹娇嗔地跺了跺脚，脸颊红了起来。

傅世槿诧异了："你真的看上他们之中的谁了？"

"表姐，你也跟着柔柔姐瞎说！"小表妹更羞了。

秦柔柔不放过小表妹，继续打趣："哎哟，这些消防员小哥哥都那么帅，你喜欢也是正常的啊。现在又有你姐夫在，你看上谁了，直接让你姐夫给你领来。"

"柔柔姐！"小表妹被打趣得满脸通红。

傅世槿看着觉得她可爱，也跟着笑得开心。

"我、我就是好奇，问一问，真没别的意思。"小表妹转过身，背对她们，嘟囔了一句。

傅世槿瞪了秦柔柔一眼，道："好啦、好啦，你别逗她了，再逗下去，她都要找个地缝钻进去了。"

"哎呀表姐！我、我不跟你们说了！"小表妹羞得不行，狠狠地瞪了她们一眼，直接离开了休息室。

等小表妹一走，秦柔柔就忍不住哈哈大笑起来。

就连化妆师也忍俊不禁。

"你差不多行了啊。"等秦柔柔笑得差不多了，傅世槿才提醒了一句。

秦柔柔收住笑，又看向比较文静的大表妹，眼珠一转，凑了过去。

"咳。"大表妹比小表妹聪明多了，秦柔柔一靠近，她就猜到了某人接下来要说的话，立即轻咳一声站起来，"姐，这里有柔柔姐陪你，我就先出去了，看看外面有没有哪里需要帮忙的。"

"好，你去吧。"傅世槿看着镜子里朝房门移动的大表妹，含笑点头。

"喂喂喂……"秦柔柔眼睁睁地看着大表妹溜走，遗憾地道，"我可什么都还没说呢，她怎么就跑了？"

"这说明秦大小姐你火力太强，她们抵挡不住啊！"傅世槿笑道。

秦柔柔一愣，得意地笑了起来。

休息室外，宾客们围桌而坐，傅爸、傅妈还有江妈、江妈都在招呼客人，江聿也在其中。

　　宴会厅的舞台上，婚庆公司按照傅世槿的要求，特地打造了一个拍照区，得到了众多宾客的青睐，众人纷纷站上去拍照。

　　傅世槿准备好出来后，与江聿一起分别和两家的亲朋合了影，直到婚宴快开始的时候，拍照才算结束。

　　敬酒的时候，少了江聿的消防员伴郎团助阵，邵中台这些堂、表兄弟还有几个江聿的同学就惨了。

　　为了保证江聿能清醒地度过洞房花烛夜，他们几乎帮他挡了所有的酒。

　　最后，邵中台是被人抬出去的。这让秦柔柔又气又好笑，只好放话给江聿，让他在他们的婚礼上也要做到邵中台今天这样尽职尽责。

　　江聿当然是一口答应下来。

　　等宾客散尽后，江聿和傅世槿才回了他们的婚房。

　　虽然婚房刚刚装修好不久，但是傅世槿选用的都是环保材料，交付的时候也请了专业机构来测量甲醛浓度，确定没有问题后才入住。

　　而之前傅世槿的那套房子，原本她打算就这样搁置着，最后还是在母亲的劝说下准备抽时间租出去。

　　回到新房，傅世槿还觉得自己像在做梦。

　　这一天，她过得似真似幻，幸福得有一种不真切的感觉。

　　"在想什么？"洗完澡出来的江聿，看到傅世槿穿着真丝睡袍坐在床上发愣，不由得走过去上了床，搂住她的肩，将她拉入自己怀中。

　　"我感觉像在做梦一样。"傅世槿喃喃地说，抬起头看向江聿，"我们真的结婚了？"

　　傅世槿这不确定的语气惹得江聿发笑，又觉得她可爱，他忍不住伸手捏了捏她的鼻子："疼吗？"

傅世槿一怔，伸手拍开他的手，眼角流露出娇羞之色。

"这不是在做梦，我们真的结婚了。"江聿含笑垂眸，在她耳边低语。

男人温热的气息弄得傅世槿的耳郭都差点儿烧起来。

是啊，他们结婚了。从今天开始，她就是这个男人的妻子，会和他一起相亲相爱，无论顺境、困境，无论富贵、贫穷，无论健康、疾病，他们都将携手同行。

"其实我也觉得像做梦一样。"江聿用额头抵着傅世槿的额头道。

这么近的距离让傅世槿看清了他眼中的小心翼翼。

"小槿，我真的不敢相信你嫁给了我。"江聿捧住了傅世槿的脸颊，掌心传来的细腻柔软的感觉让他爱不释手。

"为什么？"傅世槿觉得自己的心跳好快，有些不敢去看他。

江聿轻笑出声，带着薄荷味的气息像羽毛一样扫过傅世槿的鼻尖："我不知道，或许是之前被你拒绝过太多次留下的后遗症吧。"

一想起自己曾经信誓旦旦地说两人不合适、不可能，说自己不会喜欢江聿，傅世槿就觉得自己的脸在发烫。

"喀。"傅世槿想要遮掩自己的慌乱。

然而江聿不让她躲开，依然捧着她的脸道："小槿，我觉得我好幸福，幸福得哪怕这只是梦，我都不愿醒过来。我现在终于明白为什么说温柔乡是英雄冢了。"

"你在哪儿学来的这些话？"傅世槿被他的话撩得不行。

"宝宝。"江聿突然喊道。

轰！傅世槿觉得自己浑身都烧了起来。

天哪！简直要命了！这个男人用这么宠溺的语气喊她"宝宝"！这简直要了她的老命，让她浑身发软，都快化成了一摊水。

然而这个浑蛋还不打算就这样放过她。

"宝宝，我爱你。"

咚咚咚——傅世槿觉得自己可能要因为心率过速而死。

结婚前，江聿还懂得克制，没想到才刚结婚，他就好像开了闸一样，简直是撩不死人不罢休。

"别说了。"傅世槿忍不住把他的脸拍开。逃离江聿的气息笼罩范围后，她才觉得自己的呼吸通畅了些。

傅世槿害羞得不知所措的样子让江聿眼中满是笑意。他眸色逐渐暗沉下去，盯着傅世槿哑声道："好，我不说，做就好。"

傅世槿一怔，还未来得及反应，就被江聿拉入了被子中。

婚后的甜蜜日常

江聿始终不愿委屈了傅世槿，结婚之后，为傅世槿准备了一场蜜月旅行。

"不是说你们没有假期的吗？"在得到这个惊喜的时候，傅世槿愣了一下，脸上的笑容绽放。

这样的笑容感染了江聿，他拉着傅世槿的手道："我之前一直在和队里协调，把婚假还有年假、调休什么的都凑在了一起，挤出了这个月的时间。"

"不会中途又被叫回来吧？"傅世槿心中有了些阴影。

这自然不是埋怨，她既然选择了江聿，就会理解和尊重他的职业。只不过理解归理解，尊重归尊重，她也不希望玩得正开心的时候，江聿突然被一个电话叫回来，扫了兴。

如果真的会这样，她宁愿待在家里。

"不会。"江聿给了她承诺。

"太好了！"得到保证的傅世槿激动地扑入江聿怀中，双手搂住了他的脖子。

江聿搂住她的腰问："想去哪儿？"

傅世槿靠在他的肩头，认真地思考了一下，道："嗯，不太想去看名胜古迹，找一个能悠闲度假、气候温和的地方吧。而且我们还要赶在柔柔结婚前回来。"

"海岛？"江聿提议。

傅世槿眼眸一亮，几乎不加思考就点头道："海岛好！其他的事情交给我吧，你在临走之前把队里的事安排好，这样出去了你才能安心玩。"

江聿看着带着兴奋的神情离开自己怀中拿着手机研究的傅世槿，并未反驳她的提议。

他只是这样看着她，心里就觉得十分满足，很是甜蜜。

最后傅世槿定制了一个去马尔代夫度假的私人高端蜜月团，成员就他们夫妻二人。机票、酒店还有行程安排，全部按照傅世槿的要求，由专业的顾问安排妥当。

他们只用拿着机票飞过去，到了那边自然有当地的管家接洽，负责为他们提供一切服务。

当然，他们不可能真的在海岛上待一个月，这段行程占了假期的三分之一，剩下的时间，他们会在周边的小国随心所欲地逛逛。

将一切安排妥当后，告别父母，江聿和傅世槿登上了出国的飞机。

一切顺畅，两人到达马尔代夫的某座小岛上时，一下水上飞机，就感受到了扑面而来的海洋气息。

酒店的设施十分豪华，他们的蜜月套房是一栋矗立在水里的别墅，私密而浪漫。他们进入房间的时候，酒店还贴心地在房间里准备了玫瑰花、蜜月蛋糕等东西。

江聿送走私人管家关上门回来时，就看到傅世槿站在阳台上，展开双臂做出了飞翔的动作。

傅世槿身上穿着轻薄的波西米亚长裙，慵懒的鬈发在风中轻扬，高挑的身材优美而窈窕，整个人就好像融入了风景里，变成了江聿眼中的一幅画。

"不知多少人都梦想拥有一栋面朝大海，春暖花开的房子。以前我不太理解，现在身临其境，就理解了为什么这是大多数人的梦想。"听到身后的脚步声，傅世槿回眸对江聿嫣然一笑。

江聿眼中泛起惊艳之色，慢慢地向她走过去，从背后抱住她，用强壮有力的双臂搂住她的纤腰，将下巴轻轻地落在她的肩头，道："是很美。"

傅世槿皱了皱眉，似乎不理解他这回答与自己说的话之间有什么必然的联系。

不过她也没有深究，将展开的双手收回，叠放在男人的手臂上，放松身体，微微向后倾，将自己身体的重量全数交给这个男人。

"这还是我第一次这么放松地度假。"傅世槿感叹道。作家看上去时间自由，浪漫而潇洒，但实际上，只有真正从事这个行业的人才知道，每一次的创作都会消耗掉作者那段时间全部的激情，在创作压力、市场压力下，作者根本无法放松，会一直紧绷着所有的神经。

完结了一部作品后，傅世槿会让自己休息，会让自己去旅行。但是一个人的时候，她总会不经意间又陷入对新故事的构思中，依然会被现实中琐碎的事务影响，做不到真正放手。

这次她和江聿的蜜月旅行，却让她觉得整个人从身到心彻底地放松下来，仿佛只要有这个人在身边陪伴，就算是天塌下来也无所谓了。

"我也是。"江聿在她的脸颊上落下一个轻吻。

相较于傅世槿，他更难得有这样的放松机会。

两人在房间中腻歪了一会儿，吃了顿丰盛的异国美食后，就牵着手去海边散步。

他们所在的小岛配置比较高端，价格贵、客房少，所以岛上的游客并不算多。

这当然是傅世槿要求的，她赚那么多钱，不就是为了能够在自己的能力范围内好好地享受生活吗？

海边，沙子细腻，海浪不断地拍打海岸，留下一道道痕迹，弯曲的线条就像是用大自然的画笔勾勒出的最自然的美景。

两人牵着手，赤脚踩在被海水浸湿的沙滩上，留下一串串脚印。

他们漫无目的，无所事事，不用像以前约会那样掐着时间，没有不知道什么时候发生的任务。

走着走着，傅世槿突然笑了。

江聿侧目看向她，问："笑什么？"

傅世槿抬眸看他，眼中的笑意还未退散："我在想，今天总算不用掐着点儿计划好约会内容了。"

这是打趣，但还是让江聿觉得有些愧疚。

"别这样，我乐意。"傅世槿看出了他眼中的愧疚之色，伸手捏了捏他的脸颊，又调皮地松开他的手向前跑了几步。

"来追我啊！"阳光下的女子转身朝他微笑，裙摆被风吹起，又被海水打湿。

江聿笑了起来，灿烂的笑容几乎迷晕了傅世槿的眼。

突然，江聿像猎豹一样冲出。

傅世槿吓得惊呼了一声，提着裙子向前跑去。

沙滩上留下了两人交织在一起的笑声。

傍晚，江聿和傅世槿就在沙滩上吃了酒店准备的海鲜自助烧烤。

与国内大排档的烧烤不一样，这里的烧烤给了客人极致的享受。

安静的沙滩用海螺彩灯点缀，工作人员点燃了篝火，旁边还有烧烤架。

酒店的大厨正在精心烹饪美食，而在不远处，还用洁白光滑的桌布铺好的餐桌，上面红烛和鲜花交相辉映，已经醒好的红酒正在等待客人品尝。

疯玩了一天的两人换了衣服，隔着餐桌相对而坐，在宁静而无人打扰的空间里吃着海鲜，听着小提琴演奏，说着私密的话语。

傅世槿和江聿的蜜月旅行是浪漫而甜蜜的。

在马尔代夫的小岛上，他们享受着无人打扰，如世外桃源般的生活。即便就这样一日又一日地过下去，他们也不觉得无聊。

白日的嬉戏与夜晚的亲热让傅世槿整个人都变得慵懒起来。

阳光下的沙滩上，傅世槿戴着墨镜，穿着防晒衣，躺在遮阳伞下的躺椅上，看着波澜壮阔的海面还有在沙滩上游玩的各国游客。

游客不多，就二三十人的样子，分散在沙滩各处，男女老少兼有。

江聿就躺在她身边的躺椅上，与她牵着手，十指交握。

"我发现了你的一个小习惯。"江聿道。

"什么？"傅世槿的声音也懒洋洋的，整个人好像没睡饱一般。

江聿将她的手握得更紧些，侧头看向她："你很喜欢静静地坐在一边观察别人。"

傅世槿墨镜下的唇角微微扬起，她没有否认："嗯，可能是职业习惯使然吧。"

小说的世界里包含了太多不同的角色，观察不同的人有助于傅世槿在创造角色时丰富细节，也让小说更有代入感。

江聿轻笑起来。

傅世槿不解地看向他，问："你笑什么？"

江聿道："我笑，如果不是知道你的职业，恐怕听到你的回答，我会以为你是警察或者心理学家。"

傅世槿笑道："也差不多吧。"

"你呢？你小时候就立志要成为一名消防员吗？"傅世槿随意地和江聿闲聊着。

这些天他们的聊天大多这样，随心所欲，想到什么就说什么。

"不是。"江聿道，"小的时候，会想要当英雄，我最崇拜的就是警察了。"

"你现在也是英雄。"傅世槿侧身看着他，语气有着不同以往的认真。

江聿一怔，明白了她话中的意思，畅快地笑了起来。

"Help（救命）！"

"Help me（救救我）！"

"God！ Who can help me（天哪，谁能救救我）？"

485

远处传来的惊呼声让江聿神情一凛，职业的本能让他从躺椅上弹了起来，摘下了脸上的墨镜。

前方的混乱也同时落入了他和傅世槿的眼中。

"小槿，你在这里等我。"江聿留下一句话就冲了出去。

傅世槿慢他一步起身，来不及说什么，只能眼睁睁地看着江聿冲向人群聚集的地方。因为刚才的那几声惊呼，原本在沙滩上各自玩耍的游客聚在了一起。

从傅世槿所站的位置，根本就看不到里面到底发生了什么，但是她看到沙滩上的救生员从另一个方向快速地跑了过来。

出事了！在惊呼声响起的时候，傅世槿就有这个预感。看到救生员朝海边冲去的时候，她的这种感觉越来越强烈。

江聿过去了！傅世槿心中响起这道声音。

她没办法就这样坐在原地等待，来不及多想，就小跑着过去，起码要弄清楚发生了什么事。

她离人群越近，一些嘈杂的声音也就越来越清晰。

其中最引人注意的就是一个女人号啕大哭的声音。傅世槿挤进人群后，就看到一名外国女人跪倒在沙滩上，哭得不能自已，身边还有人不断安慰她。

从众人的讨论中，傅世槿大致明白发生了什么事。

那女人的女儿原本是在海边玩，结果刚才一个大浪拍过来，她没来得及躲开，直接被浪花卷入了海中，推向远处。

女人自己并不会游泳，在踩入海水的那一刻才惊醒过来大声求救。

大致搞清楚发生了什么事，傅世槿心中不由得忐忑起来。

她站在人群中，看向大海的方向。小女孩儿被海水推得挺远，她能看到江聿和救生员都在拼命朝女孩游过去。

傅世槿手里捏着墨镜，因为紧张，手上的骨节都微微发白。她不知道江聿的水性怎么样，更不清楚在海中救援的难度会不会更大。

她无法去斥责江聿救人的行为。因为她知道，即便不是出于职业的本能，他也无法眼睁睁地看着一个小女孩儿就这样在他眼前罹难。

老天爷保佑！傅世槿在心中默默地祈祷。

在那一刻，她觉得时间无比漫长，那短短的几分钟时间就好像被拉长成了几年。

直到江聿抱着小女孩儿和救生员一起从海里站起来，走回岸边时，傅世槿才感觉到攥紧自己的心脏的手骤然松开。

人群在救生员的指挥下散开，留出了足够的空地让江聿把浑身湿透、已经昏迷的小女孩儿放在沙滩上。

小女孩儿的母亲想要扑过来，被身边的人阻止了。

救生员正要对小女孩儿进行急救，但江聿已经抢先一步进行急救了。

看到他娴熟的急救手法，救生员才放心地通知酒店那边，让酒店安排医生和护士过来。

"咯咯……"在江聿的急救下，小女孩儿吐出了海水，醒了过来。

一睁开眼，被吓坏了的小女孩儿就哭喊着要妈妈。

那外国女人急忙扑倒在沙滩上，将女儿紧紧地抱在怀中。

接下来的事就简单多了，酒店的反应速度很快，几乎是在小女孩儿刚醒过来与母亲抱在一起痛哭时，医生和护士都赶到了。虽然小女孩儿已经醒了，但保险起见，母女二人还是决定跟随医生和护士返回岛上的医院再检查一遍。

离开的时候，小女孩儿的母亲郑重地感谢了江聿和救生员。

等她们离开后，这一场意外才算是落下帷幕。

或许是因为刚才共同救援的经历，救生员对江聿产生了极大的兴趣，甚至想要请江聿吃晚餐、喝酒。

江聿推托不过，只好答应。

之后江聿走过去，拉起傅世槿的手，笑得依旧灿烂，问："有没有被吓到？"

傅世槿看着他浑身湿透的样子还有那如释重负的灿烂笑容，也跟着笑了起来，摇摇头，回答他："没有。"

如果在那一刻，她拦着江聿不让他去，恐怕不会再看到这个男人脸上露出这样的笑容。

那救生员并不只是客套而已，到了晚餐时间，果然来找江聿了。

作为江聿的妻子，傅世槿自然与他一起赴约。

吃饭的过程中，江聿和那救生员聊得很投机。两人的职业都与救人有关，只不过江聿的职业范围要更大一些。

而那救生员得知江聿的职业是消防员的时候，也露出了敬佩的表情，还问了许多江聿在救援行动中发生的事。

这些事，傅世槿也极少从江聿口中得知，所以在一旁也听得津津有味。

第二日，落水的小女孩儿在母亲的陪伴下来感谢江聿。

小女孩儿把心爱的玩偶送给了江聿，还在他的脸颊上亲了一下。

送走小女孩儿和小女孩儿的母亲，傅世槿看着江聿，笑得意味不明。

江聿被她这样看着，心中有些发毛，不由得问："怎么这样笑？"

傅世槿笑容不变，道："刚才小姑娘说的话，我可听见了。"

"嗯？"江聿不明所以。

傅世槿眸中的笑意多了些揶揄："When I grow up, I will marry you.（等我长大了，我就嫁给你。）"

江聿脸上的笑容一僵。

傅世槿趁机靠近他，在他耳边说："她说，等她长大了，就嫁给你。"

江聿无声地笑了。他双臂搂住傅世槿的腰，将她拉入自己怀中，凝视着她的双眸，用极其温柔的声音道："那她应该要失望了，因为我已经娶了一个天底下最好的女人为妻。"

明知道江聿只是在说情话而已，但是傅世槿听了之后，还是忍不住在他怀中笑了起来。

这样甜蜜的生活，是她从未想过的。

在遇到江聿之前，她甚至以为自己会一辈子孤独终老，不会结婚，更不会有爱人。

然而在遇到江聿后，一切都变了，一切的发展都脱离了她的控制。

在这一刻，傅世槿在心中想，或许江聿的出现是老天对她的最大的祝福和偏爱。

除了海滩上的那一次意外，江聿和傅世槿的蜜月旅行还算是很顺利的。

在假期结束之前，两人如期返回了林城。

两人蜜月期的甜蜜并未因为假期的结束而消散，反而因为这段时间而沉淀在了两人的婚姻生活中。

回到林城后，江聿第二天就去销了假，继续坚守在消防员的岗位上。

傅世槿则因为秦柔柔的婚期将近，经常过去帮忙。

这一忙碌就到了秦柔柔的婚礼结束之后，傅世槿才算是有时间休息一下。

如果不是雪妖妖的电话，傅世槿可能觉得自己还要休息更久的时间才会开始新的工作。

"你说什么？"傅世槿以为自己听错了或者是雪妖妖说错了。

雪妖妖的声音从电话里传来："我说，你那本《我的消防员先生》获奖了。"

傅世槿依然有些蒙："获奖？我不记得自己参加过什么比赛啊？"

这本书写完之后，与公司以及影视方的交涉，傅世槿都没有过问，全权交给了雪妖妖处理。她只是按照要求，把书发表在网络上，然后参与了剧本改编的工作，之后又进行了实体书的出版。

"你是没有参加比赛，可是我给你报了啊！"雪妖妖激动地道。

傅世槿越听越糊涂，让雪妖妖说仔细些。

等雪妖妖说清楚了，傅世槿才明白这到底是怎么一回事。

这些年，国内的网文环境因为一次次的肃清活动还有政策上的约束，变得更加正规和严谨。这对大部分不入流的网文作者来说是致命的打击，但是对像傅世槿这样主要走剧情流的作者来说，就是一个机会。

傅世槿原本的剧本大纲，影视方是认可的，但是被傅世槿这么一改，影视方那边就开始犹豫了，毕竟在如今的市场环境下，能够规避风险，谁都不想轻易冒险。

但雪妖妖也是个不肯轻易放弃的人，见影视方犹豫了，就从别的渠道下手。没有跟傅世槿商量，雪妖妖直接帮傅世槿报了名，参加了某业内龙头举办的版权比赛。

最终傅世槿的这本《我的消防员先生》获得了现实向都市情感类版权的金奖。

有了这个奖项的加持，影视方原本的犹豫也不见了，改编好的剧本才被认可，目前影视立项也在筹备中。

这些内情，傅世槿之前都是不知道的。雪妖妖没说，是因为她不想这些事让傅世槿分心，而且评比也需要时间和过程，一直到尘埃落定后，她才把这个好消息告诉了傅世槿。

傅世槿搞清楚事情的原委之后，对雪妖妖道："有奖金吗？"

这有些势利的话让雪妖妖听得直笑："你世子可不是在乎这点儿小钱的人。"

"那可不见得，谁还嫌钱多？"傅世槿开玩笑地道。

雪妖妖也不逗她，道："奖金是有的，大概十万元，虽然不多，但也是一种认可。相较于奖金，我觉得那个奖杯你会更喜欢。世子大大，准备好出席颁奖典礼了吗？"

"还要出席颁奖典礼？"傅世槿吃惊了。

雪妖妖说："这次的颁奖典礼是行业内的一大盛典，规模很大，目的嘛，主要就是刺激一下如今低迷的行业，振奋一下人心，鼓励更多的人进行创作。所以盛典不仅限于版权改编，还会把这两年有潜力、有市场、大爆的作品都选出来，各个网站的大神代表也会出席，更别说你这样的获奖者了。"

"我不去。"听完雪妖妖的话，傅世槿想都不想就拒绝了。

"为什么？！"雪妖妖陡然拔高声音。

傅世槿的拒绝，出乎雪妖妖的意料。

"我不喜欢参加那些场合。"傅世槿道。

雪妖妖问："你不去，那谁帮你领奖？而且这样的盛会很难得，你去了也可以认识很多人啊，扩展一下你在这个圈子里的人脉。"

傅世槿在心中叹息：她就是因为不喜欢这种带有目的的刻意结交行为，才不想去参加类似的活动。

她不是不知道这是难得的扩展人脉的机会，也不是不明白这样的活动也许意味着自己的身价翻倍，可她就是不喜欢。

如果喜欢这些，当初她也就不会选择写书，做一个全职作家了。

"我只想安安静静地写书。"傅世槿说出自己的答案。

她觉得，如果有一天自己卷入了这些名利之中，初心不再纯粹，可能就再也写不出好的作品了。

雪妖妖劝不动她，最后只好作罢，也答应傅世槿会代为领奖。

当然，雪妖妖心中有个计划并未对傅世槿说。这些年的职业生涯让她明白了很多事，她对自己的职业规划有了新的想法。

傅世槿不喜欢接触外面那些人情往来，但是她可以。这一次就是很好的机会，她代替傅世槿去领奖，可以尽可能地认识更多的人、积累人脉，同时也把傅世槿的名气打出去，方便以后傅世槿转型。

等到时机成熟，她可以拉着傅世槿出来一起开工作室。傅世槿就安心写想写的书，而外面的事都可以交给她。这样不用再受网站的约束，傅世槿可以成为真正的自由作家。

这是雪妖妖的计划，她会等一切成熟的时候，再告诉傅世槿。

雪妖妖不说，傅世槿自然也就不知道雪妖妖想得那么长远。拒绝了参加盛典后，傅世槿也开始收心，准备自己的下一本小说。

生活仿佛回到了正轨。江聿继续在他的岗位上守护这万家灯火，傅世槿则开始了新书的筹备。

一切仿佛与过去没有什么区别，但是两人心中都知道，他们心中多了一份牵挂，那个名为"家"的地方不再只有冰冷的墙壁和一张睡不满的床。

对新书的首发网站，傅世槿一直在犹豫中。

之前合作的网站，因为与责编的不契合，傅世槿已经放弃了和他们合作。为此，那位责编还骚扰了傅世槿一段时间，到后面甚至开始对她进行人身攻击。

傅世槿懒得与那位责编吵，直接把聊天记录截图丢给了网站主编。

之后那位责编给傅世槿道了一次歉后，就再也没有找过她。

最后还是君芊芊主动找了傅世槿，让她和自己一起去另一家专门做女频网络文学的网站。

是的，没错，君芊芊也离开了原本的网站，至于原因傅世槿没问，但大致能猜到。挖人的那家网站应该给君芊芊开出了比较诱人的条件，所以才会让君芊芊放弃原来的网站，另投别家。

出于对君芊芊的信任，傅世槿试着与那家网站接洽了一下。

商谈的结果还不错，双方合作的诚意都很足，那边的编辑给人的感觉也更人性化一些，总之傅世槿接触下来觉得很舒适。

没有多犹豫，傅世槿就跟着君芊芊换了新网站。

当然，这个消息傅世槿也对她的读者们说了。

对她的这个决定，她的读者们是万分支持的。

因为傅世槿的"自带流量"，当她的新书在新网站发表后，一下子就火爆了。这不仅是因为傅世槿的老读者们的跨站支持，也是因为新网站给的推荐资源很给力，当然，最根本的原因还是傅世槿的新书内容很不错，有大火的潜质。

傅世槿与君芊芊换了新网站不到半年，就迎来了新网站的作者年会。

无论是傅世槿还是君芊芊，都在受邀的作者之列。

新网站举办年会的地点和方式要比老网站用心很多也大方很多，这一次的作者年会，是为期七天的出国游。

各地受邀的作者还有编辑都在出境的城市会合，第二天一起出发，开始异国之旅。

君芊芊和傅世槿的再次见面，就是在会合的城市，新网站订的酒店中。

两人本来就是熟人，自然还是住在同一个房间里。

"我真是没想到，网站这么大方，居然带我们出国玩，果然跳槽是对的！"见面之后，君芊芊还是止不住兴奋的情绪。

傅世槿明白君芊芊的感受。

其实以她们两个的收入，要想出国玩并不是困难的事，但是网站的做法就会让人觉得很受重视，有一种很贴心的感觉。

谁不喜欢被重视、被优待？

"世子，我之前还怕你不来呢。"兴奋过后，君芊芊躺在床上对傅世槿道。

傅世槿挑了挑眉。

她刚接到网站的邀请的时候的确犹豫过，最后还是江丰劝她答应来的。

"你都说了，难得网站的福利这么好，我怎么能错过？"傅世槿笑道。

君芊芊笑起来，然后绝望地道："我家那些亲戚知道我要出国，可是列了好长一串清单让我代购。早知道我就不跟他们说了。世子，你有要帮人代购的东西吗？我们一起扫货啊！"

傅世槿想了想，道："我出国这件事没几个人知道，所以没有人让我代购。"

看着君芊芊一副好羡慕的样子，傅世槿又笑着道："但我还是要买些东西的，带回去做伴手礼。"

"我们一起呀！"君芊芊眼睛贼亮。

傅世槿颔首。

"哎！世子，你怎么就突然结婚了呢？你给我打电话邀请我去参加你的婚礼的时候，我都不敢相信是真的。之前都没听说你谈恋爱了啊。"君芊芊躺在床上感叹。

君芊芊因为有别的事，所以没去成傅世槿的婚礼，一直觉得挺遗憾的。电话里也不方便多说什么，直到现在两人有机会见面了，君芊芊才问了出来。

傅世槿想了想，嘴角扬了起来。

君芊芊一直注意着她，看到她笑了，忍不住打趣："瞧瞧，这幸福的笑容都遮掩不住了。"

傅世槿也不管君芊芊的打趣，坦然地道："嗯，是很幸福。遇到了，就自然而然地结婚了。"

"你老公真的是消防员吗？"君芊芊眼睛里的光很亮。

在知道傅世槿的老公是消防员的时候，君芊芊简直想要尖叫。因为之前那次意外，她对消防员的印象可谓很好的，只是没想到傅世槿真的找了一个消防员当老公。

"嗯。"傅世槿点头。

"有照片吗？"君芊芊从床上爬到傅世槿身边，好奇地问。

傅世槿不喜欢公开自己的私生活，君芊芊没去参加婚礼，自然也就不知道江聿的长相。

傅世槿也没藏着掖着，好友提出了，她自然把江聿的照片从手机里翻出来给君芊芊看。

"哇！好帅啊，啊啊啊！"君芊芊看到江聿的照片后，激动地尖叫起来。

尖叫声吓得傅世槿赶紧收回手机。

等君芊芊平复好心情后，傅世槿才有机会问："你呢？打算什么时候结婚？"

君芊芊一愣，显然没想到傅世槿会把话题转到自己身上。不过君芊芊还是面带羞意地回答："还没定呢。"

傅世槿诧异地看向君芊芊："我没记错的话，你们恋爱也谈蛮久了吧？"

"是啊。"君芊芊点头。

傅世槿不理解地问："那怎么……"

"哎哟！人家不想那么快结婚嘛！反正我还年轻，不着急。"君芊芊娇嗔地道。

好吧，傅世槿苦笑。

君芊芊年纪比她小一些，又有了稳定的男朋友，所以君芊芊的家长可能不会催婚催得那么紧。

傅世槿回想自己和江聿恋爱、结婚的过程，的确算是很快了。

不过那也是因为在这之前她和江聿之间蹉跎了太多时间，如果算上前面的追逐过程，其实也不算太快。

其实傅世槿心里清楚，她虽然答应了江聿的求婚，但最终下定决心嫁给他还是因为那次森林大火。

意外和明天不知道哪一个先到来，她不想在意外来临的时候留有遗憾。

好久不见的两人晚上聊到很晚。

第二天出发的时候，两人认识了不少新的作者，大家一同去了机场。

在国外的几天，君芊芊几乎要被傅世槿给腻死。每到晚上，傅世槿都要和江聿视频通话，两个人卿卿我我的，起码要聊上大半个小时才会挂掉电话。

临回国的那天晚上，傅世槿照旧和江聿视频聊天。

"这些都是我买的东西，你看还缺什么，明早还有一点儿时间，我可以早点儿出去买回来。"傅世槿拿着手机，把摄像头对准了整理好的行李箱。

"你把自己安全地带回来就行了。"江聿笑道。

君芊芊躲在客房的沙发上，听着两人的对话，牙齿一阵阵发酸。

傅世槿也在笑，只是她的笑和君芊芊的笑是不一样的，她的笑容中带着甜蜜也带着想念。

"我听说这边的药膏效果很不错，所以买了很多。到时候你带去

495

队上，你们经常训练，摸爬滚打的，动不动就受伤，可以用一下。"傅世槿拿起一盒药膏给江聿看。

江聿心疼地道："别买太多，太重了，我不在你身边，别伤着自己。"

"不重。再说了，我们出了酒店就坐大巴，到了机场就可以托运行李了，也不用我提。"傅世槿道。

江聿无奈地摇头，道："总之别让自己受伤，嗯？"

哇！这声音好好听！君芊芊窝在沙发里，听到江聿的声音，身体扭得像麻花一样。

房间里还有人，为了避免过多地"虐狗"，傅世槿没有再和江聿多说。

不过在挂电话前，她如前几天一样，钻进了卫生间，过了一分钟才面红耳赤地走出来。

"啧啧！"君芊芊摇头感叹，"你们也太甜了吧？"

君芊芊从沙发上爬起来，笑得有几分猥琐："老实交代，你每次挂电话前都要去卫生间，是不是躲着亲亲啊？"

被君芊芊打趣，傅世槿脸上还未退下去的红晕加深了几分。

看到她这个样子，君芊芊还有什么不明白的？

"啊啊啊！你们简直是在'虐狗'啊！我这样有男朋友的人都被你们虐得不行！太甜了！你们都结婚了，怎么还能像热恋一样？简直比我这个写霸道总裁文的作者笔下的人物还要甜。"君芊芊说着在床上滚来滚去。

傅世槿被君芊芊臊得不好意思，红着脸拿起睡衣和换洗的内衣裤躲进卫生间，道："我先去洗澡。"

傅世槿洗完澡出来时，面色已经恢复如常，只带着被热气熏出的粉色。她擦着头发，看到君芊芊躺在床上睁大眼睛看着天花板，不由得问："你怎么了？不舒服？"

君芊芊将视线移动到傅世槿身上，长叹道："唉，我只是'狗粮'

吃得有点儿撑。"

"说得好像你没对象似的。"傅世槿白了君芊芊一眼。

君芊芊眨了眨眼，道："比起你们夫妻俩，我这有对象还不如没对象呢。"

傅世槿动作一顿，扭头问她："你之前可不是这么说的。"

君芊芊嘟了嘟嘴，道："所以我也很好奇啊！我之前是热恋期嘛，秀起恩爱来比你有过之而无不及，但是热恋期一过，也就那样了。你为什么能保持这么久的热恋期？我刚才算了算，你结婚也快一年了吧，再加上之前恋爱的时间，你说都这么久过去了，你们怎么还没走出热恋期呢？"

傅世槿认真地听着君芊芊的话，仿佛陷入了回忆中，手中擦头发的动作也慢了起来。

君芊芊没有注意到她的表情变化，在床上翻了个身，趴着朝她靠近了些，道："你有什么秘诀，教教我呗？你看我家那个，我都出来好几天了，除了第一天给我打了电话外，这几天哪里理过我？"

傅世槿眨了眨眼，从自己的思绪中脱离出来。

她放下手中的毛巾，坐在自己的床上，面对君芊芊道："可能是因为我们不能常常见面吧。"

"嗯？"君芊芊一时间没反应过来，片刻后才恍然大悟，想起消防员的职业的特殊性。

原本君芊芊对消防员这个职业也是不了解的，后来还是因为傅世槿写了有关消防员方面的书才有一定的了解。

"我还以为结了婚的消防员会不一样。"君芊芊道。

傅世槿笑着说："确实不一样了。之前他离岗不离队，每个周末只有两小时的外出时间，结婚之后，到了周末就可以回家过一晚上，一般是周六回家，周日下午归队。"

"啊？"君芊芊有些同情地看着傅世槿。

傅世槿被君芊芊的眼神逗乐了，道："收起你的眼神啊！我并没有觉得自己受委屈了。"接着，她认真地道，"其实我觉得这样也不错，平日里我要写作，一个人在家也很安静，不受影响。如果他正常上下班，我还怕自己陪不了他。周末他回来，我也会休息，两个人还可以'小别胜新婚'一下。"

"那平日里你不会觉得寂寞，晚上睡觉的时候不会觉得害怕吗？"君芊芊问。

傅世槿摇头道："不会啊！结婚之前不也是这样过来的吗？"

"那不一样吧。"君芊芊嘀咕了一句。

傅世槿笑道："没什么不一样的。如果硬要说有什么不一样的话，就是结婚之后有了牵挂，就算家里只有一个人，也能感觉到那种圆满。"

"那你就不担心，家里有什么东西坏了，你修不了，比如马桶堵了，电跳闸了，又或是网络断了；还有一些体力活，面对这些的时候，丈夫不在家，你总会觉得有些难受吧？"君芊芊问。

傅世槿大笑起来，道："你真是电视剧、小说看多了，生活中哪有那么多事？再说，你说的是丈夫还是修理工？而且他每次回来，都会把家里的电路还有管道等各种设备检查一遍，如果发现问题，当时就换了，杜绝你说的种种可能。"

君芊芊被噎了一下，白了傅世槿一眼，"好吧，你又给我塞了一盆'狗粮'。"

傅世槿觉得好笑，明明是君芊芊自己问的，她只是照实回答。

返程的时候，大家依然是先集体回到出境的城市，然后相互道别，返回自己所在的城市。

君芊芊觉得累，不愿当天回去，决定过了海关拿了行李后，就去酒店住一晚，第二天再走。

原本君芊芊是打算拉着傅世槿一起的，可是傅世槿早就已经订好了返回林城的机票，拿了行李之后直接去国内出发大厅办理登机手续，气得君芊芊直跳脚，说她见色忘友。

不管君芊芊有多么不忿，傅世槿还是坐上了回林城的飞机。

当飞机起飞的时候，傅世槿觉得自己的心跳有些快，心情有些迫不及待。她想要快些见到江聿，想要告诉他：她想他了。

不过很快傅世槿就冷静下来，今天是周一，江聿还在队里，她要见他，也只能等明天她去队里，或者等到周末他回家。

经过两个半小时的飞行时间，飞机安全地降落在了林城机场上。

傅世槿从行李提取处拿了行李就往出口走，心里还想着是排队打的回去还是叫辆车方便。

只是她走出去的时候愣了愣，有些不敢相信自己的眼睛。

她看到了什么？出口处，人群中，站在极为显眼之处的男人正在对着她笑，那笑容灿烂如阳光，温暖人心。

望着他的笑容，傅世槿也忍不住笑了。

那一瞬间，她分不清楚眼前所见到底是不是幻觉。直到男人从人群中朝自己走来时，傅世槿才恍然清醒，确定自己并未产生幻觉，看到的一切都是真实场景，江聿来接她了。

"你怎么会来？"把手中的行李箱交给江聿时，傅世槿忍不住问。

江聿一只手推着旅行箱，一只手拉起傅世槿的手，带着她朝停车场走去："你回家，我怎么能不来接你？"

傅世槿觉得心中甜蜜。难怪昨天晚上这家伙还问她航班号，原来早就准备好在这里等着她了。

"今天不是周一吗？"甜蜜归甜蜜，傅世槿还是问出了心中的疑惑，并不希望江聿因为她而影响工作。

"是周一。"江聿点了点头。

"那你怎么……"傅世槿皱了皱眉。

江聿好笑地伸手揉了揉她眉间的皱痕，道："反正周末你不在，我就和人调班了，值了周末的班，换了今天的假。"

傅世槿听明白后，又心疼他："你傻不傻？两天换一天？而且现在都晚上了，就算是为了见我，你也只能待一个晚上。"

"但是我接到你了啊！"江聿一本正经地道。

傅世槿不懂。

江聿放好行李，让她上车后，又帮她系上安全带，才回答她的疑惑："我不想你风尘仆仆地回来，只能孤零零地一个人回家。"

说不感动是骗人的，傅世槿以前从不认为自己是容易被感动的人，却不知道被江聿这家伙感动了多少次。

汽车发动，缓缓地驶出停车场。傅世槿望着男人的侧脸，心底一片柔软。

这个男人怎么能体贴到这种程度？他虽然不能常常陪伴她，但是用心地对待两人相处时的每一处细节，让傅世槿每一天都感觉被幸福包围。

有时候午夜梦回间，傅世槿甚至不敢去多想，害怕如今的幸福只是她的荒诞一梦，梦醒了她就会发现现实中根本没有江聿，她也没有结婚，依然是那个让父母忧心的大龄剩女、死宅一族。

傅世槿和江聿结婚一周年纪念日那一天，他们获得了一个上天赐予的礼物。

从医院回来后，傅世槿就坐在沙发上，手里拿着化验单，时不时笑出声，样子呆呆的，有些可爱。

江聿给她倒了一杯温水，蹲在她面前，帅气的脸上满是柔情，问："怎么一直在笑？"

傅世槿又笑了，把化验单放下，双手叠放在自己平坦的肚子上，道："我就是忍不住啊！"

她看着蹲在自己面前如大型犬科动物一样的江聿，道："你还好意思说我，刚才在医院里，化验结果出来的时候，不知道谁比我更激动！"

想着江聿平时那么沉稳的一个人，在知道她怀孕后，直接在医生的诊室里蹦起三尺高，逢人就喊"我要当爸爸了"的样子，傅世槿就忍不住想笑。

他们并没有计划什么时候要孩子，只是顺其自然。这个孩子在他们结婚一周年后来报到，真是让他们惊喜得不行。

江聿被傅世槿这样一说，想起自己在医院里的傻样，也有些不好意思。但是当着傅世槿的面，他理所当然地道："我就要当爸爸了，当然开心啊！"

说着，他的眼神又变得柔软起来，他把手轻轻地放在傅世槿的手背上，不敢用力，好像怕压到了傅世槿肚子里的宝宝似的："宝宝，我是爸爸。"

"噗！"傅世槿被他逗笑了，"他才不到一个月，怎么可能听得到你说话？"

"没关系，我说我的，他听不懂就听不懂。"江聿仰头冲着傅世槿，笑得极为灿烂。

傅世槿觉得眼前的一幕有些醉人。

江聿性子本就沉稳，又在社会上历练了这么多年，大小是个领导，又经历了那么多生生死死，比起同龄人来只会更加成熟稳重，极少露出像现在这般孩子气的模样，偶尔见到，还真是让人心动。

"听说怀孕前几个月会很辛苦，我又不能每天在家里陪你，咱们要不要让爸妈过来照顾你一段时间？让我妈或是岳母来都行。"在傅世槿恍神的时候，江聿已经在考虑她孕期的生活了。

他也很想每时每刻陪伴在傅世槿身边，看着他们的孩子一天天地孕育长大，可是职业不允许他这样。他能够在傅世槿接下来每次产检的时候抽出时间相伴就很不错了。

而把傅世槿交给陌生人，他也不放心，所以只能辛苦两边的老人。

反正，一切都要以让傅世槿顺心为主。

"如果你怕他们累着，咱们也可以请个阿姨来帮忙，妈妈们只要陪着你、看着你就行了。"江聿又道。

傅世槿抬起手，手指梳着他的头发，笑得很温柔："都听你的。"

傅爸、傅妈、江爸、江妈当天就知道了傅世槿怀孕的消息。这可把四位长辈激动坏了，各种孕期需要注意的事项说得傅世槿头都大了。最后还是江聿有耐心，拿出纸笔，把两位母亲的嘱咐都仔细、认真地记在纸上。

之后江聿也向两位妈妈恳请，希望她们来照顾傅世槿。

两位妈妈二话不说，立马就要收拾东西上门。

最后还是两位爸爸插了话，让两家人错开时间来照顾，这样也不会担心谁会累着。

争论之后的结果就是傅妈妈先来陪傅世槿一个月，下个月再换江妈妈。

至于江聿提出的，担心她们累着，请个阿姨在家帮衬的事，也被两个妈妈拒绝了。

她们的理由很充分，既然是要照顾傅世槿和她肚子里的宝宝，那么饮食上就不能让其他人插手，没有必要请阿姨。

在两位妈妈的坚持下，江聿只好放弃这个打算。

但是傅世槿认真思考了一下，还是决定请个钟点工，每周上门来做卫生。家里的面积比较大，两位妈妈年龄也不小了，照顾傅世槿的一日三餐也很辛苦，所以她不希望她们累着。

请个钟点工把最累人的卫生问题解决，平日一些小的家务活傅世槿也能帮忙，这样两位妈妈就要轻松很多。

女儿或者儿媳孝顺，傅妈妈和江妈妈最后也欣然接受了这个安排。

决定好之后，第二天傅妈妈和傅爸爸就提着大包小包的绿色食品来了林城，住进了傅世槿和江聿的家。

傅爸爸待了一周后独自返回普市，傅妈妈则留在林城陪伴傅世槿。

当然，傅爸爸回家也不是没有任务的。林城不太好买纯天然无污染的食物，所以基本上每隔几天，傅爸爸就会在普市买了东西之后托人送过来。不仅是他，江爸、江妈也是如此。

两位妈妈为了更好地照顾好傅世槿和她肚子里的宝宝，还买了不少孕期的书籍，经常打电话交流沟通，免得交棒的时候因为不了解情况而影响到傅世槿和孩子。

总之，小家伙还在妈妈的肚子里的时候，就已经感受到来自爷爷、奶奶、外公、外婆的爱了。

时间一晃，傅世槿的孕期已经到了六个月。

这个时期她的肚子早已显怀，高高耸起。好在傅世槿的身材本就纤瘦，从背后看过去，根本看不出她是怀孕的人，只有绕到前面才会看到她尖尖的肚子。

也不知道是不是之前被江聿逼着锻炼，身体变好了的原因，傅世槿在孕早期并没有太受折磨，就连传说中的孕吐都没有感受过。

傅妈妈说，这是小家伙心疼人，舍不得折磨自己的妈妈。江妈妈也说，傅世槿是幸运的，以后孩子出生了肯定和妈妈贴心。

到了产检的日子，江聿请假陪傅世槿去医院。有江聿陪着，妈妈们也不用去医院挤着了。

验了血，听了胎心，又测量了血压、量了肚围后，江聿又带着傅世槿去了 B 超室。

傅世槿躺在床上，感受着肚子上冰冰凉凉的感觉。

医生手里拿着仪器，在她的肚子上轻轻地推着。

今天要做的是四维彩超，主要是看看孩子的发育是否正常，是否畸形。

成像的显示屏中，孩子的轮廓清晰地显现了出来。

江聿站在医生身后，看着屏幕中孩子的模样，心口隐隐发烫。

"你们看，这是宝宝的手，数一下，是不是有五根手指？"医生声音温和地道。

傅世槿看的是另一块挂在墙上的显示屏，看着生命在自己的肚子里孕育的样子，觉得眼睛有些湿润。

突然，傅世槿感觉到自己手上一暖。她转头看过去，才发现不知什么时候江聿来到了她身边，将她的手握在温暖的大掌中。

"这是宝宝的小脚，也数数脚趾。"医生又道。

江聿和傅世槿看得极为认真，孩子那小小的脚丫真是让他们恨不得捧起来亲上两口。

医生看了他们一眼，笑了笑，道："这小家伙，还会撅屁股。"

画面里出现了两瓣肉乎乎的小屁股，差点儿让傅世槿的心都化了。

医生又换了一面，用仪器在傅世槿的肚子上找来找去，画面中出现了一张小小的脸，肉嘟嘟的，五官很模糊，还闭着眼睛。

"哎呀！这小家伙长得真俊，五官清秀精致。我在 B 超室看了那么多胎儿，你家这宝宝的长相可以排前五了啊！"医生夸张地道。

傅世槿哭笑不得——她怎么就没有看出来那模糊的画面中清秀精致的五官？

当然，谁都喜欢听到别人夸自己的孩子好，所以不管医生说的是场面话还是实话，傅世槿都真诚地道谢。

检查完 B 超，江聿拿起纸巾，仔细地帮傅世槿把肚子擦干净，又替她整理好衣服后，才扶着她站起来。

离开 B 超室，两人拿着一堆的检查结果，去了医生的办公室。

负责傅世槿的产科医生认真地看了她的检查结果后，对两人说："嗯，目前看来胎儿和孕妇的情况都非常好，所有数值都在正常范围内。不过我们现在都提倡尽量顺产了，孕妇接下来这段时间要注意适当地运动，这样有助于顺产。"

"谢谢医生，我知道了。"傅世槿点头，把医生的话记在了心里。

江聿又认真地询问医生各种注意事项，之后才扶着傅世槿离开了医院。

"我不想回家。"上车之后，傅世槿突然道。

江聿宠着她："反正我今天请了一天的假，你想去哪儿，我都陪你去。不过决定好了之后，还是要给妈打个电话，免得她担心。"

"好。"傅世槿颔首微笑。

这段时间，傅世槿在家里就好像国宝一样，去哪儿都被盯着，好不容易出来透透气，怎么能不珍惜机会？

但是她挺着大肚子，电影院、KTV 那些地方就不用想了。

最后傅世槿决定去逛逛商场，一方面可以按照医生说的适当地运动一下，一方面也可以给宝宝买些衣服、奶瓶什么的。

两人决定好了去处之后，给家里的江妈妈打了电话。

江妈妈倒是没有阻拦他们逛商场，但是要求他们必须回家吃饭，说是不放心外面的餐饮卫生。

江妈妈都是关心她，傅世槿也没有任性。

现在已经是冬季，冬季的林城，天黑得格外早。等傅世槿和江聿逛完商场，开车进入自家小区的时候，天已经全部黑了下来。

逛了一下午，傅世槿有些累，一上车就睡着了。车里暖气开得足，她睡着也舒服，一路上都安安稳稳的。等到车子进了小区，不用江聿喊，她自己就醒了。

刚刚睡醒，傅世槿意识还有些模糊，只是盯着外面小区每一家亮起的灯光发呆。

"在想什么？"江聿注意到她的样子，好笑地问。

傅世槿转过头看向她，眼眸发亮。

江聿被她看得有些莫名其妙，忍不住问："怎么了？"

傅世槿突然笑了，手在隆起的肚子上轻轻地拍着，轻言细语地道："宝宝，你知道吗？你有一个很伟大的爸爸，他的职业很神圣，因为他守护着这万家灯火，守护着每一家的欢声笑语。等你出来后，你要为爸爸骄傲哟！"

这是她说给肚子里的宝宝的话，可是江聿听得很感动。他将车停好，拉起傅世槿的手放在自己的心口，注视着她的眼中满是温柔缱绻的光："小槿，老婆，我这一生最骄傲的只有两件事，一件就是我成了一名消防员，还有一件就是我娶到了你！"

"我爱你，小槿！"

"我也爱你！"